GW01458772

AE
&I

La sombra de los sueños

Autores Españoles e Iberoamericanos

Gonzalo Giner

La sombra de los sueños

Planeta

© Editorial Planeta, S. A., 2024
Av. Diagonal, 662-664, 08034 Barcelona
www.planetadelibros.com

Diseño de la colección: Compañía

Primera edición: marzo de 2024
Depósito legal: B. 2.474-2024
ISBN: 978-84-08-28468-0
Composición: Realización Planeta
Impresión y encuadernación: Unigraf
Printed in Spain - Impreso en España

PEFC Certificado

Este libro procede de bosques gestionados de forma sostenible

PEFC

PEFC/14-38-00305   www.pefc.es

Dedicado a quienes ambicionan sueños difíciles, nunca imposibles. Esta novela, y las ocho anteriores, responden al insensato deseo de un apasionado veterinario que ama las letras tanto como a los animales. A un soñador.

Y a Pilar, mi sueño hecho realidad.

CAPÍTULO 1

—

Musée d'Orsay. París. Julio de 2017

Nada más pisar la sala treinta y uno de la quinta planta del museo, Sarah sintió un excitante respingo que recorrió su cuerpo de arriba abajo. Dejó escapar un tenue suspiro para rebajar la tensión, escudriñó la pared a su derecha, y a solo dos cuadros de donde estaba identificó el que iba a robar: un lienzo de cuarenta centímetros por cincuenta y cinco, pintado por Manet en 1872: el retrato de *Berthe Morisot con un ramo de violetas.*

Eran las 12:10 de la mañana.

La sala de los impresionistas podía reunir en ese momento a una treintena de visitantes. Unos admiraban los trabajos de Sisley, Pissarro y Renoir. Otros, no más de una decena, escuchaban ensimismados las explicaciones en japonés de una guía que no paraba de gesticular frente a un cuadro de bailarinas, de los muchos pintados por Degas.

Sarah había planeado aquel robo cien veces. El instrumental necesario para conseguirlo viajaba en el interior de su bolso Hermès, modelo Birkin, elegido para la ocasión por su gran formato y famoso por haber sido diseñado durante un vuelo que reunió a la actriz Jane Birkin y al por entonces gerente de la famosa marca de marroquinería de lujo.

En el extremo opuesto de la sala distinguió a un grupo de

adorables ancianos, dos mujeres y un hombre, que parecían estar disfrutando de la visita a tenor de sus risas y aspavientos.

Sarah empezó a caminar hacia su objetivo. Sus altos tacones resonaron en el suelo. A su paso, dos mujeres de mediana edad se fijaron en ella con indisimulado descaro. Antes de dejarlas atrás supo que la habían aprobado. Vestía un conjunto de chaqueta y pantalón azul marengo, de pata ancha, camisa malva, pelo muy negro, recogido y mirada castaña.

Echó un rápido vistazo al ángulo superior izquierdo de la sala, donde una cámara de vídeo cubría el área donde estaba colgada su pintura. Dispondría de tres minutos para conseguir su objetivo. Se mordió el labio y sonrió; esperaba que le sobrara tiempo.

Superó el retrato de Berthe Morisot y se paró delante de *Los pavos* de Monet, a la izquierda del anterior. Tan solo unos segundos después, una vez comprobó que nadie la estaba mirando, se descubrió la manga derecha de la chaqueta y activó su reloj digital. No era un modelo corriente; disponía de un medidor guía con tecnología láser con el que iba a fijar dos puntos en el techo, a una distancia muy precisa entre ellos, ni un milímetro más ni uno menos. Los marcó según sus cálculos. Se giró para estudiar la disposición del público y jugueteó con un mechón de pelo robado a su recogido, primera parada de la particular liturgia por la que viajaba en cada robo. Asomó los cuellos de la camisa por fuera de la chaqueta, con coquetería, y recuperó del escote un colgante con una pequeña paloma de plata, regalo de su abuelo Jacob; la persona más admirada de su vida; un hombre tan cariñoso y culto como buen ilusionista y genial ladrón, al igual que lo intentaba ser ella. Acarició el metal cinco veces, segunda etapa que cubría siempre antes de cada sustracción, lo devolvió al interior de la camisa y se detuvo a escuchar la música que en ese momento sonaba en la sala; sin duda, la más apropiada: *Cuadros de una exposición* del compositor ruso Modest Mússorgski.

Volvió a observar la pintura de Claude Monet y contó los pavos que había distribuido el pintor sobre un floreado jardín, para hacer tiempo hasta las 12:30, momento en el que desencadenaría la primera parte de su función, la que generaría una inesperada sorpresa con su consiguiente distracción.

Porque allí, en plena sala treinta y uno del afamado museo de Orsay, para hacerse con su primer cuadro de Manet iba a hacer auténtica magia.

CAPÍTULO 2

El Cairo. Egipto. Año 1181

El médico y judío cordobés Maimónides exploraba la rodilla derecha del sultán de Egipto Salah ad-Din Yusuf, conocido por los cruzados como Saladino, en una de las estancias privadas del hombre al que todo el orbe musulmán empezaba a llamar la *espada de los creyentes.*

El sabio astrólogo, físico, rabino y poeta, huido de su Córdoba natal a causa de la persecución de los almohades, tras una estancia provisional en Fez se había instalado con su familia en El Cairo, donde tuvo que apostatar. Aunque en la intimidad siguió profesando su fe, leyendo el Talmud o escribiendo diferentes tratados y reflexiones sobre los preceptos de la Torá, su señalado saber en diferentes ciencias muy pronto le llevó a pisar los palacios de los gobernadores de Egipto; unas veces para curar, otras para escuchar y, desde hacía un tiempo, para aconsejar.

Su relación con Saladino era estrecha y cordial. Lo visitaba dos veces por semana cuando el sultán no estaba fuera, en alguna de sus frecuentes incursiones por el reino de Jerusalén.

Se solían encontrar en la llamada Ciudadela, en una ampliación de los antiguos palacios del visir, situados en la colina más elevada de El Cairo. Bajo la terraza de las estancias privadas de Saladino se divisaba la gran ciudad del Nilo, unida ahora a la vecina Fustat, donde vivía Maimónides, quedando ambas protegidas por una nueva y sólida muralla.

Era de tal agrado su relación que, en ocasiones, las conversaciones se alargaban hasta bien entrado el anochecer. Quizá les sucediese ese día; el primero después de una larga estancia del sultán en Damasco. Saladino bebió un poco de agua y dejó el vaso sobre una mesa de suelo. Seguía haciendo caso de los consejos de su médico; para guardar una buena salud en el comer y en sus ejercicios físicos, desde hacía tres años no probaba el alcohol y salía a cabalgar no menos de una hora al día. También esa noche lo haría, en cuanto terminaran el encuentro.

—Maimun, cuando pienso que cada día son más las ciudades y principados que me piden su gobierno... —Dejó la frase en el aire. Llevaban un rato interpretando una reflexión que Saladino había hecho al poco de verse, referida a que el destino y la historia habían conspirado para hacer de él lo que ahora era. Saladino continuó—: Lo hago en Egipto desde hace doce años, siete en los emiratos de Damasco y algo menos en Yemen, Homs, como en el resto de Siria y otras plazas próximas a Antioquía y Edesa, aunque todavía se me resisten Alepo y Mosul. Cuando hago balance como ahora, en vuestra presencia, termino constatando que, por obra de la confluencia de un puñado de acontecimientos, la mayoría no buscados, he terminado reuniendo más poder del que nunca deseé ni quise imaginar. Sumo ejércitos para Alá como jamás se habían visto reunidos, y todos esperan de mí que les abra las puertas de Jerusalén para hacerla de nuevo nuestra, para recuperarla a la Fe. —La caída de la tarde no conseguía templar las altas temperaturas de la jornada y Saladino acusó el excesivo calor. Se retiró el turbante y apareció su peculiar cabellera roja, de pelos suaves y encendidos, apenas conocida por sus seguidores al llevarla siempre cubierta. Probó otro sorbo de agua. Maimónides no quiso cortar el hilo de su conversación—. Pero también he sufrido atentados, no han pasado seis años del último, cometido por esos locos *hashshashin*, encabezados por el Viejo de la Montaña. Después del segundo, tuve que ir hasta su guarida para terminar de una vez por todas con aquella pesadilla. Mis amenazas debieron ser atendidas, porque no he vuelto a verme intimidado por sus huestes. Una vez más, el destino no lo quiso...

—Por suerte, y que así siga siendo... —apuntó Maimónides, quien vio entrar en la cámara a Ibn Yakub, el escriba del sultán.

Yakub saludó tocándose la frente, antes de hacer una reverencia.

—Me alegra que estéis con nosotros —le sonrió Saladino—. Estaba compartiendo con Ibn Maimun mis pensamientos para recabar su opinión, pero también me interesa la vuestra.

—Estoy a vuestra disposición, *sayyid*. —Tomó asiento sobre unos almohadones, en el suelo.

—Comentábamos las inesperadas confluencias que el pasado puede tener sobre el sino de una persona. Sin embargo, pocas veces nos paramos a pensar en el futuro. No vemos mucho más lejos de lo que nos puede pasar en una semana, en un mes, o hasta en un año, si queréis. Sin embargo, ¿alguna vez nos preguntamos cómo seremos vistos dentro de..., no sé, mil años? ¿De qué manera se juzgará lo que estamos haciendo ahora? ¿Qué creéis que dirán de mí, de Salah al-Din Yusuf, en el futuro?

Maimónides le respondió.

—Sabéis que no soy dado a regalaros los oídos ni a daros opiniones que no haya meditado antes. ¿Me permitís hablar con total sinceridad?

—De no ser así, no estaríais ahora aquí... —Saladino se frotó la rodilla. Tenía que estar doliéndole.

—Unos os tacharán de asesino y hasta de demonio. Pensad que os estáis convirtiendo en el peor azote del cristianismo.

Sois la mayor amenaza de su llamada Tierra Santa, como de sus sagrados lugares. Os odiarán por ello. Muchos buscarán en vuestra biografía cualquier suceso que os rebaje en prestigio. La historia no os tratará bien. No lo dudéis...

Saladino se rascó la barba mientras encajaba su vaticinio. No le extrañaba, pero afectaba a su amor propio.

—También dirán que fuiste un buen gobernador... —suavizó Ibn Yakub—. Que unificasteis por primera vez el islam. Que obrasteis con bondad y generosidad hacia vuestro pueblo, sin expoliarlo a impuestos como hicieron otros. Que os convertisteis en un experto conocedor de los hadices del Profeta, así como de la doctrina revelada en el Corán.

—Mi querido Ibn Yakub. No olvides nunca la promesa que me hiciste cuando os pedí trabajar para mí; la de trasladarme vuestros pensamientos tal y como surgiesen, sin tener en cuenta mi autoridad. Lo que me acabáis de decir suena a lo contrario.

Ibn Yakub no trató de disculparse porque así era como pensaba. Se lo ratificó y aún añadió:

—Y cuando conquistéis Jerusalén, os llamarán «adalid de los creyentes» o «la espada de Alá», y os tendrán como al mejor guerrero de todos los tiempos que haya conocido el islam.

—¿Sabéis lo que en realidad me gustaría que dijeran de mí?

La pregunta desconcertó a su audiencia. Al no contestar ninguno, Saladino decidió confesar sus más íntimos deseos. Adoptó un tono de voz profundo, alargando las palabras.

—Que no fui un hombre vengativo ni cruel. Que mi corazón no se vio recorrido por el odio ni por el rencor. Que evité el castigo de los míos e incluso el de mis enemigos. Y que actué siempre, siempre, sin distinguir mi voluntad de la de Alá, actuando en todo momento como su sabio brazo—. La mirada se le iluminó, como si a través de ella quedaran abiertas las puertas de su alma—. ¡Cómo me gustaría que se cumplieran en mí aquellos versos del Corán que así dicen!

Concedes poder a quien Tú deseas, y arrebatas el poder
a quien Tú deseas, exaltas a quien Tú deseas, y humillas a quien
Tú deseas.
En tu mano se encuentra todo lo bueno y Tú tienes poder
sobre todas las cosas.

»No soy yo a quien se ha de recordar en el futuro si no a Él, que decidió hacer un instrumento de mí para llevar a cabo su obra.

—Cuán loable es vuestra humildad, cuando tendríais muchas razones para veros de otra manera...

Maimónides reflexionó en voz alta, antes de la inesperada entrada del responsable de las caballerías de la Ciudadela con el anuncio de la llegada de cinco nuevos caballos, regalo del gobernador de Homs.

Saladino aplaudió la noticia y se levantó de golpe, olvidando su dolor de rodilla y lo que estuvieran hablando, para abandonar la estancia a buen paso. Le siguieron Maimónides y Yakub, conscientes de que, tratándose de caballos, no existía otro asunto más importante para Saladino.

Los vio en el patio de las caballerizas. No necesitó mucho tiempo para apreciar su evidente calidad. Fue mirando uno a uno. El tercero era excepcional, de capa castaña y temperamento templado. El siguiente, un potro que prometía. Pero sus ojos se clavaron en el quinto ejemplar: una yegua de capa torda, casi blanca, con largas crines y una mirada limpia y noble que la hacía superior al resto. Ella también se fijó en él y tiró del cabezal, como queriendo moverse.

—¡Dejadla suelta! —ordenó al yeguarizo.

La hembra, una vez libre, empezó a dar pasos en su dirección: elegantes, decididos, sin dejar de mirarse. Cuando le alcanzó se quedó parada, frente a él. Sin bajar la cabeza, mantuvo la corta distancia, demostrando su dignidad sin atisbo de altivez. Se estudiaron. Saladino supo que por sus venas corría sangre kurda, como también por las suyas. Preguntó su nombre a quien la había traído desde Homs y escuchó Shujae, la valiente.

Abrió las manos y se las dio a oler. La yegua acercó sus ollares y aspiró. Memorizó su olor para siempre.

—Si te pusieron ese nombre, es porque también me harás valiente a mí...

Ninguno de los presentes entendió el trasfondo de sus palabras mientras Saladino posaba su mano derecha sobre la testuz. La yegua, sin extrañar el gesto, resopló dos veces y alzó la cola feliz.

—Llevadla a las cuadras a descansar y tenedla preparada al alba. Quiero cabalgarla mañana mismo.

Al día siguiente, apenas hubo salido el sol, la montó sin silla; así le gustaba hacer cuando quería sentir las reacciones del animal sin impedimentos externos, buscando la comunicación piel con piel. Iba solo. Se dirigió hacia las grandes pirámides, aquellas inmensas estructuras de piedra que tanto asombro le produjeron cuando las vio por primera vez, mayor a cualquier otra edificación conocida, y de camino la empezó a probar.

Muy pronto empezó a sentir su energía. Shujae cabeceaba nerviosa con ganas de acelerar el paso. Él la dejó hacer y fue entonces cuando sus cascos empezaron a estallar la yerma tierra, sin dejar de llevar la cabeza bajada, sumisa, pero con una clase que su jinete no había conocido en ningún otro caballo. La notó crecerse después, en el apagado eco de una corta cabalgada sobre la arena, y recibió la caricia de las largas crines sobre su rostro. Nunca había sentido sensaciones tan grandes a lomos de un caballo. Nunca una conexión tan íntima en tan poco tiempo.

Por eso, parados frente a la mayor de las pirámides, Saladino se agarró a su cuello, la acarició en la frente, y en ese preciso momento, entendió que sus almas se acababan de unir para siempre. Así se lo hizo saber.

—Todos dicen que soy el mejor guerrero, como lo pudieron ser los faraones que levantaron estas pirámides, pero nunca me vi como tal hasta subirme a ti, Shujae. Hoy sé que estabas grabada en mi destino, y que, para poder cumplir la sagrada misión que me ha sido encomendada, no solo necesitaba convicción y voluntad, fuerza y persistencia; también a una compañera leal, enérgica y viva.

Shujae, desde hoy me llevarás volando a lo que Alá quiera de mí. Tú serás mi protectora, tú me salvarás del enemigo, solo tú me transportarás hasta las puertas de Jerusalén.

CAPÍTULO 3

Musée d'Orsay. París. Julio de 2017

Sarah llevaba las leyes de la magia en la sangre, desde bien pequeña. Quizá por eso se movía mejor en lo irracional, en lo imprevisible; en la capacidad de despertar ilusiones y confundir los sentidos de quienes asistían a sus peculiares representaciones.

De la mano de un maestro tan grande como había sido su abuelo judío Jacob, Sarah había aprendido el arte del ilusionismo, a dominar un sinfín de prácticas con las que despistar a su auditorio, a jugar con su ilusión, pero también a ganar en velocidad al ojo humano. O, en el caso de aquella sala del museo de Orsay, a la cámara que estaba grabando lo que sucedía entre sus cuatro paredes.

Miró una vez más su reloj; había llegado el momento.

Estiró las manos, hizo sonar los nudillos y tomó aire. Se imaginó a su abuelo viéndola actuar y le prometió, una vez más, ser la mejor ilusionista que hubiera querido ver. ¿Cómo iba a conseguirlo? Lo primero, tocaba realizar un rápido ejercicio de concentración; tarea crítica para encontrar dentro de sí misma el poder necesario con el que iniciar un nuevo acto de magia. Eso sí, asumiendo que aquel recurso no era suyo. Esa era una de sus grandes premisas: afrontar cada objetivo con absoluta humildad.

«Huye de la vanidad cada vez que te enfrentes a un gran truco, Sarah».

Ese había sido el consejo que su abuelo le había repetido una y otra vez; un código sagrado todavía vigente, con independencia del proyecto que en cada momento pretendiese abordar.

«Querida Sarah, piensa que la magia es el arte de hacer posible lo imposible».

Así se lo había resumido y no había otra reflexión que hubiese movido más su vida que esa. Por todo ello, aunque su intención era robar una valiosa pintura en uno de los museos mejor protegidos de Francia, tenía claro que vivir aquel acto con excesivo orgullo podía convertirse en el más nefasto pensamiento que pudiese tener. Como lo sabía, procuraba que su amor propio no superase nunca las enseñanzas recibidas.

Después de aquel ejercicio de abstracción de no más de medio minuto, metió la mano en el bolso. Identificó la pequeña ampolla de vidrio, la quebró con solo dos dedos y se bebió su contenido. Volvió a rebuscar en su interior hasta reconocer el objeto que iba a despertar la atracción de todos los presentes, una vez lo activase. Consistía en un envase plástico con un peligroso contenido, sellado casi al vacío, salvo en un mínimo cinco por ciento de aire; el necesario para que no murieran sus ocupantes. Lo rasgó por la única muesca que había dejado marcada y en menos de un segundo el envase se hinchó y despertaron de golpe las más de doscientas abejas que hasta entonces habían permanecido medio atontadas. Rasgó por entero el plástico para dar salida a los insectos, antes de que se mostrasen demasiado alteradas y activas. Ella no temía los efectos de ser picada, pues lo sería, gracias al antídoto que se acababa de tomar. Estudió el entorno, las cámaras de seguridad, los grupos de visitantes, el reloj... Y cuando apareció en pantalla la hora elegida, las 12:30, abrió al máximo el bolso y surgieron doscientas despistadas abejas que en menos de diez segundos se hicieron notar entre todos los presentes. Empezaron los primeros gritos. Los japoneses, armados con abanicos, trataron de deshacerse de un grupo que volaba a su alrededor.

Pero Sarah solo se fijaba en otros visitantes, en los tres ancianos.

A las 12:33, la única integrante femenina de ese grupo se derrumba sobre el suelo y empieza a sufrir violentos espasmos que atraen la inmediata atención de la escasa docena de personas que no han abandonado todavía la sala, huyendo de la inesperada aparición apícola. La vigilante corre hacia la anciana y pide ayuda médica a través de su *walkie-talkie*. Se forma un corro alrededor de la mujer afectada; imaginan que ha sido picada y que puede estar sufriendo un choque anafiláctico. Uno de sus acompañantes, afirma ser su marido, pide a gritos que le pinchen un antihistamínico cuanto antes, arguyendo su altísima sensibilidad alérgica. Sarah observa el recorrido de la cámara de seguridad, en pleno giro y en dirección a la esquina opuesta a donde ella se encuentra, la que concentra al grupo de curiosos, ayudantes, y a la pobre mujer que no para de gritar entre temblores y dolorosas contracciones. Cuando la cámara termina de dibujar su máximo ángulo de rotación, mete la mano en el bolso y extrae un pequeño disparador de plástico con dos bocas; un dispositivo que ha pasado como una barra de rímel a ojos del escáner colocado a la entrada del museo. Mete dos pequeñas flechas con ventosa, unidas a una tela plegada. Dirige el disparador, que se ha conectado por *bluetooth* con el reloj y ha recogido las coordenadas exactas a las que tiene que disparar las flechas. Aprieta el gatillo y las dos ventosas terminan en el techo en los puntos elegidos. Tan solo un segundo después se despliega una cortina, que reproduce exactamente el fondo que la cámara recogía hasta entonces, para poder operar por detrás sin ser vista por los responsables de seguridad del museo, en caso de que la cámara volviera a su anterior posición.

Sarah se dirige al cuadro de Manet. Activa un dispositivo láser con forma de bolígrafo y capaz de perforar el marco de madera, abriendo un canal de medio centímetro de ancho en su cara inferior, sin afectar a la tela. El dispositivo cuenta también con un afilado cúter en el extremo opuesto al láser. Haciendo uso de él, secciona los perímetros de la pintura original con decidida precisión, adentrándose en ella medio centímetro más, por debajo del bastidor. La pintura resbala por el interior del marco y cae en sus manos. Su bolso tiene un doble forro de tela que esconde una copia de la obra: las intercambia e introduce la falsa por la rendija abierta en la madera hasta ocupar la posición de la otra. Fija la nueva tela con una resina invisible para que no quede despegada del marco y sella el bastidor con una pasta de secado ultrarrápido, de idéntico color al marco. Guarda todas las herramientas en el bolso y antes de abordar su siguiente paso, el de la huida, acaricia con absoluto placer la pintura original robada.

Asoma una microcámara por un extremo de la pantalla que le ha servido de ocultación para comprobar que la videograbadora de seguridad sigue enfocada en la anciana. Nadie ha visto cómo desplegaba la pantalla y nadie verá cómo la pliega, con dos suaves tirones que la desprenden del techo. En menos de tres segundos queda doblada, semejando un folleto, y cae dentro de su bolso que cierra a continuación.

Mira a su alrededor y lo primero que constata es la llegada de los servicios sanitarios del museo. Están arrodillados atendiendo a la anciana, rodeada por sus preocupados compañeros, la vigilante de seguridad y los últimos cuatro curiosos. El resto ha escapado de la acción de las abejas, que siguen revoloteando por la sala posándose peligrosamente en brazos, paredes y pinturas, para desesperación de dos nuevos guardias de seguridad, recién llegados en ayuda de su compañera.

Sarah echa un último vistazo a la pintura que ha quedado en el mismo lugar donde antes colgaba el verdadero Manet, da su aprobación, y se dirige a buen paso hacia la sala contigua, la treinta y dos, simulando una crisis de angustia, agitando de manera nerviosa las manos para escapar de las abejas, una de las cuales sobrevuela su cabeza. Son las 12:36. Antes de abandonar la sala, cruza su mirada con uno de los dos ancianos, abuelo de su íntimo amigo Charles, y reconoce un gesto que solo ella entiende. Deja atrás la accidentada escena que ha conseguido captar la atención de los visitantes, como también la de los servicios de seguridad, el suficiente tiempo para permitirle actuar. A mitad de la sala treinta y dos lanza un largo y sostenido suspiro, vuelve a acariciar su colgante de plata, y busca la escalera que la llevará a la planta baja, a menos de quince metros de una de las salidas del museo.

Sarah mantiene su acelerado paso sin saber que alguien la sigue, alguien que ha estado presente durante los tres minutos y diez segundos que ha empleado en sustraer el retrato de Berthe Morisot, sirviéndose de un originalísimo ejemplo de ilusionismo cuyos ingredientes han sido: un puñado de abejas, una pantalla en cuya cara exterior se repetía la misma imagen del fondo real, una cómplice de setenta años que había captado la atención de los presentes y un lujoso bolso del tamaño adecuado para esconder una pintura sin necesidad de doblarla, con un valor en el mercado de no menos de siete millones de euros; una pintura que probablemente tardaría en vender. Porque, al no sentir apremio por el dinero, evitaba las ventas imprudentes, al contrario de lo que hacían otros ladrones de arte. Ella robaba para experimentar el acto en sí, cuanto más complejo mejor; Sarah necesitaba sentir su sangre repleta de adrenalina, vivir el inigualable placer de superarse y demostrar a su abuelo que todas las enseñanzas dadas habían merecido la pena.

Cuando pisa la calle y deja atrás la fachada noroeste del museo, la cálida luz del mediodía consigue hacer brillar en su rostro una bonita y serena sonrisa. No sabe que tras ella camina otra mujer manteniendo una prudente distancia. Lleva un hiyab cerrado al cuello, cubriéndole el pelo, y una túnica oscura que esconde la ropa occidental que viste por debajo. Sus ojos no dejan de mirar a la mujer a la que sigue. Quien se cruza con ella descubre un hermosísimo rostro, ojos de color miel y unos labios que no necesitan carmín para mostrar un permanente e intenso tono rojo. Se llama Zulema, por sus venas corre sangre árabe, y sus cabellos se han visto mil veces mecidos por los vientos del desierto en uno de los más pequeños Emiratos Árabes.

Sarah entra en un aparcamiento público, se sube a su Mini Electric en la plaza 245 de la segunda planta del subsuelo, lo arranca y, media hora después, deja atrás París por la A10 para dirigirse a Fontevraud; un pequeño pueblo a solo seis kilómetros del río Loira, donde tiene una preciosa y vieja casa de campo con vistas a la histórica abadía, templo que recoge las sepulturas de los Plantagenet: Leonor de Aquitania, Enrique II, y su hijo Ricardo Corazón de León.

A mitad de camino, mira inquieta por el retrovisor. Es consciente de que la sigue el mismo coche desde que ha salido de París; un Toyota azul. Decide cambiar de destino; parará en Amboise, se perderá por el centro y hasta que no esté segura de haber despistado al vehículo, no tomará dirección a su casa.

Una hora después, a salvo ya de perseguidores, aparca el coche en la coqueta villa de piedra, cuyo nombre, *Dalila*, tiene un especial significado para ella. Así se llama su madre, de origen kurdo, separada de su padre judío, a la que apenas ha conocido.

CAPÍTULO 4

Exploración arqueológica Saqqara. Egipto

Amina al Balùd tenía más publicaciones en la prestigiosa revista científica *Journal of Archaeological Science* que muchos de sus colegas con bastante más edad que ella. Porque con solo treinta y dos, ya había editado diez artículos de investigación y acababa de ser reconocida como la zooarqueóloga más joven y prolífica del mundo. Aunque el hecho de ser egipcia y trabajar en los más importantes yacimientos de su país ayudaba y mucho.

Sin embargo, todo ese éxito, así como las innatas habilidades que tenía para localizar y catalogar momias u osarios animales, poco tenía que ver con los avatares de su desastrosa vida privada. Porque Amina arrastraba dos matrimonios rotos, con divorcios incluidos solicitados por ella y conocidos en la tradición islámica como julas; soportaba una muy mejorable relación con su familia, por no decir nefasta, y para redondear su pésimo currículo relacional experimentaba una creciente carencia de amigos. La obsesiva dedicación a la investigación era la principal culpable de absorber casi todo su tiempo laboral, y por qué no decir de su ocio, hasta límites ridículos. Y como con esas premisas le era difícil expresarse como ansiaba ser, una joven en decidido período de reproducción, cuando se le ponía a tiro una esperanza en forma de varón, y con él la posibilidad de explorar su hasta entonces caótico sino sentimental, se lanzaba a por ello en cuerpo y alma. Consciente de su necesidad, del poco empeño que ponía, y del escaso material que encontraba en su retrógrado entorno cairota, el que ocupaba su cama en esos días era casi divino. Se llamaba Marc, francés, cuarenta y tres años, encantador, zooarqueólogo como ella, y quizá por todo lo anterior o porque tampoco tenía dónde elegir, compartía desde hacía cuatro meses yacimiento, y cama desde hacía dos.

Miró su atlético cuerpo, desnudo y tumbado sobre las sábanas, con una humeante taza de café entre las manos y dudó entre regresar a la cama, para encender de nuevo su pasión, o meterse en la ducha y afrontar un día que sabía que iba a ser duro. Mientras lo pensaba y se decidía, aparte de sentir cómo se le despertaba el típico cosquilleo interior que precedía a otros prometedores placeres, junto a una incipiente aceleración de la respiración, probó a resbalar dos de sus dedos desde el final de la espalda del francés al perfecto trasero que tenía. Su piel pedía piel, pero su cabeza no; su cabeza pedía activarse y salir cuanto antes hacia Saqqara para entrar por primera vez en la nueva cámara que habían localizado solo siete días antes gracias a un nuevo y sofisticadísimo escáner de termografía infrarroja y tomografía de muones. El recinto hallado, reconstruido después en tres dimensiones por ordenador, con una datación estimada de cuatro mil años, podía ofrecer una excitante serie de fantásticos descubrimientos. Acarició la espalda de Marc, metió una mano entre sus rizados cabellos y besó sus labios cuando él se volvió hacia ella. Había tomado la decisión; le podía más la pasión arqueológica que la carnal. Aun así, le lanzó una felina mirada y confesó lo que acababa de pensar.

—No sé si te dije ayer lo mucho que me gustas en la cama, Marc. ¿Lo hice?

—¿Repetimos? —respondió él, tirando de su cintura para hacerla regresar a las sábanas. Amina se revolvió tratando de escapar de su propio deseo, se bajó la camiseta que acababa de subirle él con evidentes intenciones y logró levantarse de la cama.

—Se hace tarde... —Dejó la taza a medias sobre la mesilla de noche para que se la terminara su pareja—. Me refresco y en media hora salimos.

Marc se levantó y fue tras ella.

—Creo que hoy me ducharé contigo...

La agarró por detrás y esa vez consiguió quitarle la camiseta de camino al baño. Amina decidió no resistirse, abrió el grifo, y tiró de él para fundirse en un apasionado abrazo bajo los chorros de un agua templada que sus cuerpos calentaron al instante.

Una hora después, el viejo Patrol color crema, con su todavía más viejo chófer color café, los dejó a los pies de uno de los yacimientos más activos e importantes de todo Egipto: la necrópolis de Saqqara, lugar de enterramientos de la antiquísima ciudad de Menfis, bajo cuyos dominios se elevaban las famosas pirámides de Guiza, Dahshur y el yacimiento de Abusir.

Saqqara había protagonizado varios siglos de desarrollo hasta que, metidos de lleno en pleno Imperio antiguo, el primer arquitecto de la historia, Imhotep, diseñase para su faraón Zoser la primera pirámide escalonada o mastaba, momento en el que las anteriores necrópolis habían dejado de ser destino de enterramientos reales y tomaron relevo las nuevas edificaciones piramidales. Pero lejos de esa pérdida de protagonismo, la riqueza de enterramientos en Saqqara era asombrosa, sobre todo de animales, al haberse convertido en un enclave especializado donde se realizaba la momificación de miles de ellos para ser colocados junto a sus propietarios, ya fueran importantes autoridades de la corte, señores o sacerdotes. Eran tantos los ejemplares que habían ido apareciendo, que solo de Ibis se hablaba de una cifra increíble; cerca de cuatro millones. La propia Amina ya había exhumado cerca de una veintena de leones, y otra más entre halcones y vacas, sin olvidar un curioso caballo que había sido colocado en posición vertical por razones aún desconocidas, como si lo hubieran dejado preparado para arrancar a cabalgar con el despertar de su dueño. Aquel último descubrimiento se había convertido en portada en infinidad de periódicos mundiales, webs especializadas y revistas de todo tipo, dado el delicado trabajo de momificación del equino, desvelado gracias a un microtomógrafo computarizado de rayos X que el gobierno egipcio, en concreto el Ministerio de Antigüedades, había puesto en sus manos; un dispositivo radiológico de última generación que permitía visualizar en tres dimensiones el contenido de las momias sin necesidad de dañar sus sudarios. Gracias a aquella tecnología de vanguardia, que superaba en cien veces la calidad de un tomógrafo médico, Amina había podido constatar el perfecto estado de conservación del equino con detalladísimas imágenes de su esqueleto. Hasta las crines parecían las de un animal actual y no las de un équido con más de cinco mil años de antigüedad, según había determinado la prueba de carbono 14.

Amina y Marc recorrieron a buen paso el cuarto de milla que los separaba del acceso a la galería subterránea en la que estaban trabajando. Una vez dentro, descendieron hasta un segundo subsuelo excavado, donde se había descubierto un enorme portón de piedra de tres metros y medio de altura por dos de ancho, que parecía dar acceso a una incógnita cámara que el tomógrafo de muones había dimensionado en cuarenta metros cuadrados. El tamaño de aquella antesala pudo permitir el acceso de una pesada grúa hidráulica con la que se iba a intentar desencajar la pesada piedra de sus goznes, gracias a dos brazos de tracción incrustados en sus laterales y unos rieles que facilitarían su movimiento posterior. Al verlos llegar, el jefe de obra encendió los seis potentes focos que permitirían presenciar la evolución de los procedimientos.

Por detrás de Amina y Marc, se situó una decena de personas, aparte de un cámara de vídeo y dos fotógrafos preparados para inmortalizar el hallazgo. La oscuridad sombreaba las espaldas de todos los presentes, con los potentes focos iluminando un solo punto de la estancia. Allí solo se apreciaban nervios, tensión, la sensación común de estar haciendo historia.

El ritmo de respiración de los catorce asistentes se ralentizó al ver inminente la apertura. Al observar a Amina, Marc descubrió una mirada que no reconoció; mostraba una vivísima emoción que le hacía fruncir los ojos y esbozar una media sonrisa. A su derecha, estaba el máximo responsable del Ministerio de Antigüedades de Egipto, avisado días antes para no perderse el gran momento, y otro tipo al que ni Amina ni Marc conocían, al parecer representante de un gobierno amigo. Así se los habían presentado. La idea no les gustó gran cosa, pero ella debía demasiados favores al ministerio y no puso objeción alguna a la presencia del extraño.

Los brazos de la grúa se pusieron en marcha y la piedra empezó a moverse dando luz a una pequeña abertura, la suficiente para permitir a los operarios pasar una ancha banda de nailon por ella. Fijaron sus extremos a un gancho, y este al brazo de la pesada máquina.

—Antes de abrirla por completo necesitamos que todo el mundo se coloque las máscaras de oxígeno. No sabemos si la cámara interior contiene gases peligrosos... —apuntó Marc en su perfecto inglés, sin la más mínima entonación francesa, mientras se colocaba la suya.

Amina hizo lo mismo, se ajustó con fuerza las cintas de goma, miró al encargado de la grúa y pidió que empezara a traccionar el potente brazo hidráulico para hacer rodar la piedra por los rieles.

—¿Cómo definirías este momento? —le preguntó Marc, acercándose al oído.

—¿Mágico? ¿Excitante? ¿Maravilloso? —Sus palabras se ahogaron con el ruido de los brazos tractores haciendo rechinar la piedra. Esperó al siguiente momento de silencio—. Si te soy sincera, me cuesta expresar lo que está pasando por mi cabeza ahora, Marc, a pesar de que, como bien sabes, he vivido muchas experiencias como esta. Los primeros segundos previos al descubrimiento, y no digamos los posteriores, desencadenan dentro de mí un torbellino de emociones tan brutal que me deja sobrecogida, incapaz casi de moverme, como aplastada contra el suelo. Me cuesta imaginar otra vivencia parecida. ¿Entiendes de qué hablo? —Él respondió apretándole la mano, incapaz también de articular palabra. Amina le acarició la mano y habló por él—. Saberte a solo unos minutos y a menos de dos metros de algo que nadie ha visto en los últimos, no sé, tres o cuatro mil años; algo que ha sobrevivido al paso del tiempo, completamente oculto, algo que ni siquiera los más expertos alcanzamos a imaginar, me parece un hecho tan espectacular como excitante. Piensa que ahí, al otro lado de ese enorme portón, pueden estar esperándonos nuevas respuestas a los grandes misterios de la civilización más organizada de la tierra antigua. Esa posibilidad provoca en mí un efecto que no se parece a nada...

Marc recuperó el habla y quiso compartir su sensación.

—Cuando pienso que alguien diseñó ese espacio para albergar los restos momificados de un hombre o de una mujer, se preocuparon de reunir objetos y alimentos para acompañar su viaje final, esculpieron y pintaron sus paredes y ocultaron su existencia para siempre sellando su acceso... —dejó la reflexión en el aire unos segundos, antes de seguir—, solo ansío hacerme cómplice de sus increíbles constructores. Tú eres más de contenidos, yo de continentes.

—Lo sé, Marc. Estamos a punto de desvelar su gran secreto, oculto desde hace miles de años. Este es un instante sublime... Es... es... —clavó su mirada sobre la piedra que empezaba a ceder, deseando traspasarla ya, incapaz de contener una ansiedad que empezaba a hacerla temblar, como en tantos otros descubrimientos, inmediatamente antes de poder ver y tocar su interior—, es, es sin duda la experiencia más sobrecogedora y maravillosa que una persona puede vivir —dijo finalmente. Y se le escurrió una lágrima.

Marc no quiso indagar más. El llanto en Amina no surgía con facilidad, no era de esas mujeres que se emocionaban a la mínima. Todo lo contrario. Era una persona exigente, asertiva, segura de sí misma, con un destacado autocontrol emocional e incluso de trato difícil; le costaba abrirse a los demás. Respetó su momento, sus lágrimas.

Los focos empezaron a iluminar la oquedad a través de una primera rendija, que de inmediato se ensanchó hasta permitir el paso de los presentes. Amina fue la primera. Encendió la linterna que llevaba en el casco e iluminó la entrada. Detrás de ella, a menos de dos pasos, iba Marc. La atravesaron. En medio de las sombras, adivinaron la presencia de grandes objetos. Amina enfocó el primer objeto que tenía por delante y descubrió un espectacular carro de guerra con grandes ruedas, de cuatro radios, fabricado en madera recubierta con *electrum*, una aleación de plata y oro muy usada por los faraones, en un asombroso estado de conservación. A su derecha, había otros tres más, idénticos. Miró a Marc emocionada, entre risas. Le temblaban las piernas. Contó ocho momias de caballo. Portaban correajes de cuero embellecidos con incrustaciones metálicas de color azul y rayas rojas. Sus crines, también enjaezadas. Pero no terminaba en ellos la presencia animal. Alrededor de los carros había media docena de antílopes en actitud de carrera, cuatro leopardos y, bajo el techo, colgaban ibis azules y un halcón adelantado a ellos, la representación del dios Horus. Uno de los ayudantes de Amina se acercó a ella para saber si podían encender ya los focos.

—Solo esos cuatro —señaló unos especiales, de 1.000 luxes, capaces de iluminar el recinto sin ejercer una excesiva agresividad lumínica sobre las piezas que dañara las pinturas.

—Marc, esto no es un enterramiento común, parece un diorama; una representación de la vida guerrera, pero también del entorno natural donde se desarrollaban aquellas batallas. Pájaros, dioses, animales salvajes que se cazaban... Solo faltan los humanos: el conductor y los arqueros que asediaban al enemigo. O quizá un general y su auriga, acudiendo al frente.

—¿Qué antigüedad le estimas?

—Hasta donde sé, los antiguos egipcios empezaron a construir carros de guerra después de ver a los sumerios usándolos, en las guerras que los ocuparon, y eso sucedió en torno al segundo milenio antes de Cristo. Imagino que serán de esa época. Nunca había visto nada parecido... —Se llevó las manos a la cabeza encantada con el descubrimiento. Se acercó a uno de los caballos. Estaban maravillosamente conservados—. Tenemos trabajo para varios meses, Marc. Dada la peculiaridad del hallazgo, pediré permiso para recoger médula ósea de alguno de esos equinos. Si conseguimos extraer su ADN completo, aparte de datarlo, podríamos buscar semejanzas con alguna raza de caballo actual, quizá con la árabe.

Hablaban de forma tan apasionada que no se estaban dando cuenta de la excesiva cercanía del extraño visitante, la suficiente para haber escuchado toda la conversación. Por eso se vieron sorprendidos cuando, de pronto, se dirigió a ellos y les entregó una tarjeta de visita. La miraron. Contenía un nombre y la bandera de un emirato árabe.

—La espero esta noche en la cafetería del Four Seasons, en El Cairo. Ruego que acuda a las ocho, señora; tengo un encargo para usted que con toda seguridad no va a poder rechazar; cambiará su vida.

El tipo no dio oportunidad a preguntar más. Se volvió y salió a buen paso de la cámara y de la excavación. Los dos investigadores se miraron con gesto de sorpresa, pero siguieron a lo suyo. Amina no podía ser consciente de la trascendencia que iba a tener esa cita en su vida. Ni en el mejor de sus sueños hubiera podido imaginar lo que le iban a proponer. Ajena a ello, se metió entre los caballos, buscó la cabeza del que quedaba a su izquierda, pidió que le acercaran un foco y, cuando lo dirigió al animal, se quedó maravillada al comprobar que tenía ojos de cristal, con un brillo que casi los hacía reales.

Marc rodeó su cintura con ambos brazos y besó su mejilla.

—Querida... ¡Enhorabuena! Has vuelto a conseguir estar presente en uno de los descubrimientos más asombrosos del Antiguo Egipto.

Amina se escurrió de sus brazos. Aunque las normas y usos sociales en el islam no le interesaban demasiado y a su pareja francesa menos, tampoco quería ser objeto de críticas por parte de los operarios y menos aún del representante del ministerio. Todavía tenía entre las manos la tarjeta de aquel curioso tipo. La volvió a mirar.

—¿Qué querrá ese hombre? —Blandió el cartón a la vista de Marc.

—Si nos atenemos a lo poco que dijo; proponerte algo que según él te podría cambiar la vida. En principio y sin profundizar nada, suena interesante... No sabemos en qué puede consistir su propuesta, pero lo averiguaremos en un rato, en el Four Seasons.

—Cambiar mi vida... —repitió en voz alta Amina—. ¿Y si no quiero cambiar mi vida? Lo que tengo entre manos en este momento me gusta y me atrae demasiado. ¿Qué puede haber mejor que lo que acabamos de descubrir? Aquí hay trabajo para un par de años por lo menos.

Marc no contestó. Sacó su carísima Leica y se puso a fotografiar el contenido de la cámara. Amina se dirigió al responsable del ministerio, consiguió que dejara de manosear uno de los carros, le hizo regresar a la realidad y preguntó:

—Después de este hallazgo, ¿cuándo recibiré los dos millones de dólares que presupuesté para el estudio de esta nueva cámara?

El hombre, una de las máximas autoridades arqueológicas egipcias, tragó saliva, se frotó los ojos y contestó con firmeza.

—Dinero habrá. Aunque veremos a ver cómo y quién lo manejará...

CAPÍTULO 5

Maison Hermès. 17 Rue de Sèvres. París. Septiembre de 2017

El nuevo emplazamiento de la lujosa tienda Hermès, fundada en 1837, con sus más de dos mil metros cuadrados distribuidos en varias plantas, acogía unas increíbles estructuras de madera en forma de nido, de más de nueve metros de altura, situadas en un enorme espacio abierto equivalente a tres plantas del edificio. La principal, regada con luz cenital y embellecida con increíbles mosaicos en suelos y paredes, comunicaba con el segundo piso a través de una espectacular escalera de retorcidos pasamanos de madera, que vio bajar a una de las empleadas más queridas de la casa: Sarah Ludwig Rut.

Para la lujosa marca francesa de alta marroquinería, Sarah era una mujer que ofrecía una imagen perfecta y acorde con la genuina cultura de la casa: elegancia, un desbordante encanto, vasta cultura, refinamiento y un estilo personal que no pasaba desapercibido; valores y virtudes que coincidían con los que los fundadores se propusieron dar a todos sus productos, desde la creación de marca en el siglo XIX. Pero es que Sarah, además, añadía a las anteriores cualidades cuatro idiomas aparte del francés, pudiendo expresarse en un fluido inglés, como también alemán, hebreo y árabe. Conocimientos que le servían, como a ningún otro empleado, para atender a la sofisticada clientela venida desde cualquiera de los países en los que se hablasen aquellas lenguas.

Su facilidad para los idiomas le venía de familia. Porque Sarah era hija de judío, kurda por parte de madre y alemana de espíritu, como también de sangre lo fue su admirado abuelo. Estudió también inglés en el colegio, en la ciudad de Tours, hasta que una vez cumplidos los dieciocho años se mudó a París para empezar la carrera de Historia del Arte en la Sorbona.

Idiomas, saber estar, clase, estilo, simpatía... ¿Qué más podía ofrecer una empleada para un comercio tan exclusivo como Hermès? Su jefe, el aquitano Pierre Maset, había dado respuesta a esa pregunta en más de una ocasión, diciendo que «lealtad a la casa y amor al trabajo». Pero hasta en eso también destacaba Sarah; porque en los cinco años que llevaba trabajando para la marca, se había entregado como nadie en su desempeño comercial, adoraba la calidad de los productos ofrecidos y cada vez que cruzaba la puerta de entrada de la tienda llegaba a la misma conclusión: trabajaba en un lugar de ensueño, en una de las más lujosas calles de París, y su vida era casi perfecta.

Le fascinaba el trato con gente culta, detestaba la vulgaridad, y pocas clientas no le ofrecían lo primero. Algunas, aunque vivían ajenas al mundo real y en auténticas burbujas de ensueño, arrastraban vidas e historias de película que Sarah trataba de descubrir mientras conversaba con ellas de un mostrador a otro, les adelantaba la principal novedad de una próxima colección, les vendía bolsos de veinte mil euros, vestidos de carísima factura o joyas prohibitivas para el resto del mundo. Su día a día conocía increíbles extremos. Tan pronto veía pasar miles de euros por una TPV que devoraba *croissants* de tan solo uno y medio, cuando desayunaba en la terraza del Sip Babylone, a escasos metros de la tienda.

Aunque no existía una única Sarah. Dentro de aquel burbujeante y sofisticado negocio de lujo, nadie podía sospechar

36

que su segunda vida le llenaba mucho más que el trabajo en Hermès, en realidad su gran coartada. ¿Cómo iban a imaginar que para materializar su verdadera pasión y hacer surgir la mejor Sarah de todas, solo necesitaba una cosa: robar? Pero no cosas menores; ella robaba valiosas obras de arte.

Pisó la planta baja rememorando su última intervención en el museo de Orsay, acción todavía inadvertida por los responsables de la pinacoteca, pasadas dos semanas del hecho. Pero casi a la vez recorrió mentalmente la pared donde tenía tres de las seis pinturas que había robado en los últimos diez años. Visualizó la última; aquel Manet, a la derecha de un Matisse y de un Vermeer, dentro de una cámara acorazada situada en los bajos de su casa de campo en Fontevraud para su privativo disfrute.

El anhelo por poseer el Manet no había sido casual, sino temporal y también de estilo. Temporal, porque la secuencia de los últimos tres robos la había encabezado el Vermeer, un cuadro de medianas dimensiones, cuyo original no llegó a la exposición prevista en Roma al ser intercambiado por una copia, en el mismo cajón que la transportaba, de forma misteriosa e inmediatamente después de su embarque, dentro de la bodega de un avión de Alitalia mientras esperaba salir del aeropuerto de Schiphol. Y el Matisse, robado un año después del Vermeer, procedía de la colección privada de un lord inglés en su castillo de Derbyshire, después de una fiesta que acogió a más de trescientos invitados, entre los que estaba Sarah.

Aquellos tres cuadros, también se vinculaban entre sí por el motivo principal de su pintura: las flores. Violetas en el caso de Manet. Un único ramo en la obra del flamenco Vermeer, y unos cuantos lirios en un jarrón negro con fruta, para el Matisse.

Se cruzó con su jefe.

—Sarah... ¿podrías atender a aquellos clientes? —Dirigió la mirada hacia el interior de uno de los nidos de madera, obra de los afamados interioristas RDAI, en concreto a un hombre con kandora; típica túnica o saya hasta los pies, sin cuello y pañuelo blanco en la cabeza, atuendo característico de los Emiratos Árabes. Le acompañaba otro hombre, vestido con otra kandora de color camel bajo una chaqueta occidental.

Sarah se acercó hasta ellos. El primero estaba sentado en uno de los sofás de cortesía y el otro permanecía de pie y estático, a su lado.

—Bienvenidos a la nueva Maison Hermès. Mi nombre es Sarah. ¿En qué les puedo ayudar? —preguntó en un perfecto árabe.

Ante la aparición de la empleada, el que hasta entonces estaba sentado se levantó, inclinó la cabeza y se presentó.

—Soy Jalid bin Ayub. Y él, mi secretario personal, Mohamed ben Tarik. Seguro que nos puede ayudar y mucho. Pero antes de concretar cómo, *as-salamu alaykum*, señorita Sarah... —Puso su mano derecha a la altura del corazón.

—*Wa alaykum as-salam* —respondió ella empleando la fórmula más cortés dentro del clásico saludo árabe. Al cruzar sus miradas, sintió el poder de unos sorprendentes ojos de color ámbar bajo unas espesas cejas negras, en un rostro de piel muy morena y barba cuidada, no demasiado larga.

—Querría hacer un recorrido por el establecimiento lo más completo posible. Es mi primera vez, pero a tenor de lo que me han contado, estoy ansioso por descubrir qué maravillas ofrece.

—Con mucho gusto —sonrió ella, marcando dos pequeños hoyuelos—. ¿Prefieren empezar por los objetos de uso masculino, trajes, mocasines, corbatas, o tienen otra idea?

Sarah se abrochó el botón de su americana, bajo la cual vestía una blusa de algodón blanca salpicada de estribos naranjas, el color y el logo que caracterizaban a la casa.

—El emir desearía empezar por los maletines, portadocumentos, carteras y billeteras. La ropa occidental no se usa demasiado en nuestro país... Seguro que no le desvelo nada nuevo —respondió el acompañante.

—Por supuesto, entiendo... Síganme entonces.

Sarah les invitó a abandonar la ovoide estructura de madera para dirigirse a los mostradores específicos. Tenían que subir a la segunda planta. Mientras ascendían por la escalera, sintió curiosidad por el personaje. Acababa de escuchar que se trataba de un emir, pero no le había sonado el nombre y tampoco podía consultarlo en el móvil, en Google, para obtener información. Al llegar a la segunda planta, giró a su derecha, en busca de una línea de mostradores donde estaban expuestas las diferentes colecciones de portafolios y carteras que la casa había ido lanzando a lo largo de los años al mercado, de diferentes tamaños. Se colocó al otro lado del mueble y les ofreció uno de los modelos más clásicos. Jalid lo cogió, apenas lo miró, acarició el delicado cuero y dijo que lo compraba; doce en concreto.

—Serán para mi círculo más íntimo de colaboradores. Vayamos ahora a ver las billeteras. No las uso demasiado, ya sabe, como emir tengo crédito allá donde voy y no necesito llevar dinero en mano —sonrió, adoptando un atractivo gesto.

Cambiaron de zona y el personaje repitió su mismo estilo de compra, ahora con las billeteras, aunque aumentando el número; decidió llevarse veinte después de elegir el modelo. Le siguieron los mocasines, veinte pares también. Sarah no llevaba la cuenta de lo comprado pero la factura no bajaría de los ochenta mil euros. Estaba acostumbrada a ver a ciertos clientes comprar sin ningún remilgo, sobre todo a los de Qatar o Arabia Saudí, pero tanta cantidad como se iba a llevar aquel no la había visto en todos sus años de trabajo. Cuando terminaron con los cinturones, fundas para móvil y tarjeteros, el mismo Jalid pidió a Sarah visitar la sección de mujer y en concreto la joyería.

De camino, le ofreció alguna información sobre él.

—Provengo de un emirato árabe no demasiado conocido. ¿Le suena Fuyarja?

Sarah disculpó su desconocimiento.

—Tranquila, es normal; apenas somos cien mil habitantes y la extensión es menor que Suiza. Eso sí, flotamos sobre una enorme bolsa de petróleo que apenas hemos empezado a extraer. —Acababan de llegar a un mostrador donde estaban expuestos algunos anillos, diferentes modelos de pendientes y una decena de pulseras. El emir echó un rápido vistazo y señaló un collar—. ¿Me lo puede mostrar?

Sarah sacó la pieza de oro rosa y la apoyó sobre una alfombrita de terciopelo negro.

—Tiene usted muy buen gusto, caballero: lo llamamos Niloticus Ombre o Cocodrilo del Nilo. Como ve, el collar se estructura en forma de malla flexible, como si fueran pequeñas escamas articuladas que recuerdan la piel de un cocodrilo. Sin embargo, no se trata de un objeto estático; según qué movimiento haga la mujer, las escamas pueden desaparecer dejando tan solo el recuerdo de su contorno, o brillar como un conjunto armónico; así lo explicita la publicidad de esta exclusiva joya. Bajo mi criterio, es el collar más interesante entre todas nuestras colecciones. ¿Le gusta?

Jalid lo cogió, pasó sus dedos sobre la suave superficie de las pseudoescamas y miró a Sarah, metiéndose sin permiso en el interior de su castaña mirada.

—¿Podría ponérselo usted, para ver cómo luce en una mujer hermosa?

A Sarah le gustó poco el cumplido, pero no puso inconveniente. Se desabrochó la americana, retiró las solapas de la camisa para despejar el cuello y se colocó el colgante centrándolo lo mejor que supo. Notó la mirada de los dos hombres sin intimidarse. Estaba muy acostumbrada a probarse cosas, antes de que los clientes se decidieran, aunque se apartó cuando vio como el emir extendía un dedo hacia ella, como queriendo tocar el collar. Al notar su reacción el hombre le pidió disculpas y expuso su deseo.

—Ese collar está hecho para usted, señorita. Me encantaría regalárselo. Quédeselo como recuerdo de su exquisita atención hacia nosotros.

Sarah negó cualquier posibilidad.

—Imposible, caballero. La casa no nos permite aceptar regalos de parte de los clientes y menos trabajando... —Se lo empezó a quitar—. Gracias de todos modos.

—Señorita, haga el favor de reconsiderar su decisión; a un emir no se le puede negar un deseo... —apuntó su secretario personal.

A Sarah se le revolvieron las tripas y el orgullo.

—Le aseguro que sí se puede y por favor les ruego que no insistan más.

Sin intención de parecer grosera, volvió a colocar el collar en su sitio, dentro de un cajón desplegable del mostrador. Lo cerró y preguntó si querían ver algo más o los acompañaba a caja.

El emir no se movió.

—Siento haberla ofendido; es lo que menos me proponía, perdóneme. Acepte por favor mis disculpas.

—Olvidémoslo, entonces... —convino ella, con una sonrisa un tanto forzada, condicionada por las circunstancias de su trabajo.

Se dio media vuelta y regresó a la escalera para buscar una de las salitas donde cualquier otro compañero les cobraría lo comprado. Estaba deseando perderlos de vista. No le gustaban ese tipo de hombres. ¿Creerían de verdad que el interés de una mujer, sin apenas conocerse, se podía comprar con una joya? ¿Tan poco las valoraban? Bajo el notorio machismo que impregnaba la cultura musulmana, ¡qué lejos estaban esos comportamientos de su ideal!, pensó por dentro. Después de explicarles el procedimiento de cobro, se despidió a las puertas de la salita. Al entender su intención, Jalid intentó retenerla un momento más, haciéndole una última pregunta, la que más le interesaba.

—¿Me aceptaría que la invite a cenar, a cambio de todas las molestias e impertinencias que le hemos podido provocar, en todo caso cometidas sin mala fe? Nada me agradaría más. ¡Diga que sí! No se lo piense mucho. Una simple cena, donde usted elija. Considérelo, se lo ruego. Aceptaré cualquier noche en que le venga bien. Me haría usted muy feliz.

Sarah negó cualquier posibilidad, con educación, pero también con firmeza.

—Caballero, no insista más, me ofenderá si sigue haciéndolo... —Trató de mantenerse cortés, aunque le estaban entrando ganas de decírselo de una manera más cortante. Al ver acercarse a su jefe, se contuvo—. Gracias por haber comprado en Hermès; que tengan un buen día.

Sarah se dio la vuelta y se alejó de ellos, en busca de un nuevo cliente. Pero Jalid no dejó de mirarla mientras pensaba: «Ningún gran logro se consigue en un solo asalto. Me gusta...»

CAPÍTULO 6

Monte de los Olivos. 20 de septiembre de 1187

No habían pasado ni tres meses de la mayor victoria de Saladino frente a las tropas cruzadas, en los Cuernos de Hattin, al noroeste del mar de Galilea. Fue allí donde más de quince mil jinetes musulmanes y treinta mil soldados venidos desde todos los territorios de obediencia islámica, vencieron a los muy menguados ejércitos cristianos dirigidos por el monarca de Jerusalén y Chipre, Guido de Lusignan, desencadenando a partir de entonces una rápida pérdida de importantes enclaves cristianos repartidos por toda Palestina, empezando por Tiberíades, Acre, Sidón, Haifa, Cesarea, Arsuf, Jaffa, y terminando por Ascalón y Gaza, sin mencionar la mil veces ansiada ciudad santa de Jerusalén.

Frente a ella, el llamado «líder de los creyentes», sultán de Egipto, Damasco, Mesopotamia, Alepo, Mosul y Persia, miraba embobado el hermoso perfil de la ciudad deseando poder pisar la Mezquita de la Roca, donde Abraham había intentado ofrecer a su hijo en sacrificio, según afirmaba la tradición, y lugar de inicio del viaje de Mahoma al cielo sobre un caballo alado. Pero Saladino también ansiaba recorrer la Mezquita de Al-Aqsa, tercer lugar santo después de las ciudades de Medina y La Meca.

Apoyó las dos manos sobre la cruz de su amada yegua Shujae para cambiar de postura, cansado de las muchas horas que llevaba sobre ella. Suspiró tras recibir el dulce aroma de un amplio macizo de jazmines a su izquierda e hizo balance de los últimos años vividos. Acababa de cumplir cuarenta y nueve años. De ellos, había ocupado diecisiete en guerras, los últimos tres y medio contra sus hermanos musulmanes. Unas veces lo había hecho para asentar sus dominios y convencerlos de la oportunidad de una unidad armada. Otras, para vencer sus ambiciones y reunir al islam bajo su figura y sultanato. Y los últimos once meses, contra los francos cruzados, en la batalla más sonada entre todas; la de Hattin.

Era consciente de que su nombre y valor habían recorrido Occidente desde aquella crítica contienda. Hasta el arzobispo y reconocido cronista, Guillermo de Tiro, alababa sus méritos antes de que le alcanzara la muerte en 1185, diciendo de él que era «hombre de prudente consejo, valentía en la batalla y generosidad inconmensurable».

Después de haber pasado casi todo el año 1186 en Damasco, superadas las graves fiebres que a punto estuvieron de llevárselo a la tumba, entre debates teológicos, la monta de sus caballos, cetrería y cazas, Saladino había recuperado una aceptable condición física; aunque luciese ahora una barba canosa y la piel más arrugada. No se ocupó solo en esparcimientos y descansos durante aquellos años, sobre todo, terminó de reunir a los últimos territorios musulmanes que faltaban bajo su ya Imperio ayubí, creando un excepcional momento de concordia entre suníes y chiíes, hecho único desde la muerte del Profeta. Y si lo había logrado, fue haciendo crecer el ansia de emprender la soñada guerra santa entre todos, la que les debía conducir a recuperar al-Kadisiya, la Jerusalén cristiana; novia arrebatada por los politeístas ochenta y siete años atrás. Novia que tenía que volver al dulce lecho de los verdaderos creyentes, bajo los susurros y bendiciones del mismísimo Alá.

Aquel día, en los albores de una jornada que nadie sabía si

iba a terminar teñida de sangre o regada con lágrimas de alegría, Saladino sintió orgullo al verse acompañado de todos los ejércitos del islam, venidos desde las riberas del Éufrates al caudaloso y lejano Nilo por primera vez en la historia.

Observó los movimientos del enemigo por encima de las almenas después de haber departido con el embajador cristiano, que no era otro que la respetada y admirada reina Sibila, tantas veces recibida en persona en sus diferentes campamentos. Después de saber que la ciudad no se iba a entregar, tuvo que rebajar la preocupación de la mujer por su marido, el rey Guido, capturado al término de la batalla de los Cuernos de Hattin, explicándole que estaba bien de salud y con ganas de verla. Aquella cristiana, hermosa y misteriosa a partes iguales, confidente y espía, se había convertido en alguien muy especial para el mayor unificador del islam. Tanto la respetaba, que haría lo imposible por evitarle daño alguno. ¿Cómo olvidar que había sentido por ella algo más que una amistad, en tantos y tantos furtivos encuentros?

La vio entrando en la ciudad y esperó a ver cerrado el portón defensivo tras de sí para ordenar el asalto a la muralla oeste, entre las torres de David y Jaffa, empeñando en ello todas las máquinas de asedio.

A partir de entonces, sería su hijo Al-Afdal quien se encargaría de la dirección del ataque. Aunque sería su primera gran empresa bélica, Saladino estaba muy seguro de su valía. Después de escucharle dar las consiguientes órdenes, su mirada no se agotó en su vástago, buscó también la figura del caballo que este montaba; un ejemplar de seis años nacido en sus cuadras, hijo de los dos mejores ejemplares que había tenido nunca; una hermosísima y briosa yegua de capa negra venida de Siria y un semental de Yemen que no podía ser más noble, estilizado y fuerte. De ellos, Sunbhad, que así se llamaba la montura de Al-Afdal, había heredado lo mejor. Lo vio resoplar nervioso, inflando sus ollares, deseando ponerse en acción. Shujae hizo lo mismo, contagiada del brío del otro corcel, ansiosa por galopar también.

Consciente del mucho tiempo que les separaba de la definitiva conquista, Saladino decidió dar gusto a Shujae y se apartó de sus generales para tomar un sendero que conducía a la vecina tumba de los profetas Zacarías y Malaquías. En realidad, no era la tumba lo que pretendía visitar. Quería tener un rato de reflexión y soledad con su yegua; disfrutarla. Y que ella disfrutara de él como tantas veces habían hecho, lejos de contiendas. Porque para Saladino montar a caballo no solo era una sana obligación para el buen creyente, su amor por los équidos iba mucho más lejos. Él sentía la energía de los animales en su propio cuerpo. Durante aquellas largas cabalgadas que los llevaban de un sitio a otro, se unía con tanta intimidad a su yegua que a veces dudaba de si sus piernas seguían apoyadas en los estribos o eran las que coceaban el suelo rompiendo guijarros y pequeñas ramas. Llegaban a compenetrarse tanto que el vuelo de las crines de Shujae era el vuelo de sus cabellos y la brisa que refrescaba el lomo del animal era la misma que atemperaba su espíritu. El temor en los ojos de su yegua era el temor en los suyos, cuando, por ejemplo, veía venir un fiero grupo de templarios a caballo, como le había ocurrido en más de una ocasión. Y el sudor que blanqueaba la piel de su yegua, tras una larga carrera, era el mismo sudor que se escurría bajo la cota de malla con la que se protegía.

La unidad que experimentaban los dos no era fácil de explicar; solo se podía vivir. Y Saladino procuraba que eso sucediera al menos una vez al día. Así la estaban sintiendo en ese preciso momento, entre legendarios olivos cargados de incipientes aceitunas, serios crujidos de madera ante el choque de las máquinas de asalto contra las blancas murallas, los gritos de sus muyahidines animando al combate, el tañido de centenares de campanas enemigas clamando al cielo o las sonoras letanías bendiciendo a las huestes cristianas en armas contra el hereje musulmán. Shujae, activa, caracoleaba sobre sí misma feliz, trotaba, frenaba, doblaba el cuello, o lo estiraba mientras esquivaba centenarios olivos guiada por su jinete.

Saladino se vio en El Cairo, seis años atrás, en los primeros encuentros con Shujae, cuando recibió la revelación de su amado Alá, que le hizo ver con claridad lo que esperaba de él. Había pasado una noche casi en vela, entregado a los rezos y a todo tipo de mortificaciones, recitando el Libro, mientras recordaba las palabras de aquel jeque santo al que había acudido cuando era joven, en los palacios de Damasco. Fue quien le dijo que su vida tenía que estar presidida por dos actitudes, servidumbre y dependencia; que nunca buscase ser nadie sin Él.

Ese día, aprendió que para crecer por dentro tenía que entregarse sin resquicio y someterse por entero a Alá. Y después de haberlo hecho mil veces hasta alcanzar la madurez, en un momento de aquella soñada y larga noche, sintió un calor diferente, intenso, que no quemaba. Y vio la luz, pero él también era luz. Y sintió un arrebatador amor, y él era amor. Fue entonces cuando se vio en un sendero que terminaba en unas murallas blancas salpicadas de torres y cúpulas. Una ciudad que flotaba sobre unas nubes ribeteadas de oro. Y ante aquella magnífica visión, no tuvo duda alguna; estaba viendo al-Kadisiya, la Jerusalén eterna. Ahí entendió lo que Alá quería de él.

En su nombre había ganado El Cairo, después Damasco, para terminar alcanzando las puertas de Jerusalén. Muchos de los suyos interpretaron entonces el sentido de su nombre: Salah-ad-Din, el Unificador de la Fe. Era él quien tenía que rescatar la ciudad santa de los herejes francos para devolverla a Alá, con sus mezquitas sagradas y sus murallas levantadas para Él.

Y esa ciudad estaba ahí, enfrente.

Tardarían horas, días o semanas en vencer a sus actuales defensores, pero caería. Detuvo a Shujae, la descabalgó, y cayó de rodillas al suelo llorando de alegría. Se sintió solo, frente al Único, divisando los nuevos límites que él iba a intentar añadir a su imperio. Alá le había regalado el poder; ahora tenía que mostrarse digno de tan alto favor.

Horas después, mientras observaba la evolución del asedio, asumió lo mucho que iba a costar franquear las anchas murallas, los fosos y las torres defensivas que abrazaban la ciudad protegiendo a sus habitantes; miles de cristianos dispuestos a morir antes de entregar al islam su Santo Sepulcro. Adelantado a Saladino se encontraba Kalud, su más leal lugarteniente, quien desde el punto más alto que encontró levantó la Vera Cruz, aquella madera ganada al enemigo en la batalla de Hattin que tanta veneración provocaba en los francos. Su aparición provocó en los asediados un efecto inmediato. Los vieron rodilla en tierra y a muchos llorando, afectados por tan alta y humillante pérdida. Pero lo que no quedó a la vista fue el desgarrador odio que creció entre aquellos hombres, mujeres y niños contra los seguidores del Profeta.

—¿Qué dicen nuestros confidentes? ¿Cuántos pueden ser?

Saladino disponía de varios espías dentro de la ciudad, sobre todo griegos ortodoxos, enemigos de los latinos, que le informaban sobre el devenir de los sitiados. Soñaba con derribar las cruces colocadas en lo alto de las mezquitas, recuperar la oración en ellas y pisar las calles de al-Kadisiya sin mancharse de sangre como hicieron los primeros cruzados cuando pasaron a cuchillo a sus anteriores habitantes.

—Nos dicen que setenta mil y que están dispuestos a todo. Han tomado las armas hasta sus clérigos, mercaderes y mujeres. Los dirige su patriarca, Heraclio, a falta de rey, junto con Balián, a quien vos bien conocéis.

Claro que lo conocía. Después de la victoria de Hattin y de su prisión posterior, le había permitido abandonarla unos días bajo promesa de un inmediato regreso, para sacar de Jerusalén a su esposa, la exreina María Comneno antes de poder verse afectada por el inmediato asalto musulmán. Pero Balián no había cumplido. La mujer había tomado camino a Siria y él se había quedado en la ciudad. Según sus espías, movido por el deber de protección a los suyos, aunque, a falta de otra autoridad, terminó encabezando la defensa. Una defensa que estaba siendo bastante efectiva.

En aquel primer día, fuera o no fruto de las continuas oraciones dirigidas en mitad de las calles o dentro de las iglesias, al bando musulmán le tocó sufrir un enemigo más; el sol. Un sol que se ocupó de cegarlos durante demasiadas horas, hasta cejar en sus ataques.

El quinto día de asedio Saladino ordenó levantar las tiendas y mover su ejército, lo que se entendió como retirada desde el otro bando. De forma equivocada, los asediados rompieron a gritar llenos de júbilo, pensando que su Mesías había conseguido vencerlos. Pero esa no era la idea. Junto con su hijo Al-Afdal, hicieron desplazar las armas de asalto y el grueso de sus ejércitos a la cara norte de la ciudad, frente a la puerta de Amoud, en dirección al valle de Cedrón, donde la muralla era más estrecha.

Los zapadores comenzaron los trabajos de minado. Alinearon doce almajaneques y, cuando al día siguiente, el cielo se tiñó en ocres, a punto de anochecer, volaron miles de flechas desde los arcos kurdos, como también lo hizo una ingente y enorme cantidad de gigantescas piedras que buscaron las murallas para herirlas. Horas más tarde, y a la vista de la efectiva estrategia, Saladino elogió a los suyos, divisó la cúpula de La Roca, vio cercana su conquista y gritó en voz alta:

«¡Tened fe en Alá! ¡Venceremos! Jerusalén lo quiere, Él lo quiere».

CAPÍTULO 7

Hotel Four Seasons. El Cairo. Egipto

Amina atravesó el *lobby* del lujoso establecimiento, se acercó al mostrador de recepción y preguntó cómo encontrar la cafetería. Tomó un ascensor para acceder al Upper Deck Lounge, un agradable bar acristalado en la azotea con las mejores vistas sobre la ciudad y el Nilo; así lo publicitaba un cartel a la derecha de los botones del elevador.

No había sido fácil convencer a Marc para presentarse a la cita sola.

De hecho, le había dejado en casa bastante enfadado y sin entender sus motivos. Cierto era que había cambiado de opinión desde que recibió la propuesta en la excavación al momento armario, a punto de elegir ropa para encontrarse con el misterioso emiratí. Lo pensó mientras dudaba entre ponerse unos pantalones cómodos con camiseta o algo más formal —el hotel tenía fama de reunir a una elegante clientela—, para terminar decidiéndose por un vestido por debajo de la rodilla en tonos naranjas, de cintura alta, cuando entendió que no tenía sentido alguno que fuera Marc. ¿Acaso estaba incapacitada ella para analizar cualquier propuesta por rara que fuera? En la respuesta a esa pregunta estaba la decisión; no necesitaba a su pareja para acompañarla.

Frente al espejo del armario, mientras se dibujaba una raya

negra en cada ojo y extendía una sombra de colorete por sus mejillas, miró qué hacía él. Marc se abrochaba sus pantalones chinos, con el *blazer* azul extendido sobre la cama, a punto de ponérselo, cuando se lo soltó sin anestesia y muy como era ella.

—Marc, déjalo; no vas a venir conmigo.

A partir de entonces, tras una primera discusión que fue subiendo de tono, en la que se empezaron a mezclar asuntos que no venían al caso, donde surgieron antiguas reclamaciones mal resueltas y alguna que otra apreciación de Marc que terminó siendo bastante ofensiva para Amina, ella decidió zanjar el asunto haciéndose con su bolso, cepillo de pelo en una mano para peinarse cuándo y dónde pudiera, y la otra buscando la puerta de la casa. Y sin volverse a mirar ni decir adiós, la cerró con un ruidoso porrazo.

El ascensor del hotel llegó a la última planta y abrió sus puertas.

Amina echó un primer vistazo en busca del personaje, sin localizarlo. Se detuvo en un mostrador, donde un camarero de piel negra y chaqueta blanca dejó de mirar sus papeles, pronunció un «buenas tardes» con bastante poco entusiasmo y preguntó si estaba alojada en el hotel. Ella se explicó. Le siguió por el interior de la cafetería hasta que tomó asiento al lado de un amplio ventanal con excelentes vistas sobre la ciudad. Pidió un zumo de naranja. Nunca tomaba alcohol tan pronto. Miró su reloj, eran las ocho menos diez. Su madre le había tratado de enseñar, toda la vida, pobre, que una mujer siempre tenía que llegar a sus citas un poco más tarde de la hora convenida, que era lo correcto. Pero Amina, por su sempiterna rebeldía o por lo que fuera, hacía todo lo contrario y llegaba siempre antes.

Observó a una pareja, casi pegada a su mesa; ella muy risueña y bastante descubierta de ropa para un país como Egipto. Él, muy estirado; impecable en su forma de vestir y con un bigotito perfectamente cuidado. Podía ser inglés.

No es que le gustase cotillear como pasatiempo; aquel defecto estaba lejos de su forma de ser. Se fijaba en los demás con la sana intención de descubrir cómo eran, de explorar sus gestos y personalidades, deseando aprender de todos. Era un ejercicio que le gustaba hacer; quizá una manía consecuente con su tipo de trabajo, siempre en busca de lo oculto, del lado misterioso de la historia, ansiosa por encontrar grandes sorpresas en cada una de las excavaciones, como también en su vida.

—¿Señorita Al Balùd?

Amina se volvió y reconoció al hombre que la había citado. Vestía igual que por la mañana. Incluso le pareció percibir un desagradable tufillo a sudor cuando le extendió la mano para saludarla. Siendo ella tan sensible a los olores, decidió que aquella no era la mejor manera de empezar una provechosa cita. Le concedió un corto crédito de confianza. Pidió al camarero un té muy frío.

—Antes de explicarme, quiero agradecerle que haya venido. Soy consciente de lo atropellado de mi propuesta, como también de lo ocupada que debe usted estar. Disponer de su tiempo es un verdadero honor que no desaprovecharé sin un buen motivo. —Inclinó tres veces la cabeza como símbolo de gratitud y respeto. Amina no habló—. Mi nombre es Mohamed ben Tarik y trabajo para el líder de un pequeño emirato árabe de nombre Fuyarja. Apenas se habla de nuestro país ni salimos en los medios de comunicación. Al contrario de usted, que ha protagonizado infinidad de reportajes en las mejores revistas y diarios del mundo, detalle que no ha pasado desapercibido para el emir Jalid bin Ayub. Él es quien me envía.

Amina vio una llamada de Marc en su móvil, lo tenía en silencio. No respondió. Bebió un trago de té, se secó los labios con una servilleta y preguntó a Tarik qué interés podía tener su jefe en ella. Antes de responder, el hombre fue a probar su bebida y, en un despiste, se le derramó la mitad por la camisa.

Se puso colorado. A ella le divirtió la escena y sonrió ante el azoramiento que mostraba el hombre.

—Le gustaría que acudiera a su emirato para hacerle una propuesta que sospechamos podría ser de su agrado; un proyecto poco convencional y muy diferente a lo que ha estado haciendo hasta ahora, trabajo por el que está dispuesto a pagar muy bien. Si acepta su petición, pondríamos a su disposición un *jet* privado para hacerle más fácil el desplazamiento y, desde luego, podría elegir el día y el horario que mejor le convenga. Para compensar el tiempo que robaríamos a su actual trabajo, no menos de dos días, o cuatro si deseara visitar el emirato con más detenimiento, el emir abonaría con gusto cualesquiera que fueran sus honorarios. Como no los conocemos, él mismo los ha estimado en diez mil dólares diarios, pero tiene usted la última palabra.

Amina no pudo evitar su sorpresa arqueando las cejas. Se estaba hablando de mucho dinero. Con cuatro días casi cobraría lo mismo que ganaba en todo un año.

—No puedo negar que la idea me seduce. Pero, si no me da una mínima pista de qué va todo esto, no cuente conmigo. ¿Qué opina?

Cruzó sus piernas por debajo del vestido, se rascó el mentón, carraspeó dos veces y miró al emisario de forma directa, a los ojos. No estaba dispuesta a aceptar de él ninguna evasiva.

—La entiendo. Verá, todo lo que puedo decirle es que se trata de una excavación en busca de un objeto que tiene un enorme valor para mi emir. No se le pedirá nada que no esté dentro de sus capacidades, eso se lo aseguro.

—¿Una excavación dónde y buscando qué? —Antes de dejarle contestar, decidió compartir lo que acababa de pensar—. No sé si es consciente, pero hoy he vivido un día de enorme trascendencia para mi carrera profesional y científica. A la vista de lo que hemos encontrado, me esperan muchos meses con un trabajo que no me puede llenar más, se lo aseguro...

—Y se llevó las manos al pecho resaltando la importancia de sus últimas palabras, como salidas de su propio corazón—. Por tanto, esmeraos en explicármelo mejor, porque en mi vida no es el dinero quien manda...

Mohamed midió su respuesta. No podía sobrepasar los límites que le había marcado su emir, quien, de todos modos, había previsto esas preguntas por parte de la mujer.

—Siria —contestó.

—¿La misma Siria que se encuentra sumida en una cruenta guerra civil? ¿Vuestro emir se ha vuelto loco? —Agitó las manos para reflejar su inicial rechazo.

Aunque en verdad no era tal; llevaba mucho tiempo queriendo trabajar en ese país, poseedor de uno de los mayores patrimonios arqueológicos del mundo. En realidad, no podían proponerle mejor lugar para emprender una investigación. No temía la guerra. Siria era perfecta; hasta le ponía. No lo dijo.

—Su seguridad estaría por encima de cualquier otra consideración; llevaría protección armada en todo momento. La cuidaríamos mejor que al presidente del país, créame... —sonrió, y su bigote se escondió bajo el labio superior, dando paso a una brillante dentadura.

—¿Y el objetivo?

—El deseo del emir Jalid es responderle en persona a esa pregunta que adivino va a hacerme. Tan solo me permitió darle un adelanto: coincide con su especialidad, la zooarqueología.

Como a partir de ese momento Amina no consiguió más información que la dada, le propuso volver a hablarlo en unos días, sin darle pista alguna sobre su decisión. Necesitaba pensárselo bien; entender qué iba a pasar con el hallazgo realizado en Saqqara, saber si el Ministerio de Antigüedades tomaría las riendas de la investigación o se las pasarían a ella. Y, además, tenía que resolver un asunto de índole personal que, en los últimos tiempos, no estaba contribuyendo a mantener su buen karma.

Se despidió de Mohamed, bajó a la planta baja, buscó su coche y se dirigió a casa, donde imaginó a Marc esperándola. La idea la retrajo. ¿Qué le pasaba? No tenía ninguna gana de compartir lo hablado con aquel tipo y menos aún justificar su comportamiento previo a acudir a la cita. Sintió la tentación de parar en un bar de copas que quedaba a mitad de camino y lo hizo. Y lo peor es que no se sintió mal. Por eso, antes de pedir su segundo *gin-tonic*, había tomado la decisión de que el francés no iba a ser un problema en caso de cambiar Saqqara por Siria. No sentía lo suficiente por él como para que mereciera la pena luchar por una relación que apenas había crecido fuera de la cama. La primera decisión estaba tomada.

La segunda circunstancia que terminó de remover sus frágiles cimientos, tanto emocionales como laborales, tuvo lugar dentro de la nueva cámara, cuando tan solo cinco días después de su apertura, el responsable del Ministerio de Antigüedades le hizo saber que la dirección del proyecto de investigación iba a recaer en manos de un afamado arqueólogo que ella conocía, y que no respetaba desde su condición científica. Entendió que su condición de mujer había mermado toda posibilidad de ser la elegida. Se sintió humillada e injustamente ninguneada. Para descubrir el enclave les había sido útil. Pero para dirigir y gestionar el proyecto de investigación posterior, no. Recibió la noticia como un brutal desprecio, muy difícil de asumir. Tampoco le valió, por tanto, el puesto de primera coordinadora que le ofrecían.

Ese mismo día, ya sin ningún recuerdo físico de Marc en su casa, llamó a Mohamed.

—¿Podría tener preparado ese avión para volar mañana a eso de las diez?

CAPÍTULO 8

Maison Hermès. 17 Rue de Sèvres. París. Septiembre de 2017

Todos los viandantes de la Rue de Sèvres se paraban para hacerse una foto ante el increíble doble pasillo de rosas rojas de más de un metro de altura que recorría los últimos tres metros de acera, antes de la entrada principal a la Maison Hermès. Sarah lo vio a su llegada al trabajo y se quedó impresionada. Desconocía la iniciativa, que atribuyó a la escaparatista de la casa, pero le pareció una increíble idea que solo se podía permitir una de las mejores marcas de lujo del mundo. Entró en la tienda decidida a buscar los vestuarios para cambiarse de ropa, pero la detuvo el responsable de planta, su jefe.

—Han dejado una nota para ti —dijo, y le pasó un sobrecito pequeño.

—¿Quién? —preguntó ella, sin entender nada.

—El anónimo responsable de ese espectacular pasillo de rosas. Como verás no hay más nombre en el sobre que la destinataria: tú. Si se trata de un admirador, ¡vaya con tu admirador!

Destapó una sonrisa medio pícara que molestó e incomodó a partes iguales a Sarah. Un gesto bastante impropio en él, dada la distancia que ella le había marcado desde el primer día. No soportaba a aquel hombre.

Abrió el sobre y sacó una tarjeta que leyó de corrido. Sin

inmutarse lo más mínimo, la devolvió al sobre, no explicó nada y se dirigió hacia la planta baja donde estaban las dependencias de uso privado. Pierre fue tras ella.

—¿No me vas a contar nada, ni una pista de quién está detrás de ello?

—¡No! —respondió ella con sequedad, sin volverse—. Es un asunto personal.

Pierre cejó en sus intenciones con una mueca en la cara que reflejaba más frustración que enfado. Sarah entró en el ascensor y pulsó el botón S. Las puertas se cerraron y la cabina empezó a bajar. Solo habían pasado dieciséis horas desde que había atendido al peculiar emiratí, desde que rechazó el collar que quiso regalarle junto a una oferta para cenar con él y, en la nota que acababa de leer, ponía: «La espero esta noche en el restaurante Épicure a las 20:00», firmada por Jalid bin Ayub.

Mientras se desvestía para ponerse el conjunto de otoño-invierno que la casa había elegido para sus empleadas, no tuvo duda alguna sobre la decisión que iba a tomar: no acudiría a la cita, por muy tres estrellas michelín que ostentara aquel restaurante, uno de los mejores de París.

No era mujer que se dejase deslumbrar por ese tipo de invitaciones, tampoco porque le ofrecieran regalos ni halagos. Aunque reconociese que lo de las rosas había sido un detalle espectacular, no era suficiente para superar el rechazo que sentía por ese tipo de hombre, no tanto por él como por el rol que el mundo árabe ofrecía a la mujer, que tan bien conocía ella siendo hija de quien era. ¿Cuántas esposas tendría el tal Jalid? ¿Qué pretendía con ella, sumarla a su harén? ¿Cómo se podía entender, si no, que un multimillonario tratara de cortejar a la dependienta de una tienda parisina, nada más conocerla, a base de collares e invitaciones a lujosos restaurantes? Lo mirara por donde lo mirara, no encontraba resquicio alguno en su decisión. No necesitaba a un hombre, y menos a ese hombre para seguir disfrutando de una vida plena, se convenció a sí misma mientras se abrochaba la blusa. No le faltaban alicientes en su vida; pocas habría que tuviesen una existencia tan intensa. Porque ella, una vez al año, experimentaba la inigualable emoción que le ofrecía el acto de robar; aquella incomparable presión que inundaba su pecho hasta dejarla sin respiración, convirtiendo cada nuevo reto en una absoluta remoción interior. Era su respuesta a un insalvable reclamo interior, algo que llevaba en la sangre desde bien pequeña. Ese era su gran alimento, el que lo justificaba todo. Los hombres le interesaban, por supuesto. Como mujer, adoraba sentirse amada y amar. Se moría con los primeros juegos de seducción como también con los siguientes encuentros. Era mujer de dejarse querer, pero nunca tanto como para revelar a nadie su secreto ni ver comprometidos sus sueños. Por eso, sus relaciones duraban poco. Terminaban cuando ellos se adentraban en territorios vedados, cuando pretendían descubrir qué había dentro de un compartimento que adivinaban muy íntimo, al que ninguno había conseguido entrar. Porque su secreto solo lo conocían ella y su abuelo, desde el cielo. Nadie más, o sí, pero eso era diferente, se trataba de un increíble amigo. Y así quería que siguiera siendo.

Se miró en el espejo, dio su aprobado, cerró con llave la taquilla y salió a la tienda para afrontar un día más de su vida. Vestida con su mejor sonrisa, se dirigió a atender a una pareja de italianas, a las que se podía reconocer a distancia.

—Buenos días, señoras. ¿Las puedo ayudar en algo?

El día transcurrió de forma normal, pero revolucionado para el resto de sus compañeras. Se le fueron acercando todas, queriendo saber quién había decorado la calle en rojo por ella. A unas y a otros, que algún varón también se les unió, fue respondiendo sin explicar nada, en realidad. Las dos más jóvenes se descararon pidiendo el contacto, en caso de no estar ella interesada. Lo que le extrañó más, coincidiendo con el cierre de la tienda y su salida, fue ver cómo un equipo de operarios recogía las rosas a toda velocidad para cargarlas en una furgoneta. No tardaron más de diez minutos en conseguirlo; los mismos que ella empleó en comprar unos sándwiches en la pastelería de enfrente, con intención de cenarlos en su apartamento. Mientras salía del comercio con el paquete en la mano, al recordar el tarjetón que acompañaba las flores, concluyó que prefería la soledad de su casa y unos sencillos sándwiches al afamado restaurante propuesto y la compañía de Jalid bin Ayub.

Al día siguiente, atravesó otro pasillo de rosas para entrar en la tienda, en esta ocasión blancas. Y leyó otro tarjetón con idéntico texto: «La espero esta noche en el restaurante Épicure a las 20:00», firmado por Jalid bin Ayub.

Los siguientes tres días, hasta el cierre dominical, vieron aparecer nuevos ramos, otros colores, pero siempre el mismo mensaje.

Sarah empezó a recibir nuevas presiones por parte de su jefe hasta que terminó revelando el nombre del responsable de tamaña persistencia. Soportó sus recomendaciones una semana más, instándola a acudir a la cita una y otra vez. El insólito hecho terminó siendo noticia en el diario *Le Figaro*, en la sección local, despertando el interés de sus lectores, que empezaron a acudir a la entrada de Hermès para presenciar los pasillos florales que se renovaban cada día. No saber qué románticas razones movían a su autor añadía más encanto al hecho. Y mira que algún periodista presionó a la floristería encargada de las puestas en escena y, por supuesto, a Sarah, una vez supieron que era ella la destinataria de tan inusual montaje. Por eso, al finalizar el undécimo día del primer pasillo, Sarah decidió ponerse un vestido negro, de elegante corte y discreto escote, recogió su pelo en una coleta que sujetó con un lazo de terciopelo negro, se puso los pendientes que dejó olvidados su madre antes de abandonar Tel Aviv y a ella para siempre, unos tacones altos, y pidió un Uber para que la llevara al restaurante Épicure, en la 112 Rue du Faubourg-Saint-Honoré.

Atravesó sus puertas a las 20:15: una mujer no llegaba a una cita antes de la hora prevista; así es como ella se comportaba siempre.

CAPÍTULO 9
—

Castillo de Kaiserburg. Núremberg. Alemania. 1943

El espectáculo iba a tener lugar en el salón principal del castillo. Su público: el mismísimo Adolf Hitler junto con Eva Braun, acompañados por su lugarteniente Himmler, el jefe de propaganda Goebbels y su esposa, tres generales de las SS y dos de la Wehrmacht. El día y motivo del encuentro: veinte de abril, cumpleaños del Führer. Y el responsable de distraerlos a todos iba a ser el afamado ilusionista Gustav Ludwig.

Aunque Jacob, o Gustav para ellos, ocultaba una segunda intención: neutralizar una de las armas secretas del mismísimo Hitler a partir de una información que había podido entresacar a Himmler. El objetivo de Jacob se encontraba a solo diez metros bajo el escenario donde iba a representar uno de los más complejos trucos de ilusionismo; su propia desaparición a la vista del público, en concreto de aquellas diez personas. Una desaparición que se convertiría en un acto patriótico de incógnitas consecuencias.

Jacob Ludwig, en ese arte de transformar lo imposible en real, había llegado hasta la cúpula nazi engañándolos, ya desde el principio de su relación. De eso hacía más de cinco años. Sus creencias políticas no eran las que ellos imaginaban, ninguno ponía en duda la pureza de su sangre, cuando era judío de los pies a la cabeza, veían en él fascinantes poderes ocultos, cuando llevaba a cabo sus inexplicables ilusionismos, y lo tenían por un fiel seguidor más de las teorías antropológicas arias. La culpa de su acceso a tan influyentes compañías se debió a la excelente relación que había establecido con el lugarteniente de Hitler, Heinrich Himmler, casi por casualidad, un año antes del comienzo de la guerra, coincidiendo con los primeros hechos de la persecución judía.

Fue en 1938, cuando el segundo hombre del poder nazi había acudido a presenciar un espectáculo de ilusionismo que Jacob protagonizaba en un teatro de Berlín. Los sorprendentes trucos de adivinación, desaparición de objetos, así como los efectos de ilusionismo que puso en práctica durante los setenta minutos que duró el espectáculo, llamaron tanto la atención de Himmler que le hizo llamar a su despacho al día siguiente para tratar de descubrir qué energías poseía aquel hombre; capaz de poner en marcha tan inauditas argucias. Tras escucharle hablar y después de recibir algún que otro adelanto secreto, Himmler no pudo resistirse y le convenció para que compartiera una parte de sus conocimientos y le enseñara los principios del ilusionismo, apasionado de las ciencias ocultas como era él.

Jacob, miembro de la resistencia judía berlinesa, constituida a partir de la promulgación de las leyes raciales de Núremberg, que se hicieron realidad en noviembre del 38, durante la funesta «noche de los cristales rotos», vio en el dirigente alemán la oportunidad de introducirse en las altas esferas del poder nazi. Gracias a la intervención de un miembro de la resistencia judía, muy bien colocado en las oficinas donde se expedían los *Ariernachweis* o certificados arios, le consiguieron uno para él y así quedó borrada cualquier pista de su ascendencia judía. Pero también se creó una historia familiar y personal, paralela a la real, que Jacob integró en su memoria, para, a partir de entonces, poner todo su empeño, conocimientos y habilidades, en hacer crecer su relación con Himmler; paso necesario para acceder al resto de dirigentes del nacionalsocialismo alemán.

Empezaron a quedar dos días a la semana para ir desgranando paso a paso las esencias del ilusionismo. Himmler nunca tenía prisa, quería aprender y practicar el uso de aquellas energías ocultas para recorrer los caminos de lo imposible ayudado por Jacob; conocimientos que el líder nazi pretendía extender a otras áreas de su actividad política, como la del *Estudio de la Herencia Ancestral Alemana*, o proyecto *Ahnenerbe*. Un empeño personal, cuyos fines y actividades, casi siempre en esferas poco convencionales, no podían producir una mayor fascinación al máximo jefe de la policía política y de las SS.

Pasados varios meses de mantener un trato fluido entre ellos, el dirigente nazi ganó tanta confianza con Jacob que, aparte de tenerle un alto grado de respeto, consideraba que era uno de los individuos más interesantes que había conocido en su vida.

El engaño de Jacob empezaba por su propio nombre, al haber adoptado delante de su enemigo el artístico Gustav, por ser más germánico, huyendo del suyo, dadas las connotaciones semíticas que tenía. Engaño que continuaba con su falsa certificación aria o con su aparente y desinteresado interés por cultivar un fuerte vínculo con el jefe de las SS. Porque el gran objetivo de aquel embrollo, lo verdaderamente importante, era poder acceder a cualquier información útil para la resistencia hebrea, sin descartar la posibilidad de una intervención directa en algún momento por su parte. Lo que iba a suceder por primera vez en aquel castillo.

Cuando Jacob entró en el salón principal, junto con su joven sobrino y ayudante, recibió el encendido aplauso de su mentor, Himmler, una seca mirada del Führer y la complaciente sonrisa de Eva Braun, a los que había visto en solo dos ocasiones más, junto a una expresión neutra en Goebbels. El resto estaban charlando entre ellos y apenas le prestaron atención.

La fortaleza Kaiserburg, que había sido principal residencia de los monarcas alemanes desde la Edad Media, contaba con una curiosa torre circular llamada Sinwell y unas dependencias subterráneas que escondían una lanza por la que Hitler sentía una especial fascinación desde que la había descubierto de joven, expuesta en un museo de Viena, en la sala de tesoros del Palacio Imperial de Hofburg. Una lanza que, según afirmaba la tradición, había sido la misma que atravesó el cuerpo de Jesucristo cuando estaba crucificado en el Gólgota: la lanza del romano Longinos. Una santa reliquia que estuvo en Jerusalén hasta el siglo VI, expuesta en la iglesia de Santa Sofía en Estambul después, y en el Vaticano otros tantos siglos más, hasta que cayó en manos de los primeros emperadores del Sacro Imperio Romano Germánico, entre ellos Carlomagno y Federico I, Barbarroja, que la emplearon en sus ceremonias de coronación y guerras, y también en las cruzadas, manteniéndola entre medias en la ciudad de Núremberg.

Después de la Revolución Francesa, Napoleón quiso robarla, pero fue salvada a tiempo y llevada a Viena para ser vendida a los Habsburgo, quienes la protegieron hasta 1938.

Fue en ese año cuando el Führer, sin haber pasado veinticuatro horas de haberse anexionado Austria, quiso entrar de noche en el Palacio Hofburg junto con Himmler, para volver a ver aquella punta de hierro de treinta centímetros de longitud, parcialmente recubierta con una lámina de oro y expuesta sobre terciopelo rojo; un objeto que no había dejado de obsesionarle desde bien pequeño. Meses después, organizó una expedición para hacerse con la Santa Lanza, transportándola en un tren especial blindado, protegido por sus mejores hombres, para devolverla a la ciudad que la veneró muchos siglos antes: Núremberg. Allí la ubicó en la iglesia de Santa Catalina, hasta que la cuidad empezó a sufrir los primeros bombardeos aliados, entrado el año 1943, momento en el que decidió esconderla en aquel castillo.

Hitler creía en su poder, como también Himmler. Fue este último quien relató a Jacob los avatares de la reliquia, una vez habían ganado la suficiente confianza y empezaban a compartir conocimientos y prácticas esotéricas, cuando no a embarcarse en largas disquisiciones sobre los motivos de que ciertos objetos poseyeran energía propia. Porque a esa lanza se le atribuían poderes mágicos y una maldición; aquel que la tuviera en sus manos vencería cualquier guerra, pero perderla le acarrearía la muerte.

Jacob entendió la trascendencia que tenía el objeto en Hitler y también, gracias a Himmler, supo que el Führer la había llevado encima en algunas ocasiones creyendo que le haría invencible; por ejemplo, durante alguno de sus discursos más multitudinarios en las llamadas concentraciones de Núremberg.

Con toda aquella información, compartida con los máximos responsables de la resistencia judía, Jacob se proponía actuar aquella noche. Si sustraía la verdadera lanza, de ser cierta su maldición y poder, quizá sirviese para dar por terminado el abuso y dominio nazi en Alemania, y ojalá desencadenase la muerte de su líder.

Cuando el reloj de cuco cantó las nueve de la noche, empezó el primer número. Por tratarse del cumpleaños del Führer, Jacob hizo flotar en el aire un par de velas con los números de su onomástica; un 5 y un 4, pasando la mano por encima y por debajo para demostrar que no pendían de ningún hilo.

Los asistentes no aplaudieron.

De hecho, tan poco concentrados estaban en él que pidieron a un camarero que rellenara sus copas con el mejor champán que había sido traído para la ocasión desde la famosa región productora francesa, ahora ocupada, y brindaron de forma ruidosa por su líder gritando tres «Heil Hitler!» que retumbaron por toda la sala.

Jacob siguió su espectáculo con varios trucos de cartas, que gustaron un poco más; no a Hitler, que rehusó en todo momento participar en el juego. Pero sí al resto, quienes después de un tercer y sorprendente truco se unieron a los aplausos arrancados por Himmler. Pero el definitivo impacto, entre aquel excepcional y difícil público, lo consiguió con un ejercicio de adivinación que tuvo a la esposa de Goebbels como protagonista. Ella escribió la fecha más importante de su vida en un papel que Jacob recogió doblado y que, a continuación, quemó en la chimenea, para, minutos después, escribirlo en una pizarra ante el asombro de la mujer y del resto de los asistentes.

Después de veinte minutos de función, llegaba el momento del gran truco. Lo explicó, para atraer la atención del grupo al completo.

—Me verán entrar en esa cabina —señaló la estructura que había dejado montada de antemano, colocada oportunamente por delante de una puerta que iba a necesitar para acceder al subsuelo— y, cuando dé la orden, mi ayudante cerrará el cortinón para abrirlo tan solo cinco segundos después. Si las fuerzas de la Madre Tierra se unen a mí, conseguirán arrastrarme con ellas al Mundo de las Tinieblas, a un submundo del que regresaré pasados ocho minutos; un breve espacio de tiempo que será amenizado por una soprano y dos tenores que interpretarán una pieza que confiamos sea del gusto de nuestro queridísimo Führer. Y, ahora, sin más demora, señoras y señores, los invito a presenciar un ejercicio imposible, fuera de toda lógica, en contra de las leyes físicas conocidas. Confío en que les resulte asombroso.

Himmler esbozó una sonrisa de satisfacción, encantado de haber sido el responsable de invitar a su amigo Gustav para que amenizara la velada tras la cena de celebración del cumpleaños de su líder. Codeó a uno de sus generales de las SS para que prestara atención.

Cuando se corrió la cortina y dejaron de ver a Jacob, este se introdujo tras un falso fondo trasero, recogió una copia de la lanza que había escondido en un compartimento oculto bajo el suelo de la cabina y buscó la puerta a solo metro y medio del escenario. La cerró con extremo cuidado. En ese momento, la cortina se abrió y los asistentes comprobaron la desaparición del ilusionista y del falso fondo. Tal y como se había explicado antes, entraron en el salón dos hombres y una mujer, se sentaron y, al instante, empezaron a interpretar la ópera *Los maestros cantores de Núremberg*, una de las piezas más icónicas para Hitler, que se repetía durante las grandes movilizaciones del partido. El Führer sintió un escalofrío de placer.

Jacob había llegado ya al subsuelo del castillo, sin perder un solo segundo, siguiendo un recorrido memorizado tras el pormenorizado estudio de los planos de la fortaleza, que habían sido obtenidos por un empleado que trabajaba en la cocina, familia directa de uno de los cabecillas de la resistencia. De camino no se había cruzado con nadie, pero sabía que en la cámara anterior a la que contenía la Sagrada Lanza podía encontrarse con un vigilante. Confió en los planes trazados; lo encontraría profundamente dormido, bajo los efectos de una droga introducida en su cena por el topo de la organización. Miró el reloj; habían pasado dos minutos. Abrió con cuidado la puerta y encontró al soldado sentado y roncando a gusto. Jacob buscó en su ropa las llaves de la cámara secreta. Una vez se hizo con ellas, corrió para abrirla. En su interior, localizó una docena de cofres de madera, algunos con lujosos adornos, que fue abriendo sin perder un segundo. En el tercero, vio un viejo cetro de oro con abundantes piedras preciosas. Los siguientes contenían libros antiguos. El más pequeño, medallones llenos de extraños símbolos y runas, hasta que llegó al último, donde estaba la lanza. La cambió por la perfecta copia que llevaba con él y dejó todo como lo había encontrado. Le quedaban dos minutos y medio para aparecer ante su auditorio.

Corrió escaleras arriba, alcanzó la puerta del salón principal y oyó el precioso vibrato final de la soprano, en el momento en que su ayudante empezaba a correr la cortina para ocultar a los presentes la cabina y, con ella, el doble fondo. Guardó el objeto bajo el compartimento del suelo, suspiró de forma profunda para tranquilizarse y esperó al momento final. Su aparición fue aplaudida por los presentes, incluido el propio Hitler, que no dudó en levantarse para estudiar aquella curiosa estructura, en un intento de descubrir el truco. No lo consiguió. Felicitó a Jacob, le agradeció la interesante velada y se despidió, con Eva Braun colgada del brazo, acompañado por los saludos del resto, quienes, brazo en alto, clamaron un *Heil Hitler* que a Jacob le supo a gloria.

Mientras recogían todo el material, media hora después, se le acercó Himmler, palmeó su espalda y lo felicitó.

—Sabía yo que tu presencia iba a ser un gran regalo para nuestro Führer. —Le brillaban los ojillos, quizá no solo por la satisfacción que mostraba, también por las numerosas copas de champán que llevaba encima—. ¡Qué digo, gran regalo! ¡El mejor regalo!

CAPÍTULO 10

Restaurante Épicure. París. Septiembre de 2017

Sarah entró en el *lobby* del hotel-palacete Le Bristol, en el 112 de la Rue Faubourg Saint-Honoré, y preguntó por el Épicure; la mejor oferta culinaria del establecimiento hotelero cuya sala se abría a un cuidado jardín interior y su cocina, llevada por uno de los mejores chefs de Francia, ganaba en prestigio al propio hotel. Siguió a un botones hasta la entrada del restaurante, donde un camarero supo que buscaba la mesa del señor Jalid bin Ayub.

—Por favor, sígame. El señor Ayub la espera.

Entró en una sala rectangular recorrida por grandes ventanales que abrían el espacio a un patio ajardinado con mesas. La noche era demasiado fresca para hacer apetecible una cena fuera. Sarah divisó al emir sentado, en una mesa ligeramente separada del resto. Al llegar, la recibió con una amplia sonrisa que destilaba un indisimulado triunfo, se levantó y le ofreció asiento, a su lado.

—Celebro que haya aceptado finalmente mi invitación... —Volvió a sentarse, recuperó la servilleta y se la colocó sobre las piernas—. *¡Garçon!* —Levantó la mano para atraer la atención de un camarero.

—Once días de rosas han vencido mis iniciales reticencias, que, como habrá visto, han sido muchas. Pero, dígame una cosa: ¿ha acudido a cenar todas las noches a este restaurante? —Miró las copas con necesidad. Tenía la boca seca.

—Once veces, sí. Y no me pesa haberlo hecho; la espera merecía la pena. Aunque, aparte de ello, dan maravillosamente bien de comer. ¿Qué desea beber? —Tenían el camarero a la espera. Sarah se dirigió al joven y pidió solo agua—. A mí, tráigame otro martini seco.

Ella se mordió la lengua. Le hubiera recriminado con gusto el consumo de alcohol, como supuesto musulmán que era, pero como no tenía intención alguna de pasar mucho tiempo con él, evitó entrar en aquella polémica.

Apareció el *maître*, a la vez que el camarero con el agua. Sarah bebió con sed.

—Les dejo la carta. —Se dirigió al emir—. El chef recomienda hoy langosta azul cocinada en su propio caparazón, con verduras confitadas en aceite de oliva, calamares salteados, anchoas, pimiento dulce y albahaca. El resto de nuestra oferta culinaria ya la ha probado, señor. —Se volvió hacia ella—. Pueden prepararla para ambos, si es de su agrado.

Sarah le contestó.

—La señora no cenará.

Al *maître* le costó reaccionar unos segundos ante tan inesperada respuesta, hasta que decidió darse la vuelta y dejarlos a solas.

—¿Cómo es eso? ¿No quiere tomar nada? —Jalid trató de templar su gesto, poniendo verdadero esfuerzo en ello. No estaba acostumbrado a ver contrariados sus deseos y esa mujer lo estaba haciendo demasiadas veces.

Sarah se secó los labios, le miró a los ojos y contestó.

—Mire, si he venido hasta aquí, ha sido para pedirle que deje de mandarme flores. ¿Me explico? No pretendo parecer grosera, pero, a ver, si lo que pretende desde que apareció por la tienda hasta hoy es cortejarme, debe saber que no soy mujer que se deje convencer con este tipo de artes, ya lo comprobó con el collar. Y para evitarnos pérdidas de tiempo, cuanto antes entienda que con el tipo de hombre que me gusta encaja más bien poco, por no decir nada, mucho mejor. Lo siento. Sé que ha invertido mucho dinero en flores para conseguir que viniera a cenar, se lo agradezco, pero, como digo, solo he venido para pedirle que termine de una vez con esa presión floral y me deje en paz. —Se terminó el vaso de agua, dejó la servilleta sobre el mantel e hizo amago de levantarse de la mesa para abandonar el restaurante.

Jalid la frenó con solo siete palabras.

—*Berthe Morisot con un ramo de violetas...*

Sarah se quedó bloqueada, las manos apoyadas sobre el mantel, sin entender nada. Acababa de escuchar el nombre del cuadro que había robado pocos días antes. Al mirarle a los ojos en busca de una explicación, le tembló un labio.

Jalid bajó la voz.

—Sarah, llevo mucho tiempo detrás de ti. Sé muchas cosas...

A ella le faltó el aire. Buscó el vaso de agua, pero estaba vacío. Al instante, uno de los camareros le sirvió más, desde una cubitera helada, tardó dos segundos en bebérselo. Su corazón latía a toda velocidad. ¿Qué estaba pasando? ¿Qué significaba lo que acababa de oír? ¿Qué sabía aquel hombre de ella?

Jalid hizo venir al *maître*.

—A final, tomaremos langosta los dos.

Sarah se rascó la frente, humedeció sus labios y buscó el lazo con el que se había recogido el pelo, incapaz de ocultar su nerviosismo, por si estuviese fuera de sitio, lo que no había pasado. Sintió un escalofrío bajando por la espalda y trató de pensar a toda velocidad. Dudó si levantarse y escapar o relajarse y tratar de entender de qué iba todo eso. Entre medias, evitaba cruzar su mirada con aquel hombre en un silencio cruel. Los segundos pasaban como si fueran horas. Esperaba que hablara, pero no terminaba de hacerlo. De pronto vio cómo sacó su móvil, lo empezó a toquetear y, cuando encontró lo que buscaba, se lo pasó. Era un vídeo. Sarah se vio dentro de la sala 31 del museo de Orsay, en el momento en que intercambiaba el Manet por la copia, antes de sellar el borde inferior del marco. También, cuando recogía la pantalla que había ocultado su manera de trabajar frente a la cámara de seguridad y al público. Los ojos le bailaron.

—Pero... ¿Quién pudo...? —se adelantó ella, asumiendo que a aquellas alturas su situación estaba fuera de control, lejos de lo que tenía por costumbre. Recordó la sensación de que alguien la estaba siguiendo tras la salida del museo y, después, en la autovía.

—Déjalo solo en pudo; no necesitas saber quién lo hizo. —Manipuló otra vez su teléfono y abrió un segundo vídeo. Sarah se vio vestida con el uniforme de una empresa de *catering* aéreo sacando de la bodega de un avión un carrito donde se escondía un cuadro: *Lirios en jarrón negro y fruta*, pintado por Matisse. Jalid recuperó el móvil—. Como estos dos vídeos, tengo otro más, bastante comprometedor también. ¿Quieres verlo?

—No. Es suficiente. —Sarah juntó las manos en actitud de súplica—. Si pretende impresionarme o anularme, no solo ha conseguido las dos cosas; en este momento, me siento tan perdida que no llego a imaginar qué pretende de mí... —Sarah trataba de imprimir un tono de serenidad a su voz que no terminaba de conseguir—. ¿Qué va a hacer ahora? ¿Me va a denunciar a la policía? —No le dejó responder—. Imagino que no es su idea, cuando ha podido hacerlo ya y no ha sucedido. —Su cabeza regresó a un estado de relativa normalidad, permitiéndole empezar a pensar.

Jalid confirmó su deducción al tiempo que llegaba un pequeño aperitivo de espuma de bogavante cubriendo un cuadrado de panceta de cerdo bretón braseado.

—¿Desean algún vino? ¿Les traigo la carta? —El camarero esperó la decisión que tomara el caballero.

—Pónganos un Sancerre; adoro ese blanco y le va a venir muy bien a la langosta.

Una vez se quedaron a solas, fue Sarah la que volvió a tomar la palabra.

—¿Qué quiere entonces de mí?

Recogió un poco de espuma con la punta de su cuchara y la probó. Le sorprendió la potencia de su sabor. Miró al emir sin esquivar sus ojos.

—Vayamos por partes —respondió el emiratí, sin perder en ningún momento la sonrisa—. Antes de llegar a ese punto, tratémonos de tú de ahora en adelante, será más cómodo. ¿Recuerdas el frustrado envío de un millón de dólares que quisiste hacer a una ONG kurda dedicada a la protección de mujeres abandonadas?

Sarah volvió a quedarse helada. ¿Cómo podía conocer también aquello? En efecto, cuatro años atrás había tratado de enviar esa suma de dinero a la ONG fundada y dirigida por su madre en Diyarbakir, en la Turquía kurda, fruto de la venta de un cuadro que había colocado en el mercado negro tras su robo. Lo había intentado a través de un complejo cruce de sociedades, pero las autoridades francesas sospecharon algo, bloquearon la transferencia y el dinero quedó en suspenso, a expensas de una investigación fiscal que no llegó a ninguna conclusión, dadas las dificultades para identificar al verdadero emisor, lo que significó que el dinero no llegase nunca a su destino y ella no lo pudiera reclamar.

—¿Cómo es posible?

—Es lo que tiene poseer más petróleo del que podré vender en toda mi vida. De mis pozos sale tanto dinero que termino invirtiéndolo en un sinfín de sociedades a lo largo del mundo. En concreto, soy uno de los mejores accionistas del banco que paralizó ese envío. Fue solo cuestión de tiempo que mi gente diera con la verdadera autora. Cuando lo supe e investigué sobre ti, me conmovió tu acción. Por entonces, no sabía que había comprado otros dos cuadros que tú vendiste. Me llevó tiempo averiguarlo, como también quién eras y sobre todo a qué te dedicabas. Pero lo conseguí; descubrí a una habilísima ladrona, enmascarada bajo un trabajo de dependienta en una tienda francesa de lujo, que robaba cuadros de un enorme valor pictórico y comercial, con intención de ayudar a su madre kurda. Aunque desconozco si ese ha sido el único objetivo de tu motivación. Fue entonces cuando me sentí poderosamente atraído por tu perfil humano, por el enfoque que le das a la vida, diría que único. Magia y robo. Un poderoso tándem que me hizo pensar.

Llegó la humeante langosta a la vez que el vino.

Jalid chocó su copa con la de Sarah, brindando por lo que el futuro les pudiera deparar. La propuesta sonó misteriosa e inquietante a partes iguales.

—Padre judío, entiendo que ya jubilado, después de haber dedicado media vida al servicio público en el Ministerio de Agricultura israelí después de haberlo hecho en el de Exteriores. Casado con una musulmana, saltándose las leyes hebreas, y separado poco después de ella. Una madre que te dio sangre kurda, apenas presente en tu infancia, Sarah; eso también lo he averiguado. —Probó un poco de vino y prosiguió—. Una niña que cubre su primera etapa escolar en Israel hasta que se traslada a Francia, continúa allí sus estudios primarios, solicitando a los dieciocho años plaza en la Sorbona para cursar Historia del Arte, donde termina licenciándose, por cierto, con un brillante expediente académico. No se casa y a sus treinta y ocho años vive una vida discreta, diría casi que de lo más anónima. Pero junto a todo lo anterior, se convierte en una gran amante del arte. Espero no equivocarme en esta última apreciación. —Ella se lo confirmó asintiendo—. De no ser así, no se entiende que hayas reunido cinco valiosísimas pinturas sin haberlas puesto a la venta, salvo que solo te mueva un desapegado empeño coleccionista, empeño que comparto. En mi caso, lo confieso, es una auténtica obsesión: poseo cuarenta importantes pinturas que espero conozcas pronto, el día que vengas a mi palacio.

Sarah bailaba entre el asombro y la preocupación ante tamaño despliegue de información sobre ella. Pero también sentía una insana curiosidad por saber en qué terminaría todo aquello. Decidió relajarse y seguirle el paso.

—Reconozco que sabes bastante de mí, aunque no todo, lo cual me tranquiliza. No son cinco pinturas, hay alguna más y, si no las pude vender, fue por medir con extrema precaución su salida al mercado negro; desconfío de todo el que se dedica a la compraventa de arte fuera del cauce ortodoxo. Recuerdo poco de mi vida escolar en Israel, fue escasa, demasiado escasa. Y puestos a compartir intimidades, he de confesar que me apasiona poseer esa pequeña muestra de arte a la que te referías. No me canso de estudiarla ni de vivirla; yo sola. Me paso horas y horas frente a mis cuadros, en compañía de algunas piezas musicales muy concretas. Para mí, no existen otros placeres que se igualen a ese. Y ya, por último, pero no menos importante, deberías corregir un dato, no tengo treinta y ocho, acabo de cumplir treinta y seis. —Su mirada volaba en ese momento hacia otra parte, lejos de aquel restaurante y de su acompañante—. Ahora hablemos de ti. ¿A qué se debe tanto interés por mí, cuando acabo de entender que seducirme estaba lejos de ser tu primera intención? Y te recuerdo que sigue sin respuesta mi pregunta anterior: ¿qué pretendes de mí?

Les sirvieron los platos con media langosta cada uno. La probaron.

—De haberte ido, te habrías quedado sin degustar esta maravilla —apuntó Jalid, fuera del recorrido que había tomado la conversación—. Espero que solo por eso, te haya merecido la pena.

—Está deliciosa, la verdad —confesó Sarah—. Pero insisto, ¿por qué estoy aquí?

—Bien, entiendo tu interés y descuida, que voy a satisfacerlo de inmediato, aunque puede que no en su totalidad. —Al escuchar aquella coletilla, la expresión de Sarah mostró una clara frustración. Jalid lo advirtió, pero decidió seguir con su estrategia—. Dice un dicho árabe, quizá lo conozcas, que la paciencia es un árbol de raíz amarga, pero de frutos muy dulces. Necesito un poco de paciencia por tu parte. —Tomó aire, adoptó un gesto más serio y volvió a hablar—. Tras descubrirte, con todos tus antecedentes personales y, digamos, profesionales —esbozó una sonrisa teñida de complicidad—, he llegado a la conclusión de que te necesito. Necesito de tus prodigiosas habilidades para alcanzar tres importantes objetivos, quizá los más importantes de mi vida.

—Haces que me sienta, no sé, casi imprescindible. Me abrumas con tanta responsabilidad —ironizó Sarah. A aquellas alturas, había perdido los miedos, el factor sorpresa se había esfumado y ahora le apetecía jugar, ponerlo incluso a prueba.

Jalid se limpió los labios con la servilleta y decidió dar otro paso más, en una dirección diferente de la que ella pretendía.

—Mañana pedirás en tu trabajo una semana de vacaciones, en concreto, la próxima, y te vendrás conmigo a Florencia. Si no propongo ir hoy, ya mismo, es porque necesito volver a mi país para resolver antes un asunto. Pero el lunes que viene te recogeré para volar juntos a Italia. Una vez allí, sabrás cuál es mi primer objetivo. Estoy seguro de que te va a interesar mucho...

Ante aquella autoritaria actitud, Sarah respondió haciendo uso de una sola palabra: no.

—Sabes mucho de mí, pero me conoces muy poco. Si pretendes que haga algo en tu ayuda respétame primero y deja las órdenes para otros. A Florencia iré cuando me plazca, no porque tú me lo digas. —Se secó los labios con la servilleta y la tiró al mantel con despecho. No le dejó responder—. Empiezas mal si pretendes organizar mi vida y peor aún sin preguntarme antes. Además, ¿por qué habría de hacerte caso?

—Discúlpame, tienes razón; estoy acostumbrado a dirigir un país y a dar órdenes a mi gente. No debería hacerlo igual con todo el mundo. Permíteme dar otro enfoque al asunto.

Sarah probó otro trozo de langosta y la saboreó a la espera de oírle hablar.

—Me encantaría tenerte conmigo en Florencia para compartir un proyecto que te va a cautivar, estoy seguro.

—¿Pretendes que diga que sí, así, sin más, sin saber por qué ni para qué tengo que ir contigo?

Jalid decidió utilizar otros argumentos.

—Sarah, me costaría muy poco explicar lo que pretendo, pero prefiero hacerlo en el lugar adecuado y con la ambientación necesaria para que la idea te enamore, para que entre en tu interior y te desborde, para que todo cobre sentido... Y eso, solo sucederá en Florencia. Confía en mí.

—Lo que dices suena bien, lo confieso. Pero necesito algo más.

Ella se mantuvo firme en su intención de hacerle hablar.

—Permíteme entonces explicar cómo pretendo pagarte el favor. Si aceptas lo que quiero de ti, me comprometo a que tu madre reciba aquel millón de dólares que no pudiste hacerle llegar en su momento.

—Un millón para mi madre a cambio de responder un sí a ciegas. ¡Qué decisión tan delicada! Siempre he odiado moverme en territorios que no controlo. Y apenas te conozco. No sé... —Tamborileó sobre la mesa con las uñas, pensando a toda velocidad, llena de dudas. Buscó los ojos del emir. Mantuvieron su mirada un buen rato, sin hablar. Ella trató de encontrar respuestas, desvió la vista a un punto indeterminado del mantel, sopesó lo que iba a contestar y habló.

—¡Qué diantres! Siempre me han atraído los retos difíciles. —Le tendió la mano para sellar su conformidad.

—No te arrepentirás. —Jalid le ofreció una gran sonrisa.

—¿Seguro que no puedes adelantarme una pista sobre esa propuesta que tanto ha de gustarme y hasta enamorarme, según acabas de decir? —insistió, ahora más relajada.

—¿Una pista? —Mantuvo un deliberado silencio, como para vencer sus reticencias previas—. De acuerdo, te la daré. Lo que pretendo es hacerte partícipe del Renacimiento, que lo vivas en primera persona.

A Sarah no le aportó mucho el indicio siendo Florencia la cuna de aquella escuela artística. Estaba lejos de imaginar el profundo significado que tenía aquella palabra para Jalid.

CAPÍTULO 11

Castillo de Sahyun. Nuevo emirato de Damasco. Siria. Año 1188

Saladino pasó las riendas de su caballo a uno de sus más jóvenes ayudantes después de haber disfrutado de una tranquila marcha entre las colinas boscosas que enmarcaban el recién conquistado Castillo de Sahyun, próximo a la ciudad costera de Lattakia, en posesión de los francos desde su llegada a Tierra Santa en el año 1098.

El complejo defensivo había caído en sus manos, como otros muchos más, después de haber reconquistado Jerusalén, en provecho del bajo ánimo guerrero que había dejado la pérdida de la Ciudad Santa entre las huestes cristianas. Pero ese castillo en especial, por su ubicación e instalaciones, terminó siendo para el gran sultán de los creyentes un destino perfecto para reunir a su yeguada, hasta entonces localizada en El Cairo, de la que apenas disfrutaba.

El castillo y sus murallas habían sido levantadas por los bizantinos formando parte del principado de Antioquía hasta la llegada de los primeros cruzados, que se hicieron con la poderosa fortaleza para convertirla en residencia de un centenar y medio de caballeros hospitalarios. Aquellos monjes soldados ampliaron y reforzaron sus defensas, sobre todo los accesos a la fortificación, empezando a seccionar la roca de la montaña que separaba la construcción de la meseta contigua, para extender una zanja o foso de 40 codos de ancho, 350 de largo y 63 de profundidad, con intención de que el acceso al recinto interior se convirtiera en un empeño imposible; una ambiciosa obra que, cuando los ejércitos de Saladino conquistaron el lugar, encontraron sin acabar.

Los hospitalarios la disfrutaron casi noventa años, levantando una iglesia, una nueva torre del homenaje, aljibes para almacenar suficiente agua de lluvia con la que cubrir las necesidades de un año, y unas fabulosas caballerizas excavadas en la piedra, abovedadas y frescas, perfectas para reunir en su interior un gran número de caballos. Con ellos, protegían uno de los pasos naturales más importantes entre Tierra Santa y Anatolia, la costa este y el desierto del Emirato de Damasco al oeste.

Saladino hizo derribar la iglesia para levantar en su lugar una mezquita y mandó construir un haman, para poder tomar los baños sin abandonar el recinto. En los alrededores de la fortaleza, abundaba la caza, y el sultán se recreaba con ella, entre sus frescos riachuelos, arroyos y la espesura del bosque.

Pasados unos meses, animado tanto por la amplitud y facilidades del castillo como por la provechosa frondosidad de las arboledas aledañas, mandó traer desde Egipto al grueso de su yeguada. Había reunido en ella a los mejores caballos del sultanato, muchos comprados, fruto de regalos y algunos más como botín de guerra. Hasta que un día decidió que su noble caballería no podía estar en mejor lugar que en la nueva fortaleza, que todos empezaban a conocer como Castillo de Saladino. Para su transporte en barco, hizo preparar tres grandes taridas de más de cien pies de largo y veinte de ancho, a las que esperaría en persona en el vecino puerto de Lattakia, cuando llegaran en un mes. Antes de esa fecha, decidió viajar a Damasco para visitar a su madre y descansar unos días en el harén. Su escriba y leal amigo Ibn Yakub le acompañó en el viaje, junto con la protección de una veintena de mamelucos y un centenar de hombres de su tropa de élite, de ascendencia kurda. Les separaban de Damasco diez días a caballo.

Su harén, dentro de la Ciudadela que encumbraba la ciudad, no tenía el mismo atractivo desde la muerte de su sultana preferida, Ismat ad-Din, esposa del anterior gobernador de Damasco y después suya. También había fallecido alguna más, entre sus favoritas, con quienes había explorado su fogosidad en edades más tempranas. El mismo día que llegó, le fueron presentadas las nuevas; todas ellas hermosas y seductoras, muy jóvenes. Intentaron despertar su pasión en las primeras noches, pero el peso de las largas guerras y la edad no perdonaban. Por eso, de todas las mujeres que vivían en el harén, la única que le llenaba el corazón de paz y amor era su madre. Con ella podía hablar con completa libertad, le había dado la vida, los mejores consejos y nunca había puesto en duda su destino.

Cuando aquella tarde entró en sus dependencias, descubrió en su bello rostro unas injustas arrugas, una mirada melosa perfilada por oscuras líneas de kohl y una sonrisa llena de amor. Se recostó en su vientre, tumbado sobre unos almohadones. Ella jugó con sus cabellos, susurrándole tiernas palabras.

—Madre, estoy tan harto de guerras, que llevo un tiempo dudando si en la voluntad de Alá está eliminar a tantos hombres por causa de su errónea fe.

—Hijo mío, sabes tan bien como yo lo que está escrito: «Si os encontráis con los infieles, combatidlos hasta que hayáis matado a un gran número. Cargad a los cautivos de cadenas». —Le acarició la barbilla con cariño—. Solo tú, de mano de Alá, has conquistado Jerusalén para Él y ahora solo espera que hagas lo mismo en todo el Sahel.

—¿Y si estuviéramos malentendiendo esas palabras que acabas de recordar, madre? ¿Cómo saber si recogen la verdadera voluntad de Alá? —Cerró los ojos recordando alguna de las muchas batallas libradas, en escenarios que terminaron presenciando la perdida de una incontable cantidad de hermanos en la fe, bañados en sangre y terror. Tragó saliva—. No me gusta sembrar de muerte la historia, provocar miedo y dolor, ni destrozarle la vida a tantas viudas e hijos. ¿Por qué seguirán deseando sustraernos nuestra tierra esos politeístas y tacharnos de no creyentes, mi adorada *oumy*?

Al escuchar aquel término cariñoso, la madre metió sus dedos entre la cuidada barba de su hijo, con delicadeza, mientras medía su respuesta.

—Posees un gran corazón, hijo. Pero recuerda lo que dice el Corán: «Los creyentes marchan a la luz de la verdadera Fe». Los cristianos son los equivocados, mi querido Yusuf. Alá es uno. No ha engendrado ni ha sido engendrado. «La protección del cielo está asegurada a los creyentes, pero los impíos no tendrán protector», como dice el capítulo 17 versículo 12 de nuestro Libro. Como te has convertido en la espada de Alá, que no tiemble tu mano ni tu espíritu. —Se puso seria—. Él te eligió para su tarea; no le falles.

Las palabras de su madre le solían reconfortar, ahora le apremiaban a no desviarse de su misión. Se sentía mayor. Acababa de cumplir cincuenta años y solo deseaba terminar sus días en aquel maravilloso palacio, rodeado de jardines y fuentes con los que templar sus sentidos, bellas mujeres para excitarle las noches y tiempo para sus lecturas, para meditar, para cabalgar. Pero antes tenía que terminar la obra de Alá y expulsar de aquellas tierras a los francos, permitiéndoles, eso sí, peregrinar a sus templos, al monte en el que murió crucificado el profeta Jesus o a la pequeña población de Belén donde nació. ¿Llegaría un día en el que las calles de Jerusalén pudieran ver a cristianos y musulmanes rezando y sin matarse?

Antes de abandonar el harén besó la mano de su madre. Olía a limón y a rosas; aromas que quedaron impregnados en su barba como buen y dulce recuerdo.

Buscó por la residencia a Ibn Yakub. Le pidió que escribiera una carta a Maimónides; él le llamaba Maimun, para contarle las últimas noticias y pedirle consejo ante una pierna que cada día le molestaba más.

Diez jornadas después asistió en el puerto de Latakia a la llegada de sus preciados caballos. Aquel día no montaba a Shujae. La ruta desde Damasco la había dejado agotada, y acusaba además un feo golpe en la punta de la cadera tras una caída fortuita sobre una roca, bajando de la Ciudadela. A pocas leguas de tomar dirección al mar, pidió a su escriba que la llevara al castillo para su descanso y ser atendida por el albéitar. Le preocupaba la herida que le había quedado, bajo la grupa. Él montó un macho castaño y se desvió hacia la costa, al este y a menos de una jornada a caballo de la fortaleza.

Miró al cielo, el día no podía ser mejor; suave de temperatura, luminoso.

Se sentía feliz, nervioso, con ganas de volver a ver a cada uno de aquellos noventa caballos. Conocía todo de ellos: su procedencia, edad, aptitudes, carácter, genealogía.

Las maniobras de atraque de la embarcación que encabezaba la expedición equina resultaron rápidas. Sin embargo, cuando las compuertas de la bodega se abrieron y empezaron a descender por la rampa de la tarida los primeros animales, el ánimo de Saladino se agrió. Algunos no se atrevían a apoyar los cascos en la madera y la mayoría no podía casi caminar. Llevaban los cuellos doblados, cabezas bajas, los belfos a ras de suelo, los ijares hundidos y la mirada seca, vacía; algunos parecían acariciar la muerte.

Fue corriendo hacia ellos, a pie de la embarcación, y empezó a acariciarlos, a pellizcar la base de sus crines, a soplar en sus ollares, a llamarlos por su nombre. Al constatar la gravedad de su estado, ordenó que les trajeran de inmediato agua, varios pilones de agua fresca y algunos dátiles. Los animales que pisaban la piedra del muelle llegaban exhaustos y sedientos, famélicos. No había que ser muy experto para determinar su gravedad. No les permitió que bebieran mucho por temor a los cólicos.

Recibió al comandante de la primera tarida con gesto adusto, pidiéndole explicaciones sobre lo que estaba viendo. El hombre le habló de una expedición llena de malos oleajes desde su salida del puerto de Alejandría, vientos que los habían desviado varias jornadas, de posteriores y asfixiantes calores que terminaron por agotar las reservas de agua antes de lo previsto, y hasta de un ataque de embarcaciones francas a la altura de Acre que, aunque pudieron eludir, terminó de complicar los planes.

Saladino no comentó nada. Rodeó a la veintena de caballos, esperó en vano que bajaran diez más para completar los que permitía la embarcación, pero no vio a ningún otro. Divisó la proa de la segunda tarida, asomada a la bocana del puerto.

—No todos los caballos han podido resistir tanta inclemencia y complicación, *sayyid*. El mar se terminó llevando a diez —justificó bajando la voz, avergonzado.

—Y se va a llevar también mi paciencia —contestó Saladino, con una mirada que no vaticinaba nada bueno—. ¡Alejaos de mi vista, no vaya a tomar decisiones que en este momento me pide el corazón y la cabeza! Aseguraos de que beban y descansen lo suficiente, y cuando estén en condiciones, avisad a los míos para que los lleven a destino.

Entre los caballos reconoció a un hermano de Shujae, un precioso macho de origen kurdo y capa baya que, junto con su amada yegua, había formado parte del regalo del gobernador de Homs. Fue a buscarlo. Parecía estar en mejores condiciones que el resto. Le acercó un recipiente de barro, mandó llenarlo de agua y cuando vio que la bebía, pero sin poner demasiada ansiedad en ello, reconoció la misma y buena sangre de su preferida; nobles animales capaces de templar sus deseos. Le palmeó en cuello y espalda y al constatar su fuerza lo montó asiéndose a sus crines, sin silla.

Tomó dirección contraria al mar y, en compañía de una docena de sus fieles mamelucos, cruzó las calles de Latakia, para abandonar la ciudad poco después, en dirección a su fortaleza.

El caballo se llamaba Sahm, porque casi ganaba en velocidad a una flecha. Le rascó en la base de las orejas, notó sus ganas de trotar y le habló:

—Solo los de tu misma sangre sabéis sacar fuerza de la debilidad para terminar dándolo todo. Te llevaré con tu hermana. Bienvenido seas a la tierra de los sirios, a orillas de la tuya; el Kurdistán.

Apenas le marcó los costillares con los talones, el caballo hizo salir de su alma la bravura de una estirpe noble, lanzándose a cabalgar a tanta velocidad que pronto dejó atrás a los guardianes del sultán.

Saladino miró al frente, ciñó sus rodillas contra el costillar del caballo y se sintió casi volando. Y, en ese momento, decidió que los mejores momentos de su vida los había hallado siempre a lomos del animal más bello entre todos los creados por Alá.

CAPÍTULO 12

Avión privado del emir Jalid bin Ayub. Septiembre de 2017

Amina aceptó un segundo zumo de naranja, se recostó en la comodísima butaca de cuero y miró por la ventanilla. Divisó el perfil de una costa bañada por un intenso mar azul, pero no supo identificar cuál era ni qué país estaban sobrevolando. Se lo preguntó a Mohamed. El hombre se levantó para mirar por el lado del avión de su invitada.

—Lo que veis a la derecha es Catar, atrás hemos dejado el reino de Bahréin. A partir de ahora, volaremos sobre el golfo arábico y en poco más de una hora aterrizaremos en Fuyarja.

Amina volvió a torcer el morro ante el tufillo que la alcanzó de lleno. Estaba claro que aquel hombre y los desodorantes no se llevaban bien. Metió la nariz en su vaso para que la naranja sustituyera la peste que emanaba el tipo. Se miró los pantalones cortos y repasó la ropa que había elegido para usar esos días. Como en su armario dominaban las prendas cómodas para el trabajo, holgadas y sin demasiadas florituras, tampoco es que se le ofreciesen muchas alternativas. Seguro que la cagaría, se temió. No iba preparada para un ambiente palaciego. El único vestido medio digno, el que se había puesto para acudir a la cita en el hotel de El Cairo, viajaba en su maleta, aunque tuvo cuidado de que se arrugara lo mínimo.

Al cruzar la pierna y mirar sus botas de estilo militar se

percató de que no traía zapatos de vestir. Lamentó su poca previsión, pero no había otra; tendría que ponerse el vestido con esas botas. Al no frecuentar vistosos eventos ni grandes fiestas, le costaba encontrarse en ellos, tenía pocos complementos como bolsos, medias, bisutería o zapatos de tacón. Pero siendo sincera consigo misma, cada vez que había tenido que acudir a alguno de aquellos actos sociales, tampoco se había sentido demasiado agobiada y con cualquier cosita se arreglaba. Le pasaría lo mismo en aquel emirato, concluyó. En realidad, lo que de verdad le importaba era el objetivo final del viaje.

En ese sentido, flotaba entre preguntas. ¿Cómo y quién sería ese emir? ¿Qué tipo de proyecto le esperaba? No recordaba haber leído nada relacionado con su especialidad en Siria en los últimos años. ¿Merecería la pena, a pesar de la penosa situación que atravesaba el país? Se rascó el hombro por debajo del tirante del sujetador y se subió la camiseta de algodón para no mostrar demasiado escote. Suspiró. No faltaba mucho para tener respuestas a todo. Pero ¿y si la propuesta no tuviera enjundia? ¿Qué haría entonces? Regresar a Saqqara ya no era una opción. No estaba dispuesta a humillarse más de lo que los responsables del ministerio le habían hecho sentir. Además, no había que ser muy espabilada para entender que las últimas palabras que dirigió a su máximo responsable le cerraban las puertas a cualquier otro proyecto de excavación en Egipto, por lo menos durante un tiempo. No recordaba si fueron: «Se puede usted meter en el culo la excavación entera», o dijo «toda la excavación». Pero lo del culo seguro que lo soltó.

Se le escapó una sonrisa al recordarlo. Ella era así. Nunca había medido demasiado su lengua y, por culpa de su carácter, se había metido en más de un lío. Tampoco es que la vida de una mujer como ella fuera fácil en un país de cultura musulmana. La mayoría de los varones rechazaban sus costumbres, «demasiado occidentalizadas», contrarias a lo que esperaban de una mujer; sumisión, darles placer, criar a sus hijos y callar. Y como no se había apuntado a ninguno de esos cursillos, así le había ido. También era cierto que la paciencia tampoco era una de sus mejores virtudes. En cuanto había percibido en un hombre la más mínima tentación de querer dominarla, lo había puesto de patitas en la calle. El problema era que su vida discurría en una insalvable contradicción; vivía en el lugar incorrecto con el mejor trabajo posible.

Había soñado con residir en Londres, Madrid o París infinidad de veces, para poder ser ella sin que nadie la juzgara. No haberlo hecho hasta el momento tenía que ver con la poca cantidad y calidad de excavaciones zooarqueológicas que podían ofrecer aquellos destinos frente a la tierra de los faraones. De entre los únicos lugares atractivos, uno estaba en España, en Atapuerca, y el otro en Tanzania, en Olduvai. Fuera de ellos, no podía desestimar ninguna propuesta, aunque no fuera el proyecto de su vida.

—En quince minutos aterrizaremos en el aeropuerto internacional Jalid bin Ayub. Abróchense los cinturones y si desean obtener una buena panorámica de la aproximación a destino, les recomiendo usar las ventanillas izquierdas. Esperamos que hayan tenido un agradable vuelo, en especial usted, señorita. La tripulación le desea una feliz estancia en nuestro emirato. Buenas tardes.

La voz del piloto captó la atención de Amina que, desde ese momento, siguió las evoluciones del avión en silencio. La pareció significativo el nombre del aeropuerto. La importancia del emir estaba fuera de todo lugar. Le ardía la curiosidad por conocerlo.

Para alcanzar la entrada del palacio, la berlina negra que llevaba a Amina atravesó primero un enorme palmeral bordeado de jardines y fuentes, que en su lado derecho se abría para alojar unas enormes cuadras repletas de boxes con caballos, cuatro pistas de tenis después, un helipuerto a la izquierda, varios edificios de servicio a continuación, y una escalinata final protegida por una docena de asistentes, sable en mano, turbantes amarillos, chalecos rojos, anchos pantalones *sirwal* blancos y babuchas doradas.

El vehículo que llevaba a Amina se detuvo a los pies de las faustas escaleras de acceso a palacio segundos antes de que lo hiciera el siguiente coche en el que iba Mohamed, para alivio del olfato de la exploradora. Les salió a recibir un tipo de cuidada vestimenta que dio la bienvenida a Amina con un cortés saludo, reverencia incluida. Ella supuso que se trataba del emir, pero no acertó.

—Su excelencia, el emir Jalid bin Ayub me ha trasladado sus disculpas por no poder darle la bienvenida. Se ha tenido que ausentar fuera de palacio por razones de trabajo. La emplaza para la cena que se servirá a las ocho. Y ahora por favor, sígame. La acompañaré a sus dependencias. Dispone de tres horas para descansar de su viaje, tomar un baño si así lo desea y vestirse sin prisa para asistir después al ágape.

Se hizo a un lado y señaló la escalinata para acceder al interior. Amina se quedó con lo del ágape. ¿Estaría a solas con el emir o iba a ser uno de esos convites de película, con mesas infinitas, atestadas de elegantes miembros de la corte y con una nube de camareros asistiendo a los comensales? Temiéndose lo segundo, se imaginó entrando en un ostentoso comedor y volvió a lamentar no disponer de un par de zapatos de tacón.

La habitación no es que fuera grande, es que había conocido pisos en El Cairo que podían caber enteros en ella, y no uno, hasta tres. Cuando su acompañante cerró tras de sí la puerta, se puso a recorrer las dependencias. Al entrar en el baño, descubrió, con gozo, la presencia de una descomunal bañera, le faltaba poco para parecer una piscina. La habían llenado de agua y probó que estaba a la temperatura perfecta, más templada que caliente. Se secó la mano en el pantalón y decidió inaugurar su estancia en palacio con un baño, antes de deshacer la maleta. Se desnudó a toda velocidad antes de entrar de puntillas en el agua. Sintió como su vello se erizaba de puro placer. Hundió la cabeza y aguantó más de dos minutos sin respirar. Necesitaba activar hasta el último poro de su piel y relajarse. Cuando volvió a asomar la cabeza, para su sorpresa, la acompañaban dos jóvenes que, sin dar explicación alguna, se quitaron las túnicas que llevaban y entraron en el agua desnudas, con jabones, aceites y unos guantes rugosos en sus manos para ofrecerle un exclusivo masaje. En cualquier otra circunstancia se hubiera negado, indignado o pedido explicaciones. Pero solo dijo gracias y se dejó hacer.

Una hora después sintió un poco de vergüenza al verlas deshacer su maleta; pensarían que era medio pobre. Indicó el vestido que usaría para la cena y se lo llevaron. Imaginó que para plancharlo. Sin nada mejor que hacer, se tumbó en la cama enfundada en un albornoz; una cama enorme, en realidad proporcionada con el resto de la habitación. Recorrió los techos y paredes de su dormitorio enriquecidos con bellas molduras, cornisas y rosetones mientras esperaba a vestirse. Como las jóvenes tardaban en regresar, decidió abandonar la cama y tomar un poco el aire. Salió a una pequeña terraza que daba a los jardines traseros de palacio. Le llamó la atención el contraste del intenso verdor que exhibía el recinto palaciego con el cobrizo desierto que lo rodeaba. Y al mirar hacia abajo vio a un hombre hablando por teléfono, sin parar de gesticular, dentro de una pérgola abierta infestada de rosas rojas. ¿Sería ese el emir? Trató de verle la cara. Su turbante impedía ver el color del pelo, pero tenía la piel morena, barba oscura y facciones afiladas, nariz bien marcada y expresión firme; propia de quien está acostumbrado a mandar. Amina no escondía su curiosidad por aquel hombre, que miró de pronto hacia donde estaba ella, la saludó al modo tradicional árabe, con tres movimientos de mano y una cortés reverencia. Gesto que ella devolvió antes de regresar al interior de la habitación un tanto apurada.

Miró su móvil. Solo tenía llamadas de Marc; doce en total. Estaba claro que a nadie más le importaba.

Tiró el teléfono sobre la cama, se quitó el albornoz y se tumbó en ella. Estiró piernas y brazos, soltando un gemido de gusto, y esperó a que volvieran las dos jóvenes para cambiar su habitual aspecto de exploradora aventurera y disfrazarse por un rato de mujer. Tenía ganas de conocer al responsable del próximo cambio en su destino. Se propuso causarle buena impresión. Aunque solo fuera por cortesía lo haría, se prometió.

La cena fue de película. Sentada al lado del emir trató de hablar con él. Pero entre su secretario, que no dejaba de interrumpirles para comentar unos u otros asuntos que ella no alcanza a escuchar, otros comensales que hacían lo mismo o parecido, y tres bailarinas moviéndose a su alrededor, Amina terminó asumiendo que lo que tuviera que saber tendría que esperar.

Había aparecido en el fastuoso comedor con su vestido de flores naranjas, y debía de sentarle como un guante a tenor de las inmediatas miradas que atrajo. Su melena rizada de color caoba, sus ojos oscuros, pero siempre vivos, y las botas de corte militar que llamaron aún más la atención. El emir salió a saludarla, le ofreció la mano y la llevó hasta su mesa. Mohamed apareció casi a la vez para preguntar al oído qué pie calzaba con intención de procurarle unos zapatos más acordes. Amina no midió el tono de voz cuando le negó la propuesta y su contestación llegó hasta los oídos del emir.

—Ha acertado usted con el calzado; no solo le quedan perfectos, resaltan lo bien que le sienta su vestido... —comentó Jalid al oído de Amina, con una divertida sonrisa.

Ella valoró el detalle.

—Me tenéis en ascuas. ¿Cuándo calculáis que podremos hablar?

—Al término de la cena quiero enseñarle las caballerizas y un peculiar museo que he ido alimentando en los últimos años. Estaremos solos. Le explicaré entonces lo que me gustaría que hiciera por mí.

—De acuerdo, seguiré disfrutando de la estupenda cena hasta entonces —contestó ella, pinchando un dátil relleno de una crema picante y ácida que no terminaba de saber qué contenía.

Una hora y media después, paseaban por el interior de las cuadras. Amina no había pisado muchos establos para poder comparar, pero le llamó la atención el espectacular diseño y dimensiones de este, como la extrema limpieza y la agradable temperatura interior, en torno a los veintidós grados, según pudo comprobar en un gran termómetro digital de pared. A los pocos pasos de haber empezado a recorrer su pasillo central, Jalid empezó a contar qué significaba aquel mundo para él.

—Estas cuadras albergan doscientos diez animales, entre sementales y yeguas. Doscientos diez maravillosos seres que Alá creó como regalo y símbolo de amor a su pueblo, según cantan nuestras viejas tradiciones. Mucha gente los mira y no ve en ellos nada especial, solo los tienen como a unos hermosos animales. Para mí no son solo eso. Su sangre, su clase, su elegancia me traslada a otros tiempos en los que lo eran todo para nuestra gente; kurdos, persas, árabes, sirios, egipcios. Tiempos de servicio para nuestros bravos soldados, para los nómadas que vivían del desierto, que lo atravesaban; unos para luchar, otros para sacar de él un mínimo sustento, espectadores también de tantas bellas escenas diarias de caza con sus halcones. —Se acercó a uno de los boxes donde asomaba un bellísimo ejemplar color ceniza, de ojos vivos y brillantes. Relinchó cuando el emir le pasó la mano por la testuz—. Los miro, como me sucede ahora con este, y veo el reflejo vivo de una duna en sus ojos, siento el ardiente calor del sol encendiendo su sangre, la fresca brisa nocturna templando sus crines, la vida en sus andares... —Rascó el cuello de otro ejemplar de capa negra, de enorme altura.

—Nunca había oído hablar sobre los caballos de esa manera, con la intensidad y la pasión que ponéis en cada palabra. Me encanta... —Amina era todo menos retraída, pero tampoco se abría de golpe sin conocer a su interlocutor. Pero, si había algo que valoraba de una persona y la predisponía a su favor, era ver poner amor y pasión en su actividad, trabajo o dedicación; y el emir lo encarnaba todo.

—Adoro a los caballos, lo son todo para mí. Entre los que llenan estas cuadras, he podido reunir a los veinte mejores ejemplares del mundo; nunca me ha importado lo que me pidieran por ellos. Le mostraré algunos.

Siguieron caminando. Él iba dando detalles de los ejemplares que se paraban a ver, sin entrar todavía a explicar la causa de haberla traído hasta el emirato. Con el tercero abrió la puerta y entró con una cabezada, para poco después sacarlo al pasillo. Se trataba de un hermosísimo purasangre inglés de capa castaña y lucero blanco entre las orejas. El caballo se movía, miraba a Amina, resoplaba.

—Es hijo del campeón del mundo de velocidad. Obsérvelo; solo desea correr, poner en marcha su estilizada anatomía de atleta. Fíjese cómo le tiemblan los músculos; parecen estar diciendo, ¡déjame volar!

Amina conoció después a un precioso caballo español y a una yegua jerezana de los monjes cartujos, varios hannoverianos, seis enormes frisones de capa negra, algunos trotones, mustangs, cuartos de milla y, sobre todo, árabes. Con ellos,

Jalid parecía extasiarse todavía más, explicando de cada uno alguna peculiaridad sobre sus orígenes, el nombre de sus padres, el lugar de nacimiento.

—Perdone si la aburro... —Se detuvo en un ángulo de la cuadra y buscó la mirada de Amina—. Pierdo la noción del tiempo cuando estoy con ellos y me acabo de percatar que llevamos así más de una hora. ¿Igual desea saber para qué la he traído hasta aquí?

Amina confesó lo mucho que estaba disfrutando, pero también que no le importaría entrar en el asunto.

—Por supuesto. Pero antes vayamos hasta el final de la cuadra; le enseñaré la causa de su convocatoria.

Después de recorrer unos cien metros, llegaron a una puerta que, al abrirla, dio paso a una sala cuadrada, de grandes dimensiones, donde se exponía un conjunto de esqueletos animales, solo uno de ellos entero, protegidos por una decena de grandes urnas de vidrio. Amina no dudó a qué especie pertenecían, era su especialidad. Allí había un montón de restos óseos de diferentes équidos: un verdadero osario.

—Acaba usted de entrar en el verdadero corazón de mi palacio. Esas urnas reúnen algunos restos de los caballos más famosos de la historia, aquellos cuyos nombres han sobrevivido al paso del tiempo y son tan recordados como sus jinetes. El último es ese. —Señaló un cráneo aislado, apoyado sobre un soporte recubierto de terciopelo negro—: Bucéfalo. ¿Le suena? —Amina respondió, apuntando al caballo de Alejandro Magno—. Correcto. No hace ni seis meses, un grupo de arqueólogos localizaron un túmulo en la ribera del río Hidaspes, donde Alejandro entabló una de sus últimas grandes batallas, la que le enfrentó al rey hindú Poros y a sus ochenta elefantes de combate. Los estudiosos establecieron que se trataba de los restos de Alejandría Bucéfala, la ciudad homenaje que acogió el cadáver de su amado caballo, muerto pocos días después de aquel combate, compañero de sus mejores logros guerreros e incansable viajero, con el que había recorrido medio mundo.

—Me suena esa excavación; leí un artículo no hará mucho tiempo —intervino la mujer—. Pero no recuerdo que se hiciera referencia al descubrimiento de los restos de Bucéfalo.

Jalid no contestó. Se volvió hacia otra de las urnas, en la que había un fragmento de esqueleto montado sobre una estructura de alambres de acero. Amina vio una escapula, dos costillas y una vértebra.

—Le presento a Marengo, el caballo de Napoleón. —Amina observó el rostro del emir; casi desprendía luz—. Se cuenta que este caballo, herido hasta en ocho lugares distintos de su cuerpo, quedó perdido y vagando por el frente de batalla, en Waterloo, derrotado ya su jinete, hasta que fue reconocido por un teniente ingles que lo curó y lo llevó después a Inglaterra. Al poco tiempo, fue vendido al teniente coronel de la Guardia de Granaderos William Angerstein, quien lo disfrutó hasta su muerte, que le sobrevino con treinta y ocho años, en 1831. —Obvió explicar cómo se había hecho con aquellos huesos, cuando el resto del esqueleto, al completo, estaba expuesto en el National Army Museum de Londres desde la década de los sesenta del pasado siglo.

En una urna más pequeña se guardaban dos fragmentos del húmero de Incitatus, el caballo de Calígula. Y en otra, los de Palomo, la montura del libertador Simón Bolivar. No se alargó en explicaciones sobre este último, para de repente pararse frente a Amina, al lado de una urna vacía, establecer un silencio que se hizo eterno y abordar, por fin, lo que quería de ella.

—¿Le suena el nombre de Shujae?

—Lo siento, no —contestó Amina, aunque supuso que sería otro caballo histórico.

—¿Y el de Saladino?

—Por supuesto; el mayor héroe musulmán en tiempo de cruzadas.

—¡Cierto! —Juntó sus manos en actitud de súplica—. ¿Podría usted localizar y traerme los restos de su yegua preferida, Shujae, en una fortaleza cercana a la costa norte de Siria?

CAPÍTULO 13

Prisión de Jiayuguan. Gansu. China. Octubre de 2017

Cuando le propusieron aquella locura, Mao Zhao Yang decidió que merecía la pena arriesgar su vida en el intento porque tenía mucho más que ganar. Dejaría atrás una infame y cruel prisión, que ni en sus peores sueños pudo llegar a imaginar, y evitaría una condena impuesta por el gobierno chino de treinta años, de los que apenas había cumplido ocho.

Miró el poco paisaje exterior que permitía el ventanuco enrejado de la celda 351, consciente de que podía ser su último atardecer. Compartía sus ridículos diez metros cuadrados con tres presos más. Uno, encarcelado por ciertos hechos tachados como alta traición a la patria, en realidad por un artículo publicado en un periódico pequeño en el que trabajaba criticando una medida dirigida al campesinado de lo más intrascendente. El segundo, un tipo medio loco, envejecido prematuramente y poquísimo de fiar, que había dejado embarazada a la hija de un gobernador local veinte años atrás. Y el tercero, un verdadero asesino; un ser oscuro al que había que vigilar de cerca para evitar que te clavara lo primero que tuviese entre manos; desde un lápiz a sus larguísimas uñas, que usaba como estiletes. Algún otro recluso se había llevado un recuerdo suyo en el cuello, que a punto estuvo de costarle la vida.

Ante aquel panorama vital, Mao, un científico cuyo fatal pecado fue errar el enfoque de una esperanzadora investigación, tachada por la comunidad científica internacional como antiética, veía pasar su vida y sus años sin más ilusión que revisar una y otra vez los procedimientos técnicos que siguió en su momento, planteárselos de nuevo con todas las mejoras que se le iban ocurriendo y soñar con ver el día en el que pudiera repetir sus ensayos.

Su única obsesión, su pensamiento diario, constante y persistente, era poder poner vida a sus sueños y con ello recuperar un prestigio y un nombre en el mundo científico mundial que había quedado anulado desde la denuncia que sufrió, que le llevó a juicio y a la cárcel después.

Por eso, cuando, el primer día de octubre, el encargado de la lavandería le pasó un mensaje y lo pudo leer en su celda, todo lo que hasta aquel momento le resultaba odioso e insoportable se hizo liviano y pasajero. No es que tuviera una información detallada sobre su propia fuga; de hecho, el único mensaje que contenía el papel, que se tragó nada más leerlo, decía: «Te vamos a sacar. Prepárate, será el día ocho».

El día seis supo, por el mismo individuo que le había dado la misiva, que se llevaría a cabo a través de la lavandería y con su apoyo. Se lo contó entre susurros, en el patio de la prisión, nevando sin parar, otro día más, después de no haber dejado de hacerlo en las dos últimas semanas.

El día siete se enteró de que los organizadores de su fuga no iban a reparar en medios: cinco vehículos cuatro por cuatro de alta cilindrada para despistar su huida de la policía y del ejército; un pequeño helicóptero que le llevaría hasta un punto alejado de cualquier núcleo urbano, al norte, a unos doscientos kilómetros de la prisión, y lo siguiente lo sabría cuando tocase. Aunque para su tranquilidad, el destino final estaría tan alejado de China que nadie sería capaz de volver a dar con él.

Eso era todo lo que sabía.

No podía imaginar quién o quiénes iban a poner en marcha tamaño dispositivo de fuga y menos por qué lo hacían. Pero llevaba unos días que no podía dormir de la emoción, preso de los nervios. Se sentía eufórico y esperanzado; feliz, antes de saber siquiera el resultado de su escapada. No preveía morir en el intento. Pero, si lo pensaba, tampoco le importaba tanto. La vida entre aquellas inmundas paredes, entre sus sucios y desalmados carceleros, comiendo cada día una insana pitanza, en convivencia con aquellos enloquecidos compañeros de infortunio y celda, no le aportaba nada que compensara lo mucho que había perdido. Solo le quedaban los ímprobos esfuerzos diarios que ponía por olvidar lo poco que iba aconteciendo en su vida, en cada jornada, en cada hora; en un ejercicio de amnesia forzada para poder sobrevivir a aquel infierno.

El día ocho se levantó con una sonrisa que ninguno de los presentes entendió. A media mañana, mientras caminaba por el patio, tiritando de frío, dada la falta de ropa y grasa corporal, se le acercó su cómplice de fuga. Buscaron una esquina discreta.

—Esta tarde, uno de los carceleros te irá a buscar a la celda para llevarte a la lavandería. En tres días nos visitará un importante jefe del partido y el director quiere que pasemos revista con ropa limpia. Más trabajo requiere ayudantes y tú serás uno de ellos, entre los veintidós que he pedido.

—Todavía no me has contado qué ganas tú con todo esto y tampoco cómo dieron contigo. —Tenía pendiente aquella pregunta desde el día que recibió la nota.

—Mi familia recibirá mucho dinero a cambio, mucho más de lo que yo hubiese podido reunir toda una vida trabajando. —Escudriñó a su alrededor para cerciorarse de que nadie los oía—. Contactaron con mi hermano mayor; posee una gran empresa que comercia por todo el mundo y disfruta de buenos contactos. Hace un mes vino de visita y me adelantó algo, pero sobre todo preguntó mil detalles sobre la cárcel, mi trabajo, fechas. En la siguiente ocasión, el día que te pasé el papel, me trasladó el plan. Lo tenían todo pensado. Te quieren a ti.

La pregunta de Mao no se hizo esperar.

—¿Por qué no me dices quiénes son? ¿Tu hermano lo sabe?

El hombre hizo amago de irse, llevaban demasiado tiempo parados y hablando, lo que atentaba contra el reglamento interno de la prisión. Se jugaba el cuello. Alguien podía llamarles la atención y no quería que los relacionaran.

—No lo sé, no me lo ha dicho. Lo siento.

Se unió al resto de los presos en una anodina vuelta más alrededor del patio. Mao hizo lo mismo sin dejar de pensar. Su corazón latía a toda velocidad. Miró al cielo, un cielo que llevaba ocho años sin poder disfrutar en libertad. Sería la última vez, porque en menos de seis horas abandonaría la lavandería por una chimenea de ventilación por la que tenía que descender hasta dejarse caer en una galería subterránea que había sido excavada desde el exterior del recinto, teniendo que recorrer algo más de quinientos metros a gatas y a toda velocidad a través de un túnel de menos de sesenta centímetros de diámetro, antes de que pudieran detectarlo. Al otro lado del conducto, le esperaría uno de los cinco todoterrenos. A partir de entonces, empezaría de verdad su fuga, y con ella el peligro de ser detenido y ejecutado inmediatamente después; no guardaba ninguna duda de que esa sería su sentencia.

Suspiró esperanzado. No sabía dónde ni con quién, pero quiso pensar que podía estar más cerca de que su gran sueño volviera a ver la luz algún día, en alguna parte de la tierra, en un nuevo entorno. ¿Sería eso posible?

CAPÍTULO 14

Galerías Uffizi. Florencia. Italia. Octubre de 2017

Sarah entró en la sala noventa del palacio Uffizi como una turista más, folleto en mano y cascos de audioguía, intentando entender cuál sería el interés de Jalid bin Ayub para haberla llevado a la pinacoteca más visitada de Italia nada más aterrizar en el aeropuerto internacional Amerigo Vespucci, procedentes de París.

El emir vestía de manera informal, sin la tradicional kandora que le había conocido en anteriores ocasiones. Parecían dos turistas más entre los miles que pisaban a diario la pinacoteca con el conjunto pictórico más antiguo del mundo. Ella llevaba unos chinos beige, camisa de algodón blanca y chaleco verde oscuro. Él, pantalones vaqueros, americana azul y camisa de rayas rosa.

La sala estaba abarrotada de público y quizá fuese la más pequeña de las cuarenta que tenía la primera planta. Sarah identificó cada una de las pinturas que colgaban de sus paredes sin necesidad de mirar sus rótulos, el estilo del autor era inconfundible: Michelangelo Merisi da Caravaggio. Pero había una pintura que ejercía una mayor atracción en el público, expuesta en un extremo de la sala y dentro de una urna de cristal. Tenía forma de escudo o medallón y era popularmente conocida como la *Medusa* de Caravaggio.

Sarah se plantó frente a ella. Jalid forzó un hueco entre dos mujeres, a su izquierda.

—¿Conoces el mito de Medusa y Perseo?

A pesar de haber leído a los griegos, Sarah confesó su corta memoria. Jalid se la refrescó explicando que Medusa era una de las tres gorgonas, la más bella y humana; tan deseable a dioses y humanos que un día Poseidón la violó dentro del templo de Atenea. La diosa, enfadada por la profanación cometida, convirtió a Medusa en un monstruo de dientes afilados, serpientes en vez de cabellos y unos ojos que emitían una luz terrible, luz que convertía en piedra a quien osara mirarla a la cara. Enfadada e incrédula con las justificaciones dadas, Atenea la devolvió a su condición de gorgona junto al resto de sus hermanas; las más despiadadas y monstruosas deidades femeninas. Pasado un tiempo, a Perseo le encargaron matar a Medusa con la ayuda de la rencorosa Atenea. Para cumplir su misión, el dios Hermes le hizo dos regalos: una afilada hoz y un escudo brillante. Y en su apoyo, también acudieron las ninfas para obsequiarle con unas sandalias aladas y el casco de Hades, que lo hacía invisible.

Cuando llegó a donde estaba Medusa, desterrada del mundo de los vivos, colocó su brillante escudo de tal modo que su rostro quedó reflejado en él, evitando su mirada, momento que aprovechó Perseo para cortarle la cabeza de un tajo. La recogió del suelo después y decidió que la llevaría siempre consigo para vencer a sus enemigos. La cabeza, que no había perdido su poder, seguía convirtiendo en piedra a quien osase mirarla de frente.

Sarah escuchó la explicación tratando de entender las significaciones de aquella leyenda para Jalid, a la vez que buscaba posibles debilidades en los sistemas de protección del cuadro. En realidad, le hizo recordar el ardid empleado en el museo de Orsay para no ser captada por las cámaras de grabación, como Perseo escondiéndose tras su escudo brillante. Una práctica muy común en casi todos los trucos de magia.

—Siempre me ha parecido una obra con un particular poder adictivo... —comentó ella al terminar de hablar Jalid—. Esa expresividad en el rostro, su excepcional ejecución, que parece querer salirse del cuadro, la sorpresa escrita en sus ojos... Cada vez que la miro me llega su fuerza, trasciende la propia tabla que la soporta. ¿Sientes también esa energía?

—La siento desde la primera vez que la vi —contestó Jalid con indudable rotundidad—. Desde entonces, solo deseo tenerla.

Sarah se volvió hacia él, con una inesperada duda por resolver.

—¿Se trata de la *Medusa?*

Jalid afirmó con la cabeza.

—Sarah, tú puedes.

—Reconozco que me privan los retos difíciles. Pero este...

Miró a su alrededor. Podría haber veinte personas en menos de cuarenta metros cuadrados, un vigilante sentado en una silla dedicado en exclusiva a controlar a los visitantes, acceso abierto a la sala siguiente y otro, al corredor que unía las dos alas de la galería. Localizó una sola cámara de vídeo, con un ángulo suficiente para abarcar todo el interior.

Jalid no necesitaba explicar las dificultades que presentaba la empresa, pero sí hasta dónde llegaba su compromiso de ayuda.

—Haré todo lo necesario para que lo consigas. —Se dirigió a ella con un comedido tono de voz—. El objetivo es complejo, no lo puedo negar, pero sé que encontraremos una solución a cada dificultad. Te facilitaré cualquier cosa que necesites, sin importar lo que cueste.

Ella estimó las dimensiones de la tabla: sesenta por, quizá, cincuenta y cinco. Tuvo dudas. Su tamaño superaba, por un poco, el que podía esconder bajo la ropa. Observó la urna e hizo varias fotografías con el móvil. Debía tener algún sensor que hiciese saltar la alarma cuando se levantaba el cristal de la peana. Estudió su contorno e interior, pero no lo logró verlo. Tampoco insistió, no fuera a extrañar su actitud al vigilante o a los turistas. Llevaría tiempo estudiar la operativa, concluyó, como también el entorno, horarios, los accesos y salidas; cuántos y cómo eran sus vigilantes, la movilidad de la cámara, la urna y, sobre todo, decidir cómo iba a distraer a tanta gente. Mientras pensaba en todo ello, Jalid no hacía más que mirarla, a la espera de recibir sus impresiones. Cuando se dio cuenta, solo le dijo:

—Necesito tiempo... Hablémoslo fuera. No sé tú, yo empiezo a tener un poco de hambre.

Solo media hora después, almorzaban en un reservado dentro de un renombrado restaurante próximo a la catedral. A Sarah le extrañó que Jalid aceptara la primera sugerencia del *maître*, una degustación de jamón ibérico de Guijuelo, una conocida *delicatessen* española apreciada por cualquier amante de la buena mesa, que, sin embargo, no parecía la mejor elección para un musulmán, dada su procedencia porcina. Una vez servido, con el primer bocado, Sarah cerró los ojos de placer y asistió a una reacción idéntica por parte del emir. Fue a preguntar, pero prefirió abordar el asunto que les había traído a Florencia.

—Tienes dinero para comprar ese cuadro y media pinacoteca más.

Sarah no terminaba de entender por qué una figura pública estaba dispuesta a poner en riesgo su reputación cuando era bastante probable que algo se torciese en el camino y pudiese ser desvelada su participación en el robo. Su caso era distinto; la excitación que experimentaba al estudiar, pensar, preparar y finalmente ejecutar el robo, superaba cualquier otra consideración, incluido el más mínimo atisbo de prudencia. Volvían a su cabeza las palabras de su abuelo: «Con la magia, conseguirás que lo imposible sea posible». Superar aquellos retos, imposibles para la mayoría de los mortales, era también su particular terapia para contrarrestar la poca fe en sí misma; una consecuencia emocional provocada por el abandono familiar a una edad demasiado temprana.

Él razonó sus motivos.

—Al no estar en venta, no me queda otra vía. Sé que me juego mucho, que te parecerá una locura, pero para mí no lo es. Por eso, todo lo que haga por que termine en mi poder me merece la pena. Supongo que te preguntarás por qué. —Ella respondió con un gesto afirmativo, mientras probaba el interesante Tinata 2016 Monteverro propuesto por el *maître*, un vino de la Toscana de intenso color rojo rubí que inundó de sabores su paladar.

—Antes de que me contestes, y espero no parecer impertinente, me choca verte comer cerdo y beber vino, ya lo hiciste en el Épicure.

Jalid sonrió, se secó los labios tras haber probado el caldo toscano y respondió.

—El Corán tiene muchas lecturas y no todos las hacemos por igual. Eran otros tiempos y circunstancias las que llevaron a nuestro profeta a proclamar ciertas restricciones. Tal y como yo lo veo, el vino, como otros muchos manjares más, son regalos de Alá. No se deben despreciar.

Sarah atendió la explicación sin opinar. También el judaísmo estaba lleno de prohibiciones y nunca le habían parecido ni razonables ni aceptables.

Jalid, tras explicarse, decidió retomar la conversación anterior, dispuesto ahora a desnudar sus motivos.

—Ese cuadro simboliza en sí mismo el poder del arte, quizá como ningún otro lo haga. Posee una capacidad cautivadora única, es, es... es en esencia belleza, pura belleza. Y casi repito tus propias palabras, cuando me decías en el museo que te sentías imantada por ella, que poseía una energía especial, casi mágica.

Sarah le escuchaba muy concentrada, pero sus argumentos no terminaban de convencerla. Por muy cautivado que pudiese sentirse por aquella excepcional pieza artística, no le parecía suficiente motivo.

—Sospecho que te mueven otras razones para desear esa obra.

—¿Por qué lo crees?

El emir se dio un tiempo para pensar cómo responder a la duda, porque Sarah tenía razón. Existía un motivo mucho más importante que poseer el cuadro: ella. La necesitaba para alcanzar sus sueños, pero era demasiado pronto para que lo supiera. Apenas se conocían, necesitaba tiempo, romper barreras, entre ellas las religiosas.

—Más que creerlo, lo intuyo —contestó Sarah, a la espera de recibir otra explicación.

Jalid jugó con el tenedor moviendo los espaguetis con salsa de carabineros. Tardó en responder unos segundos.

—De acuerdo, te confesaré algo. —Fijó la mirada en los ojos de Sarah para imprimir más credibilidad a sus palabras—. Me veo como Perseo. —El gesto de perplejidad que surgió en ella exigió que se explicase mejor—. A ver... A lo largo de la vida nos ganamos algún que otro enemigo. Yo los tengo en mi emirato, incluido algún que otro familiar, y también entre mis colaboradores y aquellos que se vanaglorian de ser buenos amigos míos. Tengo opositores incluso en los países que me rodean, esperando cualquier momento de debilidad por mi parte para hacerse con el poder, si eso les fuera posible. Tratas de prevenirte de ellos, intentas rebajar motivos cuando están de tu mano, pero no siempre terminas de conseguirlo. El poder conlleva peligros y no siempre te sientes capaz de superarlos tú solo. Por eso, cuando descubres que hay determinados objetos que poseen una cierta energía propia y que sirvieron de ayuda a otros en el pasado, solo deseas poseerlos. ¿La tiene ese cuadro? Yo creo que sí. La posesión de la cabeza de Medusa hizo invencible a Perseo. ¿Por qué no puede servir para que yo lo sea? Y no me interpretéis de forma literal. Más que invencible, estoy pensando en que me sirva para mejorar mi capacidad de influencia, para cambiar un poco el mundo, para corregir el destino de las cosas. A eso aspiro.

Sarah le escuchó sin interrumpir su discurso. ¿Solo pretendía servirse de ese poder para aumentar su influencia?, se preguntó. Las capacidades e inteligencia del emir saltaban a la vista. Tenía recursos más que suficientes para encontrar las palabras adecuadas y argumentar con lógica. Aunque en su opinión solo eran palabras; no terminaba de llenarlas de sentido. Pero ¿cómo recriminárselo? cuando le había hecho recordar la historia de la *Lanza de Longinos* que le reveló su abuelo poco antes de morir, después de averiguar que la tenía escondida en su casa de Fontevraud. ¿Pudo influir aquella rocambolesca sustracción en que Hitler perdiera la guerra? Ella se lo seguía preguntando pasados los años, su abuelo no; él lo dio por seguro. ¿Pensaría lo mismo el emir? ¿Podía un objeto cambiar el destino de los acontecimientos?

Miró a Jalid y dudó qué pensar de él. Su razonamiento podía parecer una locura: un cuadro capaz de cambiar el mundo o el orden de las cosas. La mayoría no lo entendería. Pero en su vida había conocido a otro loco, al que adoró como a nadie, a su abuelo Jacob. Puede que, por eso, su primera reacción no fuera de rechazo y que la contestación que terminó dando a tan enloquecido pedido provocase en Jalid una enorme alegría.

—¡Le daré ese cuadro!

La sonrisa no solo apareció, atravesó de lado a lado su cara antes de exhalar un largo suspiro de alivio, celebrándolo a continuación con un agradecido brindis.

La cena continuó con los postres y el café, momento que aprovecharon para avanzar en la ejecución del proyecto y comentar los pasos que tenían que dar cada uno. Ella decidió quedarse toda la semana en Florencia para estudiar a fondo el escenario; había pedido vacaciones. ¿Por qué no se las iba a tomar? Adoraba esa ciudad, no podía disfrutar de un mejor hotel sin costarle un euro y necesitaba tiempo para pensar y marcar plazos. Entre las cosas por establecer se encontraban el decidir cómo podía esconder el cuadro para sacarlo del museo y pensar a quién encargaría una copia perfecta de la pintura, eso solo para empezar.

Él se organizó para quedarse un día más en la ciudad con idea de volver juntos a la galería y pasar el resto de la jornada haciendo turismo. La razón de que Jalid no regresara de inmediato a su país, como le exigían sus abultados compromisos de gobierno, se llamaba Sarah. Por supuesto que el cuadro le importaba, pero también ella. Y como quería tener éxito en ambas direcciones, su participación en la ejecución del robo era crítica: iba a tener que pensar y organizar algo lo suficientemente atractivo como para conseguir la distracción del público presente, y el tiempo necesario para que Sarah robara para él la *Medusa* de Caravaggio.

Esa noche, en la cama del hotel, se le ocurrió una increíble idea.

En la habitación contigua, dentro de la cabeza de Sarah no había espacio para otra cosa que no fuera preguntarse si todo aquello no era un descomunal error. Se estaba fiando de un desconocido, por muy emir que fuera, atendiendo a su intuición, pero también coaccionada por él. Aquellos vídeos que le había enseñado durante su primera cena la dejaban al descubierto. Sus secretos, su tapadera en Hermès... Todo había saltado por los aires y nunca se había sentido tan desprotegida como ahora. ¿Se estaría equivocando? Si en su vida siempre había desconfiado de todo y de casi todos, si no dejaba nada al azar, tanto fueran decisiones como actos, si nunca había dado un paso hasta estar segura de sus consecuencias, ¿cómo es que no hacía lo mismo en esta ocasión?, se preguntaba. Era evidente que la única diferencia con anteriores situaciones era él. Olía el peligro en ese sentido. Si lo pensaba bien, no había nada en ese hombre que coincidiera con sus gustos como mujer. Pero lo cierto es que había sido capaz de despertar algo en ella. Vale que la estaba enfrentando al mayor reto de su carrera como ladrona, se justificó a sí misma sin dejar de dar vueltas en la cama. Pero también que lo había conseguido en un tiempo récord. ¿Se detendría ahí o aquella capacidad de moverla le empujaría a recorrer otros territorios? Cogió el móvil que tenía cargando en la mesilla de noche. Vio las dos y diez de la madrugada en su pantalla. En ese preciso momento, decidió borrar de su cabeza cualquier pensamiento gris, despejó de un plumazo todas sus dudas y recuperó la confianza en sí misma.

Seguiría adelante. Pasase lo que pasase.

Visualizó el cuadro en su cabeza. Solo era un trabajo, pero ¡qué caramba! Era el más fascinante de los retos a los que se había enfrentado hasta entonces.

CAPÍTULO 15

Fontevraud. Francia. Diciembre de 1943

Jacob Ludwig había llegado dos meses antes a la vieja villa y granja de Fontevraud propiedad de su tío abuelo Pierre, una rama francesa de la familia, después de escapar de Núremberg. Lo hizo con una sola maleta, la *Lanza de Longinos* atada a su cuerpo y sin su mujer, muy a su pesar, con objeto de evitarle problemas en caso de ser detenidos.

Era consciente de que el lugar elegido para esconderse formaba parte de la Francia ocupada, pero no encontró otra solución. Pierre era la única familia que le quedaba viva y la resistencia judía había averiguado que atravesar Francia por Estrasburgo y Nancy, una vez superado el Rhein, era la ruta menos comprometida y rápida para llegar a Fontevraud. Por eso la eligió. Sin embargo, no podía perder mucho tiempo en huir. Aunque en el castillo de Kaiserburg no hubiesen advertido todavía el cambio de lanzas, su impunidad no estaba asegurada y no pasarían muchos días sin que Himmler quisiera discutir alguno de sus temas preferidos, momento en el que descubrirían su desaparición.

Tener dinero facilitó mucho las cosas. La primera parte del viaje la hizo en tren hasta llegar a Heidelberg, donde contrató a un tipo que le transportó en coche hasta Baden-Baden para luego atravesar la frontera a pie, por un lugar poco vigilado, guiado por otro paisano al que pagó generosamente. A poca distancia del borde fronterizo, en Estrasburgo, le esperaba una valiente y joven miembro de la resistencia, documentación falsa que le convertía en ciudadano francés, quedando borrada así su ascendencia judía, y una moto en la que viajaron hasta Troyes, después de recorrer más de trescientos kilómetros, la mayor parte campo a través para evitar controles, aunque no lo consiguieron. En dos ocasiones los pararon. Por suerte, la joven Delphine había ideado una solución muy eficaz para sortear a los nazis. Durante el camino, enseñó a Jacob y le hizo repetir no menos de cien veces las diez posibles contestaciones a las preguntas que los militares podían hacer, corrigiendo su acento hasta conseguir un perfecto francés. Codificó cada contestación con un número que le haría saber con los dedos, para que no necesitara entender las preguntas. Gracias a la acertada táctica, superaron sin demasiados problemas casi todos los controles.

De Troyes a Fontevraud, los últimos trescientos ochenta kilómetros, necesitó seis días; los tres primeros en carreta, escondido entre fardos de heno. Y los otros tres, en una bicicleta del servicio de correos agarrado a su maleta y en compañía de un empleado de mediana edad. Eso sí, la lanza siguió viajando en todo momento pegada a su vientre. A medida que fueron atravesando pueblos tomados por las SS, su pavor creció. Tenía miedo de ser reconocido por algún oficial después de haber pisado cientos de veces su sede central en Berlín, en la Prinz-Albrecht-Straße, cuando iba a verse con el Reichsführer Himmler.

Por eso, desde el primer día de su llegada a Fontevraud, su tío abuelo lo escondió bajo el establo de las vacas, en un espacio subterráneo robado a la tierra de no más de diez metros cuadrados, con una sola bombilla. Allí se pasaba los días leyendo, cuando no ideando nuevos trucos de magia para cuando pudiera ejercer el trabajo que de verdad le llenaba. Su tío le explicó que la abadía, la verdadera joya del pueblo, había sido transformada por los nazis en una enorme prisión donde encerraban y torturaban a un desconocido número de presos. Al parecer, era tanto el mal que allí se hacía, que desde su interior surgían terroríficos gritos que cortaban la digestión a cualquiera que pasase cerca.

La vida bajo tierra era un verdadero martirio, pero no podía dejarse ver por el pueblo ante la constante presencia nazi. Antes de cumplirse la primera semana de su llegada, y metido en su celda libre, así la llamaba, decidió esconder la reliquia sagrada en una pequeña oquedad que cavó con sus propias manos bajo el subsuelo. La revistió después con ladrillos, con idea de protegerla de humedades y desprendimientos, y terminó sellando el conjunto con una argamasa de tierra y cemento; de tal manera que nadie más que él podría dar con su paradero.

Salía solo por la noche, cuando el único empleado de la granja la abandonaba y su tío aparecía en el establo con un poco de comida y ganas de charla, entre mugidos de vacas, olor a estiércol y frías veladas que, a pesar de todo, le sanaban el alma. Así supo que las noticias que llegaban de la guerra empezaban a ser prometedoras. Tras la defensa rusa de Stalingrado, el ejército rojo estaba librando feroces batallas que amenazaban la frontera alemana, y corrían los rumores sobre una masiva llegada de tropas aliadas a Europa para combatir en tierra al ejército alemán y expulsarlo de sus actuales posiciones.

Medio enterrado y solo, Jacob vio pasar los meses uno tras otro, con todos sus días, empezando a sentirse harto de tanta reclusión. Hasta que una mañana, a mitad del año siguiente, en el mes de junio de 1944, su tío abuelo levantó la trampilla que le separaba del pajar y a grito pelado anunció que Francia había sido liberada. Se abrazaron, rieron, saltaron de alegría y terminaron descorchando una botella de un excepcional vino, así lo tachó el tío abuelo, que guardaba para las grandes ocasiones. Pero las penas decidieron no abandonarles con tanta rapidez. Porque, fuera por efecto de la explosión de júbilo, la edad, o a consecuencia de unos achaques a los que nunca dio importancia, sin haber pasado dos horas desde que Jacob pisara la casa, tras un año bajo tierra, el tío se desplomó sobre la mesa a punto de darle fin a una segunda botella de vino y a una pieza de embutido bastante mediada. Y sin abrir la boca ni para decir me duele aquí o siento esto o lo otro, se murió.

El problema fue que Jacob tenía una cartilla de identificación a nombre de Jacques Tartier y no podía demostrar que su verdadero apellido era Ludwig, al haberse deshecho de sus papeles antes de huir de Alemania. Lo que significó perder cualquier derecho de herencia. Al carecer su tío abuelo de testamento e hijos, las autoridades decidieron que la propiedad de la villa correspondía al Estado y no a Jacob, al que tacharon de usurpador al no figurar como censado, ni haberse siquiera dado a ver por Fontevraud durante el tiempo que decía haber estado viviendo en la granja. Al mes del fatídico fallecimiento, acudieron a la casa dos responsables del juzgado, junto a un gendarme y un escribano, para ordenar su desalojo definitivo.

Sin dinero, en un país extraño y sin casa, sintiéndose responsable de la reliquia que había dejado escondida, Jacob decidió explotar su faceta de ilusionista para hacer algo de dinero y recuperar con el tiempo la casa familiar. Comenzó por las poblaciones más cercanas, bañadas por el Loira, con la esperanza de que un día la guerra terminase por fin y pudiese traerse a su mujer a Francia. Aunque para todo ello, necesitaba asentar su economía y construirse un futuro en aquellas tierras de promisión, pues así era como las veía.

Consiguió alquilar una habitación en una humilde pensión. Empezó a actuar en Blois, Amboise, Tours y hasta en Orleans, y sus espectáculos de ilusionismo gustaron. La gente, después de casi cinco años de guerra, necesitaba evadirse y acudían en masa, encantados con cualquier evento que los hiciera reír, soñar y disfrutar.

Jacob fue así reuniendo dinero, siempre con vistas a recuperar la villa de Fontevraud. Pero pronto se dio cuenta de que no lo conseguiría nunca con el ritmo de ingresos que llevaba. Y como le preocupaba el destino de la *Lanza de Longinos*, no fuera a caer en otras manos, decidió dar un paso más, tomando provecho de la magia. Y el paso consistió en un primer y provechoso robo, cuyas especiales connotaciones hasta terminaron excusando el propio delito. El objeto, que poco después logró vender, le dio bastante dinero. Se trataba de un diminuto retrato en carboncillo firmado por Rembrandt, que descubrió en el castillo de un noble local, que había colaborado con los nazis durante el tiempo de ocupación; un traidor que no se atrevió a salir de su fortaleza una vez la abandonaron los alemanes. Protegido por las defensas arquitectónicas del sólido edificio, el hombre resistió la ira del pueblo, vivió violentos ataques a su posesión y sufrió los vergonzosos insultos que cubrieron sus muros de pintadas. Pero con el paso de los meses, la gente se fue olvidando de él.

Jacques, o Jacob, a punto de cumplirse un año de su llegada a la región, fue contratado por el conde para amenizar el cumpleaños de su hija mayor. Fue entonces cuando vio el cuadro por primera vez y decidió que sería suyo.

La asistencia a la fiesta fue moderada; los cuatro de la familia, tres compañeras del instituto de la chica y dos parejas de amigos de los padres. Sin embargo, los medios que pusieron a disposición de Jacob superaron los esperables para una celebración menor. No le objetaron nada cuando les había pedido un caballo para hacerlo desaparecer, dos grandes lonas blancas de tres metros de alto por cinco de largo, con las que produciría un efecto de confusión en los presentes, pues a todo dijeron que sí.

El sonado día llegó con dos cofres bastante grandes. En

uno de ellos, Jacob preparó un doble fondo, donde escondería a su ayudante con intención de despistar el verdadero objetivo del truco. Por debajo de este, todavía más profundo, preparó un tercer compartimento para ocultar el cuadro. Apareció también con una gran bañera para ofrecer una función que entusiasmaba a todos, cuando él mismo se hundía y no volvía a salir hasta seis minutos después, sin que nadie entendiera cómo conseguía aguantar tanto tiempo bajo el agua. Les costaba ver el tubo escamoteable por el que él respiraba, oculto en un lateral, casi en el fondo.

Lo ovacionaron a rabiar cuando dio por terminada la actuación.

El noble pagó lo pactado y una propina más, despidiéndole de forma entusiasta en la puerta, antes de que Jacob terminara de cargar en un carro los útiles con los que había venido; entre ellos, escondida, la pintura de Rembrandt. Lo más probable es que el hombre se diera cuenta de la sustracción esa misma noche. Pero ¿a quién iban a llamar? Nadie del pueblo le iba a ayudar después de su servilismo con los nazis, y hasta habría más de uno que se alegrase de su infortunio.

Fue así como Jacob pudo comprar la villa familiar, recuperar la santa reliquia y recibir tres meses más tarde a su mujer, después del fin de la guerra.

Decidieron quedarse allí; nunca regresaron a Alemania.

Él siguió vendiendo espectáculos de ilusionismo, pero también haciéndose con algún que otro cuadro. La explosión de emociones que desencadenaba cada robo llegó a cautivarle tanto que se volvió adicto. Construyó una cámara secreta en los bajos de la villa para esconder los cuadros antes de su venta, disfrutándolos durante el tiempo que le permitía la transacción. Permanecía horas contemplándolos, ensimismado, extasiado ante tanto arte a su disposición.

Hacerse rico nunca fue su meta. Con el dinero que iba obteniendo, empezó a ayudar a muchos judíos financiando varias asociaciones nacidas a partir del brutal exterminio, en la peor diáspora que había conocido el pueblo hebreo en toda su historia. Pero siempre lo hacía de forma anónima,

Tuvieron a su primer y único hijo en el 55 y le llamaron Isaac. Un hijo, que vivió con orgullo y desde bien pequeño su condición hebrea, quien tras una adolescencia brillante en estudios y relajada en lo religioso, decidió dejar atrás Francia para probar futuro en el nuevo Estado de Israel.

Ese niño, veintiocho años después entró a trabajar para el Gobierno de Israel, aunque poco antes tuvo una hija con una bellísima kurda, Danila Rut, a la que llamaron Sarah, Sarah Ludwig Rut.

Un matrimonio interreligioso inaceptable en Israel.

Una boda que se tuvo que celebrar en otro país. Una relación que fue ocultada todo el tiempo. Una familia que terminó durando muy poco.

CAPÍTULO 16

Al-Kadisiya (Jerusalén). Año 1191

Saladino deseaba un largo tiempo de paz.

Cuatro años antes había recuperado Al-Kadisiya para el islam y, a diferencia de los francos, él había respetado la vida de todos sus ocupantes. A los que eligieron abandonar la ciudad para regresar a sus países les ofreció protección armada para llegar a los principales puertos. A los que decidieron quedarse, bajo pago de un impuesto, se les garantizaron haciendas y propiedades. Además, cualquier cristiano que quisiera peregrinar a Jerusalén para visitar sus lugares santos tenía garantizada la vida. Buscaba así dar por terminadas las hostilidades entre las dos religiones, al menos por un largo período de tiempo. Pero no lo logró.

Apenas un mes después de que en la ciudad ondearan las nuevas banderas, llegó a oídos de Saladino que el papa Gregorio VIII había convocado una tercera cruzada. Tanto protagonismo cobró en la convocatoria que incluso habían establecido un impuesto en Occidente llamado «el diezmo de Saladino» para sufragar los costes de la expedición. A la llamada papal habían respondido los principales monarcas cristianos: el emperador del Sacro Imperio Federico I Barbarroja, que no llegó a pisar Tierra Santa al morir ahogado de camino, se rumoreó que por haber perdido la lanza que había atravesado el pecho del profeta Jesús en la cruz, que llevaba con él; el rey de los francos, Felipe Augusto, y el de Inglaterra, Ricardo, al que apodaban Corazón de León.

Los dos últimos, venidos por mar, tras sitiar el puerto de Acre, recuperaron la ciudad para los cristianos. Poco después, el francés decidió regresar a su tierra con la excusa de hacer crecer sus dominios hacia Flandes, dada la fortuita muerte de uno de sus príncipes, algo que nadie entendió, tampoco sus propios nobles quienes, apenas recién pisada Tierra Santa, decidieron quedarse y pelear al lado del inglés, después de que Felipe de Francia se negase a reconocer su autoridad como cabeza de los cruzados.

Con el rey Ricardo ya al mando, Saladino intentó negociar el rescate de los musulmanes presos en Acre. El inglés solo puso una condición para el acuerdo: si le entregaba la Vera Cruz liberaría a los tres mil hombres retenidos en la fortaleza. Pero Ricardo se cansó de esperar. Lejos de saber si Saladino demoraba la decisión por motivos tácticos o no pensaba cumplir con su parte, decidió eliminar a todos los reclusos. Nunca se enorgullecería de ello, pero no podía permitirse tamaña presencia enemiga a sus espaldas, cuando necesitaba enfocar todos sus recursos a la conquista de Jaffa y no en vigilar presos. Jaffa era la puerta de su objetivo final, Ascalón, nudo de comunicación entre Siria y Egipto y punto de entrada de tropas y armamento para Saladino. Un enclave que el rey Ricardo necesitaba interrumpir antes de dirigirse a Jerusalén.

La inclemente matanza de Acre, en un viernes, día sagrado para los seguidores del Profeta, fue tal que los gritos de los ajusticiados se oían a muchas millas de distancia. Las cabezas de los ejecutados volaban murallas afuera convirtiendo el perímetro de la fortaleza en un horrendo cementerio, imagen que terminó de desencadenar la ira y el repudio de Saladino. El llanto por el sufrimiento de los suyos le llevó a iniciar una semana de ayuno sin dejar de implorar justicia a Alá. Hasta que los suyos, el escriba Ibd Yakub, su amado sobrino, y el primer lugarteniente, le convencieron de la necesidad de cuidar su salud para atender a los designios del Único, por lo que volvió a probar la comida.

A pesar de la bárbara acción en Acre, Saladino deseaba conocer al sultán cristiano, al tal Ricardo. Decían que, aparte de su gran altura, melena roja y severa mirada azul, su ferocidad en combate era tal que el sobrenombre estaba justificado. A pesar de su condición de príncipe, al parecer solía olvidar su posición y se crecía ante el enemigo. Incluso era temerario; no dudaba en azuzar a su caballo cuando tocaba defender a cualquiera de sus hombres si los veía desprotegidos frente a sirios, turcos o sarracenos. Llegaba a ellos espada en mano y cortaba cabezas, brazos y cuellos, venciendo valentías enemigas sin temor alguno por su vida. Su valor estaba fuera de duda.

Sin embargo, el escriba de Saladino, Ibn Yakub, lo veía de otra manera y decía a su sultán: «Ese hombre luchará como un león, pero se comporta como un chacal, es un animal», se refería al brutal comportamiento de Acre. Algunos desertores francos tampoco hablaban bien de él, asegurando que solo combatía cuando sus soldados iban ganando la batalla. Ibn Yakub terminó cambiándole el nombre, así lo escribió en su correspondencia semanal con Maimónides: «Ellos le llamarán Corazón de León, nosotros lo recordaremos como Ricardo Culo de León».

Por entonces, el ánimo de Saladino estaba atravesando un oscuro momento. La muerte de su sobrino predilecto, Taqi ad-Din, casi un hijo, en una escaramuza con los francos, le hizo enfermar hasta dolerle el corazón. Amaba a aquel muchacho, sangre de su sangre, después de haberlo adoptado cuando su padre había muerto. Sollozó la pérdida de Taqi sumada a la de sus hermanos de fe, en Acre. Se sentía cansado de pelear, los suyos empezaban a hablar mal de él, y notaba que iba perdiendo prestigio como adalid de los creyentes. Con ese ánimo, se refugió en Jerusalén durante unos días. Entraba cada mañana a la Mezquita de La Roca y rezaba horas y horas en ella. A veces recitaba poemas, escritos por él:

Solo en el desierto, cuento las extintas lámparas
de nuestra juventud.
¿Cuántas han sido atraídas a estos lugares de exterminio?
¿Cuántos más morirán?
No podremos llamarlos ya con el sonido de la flauta o de
las canciones que escribimos.
Pero cada mañana al amanecer los recordaré en
todas mis plegarias.

Cuando los espías le advirtieron de que el rey Ricardo había abandonado Acre con la mayor parte de su tropa y que ahora cabalgaba hacia el sur, sin perder la costa y en dirección a Jaffa, mandó armar un poderoso ejército de más de quince mil jinetes para cortarles el paso, sobre todo turcos y nubios, junto con sus fieros mamelucos.

La expedición cristiana iba encabezada por el propio rey y la cerraba un centenar de templarios y otro de hospitalarios, estos últimos experimentados en anular el provocativo proceder de la caballería sarracena. Aquellos monjes soldados habían sufrido mil veces sus rápidos ataques, recibido dardos, cuando no presenciado sus inesperadas retiradas a lomo de veloces caballos árabes, provocando su persecución. Eran expertos jinetes que volvían locos a los cristianos, tratando de romper su unidad defensiva, la mejor ventaja táctica que poseía el colectivo cruzado.

El rey Ricardo aceleraba la marcha después de cada escaramuza dirigida por el sultán Saladino desde su campamento, mientras divisaba a su derecha la flota naval que los proveía de alimento y agua. Aunque la distancia que separaba San Juan de Acre de Jaffa no requería más de cinco jornadas a caballo, las frecuentes paradas para combatir al musulmán estaban retrasando los tiempos previstos. La poca brisa marina apenas aliviaba el intenso calor que sufría la tropa. El rey inglés cabalgaba empapado en sudor, bajo una cota de malla que le cubría cuello y cabeza, llegando a quemarle la piel cuando el sol apretaba.

—Señor, nos avisan de que a menos de seis millas nos espera un nuevo y poderoso destacamento de caballería enemiga; puede que sean más de dos mil —le avanzó el tercer conde de Leicester, Robert de Beaumont, hombre de confianza del monarca inglés—. ¿Qué ordenáis hacer?

—Pedid a los templarios que se coloquen en cabeza y reunamos a la caballería en líneas de cien. Colocad a la infantería en el flanco izquierdo, único frente de ataque al dejar el mar a nuestra derecha, y disponed a los mejores lanceros tras los del Temple, actuarán cuando estemos a punto de caer sobre ellos.

El rey se bajó el yelmo, desenvainó la espada y marcó los costillares de su caballo. El animal respondió arrancando una briosa cabalgada. Sus crines negras, largas y sedosas, rozaban las calzas del regio jinete, que vestía aquel día túnica roja con los tres leones bordados sobre el pecho; el escudo de armas de la monarquía inglesa.

La batalla que se libró fue extremadamente cruenta. Aunque ninguno de los dos bandos ganó, ambos padecieron numerosos daños. Incluida la herida en un costado del rey a causa de un dardo que le entró por una axila y la muerte de su adorado caballo que, tras quebrarse una pata y ya en el suelo, recibió una flecha con tan mala fortuna que le atravesó el cuello. Aquello llegó a oídos de Saladino, quien no dudó en mandar un embajador para conocer el estado de salud del monarca, ofrecer sus médicos, y enviarle uno de los mejores caballos que había conocido en su vida; el que había montado su gran amigo Kalud, recientemente muerto; un hermosísimo ejemplar yemení cuya clase no rebajaría la de su nuevo jinete.

Pero no terminaron ahí las atenciones y preocupación de Saladino por su enemigo cristiano. Dos días después, con el monarca acampado cerca de la costa y atacado por unas fiebres muy altas, hizo que le llevaran unas cestas con hielo. Lo sacaron de un profundo nevero excavado en la ciudad de Jerusalén que conservaba el frío todo el año, a partir de la nieve traída de las montañas de Siria. El fresco remedio venía acompañado de un escrito del mismo Saladino que agradó al rey Ricardo. En él, le hablaba de su yegua Shujae, lamentaba la pérdida de su noble animal y recordaba un poema de un sabio musulmán que decía:

Se derrama la crin por su crinera, como lluvia que cae sobre el guijarro liso. Aún fogoso, cuando otros purasangre exhaustos arrastran polvareda del pedrizal hollado. Sigue impetuoso, mientras su furia bulle, y el fragor de sus cascos es hervor de caldero.

Terminaba el escrito sugiriendo un nombre para el caballo que le regalaba: Easifuh, junto a su traducción a lengua franca: Tormenta.

CAPÍTULO 17

Subonao'er Sumu. China. Frontera con Mongolia. Octubre de 2017

Mao Zhao Yang entró en el Shengshi Pub, donde se tenía que encontrar con alguien que le ayudaría a atravesar la frontera con Mongolia. Según los planes previstos, lo haría dentro de una caravana de yaks que cada semana traía a la población china de Subonao'er Sumu quesos, leche fermentada de yegua y carne ahumada de caballo y camello; productos que eran muy apreciados por los chinos, para regresar después con todo tipo de tejidos, mantas y ropa, con los que comerciar en su país.

Eso es lo que le habían adelantado sus anteriores portadores. Porque, antes de haber alcanzado aquella pequeña urbe, Mao había sobrevolado cerca de quinientos kilómetros en un diminuto helicóptero que había escapado a la cobertura de los radares del ejército de Pekín, gracias a la baja altura con que volaba y a la pericia del piloto. Se suponía que habían superado así el tramo más delicado de la huida, pero todavía faltaba la frontera. El peligro de ser descubierto y devuelto a la prisión era real. Así se lo habían advertido sus acompañantes durante el vuelo. Lo último que le recomendaban hacer era usar el paso fronterizo en aquel pueblo, la policía tenía que estar al tanto de su huida y habrían reforzado los controles. Por muy integrado que simulara estar dentro de la caravana de nómadas, lo detectarían.

Cuando apareció su interlocutor mongol en el pub, un tal Kamin, no necesitó convencerle del cambio de planes; él mismo acababa de constatar la situación de máxima alerta en la frontera y había ideado otro. Abandonarían China por las montañas, a unos sesenta kilómetros al este de donde estaban. No había otra manera de escapar. Aunque todavía le faltaba convencer al responsable de la caravana, dado que iban a hacerles perder unos cuantos días en el desvío, superar unas escarpadas cumbres y recorrer después más de cien kilómetros de desierto, en el temido Gobi y en su vertiente más peligrosa. Para compensar tantos contratiempos, pretendía pagarles el doble. Pero aún no había obtenido su beneplácito.

Mao quiso saber quién le había contratado, quién estaba detrás de aquella costosa fuga y por qué. Pero Kamin no supo ni quiso responder a sus preguntas.

—Tengo prohibido daros cualquier información de ese tipo. Quien me mandó venir a buscaros es un conocido mío de Ulán Bator, pero el encargo que recibió él venía del extranjero. Hasta ahí os puedo contar.

Tan solo unos minutos después, entró en el pub un hombre bajo, cejudo, de piel costrosa y atabacada, mirada salvaje y labios recogidos, casi invisibles, presentándose como el responsable de la caravana. Kamin le empezó a contar el cambio de planes, pero el otro no le dejó terminar.

—Olvídense de nosotros. No estoy dispuesto a perder el tiempo ni a poner en riesgo a los míos en absurdas excursiones por el este.

Su tono de voz se elevó tanto que empezó a atraer la atención de alguno de los presentes, acompañando su negativa con exagerados movimientos de cabeza. Ante la insistencia de Kamin, el hombre escupió por la boca todos los tacos habidos y por haber en lengua mongola y china, volvió a descartar la idea y, sin permitir una sola réplica, se dio media vuelta y buscó la puerta de salida. Antes de largarse, dio una patada a un búcaro y soltó un largo y enfadado bufido.

Mao sintió un escalofrío por la espalda. Miró a Kamin. Si perdían aquella oportunidad puede que no tuviesen otra. Observó a los clientes del pub. Necesitaba saber si la reacción y las palabras de aquel tipo habían despertado la atención más de la cuenta, algo que en su país podía significar problemas muy serios. La denuncia entre unos y otros estaba a la orden del día, era como el respirar. Sintió un principio de agobio.

—¿Qué vamos a hacer ahora? —preguntó a Kamin, mientras le veía pagando la consumición.

Él no era amigo de emociones fuertes. Como hombre de ciencia e investigador, su quehacer profesional y humano se hilvanaba de rutinas, huyendo de cualquier factor que las alterase. Era de los que necesitaba tener todo programado, sin contratiempos a su actividad, con ritmos y jornadas reguladas; esa era la sangre que le mantenía equilibrado. En contra, cualquier cosa que significase salir de su microcosmos de certezas y datos empíricos le parecía algo que evitar. Bajo esos antecedentes, llevaba unas cuantas horas escapando de las frías garras del gobierno chino, jugándose el cuello sin saber para qué ni para quien, y veía ahora como su único plan para escapar del país se venía abajo. Sintió un extraño sabor metálico en la boca y los nervios afilados. ¿Serían esas sensaciones los antecedentes de un descarado estado de pavor?, pensó para sí mismo. Kamin contestó a su anterior pregunta:

—¿Quieres saber qué vamos a hacer ahora? Fácil, ir a por ese hombre. Tiene tu vida en sus manos.

Abandonaron el pub y salieron a la calle con paso decidido. Miraron en todas direcciones hasta que dieron con él. Corrieron en su busca. Cuando le pararon los pies, el tipo ya no estaba solo, se acababa de reunir con otros cinco hombres; imaginaron que sería su gente. Kamin se dirigió a ellos y explicó lo que necesitaban, con mucha más vehemencia que antes, aunque sin entrar en los motivos que tenían para evitar el paso oficial. Terminada su argumentación y consciente de los trastornos que aquello les produciría, anunció que serían muy bien recompensados. Preguntaron cuánto. Kamin respondió con una importante cifra. Los vieron dudar. Hablaron entre sí unos minutos. Discutieron. Pero la fuerte promesa económica terminó quebrando la comitiva en dos: una parte no cambiaría de planes y atravesaría la frontera a escasos cuatrocientos metros del pub, pero la otra aceptaba hacerlo por las montañas del este.

Esa última, iría encabezada por una especie de chamán que se comprometió a ejercer de árbitro ante cualquier problema que surgiera de camino, lo que desconcertó por completo a Mao y a Kamin, lejos de sospechar lo bien que les iba a servir. Y, casi a la vez, se les unió otro personaje de mediana edad que defendió parecidos planteamientos de arbitrio, aunque este último tenía más pinta de bandolero que de juez o defensor. No entendían a cuento de qué era necesaria tanta intermediación en una simple caravana de nómadas. Pero no era momento de poner nada en duda. Ya lo irían descubriendo, pensaron, unidos al grupo que estaba a punto de abandonar la población en busca del resto de la caravana.

Mao se sintió más aliviado, la situación parecía estar enderezada. Pero, aun así, tampoco dejaba de mirar a derecha e izquierda, cuando no a su espalda, con miedo de ser identificado por algún policía.

En la última esquina edificada del pueblo, nada más divisar a una treintena de yaks cercados, comiendo forraje, se cruzaron con un vehículo del ejército parado. Mao miró al suelo y siguió caminando sin poner atención. Pero a los soldados les pareció raro su aspecto, nada parecido al de los mongoles. Les dieron el alto. Kamin metió una documentación falsa en el bolsillo de Mao sin que nadie lo advirtiera. Él sí lo notó. Le temblaban las piernas.

—Deja que hable yo. Tranquilo. Sé qué he de hacer... —le trasladó en voz baja.

Dos soldados se acercaron hasta ellos con gesto serio. Quisieron ver su documentación. Mao les pasó la que acababa de recibir. Kamin explicó quiénes eran, metiendo entre sus papeles un buen puñado de billetes de cien yuanes.

—Mi nombre es Kamin Ovog, del clan de los Ovog. Trabajo para el Gobierno mongol, y si estoy aquí es para acompañar a este hombre hasta las inmediaciones del desierto del Gobi. Queremos que nos ayude a valorar la calidad de un reciente yacimiento mineral.

Los soldados acababan de descubrir los billetes; era el momento más crítico. El mongol era consciente de que se la había jugado, pero no era la primera vez que se veía en una situación parecida en aquel lado de la frontera y conocía la fuerte debilidad que producía el dinero entre las tropas chinas. Raro hubiera sido que aquellos reaccionaran mal, cuando lo habitual es que se hicieran los despistados y se guardaran el dinero. Lo que, por suerte, sucedió. Eso significaba tener casi resuelto el trámite. Kamin respiró. Abrieron la documentación de Mao.

—Mei Tian Lu —leyó uno—, nacido en la vecina región de Nigxia. —Lo miró a los ojos—. ¿Por qué sois tan necesario para el Gobierno amigo de la República Popular de Mongolia?

A Kamin no se le escapó el detalle. La forma de nombrar a su país no era la actual, si no la de su época comunista. El dato le ayudó a orientar la respuesta sin dejar hablar a Mao.

—El camarada Mei es experto en mineralogía y su ayuda será vista como un gesto de generosa cercanía entre nuestros dos gobiernos hermanos. Ya sabéis, como siempre se ha hecho entre pueblos solidarios y amigos...

La respuesta debió de ser del agrado del soldado, que cerró los papeles y se los devolvió al propietario deseándoles una provechosa expedición.

Catorce horas después, la caravana de yaks se detuvo para pasar la primera noche al otro lado de la frontera, en la falda de una escarpada cordillera que les tocaría atravesar al día siguiente. Los miedos de Mao habían desaparecido una vez supo que estaban a salvo, en Mongolia, pero se sentía agotado. Aunque el camino lo habían hecho a caballo, no estaba acostumbrado a pasar tantas horas a lomos de un jamelgo. Los hombres montaron en muy poco tiempo cinco yurtas, las tradicionales tiendas circulares que les procuraban abrigo en las frías estepas mongolas. Los animales aprovecharon para comer un poco de pasto, que encontraban bajo la fina capa de nieve helada, antes de tumbarse a descansar bajo una arboleda.

Esa primera noche fue la mejor que pasarían. La siguiente, tocó vivirla al abrigo de una afilada montaña, sobre un estrecho paso que no dejaba espacio para montar las tiendas y con dos yaks menos, que se habían precipitado apenas una hora antes por un cortado. Nunca en su vida había pasado aquel frío, comentaba con Kamin, entre castañeteos y temblores, bajo una pesada piel de oso.

—El precio de tu libertad es alto. No sé por qué te quieren, pero que están invirtiendo mucho dinero es una evidencia. Prepárate mentalmente para resistir los próximos seis días; si esto te parece duro, lo que nos falta por pasar lo sentirás como si estuvieras en el mismísimo infierno.

E infierno fue, porque el paso por el desierto de Gobi era lo más parecido a meterse en la boca de un fuego y caminar por él. Los caballos jadeaban sin apenas moverse. En cuanto a los yaks, de los quince con que salieron faltaban ya seis. Pero de los nueve que superaron la dura montaña, cuatro quedaron abandonados al no poder soportar la falta de forraje y agua en el desierto. Mao fue notando cómo se le quemaba la piel, sobre todo en brazos y cara. Sus labios cuarteados solo soñaban con sentir la caricia de un sorbo de agua, la poca que se dosificaba en tres tomas al día. Atravesaban secas estepas, dunas infinitas, inhóspitos cauces de antiguos ríos.

Las jornadas se sucedían sin saber si volverían a despertar. Porque no solo fueron los animales los que murieron. A más de cincuenta y cinco grados de día y solo seis de noche, todos los días, los hombres padecían los mismos males que las bestias y tres enfermaron, alguno de gravedad. Kamin fue uno de ellos. Como no podían detenerse, los más afectados fueron arrastrados por los yaks sobre una plataforma de palos y pieles, a modo de camilla. El chamán tomó las riendas de la improvisada enfermería. Les daba a tomar unos mejunjes, quemaba unas hierbas secas que agitaba por encima de ellos, incluyendo a los animales, y cuando terminaba la jornada los reunía para echarles una especie de discurso, del que Mao apenas entendía nada, pero que obraba maravillas en el ánimo de la gente.

Durante el día, Mao hacía compañía a su mentor, deseando por lo menos que no empeorara. Aunque le costaba engañarse, porque a todas luces el tipo iba perdiendo la vida a toda velocidad. De hecho, no resistió a la cuarta jornada de arrastre. Lo enterraron junto a otro miembro de la caravana, entre gestos de rechazo hacia Mao y puños apretados, casi rabiosos. Aquellos hombres le culpaban de los infortunios que estaban padeciendo. En más de una mirada se podía adivinar el profundo deseo de venganza que tenían y la tentación de dejarlo abandonado a su suerte. Pero, por suerte para Mao, el hombre que ejercía como director de almas terminó rebajando los ánimos de todos, templando iras, y consiguió protegerle de una muerte segura.

Otra cosa fue lo que pasó con el aprendiz de árbitro, tal y como se definió a sí mismo. Porque no ejerció como tal y sí de ladrón, robándoles el agua, la comida, y las escasas esperanzas que tenían con sus constantes y deprimentes comentarios, sembrando una profunda desmoralización en todos. Hasta que le pillaron bebiéndose más de diez raciones de agua y los bolsillos llenos de carne seca. Sin necesidad de ninguna evidencia más, la justicia mongola actuó. La ley de la estepa determinaba cómo responder con personas como él: lo dejaron atado a una roca, para servir de comida a los buitres.

Ante la reciente muerte de su contacto, Mao se sentía perdido. La situación no podía ser peor. Kamin solo le había dado una dirección en Ulán Bator y un nombre; eso era todo lo que le unía a un incierto futuro. Sin dinero, cada vez más agotado y desanimado, percibía un creciente odio en sus compañeros de caravana, el desierto no parecía terminar nunca, y solo le asaltaban pensamientos oscuros. Pero también, que tenía que resistir, que no podía dejarse vencer, que lo peor había pasado.

Cuando se empezaron a divisar los primeros arbustos, que se transformaron después en arboledas, los gritos y alborozos de los presentes despertaron la ilusión en Mao. Había superado el desierto de Gobi, y lo que le deparara el destino se encontraba a solo diez días más de marcha; en una oficina de Ulán Bator.

Miró hacia atrás y en ese momento supo que entre aquellas dunas, sequedades y muerte había dejado a su anterior yo: al científico culpado de amoral, al sentenciado a una insoportable condena, a sus antiguos compañeros de laboratorio de irreprochable prestigio, a su adorada familia, al país que le había visto nacer, a su pasado... a otro Mao Zhao Yang.

CAPÍTULO 18

Latakia, en la costa norte de Siria. Diciembre de 2017

La llegada más segura a la Siria en guerra, y a la vez más cercana al proyecto de excavación del emir Jalid bin Ayub, era el puerto de Latakia. Así lo había estudiado y planificado, hasta en los más mínimos detalles, el jefe de seguridad del emir que encabezaba el comando armado para proteger a Amina al Balùd en su incursión por el país.

Habían pasado tres meses desde que había recibido el encargo de Jalid. Un tiempo que Amina invirtió en su propio entrenamiento, dentro de una base del ejército, para conseguir la formación suficiente con la que afrontar cualquier eventualidad, dado el complicado escenario en el que iban a operar. Meses de intenso ejercicio físico y psicológico, de planificación logística y compra de los equipos necesarios.

La ciudad portuaria de Latakia se había mantenido bajo control del gobierno desde el principio de las revueltas que desencadenaron la guerra civil. A diferencia de la vecina Alepo, a solo ciento cincuenta kilómetros al este, que seguía sufriendo las peores consecuencias de la contienda. Como también Damasco, a trescientos cincuenta al sur, donde se concentraban las tropas leales a Bashar al-Asad junto con milicianos libaneses de Hezbolá, rusos y tropas iraníes; en una capital peligrosa y pobre, en la que se robaba hasta la gasolina de los vehículos.

Aunque llevaban autorización del Gobierno sirio para circular por cualquier parte del territorio leal, aquellos papeles no les protegían de las tropas rebeldes o de oposición a Al-Asad. Por eso, los ocho miembros del comando que acompañaban a Amina, en cuanto quedó amarrado el barco a puerto, activaron el protocolo alfa de seguridad. Comprobaron que la mujer llevaba bien puesto el chaleco antibalas, le colocaron un casco, activaron sus interfonos, observaron las inmediaciones del muelle y desembarcaron uno a uno con los fusiles de asalto preparados. A pie de barco les esperaba un camión de mediano tonelaje para transportar el material con el que emprender la excavación y dos todoterrenos, para uso de los comandos y de Amina.

El soleado día ofrecía también una agradable brisa.

Cuando Amina puso su primer pie en el muelle se vio dentro de un pasillo formado por ocho hombres armados para acompañarla hasta los vehículos. Pero antes de alcanzar el suyo se oyó una primera explosión, brutal, a menos de un kilómetro de donde se encontraban. Y casi a la vez otra más; la primera, afectando a una nave portuaria, y la otra a un buque de carga amarrado en el extremo opuesto de su posición. Amina se vio de repente tumbada en el suelo, con un hombre a cada costado protegiéndola con sus propios cuerpos, y los demás valorando cómo actuar. Se pudieron ver dos misiles más en pleno vuelo, dirigidos a otra embarcación de mayor calado.

—¡Son judíos! —gritó Alexéi, jefe del comando, experto en balística y primer guardaespaldas de Jalid. Un hombre de origen caucásico, piel tostada, músculos de acero, ojos azules, pelo castaño y voz grave—. ¡Subid el paquete al coche! —exclamó y señaló a Amina.

Sus hombres obedecieron al instante. Amina, asustada, y un tanto molesta por ser considerada un paquete, se vio volando por encima del suelo en dirección a uno de los todoterrenos. La metieron de golpe. Con ella entraron tres de los ocho hombres, entre ellos Alexéi. Arrancaron y abandonaron el muelle quemando neumáticos, en busca de un punto de la ciudad menos expuesto. Ella miró a su izquierda. El barco que había sido objeto de uno de los misiles ardía por los cuatro costados. Vio saltar por la borda a su tripulación.

Se miró las manos y vio que temblaban. ¡Menuda llegada a Siria!, pensó. Nunca le habían frenado los conflictos armados. Los había sufrido en Irak y en la península del Sinaí, pero en ninguno había sentido el peligro tan cerca. Dejaron atrás los muelles y se adentraron en la ciudad a gran velocidad. Los hombres hablaban por sus interfonos. El segundo vehículo seguía en el puerto garantizando la carga del camión; tarea imprescindible para la consecución de los trabajos que pretendían poner en marcha en una fortaleza medieval a menos de cuarenta y cinco kilómetros de Latakia, en dirección a Alepo.

—¿Estáis seguro de que los misiles eran judíos? —preguntó Amina, extrañada por una implicación hebrea en el conflicto sirio.

Alexéi se volvió desde el asiento delantero y contestó:

—No tengo ninguna duda. Eran misiles Blue Spear, de fabricación israelí. Los han podido disparar desde un navío a cuatrocientos kilómetros de distancia. Son muy efectivos y precisos.

—Pero estamos en Siria y se supone que Israel no está en guerra contra ellos... —apuntó Amina.

—No es la primera vez que intervienen para evitar un desembarco de armas, señora. Conviene tener en cuenta que el barco que ha explotado, al tener bandera iraní, podía transportar armamento ofensivo, misiles por ejemplo, y no para ser solo usados en Siria; muchos pasan a El Líbano para que Hezbolá los utilice contra Israel. Y como los servicios de inteligencia israelíes lo saben, tratan de evitarlo. Seguro que esta no será la última vez que actúen como acabamos de ver. Ya sabemos cómo se las gastan...

Amina miró por la ventanilla. Entre las nubes de arena que levantaba el todoterreno y la bruma generada por el intenso calor, apenas distinguía el paisaje que iban dejando atrás después de haber abandonado la ciudad. Recorrían una carretera secundaria de tierra para evitar las rutas principales, más controladas. El vehículo estaba acusando los frecuentes baches que presentaba el firme, agitándola de un lado al otro del asiento. Se miró de reojo. Tenía la camisa sudada y olía a rayos. Lamentó no haber metido en su mochila una barra de desodorante. Odiaba oler mal y no es que los demás ocupantes del vehículo desprendieran aroma a rosas, pero de golpe soñó con una buena ducha y una cama donde descansar un rato. Le pesaba el cansancio de todo el día.

El barco en el que había viajado desde el puerto chipriota de Famagusta, al oeste de la isla, había devorado las trescientas trece millas náuticas que lo separaban del de Latakia a toda velocidad y en menos de diez horas. Pero la navegación se le hizo eterna. Le pudo el mareo, las ganas de vomitar y una desgana general que terminó pasándole factura. Pero es que no había sido su único viaje durante el día. Dos horas antes de embarcar, acababa de aterrizar en el aeropuerto de Lárnaca, Chipre, en uno de los aviones privados del emir, tras cinco horas de vuelo y la noche anterior casi en vela, incapaz de dormir ante la nueva y excitante aventura que iba a emprender.

Alexéi respondió a una llamada a través del intercomunicador.

—¡Perfecto! Todo el material en el camión y os habéis puesto en marcha. Proteged la carga y nos vemos en... —revisó un plano y con el dedo recorrió una línea, marcada anteriormente, hasta dejar la yema encima de un punto rojo—, en Al-Haffah. Os esperamos en ese pueblo haciendo la oración. Desde allí tomaremos un camino en dirección este.

Amina oyó la oración y torció el morro. En ese aspecto la rara era ella, lo reconocía; lo llevaba siendo desde hacía muchos años. El paso por la adolescencia no solo había cambiado su cuerpo, también el peso de la religión en su vida. Respetaba las creencias, pero solo las más íntimas. Cualquiera que fuese la relación que la gente tuviera con Alá, o con Dios en el caso judeocristiano, no le parecía objeto de crítica. Pero sí cuando la religión se hacía pública y obligada, cuando condicionaba la libertad y el pensamiento, cuando diferenciaba a la mujer del hombre, cuando obligaba a actuar en contra de la razón y de uno mismo, como sucedía en su país y en otros muchos de corte confesional.

Cuando llegasen a ese pueblo, tenía por seguro que ella no rezaría mirando a La Meca, ni buscaría un lugar para realizar las abluciones menores, apartada de los hombres, ni se descalzaría, ni usaría una alfombrilla para arrodillarse y golpear su frente contra el suelo, en cualquiera de las cinco oraciones diarias. Si había ganado algo como persona y como mujer, era evitarse esas liturgias y que los demás no se lo recriminasen. Aquellos hombres no la conocían todavía, en ese sentido; tendría que imponerse, como tantas otras primeras veces.

Miró la pantalla de su móvil. Acababa de recibir un wasap del emir. Lo leyó y sonrió. Contestó a toda velocidad:

«Llevo las mismas botas, claro; sus preferidas... —Aparecieron como respuesta tres emoticonos riéndose. Ella siguió escribiendo—. Por lo demás, salvo que hemos escapado de una lluvia de misiles israelíes nada más amarrar en puerto sirio, todo en orden».

Esperó su contestación; estaba escribiendo.

«Si la situación se viera fuera de control, tenga por seguro que la sacaré de ahí de inmediato. Nunca obvié los riesgos que acarreaba esta misión, pero rezo para que no le ocurra nada. Va muy bien protegida...»

«Lo sé... Estoy en las mejores manos».

El emir estaba escribiendo.

«Le va a impresionar el lugar. El Castillo de Saladino es

una de las fortalezas más bellas y mejor conservadas de la época. Y sus caballerizas, únicas por tamaño y diseño, reunieron a los mejores caballos del gran sultán».

«Pero el lugar exacto donde está enterrada su yegua preferida, Shujae, sigue siendo un misterio...», respondió ella, añadiendo otros dos emoticonos con un gesto de resignación.

«Así ha sido hasta ahora, hasta que la mejor zooarqueóloga del mundo desvele el secreto... —siguió escribiendo—. Suerte con lo que le resta de viaje y, si le parece bien, volvemos a hablar esta noche. *As-Salam Alaykum*, Amina».

«*Alaykum Salam*, Jalid».

Se ahorró el tratamiento formal. Guardó el móvil en el bolsillo del pantalón y volvió a mirar por la ventanilla. El paisaje había cambiado; se divisaba el perfil de unas suaves colinas con un apretado bosque de coníferas y pinos; un anticipo verde de su destino final, según había leído en la documentación que le facilitó el emir antes de emprender el viaje. No tenía que faltar mucho para divisar la llamada Ciudadela de Saladino o Castillo de Saladino, alzada sobre un alargado promontorio rocoso y entre dos gargantas boscosas. Una fortaleza que el venerado líder musulmán había tomado a los cristianos en 1188; un castillo de colosales proporciones y difícil asedio.

Allí iba a pasar los próximos meses. Viviendo, una vez más, su apasionado trabajo; entre palas, rasquetas, cepillos, recogedores y demás material de exploración; con tierra entre las uñas y el pelo, con la ropa hasta arriba de polvo y el corazón repleto de ilusiones. La esperaban dos jóvenes arqueólogos sirios, contratados para la ocasión, y una docena de obreros. Ella llevaba todo lo necesario para explorar el subsuelo, centímetro a centímetro, con la última generación de georradares y *dopplers*. Aunque antes de ponerlos en marcha, había muchas cosas que hacer. Si había aprendido algo de sus anteriores proyectos, era que todo lo bueno llevaba tiempo, y que la paciencia era la mejor herramienta de un arqueólogo. Con esas dos premisas: dar tiempo a las cosas y tener paciencia, hasta había aprendido a dosificar su propia ansiedad.

Sacó de la mochila una foto del castillo y pensó lo poco que faltaba para volver a vivir el dulce momento de empezar a excavar. Sabía que iba a estar rodeada de peligros, los acababa de vivir en el puerto en forma de misiles y explosiones, y puede que no fueran los últimos. Pero, qué diantres, pensó para sus adentros, aquella forma de vivir tan temeraria y apremiante, en vez de achantarla, la excitaba. La mayoría de la gente, en su misma situación, estaría pensando en cómo escapar y recuperar una vida normal. Pero ese no era su caso. A ella, desde siempre, la tensión y la acción la atraían con tanta intensidad que hasta le levantaban la libido. Tanto era así que, en ese momento, miró al copiloto de su vehículo y se alegró de tenerlo a su lado las próximas semanas o meses. Alexéi tenía un cuerpo de ensueño y su trabajo iba a consistir en protegerla y cuidarla, todo lo cerca que fuera necesario.

Cerró los ojos y trató de imaginarlo desnudo.

CAPÍTULO 19

Tel Aviv. Israel. 1984

Dalila Rut estaba mal.

Miraba a su hija Sarah y se le iba el alma viéndola estirar los brazos para alcanzar una manzana en el pequeño jardín de su casa. Corrió hasta el frutal y se la arrancó. La pequeña le dio un mordisco tras regalarle una arrebatadora sonrisa que rasgó el herido corazón de Dalila, a punto de sufrir de verdad. Porque esa misma tarde, después de celebrar el tercer cumpleaños de la niña, abandonaría esa casa, su matrimonio y una hija, para regresar con los suyos a mil noventa y cinco kilómetros al norte de Tel Aviv; al lugar del que nunca debió salir.

Su marido, Isaac, recién llegado del trabajo, estaba lejos de sospechar lo que había planeado. En realidad, desconocía casi todo lo que pasaba por su cabeza en el último año. ¿La culpa? Sus nuevas y peores ausencias, haberse dado por vencido frente a lo que podía pensar la gente, y vivir con la mentira incrustada en sus vidas. Con esos desaciertos a sus espaldas, uno y otro habían acumulado suficientes ladrillos como para levantar un desencuentro de tal magnitud, que terminó haciéndose insoportable, sobre todo para ella.

Fuera del flechazo que sintieron el uno por el otro, cinco años atrás, en Jerusalén, su relación posterior fue demasiado heterodoxa, desde el principio muy complicada y además les faltó hacerla pública. Todo empezó cuando los ojos de una hermosísima mujer de veintidós años, comprometida con la causa kurda, se quedaron clavados en los de un funcionario israelí, de treinta, los dos haciendo cola para entrar en el Museo de Israel.

Como pareja les había ido bien desde aquella primera mirada. Ese día terminaron haciendo la visita juntos, charlaron unas cuantas horas en la cafetería y después quedaron a diario, se enamoraron a diario y, a los seis meses, soñaron con formalizar una unión que de antemano sabían prohibida.

Quizá, por eso ninguno fue capaz de explicarlo a los suyos, familia y amigos. Ninguno encontró el momento adecuado para contar que la pareja con la que deseaba pasar el resto de su vida no era judía, en el caso de Isaac, ni musulmán kurdo, en el de Dalila. Se habían cruzado dos corazones en una tierra que no aceptaba matrimonios interreligiosos. Israel nunca reconocería su unión. La ley no lo permitía. De hecho, ni siquiera lo podrían celebrar dentro del país.

Aun así, lo decidieron, sin calcularlo demasiado, conscientes de que su relación no se vería amparada con los derechos civiles propios de una familia, las leyes protectoras no alcanzarían a sus hijos, ni tampoco disfrutarían de muchos beneficios sociales. El pago, a cambio de disfrutar de tanto amor, era verse obligados a ocultar su situación delante de todos; ante el estado israelí en primer lugar y con sus familias después. Y en el caso de Dalila, a perder todo contacto con un grupo de idealistas, al final amigos, que reivindicaban una tierra libre para los kurdos.

Se casaron en Chipre a escondidas, como hacían otras muchas parejas mixtas. Después se trasladaron a vivir a Tel Aviv, la ciudad más cosmopolita y abierta de Israel, pero a nadie explicaron qué relación tenían. Él empezó a trabajar en el Ministerio de Agricultura y ella en la casa.

El tiempo fue pasando de forma diferente a como lo vivían

el resto de los casados, pero lo llevaron razonablemente bien. Su amor podía con todo. Aunque a Dalila le pesaba olvidar su pasado militante, se había acostumbrado a evitar cualquier manifestación de cariño con su marido de puertas afuera, a ser presentada solo como una conocida de Isaac, ni siquiera amiga, a no acudir nunca a las cenas de trabajo para no perjudicar su carrera, a abandonar el hiyab, a vestir de forma occidental, a no acudir a una mezquita, aunque nunca hubiese sido demasiado religiosa. Pero lo llevaba bien.

Otra cosa era el trabajo de Isaac. Ella sabía que su labor en el ministerio nunca le había hecho feliz; lo ejercía para poder vivir, pero estaba lejos de cubrir sus auténticos deseos. Porque él, desde siempre, había tenido un sueño nada fácil de alcanzar: entrar en política. Así se lo había expresado mil veces, y cuando Dalila se había interesado en entender sus motivos, supo que aquella determinación respondía a un deber de sangre. Para Isaac, ejercer la política sería el mejor homenaje que podía hacer a su héroe familiar, a su padre Jacob. Un hombre que había tratado de cambiar el mundo desde sus posibilidades, desde la magia, a su manera, en un atrevido intento por debilitar a la peor pesadilla humana del pasado siglo, al mismísimo Hitler.

Isaac también quería ayudar al pueblo judío, en su caso desde la política; por ejemplo, contrarrestando los nuevos peligros que lo amenazaban para que los suyos no volvieran nunca a conocer tiempos de sufrimiento y Holocausto como los vividos durante el nazismo. A esas motivaciones, Isaac sumaba una poderosa fe en las posibilidades de su pueblo y un profundo orgullo de pertenencia, de sentirse judío. Un orgullo tallado en su conciencia.

Sabía lo que quería, pero nunca se había decidido a tocar la puerta de un partido político. Lo veía tan lejos que ni siquiera sabía si estaba mínimamente capacitado para ese tipo de trabajo. Hasta que llegó el día. Fue su jefe directo en el ministerio quien se le propuso.

Se había creado entre ellos tanta complicidad que terminaron conociéndose muy bien. Isaac nunca le había hablado de Dalila, pero sí de sus íntimas aspiraciones personales. Su jefe compartía los mismos anhelos que él, pero, en su caso, desde un fuerte compromiso con el partido Likud, al que estaba afiliado desde su fundación, y donde había llegado a alcanzar una buena posición. Convenció a Isaac para unirse a la causa y él no lo dudó. Por entonces, el partido acababa de incluirlo en la lista al Parlamento y las encuestas parecían darle asiento si el Likud ganaba con holgura las elecciones. De conseguirlo, prometió a Isaac un buen puesto a su lado, para empezar a darse a conocer en las altas esferas de poder y empezar su propia carrera política.

Dalila no supo nada de esto, al principio Isaac se lo ocultó. Pero lo sospechó terminadas las elecciones, cuando le anunció un cambio de trabajo: desde el Ministerio de Agricultura a la secretaría personal de un nuevo parlamentario, su anterior jefe. Fue entrar a trabajar dentro del Parlamento, al Knésset, y que Isaac le plantease vivir por separado a partir de ese momento, recién había cumplido Sarah dos años.

Tardó en justificar los motivos de esa decisión, pero, cuando lo hizo, Dalila entendió que, desde ese momento, sobraba en su vida y empezó a añorar su pasado compromiso con el pueblo kurdo. Dalila le ahorró tener que explicarle la exhaustiva investigación a que se vería sometido para ejercer la política en Israel, ni las fatales consecuencias sobre su carrera si quedara al descubierto la clandestina convivencia con una musulmana. Ella se lo evitó callando; aceptando las nuevas condiciones que impuso a su vida, sin rechistar, con una mayor ausencia de él, con todavía menos marido. Y si lo hizo fue nuevamente por amor, por puro amor. Lo intentaría. Lo intentaría por él y por Sarah. Aunque no viese futuro a esa situación.

Aun así, empezaron a vivir cada uno en una casa. Él iba a

verlas casi todos los días. Seguían amándose, aunque no durmieran juntos, pero a ella no le llenaba como antes. Solo veía cómo se le estaba escurriendo entre las manos su hombre.

Pasaron los meses y cada día sabía menos de él; ya no solo era no verse. Estaba perdiéndolo. Y cuando empezó a no venir apenas, se le cayó el mundo encima.

De vivir un matrimonio a escondidas, a no vivirlo. De haberlo dado todo por él y abandonar su anterior activismo e ideales, a depender del momento, a veces solo horas o minutos que Isaac tuviera disponible para alimentar un amor que se había empezado a difuminar y que prometía un borrado casi por completo. Fue entonces cuando Dalila tomó la decisión de que su presencia le perjudicaba. En cualquier momento, alguien descubriría lo que había entre ellos y su carrera saltaría por los aires. Tardó tres meses más en saber lo que tenía que hacer, aunque la única decisión se le antojó terrible: abandonarlo, volver a su tierra kurda, a Turquía, para recuperar su anterior vida, a su gente, su compromiso político; desaparecer para siempre.

Pero su mal no terminaba con él, tenía una niña y, si al principio, pensó en llevársela, la conciencia se lo negó de inmediato. ¿Cómo iba a destruir el futuro de su hija en un poblado de cabras, en la pobre Turquía, con ninguna posibilidad de desarrollar una vida plena, la que no había tenido ella? ¿Cómo la iba a criar o proteger, si su pueblo estaba criminalizado y perseguido por el gobierno turco y el nombre de su madre en alguna de las listas de activistas a perseguir o a eliminar? Sería una cárcel en vida para una niña que en Israel lo podía tener todo, aspirar a todo, convertirse en quien quisiera ser. ¿Cómo le iba a robar esas oportunidades que le ofrecía un país y un padre con medios económicos y un futuro prometedor? Con ella nunca estudiaría en un buen colegio y después en una universidad.

Por eso, cuando se terminó la fiesta del tercer cumpleaños

de Sarah, Dalila pidió a su marido que entrara en el dormitorio, cerró la puerta para hablar y, cuando se volvió a abrir, había dado por terminada su relación para siempre. Nunca le explicó los verdaderos motivos, no. No lo hizo para evitar que pudiera dar marcha atrás en su decisión política y renunciara a su añorado sueño por su culpa. Él se tuvo que quedar con unas últimas palabras que nunca se le borrarían de la cabeza: «Isaac, ya no te quiero. Me vuelvo con los míos; aquí no puedo ser feliz». Y cuando le preguntó qué iba a pasar con su hija, Dalila explotó a llorar. Solo cuando pudo articular palabra, contestó: «Te dejo a Sarah, pero no renuncio a ella. Conmigo nunca tendría las mismas posibilidades. Haré por verla de vez en cuando».

Ese día se fue de su casa con una sola maleta, un torrente de lágrimas resbalando por las mejillas y un dolor enorme, en un corazón que solo había sabido amar; amar a un hombre grande por el que iba a destrozar su propia vida, y amar a una hija que, desde ese momento, iba a dejar de ver a su madre por un tiempo.

Y todo todo por amor...

CAPÍTULO 20

Ulán Bator. Mongolia. Diciembre de 2017

Mao Zhao Yang pisó las calles de Ulán Bator sin la compañía del fallecido Kamin Ovog y con dos únicas referencias. Con ellas pretendía descubrir qué futuro le esperaba y quién le estaba ayudando. La primera era un edificio de oficinas, The Blue Sky. La segunda, un nombre: Muunokhoi Borjigin.

No tuvo problemas para encontrar el edificio; destacaba sobre las demás construcciones en el centro financiero de la ciudad. Su forma de media vela, todo de cristal y su color azul, llamaba la atención.

Le acompañaba el chamán de la caravana, después de haber dejado al resto del grupo en los arrabales de la ciudad. Habían quedado en esperar allí, para cobrar lo prometido y volverse a sus aldeas, dirección noreste.

Mao entró en el edificio y se dirigió al mostrador de recepción donde preguntó por el tal Muunokhoi Borjigin. Su joven responsable levantó la vista desde la pantalla del ordenador y le dirigió un escrutador análisis que continuó con el chamán. Por el gesto que puso, ninguno debió de aprobar el examen. Acababan de llegar de una infernal expedición entre nieves y desiertos, habían dormido cerca de los yaks, no se habían podido lavar, y su aspecto y vestimenta no tenían nada que ver con las de los ejecutivos que pululaban a su alrededor. La chica, perfectamente uniformada, miró la documentación falsa que le pasó Mao y la de su acompañante.

—Señor Mei... —la joven se colocó mejor las gafas y leyó su nombre dos veces, apenas entre susurros, como si intentase pronunciarlo mejor, a pesar de que su chino era más que aceptable—... Mei Tian Lu. Le cuento. El señor Muunokhoi no les puede recibir dado que no se encuentra hoy en el edificio. —Se excusó, y les devolvió la documentación y con ella una falsa sonrisa, invitándoles a desaparecer. Se dirigió al siguiente de la cola, preguntando cómo podía ayudarle.

—Señorita, ¿me podría decir a qué hora volverá, para poder vernos con él? —insistió Mao—. ¿Ayudaría si le digo que vengo en nombre de Kamin Ovog? —probó, en un intento de acelerar los trámites.

—No sé de quién me habla, lo siento. De todas maneras, debería saber que el señor Muunokhoi nunca recibe a nadie sin una cita previa. Si desean que les gestione una, me tienen que dar el nombre de la sociedad a la que representan, aunque no les puedo dar nada antes de tres semanas —contestó, entonces en un tono de voz rozando el fastidio y con serias dudas sobre si serían aceptados por el directivo, dada la mala pinta que llevaban.

—¿Tres semanas? —Mao alzó la voz, sin creerse lo que acababa de oír.

—¿Ha dicho tres semanas? —se sumó el chamán, imaginando las incómodas explicaciones que iba a tener que dar a los suyos, cuando les dijera que de momento de dinero nada.

La joven suspiró dos veces, como si le costase un mundo tener que dar nuevas explicaciones. Quería quitárselos de encima, pero tiró de paciencia. Estaba claro que no se les convencía con cualquier cosa.

—El señor Muunokhoi está de viaje fuera del país y citarse con él no resulta fácil. Como CEO de Gold & Cooper siempre tiene la agenda llena. —Se puso las gafas e hizo como si revisara algo en el ordenador. Golpeó un punto de la pantalla con una cuidada uña—. Así que solo les puedo guardar un hueco el jueves veinte, a las once de la mañana; dentro de dieciocho días. ¿Lo quieren o dejan que atienda al siguiente?

Mao aceptó la cita, pero antes de irse le pidió un papel y un sobre para escribir una nota al señor Muunokhoi en la que anotó su nombre verdadero y el de Kamin Ovog. Cuando el directivo la leyera, entendería el motivo de la visita.

Cuando cinco minutos después pisaban la calle, el chamán explotó.

—¡Tramposo! ¡Nos hemos jugado la vida por ti para nada! —Le agarró de las solapas con intención de abofetearlo—. ¿No te das cuenta de que he perdido a dos hombres y la mitad de mis yaks? ¡Me siento engañado!

—¡Cobrará lo acordado! —respondió Mao con la escasa seguridad que le ofrecía un estado de completa turbación, sin más garantías que su palabra.

El chamán le recordó la promesa hecha por Kamin de treinta millones de tugriks por la expedición, sin contar la pérdida de diez yaks y dos hombres que dejaban viudas, a las que habría que ayudar.

—Cada yak vale un millón y medio de tugriks. Así que, sumando todo, nos debes cuarenta y cinco millones. O si lo prefieres, trece mil cien dólares americanos, sin contar la indemnización a las viudas. En fin, en números redondos, danos veinte mil dólares y dejamos el asunto cerrado.

A Mao le parecía una cifra imposible. Si en su trabajo como máximo responsable de un laboratorio de investigación de alto nivel ganaba en yuanes una cifra equivalente a siete mil dólares al año, ¿iba a conseguir que un desconocido, quien estuviese detrás de su fuga, pusiera el equivalente a tres años de trabajo sin rechistar? Se le hacía imposible de creer. Pero tampoco estaba en las mejores circunstancias para trasladar sus propias dudas a aquel hombre.

—Insisto, se lo pagaré.

El chamán le pidió una garantía.

—¿Qué garantía, si no tengo nada?

—Me valdrán tus papeles de identificación. Sin ellos no podrás moverte ni salir del país antes de buscarnos y saldar la deuda. —Se abrió la casaca para mostrarle la daga que colgaba de su cinto. No necesitaba explicar qué sucedería si se negaba—. ¡Dámelos ya!

Mao se vio en un serio aprieto. No tenía dinero, le tocaba esperar dieciocho días para ver a su contacto y, siendo extranjero, se iba a quedar sin papeles en una ciudad desconocida. El panorama no podía pintar peor. Su templado carácter saltó por los aires. Le caían dos gotas de sudor por las patillas y unas cuantas más por la nuca cuando buscó su identificación en el bolsillo de su chaleco, para pasársela al chamán. El tipo se la arrebató de las manos, la guardó y le dio el nombre de la aldea donde los podría encontrar.

Mao le vio irse. Miró a su alrededor. La vida continuaba. Se puso a caminar sin destino. La gente pasaba a su lado con prisa, ni siquiera le miraban. Unos tomaban el autobús, otros entraban en un local de comidas, muchos conducían sus vehículos, ajenos al problemón que tenía un chino huido de la justicia, que no sabía hablar mongol y que nunca se había visto en situación de tener que mendigar. Porque no se le ocurrió otra alternativa.

Esa tarde, sentado sobre el suelo, en una esquina del centro urbano que eligió, entre otras cuatro que había pateado antes, dado el mayor tráfico humano que disfrutaba, con una mano extendida y la cabeza gacha, le dieron cinco mil dos tugriks. Lo que en un primer momento le pareció muchísimo. Tardó poco en saber que con esa cantidad solo tenía para comprar una pieza de pan y un pedazo de panceta seca. Eso fue todo lo que comió el primer día. El segundo nada, porque se le dio fatal y la gente solo puso en sus manos mil tugriks.

Bebía agua en una fuente pública y dormía bajo unos cartones, entre dos contenedores de basura y en la trasera de un edificio de viviendas.

El tercer día tuvo problemas con un tipo que vivía en la calle como él, cuando lo echó a patadas de su esquina, según le espetó en su lengua, que sin entenderla no necesitó un traductor para saber qué quería. Mao eligió las puertas de un templo budista, cerradas ya, confiando en recibir alguna limosna de los monjes. Lo que no sucedió, porque la policía le echó antes y tuvo que buscarse otros cartones y un lugar a resguardo para no sufrir la abundante lluvia que empezó a caer.

El cuarto día sentía tanta hambre que se apretaba el estómago enfadado consigo mismo, como si evitase así los retortijones de un cuerpo necesitado. Mientras paseaba por una calle secundaria, se le acercó un niño de corta edad. Sin mediar palabra, le dio su bollo a medio comer. Mao agradeció el gesto y miró a su madre, quien aprobaba la actitud caritativa de su vástago. Por suerte, la mujer hablaba algo de chino. Le preguntó si conocía la misión del Corazón Inmaculado de María, que contaba con comedores públicos. La amable señora dibujó en un papel, todo lo bien que pudo, un plano para facilitarle su localización que, si Mao no entendió mal, estaba a cinco kilómetros de distancia.

Dedicó el resto de la tarde a caminar en busca del lugar. Llamó a la puerta y no solo le dieron paso a su interior para que comiera algo, le facilitaron cama y manutención durante los siguientes quince días hasta que llegó la fecha de su cita con el alto directivo.

Cuando se presentó ante la recepcionista del edificio The Blue Sky, su aspecto no tenía nada que ver con la anterior ocasión. Vestía ropa limpia, regalada por los misioneros, iba afeitado, bien aseado, y lucía una sonrisa que terminó de convencer a la joven para apretar un botón a su derecha y darle paso libre por el control de seguridad.

—Ascensor cuatro, piso veintidós. Allí le indicarán.

Le regaló una bonita sonrisa que él agradeció con dos inclinaciones de espalda.

Mao nunca había visto un despacho tan grande y a un usuario más alterado, esperándolo en el dintel de la puerta que acababa de abrir su secretaria.

—¿Dónde está Kamin?

El hombre asomó la cabeza para escrutar a ambos lados del pasillo. Le habían hecho llegar la nota con los dos nombres, pero solo veía a uno.

—Siento informarle que falleció de camino.

Mao decidió ser directo, imaginándose a quién buscaba.

El hombre se llevó las manos a la cabeza y su expresión reflejó un doloroso golpe emocional. Estaba claro que Kamin había sido más que un simple conocido para él. Invitó a Mao a entrar y a sentarse frente a él, al otro lado de la mesa de despacho; necesitaba saber qué había pasado.

Mao resumió lo sucedido desde el primer encuentro en el Shengshi Pub, en la población fronteriza de Subonao'er Sumu, para explicar después lo sucedido durante la larguísima expedición y su larga espera en Ulán Bator hasta presentarse a la cita. Mientras se explicaba, el hombre no paraba de moverse. Cuando no tamborileaba la madera de su escritorio con los dedos, se peinaba los cabellos con una mano, una y otra vez, echaba fugaces miradas a su reloj o pasaba las páginas de la agenda hacia delante y hacia atrás, sin aparente motivo. A Mao le estaba poniendo nervioso.

—¿Le sucede algo? Tengo tantas preguntas que hacerle...

Iba a empezar con la primera: saber quién había organizado su fuga de la cárcel. La segunda buscaba saber con qué motivo. Pero no tuvo oportunidad. El hombre le cortó.

—Se ha retrasado mucho. Casi dos meses. Creí que no lo había conseguido. Y no sabe cómo se ha puesto el Gobierno chino con su huida. Ha movilizado a medio ejército para buscarle. Mandaron reforzar, hasta casi sellar, todos los pasos fronterizos, y ha puesto a trabajar a sus servicios de inteligencia, sus espías en otras palabras, para saber dónde está; les da igual el país. También han venido a Mongolia. En concreto, se presentaron ayer en este despacho.

A Mao se le cerró la garganta. Cuando creía estar ya a salvo, empezaba a pensar lo contrario. Además, los nervios que le trasladaba su interlocutor estaban empezando a atenazar sus músculos. Le dolía hasta el cuello.

—¿Qué puedo hacer? —le inquirió.

—¿Qué puede hacer? —preguntó a su vez y palmeó la mesa con ambas manos—. ¡Desaparecer de inmediato! ¡Ya! ¡Ahora mismo!

Se levantó de su asiento, fue hacia él, le agarró del brazo y lo arrastró tras él.

—Espere, espere. —Mao se quitó de encima la mano con brusquedad, sin ningún miramiento—. Tengo que recuperar mi documentación y, si no pongo veinte mil dólares en las manos de los responsables de la caravana no lo conseguiré.

Muunokhoi le pidió los detalles necesarios para saldar la deuda sin dar importancia alguna a la cifra. Buscó un nombre en la agenda de su móvil y llamó.

—¡Preparad el helicóptero! Lo quiero en quince minutos.

Mao lo siguió a la carrera por los pasillos de la oficina. La gente miraba sin entender qué urgía tanto a su jefe. Cuando Mao seguía sin saber quién era el promotor último de la locura que estaba viviendo, el único que se lo podía aclarar no hacía más que llamar por teléfono a unos y a otros. Entre el ascensor y la planta baja encargó que tuvieran preparada una bolsa con el dinero, para recogerla en el helipuerto, pidió a los responsables de seguridad del edificio que le prestaran dos hombres como servicio de escolta. Y ya en el aparcamiento, a punto de subirse a un lujoso Mercedes clase E, hizo una llamada. Habló en inglés. Mao entendió lo hablado, pero no por qué ni a qué hombre acababa de solicitar un avión para que aterrizara en un discreto aeródromo a cien kilómetros de Ulán Bator. Cuando colgó, no pudo más. Le quitó el móvil de las manos y no le dejó ni protestar.

—¿Me vais a contar de una vez por todas quién está detrás de mi rescate? ¿Le acabáis de llamar?

Muunokhoi pidió hablar.

—En efecto, acabo de hablar con su secretario personal. Entiendo su interés después de todo lo que le ha tocado sufrir, por lo que no le retrasaré más la información, descuide. —Sacó de su billetera una tarjeta de visita y se la quedó entre las manos con intención de dársela, pero no todavía—. Después de recoger su documentación en la aldea indicada, el helicóptero nos llevará a un pequeño pueblo que disfruta de una discreta pista de aterrizaje en sus inmediaciones, donde tomará un avión que vendrá a buscarle desde uno de los Emiratos Árabes Unidos. Todavía no me han dado fecha; le tocará esperar unos días o quizá algo más, hasta que puedan organizar su recogida. Mientras, le acogerá una familia de campesinos. Tranquilo, no preguntarán nada.

—¿Puede explicarme qué tiene que ver un emirato árabe en todo esto?

—¡Claro! El promotor y primer responsable de haberos liberado de la cárcel china y de la influencia de su Gobierno es un emir; el emir Jalid bin Ayub.

CAPÍTULO 21

Librería Shakespeare and Company. París. Diciembre de 2017

Si había una cosa que Sarah adoraba, aparte de la pintura y el ilusionismo, era la poesía. Y si había alguien que conseguía sacar de ella las reflexiones más puras desde sus adentros, con el exclusivo uso de la palabra, esa era Claudine Bohi; una poetisa que encabezaba la lista de sus escritoras más admiradas.

¿Qué podía haber mejor para Sarah que leer sus poemas? Solo una cosa: escucharlos de viva voz por su autora.

Y eso es lo que estaba disfrutando aquella fría tarde del mes de diciembre, en su librería preferida de París, en la segunda planta; entre estanterías, recoletos rincones, ventanucos vidriados y minúsculos bancos robados a las paredes, en uno de las cuales estaba sentada Claudine, recitando uno de sus últimos escritos.

La autora declamaba, moviendo brazos, labios y miradas. Palabras como «aire», «profundidad» o «inmensidad» escapaban de su boca encadenadas, en una exclusiva secuencia que terminaba penetrando en el alma de Sarah, removiendo sentimientos y suspiros, haciéndole casi olvidar el momento y lugar en el que se encontraba.

Hasta que alguien rozó su brazo. Se volvió y vio al emir Jalid, a quien había esperado en la entrada de la librería hasta la hora del recital, momento en el que decidió entrar sin él. Le ofreció una fugaz sonrisa antes de devolver su atención a la autora, quien proponía a los presentes que leyeran las palabras del mundo en la piel de los demás, como decía ella en un espacio de desvanecimiento.

Acabado aquel poema, la poetisa hizo una breve pausa, bebió un poco de agua y comenzó con el siguiente, que también protagonizaba la piel, premiada ahora con términos como «suavidad», «renovación» o «frontera de la palabra». El público contenía la respiración, mecidos por su voz.

Al mirar de reojo a Sarah, Jalid vio sus ojos humedecidos. No terminaba de entender la poesía occidental, nada que ver con la preislámica que leía con fervor, pero le estaba gustando ver cómo disfrutaba su nueva socia. Llevaban tres meses sin verse y deseaba conocer sus avances en el que llamaron Proyecto Uffizi. Cuando terminara el acto, irían a cenar a un pequeño y modesto restaurante en el vecino barrio latino, elegido por ella, con una excelente cocina. La voz de la escritora le hizo regresar de sus pensamientos. Proponía, en un nuevo verso, hundir las manos en ciertas palabras acariciadas, para arrancarlas de lo desconocido.

Jalid, ajeno al trance que compartía una docena y media de personas con evidente emoción, pensaba en Mao Zhao Yang. Apenas había hablado con él tras su llegada al emirato desde Mongolia, dos días antes. Agotado como lo encontró, le ofreció su hospitalidad, cama, y un cómodo alojamiento en el mismo laboratorio, aparte de una corta explicación para justificar por qué le había ayudado a escapar de prisión y qué necesitaba de él, a cambio de la enorme inversión realizada.

Lo hizo entre las caballerizas y el museo, para terminar en el sofisticadísimo laboratorio que había mandado construir en el subsuelo de los jardines del este. Allí fue donde Mao entendió que su primer trabajo tendría como objeto los caballos, en concreto el estudio completo de su genoma, como reconocida figura mundial en genética que era. Jalid no quiso entrar en más profundidades, ya las conocería más adelante. Su primera oferta comprendía un tiempo de descanso y recuperación física, para estudiar más adelante cómo traer a su familia sin levantar sospechas en el Gobierno chino. Entendió la inversión de sus primeros días en establecer nuevos protocolos de trabajo en el laboratorio, según sus fórmulas y modos de trabajo. Y le ofreció la financiación necesaria para dotarlo con el instrumental, medios humanos y la tecnología que creyera conveniente para llevar a buen término sus investigaciones.

Abandonó aquellos pensamientos cuando el público se puso a aplaudir a la tal Claudine con absoluto arrobo; ahora todos en pie. Se levantó a la vez que Sarah, y no le molestó esperar a que la autora le dedicara su último libro. Poco después, recorrían las primeras calles del barrio latino para buscar Le Marmiton de Lutèce, seguidos por dos guardaespaldas.

Caminaban en silencio. Cruzándose con otra mucha gente que buscaba como ellos una excusa para cenar, compartir amistades, amores o confidencias.

Sarah quizá estuviese todavía bajo los efectos de la maravillosa poesía de Claudine Bohi, se sentía más ella, sin la necesidad de recurrir a máscaras con que tapar sus defectos, que la habían acompañado en sus anteriores citas. Miró de soslayo a Jalid. Tenía sensaciones contrapuestas. Le empezaba a resultar atractivo como hombre. ¿Quién podía negar que arrastraba unas circunstancias personales mucho más que interesantes? Palacios, poder, capacidad de influencia sobre muchísima gente, una evidente seguridad en sí mismo, libertad para desplazarse a cualquier lugar del mundo que pudiera significar una experiencia única, cultura, su permanente cortesía... Pero cuando se enfrentaba a su otra esencia, como buen sunita y creyente del Libro que era, Sarah experimentaba un bajón anímico que la hacía descartar cualquier posibilidad de establecer otro tipo de relación.

—Señores, les hemos reservado la mejor mesa de nuestro restaurante; entre una chimenea Luis XIV y un viejo aparador que, según los expertos, reúne los gustos del siglo XVII. Síganme, por favor.

El joven, quizá demasiado ampuloso para el tipo de restaurante, cogió dos cartas y los acompañó hasta una de las esquinas del local, en un coqueto ángulo que les gustó. Jalid retiró la silla para ayudar a Sarah a sentarse. Ella le devolvió el gesto con un sincero gracias.

Les pusieron un aperitivo mientras escogían qué cenar. No pidieron vino. Ninguno quería descentrarse del verdadero objetivo de su encuentro. Eligieron los platos tras estudiar la carta. Quien empezó a explicar sus avances fue Sarah. Podían hablar sin temor a ser oídos.

—Tengo resuelto cómo anular al vigilante de la sala durante ocho minutos; tiempo más que suficiente. —Cogió un canapé de *foie* con sal Maldon y mermelada de chirimoya. Se lo metió en la boca y cerró los ojos de gusto. Al abrirlos, miró al emir y siguió hablando—. He descubierto un agente químico bastante clásico, pero efectivo. Será el que emplee.

Jalid aplaudió la idea y preguntó si había pensado cómo contrarrestar la desafiante urna de cristal que protegía el Caravaggio.

—Todavía estoy en ello. Después de que abandonaras Florencia, acudí dos veces más a la sala para sacarle fotografías que he podido estudiar a fondo con la ayuda de un buen contacto y amigo. La tarea es compleja, pero nos vemos más cerca de encontrar una solución. De momento, estamos en fase de diseño, pero consistirían en unos pequeños dispositivos, indetectables al escáner, que colocados en los cuatro ángulos de la urna podrían levantarla, presionando al mismo tiempo en dirección contraria para neutralizar los sensores. Tendremos que probarlos antes y lo más probable es que requieran ajustes posteriores. Ya te contaré.

El emir preguntó para cuándo podía tenerlo preparado todo. Ella calculó un mes y medio, máximo dos.

—Hablemos ahora de tu encargo: ¿cómo piensas desviar la atención del público que esté presente ese día?

Sarah jugó con un mechón de pelo que le caía por la frente, pendiente de la expresión del emir. Sabía interpretar bastante bien la comunicación corporal en la gente; la necesitaba para abordar sus trucos e ilusiones.

—De momento prefiero no adelantarte nada, pero sé que mi idea conseguirá atraer la atención de todos los visitantes de las Galerías Uffizi. Y cuando digo todos, es todos.

Sarah esperó a que el camarero terminara de servir su plato, una ensalada de tirabeques con chipirones a la plancha y tiras de beicon ahumado, para protestar.

—¿Me lo juego todo y como respuesta me ocultas lo que vas a hacer para despistar a los presentes? Qué quieres que te diga... Tu actitud no me gusta nada. —Se rascó la nariz y prolongó su silencio, afectada por la falta de confianza de Jalid. Él prefirió no responder hasta que terminara de expresar sus objeciones. Sarah, afectada por una manera de proceder en la que no creía, lo terminó haciendo—. Quizá ha llegado el momento de dejarlo aquí. ¡Yo no funciono con esas prevenciones! —Abandonó los cubiertos sobre el plato y le dirigió una severa mirada—. Nunca he abordado un solo robo sin tener claros y estudiados de antemano todos los pasos. Necesito analizarlo al milímetro, los pruebo antes, algunos los descarto. —El efecto de contraluz que produjo una lámpara sobre el rostro de Jalid, incomodó a sus pupilas. Cambió de ángulo y siguió hablando—. Organizo mi trabajo yo sola, ¿me explico? —No le dio oportunidad a hablar—. Si hasta ahora he cedido en ciertos aspectos, se debe a la excepcional dificultad que presenta el encargo, al reto que supone llevarlo a cabo y a tu promesa económica que implicaba a mi madre. Pero acabas de conseguir que me sienta frenada por completo.

Jalid prefirió dejar pasar unos segundos antes de trasladar su opinión. Aprovechó para probar sus berenjenas rellenas de liebre y boletus, se limpió los labios con la servilleta y cuando se dirigió a ella, lo primero que hizo fue pedirle perdón. Después, le explicó algo más.

—Lo que pretendo montar requiere su tiempo. Créeme, es una idea muy, muy ambiciosa. Será necesaria una importante confluencia de medios materiales, humanos y técnicos, sin olvidar la perfecta coordinación entre ellos. La última información que me ha llegado es que necesitarán seis meses para ponerlo a punto. Me planteo junio como fecha probable, pero no definitiva. Eso sí, te aseguro que nadie sospechará que esa distracción ha sido montada para dejarte actuar, sin testigos, sin que nadie te moleste... —Escrutó en sus ojos para ver si la explicación era suficiente. Descubrió que no. Buscó otro enfoque—. Cuando cenamos en el Épicure, utilicé aquel dicho árabe sobre la paciencia: «Un árbol de raíz amarga, pero de frutos muy dulces». ¿Lo recuerdas? En ese momento te pedí paciencia. Lo hago de nuevo ahora, pero añado: ¡confía en mí! Solo me interesa que tengas éxito.

A Sarah le costó encajar la petición. Apostar todo a la confianza cambiaba las reglas de juego con las que ella solía funcionar. Lo meditó sin pronunciarse. Recibió la mirada ámbar de su acompañante, bajo unos ojos de pestañas negras y cuencas oscuras, y experimentó una agradable intimidación. ¿Cómo no le iba a interesar un exitoso robo, si también se la jugaba?, pensó.

Jalid parecía haber oído sus pensamientos porque de repente se expresó en los mismos términos y empleando un tono de voz que encandilaba a cualquiera. Sarah se lo pensó una vez más. ¿Había llegado el momento de rebajar un poco sus exigencias o debía mantenerse en sus trece? ¿Qué decisión había de tomar?, se preguntaba. Podrían reducirse sus dudas si él le diera un poco más, tan solo un poco más. Se lo pidió. Pidió que al menos justificara su silencio, dado que no parecía dispuesto a desvelar mucho más.

—Un ilusionista jamás cuenta sus trucos, ¿no es así? —arguyó él.

—Cierto, pero tú no lo eres.

Ella franqueó el dictamen para invalidarlo y Jalid vio llegado el momento de explicarse mejor.

—La *Medusa* de Caravaggio, como te confesé, es bastante más que una increíble pintura para mí, me juego mucho. ¿Por qué? Porque he de añadir que hay algo más que me mueve, y ese algo tiene que ver contigo... —Apoyó una mano en la de Sarah, para su sorpresa, y siguió hablando—. Si prefiero no revelar todavía en qué consistirá mi ayuda, es porque me apetece sorprenderte. Sí, a ti, Sarah... Esa es la idea. Que cuando la veas pienses: «¡No me puedo creer lo que está pasando!». Porque a la mejor ladrona e ilusionista que han conocido las galerías más sonadas del mundo, no se le puede defraudar con un truco menor.

—Suena mejor. Lo reconozco.

—Me pareció escucharte decir que tu corazón solo se movía con los mejores y más complejos retos. ¿No fue así? —Ella se sentía un tanto descolocada. Contestó que sí, consciente de no estar estableciendo los mismos límites que había exigido a sus anteriores relaciones—. En estas circunstancias en las que ahora estamos, mi gran reto es conseguir que te quedes maravillada con el original recurso que pondré en marcha ese día. Porque será muy original, mucho. Y claro, no sería igual si te lo cuento. ¿Me entiendes ahora?

Sarah pinchó un calamar y se lo llevó a la boca. No estaba capacitada en ese momento para hablar sin que le temblara la voz, porque algo en su interior le estaba mandando una señal de alarma y procuró esconderla. Dejó de insistir en sus preguntas y resolvió la situación cerrando de golpe el asunto.

—Está bien. Dejémoslo ahí.

Jalid saboreó el avance conseguido. Pero, de pronto, se acordó del plan que había pensado para la noche del día siguiente. Buscó en el interior de su chaqueta y sacó dos entradas.

—¿Alguna vez has oído *Turandot* en el Teatro de la Ópera de Viena, interpretada por Jonas Kaufmann? ¿Te apetecería acudir conmigo, mañana?

Sarah no lo dudó.

—Me gustaría, sí.

CAPÍTULO 22

Castillo de Saladino. Siria. Diciembre de 2017

Antes de haber pasado veinticuatro horas desde su acceso al castillo, como cabeza del comando armado, Alexéi había establecido tres protocolos. Uno de seguridad, tras determinar la vulnerabilidad de los diferentes puntos de acceso a la fortaleza y sus necesidades de vigilancia. Otro de escape, con tres alternativas por si la cosa se ponía fea. Y el tercero, que recogía la vida diaria de la excavación, con los emplazamientos de cocina, almacenes, lugares de aseo, descanso y el reparto de tiendas. De estas últimas, las dos más grandes se montaron en el patio de armas para los obreros. Otras tres servirían para alojar al equipo de Alexéi, y una más pequeña para él, en un recodo exterior de la fortaleza, próxima a los puntos donde se realizarían las guardias.

A partir del acceso oeste del castillo se extendía una franja de tierra de doscientos metros de largo sobre un imponente peñasco que, a medio camino, tomaba dirección suroeste después de soportar el monto principal de la fortificación. Las demás tiendas de campaña eran individuales, dos para los arqueólogos y una última para Amina; levantadas dentro de las caballerizas por ser el lugar mejor protegido de todo el enclave.

Amina tampoco perdió el tiempo. Antes de dar por terminada la primera semana, había establecido tres áreas de exploración teniendo en cuenta la orografía y estratificación del suelo, una vez había practicado las primeras catas sobre el terreno. Todas ellas, en los exteriores de la fortaleza y a diferentes distancias de la edificación principal, después de haber descartado trabajar en el subsuelo del castillo, de piedra, nada apto para practicar enterramientos en él. A falta de documentación que aportara mejores pistas, Amina tenía que emplear su experiencia, sentido común e intuición para economizar esfuerzos y ser lo más efectiva posible.

Hablaba con Jalid cada dos días por la noche, en su tienda, compartiendo avances y previsiones, entre ellas la posibilidad de que los trabajos les llevasen meses, hasta puede que rozaran el año. Conscientes de la complejidad de las labores, de las limitaciones en los suministros y de la imposibilidad de añadir nuevos recursos humanos por culpa del conflicto bélico, cualquier avance llegaría a cámara lenta. Solo podían ajustarse a sus activos actuales.

Como fruto de aquellas conversaciones, Amina descubrió que Jalid era todo un experto en historia de Saladino y de sus gestas en los turbulentos tiempos de cruzadas. Unido a esa revelación, supo que la yegua que buscaban, la preferida del heroico sultán, no tenía más de catorce años cuando le alcanzó la muerte. Pudo ser como secuela de una caída fortuita que le afectó a la pelvis, posiblemente a un isquion. Tomó notas sobre su posible tamaño y peso, menos de trescientos sesenta o setenta kilos. Jalid había descubierto también que el animal tenía origen kurdo, mezcla de sangre árabe y persa, y que su corta talla se adaptaba muy bien a la discreta altura de su jinete, según quedó reflejado por los cronistas de su época.

Los trabajos de Amina empezaron con un mapeo digitalizado de las tres áreas en las que había dejado subdividida la exploración. Cuadriculó la primera en segmentos de cincuenta centímetros cada uno, lo que significaba estudiar doscientas sesenta secciones de largo por ciento sesenta de ancho.

De los dos ayudantes, la chica era voluntariosa pero terca; por más que intentó convencerla para que dejara el chador en su tienda con idea de facilitarle el trabajo, no lo consiguió. Al varón, de veintiocho años y un tanto atolondrado, lo puso a explorar los segmentos ya definidos dentro de la primera área, utilizando un *doppler* portátil para estudiar las características del subsuelo. El modelo que habían traído, el mejor posible, era capaz de alcanzar entre ochenta a ciento quince centímetros de profundidad; medida suficiente para superar los sedimentos naturales depositados durante ochocientos años, que Amina estimó en veinte centímetros. Con esas posibilidades, de haberse dado un enterramiento, se podría detectar con bastante fiabilidad algún resto óseo.

No podía quejarse de ninguno de sus colaboradores; avanzaban al ritmo adecuado y sin presiones. Amina lo había comentado varias veces con ellos; prefería que fueran concienzudos antes de dejar un solo centímetro de tierra sin ser barrido por el dispositivo.

Bajo aquellas condiciones abordaban entre doscientas a doscientas cincuenta cuadrículas cada jornada, por lo que necesitarían veinte días para completar la primera área; sesenta para las tres.

Amina, cada mañana, se dedicaba a estudiar los pequeños restos que iban apareciendo a escasos centímetros de la superficie; alguna moneda, puntas de flecha o unas cuantas piezas de cerámica. No era el trabajo que más le gustaba, pero hasta que la excavación tomara forma, pudieran entrar en profundidad y realizar los primeros rascados en busca de los deseados huesos, así entretenía sus horas. Cuando se cansaba de estar en el laboratorio que había montado en el antiguo haman, los tradicionales baños árabes, salía a pasear por los exteriores de la fortaleza, pisando el denso sotobosque que tapizaba la arboleda más próxima al perímetro amurallado. Sus piernas se lo pedían, pero también las ganas de conocer mejor a su guardaespaldas, que la acompañaba para velar por su seguridad.

En uno de aquellos paseos, preguntó a Alexéi qué edad tenía y cuánto tiempo llevaba trabajando para Jalid. Treinta y cuatro y siete, fueron sus respuestas. Aunque a Amina le extrañó su origen ruso, Alexéi se lo justificó sirviéndose de la historia. Con idéntica ascendencia caucásica y para realizar semejantes funciones protectoras, a lo largo de muchas centurias, los grandes sultanes siempre habían contado con ellos. Eran los llamados mamelucos.

—¿Se puede decir entonces que usted es un mameluco?

—En parte sí, aunque ya no somos aquellos esclavos nacidos más allá de los Urales o Anatolia, islamizados para constituir la guardia personal de califas y sultanes. Tenga en cuenta, señora, que el emir Jalid vela y respeta las antiguas tradiciones árabes con absoluta fidelidad y empeño. Por ejemplo, su seguridad; la elige bajo aquellos antiguos criterios, hasta reunir a los cinco hombres que hoy formamos su primer escudo protector, todos con sangre mameluca en nuestras venas. —Se pasó un dedo por encima de una serpenteante vena que recorría medio brazo—. Siglos atrás, se nos entrenaba para ser los mejores arqueros y endiablados jinetes. Ahora, Jalid nos sigue exigiendo destreza al caballo, también con el arco, sin olvidar un perfecto conocimiento y manejo de las actuales armas de fuego.

Amina lo observaba de reojo y no podía dejar de admirar el ancho de sus bíceps o cómo le sentaba la camiseta blanca sin mangas. Nunca había conocido a nadie con aquel cuerpazo, pensaba, ante la excitante posibilidad de verse en algún momento entre sus brazos. Trató de quitarse la idea de la cabeza mientras seguían caminando. Después empezó a preguntarle él.

—He cumplido treinta y dos —respondió Amina—. Nací en El Cairo y prefiero no hablar de mi familia, mejor del trabajo. Podríamos tutearnos ya, ¿te parece?

Se habían alejado varios kilómetros del castillo cuando Alexéi apagó el diminuto auricular de su oído y la frenó de golpe. Cruzó sus labios con un dedo pidiendo silencio. Había oído algo. Se agacharon. Él buscó un lugar donde esconderse, pero solo vio un gran seto. Sabía que no era el mejor refugio, pero tampoco había dónde elegir. La cogió de la mano y tiró de ella, caminaban en cuclillas. Se oyeron pisadas a no más de doscientos metros, también unas voces. Cuando Amina se dio cuenta de que pretendía entrar en un gigantesco espino, se negó. Pero al oír los pasos más cerca, Alexéi la arrastró adentro, arañándose de golpe piernas, cara y brazos. Amina ahogó un grito de dolor, las lágrimas asomando en sus ojos, cuando divisaron a menos de diez metros los perfiles de seis hombres armados, pero no uniformados, seguramente rebeldes. Con la respiración agitada y lo más agachada posible, ella se miró las piernas y cuando llevaba contadas diez sangrantes heridas, dejó de hacerlo, espantada. Los brazos aún los tenía peor y adivinó dos finos regueros de sangre en una mejilla y en la frente. Miró a Alexéi; todavía tenía más heridas que ella, dada su envergadura. Lucía arañazos por numerosos sitios.

Cuando aquellos hombres pasaron mucho más cerca, a menos de tres metros, Alexéi la cubrió con su cuerpo. Ella notó calor, la humedad de su sudor, pero también la fuerza y protección de unos poderosos brazos. A pesar de los dolores, picores y miedo, sintió un agradable hormigueo interior.

Pudo ver que mandaba un mensaje a los suyos por el móvil, previniéndolos. Esperaron a perder de vista a los hombres, antes de salir, conscientes de que les esperaba un segundo martirio al abandonar el espino.

Una hora después, dentro de la tienda de Amina, superado todo peligro de ser atacados al haber tomado los rebeldes otra dirección, Alexéi se ofreció para curar aquellas heridas que ella no podía alcanzar; las que le salpicaban espalda, cuello y nuca. Amina decidió facilitarle la tarea quitándose la camiseta.

El hombre actuó con delicadeza, una a una. Le extrajo dos finas espinas cerca del omoplato con la ayuda de unas pinzas y otra en un muslo. Lavó con solución salina multitud de abrasiones y desinfectó cada pinchazo con un bastoncito mojado en mercromina. Cuando acabó con la cura, Amina tardó un rato en ponerse otra camiseta limpia, adrede, deseando que la mirara. Le tenía arrodillado a poca distancia, enfrente, guardando las gasas y el material de desinfección en una caja de primeros auxilios, cuando pidió que se sentara. Se hizo con el maletín, lo abrió, y cogió lo necesario para empezar a curarle.

—No, tranquila. Puedo hacerlo yo.

La disculpó de la tarea. Amina no hizo caso y comenzó a limpiar las heridas en brazos y piernas, durante un tiempo, hasta que, sin pedir permiso, le quitó la camiseta y se centró en los numerosos raspones que recorrían su pecho y vientre con la ayuda de una gasa humedecida en desinfectante. No hablaban. Amina, con una mano apoyada en su torso y la otra recorriendo cada herida, de tan concentrada como estaba se quedó sin saliva. Se sentía excitadísima y sin gana alguna de que terminara aquel momento. Pero a pesar de sus deseos, cuando no quedaba nada que curar, guardó todo en el botiquín y tuvo que dejarlo. Al volverse, se miraron. No surgió una sola palabra entre ellos, pero con los ojos se lo dijeron todo. Ella lo entendió. Sonrió. Y, antes de levantarse, le dio un beso en la mejilla.

—Gracias por estar pendiente de mí. Me encanta tenerte cerca.

CAPÍTULO 23

Fontevraud. Francia. Verano de 1989

Sarah Ludwig Rut tenía ocho años cuando supo que iba a pasar el verano en casa del abuelo Jacob, los dos solos. El año anterior había fallecido su abuela y cinco antes, sin entender por qué, su madre la había abandonado. Quizá con tres años fuese demasiado pequeña para entender los porqués, pero tampoco después le llegaron. Quien se los tuvo que dar, su padre, o esperó demasiado tiempo a que tuviera más edad para hacerlo o se le olvidó. Fuera por una razón, por la otra o por ninguna, al final la niña seguía sin saberlo.

Por eso, la idea de viajar a Francia y conocer al abuelo Jacob, del que tantas cosas había oído hablar, se convirtió en un sueño y terminó siendo el mejor verano de su vida, anticipo de muchos más.

Aunque, por entonces, ni se lo imaginaba.

Lo que ninguno de los Ludwig alcanzó a prever fue cómo se labraron los surcos de su personalidad en tan poco tiempo, ni cómo quedó marcado para siempre su destino, deseos y anhelos. Porque a sus ocho años, allí, entre vacas, viñedos, establos con olor a estiércol y heno, entre trucos de magia, abrazos y largos paseos por el campo, agarrada de la mano de un hombre bueno, grande e idealista, quedaron escritos los primeros capítulos de su verdadero ser.

Y todo por culpa de su abuelo.

A ojos de la pequeña Sarah, la villa de Fontevraud era la mejor casa del mundo. Repleta de perfectos escondites, a veces daba tanto miedo que era divertida. Su cocina olía siempre a guiso y las sábanas a lavanda. La bañera era azul, el jabón amarillo y la chimenea enorme, hasta poder entrar dentro sin agacharse, a jugar al escondite.

Cuando su padre se despidió de ella, apenas habían llegado, la dejó al cargo de su abuelo, agarró su maleta y se fue. Sarah lloró el resto del día sin entender por qué. Solo supo que tenía que estar en Berlín en vez de pasar el verano con ellos, los tres juntos. No quiso explicar que su decisión respondía a una misión encomendada por el nuevo ministro de Relaciones Exteriores de Israel, su anterior jefe en Agricultura. ¿Quién iba a saber por entonces que aquel trabajo le ocuparía no solo unos meses, sino años? El mundo vivía con perplejidad momentos históricos. Berlín acababa de derribar su muro y su desconocido porvenir ahogaba los miedos presentes. La ilusión colectiva terminaba anulando cualquier recuerdo oscuro del pasado y, en ese ambiente de esperanzadores sucesos, el cometido de Isaac iba a consistir en gestionar un nuevo y gigantesco éxodo a Israel: el de los miles de judíos que habían vivido durante décadas bajo el telón de acero. Porque muchos, una vez derribada la barrera entre las dos Alemanias y superado el régimen comunista, deseaban volver a pisar la tierra de sus antepasados.

Solo cuando se agostó aquel verano, Sarah supo que tendría que quedarse más tiempo del previsto con el abuelo, aunque nunca cuánto. Lo terminó de saber pasados diez años. Si al principio la idea le martirizó, al preguntarse por qué su familia la había abandonado, sintiéndose culpable por ello, poco a poco terminó haciéndose a la idea de que solo vería a su padre en los cumpleaños y como mucho en algún que otro Yom Kipur.

La granja tenía una docena de vacas que pasaban el día en los pastos y las noches en el establo, dos cerdos que alimentaban la despensa cada año, tras su matanza, seis gallinas a las que Sarah perseguía por el pajar entre agudos chillidos y risas, dos cabras y un par de caballos. La yegua castaña la usaba Jacob para trabajar. Y el otro, un viejo caballo, terco pero bonachón, sirvió para que ella aprendiera a montar. La villa estaba rodeada de seis hectáreas de viñedos cuya producción alimentaba una pequeña bodega, orgullo de Jacob, que Sarah conoció desde los primeros días; él decía, que para que se familiarizara cuanto antes con la cultura del vino.

El primer fin de semana que pasó en Fontevraud, descubrió con incontenible admiración los poderes mágicos de su abuelo. La llevó a la vecina ciudad de Le Mans, y en un teatro abarrotado de gente vio, desde la primera fila, cómo era capaz de sacar un conejo del interior de un sombrero, cortar por la mitad a una mujer para volverla a unir después, adivinar la carta que elegía un tipo cualquiera del público y, lo más asombroso: le vio lanzar a dos manos varias barajas de naipes, carta a carta y a toda velocidad, incapaz de entender de dónde las sacaba. Las cartas volaban y la admiración por su abuelo rozaba el infinito.

Pasadas varias semanas, entre ordeños, recogida de huevos y el barrido regular de los establos, sus principales encargos, Sarah quiso aprender alguno de los trucos que veía hacer a su abuelo. Cuando Jacob le enseñó los más fáciles y se puso a practicarlos, al ver que se le daba bastante bien quiso conocer otros. Se pasaba horas y horas ensayándolos, mejorando la técnica, hasta que terminaba ejecutándolos ante un perplejo público formado por tres vacas, una pareja de cabras y la media docena de gallinas.

Su insistencia por añadir nuevos trucos a su incipiente habilidad como ilusionista era tan exagerada que a Jacob le tocó desvelar algunos más complejos, ante los que tampoco se arrugó. Y así, recién cumplidos los diez años, Sarah ya hacía desaparecer monedas entre sus dedos, era capaz de completar difíciles trucos de cartas y empezaba a probar los primeros juegos de adivinación.

Jacob no podía ser más feliz con su nieta. Consciente de que sobre sus hombros había quedado depositada la educación de la niña, quiso que aprendiera a pensar, a no dejar de preguntarse por qué pasaban las cosas a su alrededor, a reflexionar. Muchos días leían cuentos juntos, pero también poesía, y poco a poco le enseñó a soñar con ella. En general, dejaba que Sarah tomara sus propias iniciativas, fueran las que fueran, y trataba de alimentar su capacidad de trabajo proponiéndole nuevas tareas en la granja o en la casa. Le explicaba que nunca se tenía que dar por vencida y, mucho menos, dejar que nadie le impusiera lo que tenía que hacer ni pensar.

Al buen hombre, lo que más le gustaba de su nieta era oírla hablar. Porque Sarah no paraba de hacerlo. Todo lo aprendía, todo le gustaba y todo lo quería experimentar.

—Abuelo, ¿tú sabes qué quiero ser de mayor? —le soltó un día, en medio de una comida, empujando con el tenedor un puñado de guisantes que él le había colado en el plato, a pesar de odiarlos.

—Dímelo tú... Aunque sospecho algo.

—¡Maga! Quiero dejar al público con la boca abierta como lo haces tú. —La abrió ella, enseñando un trozo de carne a medio masticar—. Pero también quiero ser poeta, granjera, tener mis propias vacas. Y también voy a hacer vino en una bodega como la tuya, y seré francesa.

El abuelo sonrió ante la coincidencia con sus propios sueños y pidió que nunca renunciara a sus orígenes. Pero, por encima de todo, no le quiso restar un solo deseo.

—Maga ya eres, mi niña —Le acarició una mejilla.

—No es verdad, no lo soy.

Bajó la cabeza, escondiéndola entre los brazos.

—¿Por qué dices eso?

—Si fuera maga, haría que mi madre volviera. Y aunque se lo pido a Yahvé todas las noches, en mis oraciones, no lo consigo.

Se le escurrieron dos lágrimas que encogieron el corazón de Jacob. Él tenía noticias sobre su nuera, que necesitaba contar a la niña lo más tarde posible, hasta que tuviera más edad y pudiera entenderlas. Porque Dalila había contactado con él a los dos años de abandonar la residencia familiar, a través de una carta. Enviada desde prisión, trasladaba a Jacob su angustia y profunda pena por no haber podido ir ver a su hija a Israel y se avergonzaba de que la niña conociera el humillante destino de su madre siendo tan pequeña. Acusada de pertenecer a un grupo activista kurdo, había sido encarcelada a los tres meses de su regreso a Turquía y tendría que cumplir diez años de reclusión. En esa, como en las siguientes misivas que recibió de ella, Dalila imploraba de Jacob cualquier información que tuviera que ver con su niña, una vez su exmarido había roto toda correspondencia con ella y le eran devueltas las cartas que le enviaba. La preocupación estaba tan presente en su corazón como mujer y madre que le faltaban ocasiones para pedir a Jacob que compensara el cariño que no estaba recibiendo Sarah de su parte ni de Isaac. Y pretendió también que intermediara con su hijo.

Jacob se propuso atender ambos encargos, en realidad, encantado. Hasta el último día que la vida le permitiese, no dejaría de procurar a Sarah todo el amor que cabía en su corazón, que era mucho, pero con la segunda petición no pudo. El rechazo que su hijo sentía por Dalila, a quien no perdonaba la decisión tomada ni lo haría nunca, incluía evitarle cualquier contacto con la niña, no fuera a hacerle más daño del que ya le había hecho. No quería que su exmujer interfiriera para nada en la vida de su hija.

Por más que trató Jacob de rebajar tensiones, aunque solo

fuera para responder las cartas que le mandaba su mujer, encontró en su hijo la más férrea cerrazón. No estaba dispuesto a permitir ningún trato entre ellas, cuando consideraba que era una mala mujer y la peor compañía para Sarah.

Jacob meditó mucho antes de decidir cómo tenía que gestionar la situación. Si le contaba a Sarah el interés que demostraba su madre por ella y los impedimentos que ponía el padre, quizá arreglase un conflicto emocional en la niña, pero desencadenaba otro hacia su padre. Por lo que decidió ir demorando la decisión, esperar a que fuera más adulta.

—Créeme, pequeña, llegará el día de vuestro reencuentro. No sé cuándo, pero sucederá, ya verás... —Jacob quiso cambiar de tema—. ¿Te gustaría saber cómo hago para adivinar una carta elegida al azar por un voluntario?

Sarah se secó las lágrimas, su mirada empezó a brillar y contestó que sí después de pedirle que le perdonara los guisantes. Jacob fue a por una baraja y le contó el truco, pero no se los perdonó.

—Solo tienes que fijarte en la carta que queda en la parte inferior del taco. Luego, haces como que las mezclas partiendo en dos trozos la baraja, aunque en realidad en una de las manos ya tienes la carta objetivo, la última del taco. A partir de ahí, empiezas a pasar las que están por encima de ella al otro montón. No muevas muchas cada vez hasta que el voluntario diga basta —lo fue haciendo muy despacio para que Sarah viera que la carta seguía abajo, siempre localizada—, en ese momento te das la vuelta para que no piensen que la estabas viendo y se la enseñas. En realidad, es la misma carta que tenías al final del taco y sabes muy bien cuál es. Luego las mezclas y cuando lo desees, les adivinas el color y el número.

Sarah aplaudió la explicación y cogió la baraja para hacerlo ella. No le salió a la primera ni a la segunda. Pero después de diez intentos, mucho más despacio que él, lo medio consiguió.

—¡Muy bien, Sarah! ¿Ves cómo no hay nada que te pueda vencer, si te propones conseguir algo? —La niña sonrió feliz—. Pero demos un paso más. ¿Qué puedes aprender de este truco? ¿Cómo puede serte útil, para tu vida?

—Puedo aprender a ser adivina —contestó ella con mirada pícara.

—¡Claro! ¿Por qué no? —Brindó con su vaso de agua—. Sarah, en tus manos está la capacidad de lograr que lo imposible sea posible. La magia se basa precisamente en ese principio, no lo olvides: es el arte de hacer posible lo imposible. La mayor parte de la gente, la que un día tendrás a tu alrededor procurando adivinar cómo lo haces, no se fija lo suficiente. Créeme, solo necesitas tomar provecho de ello para primero despistar su atención y dirigirla después hacia donde tú quieras. Serás dueña de sus percepciones; incluso las puedes confundir si acaso te interesa. En eso consiste el ilusionismo.

La niña entendió a medias lo que su abuelo le decía, pero decidió grabarlo en su memoria ante la certeza de que esas palabras: «hacer posible lo imposible», un día cobrarían sentido.

El siguiente verano, con apenas once años cumplidos, Sarah siguió aprendiendo las técnicas que su abuelo le iba desvelando, ayudaba en la vaquería, intervenía en la preparación de los viñedos, había empezado a escribir sus primeros poemas y disfrutaba cocinando algunos platos de origen judío, otros de la Baviera natal de los Ludwig y algunos más de la región en la que vivían, la del Loira.

Los escasísimos recuerdos de su madre y las ausencias de su padre habían ido minando su corazón hasta terminar llenándolo de un pesado poso de pena y fracaso. Perduraba en ella la amarga sensación de haber fallado a los suyos, aunque a su corta edad no encontrase palabras para expresarlo. Su abuelo lo intuía, la ayudaba a encauzar sus sentimientos, a que no perdiese la fe en sí misma, pero sobre todo esperaba. Esperaba a recibir una nueva carta de Dalila que pudiera leer a Sarah, ya sí, para despertarla a ese otro mundo de emociones perdidas, desperdiciadas y olvidadas. Pero fuera de aquellas primeras correspondencias no había vuelto a recibir ninguna más. Y, de su padre, sabía lo mínimo.

Cuando llegaron las siguientes nieves, Jacob enfermó de pulmón y le anunciaron que su hígado también estaba mal, a menos de la mitad de un correcto funcionamiento. No se trataba de una enfermedad aguda, pero sí que terminaría con él. Las consecuencias que la nefasta noticia tendría sobre Sarah, le llevó a tomar dos decisiones: dar a su nieta todo el amor que vivía en su corazón, hasta el último día, y vivir cada minuto como si fuera el último y el mayor regalo que la vida le había hecho.

A cambio, ella le dedicó el final de su infancia y los comienzos de su adolescencia, sin apenas ver a su padre durante todo ese tiempo. Porque los supuestos dos años que pasaría en Francia antes de regresar a Tel Aviv junto a él, promesa hecha cuando Isaac la dejó en Fontevraud con solo ocho, se convirtieron en cuatro, luego en cinco, para finalmente ver cumplidos los dieciocho y terminar viviendo la lenta agonía de su abuelo a solas.

Apenas tres meses antes de alcanzar la mayoría de edad, Sarah decidió ir a París para iniciar sus estudios universitarios en La Sorbona. Pero el deterioro de salud de Jacob fue tal que a los pocos meses tuvo que regresar a Fontevraud y, a partir de entonces, veló por él sin dolerle perder el curso.

La enfermedad fue consumiendo al anciano. Le iba anulando, pero no tuvo prisa por llevárselo del todo. Desde los trece a los diecisiete, Sarah había cocinado para él, declamaba sus poemas preferidos cada tarde, algunos leídos hasta cien veces, compartía los problemas que surgían en la vaquería como también la relación con sus compañeras de instituto primero, y con sus breves contactos universitarios después. Analizaban cuál había sido el resultado vinícola de cada campaña o calculaban el reemplazo necesario de la vaquería para mantener el nivel de producción.

A dos días de terminar 1999, casi diez años después de la llegada de Sarah a Fontevraud, Jacob, preocupado por su lenta pero implacable evolución, decidió que había llegado el momento de desvelar sus más íntimos secretos. Le habló de su madre, de su largo paso por prisión, de las cartas que mandó a su marido sin obtener contestación alguna, del enorme interés que había mostrado por verla, confesado en sus primeras cartas, también de los rechazos a que eso sucediera por parte de Isaac.

Sarah escuchó del tirón aquel montón de revelaciones, tanto tiempo vedadas, con la respiración entrecortada y el gesto serio, dada su importancia. Destaparon una enorme tormenta de emociones en su corazón y un cierto alivio anímico en ella, aunque insuficiente para perdonar a uno y a otro.

Preguntó poco, tan solo escuchó.

Lo último que Jacob desveló sobre su madre fue que no estuvo diez años en la cárcel sino trece, al sumársele otra acusación, y que llevaba tres libre, dedicada a una asociación de ayuda a mujeres abandonadas y maltratadas, situada en una pequeña población turca, según contaba en la última carta recibida, apenas dos meses antes. Tras darle aquella última noticia, el hombre decidió levantarse para, con el apoyo de unas muletas, desvelar a su nieta el segundo gran secreto de su vida, escondido en el subsuelo de la villa. Porque en un lateral de la bodega, disimulada la entrada tras unas baldas que alojaban añadas enteras de vino, se adentraron en una cámara donde se escondía una decena de valiosos cuadros y una antiquísima reliquia con forma de lanza.

Delante de cada una de aquellas pinturas, Jacob contó cómo y por qué se había hecho con ellas, sin manifestar vergüenza alguna. Expuso qué trucos y técnicas de magia había empleado para despistar las sustracciones, aunque se extendió mucho más cuando entró a explicar las delicadísimas circunstancias que le tocó sortear para hacerse con la *Lanza de Longinos*, que tantas pasiones había generado en Hitler.

Quizá pasaron seis horas dentro de aquella cámara acorazada, de la que Sarah nada había sabido. Lo que quedaba al descubierto era un pasado complejo e increíble, pero también atípico para cualquier otra familia.

Sin embargo, nada de lo que allí vio y conoció le llevó a tener una mala sensación, casi al contrario. Porque el hecho de sentirse tan cerca de tan importantes obras de arte, como de una reliquia única, le estaba pareciendo la experiencia más exclusiva y excitante de su vida. Casi tanto como heredar un gran secreto, una revelación que la vincularía con su familia para siempre. Había escuchado a su abuelo embobada mientras le confesaba las complicaciones vividas en cada expolio, los motivos para empezar a hacerlo o cómo le afectaba la silente y exclusiva contemplación de tanto arte reunido.

Ante tal aluvión de confesiones familiares, inesperadas noticias, pinturas y confidencias, lo que al final sucedió aquella tarde fue que Sarah, como nieta y persona, terminó sintiéndose orgullosa de él. Y cuando encima descubrió que el inconfesable pecado de su más querido antepasado pagaba como penitencia la donación del valor de todas las piezas vendidas, en ayuda de los judíos perseguidos, tuvo claro que si algo iba a hacer en su vida era seguir y respetar los mismos pasos y principios que su abuelo.

También ella sería ladrona y maga.

A falta de unos padres que lo merecieran, honraría así la memoria de una persona grande y sobre todo justa; la de su abuelo Jacob.

CAPÍTULO 24

Damasco. Año 1191

Desde hacía una semana, Saladino velaba la cama de su hija Rania con una acusada angustia, bastante peor que las vividas durante las cruentas y recientes confrontaciones con los francos.

La niña tenía el mal de la piedra, dieciocho años, y no dejaba de sangrar. Llevaba tres días con alucinaciones y casi no respondía cuando se le hablaba. Su médico, el mejor de la ciudad, apenas ofrecía soluciones. Maimónides se encontraba demasiado lejos, además de enfermo, para poder viajar desde Egipto a verla. Y el único que podía hacer algo, el muftí de Jerusalén, estaba a punto de llegar para atenderla.

A la espera de una solución, Saladino había ordenado mandar una paloma mensajera con una petición de urgente cumplimiento. En cuanto el pájaro alcanzara El Cairo, su buen amigo Aswad, gobernador de varios e importantes dominios de Egipto, tenía que enviarle una pequeña y preciada reliquia, con supuestos poderes milagrosos, que su familia poseía desde hacía algo más de un siglo. Ante el mal estado de la niña, Saladino entendió que a caballo no llegaría a tiempo el correo, por rápido que fuera y cubriera la distancia sin apenas paradas, dado que no bajarían de veinte jornadas. Por lo que se decidió por el uso de otra paloma que podría hacer el recorrido inverso en menos de dos días, siempre que tuviera viento a favor. No había mejor solución.

La urgencia venía medida por el mal estado de la chica. Saladino se temía lo peor, la lloraba, temía de verdad por su vida y cualquier solución merecía ser probada.

Rania no era la mayor de sus dieciocho vástagos; era la sexta.

Hija de su concubina preferida, de Halima, Rania había nacido en El Cairo, cuando el sultán tenía treinta y cuatro años y todavía seguía soltero. Halima había sido el gran amor de su vida, aunque él terminase casándose a los treinta y ocho con la mujer que encarnaba el poder en Damasco: Iṣmat ad-Dīn Khātūn, también conocida como Asimat.

Aunque Asimat no llegó a darle descendencia y murió diez años después de su enlace matrimonial, la relación entre ambos fue bastante grata. Ella había tenido dos hijos con su anterior marido, Nur al-Din, gran señor y gobernador de Siria. La primera fue niña: la bellísima Shams un Nisa. Poco después, les nació un niño al que llamaron As-Salih quien tuvo que asumir el poder a la muerte de su padre con menos de diez años, y casi a la vez tuvo a Saladino como a su peor enemigo. De hecho, a los dieciocho encargó su muerte a la temida secta de los *hashshashin*, de la que el sultán escapó de milagro. El posterior fallecimiento de As-Salih en extrañas circunstancias terminó de despejar para Saladino la toma de poder en Siria. Pocos meses después, también moría Asimat, su mujer, en ese caso de pena.

Pasados cuatro años de aquellos delicados sucesos, la huérfana Shams un Nisa residía en la Ciudadela de Damasco junto a la madre de Saladino, doce concubinas, su preferida Halima y seis hijos del sultán.

Halima siempre había sido rebelde, la más bella entre todas las mujeres que Saladino había conocido, pero también leal y buena madre. Le había dado tres hijos. Los dos mayores le ayudaban en el gobierno de sus territorios. Y la tercera, a la que llamaron Rania, pronto se convirtió en la predilecta del sultán. Desde los trece años, la chica compartía las mismas aficiones que el padre; le apasionaba la poesía, la lectura y los caballos. Cuando Saladino estaba en Damasco, era raro no verlos galopando al atardecer por los alrededores de la ciudad, o comentando un escrito en los jardines de la Ciudadela, cuando no filosofaban sobre la vida o discutían la obra de algún poeta persa.

Rania era la definición de la vitalidad hecha mujer y una copia de Halima. Lista, sensible, dulce y cariñosa, adoraba a su padre y él a ella. Hasta que le alcanzó la enfermedad. Una enfermedad que hacía sufrir, como nunca, a unos desconsolados padres.

—*Sayyid*, ha llegado el muftí de Jerusalén. —El escriba Yakub anunció la muy esperada visita.

Saladino besó a Rania en la frente y salió del dormitorio en su busca. Halima se quedó con la chica, como llevaba haciendo sin abandonarla desde hacía tres semanas.

El sultán recibió con cortesía al anciano y sabio, agradeció la rápida respuesta a su llamada y, sin detenerse en preámbulos, lo dirigió al dormitorio de su hija. El hombre observó su estado externo, la exploró a conciencia, estudió los últimos restos de orina, preguntó qué más síntomas tenía, cómo habían evolucionado en los últimos días, y tras una segunda y concienzuda inspección metió el instrumental en su maletín y lo cerró. En torno a aquella cama había media docena de asistentes a la espera de su valoración; Halima la más asustada de todos. El hombre se dirigió al sultán.

—¿Podemos hablar con más intimidad?

Saladino le llevó a una dependencia anexa y cerró la puerta.

—No os puedo engañar; el estado de la chica es gravísimo y sus dolores todavía pueden ser peores. La piedra que apenas le permite orinar debe de ser enorme. Existe un método para romperla, una técnica descubierta por un gran médico de al-Ándalus, Abulcasis, que podríamos probar. Pero aquí no tengo el instrumental adecuado y aunque me lo trajeran de urgencia, puede que sea tarde.

—Intentémoslo, os lo ruego.

La mirada de Saladino no podía ocultar más angustia. Era consciente de que la gestión llevaría más de diez días.

—Así será. —El hombre recogió sus manos en un gesto de cercanía y comprensión—. Mandad a vuestro mejor jinete a Jerusalén con un mensaje que escribiré ahora mismo. Me quedaré con ella mientras, le prepararé un brebaje para rebajar los dolores y la fiebre y otro para relajarla. De momento es todo lo que podemos hacer, *sayyid*.

Los siguientes dos días fueron un verdadero martirio para la niña, como también para Saladino y su madre, Halima. Dadas las circunstancias y tiempos, su mayor esperanza no era la médica, sino ver llegar la reliquia del profeta Jesús antes de que fuera demasiado tarde. A sus miedos por la niña, se sumaba el temor por el destino de una frágil paloma mensajera que podía ser presa de una rapaz, con la consiguiente pérdida del sagrado objeto; una pequeña muesca del vaso de ónix que utilizó Jesús durante la última cena con sus discípulos.

La copa sagrada, conservada por los cristianos en su primera iglesia, llamada de Santiago, y después en una pequeña capilla dentro del venerado templo llamado del Santo Sepulcro, levantado por expreso deseo del emperador romano Constantino, había permanecido en Jerusalén durante casi diez siglos. Bajo las órdenes del califa egipcio Al-Hákim, la iglesia fue arrasada y el vaso llevado hasta El Cairo en torno al año 1009. Cuatro décadas después, Egipto sufrió un prolongado período de sequía que provocó tal hambruna en la población que su nuevo califa solicitó auxilio a varios territorios amigos. Entre los que respondieron, el más generoso de todos fue el emir de Denia, dentro de al-Ándalus, con el envío de varios barcos cargados de alimentos y otros enseres de urgente necesidad.

Ante el desinteresado gesto, el califa egipcio preguntó cómo podía devolverle el favor. Por entonces, el emir de Denia negociaba una tregua con el rey cristiano Fernando I de León, regente del mayor reino hispano contra el que libraba frecuentes enfrentamientos. El emir Mujahid al-Amiri, hijo de cristiana y musulmán, quería detener las constantes razias del leonés contra sus tierras, y como era conocedor de la existencia del vaso sagrado, pidió al califa egipcio que se lo enviara para aplacar los ánimos del belicoso monarca. Y así se hizo. Pero el portador del sagrado vaso, en medio de la travesía en barco desde Alejandría a Denia, decidió guardarse una muesca que él mismo practicó en el borde de la copa con una daga, antes de llegar a destino. Y así, la familia del protagonista de aquella sustracción se quedó con la pequeña reliquia; una familia amiga de Saladino, los Aswad.

Saladino había conocido toda la historia gracias a ellos. Y como la copa tenía fama de milagrosa, cada día esperaba en el palomar la llegada del ave, la portadora de su última esperanza.

Tardó tres días en vez de dos.

Cuando Saladino fue avisado corrió al palomar, le dieron la pequeña piedra de ónix que había transportado el ave dentro de una pequeña bolsita atada a su pecho. El sultán, de pura alegría, tomó entre sus manos al pájaro y besó sus alas.

Corrió con la piedra entre sus manos hasta el dormitorio de Rania, donde la joven languidecía, a punto de poner fin a su agonía.

—Mi querida Rania, te he traído una reliquia del profeta Jesús que te curará.

La chica entreabrió los ojos y desde su nublada mirada surgió un rayo de esperanza al oír la voz de su padre. Buscó su mano y antes de poder hablar le tembló el labio.

—Padre, no os preocupéis más por mí. Adonde voy, Alá

me acogerá con el mayor de los amores, como vos habéis hecho siempre conmigo...

Saladino colocó la pequeña piedra sobre la frente de Rania y rezó para que la muerte no se llevara a su más querida hija. Se arrodilló a los pies de la cama y allí estuvo, rezando sin parar, más de doce horas, pronunciando en voz baja los noventa y nueve nombres de Alá. Descansó después en su cama cuatro horas, movido más por la obligación que por su voluntad. Y cuando despertó y fue a ver cómo había pasado la noche, encontró a Halima tumbada al lado de Rania. Al verle venir, en la expresión de ambas surgió un brillo diferente.

Rania pasó las siguientes doce horas sin fiebre y con mejor color de cara. Al día siguiente, pudo orinar sin dificultades y no aparecieron más restos de sangre. Empezó a recuperar el apetito al tercer día y, al cuarto, se quiso levantar. Cuando en el décimo apareció el muftí con el instrumental que había mandado traer de Jerusalén, no hizo falta usarlo, certificando su perfecto estado de salud. Porque Rania se había curado por completo.

Saladino, a partir de entonces, dio gracias a Alá todos los días por la inexplicable cura, y al profeta Jesús por su milagrosa intervención a través del vaso en el que bebió la noche anterior a ser crucificado.

No le era permitido dudar, pero con aquella reliquia entre sus manos, pasadas varias semanas de la sorprendente curación, entendió el fervor que sentían sus enemigos por la vida y milagros de Jesús.

Y decidió guardarla para siempre entre el resto de sus pertenencias, como parte de su tesoro personal.

CAPÍTULO 25

Palacio del emir Jalid bin Ayub. Emirato de Fuyarja

En plena adolescencia, Jalid descubrió cuál era el sentido de la vida. O, mejor dicho, el sentido de su vida. Sabía que la mayoría de la gente, en un momento u otro de su existencia, se hacía preguntas del tipo: ¿qué alcance puede tener lo que hago? Así como también: ¿qué espera el destino de mí? o ¿cuál ha de ser esa misión que justifique haber nacido? Pero era obvio que pocos encontraban respuesta a esas trascendentes cuestiones y se limitaban a sobrellevar su paso por el mundo sin plantearse mucho más.

Él nunca había sido así.

Desde bien pequeño, supo que había nacido para vivir un destino grande. Aunque tardó en averiguar cuál. Cuando lo hizo, allá por los dieciséis años y a lomos de un caballo, coincidencia que se había repetido en cada uno de los momentos clave de su vida, no solo entendió qué papel le tocaba desempeñar dentro de aquel cometido, sino que decidió prepararse a fondo para cumplirlo. A partir de entonces, su alma se llenó de esperanza y su cuerpo y su mente se adaptaron a la consecución de tan noble tarea.

Decidió aprestarse por fuera y por dentro.

Por fuera, acostumbrando a su cuerpo a la práctica de un moderado comer y a un sostenido ejercicio de sus músculos.

Por dentro, templando emociones, alimentando su espíritu con lecturas elegidas entre los grandes filósofos griegos y los mejores teólogos y poetas islámicos. Fruto de aquel conocimiento, debatía horas y horas con los que consideraba más sabios dentro de la corte, sin abandonar un tiempo diario de oración. Los caballos siempre tuvieron un hueco diario en su vida, como también el desierto por razones culturales. En los primeros, buscando el brío y el alma de un animal al que amaba hasta el infinito. En el segundo caso, pisando la seca muerte de una arena milenaria, portadora de las esencias de su pueblo.

Un día, de vuelta de su paseo diario a lomos de un ejemplar de raza árabe y capa negra, traído del Yemen, su hermana Zulema le detuvo a la entrada de las caballerizas.

—Acabo de volver de París y tengo cosas que contarte.

—Desmonto, me aseo un poco y te veo en el salón azul; dame una hora y quizá media más —respondió Jalid antes de descabalgar—, porque necesito decidir ya quién va a sustituir al buen Mohamed ben Tarik. Me veo desbordado desde su desafortunada muerte y he quedado para entrevistar a una joven de la que me han hablado maravillas. Se llama Raissa.

—¡Elígela a ella! Harás bien si tienes cerca a alguien con cabeza, intuición, juicio y un toque de sensibilidad; vamos, lo que viene a ser una mujer. No tengas prisa, te esperaré en el salón azul.

Dio media vuelta, se ajustó su hiyab azul marino y buscó la entrada principal de palacio, mientras pensaba en cómo resumir lo que había descubierto en los dos últimos meses.

Zulema, la menor de los Bin Ayub, se había convertido en los ojos y oídos de Jalid cuando tocaba cubrir ciertas misiones de índole privado. Entre todas, los últimos tres años había estado siguiendo a Sarah Ludwig para registrar el *modus operandi* de sus robos. Aunque ahora, desde que su hermano había empezado a relacionarse con ella, su tarea consistía en conocer mejor a la persona; desde sus gustos en moda, cultura y gastronomía, como en literatura o comercios preferidos. Movida por ese empeño, había analizado a fondo sus horarios, descubierto el estilo de vida que llevaba y hasta pudo tomar constancia de cuáles eran sus relaciones familiares y de amistad. En otras palabras, había cumplido bastante bien el nuevo objetivo que le había trasladado su hermano: investigarla a fondo y en todos sus matices.

Jalid tardó dos horas, algo más de lo convenido, en entrar en el salón más recogido de palacio, recuerdo casi de una casa corriente, también en su decoración. Se sirvió un té helado y tomó asiento frente a ella.

—¡Esa mujer es perfecta para ti! —proclamó Zulema, mientras se quitaba el hiyab y ahuecaba su oscura melena con los dedos.

—Así lo veo yo también —sonrió él, complacido al compartir pareceres cuando tenía en alta estima su opinión—. Verás cuando te cuente lo que sucedió en Viena, en la ópera. Y sobre todo después, porque fue bastante mejor de lo que esperaba... —Su hermana se sirvió un nuevo vaso de té helado y le recriminó no haberlo hecho todavía. Jalid no tardó en explicarse—. Reservé dos *suites* contiguas, en el exclusivo hotel The Ring, al que llegamos después de disfrutar de la magnífica voz de Jonas Kaufmann y de una posterior cena en la que noté un primer y prometedor acercamiento por su parte, siempre sin forzar la situación. Sé que necesita tiempo y vernos más. Soy consciente de que no puedo ni debo meterle prisa.

Zulema se quedó a medias.

—Me gustaría saber en qué consistió ese prometedor acercamiento. Pero antes de que me lo cuentes, no encuentro zonas oscuras en su vida a excepción de los espectaculares robos. Por eso he llegado a la conclusión de que es perfecta para ti.

—Cruzó una pierna sobre la otra, se dejó hundir en el sofá y bebió el resto de la infusión antes de retomar la palabra—. Sarah trabaja. De vez en cuando, va de tiendas. Lee mucho. Acude con frecuencia a la misma librería en la que estuvisteis, en la margen izquierda del Sena. No tiene pretendientes y disfruta de pocos pero buenos amigos. En las últimas ocho semanas, ha salido a cenar cuatro veces con ellos; son tres matrimonios. Ellas fueron compañeras de universidad, lo he podido averiguar después.

Se extendió a continuación en las gestiones que Sarah estaba haciendo en relación al Proyecto Uffizi, habiéndose visto cuatro veces con el mismo tipo, un tal Charles Boisí, al que debía conocer desde hacía tiempo, a tenor de la familiaridad con la que se trataban. Le faltaba investigar su pasado. Le contó también que, durante uno de aquellos seguimientos, la vio citándose con otro personaje, sin duda más raro, que imaginó era el que estaba fabricando el dispositivo con el que levantar la urna de cristal del Caravaggio.

—Con este último, se cita en cafés, siempre distintos, cuidando mucho lo que hablan. Apenas he podido averiguarlo después de grabar un vídeo con el teléfono y leyendo sus labios.

—¡Excelente trabajo! —exclamó, y le pasó una bandejita con almendras tostadas. Ella cogió un puñado—. Te agradezco tan pocas veces todo lo que haces por mí que pido a Alá que premie tu fiel compromiso. Por mi parte, has de saber que pretendo aliviar tus actuales sacrificios en tierra ajena más pronto de lo que imaginas. Tu permanente entrega y el desgaste que estas tareas están suponiendo para tu juventud se verán muy pronto recompensadas con un perfecto matrimonio que he previsto para ti, para que llegue a tu vida la felicidad y los hijos que mereces.

Zulema se sintió conmocionada con la noticia y le pidió el nombre.

—He pensado en el general Hamed. Como sabes, tras una carrera meteórica, encabeza la cúpula militar con solo cincuenta y cinco años. Te saca veinticinco, lo sé, pero está en forma y es educado. Perdió hace cuatro años a su anterior esposa, es un hombre de palabra, y posee una buena fortuna para que vivas con los lujos que merece cualquier miembro de la familia real.

Zulema disimuló su contrariedad. Había coincidido con aquel hombre en varias ocasiones y no le gustaba nada. Como conocía lo suficiente a su hermano, no le iba a llevar la contraria a la primera, pero tampoco estaba dispuesta a casarse con aquel tipo. Lucharía para cambiar sus planes. Y si no lo conseguía, como llevaba tiempo deseando vivir al estilo occidental, podía ser el momento de perderse en un país europeo. Sin hablarlo, en ese preciso momento decidió que del resultado final dependería seguir cumpliendo con la misión encomendada o construirse su propio futuro lejos de él.

—Y no me olvido de tu anterior pregunta. —Al abordar el asunto que tanta curiosidad había despertado en su hermana, la había despistado de sus verdaderos pensamientos—. Durante el segundo acto de la ópera, Sarah se emocionó mucho, lo noté. Y en medio de la cena, apenas fueron unos segundos, me miró de una manera diferente, como si estuviese entornando una puerta por la que me invitaba a entrar. No sé explicarlo mejor. Creo que siente una incipiente atracción hacia mí, o al menos se muestra más relajada conmigo.

Zulema sintió la llamada como hermana, en su habitual apoyo fraterno, y se centró en lo que acababa de compartir con ella. Vio claro que lo de Sarah no podía ser otra cosa que los primeros síntomas de un enamoramiento. Pero le recomendó actuar con mucho tacto.

—Ten en cuenta que en Occidente la mujer siente la relación de pareja en igualdad. No mandan más ellos; quizá al revés. Por eso, lo último que debes hacer es imponer nada sin pedir su opinión. Sarah no responde al patrón que he conocido en otras muchas mujeres de París, Londres o Madrid. Es poco influenciable, muy autónoma, ha conseguido crearse un estilo propio y se desvía poco de sus pilares básicos. No tiene nada que ver con el tipo de mujer que se puede ver por aquí.

—Lo sé —señaló él—. Sarah posee una marcada personalidad y un estrecho compromiso con sus propios ideales. No es de las que se dejan influir por los convencionalismos sociales y su fuerza interior proviene de haber tenido que salir adelante desde bien pequeña, sin un entorno familiar protector.

—Su infancia ha tenido que marcarla mucho —añadió Zulema—. Puedo garantizarte que no ve nunca a su padre; desconozco si acaso la llama alguna vez. Y tú mismo me contaste que apenas ha tenido un solo contacto con su madre desde que la abandonó siendo muy niña.

—Eso me confesó ella, cierto.

Zulema pensó en lo inoportuno que sería invitarla al emirato.

—Llegados a este punto, permíteme una reflexión. —Jalid confiaba por completo en su instinto y recomendaciones—. Como ya te ha demostrado más de una vez, no se deja impresionar por el dinero o los grandes lujos. Por tanto, no la invites a venir a Fuyarja todavía. Una visita al emirato, en este momento, perjudicaría la incipiente relación que tenéis. Yo seguiría con lo de Florencia; reconozco que tuviste una gran idea para atraer su atención. No te aconsejo otra cosa. Sigue ganándotela en su medio, en París. Como mucho, invítala a pasar un fin de semana en algún lugar bonito de playa; te aconsejo la costa azul o la fresca Normandía. Y por favor, cuando estés en Francia no vistas como un emir, usa ropa occidental y evita cualquier conversación que tenga connotaciones machistas.

Eran sus mejores consejos, pero solo eso. Sabía que le iba a costar ganarse a aquella mujer. Jalid tenía demasiado clavada en el alma la cultura árabe. La llevaba tan integrada en su interior que lo determinaba todo, tanto su manera de pensar como de ser. Sin ir más lejos, ella misma acababa de ser víctima de su proceder, cuando le estaba condicionando su propio matrimonio.

Les cortó un sirviente después de pedir permiso.

—*Sayyid,* el científico chino quiere que acudáis al laboratorio.

Jalid se despidió de Zulema, prometió retomar la conversación durante la cena y respondió a su última pregunta antes de abandonar la estancia.

—Tu próximo viaje a París será el último. Dos meses más y me hago cargo de todo. A partir de entonces, serás libre y podrás intimar con tu próximo marido.

Mao Zhao Yang esperaba al emir Jalid en su despacho, frente al gran ventanal desde el que podía ver una buena parte de la actividad del laboratorio, salvo el departamento que trabajaba con restos de ADN antiguo y en edición genética, situado dos plantas más abajo. En el primer subsuelo se encontraba el mejor equipamiento de toda la instalación, en respuesta a los deseos del doctor Mao. Desde secuenciadores genéticos a los más novedosos PCR. Disponía también de fluorímetros Qubit, para cuantificar ADN y ARN, y sistemas de transfección, inmunoelectrotransferencia e inmunoensayo. Al poco de establecerse en el laboratorio, había puesto a punto la técnica de la transcriptasa sobrescrita inversa y disponía del mejor *software* para realizar genotipados o cualquier análisis secuencial que tuvieran que emprender.

Para evitar que alguien reconociera el verdadero nombre y pasado del científico, Jalid decidió presentarlo como Mei Tian Lu; así constaba en los papeles falsos con los que llegó.

La sala principal del laboratorio, la que Mao veía sin necesidad de levantarse de la mesa, la llamada área de examen y análisis, contaba con zonas de trabajo en húmedo, vitrinas de gases y rayos X. La precedía un área de gestión, documentación y restauración, para continuar con la denominada piezas en tránsito, un espacio de espera hasta que las muestras eran admitidas en alguno de los niveles inferiores. No faltaba un espectrofotómetro de absorción atómica y un microscopio electrónico de última generación en otro de los recintos. El conjunto de la instalación disfrutaba de un control computarizado de ventilación, los materiales de construcción y mobiliario eran ignífugos y estaba dotado con los sistemas de vigilancia más sofisticados del mercado.

Con todos aquellos medios, Mao trataba de recuperar el ADN de las piezas óseas que Jalid había podido reunir en su museo. Primero lo extraía del núcleo celular, seccionaba los cromosomas en fragmentos más pequeños para secuenciarlos después y comparaba su código genético con el de un equino actual. Su objetivo final era rellenar los fragmentos de ADN deteriorados o perdidos en los caballos históricos con los de uno contemporáneo.

Pero Mao tenía problemas.

—¿Preguntabais por mí?

Jalid entró sin llamar en el despacho y tomó asiento frente al científico. El investigador chino miró una tarjeta en la que había escrito los asuntos que quería tratar. Empezó por el más personal, de forma bastante insegura. Un craso error.

—No sé si ha podido llegar hasta mi familia o es muy pronto todavía, claro...

Jalid se escurrió del asunto como una anguila, visto lo fácil que se lo había puesto.

—Estamos en ello —contestó sin dar más explicaciones.

Prefería evitar el asunto, no fuera a ser que las malas noticias que tenía pudieran afectar al ánimo y trabajo del investigador. Lo necesitaba al cien por cien. Mao no insistió. Prefirió pensar que tendría a los suyos muy pronto. Miró el segundo punto de la lista.

—Hemos encontrado muy pocas células viables en los huesos de Bucéfalo como tampoco en los del caballo de Napoleón, Marengo. Los cromosomas están incompletos y les faltan demasiadas bases para permitir su reconstrucción. Piense que el genoma de un caballo tiene tres mil millones de bases en un orden preciso; unos números mareantes. Imagine que falten seiscientos millones de bases, en diferentes lugares de las cadenas de ADN; recomponerlas es un trabajo ímprobo y de resultados muy inciertos. Sin embargo, en el caso de Palomo, la montura del libertador Simón Bolívar, puede que podamos reemplazar las partes deterioradas o vacías con un programa de edición genética y el uso de la transcriptasa. Como no son muchas, lo vamos a intentar, aunque nos lleve meses de trabajo conseguirlo.

—¡Excelente noticia! —Jalid palmeó la mesa, encantado—. ¿Y qué hay del de Calígula?

—En el caso de Incitatus, no hemos sido capaces de ver nada. Los restos son muy escasos y parece como si alguien los hubiera lavado a conciencia.

Jalid le resumió el frustrante trabajo que había realizado un anterior equipo de investigación y el desastroso trato con los restos óseos, como de piel de unos y otros caballos, a pesar de su antigüedad y fragilidad, en particular con los de Incitatus.

—Se centraron en el caballo de Calígula y solo consiguieron estropear la pequeña muestra ósea que había conseguido de él. Los eché de inmediato. Busqué posibles sustitutos por todo el mundo, hasta saber lo que había logrado en China. Fue entonces cuando decidí poner en sus manos el trabajo, costase lo que costase. Así que, actúe con lo que tiene. Eso sí, en cuanto consiga un genoma completo, hágamelo saber, porque le explicaré cuál será el siguiente objetivo de su trabajo. Lo sabréis en su momento.

«¡Os gustará!», pensó.

CAPÍTULO 26

—

Castillo de Saladino. Siria. Enero de 2018

Tanto las catas como el *doppler* determinaron el mejor lugar para empezar a levantar tierra y a ello se pusieron. Los primeros diez centímetros fueron vencidos con el uso de maquinaria semipesada, en concreto con una pequeña retroexcavadora que pudieron conseguir a precio de oro en un pueblo cercano.

Amina inspeccionaba a diario la evolución de los trabajos, casi siempre riñendo a uno u otro conductor cuando no ponían cuidado con la pala y profundizaban más de lo debido. En una ocasión, harta de ellos, empujó del asiento de la Caterpillar al tipo que la conducía y se hizo con los mandos. Tardó poco en controlarla y menos en repetir sus precisas instrucciones para que evitaran destrozar los pocos restos que el *doppler* había localizado a una profundidad de entre cuarenta y cinco a cincuenta centímetros. Bajo ellos y hasta casi dos metros que empezaba la roca, había mucha tierra que levantar.

Cuando habían levantado de tierra los primeros ocho metros de largo por otros tantos de ancho, Amina los perimetró con cuerdas y palos, detuvo los trabajos mecanizados y mandó a los obreros que siguieran a pala. Una vez más, ante la impericia y añadida estupidez que demostraba alguno de aquellos inútiles, se desató su furia. A uno estuvo a punto de partirle la pala en la cabeza cuando le pilló clavándola a más de cuarenta centímetros de profundidad, apoyando todo su peso en ella. Visto el desastre que podían organizar, le tocó detener los trabajos, sentarlos a todos como si fueran niños de escuela y ella la maestra, y explicar con ejemplos cómo tenían que usar las distintas herramientas; tanto la pala como la pica, a nunca más de veinte centímetros de profundidad, como después las rasquetas, pinceles, cepillos, escobillas o recogedores, cuando tocara trabajar de forma más cuidadosa.

Los días eran agotadores, insufribles por el calor, pero la noche tampoco rebajaba la temperatura demasiado, lo que significaba un sueño inestable y empapado en sudor. Amina empleaba aquellas indeseadas vigilias para leer, respondía a los mensajes de Jalid, anotaba los avances diarios en una libreta, planificaba los trabajos del día siguiente y se abría una o dos cervezas frías que le sentaban de maravilla.

Una de aquellas noches, se enfrentó a un mensaje de Marc, desde Egipto.

A diferencia de los anteriores, que había borrado sin ni siquiera abrirlos, esta vez se sintió débil y lo leyó. Era un wasap larguísimo, de esos que al mirar la esquina inferior derecha pone *Leer más* y te da tanta pereza que no lo haces. Pero por lo que fuera, por cansancio, aburrimiento o falta de contactos masculinos, que cada día echaba más de menos, le dio una oportunidad y lo leyó entero. Aunque quizá terminó siendo una mala idea.

En el escrito le trasladaba su pesar por no tenerla entre sus brazos, (también añadía entre sus piernas, el muy canalla); idea que a Amina la afectó, al recordar lo mucho que había disfrutado en ese sentido con él, dentro de su actual sequía sexual. El mensaje continuaba con un resumen de los avances realizados en la excavación de Saqqara, lo que terminó despertando su envidia al constatar una vez más la importancia del descubrimiento. La datación del conjunto de figuras momificadas alcanzaba los dos mil doscientos años y los primeros análisis de los restos animales estaban aportando resultados muy prometedores. Marc explicaba también que el Ministerio de Antigüedades acababa de firmar un proyecto de investigación para determinar la autoría de la fabulosa composición y averiguar bajo el reinado de qué faraón se realizó. Por lo visto, sin problemas de financiación, porque a los dos millones de dólares de fondos públicos se habían sumado otros dos más, como donación de un mecenas del sector del automóvil alemán.

Tiró el móvil al suelo. Si iban a disponer del doble de lo que ella había pedido, significaría una mayor rapidez de resultados, más medios humanos y materiales, y lo peor de todo: los hallazgos alimentarían innumerables publicaciones científicas durante por lo menos dos años, llevándose todo el mérito un tipo incapaz, como era el libanés Jamir Ashud; su peor enemigo en el mundo de la zooarqueología.

Bufó de rabia.

Miró el reloj; las 00:30 de la noche. Aplastó contra su muslo al quinto mosquito de la noche, buscó un espejo y se miró en él. Se vio fea. Descubrió unas ojeras que jamás habían estado ahí, las raíces de su melena caoba empezaban a blanquear, no tenía tinte para corregirlo, y la ropa le olía a sudor y a auténtica mugre. Solo llevaban cuatro semanas y media, pero aquel castillo empezaba a resultarle un auténtico martirio, como si le estuviera robando una gran parte de su energía y media vida sin ofrecerle ninguna compensación a cambio; ni laboral ni personal. En Saqqara tenía a Marc y, por lo menos, sus necesidades físicas estaban cubiertas, pero allí ni eso.

Porque si pensaba en el atolondrado ayudante sirio, su posible lado atractivo no había sido previsto por el Creador, tenía que tener mucha necesidad para sentirse tentada por alguno de los obreros, y el único por el que sería capaz de perder el norte, y puestos a ello el sur, este y oeste, era Alexéi. Al ruso le había estado mandando preclaros mensajes desde hacía unos días, ante los que cualquier hombre normal habría reaccionado. Sin embargo, no se los había devuelto. Se tumbó boca arriba, suspiró y se miró los pechos. Necesitaban las manos de un hombre, decidió.

Sin pensárselo dos veces, se aseó como pudo con el agua de la jofaina, eligió un sujetador que mejoraba sus formas, se puso una camisa de lino limpia que transparentaba su cuerpo, y buscó una botella de vino y dos copas.

Salió de su tienda en silencio, tratando de no despertar a sus ayudantes, y se dirigió al exterior. La fresca brisa de la noche rebajó por un momento sus ardores. Se cerró el cuello de la camisa con una mano y buscó la tienda de Alexéi. Se dirigió hacia ella. Había luz. Cuando la alcanzó, no lo pensó más, bajó la cremallera y asomó la cabeza.

—Veo que tampoco tú puedes dormir. ¿Puedo pasar? —preguntó, atragantándose al instante, dado el espectáculo que se ofrecía en su interior.

El ruso estaba tumbado sobre una esterilla, desnudo por completo, y no se tapó al verla entrar. Amina dejó la botella y las copas en el suelo y fue hacia él. Se arrodilló entre sus piernas y lo besó en los labios con un ardor que solo fue el anticipo de una larga noche cargada de encendidas pasiones, excitante para los dos y, para ella, el comienzo de una relación con más que probables e interesantes recompensas.

CAPÍTULO 27

Cementerio judío del Monte de los Olivos. Jerusalén. Año 2000

El abuelo Jacob quiso ser enterrado en un cementerio con más de tres mil años de antigüedad, en la ensoñada Jerusalén, para cubrir así su última aliá o retorno a la tierra prometida.

De su testamento surgieron varios deseos que a Sarah le iba a tocar cumplir. El primero, vender todos los cuadros escondidos en la cámara secreta a través de un contacto que le facilitó a punto de morir, para donar el dinero recaudado, de forma anónima, a la fundación israelí Bernard van Leer; una iniciativa privada surgida tras la Segunda Guerra Mundial cuyo objetivo fundacional era velar por un normal desarrollo de los niños, asegurándoles una buena salud, protección emocional y medios para desarrollarse como personas. La segunda petición estaba dirigida a conservar la casa de Fontevraud y la *Lanza de Longinos* en ella. Le dejó suficiente dinero para cubrir los gastos de mantenimiento de la villa durante los siguientes diez años, y otro montante parecido para financiar sus estudios, hasta conseguir su autonomía económica. La tercera, le pareció mucho más compleja; buscar y conocer a su madre. Sarah tuvo que prometérselo a pocas horas de perder el último hilo de conciencia. Por lo que ahora solo faltaba cumplir con la palabra dada. Aunque para allanar el terreno emocional y que empezara a descubrir qué había sido de su madre todo ese tiempo, el abuelo le hizo buscar en su escritorio, atestado de viejas correspondencias y papeles varios, la última carta recibida de Dalila.

El cementerio se extendía a lo largo de una ancha llanura abigarrada de tumbas, frente a la Explanada de las Mezquitas o Monte del Templo. Algunos de aquellos enterramientos eran objeto de numerosas visitas, como sucedía con los profetas Zacarías, Malaquías y Hageo. Otros recogían los restos de los rabinos más influyentes en la historia de Israel, de sus políticos, como de otros muchos miles de judíos de todos los tiempos, bajo el vínculo de haber profesado el credo hebraico.

Una pequeña tumba abierta, en uno de los límites de la sagrada necrópolis, iba a recibir el cuerpo de un héroe desconocido para Israel; el del mago alemán Jacob Ludwig.

Frente al sepulcro, al lado de un padre al que había visto poco y de una escasa docena de amigos de la familia, Sarah lloró. Encontró el compasivo abrazo de Isaac, pero no fue suficiente. A sus diecinueve años, le tocaba despedirse del hombre que había cambiado su vida por completo y todavía no aceptaba su inevitabilidad. Mientras escuchaba al rabino rezar el *Tziduk Hadin*, la oración que recogía la aceptación del decreto divino de la muerte, ella no terminaba de admitirlo. Le parecía injusto.

Antes de la inhumación, pero posterior al purificado del cuerpo o *tahará*, se habían reunido con el rabino en una pequeña sala del cementerio para realizar la costumbre funeraria del desgarro de una prenda como señal de duelo. Sarah se rasgó un trozo de falda y su padre la camisa. Aunque el desgarro de verdad lo sintió Sarah en su corazón, viendo cómo iba a dejar allí, para siempre, a la gran referencia de su vida. Fue en ese momento cuando decidió que daría a conocer al Centro Mundial de Conmemoración del Holocausto, Yad Vashem, la contribución económica que su abuelo había hecho por la causa judía, así como sus actividades dentro de la resistencia berlinesa antinazi.

Al término de las últimas oraciones, bajo un brillante y caluroso sol, Isaac y su hija dirigían toda su pena hacia un modesto ataúd de madera, con un abuelo Jacob en su interior vestido con la tradicional túnica de lino blanco y el *talit* que usó en vida, sin la presencia de ningún otro objeto.

Sarah fue la primera en echar un puñado de tierra sobre el féretro, seguida de su padre y del resto de asistentes, a los que fue observando uno a uno. Apenas los recordaba después de haber pasado tantos años fuera de Israel. Pero le llamó la atención una mujer que había guardado distancia con el grupo, quizá fueran más de treinta metros. Si se había fijado en ella, fue por el *niqab* que apenas dejaba ver una estrecha rendija a la altura de los ojos. Sería la única musulmana presente. La descubrió cuando procesaban al fallecido, volvió a verla durante el sepelio y se prometió buscarla cuando terminara. Pero no lo consiguió. Cuando tuvo oportunidad, la mujer había desaparecido.

Aquella noche se alojaron en el mismo hotel padre e hija, los dos con una imperiosa necesidad de hablar.

—En otro momento, hubiera recriminado tus ausencias —se arrancó Sarah—, la continua falta de ti, verte cada cuatro o cinco meses, apenas unos días, luego cada año... Fue muy duro. Pero mira, no lo haré, porque, a cambio, he disfrutado diez años del abuelo.

—Ya sé que no sonará bien, pero no pude ofrecerte nada mejor.

Sarah le miró incrédula. Había intentado evitar el asunto y él parecía pretender lo contrario.

—Nada mejor, dices. ¿Puedes llegar a imaginar las mil veces que me he preguntado si me querías o solo amabas tu trabajo? ¿Eres consciente de que me ha tocado pagar no solo la falta de una madre sino también el olvido de un padre? ¿Previste las consecuencias que podía tener eso en mí?

—Supongo que no lo suficiente —Agachó la cabeza, incapaz de mantenerle la mirada.

—Supones bien, porque no lo he superado. Tu hija, desde los ocho años, se ha sentido culpable de haberos fallado a todos. Con tanto abandono a mi alrededor, me vi incapaz de confiar en nadie, salvo en el abuelo, y aún arrastro ese sentimiento. Todavía hoy me cuesta no rechazar a quien pretende acercarse a mí, temo perderlo también. ¿Me puedes explicar por qué no te he tenido estos años y, también, qué pasó para que nos abandonara ella?

Estaban tomando un refresco en la terraza del hotel King David, con vistas a la puerta de Jaffa.

—Verás, Sarah. Para responder a tu primera pregunta, solo tengo una excusa: haber servido a mi país de una forma extremadamente comprometida y exigente. Primero, desde el Ministerio de Exteriores y, después, desde otra oficina dependiente del Gobierno. En ambos casos, asumí la tarea más grande que un hombre puede llegar a desempeñar, la más entregada pero también la más apasionante; velar por la seguridad de los demás. Y permíteme no entrar en demasiados detalles...

—¿Y yo?

En esas dos palabras estaba resumida una vida medio truncada, la de Sarah.

—Tú..., claro. Soy y he sido consciente de que mis misiones podían significar unos costes personales muy elevados, lo sé. Pero, gracias a ello se han podido salvar muchas vidas; vidas de gente como tú o como la de cualquiera de los que están disfrutando de esta terraza o paseando por las calles de Jerusalén. He pagado tu pena con la vida de otros muchos, Sarah. Nunca será suficiente razón para ti y menos desde una posición de hija, lo sé. Como también sé que no me hago entender a falta de poder ser más concreto. Por eso, hoy me gustaría hacerte partícipe de lo que de verdad soy, de las profundas creencias de tu padre. ¿Sufrí por no atenderte como era debido? Sí, lo hice, y muchas veces. Pero tenía una causa que lo compensaba en parte. El hecho de haber podido cumplir un solo encargo como los que me ha tocado asumir, con consecuencias tan positivas para tanta gente, exponiendo muchas veces mi vida en ello, hizo que los duros momentos en lo personal fueran menores o, si quieres, más llevaderos.

Sarah trató de entender, pero le costaba. Necesitaba saber más, que al menos concretara alguno de aquellos trabajos tan trascendentes. Necesitaba escuchar algo que pudiera justificar tantos años sin apenas verse, que le ayudara a entender sus continuas desapariciones, a veces sin ni siquiera recibir una llamada entre medias.

Como si hubiera estado oyendo sus pensamientos, él formuló la cuestión de una forma más directa.

—No puedo contarte todo, pero pondré un ejemplo. —Isaac aprovechó la cercanía de un camarero para pedirle una copa de brandy y una tónica para ella—. Después de la primera misión en Berlín, me mandaron a Rusia con un objetivo: organizar el primer éxodo judío tras el derribo del telón de acero. Pero esa no era mi única tarea; me asignaron a nuestra embajada en Moscú para trabajar desde otra oficina gubernamental, digamos que en servicios especiales, y me impliqué de lleno en el nuevo cometido: sembrar la antigua Unión Soviética de espías para informar desde entonces a nuestro país. Fue una tarea compleja, porque la KGB nos seguía de cerca y eliminó a varios de los nuestros; uno de ellos, a menos de diez metros de donde me encontraba. Eran tiempos difíciles, Sarah, tiempos de andar con pocas tonterías. Me echaron dos veces de Rusia y dos veces más volví con diferente identidad. Abandoné la carrera política, apenas la había empezado, para trabajar en uno de los servicios más delicados que todos los Gobiernos necesitan.

Sarah entendió que se refería a los servicios secretos. Miró a su padre sorprendida. Acababa de confesar su condición de espía. Le agradeció la sinceridad. Aquello no suponía un completo alivio para su frustrada adolescencia, pero parecía importante y restaba un poco de dolor. De pronto, recordó lo sucedido en el cementerio.

—Dime una cosa. ¿Has visto a esa misteriosa mujer árabe? Presenció el entierro desde lejos y se fue sin llegar a presentarse. ¿Tienes idea de quién podía ser?

—Era una enviada de tu madre.

Sarah sintió una inmediata sacudida en el pecho. Si su madre había sabido lo del entierro, ¿por qué no había venido? ¿Tan fría era? Miró a su padre extrañada. ¿Por qué sabía quién era esa mujer? Isaac, consciente de no haber contestado todavía a la segunda cuestión planteada por Sarah sobre su relación con Dalila, vio llegado el momento.

—Decidí borrar a tu madre de mi vida cuando nos abandonó. Fue tan dolorosa su decisión, tan incomprensible y difícil de asumir para mí, que si no evitaba cualquier contacto con ella nunca podría curar la profunda herida dejada; ya nos había hecho demasiado daño. Preferí pasar página, de golpe; evitar su idea de dejarse ver de vez en cuando. Vi preferible olvidarla a que tú sufrieras sus idas y venidas, pero ella se dirigió al abuelo y él a mí.

—Lo sé, poco antes de morir me dio su última carta. El abuelo me contó que ella quiso verme, muchas veces, pero que tú no se lo permitiste.

El tono recriminatorio de su voz se vio acompañado por un gesto áspero.

—Es cierto. No contesté a ninguna de sus cartas y tampoco le ofrecí datos de la nueva dirección cuando nos cambiamos de casa. Y, como al poco tiempo la encarcelaron, nunca más supe de ella. Dalila admiraba mucho a tu abuelo y siempre se entendieron. Como él me dio su actual dirección, en cuanto supe la fecha del entierro le envié un telegrama. No sabía si respondería.

—¿Has hablado entonces con esa mujer?

—Al parecer tu madre no ha podido venir porque está hospitalizada, recuperándose de una intervención.

—¿Te contó de qué la han operado? ¿Qué más sabes de ella? ¿Dónde vive?

Las preguntas se le agolpaban, se sentía confusa. Cualquier referencia a su madre desencadenaba en Sarah complejas emociones, desde despertarle una infinita curiosidad a arrastrarla a un profundo estado de confusión.

—Solo hemos cruzado dos palabras antes de que llegaras tú. Le pedí que se quedara después del entierro, para hablar, pero se excusó. Tenía que coger un vuelo. La operación no era de gravedad, es todo lo que te puedo contar.

Le acarició la mejilla, imaginándola afectada.

—Ya... No tuvo tiempo. Y madre no pudo retrasar la cirugía, claro...

Sarah recordó la promesa hecha a su abuelo y se vio tentada de mandarla al infierno. ¿Por qué tenía que buscarla? Su madre no lo había hecho cuando había podido, aun por encima de las dificultades, que las había tenido, visto lo que acababa de conocer por boca de su padre y antes de su abuelo. ¿Cómo entender que entre prisiones y hospitales hubiesen pasado tantos años sin dar una sola señal de vida?

Miró a su padre. Nada de lo que le acababa de contar, le afectase a él o a su madre, tenía la solidez suficiente para conseguir compensar sus faltas, para aliviar el dolor que ambos le habían causado.

Suspiró decepcionada.

Al día siguiente, en cumplimiento de la decisión tomada a los pies de la tumba de su abuelo, Sarah se citó con un responsable del Centro Mundial de Conmemoración del Holocausto para hablarles de él. Tomaron nota y prometieron responder en cuanto su caso fuera estudiado.

Horas después, embarcaba en un vuelo con destino a París

desde el aeropuerto Ben Gurión de Jerusalén. Le esperaba La Sorbona, doctorarse en Arte y la Ciudad de la Luz; el mejor lugar donde iluminar un nuevo período de su vida; sin su abuelo, con un padre quizá héroe para los suyos, pero traidor a su hija, y una madre con sólidas pero insuficientes coartadas para no haber intentado nunca regresar a su vida.

Una madre, Dalila, a la que, a pesar de todo y solo por culpa de la promesa hecha a su abuelo, decidió ir a ver.

CAPÍTULO 28

131 Rue Saint-Dominique. Distrito VII. París. Abril de 2018

Las tres amigas de Sarah, Marie, Chloë y Agnès, ocupaban la mitad derecha de la mesa; la otra mitad sus maridos. Unos hablaban o, mejor dicho, discutían de fútbol. Jules y Didier apostaban por el Liverpool como posible ganador de la Champions League de ese año, después de haber caído el PSG en octavos. Philippe lo hacía por el Barcelona, tras su reciente triunfo en cuartos contra el Manchester United.

Los anfitriones, Chloë y Didier, estrenaban ático con una cena de amigos o, mejor dicho, de amigas. Porque ellos habían llegado después y se notaba.

Cuando en el lado de las chicas solo había complicidad y buen ambiente, en el otro no siempre terminaban las cosas bien. De los tres, Jules era el más intransigente desde todos los ángulos posibles, mediano empresario y siempre crítico con el poder. Didier, templado, culto y guapo, trabajaba como socio en un prestigioso bufete de abogados en el *boulevard* Haussmann. Y Philippe representaba el papel más cáustico de los tres, quizá por ser actor, eso sí, de segunda categoría, aunque era de reconocer su papel conciliador al ser quien terminaba resolviendo las discusiones que se complicaban a medida que avanzaba la noche e iban cayendo las botellas de vino.

—¡Os digo que Messi resolverá la final para el Barça y que barrerá al Liverpool!

Philippe levantó tanto la voz que cortó la conversación de las tres amigas. Su mujer, Agnès, le pidió que se moderara un poco.

—¡Qué pesados se ponen con el futbol! —Marie recuperó lo que estaba diciendo—. Tengo que pasarme un día a verte, Sarah; he de comprar un regalo a mi madre y me tienes que recomendar algo bonito que no se pase mucho de precio.

—Acabamos de recibir una nueva colección de pañuelos de seda que pueden encajarte. Ven cuando quieras.

Sarah probó los raviolis rellenos de confit de *canard* y *foie* y felicitó a Chloë.

De las cuatro, Chloë era la que mejor cocinaba y la que peor llevaba no trabajar. Odiaba vivir de su marido, pero se había hartado tanto de la galería en la que había trabajado ocho años y, sobre todo, de su insoportable y caprichosa dueña, que llevaba dos buscando algo mejor que no terminaba de salir. También era la más inestable en lo emocional, aunque tampoco ayudaban mucho los frecuentes flirteos de su marido. Le había pillado en dos. Y eso que no sabía que Sarah había sido otro de sus objetivos; propuesta que ella rechazó escandalizada y sin ofrecerle la más mínima posibilidad, lo que no había terminado de perdonarle Didier. Sarah, pasados seis meses de aquel oscuro asunto, todavía buscaba el momento para confesárselo a su amiga.

—¡Buenísimo el vino! —Agnès lo olió y reconoció los clásicos toques de grosella y cedro, como buen Burdeos que era—. A un buen vino como a un buen hombre, después de sacarle sus aromas primarios y secundarios, para conocer su verdadero buqué hay que probarlo a fondo... —Las amigas sonrieron ante el doble sentido. Desde los tiempos de La Sorbona, Agnès había sido la más exitosa en asuntos de hombres y en número de conquistas, ninguna se le había acercado. Su perfecto físico, junto con unos ojos rasgados, oscuros y seductores, además de un encantador desparpajo, hacían muy bien su trabajo—. Y hablando del tema... —sonrió con picardía—. ¿Qué sabemos de nuestro fascinante Aladín? —Así llamaba a Jalid, incapaz de memorizar su verdadero nombre ya desde la primera vez que había sabido de él, después del tercer despliegue floral frente a Hermès. Y como entonces le salió Aladín, así se quedó.

Sarah entendía que le preguntaran, pero no le gustaba hablar del emir. Temía contar más de la cuenta y terminar poniéndolas en pista de los verdaderos negocios que se traían entre manos. Sus tres amigas llevaban años queriéndola emparejar. Todavía recordaba ciertas cenas con algunos de aquellos variados pretendientes, casi míticas, que terminaron formando parte del anecdotario colectivo y motivo de risas. Pero desde que habían oído hablar de Jalid, del viaje a Florencia en su *jet* privado, de la noche en Viena después de asistir a la Ópera, y de sus frecuentes contactos por teléfono, las tres amigas ardían en deseos por saber más de él, por verla por fin enamorada. Aunque en ese aspecto, Sarah no parecía avanzar a la velocidad que les apetecía ver a ellas.

—Viene mañana, eso me dijo ayer por la noche.

—Mira que hay franceses interesantes y te fijas en un extranjero... Porque estáis hablando del moro ese, ¿no?

Jules se coló en la conversación con su habitual mal gusto.

—¡Cómo te pasas, cariño! —respondió Marie, reprobando el desagradable comentario de su marido.

Era rara la cena en que Jules no terminaba acusando al Gobierno de laxitud con la inmigración. Repetía la misma frase una y otra vez, en cada reunión: «Terminarán cerrando nuestras iglesias y haciéndonos rezar cinco veces al día en dirección a la Meca».

—¿Acaso no es un moro? —insistió Jules, ahora en busca de apoyo de sus compañeros de mesa.

Sarah fue a protestar, pero se le adelantó Didier.

—Por muy emir que sea, no deja de representar una cultura que está en las antípodas de la nuestra. —Hizo un recorrido visual por las cuatro mujeres—. No entiendo que le des cuerda —dijo, dirigiéndose entonces a Sarah—, como si no tuvieras a tu disposición hombres de verdad.

Solo Sarah captó el trasfondo de su detestable apunte. Le respondió con una mirada asesina y cinco palabras entonadas con evidente sequedad.

—No sabes de qué hablas.

—¿Quién quiere repetir raviolis?

Chloë cogió el cucharón y acercó la fuente, en un intento de desviar la conversación.

—Claro... —continuó Didier—, olvidaba que eres una de ellos.

—¡Vete a la mierda! —gritó Agnès, tirando con rabia la servilleta sobre el mantel—. Estás hablando de mi amiga.

—¡Y de la mía! —se sumó Chloë, indignada—. No tienes derecho a insultarla de esa manera y en nuestra casa.

—Tranquilicémonos todos, por favor —intermedió Marie, experta en gestionar conflictos.

—¡No pienso! ¡Me ha mandado a la mierda!

Didier señaló a Agnès dirigiéndose a su esposa Chloë, a la espera de que se pusiera de su lado.

Sarah vio llegado el momento de dar por terminada la cena y, de paso, su estancia en la casa. Dejó la servilleta sobre el mantel y se dirigió a todos.

—No os preocupéis. Está claro quién sobra en esta mesa. Ni soy francesa de pura cepa, como vosotros, ni en mis venas circula sangre noble. Soy mitad israelí mitad kurda, de madre musulmana y padre judío. Una inmigrante peligrosa, vamos... —Se levantó para dirigirse al recibidor—. ¡Disfrutad sin mí!

Chloë y Agnès salieron tras ella, implorando que no se fuera.

—Vosotras no tenéis ninguna culpa. Ya quedaremos otro día nosotras solas.

Les dio dos besos y cerró tras de sí la puerta.

Una hora después, en pijama y tumbada sobre la *chaise-longe* de su salón, Sarah miraba el móvil. Tenía diez wasaps de sus amigas cargados de disculpas, preguntas y corazones. Pero, entre medias, le entró uno de Jalid.

«Mañana no podré verte. Tengo una reunión de negocios con cena incluida y pasado viajo a Ginebra (emoticono con cara de fastidio). Me pregunto qué plan tienes para el próximo fin de semana. Deberíamos hablar de nuestro asunto. Solo quedan dos meses (añadió un reloj de arena)».

Sarah dudó qué contestar. La propuesta sobrepasaba en días y objetivo a sus anteriores contactos; ni en Viena o Florencia habían llegado a pasar más de un día juntos. Seguía alterada después de la desagradable cena con sus amigas y le dolía el trato despreciativo de Jules y Didier. Necesitaba un cambio de aires, incluso por qué no de gente, decidió. Jalid podía representar un tipo de mentalidad cultural que no le encajaba demasiado, pero, a decir verdad, nunca la había llegado a incomodar; solo veía en él cortesía y amabilidad, pensó. Tampoco podía negar su atractivo y su interesante conversación. Así que no lo pensó más y empezó a escribir.

«Me parece bien (carita sonriente). ¿Destino?»

Fue mandarlo y aparecer las dos marcas azules. Jalid lo acababa de leer y estaba escribiendo. Sarah esperó a su contestación con una sonrisa que devolvió la ilusión a su afectado estado. Concentrada en la pantalla del móvil, se le había olvidado la ingrata velada en casa de Chloë y Didier.

Por lo que tardaba, debía estar escribiendo media enciclopedia, decidió.

«Como sé que te gusta tener todo previsto, me han hablado maravillas de Normandía. No conozco Mont-Saint-Michel ni Saint-Malo y he localizado un *château* cercano, en plena campiña y a pocos kilómetros de las playas del desembarco; un lugar ideal para descansar, hacer un poco de turismo y hablar».

«Suena bien... —contestó Sarah sin pretender poner demasiada emoción en sus palabras, aunque la imaginación había empezado a tomar posiciones en su cabeza—. El viernes tengo turno de mañana; salgo a las tres».

«Te recogeré a esa hora —Jalid añadió el símbolo de una maleta—. ¡Ah, por cierto! el *château* tiene un interesante *spa*. ¡Felices sueños, Sarah! Es tarde para ti».

Sarah contestó el wasap usando el emoticono de la cara con corazoncito en los labios. De inmediato se arrepintió. ¿Sería demasiado atrevido? ¿Lo entendería como una invitación a algo más?

Jalid se lo devolvió con el mismo símbolo.

Ella miró el reloj, faltaban dos minutos para las 12:00. Enchufó el móvil para cargarlo y se dirigió a la cocina para prepararse una infusión de valeriana; se sentía demasiado despierta para irse a dormir. Tenía que pensar qué se iba a poner el fin de semana. Faltaban tres días para el viernes. Miró el tiempo que iba a hacer en Normandía y, sentada frente a la mesa de la cocina, se hizo la maleta con los conjuntos que podría necesitar y algún otro más por si acaso. Dudó si meter un bikini o bañador para el *spa* y optó por lo segundo. Cuando dio el último sorbo a la valeriana se dio cuenta de algo: hacía años que no vivía una cita con tanta ilusión. Tenía que ser prudente, se prometió, como también no dejarse llevar por la emoción. Pero, para ser sincera consigo misma, el plan con Jalid le apetecía.

Recogió su melena en un improvisado moño, apagó la luz de la cocina y se dirigió al dormitorio con un solo pensamiento: Normandía.

CAPÍTULO 29

Hotel Château d'Audrieu. Normandía. Abril de 2018

Un fin de semana perfecto tampoco requería tanto; un horario que se aproximase a lo previsto, reservas acordes con lo buscado, que la meteorología ayudase y, previo a todo lo anterior, una compañía en condiciones de poder disfrutarlo todo.

El de Sarah y Jalid no estaba apuntando bien. Él apareció a recogerla tres cuartos de hora tarde; un retraso que no pudo recuperar durante la mañana. Por eso, cuando llegó a la puerta de Hermès, encontró a Sarah sentada sobre su maleta, mirando el móvil de forma obsesiva y a punto de pedir un taxi para irse a casa.

Además, París entero había decidido tomar idéntica ruta y a la misma hora, provocando un descomunal atasco en la autopista A13 como pocos recordaban. Las tres horas y diez minutos que les ocuparía el viaje se convirtieron en seis y cuarto.

Al agotamiento le siguió un inesperado momento de tensión en la recepción del hotel; las dos mejores *suites* estaban ocupadas. Aunque Jalid se negó a admitirlo, cada vez más enfadado, en el libro de reservas no constaba su nombre, por más que insistía en haber llamado con una semana de antelación. Sin perder la corrección en ningún momento, desde el otro lado del mostrador la mujer solo les pudo ofrecer otras habitaciones, las últimas. Por supuesto eran perfectas, según ella; solo que un poco más pequeñas y con vistas a un patio interior en lugar del resto, que lo hacía al lago. Para completar el primer contratiempo, el restaurante estaba lleno y no les podían ofrecer mesa para cenar esa noche.

Ante tan nefasto panorama, Jalid se vio tentado de llamar a su nueva secretaria personal, a Raissa, que apenas llevaba dos meses en su puesto desde la muerte de Mohamed ben Tarik, para encargar un helicóptero que los llevara a cualquier otro hotel del norte de Francia sin preocuparle ni la distancia ni el coste. A Sarah le pareció mala idea. Estaba cansada y le apetecía quedarse en el *château*.

—Estaremos bien aquí. ¿No te parece que es un poco tarde para buscar otro sitio? —No solo forzó el beneplácito de Jalid; lo dio por hecho antes de dirigirse a la empleada—. Señorita, nos las quedamos.

Si el hotel tenía dos alas y la recepción en el cruce, la habitación dos estaba en el extremo izquierdo y la veintidós en el derecho. Ella se rio al recibir las indicaciones para acceder a sus habitaciones. Jalid, ya más relajado, pidió que Sarah le mandara la ubicación cuando estuviese en la suya, por aquello de no perderse cuando la fuera a recoger.

Quedaron en el *lobby* media hora después, para buscar restaurante en algún pueblo cercano. El único que estaba abierto y cerca era el bar La Diligence, a doce kilómetros, con especialidad en hamburguesas. Sarah encontró muy graciosa la expresión de infortunio de Jalid, después de pedir la carta a su dueño y mostrarle una pizarra en la pared. Seguro que hubiera preferido cambiar la modestia de una taberna por los manteles de hilo y cristalería fina del refinado restaurante del *château*, pero a ella le pareció una buena oportunidad para conocer al personaje en otro medio. Con dos cervezas en la mesa esperaron a que les sirvieran lo pedido, riéndose de los múltiples contratiempos en su recién estrenado fin de semana. Tampoco imaginaban que se pudiese complicar más.

Tardaron en servirles más de cuarenta minutos, como si el local estuviese repleto de clientes o hubiesen tenido que ir a matar a la vaca, cuando solo eran cuatro más que ellos. Para cuando llegaron las hamburguesas, Jalid apuraba su tercera cerveza y no conseguía centrar la mirada en su acompañante y menos la conversación. Se comió demasiado rápido la suya.

De aquella primera noche, Sarah solo recordaría la vuelta al *château* conduciendo ella, la parada a mitad de camino para que Jalid dejara bajo el tronco de un árbol las cervezas y media hamburguesa, y la rápida despedida en la habitación 22, la de él, urgido a vaciar de nuevo su estómago, acompañado por ella al no estar segura de que lo consiguiera por sus propios medios.

Sarah se despertó tarde al día siguiente; durmió genial. Asomada al patio interior, le agradó el maravilloso día que prometía hacer. Sintió una primera punzada de hambre y llamó a Jalid por el teléfono interior. Tardó diez tonos en responder.

—¿Hola?

Una voz salía de ultratumba.

—Soy yo. ¿Qué tal has pasado la noche?

No obtuvo respuesta. Solo oyó unos rápidos pasos escapando de la cama. Como no contestaba a sus preguntas, colgó y volvió a intentarlo cinco minutos después.

—Perdona, me encuentro fatal. No podré acompañarte a desayunar. Si supieras cómo lo siento... Vaya faena... Menudo asco de fin de semana... —No paraba de hablar—. Me debió de sentar mal la cena y esta noche he pasado más tiempo en el baño que en mi cama.

—Te pediré un médico —consiguió decir ella.

—No hace falta, tranquila. En un par de horas se me habrá pasado. Creo que me vendrá bien dormir un rato.

Sarah desayunó, disfrutó de los jardines del hotel en compañía de un libro de poemas y, hacia las once de la mañana, mandó un wasap a Jalid. Tardó un rato en contestar; seguía igual. Propuso encontrarse a la hora del café. Todavía no se atrevía a comer. Con aquel cambio de planes, ella decidió disfrutar del *spa* y de un masaje de hora y media que la dejó nueva. Almorzó sola. A las dos y media, al no verle aparecer en el salón a la hora del café, decidió ir a su habitación para saber cómo estaba y organizar la tarde.

Tocó en la veintidós. Oyó pasos. La puerta se abrió y apareció una versión de Jalid muy desmejorada: ojeras casi azules, pelo alborotado, un mentón tembloroso y unas córneas inyectadas en sangre.

—Pasa...

Abrió por completo. Sarah entró en una habitación en penumbra que olía a cerrado y a enfermo.

—Me tienes muy preocupada. En serio, necesitas un médico —le siguió.

Él se metió en la cama, colocó dos almohadones a su espalda y se mantuvo sentado.

—No hace falta. Aunque me veas así, me siento mejor. —Se sonó la nariz con un pañuelo de papel y bebió un poco de agua. Dejó el vaso en la mesilla—. Si estuviera en tu caso, cogería el coche y me iría a dar un paseo por alguna de las famosas playas normandas.

Sarah rechazó la idea. Si lo hacía, sería con él.

—Ahora que te encuentras mejor, aunque no te levantes ni vayamos a pasear, podríamos charlar un rato. ¿Te parece?

Jalid accedió encantado. Pero le pidió que abriera las ventanas para poder ventilar la habitación y dejar que entrara un poco de luz. Sarah lo hizo. Buscó una silla y la arrimó a la cama.

Después de lamentar la pérdida de medio fin de semana, Jalid propuso chequear la situación del Proyecto Uffizi. Fijó fecha: miércoles 19 de junio y una hora, las 11:30. Cuando llegase el día, entendería por qué ese y no otro en el calendario. Sarah no quiso preguntar más, consciente de su deseo por mantener la sorpresa. A cambio pidió que le permitiera actuar a las 12:30; nunca robaba a otra hora y aquello no era negociable, al margen de lo que hubiese organizado. También supo que la copia de la *Medusa* estaba acabada y en proceso de envejecimiento. El resultado iba a ser perfecto, según el emir.

Ella no tuvo inconveniente alguno en explicar sus avances; tenía todo listo a falta de hacer una prueba con el *hacker*, en realidad su amigo Charles Boisí, para bloquear la cámara de vídeo durante ocho minutos, los que iba a necesitar para realizar el robo.

—Me gusta saber que tenemos fecha por fin. —Sarah miró el calendario en el móvil—. Me va a tocar pedir vacaciones toda la semana —pensó en voz alta—. Ah, otra cosa. No hemos hablado todavía del después. ¿Tienes pensado qué hacer con el cuadro?

—Nos iremos de Florencia nada más terminar el robo. Tendremos un avión esperando en el aeropuerto y el cuadro saldrá de Italia en valija diplomática. Ventajas de dirigir un país —sonrió, antes de salir a toda velocidad de la cama hacia el baño.

Sarah no tuvo tiempo de decir que no iría en ese vuelo. Le parecía más prudente retomar su vida normal en París para que nadie la echara de menos.

Cuando regresó con peor cara que antes y se lo dijo, Jalid protestó, pero no consiguió convencerla. Lo lamentó. No tanto por llevarla al emirato, ya que recordaba los consejos de su hermana, sino por disfrutar más tiempo de ella. Pero no estaba en condiciones de discutir. Sintió un escalofrío y otros dos más en tan solo unos segundos. Vio imposible pasar juntos lo que restaba de sábado o siquiera acompañarla a cenar. Prometió a cambio recuperarse del todo para el domingo.

Sarah terminó haciéndole caso. Cogió las llaves de su Maserati y se dirigió a la playa de Omaha, la primera que pisaron los aliados el día D.

La tarde estaba nublada y fresca. Aparcó el coche en Pointe du Hoc, al lado del Museo del Desembarco, y bajó a la playa para recorrerla sin prisa.

Apenas se cruzó con dos parejas. Soplaba una brisa desagradable pero no lo suficiente para descartar el paseo. El lugar la impresionó. Allí mismo, en aquel paraje natural tan hermoso, se había librado una de las batallas más cruentas de la Segunda Guerra Mundial y muchos habían perdido la vida, desangrándose en la misma arena que ahora pisaba. Le venían a la cabeza las imágenes de la película de Spielberg *Salvar al soldado Ryan* y parecía oír los disparos de las ametralladoras alemanas desde los nidos repartidos por las cimas de los acantilados. Se encogió de miedo. Allí habían muerto miles de hombres, muchos de ellos jovencísimos, pero también se habían forjado miles de héroes. Pisaba tierra de héroes. Y, al pensar en ello, se acordó de su abuelo Jacob y se emocionó. Pero también rememoró a su madre; una supuesta heroína a la que terminó yendo a ver cumplidos los veinte años; dos después de habérselo prometido a su abuelo.

La vio, pero no lo hablaron todo. No lo suficiente. Recordó cómo sucedió todo.

Había volado a Diyarbakir, en la Turquía kurda, después de una escala en Estambul tras saber dónde la podía encontrar. Se alojó en un modesto hotel a orillas del río Tigris, y tomó un taxi a la mañana siguiente para que la llevara hasta la ONG que había fundado y dirigía su madre: un proyecto de acogida de mujeres abandonadas, un lugar de formación para seis diferentes oficios y un centro de estudio para jóvenes universitarias, según explicaba su página web.

No recordaba haber vivido otro momento más intenso en su vida. Fueron treinta y dos esclarecedoras horas, pero también treinta y dos dolorosas horas. Y, todo, por culpa de la promesa hecha a un abuelo.

Tardó en ver a su madre; no estaba en la fundación cuando llegó.

La primera impresión la obtuvo gracias a su encantadora ayudante, Brîska, quien se ofreció para enseñarle las modestas instalaciones de la fundación Ashti, nombre que en kurdo significa «paz», a la espera del regreso de su directora Dalila. Fue Brîska la que estuvo en el funeral de su abuelo, la enviada por su madre. Se lo reconoció nada más presentarse y disculpó su precipitada salida del cementerio debido al escasísimo margen de tiempo que le ofreció el vuelo de regreso, antes de abordar la historia y actividades principales del proyecto solidario.

Sarah pudo ver los dormitorios donde eran acogidas las mujeres repudiadas por maridos y familias, muchas de ellas con profundos estigmas posteriores que intentaban resolver allí. Entraron en una clase, donde un grupo de mujeres, unas veinte, recibía formación para ejercer más adelante diferentes oficios: el de restauración, tareas agrícolas, cerámica o artesanía. Y en otra, saludó a una docena de jóvenes que se preparaban para cursar estudios universitarios en alguno de los distintos centros de Estambul o Ankara, gracias a la beca que la ONG les ofrecía. Sarah iba escuchando, observándolo todo, sintiéndose cada vez más impresionada.

Siempre había pensado que su madre escaseaba de corazón, habiéndola abandonado tan pequeña. ¿Quién podía entender si no sus motivos? Desde luego, ella no lo había logrado. Tanto fue así, que desde muy niña construyó un monstruo con forma de madre para protegerse de tanta pena. Pero ahora, a sus veinte años, diecisiete después del traumático abandono, Sarah estaba descubriendo a una mujer de sólidos principios, con verdaderos valores humanos y un corazón que no encajaba bien con sus anteriores suposiciones.

Había viajado hasta allí ahogada en dudas, obligada por una promesa, más que por propia voluntad. Y ahora, de forma inesperada, se encontraba con una realidad diferente; lo negro no era tan negro, y las ganas de recriminarle sus dolorosos comportamientos hacia ella se estaban transformando en una enorme curiosidad por saber más, por conocer a la autora de tanto bien. De vuelta al despacho de su madre, ya no escuchaba las explicaciones de Brîska, solo intentaba ordenar sus emociones y pensamientos.

Media hora después, apareció Dalila Rut. Al ver a su hija sentada en una silla del despacho, se llevó una mano al pecho y poco faltó para cortársele la respiración. Se miraron sin hablar.

—¿Que te ha dicho el médico? —preguntó Brîsca.

Dalila contestó que ya se lo contaría después. No podía dejar de mirar a Sarah.

—Soy... —se arrancó Sarah.

—Sé quién eres.

Fue hacia ella y la abrazó con la fuerza y el retraso de no haberlo hecho en los pasados diecisiete años. Brîsca entendió que sobraba y las dejó a solas.

—¿Por qué?

Dos únicas palabras; no había otras más importantes para una hija que necesitaba saber.

Dalila le pidió que se sentara y empezó a remover recuerdos. No tardó más de veinte minutos en recorrer los hechos de un pasado nunca olvidado, de una preciosa relación equivocada, dentro de un tiempo y lugar imposibles de cambiar. Y cuando llegó al momento de hablar del abandono de una niña, de ella, las razones no parecieron suficientes. Tomó como excusa los muchos años de prisión, la prolífica correspondencia mandada y siempre devuelta, el no saber dónde vivían, al rechazo de su padre a que volviera a verla.

Aquella tarde, como el día y medio que las reunió, Sarah

apenas habló. Quería escuchar, entender. Solo quería mirarla, recuperar los días que no lo había podido hacer. Trató de resetear los porqués para asistir a sus verdades. Admiró la generosidad de una esposa que se hizo a un lado por amor a su marido, para que él pudiera cumplir sus sueños. Pero no justificó su decisión como madre, ni irse a Turquía sin ella. Su corazón no encontraba razones suficientes para compensar tanto dolor, razones que explicaran por qué le habían faltado millones de afectos diarios, consejos, verse. Por muchos motivos que adujese haber tenido o pegas infinitas para encontrarse, a Sarah no le parecían justificables.

Se consideraba la gran víctima de una incomprensible decisión y quizá nunca se lo perdonaría como hija. Todo podría haber sido diferente si su madre se hubiera mantenido a su lado.

Ahora, estaba conociendo por primera vez sus razones, pero apenas la reconfortaron.

Tan solo consiguió que se deshicieran algunos nudos que habían oprimido su corazón y su vida, al descubrir no a la madre, sino a la mujer. Bajo ese enfoque, se enorgulleció de compartir su sangre y tomó el propósito de ayudarla a partir de entonces; ayudar a que la fundación, fruto de un alma buena, pudiera abarcar la ayuda a más mujeres, a más hogares; que llevara a buen fin sus principios. Recordó a su abuelo, su generosa y continuada contribución a la causa judía y, de repente, todo empezó a cuadrar; se sintió de golpe llamada a hacer lo mismo, pero con la otra mitad de su sangre; con la kurda. Y tomó una decisión; emplearía sus habilidades para hacer magia y robar cuadros, como su abuelo, con los que financiar esa otra causa.

Lo que en aquel momento Sarah no supo, una vez se despidió de Dalila para regresar a sus estudios y vida en París, fue el resultado de la visita al médico que escuchó Brîsca. Surgió la palabra «cáncer» y una fecha final; no más de dos meses.

Con aquellos recuerdos sobrevolando su cabeza, Sarah cenó sola en el *château* y se acostó temprano, después de hablar por teléfono con Jalid y contarle lo que había hecho. Él se encontraba mejor y prometió pasar un buen domingo juntos.

Amaneció un día precioso; sin una sola nube y con una temperatura primaveral. Jalid apenas desayunó para no correr riesgos. Salieron temprano en dirección al Mont-Saint-Michel. De camino, Sarah le habló de su madre, de los recuerdos que habían aflorado mientras pisaba la playa de Omaha. No le importó abrir su corazón y compartir una de las principales claves de su vida. Y le gustó cómo respondió él, sin preguntar más de lo necesario, mostrándose en todo momento interesado y empático, queriendo ahondar en las cosas más importantes y evitando aquellos detalles que podían resultar punzantes para ella.

También le habló de Isaac sin mencionar su trabajo en el Mosad, solo su paso por los Ministerios de Agricultura y Exteriores, a quien no había visto todo lo que hubiera deseado. Le recriminaba haber sido responsable de una doble separación; la suya con Dalila, y la de una madre con su hija, cuyos efectos emocionales todavía seguían afectándola.

La visita al asombroso Mont-Saint-Michel les encantó. Subieron sin prisa hasta la abadía y entraron en alguna tienda. De camino, surgieron los temas más variados de conversación y se sintieron bien, muy cómodos el uno con el otro. Sarah olvidó su condición de emir, las diferencias culturales y los prejuicios, y se limitó a disfrutar. Se dejó llevar. Empezó a entender no solo quién era, sino cómo era Jalid, al compartir aquellos hechos y momentos de su vida que habían moldeado su personalidad. Le confesó la importancia que daba a la lectura, en especial a la Filosofía y al Misticismo, pero también al estudio de la Historia en profundidad. Solo así se podían entender las causas de los grandes cambios en la humanidad y a sus protagonistas. Se confesó creyente y coherente con las esencias del islam, aunque las viviese adaptado a los tiempos actuales. Y como respuesta a la siguiente pregunta de Sarah, no se había casado todavía. Aunque había amado a varias mujeres.

Hablaron de ello durante la comida, en la terraza de un restaurante especializado en ostras, en la ciudad fortificada de Saint-Malo. Él no había encontrado todavía a la mujer con quien cumplir sus sueños, así se lo dijo, aunque, por un momento, le tentó confesar que quizá podía ser ella.

Sarah trató de explicar por qué le había pasado lo mismo en el amor. Ningún hombre le había ofrecido la suficiente libertad que necesitaba.

—¿Sabes? No soy mujer que se deje llevar por nadie o necesite oír qué ha de hacer. Nunca he querido ser el apéndice de un hombre, no pienso perder mi apellido, e imagino que sabes por donde voy...

—Te entiendo, no es necesario que me lo expliques. Quieres llegar a una relación sin tener que renunciar a ti; amar por igual.

—¡Exacto! —Brindó con su copa de vino con la de agua de Jalid; seguía guardando precauciones con su estómago. De hecho, no había probado las ostras—. ¿Lo ves igual?

—En mi cultura, como bien sabrás, las mujeres no pueden desempeñar el papel que acabas de describir; no tienen tanta autonomía. Pero yo no soy así, y como emir puedo hacerlo a mi manera.

Sarah observaba su expresión y no quería perderse un solo cambio. Sus ojeras tenían mejor color y la mirada reflejaba sinceridad. Aquellos ojos color ámbar, bajo sus espesas cejas negras, la estaban fascinando con demasiada intensidad. Se sentía rara y muy bien a la vez.

No se reconocía. ¿Quién le iba a decir que estaba empezando a sentir algo por un tipo que encarnaba lo más opuesto a su forma de pensar? ¿Por qué se le aceleraba el corazón cuando mantenían la mirada más de diez segundos?

Tampoco se reconoció cuando de vuelta a París, dentro del coche y a punto de subir a su apartamento, se despidió de Jalid dándole un largo y sentido beso en los labios, antes de decir:

—Después de todo, ha sido un maravilloso fin de semana.

CAPÍTULO 30

Iglesia del Santo Sepulcro. Jerusalén. Año 1192

La tregua de tres años, acordada entre el rey Ricardo Corazón de León y Saladino, se firmó en septiembre. Cada uno tenía sus razones para querer detener la guerra.

Ricardo, en menos de un año había conquistado casi toda la costa sur de Palestina, desde Acre a Ascalón, lo que significó el dominio cristiano del mar y el acceso a Tierra Santa desde el oeste. Pero no todo eran buenas noticias. Sus arcas estaban cada vez más vacías y padecía unas fiebres terciarias, junto a algún que otro coletazo de una peste de mar mal curada, que en conjunto lo habían desmejorado bastante. Lo peor era que no se quedaban ahí sus únicas preocupaciones; desde hacía un tiempo, le llegaban alarmantes noticias de los desmanes que practicaba su hermano Juan en Inglaterra y la sospecha de posibles pactos con el rey de Francia, para ir ambos en su contra. Lo que exigía un regreso inmediato a su reino.

En enero de ese mismo año, había estado a solo diez millas de Jerusalén, objeto último de las cruzadas y permanente sueño del cristianismo. Pero Ricardo no llegó a atacar la ciudad. No tenía suficiente gente preparada para resistir, si acaso la tomaban, y Saladino había tomado provecho de su ausencia en el frente costero para dirigir sus ejércitos hacia el puerto de Jaffa con intención de arrebatárselo. Descubierta la estrategia enemiga, al inglés le tocó abandonar la ansiada empresa santa y regresar a sus ya conquistados dominios para no perder la estratégica ciudad.

Saladino, a pesar de sus movimientos, tenía motivos para desear una tregua. Era consciente de que había errado la estrategia en el mar. Su flota, por numerosa que hubiera sido, no había conseguido vencer a la cristiana, ni sus comandantes tenían la suficiente preparación para ello. Tenía claro que insistir en el frente marino era un error. Pero aún tenía una pesadilla mayor que recorría sus propias filas. Desde hacía demasiado tiempo, sus emires discutían cada una de sus órdenes, incumplían las misiones encomendadas y su autoridad estaba atravesando pésimos momentos. La realidad era que tenía los ejércitos mermados y él se sentía mayor y enfermo.

La tregua consistió en una promesa de tres años de paz. Saladino reconocía como territorio cristiano la franja costera de Tiro a Ascalón, junto con la apertura de Jerusalén al tránsito de peregrinos. Y, a cambio, Ricardo se comprometía a no atacar Jerusalén ni ampliar sus nuevos territorios hacia el este.

Pocos meses después, empezaron a llegar a la ciudad tres veces santa los primeros cristianos. Y, con ellos, algunos problemas que obligaron a actuar al propio sultán. Entre ellos, el control de los accesos al llamado Santo Sepulcro y a las dos iglesias cristianas levantadas poco después de la crucifixión de Jesús de Nazaret, por deseo de sus primeros discípulos. La decisión de Saladino, en cuanto a la primera cuestión, fue nombrar portador de la llave del Santo Sepulcro a un leal colaborador suyo, a Al Husseini. Pero para el acto de abrir y cerrar la puerta del templo, eligió a otro miembro de su séquito, de apellido Nuseibeh. A cada uno le encomendó una tarea, y a sus familias que ejercieran cada misión para siempre. Lo hizo por miedo a las reacciones de sus hermanos musulmanes, nada más ver a los herejes pisar sus calles, atravesar sus plazas y entrar en los templos cristianos. Había mucho odio larvado en sus corazones, demasiados hijos, hermanos y padres muertos antes y durante la conquista de al-Kadisiya. Consciente de ello, Saladino no quería que volvieran a quemar las iglesias coronadas por la Cruz, como había sucedido en tiempos fatimitas con el califa egipcio Al-Hákim.

Los meses fueron corriendo hasta que, terminado el último mes del año y arrancada ya la luna nueva, les llegaron preocupantes noticias sobre Shujae. Desde la fea caída sufrida en Damasco, cuatro años atrás, el animal no había terminado de recuperar su pasado brío. Él lo estaba notando a medida que pasaban los días y su pena crecía.

Shujae perdía energía a una inquietante velocidad y por eso Saladino decidió dejar de montarla para procurarle un merecido descanso.

Pasados dos meses de su dolorosa renuncia, la llevó al castillo de Sahyun, llamado de Salah ad-Din, para que conviviera con el resto de la yeguada. Mandó venir a uno de sus mejores albéitares y pidió que la tratara como si se tratase de él mismo. Pero la enfermedad avanzaba y nadie podía hacer ya nada.

En el último mensaje que Jalid recibió, gracias a una paloma mensajera, se le explicaba que el animal llevaba días sin querer levantarse, muy desganada y triste.

No lo dudó un solo instante.

Cabalgó a lomos del hermano de Shujae, Sahm, sin perder apenas tiempo en paradas ni descansos, hasta tomar una embarcación en un punto intermedio entre el puerto de Jaffa y Arsuf; el único enclave costero que no estaba en manos cristianas, para navegar durante casi cinco días hasta Latakia. Le acompañaban solo diez hombres, sus mejores mamelucos y dos sirvientes para hacerse cargo del cuidado y cocina de todos.

Las fiebres y enfermedades del sultán no le frenaron para querer estar con aquel caballo que le había llevado a entrar en Jerusalén, con quien había viajado desde los desiertos de Egipto a los fértiles valles del Jordán. ¿Cómo no iba a estar presente en las últimas horas de tan leal compañera y amiga?, argumentó a su escriba Yakub, cuando este le recomendó no hacerlo.

Llegó a tiempo de despedirse de ella, pero apenas pudo acompañar su agonía el último día y medio. No se separaron ni para dormir. Él lo hizo tumbado, agarrado a su cuello. Las manos de Saladino se perdían entre las crines y sus caricias desencadenaban ecos de placer en el animal. Todo el que vino a preguntar durante esas horas si necesitaba algo, comida, algo de beber, o mantas para la noche, se quedaban pasmados. Ver a su sultán, a «La espada de los creyentes», al hombre que les había devuelto Jerusalén, al último guerrero que había conseguido unificar los diferentes pueblos islámicos y devoto como ninguno, llorando al lado de un caballo moribundo, susurrándole poemas o mirándose horas y horas, resultaba muy enternecedor e impactante.

Saladino decidió ayunar para acompañar a Shujae hasta que le quedara un último hilo de vida. Apenas bebía un poco de té y dormía menos, para no perder el escaso tiempo que le ofrecía el destino.

La última tarde que Shujae pasó con vida, Saladino hizo venir a Sahm, a su hermano. El negro corcel se acercó al cuerpo tumbado de la yegua. La olfateó, pateó el suelo y relinchó varias veces seguidas. Agitaba su cuello haciendo flotar sus oscuras crines. Saladino interpretó aquel comportamiento como un gesto de profunda rabia ante la sentida muerte de una hermana. Era el adiós entre dos seres que habían nacido y compartido idénticas tierras y vientre, idénticos instintos y progenitores, vidas paralelas. Cuando a Shujae empezó a faltarle el aliento, Sahm se tumbó con ella y se miraron. Saladino los observó y no pudo soportar tanta pena. Y lloró.

Al día siguiente, fue enterrada en el exterior del castillo, en el extremo del largo peñasco sobre el que se había levantado la fortaleza. Saladino mandó lavar y perfumar el cuerpo del animal antes de taparlo con un sudario blanco, inhumándolo después en una tumba robada a la piedra, hecha exprofeso nada más llegar el sultán a la fortaleza y prever el rápido final de la yegua. Para picar la piedra y abrir un hueco lo suficientemente grande, habían trabajado día y noche una docena de hombres hasta que se vio terminada.

Pidió que fueran a buscar al hermano de Shujae para acompañarla en su entierro.

Después de tapar la fosa con una plataforma rectangular de piedra y abundante tierra encima, Saladino pidió que se fuera todo el mundo para quedarse solo, con la única compañía de Sahm. Hacía bastante viento. Los pocos espectadores que presenciaron el momento, desde lejos, vieron el perfil de un hombre mayor vestido con una túnica blanca y el de un caballo negro a los pies del lugar de enterramiento. La túnica del sultán se inflaba como una vela y sus largos cabellos rojos, libres del turbante como las crines de Sahm, se veían blandidos por el aire.

Allí permanecieron de pie, solos, hasta que anocheció.

Cuando regresaron a la fortaleza, Sahm fue llevado a las caballerizas y Saladino buscó descanso. Apenas durmió. Lloró, rezó y recordó los mejores momentos vividos con el animal más maravilloso que había conocido en su vida.

Sacó del bolsillo de su túnica un trozo de ónix, la reliquia que había salvado a su hija Rania. La había llevado con él para intentar curar a la yegua, pero no pudo ser. No por ello dejó de creer en su poder. La envolvió en su mano y cerró los ojos deseando conocer pronto el paraíso, a lomos de Shujae, galopando con ella por las verdes praderas celestiales, pidiendo que le guiara hasta Alá, que fuera la única portadora de su alma cuando él muriera.

Y, con esos pensamientos, se durmió. Lo hizo con una sonrisa.

CAPÍTULO 31

Palacio del emir Jalid bin Ayub. Unidad de reproducción animal.
Abril de 2018

El veterinario polaco Pawel Zalewski trabajaba desde hacía un
año en las caballerizas del emir, dirigía al equipo clínico que
velaba por la salud de su valiosa yeguada y planificaba la reproducción de sus mejores ejemplares, aplicando las técnicas más
avanzadas en la materia.

Lo contrató el propio Jalid después de pedir referencias a la
facultad de veterinaria de Gante. Allí le hablaron de Pawel, de
treinta y cuatro años, uno de sus más brillantes alumnos. Después de haberse especializado en reproducción y de doctorarse
cum laude, el joven se había convertido en uno de los mejores
profesionales en su materia con clientes en todo el mundo, aunque seguía manteniendo una estrecha colaboración con el hospital universitario y con alguno de sus más sonados catedráticos.

Si Jalid bin Ayub había acudido a aquel centro académico
belga, fue porque encabezaba el Academic Ranking of World
Universities. Quería que sus animales fueran tratados por el
mejor especialista del mundo, con quien también contaba
para alcanzar sus particulares objetivos. La única condición
no económica que este le puso: mantener su cartera de clientes VIP, lo que le llevaría a ausentarse del emirato con alguna
frecuencia. A lo que el emir no puso objeción.

Cuando Jalid entró en la cúpula acristalada del quirófano principal del hospital veterinario de palacio, vio a Pawel interviniendo a una yegua. La tenía sedada y con anestesia local, pero en estación, a punto de empezar una laparotomía lateral para transferir en su útero el embrión de otra yegua, la donante, después de haber sincronizado sus ovulaciones.

Una semana y media antes, un miembro del equipo de Pawel había inseminado a la donante, después de haber provocado una superovulación con un tratamiento hormonal específico. Esperaron siete días y medio para capturar los tres embriones conseguidos, mediante un lavado uterino transcervical. Los trasladaron al vecino laboratorio de genética, dirigido por el doctor Mei Tian Lu, en realidad Mao Zhao Yang, con quien Pawel apenas había hablado más de tres veces. Jalid le había contado maravillas de él, pero apenas se hacía ver. Permanecía medio recluido en su departamento; dormía allí y fuera del trabajo no hablaba con nadie.

En el laboratorio de Mei Tian Lu, habían vitrificado y manipulado los tres embriones antes de su crioconservación. En hipótesis, solo el mejor de ellos sería el elegido para ser implantado en la segunda yegua, una vez Pawel hubiera constatado con su ecógrafo un correcto desarrollo folicular y posterior ovulación en la receptora. Y la operativa última había llegado, aunque el embrión que se recibió desde el laboratorio no era ninguno de los tres extraídos, detalle del que Pawel no fue informado; los suyos quedaron congelados para otra ocasión.

Solo Jalid y el doctor Mao conocían la verdadera identidad de ese nuevo embrión. Un embrión desarrollado en el laboratorio a partir de un ovocito que tenía el ADN del caballo de Simón Bolívar, extraído desde una de sus células óseas. El ovocito procedía del banco de óvulos que Jalid había mandado crear para preservar la alta calidad genética de los mejores ejemplares de su cuadra. El doctor Mao no quería que Pawel supiera lo que estaba intentando hacer, ya fuera por preservar el secreto profesional o por propio celo, aunque siempre con el consentimiento de Jalid. Tampoco este tenía con Pawel la confianza y la presión que ejercía sobre el doctor Mao. Al emir no le preocupaba tener desinformado al polaco; solo soñaba con conseguir la nidación de aquel embrión y su gestación posterior. Para su desgracia, había vivido ya demasiados intentos fallidos, y sus esperanzas estaban a punto de resquebrajarse, harto de no ver conseguido uno de sus más preciados sueños.

Se enfrentaban ahora a un nuevo intento que se resolvería cuando pariera el animal. Aun así, previendo cualquier contratiempo, Mao había preparado un segundo embrión, idéntico al implantado, por si fallaba el primero.

Cuando tres horas después Pawel entró en el box de vigilancia postoperatoria para observar la evolución de la yegua receptora, una lusitana multípara que nunca había dado problemas de parto, apareció el emir. Estaban solos.

—Si todo va bien, en poco menos de un año nacerá uno de los mejores ejemplares que hayan pisado nunca sus cuadras, señor: el hijo del laureado Ma Shadow El Sher y de su yegua Al-Alsum. —Pawel seguía pensando que la intervención hecha formaba parte del plan de mejora genética propuesta por él mismo—. La criatura que nazca de este animal llevará en sus venas la sangre del mejor semental árabe del mundo junto a la de su más valiosa hembra. —Pawel acarició el ijar de la yegua receptora que acababa de operar—. Como le dije en su momento, Al-Alsum era demasiado mayor para afrontar muchas más gestaciones y no podíamos perder su potencial genético. Por suerte, los otros dos embriones que le extraje están en perfecto estado y criopreservados por si fallase este.

Jalid acarició el cuello de su yegua lusitana y después de felicitar a Pawel por su intervención, le instó a poner todos los medios necesarios para procurar un buen final.

—Lo que este animal lleva dentro tiene un impagable valor para mí, mucho más del que usted se imagina. —Hasta que naciera, tenía tiempo para confesar la verdad a Pawel—. Le ruego que la mime. Quiero que todo el mundo que trabaja para usted, desde hoy mismo, se vuelque con ella. Que no le falte de nada. No podemos perder esa cría.

Pawel interpretó su exagerado celo al haber invertido un dineral en el semen usado; doce mil dólares; un alto precio pero bien justificado, porque el semental había ganado la triple corona en el campeonato mundial de raza árabe con solo cuatro años de edad: el de belleza, presencia escénica y expresividad, y el de morfología.

Estaba muy lejos de conocer los verdaderos planes de Jalid.

—Por cierto, esta noche le espero a cenar. Mi hermana Zulema acaba de regresar de viaje y ha preguntado por usted —comentó, antes de dejarle continuar la revisión postoperatoria.

A Pawel no le molestó la noticia. Solo había estado una vez con aquella mujer, pero se llevó una buena impresión de ella. Sabía que las cenas en palacio requerían etiqueta. Miró el reloj. Eran las cinco de la tarde. Todavía tenía tiempo para ducharse y ponerse un esmoquin. Llamó a su mayordomo para que tuviera preparado todo. Estaba alojado en uno de los cinco chalés que disponía el recinto palaciego para uso exclusivo de invitados y empleados especiales, entre los que se creía, y contaba con cocinera, limpiadora y con el estirado Flick, un danés diplomado en mayordomía por la prestigiosa International Butler Academy, próxima a Maastricht.

Le sentaron frente a Zulema, vestida en sedas verde pistacho y un hiyab del mismo color, sonrisa franca y ojos delineados en negro. Su conversación fue amena, variada, se interesaba por todo. Tomó una índole más personal cuando su hermano se disculpó para responder al teléfono.

—Me hubiera encantado estudiar veterinaria. —Miraba al polaco y le venía a la cabeza el nombre del general que había elegido su hermano como esposo. ¿Por qué en su mundo la mujer seguía sin poder decidir por sí misma?, se preguntaba—. Pero, ya ve, como musulmana y hermana del emir, he de tomar como profesión la de abnegada esposa.

—Ya... vaya. —A Pawel le costó saber qué decir. Podía opinar como judío, porque conocía el poder y el peso de la religión en la realidad diaria de los creyentes de ambas confesiones. Pero nadie en palacio conocía su ascendencia hebrea y tampoco pretendía desvelarla ahora—. Ejerzo una profesión muy hermosa, cierto —resolvió la cuestión dirigiendo el asunto a territorio cómodo—. De todas maneras, en Gante, donde estudié, tuve compañeras de origen árabe.

—Ojalá hubiese sido una de ellas, sin tantos condicionantes personales como arrastro. —Su mirada se nubló—. Y no me refiero a los religiosos. Porque no soy de las que sigue los dictados del Corán de forma estricta. Os diría que me siento más occidental que árabe desde muchos puntos de vista. Pero mi pertenencia a la familia del emir lo condiciona todo; no soy libre.

Bajó la voz para no ser oída por alguno de los sirvientes.

—Quizá si lo hablara despacio con su hermano... Me parece un hombre razonable —se atrevió a decir, aunque no tenía ninguna gana de entrar en asuntos tan privados.

Zulema respondió a su comentario con una frágil sonrisa que se enfrió nada más ver regresar a aquel.

—¿De qué hablaban? —se interesó, mientras recuperaba la servilleta del mantel antes de ponérsela sobre las piernas.

—De temas reproductivos... —respondió Zulema, provocativa. Los ojos de su hermano se abrieron de par en par—. Sobre nuestras yeguas, tranquilo.

Pawel la apoyó explicando que le estaba contando la intervención realizada esa misma tarde. Sin perder aquel hilo, Zulema preguntó si podía acompañarlo algún día, en una de sus rondas clínicas.

Medió Jalid con un gesto de recriminación hacia su hermana. Se dirigió a Pawel.

—Si cree que le puede afectar o molestar en su trabajo, está disculpado...

—Seguro que no me molestará; todo lo contrario.

Zulema cambió de enfoque, interesándose ahora por el fin de semana que había pasado su hermano con Sarah. Era la primera vez que Pawel oía ese nombre.

—Seguí tus consejos y hemos avanzado, a pesar de ciertos contratiempos. Fue muy bien, la verdad.

Sin necesidad de explicar más, Zulema entendió el trasfondo de sus palabras.

—La próxima, ¿dónde?

—Trataré de quedar con ella en París, antes de vernos en junio en Florencia.

Zulema tenía claro que no era el momento de ahondar en el asunto, con Pawel delante. Terminada la cena se dieron las buenas noches dirigiéndose a sus alojamientos. Pawel, agotado tras su intenso día, nada más ponerse el pijama se metió en la cama. Estaba a punto de quedarse dormido cuando recibió un mensaje en su móvil. Miró quién era; se trataba de Zulema.

«¿Le apetece una copa?»

Vio peligro si decía que sí. Le caía bien, pero se excusó de la forma más delicada que supo. No le parecía prudente estrechar relaciones con la hermana de su jefe. No sería una buena decisión y, además, tenía novia. Se llamaba Irena. Cierto era que ella se había negado a acompañarle al emirato, ni siquiera lo disimuló, y que dos días antes le acababa de amenazar con romper la relación para siempre si no le ofrecía una definitiva fecha de regreso a Varsovia. La petición estaba muy lejos de lo que él quería y la inflexibilidad de Irena no le había gustado nada, tampoco la crudeza de su planteamiento. Pero hasta ver resuelta la situación, seguía siendo la única relación sentimental que había tenido en su vida y no deseaba asistir a su final. Si no hubo muchas más mujeres en su escasa vida afectiva, fue porque en su momento le tocó priorizar estudios, después trabajo, y apenas había dejado espacio entre medias para otra cosa.

«¡Venga, anímese! Algo rápido; una copa nada más», insistió ella.

«Quizá otro día...», rebajó la firmeza de su primera negativa.

«Está bien, queda entonces pendiente». Terminó el wasap con un emoticono simulando un gesto de resignación.

CAPÍTULO 32

—

Castillo de Saladino. Siria. Abril de 2018

Llevaban tres meses y medio de excavación, diez secciones de ocho metros cuadrados descartadas, de las tres áreas de exploración solo una completada y todo lo que habían encontrado consistía en dos alimañas caídas en un agujero natural de la roca sedimentado con el tiempo. Al exiguo descubrimiento se le sumaron los esqueletos de un zorro y el de tres pequeños roedores, posibles víctimas de un gran carroñero, quizá un buitre. Amina ni se planteó datar las piezas; solo lo haría cuando perteneciesen a un équido.

Ser metódica, como lo era, no estaba reñido con necesitar algún que otro escape emocional; los físicos los estaba resolviendo bastante bien con Alexéi, de quién poco más se podía esperar, porque conversación tenía poca. Eso sí, tenía unas manos y un cuerpo que obraban maravillas.

Su segunda distracción consistía en correr todos los días una hora por los bosques más próximos al castillo. Lo hacía acompañada por un miembro de seguridad, cada día se apuntaba uno distinto, para mantenerse en forma y cambiar la perforada panorámica en la que trabajaban por otros paisajes. Y la tercera era ir a comprar comida y otros enseres a los pueblos más cercanos, donde acabaron siendo bien conocidos. En ese último caso, para no llamar la atención más de la cuenta y no despertar innecesarias críticas, llevaba la cabeza tapada, pantalones largos y camisa cerrada. Era una forma de congraciarse con la población local, comprando en sus comercios, y de paso evitarse problemas con los rebeldes cuando podían ser vecinos de aquellas mismas poblaciones.

La compra la hacían solo las mujeres; Amina y su ayudante Kirvi.

Era la manera de mimetizarse con los modos de una sociedad que limitaba el papel femenino a los trabajos del hogar. Recorrían juntas los puestos del mercado, elegían la comida y, tras ellas, iba recogiendo los pedidos uno de los suyos, para cargarlos después en el todoterreno. Trataban de ser amables con todo el mundo y evitaban cualquier comportamiento que pudiera extrañar a alguien, lo que a Amina le costaba un significativo esfuerzo cuando veía ciertos comportamientos en algunos hombres que chocaban de lleno con su forma de pensar.

Como le pasó aquel día, mientras esperaba a que le cortasen media falda de vaca en tacos, para hacer con ellos un guiso, en el puesto que cumplía funciones de carnicería. El dueño, que se limitaba a cobrar, probable marido de una mujer que lo hacía todo: cargarse al hombro el cuarto de animal, despiezarlo, retirar los excesos de grasa, golpearlo con un martillo de madera, empaquetarlo y lavar el mármol y los cuchillos después, le gritaba sin parar. Si se tropezaba, la llamaba torpe. Cuando apenas podía moverse, con los sesenta kilos de un cuarto trasero al hombro, débil. Inútil, por cortar mal la pieza. Y estúpida, cada vez que hablaba con ellas, pidiéndole que trabajara con rapidez y en silencio. Amina se estaba poniendo mala. Pero cuando vio que el tipo se levantaba para ir a pegarla, porque se le había caído al suelo un pedazo de carne, no pudo más y fue hacia él.

Kirvi trató de pararla sin el menor éxito. Amina acababa de estamparle una bofetada al hombre de tal calibre que su cabeza rebotó contra el travesaño que soportaba el puesto y se le abrió una brecha por la que empezó a manar un chorro de sangre. El tipo se tocó la herida, vio su mano teñida de rojo y fue hacia ella. Amina trató de escapar y pidió ayuda a los comandos. Pero antes de que llegaran, recibió un brutal empujón que la derribó, ciento veinte kilos del personaje sobre su barriga y varios puñetazos en su cara. Fue poco tiempo, porque sus hombres tardaron segundos en quitárselo de encima y dejarlo noqueado. Pero lo que no pudieron evitar fue el revuelo que se despertó a continuación. La mujer del carnicero, en contra de lo razonable y por qué no decir justo, se puso a insultar a Amina, a llamarla de todo, e incluso le escupió. La gente empezó a rodearlos y creció la ola de improperios y amenazas.

La situación empezó a ponerse seria. Momento en el que los dos miembros del comando decidieron abandonar el mercado de inmediato con objeto de proteger a las dos arqueólogas. No se frenaron ante los primeros empujones y puñetazos, sus manos cerca de las pistolas por si la situación se agravaba. Lo que terminó sucediendo al crecer la indignación de la gente, a medida que veían caer al suelo a sus hombres, bajo los puños de los guardaespaldas de Amina y Kirvi.

—¡Corred! —gritó uno, viendo venir a la multitud con puños levantados y palos en las manos, todavía a doscientos metros del todoterreno.

Le hicieron caso y tras un acelerado esprint se metieron en el vehículo a toda velocidad, la misma con que salió el Toyota de la explanada, lanzando piedrecitas y polvo desde sus gruesos neumáticos. La luna trasera quedó hecha añicos por efecto de una piedra que los alcanzó.

—¡Cabrones! —exclamó Amina apretando sus puños, indignada por lo que acababa de pasar—. Lo siento, chicos. Os he metido en problemas.

Aunque ellos le restaron importancia, a ninguno se le escapaba las consecuencias del suceso. La enemistad que acababan de desencadenar en aquel pueblo era lo contrario de lo que venían buscando y ponía en peligro la seguridad de los trabajos, aparte de obligarlos a ir a comprar a otra población más lejana. Amina entendió que no tenía disculpa alguna. Debería haberse controlado y no lo hizo. Imaginó la que le iba a caer cuando lo supiera Alexéi como primer responsable del dispositivo de seguridad.

Como era de esperar, el ruso se enfadó con ella, dobló los turnos de vigilancia, trasladó la situación a Jalid, le pidió seis hombres más por si la situación se complicaba y no acudió a la tienda de Amina esa noche, a diferencia de lo que había estado haciendo durante el último mes y medio.

Amina lo entendió, pero no por ello dejó de echar de menos sus apasionados encuentros. Porque Alexéi tardó dos semanas en volver a asomar la cabeza por la cremallera de su tienda de campaña, eso sí, solo cinco minutos en echarse encima de ella.

A pesar del revuelo que habían desencadenado en la población vecina, no tuvieron aparentes consecuencias. Nada pasó en los siguientes días y la excavación siguió con su ritmo habitual. Lo que no sabían es que hubo alguien, aquel día, que después de presenciar la situación en el mercado tardó poco en hacer una llamada.

Mientras, Jalid seguía hablando con Amina casi a diario.

Un día, se le ocurrió pedir que volaran un dron para obtener imágenes de la excavación desde el aire. Había tenido una intuición, pero necesitaba disponer de aquella perspectiva para confirmar su sospecha.

Lo hicieron a la mañana siguiente y le enviaron la grabación por satélite. Amina estudió las imágenes en su portátil sin saber qué podía interesar al emir. Le vino bien, porque comprobó desde el aire qué porcentaje de excavación habían completado, en torno a un cuarenta y cinco por ciento. Pero a Jalid mucho más, porque le sirvió para constatar su idea. Nada más visionar-las, llamó a Amina.

—¿Qué información os dio el *oppler* en la punta oeste del risco, en el extremo opuesto a la edificación principal?

Amina justificó haber descartado esa zona al encontrar solo roca en las catas, con apenas cinco centímetros de cobertura térrea por encima.

—¿Ha encontrado algo en las imágenes?

Amina destapó su portátil y buscó el fichero de vídeo para volverlo a ver.

—Puede ser... No estoy seguro. —También él tenía su ordenador abierto y la grabación en pantalla—. Busca el minuto catorce y fíjate en los colores de la vegetación que cubren el extremo del promontorio. Entre el catorce y el quince, sobre todo. Después, páralo en el segundo veintidós. Cuando lo tengas, me dices.

Se sentía tan emocionado que alternaba el trato cortés con uno más informal, sin deparar en ello.

Amina pulsó el botón izquierdo del ratón sobre la barra inferior del vídeo hasta llegar al minuto 13:45 y le dio al *play*. El dron volaba a seis o siete metros por encima del promontorio y se detenía un tiempo en él. Apreció el cambio de color en la vegetación al que había hecho referencia. Tomaba forma rectangular en dirección sureste.

—Lo veo. Iremos a estudiarlo *in situ*. No sé a qué se puede deber. Luego le llamo, o mejor, te llamo; ¿no ha llegado el momento de dejar atrás los formalismos?

Colgó el teléfono y salió del interior del castillo con tres palas. A los dos primeros obreros con los que se cruzó, les pidió que la acompañaran. Recorrieron los casi doscientos metros que separaban el castillo del extremo del risco, y al llegar al lugar identificado en el vídeo, comprobó la presencia de una zona vegetal más oscura y diferente a la que tapizaba el resto del peñasco. Se trataba de un conjunto de frondosos arbustos que ocupaban un rectángulo irregular, de unos cuatro metros de largo por dos de ancho.

Amina trató de arrancar uno, pero estaba muy enraizado. Mandó a uno de sus ayudantes a por la pequeña retroexcavadora. Cuando la pusieron a trabajar, apenas faltaba media hora para ponerse el sol. Pasada una hora y ya con los faros encendidos, después de despejar el terreno de su anterior vegetación, empezaron a sacar tierra con la pala. Tocaron piedra a menos de quince centímetros de profundidad. Amina, sin apenas visibilidad, salvo la que le ofrecía la retro, pidió a su conductor que despejara los límites del perímetro que le había marcado para entender contra qué se enfrentaban.

Serían las once de la noche cuando quedó al descubierto una plataforma de piedra, lo más parecido a una gran losa. Ahora tocaba continuar a mano, con las palas, pero los hombres se negaron dada la hora que era y sin haber cenado todavía. Amina tuvo que reprimir la tentación de abofetearlos uno a uno, mientras ahogaba la larga lista de insultos que le venían a la boca ante el frustrante frenazo. Le tocó regresar al castillo, lo hizo la última, con idea de descansar poco y retomar los trabajos a primerísima hora de la mañana, apenas saliera el sol.

Jalid estaba despierto y ansioso cuando recibió un nuevo wasap de Amina. Le resumía lo que habían hecho y el descubrimiento de la losa. Tras dos mensajes de ida y vuelta preguntando y explicando por qué no habían terminado el trabajo, ella quiso saber los motivos de su intuición.

—Como te conté, soy un apasionado de la vida de Saladino. Puedo haber leído todo lo que se ha escrito sobre él, tanto de procedencia árabe como occidental. Piensa que gracias al trabajo de las cinco personas que tengo en nómina y los muchos años de búsqueda en un sinfín de bibliotecas y archivos, he podido reunir más de trescientos documentos donde aparece citado cuando no los protagoniza. Pero, si hasta ahora te he contado los antecedentes, imagino que querrás saber por qué te he pedido volar ese dron.

Según le explicó, acababa de releer una carta de un valí, gobernador de la región durante la tercera parte del siglo XII, en la que mencionaba el envío de una descomunal plancha de piedra de nueve codos por cuatro al castillo. No explicaba nada más, pero a Jalid le extrañó tanto el hecho que se puso a pensar y dudó si no se trataría de una especie de lápida. Y como comprobó que la curiosa sombra vegetal marcaba orientación sureste, por tanto, hacia La Meca, concluyó que podía tratarse de un enterramiento musulmán.

—Pero de ese tamaño, algo más de nuestros actuales cuatro metros por dos, no podía acoger a un humano. Pensé entonces en Shujae.

—Esas cifras coinciden con las de la piedra que hemos encontrado. Tu pista pinta muy bien —reconoció ella, con el manos libres del teléfono activado.

Se estaba quitando la ropa y buscaba entre las arrugadas sábanas de su camastro el pijama, y todo eso con un trozo de sándwich en la boca. Se miró de paso en un pequeño espejo que había colgado del techo y se asustó de lo que vio. Las canas invadían más de media cabellera, rebajando al mínimo su color caoba. Sintió unas repentinas ganas de pisar civilización, de darse una buena ducha y probar un poco de lujo; por ejemplo, el del increíble palacio de su jefe en medio del desierto.

—No te escucho.

Jalid llevaba unos segundos sin oírla.

—Disculpa. Me estaba desvistiendo a la vez que hablaba. —A Jalid no le sorprendió su espontaneidad—. Te decía que siento no haber podido resolver el asunto hoy mismo, porque los obreros se han negado a seguir trabajando de noche con la barriga vacía. Nos tocará esperar a mañana.

—Me gustaría estar allí.

—Para ver el descubrimiento en persona, claro —añadió Amina.

—Así es. Presiento que estamos tan cerca que me encantaría verlo.

—¿Te valdría una sesión en directo desde mi móvil?

—¿Harías eso por mí?

Su tono de voz sonó agradecido y entregado.

—Me estás pagando una fortuna por lo que hago... ¡Qué menos!

CAPÍTULO 33

—

Castillo de Saladino. Siria. Abril de 2018

Hay días que prometen y otros que se complican solos. Y el que amaneció para Amina, en aquel castillo medieval y en medio de la conflictiva Siria, tuvo más de lo segundo que de lo primero.

No esperó a los obreros. Corrió hacia el extremo del peñasco rocoso nada más amanecer. Apenas había dormido de los nervios que tenía. Ansiaba encontrar los restos de aquella yegua, que tan importante fue para Saladino y ahora para el emir de Fuyarja, y cerrar así ese capítulo de su vida para empezar cualquier otro proyecto arqueológico; le daba igual en qué lugar del mundo. Pero, antes, descansaría durante un tiempo en el emirato, aceptando la amable invitación de Jalid hecha por wasap la noche anterior. Le sonó tan sincera que decidió no dejar escapar la oportunidad.

Eran las siete y media cuando llamó a Jalid para activar el vídeo y empezar a compartir el levantamiento de la losa. El emir tampoco había podido dormir bien. Amina se colocó el móvil en la frente, sujetándolo con una gruesa cinta, para tener libertad en las manos, mientras retiraba con una pala los restos de tierra que cegaban el perímetro de la enorme piedra.

A eso de las ocho y media se le unió una cuadrilla de obreros y la retroexcavadora. Colocaron unos garfios en los bordes de la losa para levantarla con el brazo hidráulico. El conductor lo activó, apenas consiguió levantar un par de centímetros de piedra, acusando una seria pérdida de estabilidad. Fijó la maquinaria al suelo con los cuatro pies y volvió a intentarlo, esta vez con más éxito. La expectación era enorme. Tan solo media hora después, todos los miembros del comando armado a excepción de los que tenían turno de guardia, la pareja de voluntarios sirios y el resto de los obreros, todos, rodearon el rectángulo que perfilaba la pesada losa con la emoción de saberse muy cerca de la ansiada meta, en una carrera que les había ocupado casi cuatro meses.

Bajo un tenso silencio de espera, solo se oía el motor de la retroexcavadora, los silbidos del sistema hidráulico y el chirriar de la lápida contra la piedra. Cuando la consiguieron desplazar hacia un lado, apareció un largo sepulcro excavado en la roca con los restos de una especie de sudario, hecho jirones, y un montón de huesos que parecían de caballo. A Amina se le escapó un grito de alegría que Jalid escuchó a más de tres mil cuatrocientos kilómetros. El emir veía en directo el contenido de la tumba, con la voz de su zooarqueóloga de fondo.

—Un caballo tiene doscientos cinco huesos, pero para diferenciar si se trata de una yegua necesitamos mirar su pelvis. A ello voy.

Bajó al interior del sepulcro cuidando mucho dónde pisaba. Se quedó en cuclillas hacia la mitad del esqueleto, levantó con cuidado los restos del deteriorado tejido y fue descubriendo las diferentes secciones anatómicas del animal. Buscó los huesos de la cadera. No sabía si se trataría de Shujae, pero lo deseaba de todo corazón. Ya que, de ser macho, la búsqueda se vería frustrada. Localizó la cadera. La entrada de la pelvis era redonda y ancha, con una concavidad dorsal que solo poseían las hembras. Le alcanzó una inmensa alegría.

—Jalid, confirmo que se trata de una yegua. Y no parece un animal grande, más bien es de talla media.

La voz le tembló de emoción.

—¡Excelente! Tiene que ser Shujae. ¡Enhorabuena! ¿Qué más ves dentro del sepulcro? —se le oyó decir al teléfono.

Amina siguió explorando aquel conjunto óseo con profesional cuidado. Usó una pequeña brocha para limpiar la escápula de polvo y tierra, fijándose en cualquier detalle que le aportara más información. Pidió a Kirvi que le pasara el maletín metálico que había dejado a los pies de la tumba para acoger las muestras óseas; el motivo último de la expedición. Su doble capa de aluminio con cámara de aislamiento intermedia y un interior diseñado exprofeso para conseguir una perfecta inmovilización y protección de los restos arqueológicos, la hacían perfecta para aquel cometido.

Estaba tan concentrada en lo suyo que no advirtió el cambio de atención de sus guardianes; de casi faltarles el aire, mientras la veían trabajando dentro de la tumba, a volverse a mirar hacia el castillo al oírse un disparo. Amina también lo oyó, pero estaba en otra cosa. De hecho, todo su interés estaba concentrado en aquel momento en la punta de un isquion, al descubrir algo extraño en su superficie. Pasó la brocha por encima, con extremo cuidado, cuando al primer disparo se sumaron tres más, lo que ahora sí la alarmó.

—¿Qué ocurre?

Asomó la cabeza por fuera del sepulcro y vio a todos los obreros cuerpo a tierra, a los miembros del comando pistola en mano corriendo en dirección al castillo y a sus dos ayudantes temblando.

Jalid, que veía todo lo que estaba pasando, quiso saber más. Amina no escuchó lo que le pedía y regresó al interior. Se quitó el móvil de la frente, activó la linterna para poder estudiar mejor el extremo del isquion y volvió a colocarse el teléfono en la cabeza en modo vídeo. El hueso presentaba una evidente deformación con una depresión central, compatible con haber sufrido una lesión y una fuerte inflamación posterior. Aquello coincidía con el relato de Jalid, cuando le había explicado la fea caída del animal y la herida en la cadera que pudo determinar su posterior muerte. Lo que tenía allí, delante de sus ojos, no generaba duda alguna: se trataba de una yegua de tamaño medio, con una herida en el extremo de un isquion, enterrada en un extremo de la fortaleza de Saladino y orientado el cuerpo hacia La Meca. Era más que razonable pensar que se trataba de Shujae. Eso mismo estaba pensando Jalid, que lo había visto todo a la vez que ella.

—¡Has encontrado a Shujae! ¡Eres la mejor! Lo sabía —exclamó feliz, desde el otro lado del mundo.

Pero se calló al escuchar los siguientes disparos que resonaron en el móvil de Jalid. Parecían cercanos a la posición de Amina. Ella volvió a asomarse al exterior para constatar, con espanto, cómo una veintena de hombres armados ametrallaban a sus hombres y disparaban a ras de suelo hiriendo a los obreros que rodeaban la excavación, tomando dirección hacia el sepulcro. Estarían a menos de ciento cincuenta metros. Pensó a toda velocidad. Se guardó el teléfono en el bolsillo sin haber colgado a Jalid, abrió el maletín metálico y metió dentro medio húmero, una vértebra y un pequeño fragmento de cuero, razonablemente conservado. Lo cerró bien y trepó desde el sepulcro. Ya fuera, su mirada se cruzó con la de la joven Kirvi, a la que encontró temblando y con un rictus de pánico en el rostro. Miró a su alrededor y solo vio cadáveres; entre ellos, el del joven excavador sirio. Amina calculó qué posibilidades tenían. Lo único que se le ocurrió fue tratar de escapar por el extremo del risco, bajando por él, para no dejarse ver por aquellos hombres, imaginó que rebeldes. A base de señas, hizo que la chica la siguiera. Iban arrastrándose por la tierra espantadas y sin perder un solo segundo. Amina miró hacia atrás y vio a dos de los rebeldes a menos de cincuenta metros del lugar donde acababan de levantar la lápida. Buscó la masa de arbustos que habían desenterrado el día anterior y se escondió tras ellos. Pensó en Alexéi. ¡Cómo echaba de menos en ese momento a su protector! ¿Le habrían herido? ¿Seguiría vivo?, pensaba, presa del miedo.

Con aquel montón de masa vegetal a sus espaldas, siguieron reptando por la tierra hasta alcanzar el borde del precipicio. Una vez en allí, Amina asomó la cabeza y descubrió a la derecha una pequeña repisa de roca, como a dos metros y medio por debajo de donde estaban. Se la señaló a Kirvi y se movieron hasta alcanzar su vertical. Amina empezó a descender buscando los afilados bordes de la pared de piedra con la punta de sus dedos, clavando las botas en cualquier rendija que encontraba. Kirvi la siguió, en paralelo, lloriqueando y con la respiración acelerada. A metro y medio de su descenso, la joven se agarró a la rama de un arbusto que nacía en la pared, le falló un apoyo, trasladó todo su peso a la mano que agarraba la rama y esta se desprendió de la piedra sin dar tiempo a que Amina la sujetara. La chica cayó al vacío sin dejar de mirarla a los ojos, en un fatal desconcierto. Por suerte, la siria no levantó ni un poco la voz, consciente de su horrible destino.

Amina no quiso mirar el resultado de la caída. Siguió descendiendo hasta pisar el deseado saliente rocoso, con el corazón latiéndole a toda velocidad. Al llegar a él, descubrió que albergaba una oquedad no muy profunda pero suficiente para ocultarla. Se apretó contra ella y rebajó el ritmo de su respiración para escuchar lo que sucedía arriba. La boca le sabía a metal, fruto del espanto o quizá de la sangre procedente del labio que se acababa de morder con los nervios. Oyó pasos y voces, acercándose. Agarrada al maletín, metió estómago y se lo clavó para que no pudieran verlo. Resonaron varios disparos aislados, imaginó que serían tiros de gracia para rematar a sus conocidos. Como se había olvidado del teléfono, no se dio cuenta de que Jalid seguía en línea, en silencio, angustiado, necesitando entender qué estaba pasando.

—¿Amina? ¿Me oyes? —Habló en voz baja, incapaz de aguantarse más.

Ella, horrorizada, buscó a toda velocidad el móvil en el bolsillo de su pantalón y lo apagó, rezando por que no lo hubieran escuchado los tipos de arriba. Cerró los ojos y se concentró en lo que estaba sucediendo encima de donde estaba. A los pocos minutos oyó voces.

—No queda nadie vivo. La directora de la excavación, la egipcia esa, se ha estampado contra el fondo del peñasco —soltó uno, con una carcajada final.

Otra voz se sumó al cruel comentario.

—Cualquier colaboracionista con el gobierno de Al-Ásad tiene una sentencia de muerte. Os felicito por la batida, chicos. El frente revolucionario sirio ha conseguido un nuevo éxito. ¡Vayamos a celebrarlo!

A Amina le pareció que se iban. Le llegaban sus voces cada vez más apagadas, pero aún escuchó un último disparo; quizá al cruzarse con alguno de sus amigos todavía vivo. Le temblaron las piernas solo de pensarlo. Sentía calambres en los brazos y la espalda dolorida al haberse clavado dos salientes de la roca cuando trataba de apretarse todo lo posible a ella. Pero todavía no se atrevía a moverse. Y no lo hizo hasta casi una hora después.

Ascendió por la pared y cuando se pudo poner en pie y miró a su alrededor se llevó las manos a la boca horrorizada. El suelo había quedado sembrado de cadáveres. Corrió en dirección al castillo y se encontró con el mismo panorama; si antes eran los operarios, ahora los miembros del comando, entre ellos Alexéi. Fue verlo allí, su cuerpo arqueado contra una roca, el pecho horadado a tiros y sentir que se rompía. Amina explotó a llorar. Se sentó en el suelo, abrazó sus rodillas, clavó la cabeza entre ellas, liberó todo el miedo, rabia, frustración y la infinita pena que sentía por dentro; todo a la vez.

Pasada casi media hora, cuando no le quedaban más lágrimas que llorar ni cabía más dolor en su corazón, empezó a pensar en ella misma; en cómo iba a escapar de allí y en qué podía hacer. Al instante pensó en Jalid. Encendió el móvil y buscó su número.

Respondió con el primer tono.

—¿Estás bien? ¿Qué ha pasado? ¿Quién os ha atacado? ¿Cómo están todos? —se le atropellaban las preguntas—. Mejor ponme con Alexéi. ¡No! Primero dime cómo estas.

Amina le resumió lo sucedido, sin matices, crudamente, para terminar pidiéndole una sola cosa.

—Necesito que vengas ahora mismo a por mí.

Jalid respondió sin dudarlo.

—Por supuesto. Ten por seguro que te sacaré de ahí. Pero tenemos que estudiar cómo.

Acababa de oír que la zona estaba controlada por los rebeldes y sus contactos eran los enemigos de esa gente. Mandaría un helicóptero y lo que fuera necesario. Pero necesitaba saber dónde podía establecerse la recogida para que fuera segura. Aunque su prioridad seguía estando clara, el desastre que acababa de conocer lo había dejado noqueado. La muerte de su jefe de seguridad, Alexéi, como la del resto del equipo, pesaban sobre su conciencia hasta no dejarle respirar.

—Voy a hablar con mi gente para estudiar y decidir el mejor modo de actuar. Te llamo en cuanto lo sepa. —Amina entendió las dificultades y pidió que se dieran prisa—. ¡Por supuesto! De momento, busca un lugar a resguardo, no vayan a volver. Si no han saqueado todavía vuestros equipos, lo harán en breve. —Amina no lo había pensado; aquel consejo tenía mucho sentido—. A partir de ahora, me comunicaré contigo por wasap. Anula todas las notificaciones sonoras de tu móvil. Prefiero no ponerte en peligro, acaso vuelvas a tener a esa gentuza cerca.

—Así lo haré —contestó ella, empezando a pensar dónde podía esconderse. Dudó entre el interior de las caballerizas o en el haman. Decidió abandonar la fortaleza y buscar abrigo en el bosque.

—Una última cosa —apuntó Jalid—. Dadas las circunstancias, es lo menos importante, pero ¿qué ha pasado con los restos de Shujae?

Amina miró el maletín y no sintió satisfacción alguna a diferencia de otras experiencias vividas. Aquel encargo se había cobrado demasiada sangre.

—Tenemos dos huesos y un resto de piel; pude cogerlos a tiempo.

—¡Bendito sea Alá! —exclamó él de forma espontánea.

—Yo diría: bendita la gente que ha muerto por conseguirlo.

—Por supuesto... —rectificó él—. Haré todo lo que esté en mi mano para compensar esas muertes. Se lo debo a los suyos. Pero todavía más a ti: no hay recompensa que pague lo que acabas de hacer por mí.

—Es lo que menos me preocupa ahora, aunque seguro que la habrá —respondió Amina dejando atrás la fortaleza de Saladino en busca de algún lugar a salvo—. De momento, llámame pronto.

CAPÍTULO 34

Musée de Cluny. París. Año 2002

Sarah entró en la cámara elegida pasados diez minutos de las doce, en una lluviosa mañana de octubre, con un único objetivo: robar su primera obra de arte.

Conocía muy bien aquel museo especializado en historia medieval por culpa de unas largas prácticas organizadas por la cátedra de Arte Antiguo el año anterior, mientras cursaba segundo. Uno de los principales motivos para la elección de aquel escenario, donde pretendía llevar a cabo su objetivo, tenía que ver con la seguridad. La que había sido antigua residencia de los abades de la orden de Cluny no estaba tan protegida como los demás museos parisinos. Y como segundo pretexto se encontraba el haberse enamorado de un pequeño tríptico de madera de estilo carolingio, con la crucifixión como motivo central, datado en el siglo IX, ribeteado con panes de estaño y oro, anónimo, y de excelente factura.

Había llegado el momento de poner en práctica la larga instrucción familiar y descubrir qué había sentido su abuelo Jacob, tantas y tantas veces. Sarah acababa de cumplir veintiún años; hacía dos que lo había enterrado en Jerusalén y solo uno del fallecimiento de su madre; dos muertes que lo cambiaron todo en su vida. Entre otras cosas, el nombre de la villa familiar de Fontevraud que pasó a llamarse *Dalila*.

Atravesó el patio y buscó las salas dedicadas al Arte y Naturaleza en la Edad Media, donde se encontraba su pintura.

En cinco minutos llegaría su amigo Charles Boisí, compañero de universidad; el tipo más rebelde que había conocido en su vida. Charles era de esa gente capaz de llamar la atención allá por donde pasaba; guapísimo, divertido, locuaz y con un punto de fascinante maldad. Pero lo que supuso la mayor, a la vez que sorprendente, revelación para todos fueron sus cualidades pictóricas. Charles era capaz de imitar cualquier obra, de cualquier técnica, incluso simular patinados y oleos envejecidos cuando se trataba de copiar piezas antiguas. De hecho, acababa de ser admitido en el taller de copistas del Louvre, nada más descubrieron su virtuosismo, sin dejar de estudiar Historia del Arte en La Sorbona. Como buen rebelde que era, pisar los límites de lo prohibido le podía. Pero sobrepasarlos, todavía más.

No eran esas las únicas peculiaridades de Charles; ejercía de *hacker* por las noches, le encantaba la mecánica, volar en aeroplano, el tiro al plato, el *puenting*, cantar fados y cocinar comida hawaiana. Una mezcla explosiva de aficiones y virtudes que, de no haber sido gay, se hubiera ganado el interés y puede que el amor de unas cuantas compañeras, también el de Sarah. Porque Charles siempre estaba ahí, cuando se le necesitaba, para lo que fuera necesario. Y encima, lo hacía con cualquiera y desde el primer día de conocerse. Pero aún tenía otra cualidad mucho más distintiva: no preguntar los motivos de lo que le pedían antes de lanzarse de lleno a cumplirlos. En él, no había por qué, solo cuándo. Por eso había contado con Charles para ese robo.

No solo había pedido que le pintara una copia de la tabla, necesitaba su presencia en el museo. Gracias al pequeño tamaño de la obra, veintidós centímetros por dieciocho, podía esconderla bajo una holgada y vieja camisa oscura hasta que la original ocupara la misma posición.

Le vio llegar cuando empezaba a inquietarse. Ella estaba en la sala donde se exponía la pequeña tablilla. El museo no disponía de cámaras de grabación ni sistemas de alarma que registraran la desaparición de una de las piezas expuestas.

Miró el reloj. Faltaban dos minutos para las 12:30.

Contó ocho personas. Se detuvo frente a la pintura objetivo, de espaldas a la gente. Metió dos dedos entre los botones de la camisa y tocó el cabo de la cinta que mantenía la copia sujeta al cuerpo. El corazón le latía a mil y la boca se le secó por completo. Miró a su alrededor y se vio tentada de abandonar la idea y casi a la vez urgida a salir de allí arrastrando a Charles de camino. No le veía, pero lo sabía cerca; en la sala contigua tal y como habían previsto. Espiró tres veces seguidas, despacio, para serenarse. Se acarició un mechón de pelo y buscó un colgante con forma de paloma que le había regalado su abuelo Jacob. Lo acarició cinco veces, deseándose suerte.

Volvió a mirar el reloj; faltaba un minuto para el momento elegido.

Le temblaban las piernas. Escudriñó a una pareja que se le acercaba por la izquierda con intención de preguntar. No se apartó de la vieja pintura, a pesar de sentirlos encima. Esperó a que se fueran. Entre medias, se oyó el tañido de una campana cercana; un repique, luego dos... Y, de repente, desde la sala contigua, alguien empezó a cantar un fado con una potentísima voz. El carácter melancólico de la popular canción portuguesa quebró el silencio de las salas. La calidad del cantante, junto con el insospechado auditorio, consiguieron atraer la inmediata atención de un buen grupo de visitantes, decididos de golpe a buscar al propietario de tan prodigiosa voz. Los que habían estado a su lado también.

Sarah aprovechó la estampida del público más cercano para descolgar la pieza original, colocar la copia en su lugar y atar la buena a su cuerpo. El reloj marcaba las 12:32.

Atravesó la sala donde Charles aglutinaba a una treintena de curiosos, como también a tres responsables del museo que dudaban entre pedirle que parara de cantar o que siguiera, cuando estaba poniendo la carne de gallina a todos los presentes, también a ellos. ¿Cómo iban a frustrar tan mágico momento, absurdo, pero a la vez único? Con un Charles poniendo música al alma de Lisboa, nadie en aquella sala se movía, salvo Sarah, que la abandonó, y dos más tras esa, hasta verse en el patio del recinto donde estaba la salida. Cuando pisó la calle y giró para tomar el *boulevard* Saint-Michel, creyó que se le salía el corazón por la boca, pero sintió una maravillosa ola de placer recorriéndola de arriba a abajo. ¿Sería esa la sensación que tantas veces vivió su abuelo? ¿Se podía parecer a la que estaba experimentando Charles tras una larga y encendida ovación, como premio a su espontáneo ejercicio? A un Charles al que se le acababa de acercar uno de los empleados para recriminar y felicitar a la vez su acción.

Cuando una hora después se encontraban en el apartamento de Sarah y cerraban la puerta, los abrazos no, pero los gritos se pudieron oír desde la escalera. Charles recibió no menos de una veintena de besos, siete gracias seguidas y la tablilla, que le pareció tan parecida a su pintura que lo celebró descorchando una botella de *champán* que Sarah había puesto a enfriar.

—¿Qué vas a hacer ahora con ella, *ma chérie?*

—Hablaré mañana mismo con el contacto que me pasaste, para ver si me la compra... —sonrió, mientras localizaba su colgante y acariciaba la paloma una última vez.

—¿Te has sentido excitada? Yo muchísimo...

Charles se abanicó la cara con ambas manos.

—¡Síííí! Aún lo estoy... —Se tocó el pecho recibiendo los latidos de un corazón todavía desbocado—. No sé cómo agradecerte lo que has hecho.

—Adoro el riesgo, lo sabes; no necesito mucha más recompensa salvo entender por qué.

Sarah se abrazó a él en pago a su elegancia. Hasta entonces, no le había hecho una sola pregunta en ese sentido.

—Claro, tienes todo el derecho a saberlo. El dinero que consiga tendrá como destino una pequeña ciudad de Turquía que acoge una fundación con mucha necesidad de recursos. Es la forma de reconocer lo que creó una madre; la mía.

CAPÍTULO 35

Bosque de Ayn al-Tineh. Siria. Abril de 2018

Amina se escondió en un barranco verde, cerrado de vegetación y bañado por unas frescas aguas que había descubierto durante una de sus sesiones matinales de *running*, a unos siete kilómetros al sureste de la fortaleza de Saladino. Miró su móvil. No tenía ningún wasap de Jalid y solo le quedaba el treinta y seis por ciento de la batería, por culpa de la larga grabación en vídeo. La idea de quedarse sin ella le puso muy nerviosa. Tenía sed y unas límpidas aguas a su disposición, pero prefirió aguantar sin beber, no fueran a estar contaminadas.

Exploró los alrededores en busca de algún lugar más recogido, una cueva o algo parecido, para dormir a cubierto en caso de tener que pasar la noche. Lo único que encontró fue una oquedad de algo menos de tres metros de largo por uno de fondo, bajo una enorme roca, que le podría servir. Buscó asiento cerca, en el extremo de una pradera, bajo un sol que era de agradecer sin ser exagerado. Menos mal que había desayunado bien aquel día, pensó. No tenía hambre, aunque identificó a su derecha y a menos de cien metros una espesa masa de moreras con bastantes frutos maduros. El asunto de la comida estaba resuelto. Volvió a mirar el móvil. Nada. Treinta y un por ciento de batería.

Trató de relajarse. Se tumbó sobre la hierba y miró el cielo;

la intensa luminosidad la obligó a cerrar los ojos. Y, de repente, le asaltaron los sucesos vividos; no habían pasado ni tres horas todavía. Como si se tratara de una película, sus recuerdos saltaban de un muerto a otro. Primero, los ametrallados, cerca de la excavación, y luego los demás, en el perímetro del castillo, entre ellos Alexéi. Se le atragantó la garganta ante tanta e injusta muerte. Pero el rostro de Alexéi pudo más que el resto. Las sensaciones que afloraron en su memoria eran tan intensas que volvió a notar sus besos; habían hecho el amor la noche anterior. Ella presa de la excitación, sabiéndose a pocas horas de un nuevo descubrimiento. Él, entregándose como nunca.

Como había eliminado las notificaciones sonoras, no se dio cuenta de la llegada de un nuevo wasap hasta que volvió a mirar el móvil. En él, Jalid le explicaba el plan que habían ideado por si se le apagaba el teléfono antes de dar con ella.

«Hace una hora despegó un *jet* con mi segundo máximo responsable de seguridad, Jakin. Aterrizará en el aeropuerto de Latakia en dos horas y media, si no se produce ninguna complicación. Alquilará un vehículo para ir en tu busca. Como tenemos tus coordenadas, es importante que no te muevas mucho de donde estás, para que te pueda localizar. Estimamos que el recorrido en todoterreno hasta dar contigo le puede llevar cuatro horas; el doble que si lo hiciera por carretera. Queremos evitar lugares controlados por los rebeldes, así que usará rutas alternativas. Pero puede que la última parte del camino le toque hacerla a pie, por lo escarpado del terreno. Estimamos el encuentro en seis o siete horas a partir de que recibas este wasap. Ánimo y ten fe en mi gente. Yo sé que nos vamos a ver muy pronto».

Amina miró el reloj. Se cumpliera o no aquel horario, su llegada al emirato sería muy de noche. Empezó a escribir.

«Solo sueño con otro maravilloso baño como el que disfruté en tu palacio, hace ya siete meses; baño con masaje incluido. Ah, y una botella de Lagavulin; adoro ese *whisky*. Ya ves qué poco pido. ¿Trato hecho?».

«¡Por supuesto! Estará preparado todo a tu gusto».

Ella respondió con seis emoticonos de aplausos y una cara sonriente. Se guardó el móvil en el bolsillo del pantalón y estiró las piernas, algo más tranquila.

Tan solo una hora después, la situación comenzó a empeorar. El avión que llevaba al agente Jakin tuvo que aterrizar en Anbar, en un pequeño aeropuerto iraquí, ante la amenaza de una infranqueable tormenta que desaconsejaba la entrada a Siria por la frontera sureste, aunque tampoco por la del este. Los controladores aéreos no veían ninguna posibilidad en menos de una hora. El piloto descartó bordear el país y entrar por Turquía; tardarían lo mismo que si esperaban en Irak. Jakin lo notificó a su jefe y a Amina, a la que había agregado en su teléfono. Ella leyó la noticia fastidiada. No veía llover, pero acababa de oír movimiento de gente cerca de donde se encontraba. Al principio, le pareció que se movían, pero llevaban un rato detenidos, como si estuvieran montando un campamento.

Quiso saber más y decidió acercarse a ver. Como no podía llevar consigo la maleta con los restos de Shujae, la escondió en una de las moreras, se pinchó de camino y aprovechó para coger una docena de moras. Se las fue comiendo mientras caminaba en dirección a las voces. Estimó cuatrocientos metros de bosque a través. Fue acercándose con extremo cuidado, consciente del peligro que corría si era detectada. A menos de treinta metros, tras una línea de retamas, se agachó y echó un vistazo. Empezaba a oscurecer, pero contó seis hombres vestidos con traje militar y boina negra. Podían ser tropas leales al presidente Al-Ásad y, por tanto, amigos, pero le pareció demasiado riesgo averiguarlo.

Se dio media vuelta y tomó el mismo camino que había recorrido, o eso creyó. Porque pasados quince minutos, ya con escasísima visibilidad, no terminaba de encontrar la enorme piedra y su escondite. Se empezó a agobiar. No podía ser más estúpida, se culpó. Miró en todas direcciones por si reconocía algo, pero nada. Estaba perdida. Buscó el móvil. Le quedaba solo un diez por ciento de batería; suficiente para mandar su nueva ubicación. Abrió el wasap, buscó a Jalid y anexó su posición real. Observó la pantalla. El circulito se completaba una y otra vez, pero no aparecía como enviado. Miró la señal. Era bajísima y cada poco desaparecía. Tenía que moverse en busca de mejor cobertura. Entendió que esa decisión podía alejarla todavía más del lugar donde había escondido el maletín, pero le pareció prioritario señalar su paradero. Siempre tendrían tiempo después, una vez se reuniera con el agente, de encontrarlo.

Caminó media hora, unos dos kilómetros, con el teléfono en alto, en un intento de captar la suficiente señal para que se emitiera el mensaje. Solo le quedaba un cinco por ciento de batería y el teléfono recomendó aceptar el modo ahorro. Amina dudó qué hacer, previendo la detención de alguna aplicación hasta entonces activa. Si era el wasap una de ellas estaba perdida. Ante la duda, rechazó la oferta de ahorro. Necesitaba mejor cobertura. Observó que el terreno tomaba una pendiente bastante acusada a su derecha. Cuando alcanzó la cota más alta, estaba en un dos por ciento. Sintió pavor. Se vio sola, sin dinero, perdida, en tierra hostil y sin que nadie pudiera dar con ella. Se le aceleró el corazón. No sabía qué hacer. Al mirar hacia abajo, localizó un fuego como a kilómetro y medio, obra de aquellos desconocidos. La temperatura había caído de golpe, pero no podía calentarse para no llamar la atención. Siempre había demostrado ser una mujer fuerte, con un buen autocontrol emocional, muy segura de sí misma. Recordó las técnicas de supervivencia recibidas en el emirato, también las psicológicas, pero no le sirvieron de mucho. Se desmoronó. Lo que no le había pasado ni siquiera después de sus dos fallidos matrimonios. Sintió correr por sus mejillas unas primeras lágrimas, fruto del miedo, de su inseguridad, o de todo junto. Miró el móvil cuando estaba en un uno por ciento de batería; apenas podía ver la pantalla al haberse oscurecido. Probó a entrar en wasap y vio que su mensaje seguía enviándose. Cuando el teléfono se apagó temió lo peor.

Buscó una piedra plana, tomó asiento en ella, dobló las piernas y abrazó sus rodillas tratando de serenarse y pensar. No podía estar muy lejos de la localización enviada; como mucho, tres kilómetros. Según la posición del fuego que tenía a la vista, estimó la suya anterior. No estaba del todo perdida. Podría llegar, pero prefirió no intentarlo de noche. Buscó una zona cómoda, bajo un frondoso árbol y con un penacho de hierba que le sirviera de colchón, y se tumbó en ella. No se dormiría, pero trataría de descansar. Sin haber pasado diez minutos, se durmió.

—¡Pero mira qué tenemos por aquí!

Amina abrió los ojos y vio a dos tipos uniformados de mediana edad, agachados y a cada lado de su cuerpo; uno la agarraba de un brazo con tanta fuerza que le estaba cortando la circulación. Trató de zafarse, pero solo consiguió que se hiciera con el otro y recibir la presión de una rodilla sobre su vientre, aplastándola contra el suelo. Pataleó furiosa.

—¡Dejadme o juro que lo pagaréis! ¡Soltadme ya! —gritó a pleno pulmón.

—¡Estate quieta, fierecilla! —le aconsejó el que todavía no había hablado—. Pareces extranjera —lo adivinó por su acento—. ¿Qué haces aquí?

—Estoy de excursión —mintió, pero lo hizo con voz firme.

—¿De excursión sin mochila y sin llevar nada encima? ¿No habrás estado trabajando en la excavación esa, en el castillo? —Se miraron. Uno de ellos desenfundó una pistola y se la colocó en la sien—. Confiesa quién eres y tendrás una oportunidad; de lo contrario, te reviento la cabeza.

Amina tragó saliva y se sintió perdida. Pensó a toda velocidad. Solo se le ocurrió un modo de despistar su atención para hacerse con una de las armas, a la desesperada. Como imaginó lo qué terminarían haciendo con ella antes de pegarle un tiro, ¿por qué no provocarlo?, decidió.

Se levantó la camiseta por encima del sujetador.

—¿Qué haces? —preguntó uno, fijándose en sus pechos.

—¿Cuánto tiempo hace que no podéis disfrutar de una mujer? He trabajado en la excavación, lo confieso, pero también que llevo sin sentir a un hombre en cuatro meses... —Se desabrochó el botón del pantalón y empezó a bajar la cremallera—. Antes de que me matéis, que es lo que vais a hacer, podíais hacerme pasar un buen rato...

—Te vas a enterar, zorrita...

El tipo dejó de amenazarla, guardó la pistola en su funda y se quitó la cartuchera, tirándola lejos. El otro se quedó mirando.

Amina se bajó los pantalones estudiando dónde guardaba el arma el segundo. Necesitaba tenerlo más cerca. Le miró y se dirigió a él.

—¿Por qué no me quitas tú el sujetador y me las acaricias mientras? Necesito excitarme...

El soldado ni lo dudó. Se arrodilló al lado de Amina. Ella se incorporó para dejarle la espalda libre y que pudiera soltar el cierre. Por muy segura que simulaba estar, más le temblaban las piernas. Veía al tipo metiéndole la mano entre los muslos y le estaba dando un asco infinito. Con uno trabajando en su espalda y el otro concentrado en su entrepierna, era el momento de actuar. Se hizo con el arma, la sacó de la funda a toda velocidad, colocó la punta del cañón en el pecho de uno y apretó el gatillo. Pero no se dio cuenta del seguro, que no supo encontrar y, a cambio, recibió un brutal puñetazo en la barbilla, vio arrebatada de su mano la pistola y un disparo a menos de un centímetro de su cabeza. Se quedó medio sorda.

—¡Inténtalo de nuevo y el siguiente tiro te lo meto entre las cejas!

Amina los miró espantada.

—Me encantan las chicas duras... Y tú lo eres.

El tipo se bajó los pantalones, le abrió las piernas y clavó sus rodillas en el suelo con intención de acometerla, antes de que un inesperado cuchillo le rebanase el cuello, salpicando el aire con su sangre. El otro, con los pantalones a media rodilla, se volvió para ver quién les atacaba, pero tampoco tuvo tiempo de reaccionar antes de recibir en su corazón la punta de un puñal, clavado con tanta fuerza que lo envió a metro y medio de donde estaba.

Amina miró al responsable, un tipo fornido y de piel oscura.

—Soy Jakin. Recibí sus nuevas coordenadas. Disculpe el retraso.

CAPÍTULO 36

Emirato de Fuyarja. Caballerizas de palacio. Abril de 2018

Pawel Zalewski se levantó cansado y con la moral baja. Apenas había pegado ojo, incapaz de borrar de su cabeza la última palabra que le regaló su novia Irena la noche anterior, antes de tirar el teléfono al suelo y meterse en la cama: «¡Púdrete!», dijo. Así, sin anestesia; sin darle más recorrido al mensaje ni querer escuchar qué pensaba él. Solo eso, que se pudriera.

¿Cómo se podía terminar una relación de siete años con solo siete letras?, se preguntaba, mientras revisaba a primera hora de la mañana a la yegua lusitana receptora del deseado embrión. La encontró rara. Le tocó las orejas y estaban calientes. Buscó en su maletín un termómetro. Le llamó la atención la falta de brillo en el pelo y un sospechoso hilillo de flujo vaginal.

—No me digas que lo has perdido...

Pawel temió una reabsorción embrionaria. Lo tendría que confirmar con el ecógrafo. Habían pasado dieciocho días desde la transferencia; era pronto para determinarlo con palpación. La yegua relinchó inquieta y balanceó sus extremidades posteriores varias veces. El termómetro indicaba 38,5 °C, un poco más de lo normal. Podía deberse a una reacción pasajera de estrés, al llevar demasiado tiempo encerrada o el anuncio de un nuevo celo.

Pasó a auscultar corazón y pulmones mientras le volvía a la cabeza el «púdrete» de Irena. Su error: haberse hecho débil por ella, cuando desde niño había descubierto lo dañinas que eran las emociones; auténticos vicios que solo restaban fuerza a las personas exponiéndolas al sufrimiento. La decisión de haber elegido un enfoque racional frente a otro emocional le vino desde bien pequeño. Había sido un niño adoptado y abandonado por tres familias consecutivas. Por entonces, era tan crío que no podía racionalizar lo que le pasaba y sentía. Pero se dio cuenta de una cosa: para ganarse el respeto de la gente, respeto que le habían negado sus padres naturales y los que probaron a serlo después, tenía que ser el mejor en todo. Fue por entonces cuando empezó a conjugar los ingredientes que terminaron estructurando su personalidad: trabajo y más trabajo, fe en sí mismo, constancia en el empeño y una inquebrantable voluntad, frente a la búsqueda de lo fácil que hacían los demás o perderse en inútiles sensiblerías. Aquel no dejarse vencer por nada y por nadie sobrepasó la infancia para recorrer la universidad y después el trabajo, haciendo que sus iniciales carencias emocionales terminaran de perder todo su lastre. Eso y perseguir la excelencia, el único alimento que necesitaba a diario para sentirse pleno, para ser él.

Siempre había respetado esos principios hasta que llegó Irena. Consiguió que se saltara todas sus barreras y prevenciones, arrasándolo todo. Siete años haciendo lo contrario a los veintisiete primeros para que ahora volviera a ratificarse en su anterior idea.

Estaba terminando de explorar las mucosas y la córnea de la yegua cuando decidió que el amor solo servía para debilitar a las personas. Y a él, después de la nefasta experiencia con Irena, no le volvería a pasar nunca más.

Apareció Jalid en las cuadras, tras dar su paseo matinal a caballo. Montaba a uno de sus preferidos, un precioso cuarto de milla de increíble brío, y parecía estar de muy buen humor.

Antes de que un mozo de cuadra se llevara al animal, le palmeó en el cuello.

—¿Va todo bien? —se dirigió a Pawel.

—Me temo que no. Tengo que confirmarlo con el ecógrafo, pero me parece que lo ha perdido.

El gesto de Jalid se transformó. La excelente noticia del rescate de la zooarqueóloga, la noche anterior, le había dejado dormir. Pero la posible pérdida de aquel embrión lo complicaba todo. Tenía que hablar con Mao. O mejor aún, quizá había llegado el momento de juntarlos a los dos y de que Pawel conociera toda la verdad. Si los planes de regreso de Amina y Jakin se cumplían como estaban previstos, aterrizarían en el emirato de madrugada y Mao dispondría de los huesos de Shujae desde primera hora del día siguiente.

—Mañana le espero a las nueve en mi despacho para analizar la situación con el director del laboratorio, con el doctor Mei Tian Lu. Le haré partícipe del ambicioso proyecto en el que está trabajando, del que no le he contado nada todavía. A partir de ahora, necesito una perfecta coordinación entre ambos. Entenderá por qué.

Acarició la testuz de la yegua portadora y decidió quedarse hasta dar por seguro el diagnóstico. No podía ocultar su frustración. Pawel salió para buscar su ecógrafo portátil. Cuando regresó al box, Jalid colocó una cabezada a la yegua. Pawel se colocó detrás de ella. Aquel pequeño modelo de ecógrafo permitía llevarlo en el bolsillo, conectado en modo inalámbrico con unas gafas OLED. Metió la sonda rectal a la yegua y se puso las gafas.

—Ojalá estéis equivocado y el embrión siga ahí —apuntó el emir.

—Ojalá...

Pawel entendía el malestar del emir. Había invertido mucho dinero para conseguir un cruce de sangre perfecto y olía el fracaso. En ese momento, recorría con la sonda rectal el comienzo del cuerno uterino izquierdo, adonde había transferido el embrión.

—¿Lo encontráis?

Jalid no aguantó más y sacó el ecógrafo del bolsillo del veterinario para ver en la pantalla lo mismo que se proyectaba en las gafas. No era un experto, pero llevaba unas cuantas ecografías vistas.

Pawel valoraba el tono uterino en torno al posible lugar de implantación sin notar diferencia con el resto de extensión, como tampoco en la base del cuerno derecho. La yegua no estaba preñada.

—¡Nada! Está vacía...

Se quitó las gafas y retiró la sonda.

—¡Qué desastre!

Jalid pegó una patada a la puerta del box antes de abandonarlo. Se dio media vuelta y dijo:

—Mañana quiero un informe con su análisis y una propuesta con soluciones. ¡No acepto un error más!

Pawel bufó encorajinado. Odiaba aquel tipo de reacciones; le enervaban. Jalid había soltado la bomba y se largaba sin discutir sobre el asunto, sin permitirle hablar, sembrando dudas, cuando no atribuyéndole el fallo. Y él no había fallado. Él no fallaba. Habría hecho más de cien transferencias de embriones a lo largo de su carrera profesional y la eficacia rondaba el ochenta y cinco por ciento cuando el material era fresco. Aunque los resultados empeoraban con embriones criovitrificados, conocía mejor que nadie las bases de la reproducción equina y la yegua receptora no podía ser mejor. El problema estaba en el embrión, lo tenía claro. Pero no le había dado oportunidad de hablar, de decirle que pidiera ese informe al chino, culpable del mal resultado; de ese «inaceptable error más».

Salió del box, guardó el ecógrafo en el despacho y se dirigió a su chalet. Necesitaba un segundo café, tranquilizarse, organizar el trabajo de su equipo y borrar de la cabeza las palabras «púdrete» e «inaceptable error más», que despertaban su rechazado lado emocional por segunda vez en el día, tras el chasco de su novia. Como titular de un destacado amor propio y persona que no se achantaba nunca ante los problemas, se vio impelido a tomar decisiones. Después de haber cerrado *sine die* su corazón al amor, tras lo de Irena, como el emir no cambiara de actitud, mañana mismo reservaba un billete para Varsovia y retomaba su anterior trabajo. Tendría esa reunión con Mei Tian Lu. Pero, después, hablaría muy en serio con Jalid.

Sin embargo, a media tarde todo cambió. Recibió una llamada de emergencia de uno de sus mejores clientes; un criador holandés de caballo frisón, propietario de una de las yeguadas más importantes de aquella raza en Europa. Le imploraba que acudiera a verle. Su mejor semental tenía problemas para montar y la voz de su dueño no podía mostrar más angustia. Lo habló con Jalid, disculpó su asistencia a la reunión prevista para el día siguiente y la retrasó hasta su vuelta.

Tomó un avión esa misma tarde hacia Estambul para una siguiente conexión a Ámsterdam. En mitad del vuelo, le asaltó una tentación: ¿y si no regresaba y devolvía a sus clientes el cien por cien de su atención? Pensó en pros y contras. Había invertido un año de su vida en atender los deseos de Jalid bin Ayub y la experiencia había aportado a su carrera más bien poco. Ni se sentía respetado ni el trabajo estaba siendo excepcional. Y para más inri, el emir le había hablado de un misterioso proyecto que ocupaba al doctor Tian Lu, pidiéndole ahora su participación, cuando tantas veces le había preguntado en qué trabajaba aquel oscuro personaje, las mismas que había recibido un silencio como respuesta. ¿Era esa toda la confianza que tenía en él? Aquella pregunta, sumada a sus últimas adversidades, terminó arrastrándole a tomar una decisión. Miró por la ventanilla y le pareció identificar el estrecho del Bósforo.

Fue ahí, a muchos miles de pies del suelo, cuando lo vio claro: no volvería al emirato de Fuyarja.

Eran las dos de la madrugada cuando llegó el coche que llevaba a Amina y a Jakin. Jalid los esperaba a los pies de la escalinata del palacio.

No se había acostado por deferencia a la arqueóloga, pero tampoco lo hubiera conseguido. Estaba muy preocupado. Las cosas no estaban saliendo como tenía previsto. El embrión desarrollado en laboratorio a partir de un ovocito enucleado, al que habían transferido después el ADN del caballo de Simón Bolívar, no había sido viable. La reunión con sus dos especialistas para analizar el fallo, uno de genética y el otro en reproducción equina, se retrasaba. Y su hermana Zulema, para rematar el día, le había anunciado que se iba a vivir a Niza sin fecha de regreso, descartada por completo la boda con aquel general. Decisiones que no le habían gustado nada.

Y eso, sin saber que el motivo de haber elegido la glamurosa ciudad costera del sudeste francés se llamaba Jean Paul, cuarenta años, guapo hasta ofender y con casa de ensueño sobre el mediterráneo, al que había conocido en París en una de esas fiestas locas a la que había acudido. ¿Qué sucesión de circunstancias la habían llevado a tomar esa decisión?: un inesperado wasap de aquel dandi invitándola, el deprimente físico que lucía el pretendido esposo y general cuando se había cruzado con él, y la posibilidad de huir a un destino que representaba sus verdaderas expectativas de vida.

Jalid abrió la puerta del coche. No permitió que ningún sirviente lo hiciera.

—Entiendo que estarás agotada.

Ayudó a salir a Amina y le dio la bienvenida con dos inesperados besos.

—Si conoces un término más extremo que la palabra ago-tada, todavía se quedaría corto. —Para agradecer su hospitali-dad, forzó un esbozo de sonrisa. No le salió nada más. Volvió a meterse en el coche y sacó el maletín con los restos de Shu-jae—. Mi parte del trabajo está cumplida. ¿Recuerdas qué te pedí a cambio?

—Tienes preparado el baño; te ayudarán tres jóvenes para que no tengas que hacer nada. Y la botella de Lagavulin te es-pera en el salón, como haré yo si te apetece abrirla después, o mañana, si prefieres descansar.

—No tengo claro qué haré. No sé... Han pasado demasia-das cosas terribles para tomarme un *whisky* a gusto; encuentro hasta frívolo habértelo pedido. Aunque, por otro lado, necesi-to hablar. No lo sé. Tendrás que esperar levantado hasta que me decida.

—Me tendrás en el salón azul.

Amina se despidió esbozando una cansada sonrisa.

CAPÍTULO 37

Salón azul. Palacio del emir Jalid bin Ayub. Abril de 2018

Amina entró en el salón donde la esperaba Jalid y la botella de Lagavulin. Vestía una túnica blanca, babuchas negras, el gesto relajado y una pregunta en su conciencia que no permitía excusas ni retrasos.

Jalid se levantó a recibirla llevándose una mano al pecho. Invitó a que tomara asiento. Como no llevaba turbante, a Amina le sorprendió la exagerada cantidad de canas con solo treinta y nueve años. Él lo advirtió sin darle importancia, tenía asuntos más serios que tratar.

—No quiero entrar en conversación sin lamentar el desgraciado final que sufrió la expedición y que, en particular, te tocó ver... —expresó Jalid con expresión turbada.

Ella le cortó.

—Fue muy duro, durísimo, sí... horrible. —Ciñó sus manos sobre el vuelo de la túnica, medio encogida con sus propias palabras—. Agradezco tu proximidad y dolor, como también saber que harás todo lo que esté en tu mano para cuidar a los que perdieron a los suyos, estoy segura. Pero, en mi caso, además te debo la vida.

—Solo siento no haber podido hacer lo mismo con todos. Pesará siempre sobre mi conciencia.

Jalid trasladaba honestidad en sus palabras, pero ella necesitaba bastante más que eso. Entre las muchas preguntas que quería hacerle, había una que le quemaba.

Jalid descorchó la botella de Lagavulin para servirle una copa. Amina le frenó.

—Hay algo que tengo que saber antes de atreverme a probar el *whisky*... —Se quitó la toalla de la cabeza y empezó a frotarse la melena para secarla. Jalid esperó a oír la pregunta sin decir nada. Amina le miró a los ojos—. ¿Qué significan para ti esos huesos?

—Te lo conté cuando conociste mi museo.

—Ya, ya... Tu afición por los caballos históricos y esa encendida pasión que sientes por Saladino, lo sé. Pero no te quedes ahí... —Cruzó las piernas dejando asomar una por fuera del vestido—. No puedes haber puesto en peligro a tanta gente por reunir en tus estanterías los viejos huesos de un caballo, por importante que fuera su jinete. Lo llevo pensando desde hace bastante tiempo. ¿Hay algo más que eso? ¿Qué es lo que de verdad persigues? —Forzó un brevísimo y reflexivo silencio sin dejar de mirarle a los ojos. Él tradujo que no esperaba su contestación todavía—. Seré directa: me hago esas preguntas porque intuyo que escondes algo. Y como creo haber cosechado suficientes méritos para saberlo, después de esquivar de milagro la muerte, asistir a un horrendo crimen colectivo, haberme perdido en una tierra llena de peligros y en guerra, y de estar a punto de ser violada por dos soldados, ¿no te parecen suficientes razones para recibir la verdad?

Jalid soltó un largo suspiro, bebió un poco de agua y sostuvo un tenso silencio sin contestarle nada. A cambio, Amina recibió la presión de sus ambarinos ojos y se sintió rara, como traspasada por ellos. Él se acomodó en el sillón, carraspeó dos veces y decidió hablar.

—¿Alguna vez has imaginado cómo serían en vida esos restos arqueológicos que nadie encuentra bajo tierra mejor que tú?

La pregunta dejó un poco desconcertada a Amina. Claro que lo había soñado, y no una, mil veces. Pero no entendía la extensión que le quería dar a esa reflexión.

—¿Acaso se puede, fuera de practicar un simple ejercicio de imaginación?

—En ello estoy. Y eso responde a tu primera pregunta. ¿Qué sabes sobre la clonación?

—Algo sobre la oveja Dolly y poco más. Si no recuerdo mal, se hizo en Escocia. Desde una célula procedente de la ubre de una oveja consiguieron que naciera otra idéntica, Dolly. Fue todo un hito.

—La técnica ha evolucionado mucho. Ahora no es necesario partir de una célula viva; basta con tener el ADN de una célula muerta, vale cualquiera que esté presente, por ejemplo, en un hueso, tejido, piel o cualquier otra víscera.

Una vez desvelado el asunto, Jalid estaba dispuesto a despejar todas sus dudas.

—¿Pretendes clonar un caballo que murió hace más de ochocientos años?

—Así es —sonrió y sus ojos brillaron de forma especial—. ¿Te imaginas poder ver a Shujae viva, tocarla, o incluso montar en ella? ¿Tener frente a ti a la yegua preferida de Saladino, con la que cabalgó desiertos y ciudades, que le vio ganar guerras y convertirse en un mito? ¿No te parece un milagro que los huesos que hallaste en ese castillo terminen convirtiéndose en un ser vivo? ¿No lo encuentras excitante?

Amina se sintió sobrepasada con la idea. No supo qué contestar. Si era cierto lo que aquel hombre contaba, su planteamiento no solo era excitante; era lo más asombroso que había oído nunca. Cuando le había planteado las dos preguntas, lo menos que hubiera podido imaginar era lo acababa de oír. Miró a Jalid con otros ojos, lejos de hacerle principal responsable del horrendo final de sus compañeros de excavación. Pensándolo mejor, ¿cómo iba a prever lo que sucedió? Siria era sinónimo de alto riesgo y todos los que habían ido hasta allí lo sabían, aunque ninguno esperase encontrar tan severas consecuencias.

—Cuando paseamos por los establos, ¿vi caballos históricos sin saberlo?

—Esa sería mi pretensión, mi verdadero sueño. Aunque por el momento no lo he conseguido. Tengo a los mejores especialistas trabajando en ello y, según me dicen, estamos a punto de lograrlo. El último intento, hoy mismo lo he sabido, no ha tenido éxito. Pero seguiremos en el empeño, volveremos a implantar uno y otro embrión hasta conseguir uno viable.

Amina observaba a Jalid y no sabía si estaba delante de un iluminado o de un genio; de un filántropo o de un tipo sin escrúpulos. Se vanagloriaba de conocer bastante bien a los hombres, quizá porque había intimado con muchos e incluso varios a la vez. Pero el caso de Jalid no era común. Mientras lo analizaba, buscando su fondo, empezó a presentir una especie de áurea oscura a su alrededor, como si cohabitaran facetas de su personalidad menos transparentes. El planteamiento de dar vida a la Historia era tan alucinante como sugestivo; nada malo podía haber en ello. Sin embargo, no conseguía evitar que sobrevolase en su cabeza una inquietante duda: ¿acabaría todo ahí?

—¿No te parece un proyecto increíble? —insistió Jalid, con una preciosa mirada, orgullosa y franca a la vez, que transformaba por entero su rostro.

—Desde luego —contestó ella de forma escueta, sin querer enturbiar su momento.

—¿Te apetecería vivirlo en directo? Puedes quedarte en palacio todo el tiempo que quieras y ver nacer a Shujae. O por qué no al que fue caballo de Simón Bolivar, a partir de sus embriones que tenemos congelados y disponibles.

Jalid, ahora sin preguntar, le sirvió una generosa cantidad

de Lagavulin. No añadió hielo, tal y como ella lo quiso. Él se puso otra copa.

Fuera por culpa del entorno, del cansancio, de lo hablado, o un poco de todo; a Amina se le terminaron de borrar de la cabeza las turbias ideas sobre el emir, tanto las pasadas como las presentes. Echó un buen trago de su bebida preferida y se fijó en el hombre. Era tan atractivo... «¿Cómo sería en la cama?», se preguntó, un tanto acalorada. Estaba exhausta y rota, pero dispuesta a cambiar su dormitorio por el del emir de Fuyarja, a poco que tuviera la oportunidad.

Lo intentó. Ahuecó su cobriza melena, por falta de cuidados un tanto canosa en sus raíces, eso sí, y se subió la túnica para dejarla a mitad de muslo. Hizo chocar su *whisky* con el de Jalid, brindando por ellos, en ambiguo, pero con un «ellos» que superaba su uso como pronombre. No obtuvo respuesta. Probó de otra manera.

—Se dice que los emires tenéis a todas las mujeres que deseáis...

—No lo creas. Las películas han hecho mucho daño en ese sentido. Es uno de esos falsos mitos que corren por ahí —respondió él, viendo por donde iba.

—A ver, qué a mí me da igual, como si tuvieras una docena para elegir. Ojalá fuera ese mi caso —dijo, y soltó una carcajada.

—Si no los tienes es porque no quieres... —respondió él.

Amina adivinó esperanzas, no inmediatas, pero en la buena dirección. Le asaltó un incontenible bostezo que disimuló con la mano, sintiendo todo el cansancio del mundo encima. Decidió ponerle solución.

—Sin ánimo de parecerte aprovechada o pesada, me gustaría quedarme un tiempo por aquí para descansar, antes de encontrar otro trabajo —comentó mientras se terminaba la bebida, abandonaba su asiento y se despedía de él con un aséptico buenas noches.

—Puedes quedarte todo el tiempo que quieras.

CAPÍTULO 38

—

Amersfoort. Países Bajos. Mayo de 2018

Cuando Pawel llegó a las cuadras de su cliente, uno de los mejores criadores de caballos de raza frisona, llevaba encima su maletín de emergencias, un billete de avión de Ámsterdam a Varsovia para esa misma tarde, primero de mayo, y un coche que le había seguido desde el aeropuerto de Schiphol sin la menor sospecha por su parte. Los ocupantes: dos agentes locales del Mosad.

Los llamados *katsas* habían sido activados desde el servicio central de inteligencia israelí en Giglot, al norte de Tel Aviv, después de que sus sofisticados sistemas de información detectaran la identidad de Pawel en la reserva de tres vuelos: de Fuyarja a Estambul, de la capital turca a Ámsterdam y de ella a Varsovia.

No era la primera vez que lo hacían. El Mosad controlaba los movimientos de Pawel desde hacía ocho meses, apenas supieron lo suficiente sobre él una vez había empezado a trabajar en el emirato. Las razones que tenían: su condición judía y la estrecha proximidad con Jalid bin Ayub; algo que le recordarían llegado el momento de necesitar algo de él, en atención al sagrado deber hacia los suyos.

De Pawel lo sabían casi todo; él, de ellos, nada.

Sabían que había viajado desde el emirato a unos cuantos

países europeos; sobre todo Alemania, Países Bajos, Francia y Bélgica, para visitar a sus mejores clientes. Desde hacía dos meses tenían pinchado su teléfono. Habían establecido un estrecho seguimiento a su novia polaca Irena Kurts, conocían su biografía al detalle y habían encargado un profundo examen psicológico a una de las mayores autoridades hebreas en el estudio de la personalidad, a partir de los datos que habían obtenido de su vida.

Pero en esta ocasión, el responsable de ordenar su seguimiento había dado órdenes diferentes al equipo infiltrado en Países Bajos, fuera de las anteriores tareas de información. Necesitaba que lo retuvieran el tiempo que fuera necesario, una vez terminara el trabajo que iba a hacer, hasta que pudiera acudir él.

Había llegado el momento de hablar con Pawel Zalewski.

Ajeno a esos planes, Pawel observaba al impresionante semental que preocupaba a su cliente. Calculó una altura a la cruz de ciento setenta y cinco centímetros y unos ochocientos kilos. El enorme porte y la estética de aquella raza equina, la frisona, asombraba a todos, pero también su docilidad y buen carácter. En el caso del paciente al que se enfrentaba Pawel, era todavía más notorio. No se había movido un solo milímetro durante el reconocimiento, incluso le preocupó su postración. Pero no solo. Tenía una descarada conjuntivitis, fiebre, una notable hinchazón en su escroto y no comía. La sospecha que tomaba terreno en el diagnóstico de Pawel era tan seria, que no quiso adelantar nada al criador hasta terminar la anamnesis.

—¿Cuantas veces ha salido de vuestra cuadra para cubrir yeguas en el último año? ¿Le ha pasado lo mismo a algún otro semental? —No le dejó contestar todavía—. A la auscultación, he encontrado algo que no me gusta. ¿Tiene usted alguna yegua con problemas respiratorios?

Sospechaba de una enfermedad vírica que cursaba con

esos síntomas, cuya principal fuente de transmisión era la sexual.

—¿No estará pensando en...?

El criador se temió lo peor: la peligrosa arteritis vírica; una enfermedad que anularía al semental, depreciaría un trabajo de años en la yeguada y ahuyentaría a sus clientes.

—Haremos una PCR para confirmarlo, pero parece arteritis vírica, sí. ¿Algún aborto?

—Dos... —confesó el afligido hombre con el ánimo por los suelos.

De tener razón, tenía una docena de yeguas infectadas, las últimas cubiertas por aquel semental.

—Sabe que es una enfermedad de declaración obligatoria, ¿verdad?

Pawel era consciente de las durísimas consecuencias para el criador. La vacunación protegería a los animales y evitaría que fueran portadores, pero no lo resolvía todo. Los machos afectados no podrían ser usados para cubrir, salvo a hembras seropositivas, y le tocaría chequear el establo una y otra vez antes de emprender cualquier futuro proyecto reproductivo. Pasarían años antes de que quisieran comprarle uno de sus sementales. Un terrible golpe para su economía y para su moral.

—Lo sé. ¡Maldita sea que lo sé! —Cerró la cancela del box muy enfadado; el caballo irguió las orejas y cabeceó asustado por el ruido—. Le acompaño hasta el vestuario. Aunque me vea tan afectado, agradezco su esfuerzo, en serio; ha hecho un largo viaje.

—Hubiera deseado que terminara mejor, la verdad. De cualquier manera, a partir de ahora me tendrá más cerca. Ha terminado mi tiempo en el emirato.

Se quitó las botas, el buzo de trabajo y se lavó manos y brazos hasta recuperar la ropa con la que había llegado. Comentaron los pasos que dar a partir de ese momento. Pawel se los dejó anotados.

No había sido una visita agradable para ninguno, pero la calidad del personaje se demostró a punto de entrar Pawel en el coche, cuando recibió un largo y sentido abrazo del hundido hombre. Era, en esos momentos, cuando se alegraba de haber elegido aquella profesión; la más bonita del mundo.

De vuelta a Ámsterdam paró a comer en un restaurante de carretera, un menú. Pidió un vaso de leche, un periódico y se centró en el plato combinado; filete con patatas y ensalada. Hasta que un par de tipos se sentaron a su lado.

—¿Pawel Zalewski?

—No les he dado permiso para tomar asiento —respondió de forma abrupta—. ¿Quién pregunta por mí? ¿De qué me conocen?

El que parecía mayor se puso a leer el menú sin contestar. El otro levantaba un brazo para atraer la atención de la camarera.

Pawel miraba a uno y a otro sin salir de su estupor. Dejó los cubiertos en el plato a medio terminar y, visto lo absurdo de la situación y que no respondían a sus preguntas, se levantó con intención de irse.

El más fornido le agarró de un brazo y lo volvió a sentar sin el menor miramiento.

—Señor Zalewski, ármese de paciencia porque va a tener que esperar un rato hasta que llegue alguien que necesita hablar con usted. No será más de una hora.

—Pero ¿qué dice? ¿Quiénes son ustedes? —Pawel se hizo con el cuchillo dispuesto a todo—. No tienen ningún derecho a retenerme... —lo blandió a menos de diez centímetros de la cara del más joven—. O me dan una explicación o aviso a la policía —levantó la voz.

—Tranquilícese. —El mayor se hizo con el cuchillo y lo dejó sobre la mesa—. Entendemos que se sienta extraño, pero no amenazado. En menos de una hora, nuestro jefe resolverá sus lógicas dudas. Por el momento, solo le podemos decir que trabajamos para el Gobierno de Israel.

—Me da igual para quién trabajen. Tengo un vuelo que sale en menos de dos horas y no estoy dispuesto a perderlo. ¡Me voy!

Dejó un billete de veinte euros sobre la mesa. Sin recordar cuánto costaba el menú, seguro que menos, se levantó a toda velocidad. Como los pilló desprevenidos, no estuvieron rápidos para sujetarle. Pawel buscó la puerta del bar a buen paso. Los otros dos también. Al sentirlos tan cerca, una vez en la calle, se puso a correr en busca de su coche. Lo abrió a distancia y cuando iba a meterse dentro se le abalanzó uno, impidiéndole entrar.

—No nos lo ponga más complicado. Haga usted el favor...

Le estaba retorciendo el brazo por la espalda. Pawel no podía moverse; si lo hacía, el dolor era insoportable. ¿Qué quería el Gobierno israelí de él para actuar como lo estaba haciendo? Desde luego, aquellos tipos iban en serio.

Lo llevaron casi en volandas hasta el vehículo en el que habían venido, un enorme Hummer, y le metieron en el asiento trasero; uno de ellos lo acompañó.

—No entiendo nada... —se quejó Pawel—. Estas nos son maneras de tratar a la gente.

El que ocupó el asiento del conductor se presentó como Job y el que seguía retorciéndole el brazo, Samuel, dejó de hacerlo en cuanto el veterinario prometió no resistirse más. Volvió a preguntar qué querían de él, pero, como no obtuvo respuesta, llegó a la conclusión de que no le quedaba otra que esperar. ¿A quién?, no lo sabía. ¿Para qué?, tampoco.

Apenas tardó una hora en ver resueltas sus dudas. Apareció un BMW con un hombre de cierta edad al volante. Lo abandonó y se metió en el asiento de Pawel. Pidió que les dejaran solos.

—Lo primero: le pido disculpas por las maneras que hemos empleado para conseguir hablar con usted. No nos ha sido fácil establecer contacto. —Le ofreció la mano. Pawel no salía de su asombro. Acababa de dar a entender que llevaban siguiéndole desde hacía tiempo—. Mi nombre es Isaac Ludwig y, aunque estoy oficialmente jubilado, sigo realizando algunos trabajos para el Instituto de Inteligencia y Operaciones Especiales de Israel. En concreto, los mismos que me ocuparon cuando estaba en activo.

Pawel preguntó si ese instituto era lo que todo el mundo conocía como Mosad. Con solo una sonrisa, el hombre se lo confirmó.

—Como no pretendo hacerle perder ese avión, si no le parece mal, podemos hablar de camino al aeropuerto y enviaré a uno de mis hombres a que lleve su coche.

—Claro, también sabe que tengo un vuelo...

—Por supuesto, a Varsovia, a su ciudad natal. Como también su condición judía, o que su madre, Judith, lo dio en adopción nada más nacer. También estamos al corriente de la infortunada sucesión de familias que no terminaron de acogerlo. Sabemos en qué orfanatos le tocó vivir su infancia y juventud, dónde desarrolló sus estudios escolares y los excelentes resultados que obtuvo. Por supuesto, el traslado a Gante para estudiar veterinaria, el doctorado, los primeros trabajos, el nombre de su novia, y sobre todo el contrato que en este momento le une al emirato de Fuyarja. Y es ahí donde radica nuestro principal interés.

Pawel no supo cómo digerir aquello. En menos de un minuto, acababa de resumir toda su vida. Quedaba confirmada la sonada eficiencia del Mosad, pero también que acababa de situarle a las puertas de un extraño enigma: ¿qué interés podía tener el servicio de inteligencia israelí en él?

Isaac estaba allí para desvelárselo. Y no dudó en confesar que le arrastraba una doble motivación; la principal era profesional. Aunque desde hacía menos tiempo, se había venido a sumar una personal. Fue por partes.

—Llevamos años detrás del emir Jalid bin Ayub. Ha sido

foco de mi particular atención desde que tuvimos la primera sospecha de estar apoyando a más de un grupo terrorista, como Hezbolá, aparte del estrechísimo contacto que mantiene con el Gobierno sirio, en concreto con su presidente, Al-Ásad, fiel aliado de nuestro declarado enemigo Irán. —Miró su teléfono en respuesta a una inoportuna notificación sonora. No la atendió—. Perdone. Le decía que, a pesar de esas suposiciones, nunca hemos conseguido reunir suficientes pruebas contra él, como tampoco saber hasta dónde se extienden sus contactos con algunos grupos prokurdos, la mayoría afines al PKK, defensores todos del anhelado Estado independiente del Kurdistán. Su emir actúa sin dejar una sola pista y mueve su dinero de forma eficaz y sigilosa, a través de interminables redes que terminan estructurando un complejo entramado empresarial.

Pawel no daba crédito a lo que estaba escuchando.

—Me sorprende la transparencia de sus palabras; parece no costarle compartir las secretas misiones en las que está metido —Le aguantó la mirada, consciente de estar siéndole un tanto incómodo, pero lejos de amilanarse por ello—. Sin apenas conocerme, no termino de entender por qué actúa así conmigo.

El tipo podía ser franco en sus planteamientos, pero las reticencias de Pawel no paraban de crecer. Isaac vio lógico su razonamiento y prefirió despejar dudas, aunque tuviera que demorar su segunda motivación.

—Señor Zalewski, lo hago porque usted es de esas personas que generan confianza. Su comportamiento personal y profesional es y ha sido siempre intachable. Se implica en cualquier proyecto que se le encomienda, lo que es más que elogiable, y sería absurdo obviar que es judío. ¿Por qué? Porque pensamos que también se debe a su pueblo, como ya hacemos los demás.

A Pawel no le gustaban los elogios, pero todavía menos las indirectas. Así se lo expresó.

—No se trata de adularle, no se quede en eso. Entendemos que sus cualidades humanas ofrecen el perfil perfecto para responder a las necesidades del Mosad en este momento. De ahí que solicitemos su ayuda.

—No termino de ver qué interés provoco en el Mosad. ¿Puede concretarlo?

—Sin duda. Nunca hemos tenido la oportunidad de contar con alguien de confianza entre los allegados a Jalid bin Ayub.

—Me quieren para espiarle, claro... —Empezaba a estrecharse el foco, pero su posición no terminaba de cambiar. No se veía de espía ni le interesaba la historia que le estaba contando, aparte de no sentirse capacitado para ese tipo de cometidos—. Aunque accediera a su petición, el problema es que he decidido no volver a trabajar en el emirato. Él no lo sabe todavía; se lo iba a decir hoy mismo, a mi llegada a Varsovia. Tomé esa determinación antes de pisar tierra europea, pero ahora es firme.

Isaac reflejó en su expresión la aguda contrariedad de la noticia. Vio llegado el momento de cambiar su condición de espía por la de padre.

—Apelo a su corazón, entonces.

—¿Cómo?

Si la lisura del enfoque anterior le había sorprendido, recabar motivos sentimentales ahora le pareció una salida poco profesional, extraña y de corta eficacia en su caso. Pero le escuchó.

—Desde hace unos meses, mi hija tiene relaciones con Jalid bin Ayub y ni ella sabe que estoy al tanto de ello y, menos aún, de que dirijo su seguimiento. —Consciente de la pésima imagen que daba como padre, necesitó justificar mejor su confesión—. Me costaría resumir qué causa la distancia que mantengo con mi hija para que entendiera por qué la sigo; sería largo de contar. Solo veo que la relación con ese hombre se está estrechando y temo que mi hija termine cayendo en sus redes.

—Hablamos de una mujer adulta, ¿de...?

—De treinta y siete años. Ya lo sé. Hasta ahora, nunca me había preocupado en saber cómo enfocaba su vida, porque nunca ha sido mujer que se dejase llevar por cualquiera y siempre ha sabido qué le conviene y quiere. Pero al coincidir en Jalid mis investigaciones y sospechas, me he visto obligado a actuar, a prevenir y a establecer su vigilancia.

Pawel seguía perplejo. Preguntó de todos modos el nombre de su hija.

—Sarah Ludwig.

Al veterinario le sonó de inmediato. La había mencionado Zulema y no hacía demasiado tiempo. Recordó cómo Jalid confesó a su hermana que la relación iba tomando peso. Se lo trasladó a Isaac, que mostró su preocupación ciñendo la mirada. Antes de volver a hablar, buscó los ojos de su interlocutor.

—Pawel, le ruego que reconsidere su decisión y regrese al emirato. Actuaría en bien del pueblo hebreo, de su seguridad, quizá previendo posibles atentados. Pero, además, ayudaría a un padre desesperado.

Al polaco le llegó al alma la actitud de aquel hombre. Como espía, ¿quién sabía en qué circunstancias o peligros le habría tocado desarrollar su trabajo? Si eso no era difícil de imaginar, sí la forma de dejar entrever su condición de padre, demostrando ser capaz de hacer cualquier cosa por bien de su hija.

A Pawel le pareció una reacción tan desconocida como envidiada. Si la trasladaba a su realidad, nadie se había preocupado por él de aquella manera ni habían tratado de protegerle frente a las muchas adversidades que tuvo que conocer desde bien pequeño. Isaac lo hacía en favor de su hija, trascendiendo a su propia condición de espía.

Lo meditó durante unos segundos. Le pedía un trabajo en

bien de la gente, de su pueblo, y no había tenido ninguna oportunidad de destacarse en ello antes. Era judío, había nacido de madre judía y eso estaba ahí, no lo podía olvidar. Cierto era que le había faltado familia para vivir las tradiciones, leer el Talmud o sentir con orgullo su condición. ¿Estaba pasando su tren en ese sentido? Reflexionó. Se le estaba ofreciendo la oportunidad de significarse, de formar parte de ellos.

Con más dudas que certezas, empezó a replantearse la decisión de no volver al emirato e intentar lo que le pedían. No parecía un encargo imposible, pero merecía una reflexión en frío.

—Necesito pensármelo... Déjeme un par de días y le contesto.

—¡Cómo no! Pero ¿podría retrasar su comunicación de no retorno al emir?

—Eso, delo por hecho.

CAPÍTULO 39

—

Atelier des Lumières, 38. Rue Saint-Maur. París. Junio de 2018

Faltaban dos semanas para la fecha objetivo, para viajar a Florencia; cierto... En total, solo quince días para abordar el Proyecto Uffizi. Y llevaban un mes y medio sin verse; también eso era cierto.

Del robo, apenas quedaba mucho por hablar; lo único, la decisión de Jalid de enviar a París la copia del cuadro para que la llevara ella hasta Florencia. Como no iban a tener tiempo de verse antes de acometer la sustracción, organizó el envío de la pintura al apartamento de Sarah cuidando las necesarias medidas de seguridad y discreción.

El lugar elegido para su último encuentro, antes de abordar la locura florentina, no podía ser más mágico: el Atelier des Lumières.

El edificio, que solo un siglo atrás había acogido una famosa fundición, ofrecía ahora una insólita exposición titulada *La nuit étoilée*, como homenaje a uno de los cuadros más emblemáticos de Van Gogh, pintado en 1888. El local, con sus tres mil trescientos metros cuadrados, grandioso, con muros de hasta diez metros de altura, proponía una insólita experiencia sensorial generada por ciento cuarenta proyectores que trasladaban las pinturas del artista sobre paredes, suelo y techo, entre vídeos inmersivos y la música de Luca Longobardi. Un conjunto que invitaba a vivir, desde dentro, el universo emocional del artista.

La idea: de Jalid.

El resultado: un largo silencio mantenido en Sarah ante tan evocador escenario, para, a continuación, sentir cómo afloraba su profunda pasión por el arte, de golpe, impactada, viendo moverse las paredes al compás de unos girasoles bailando, o cómo el cielo se inundaba de un intenso color añil salpicado de espirales vivas, simulando constelaciones estelares. Empezó a pisar pajares de un caluroso amarillo, escenas de campo, entre agostados veranos y melodías que la hacían flotar por el interior de los mundos del artista.

Sarah y Jalid hablaron poco mientras recorrían la experiencia, pero lo sintieron todo. Ella, agarrada a su brazo, caminaba perdida en los universos del pintor neerlandés, en una íntima comunión con sus propuestas, sabiéndose mecida por aquellas pinceladas gruesas que apenas perfilaban los objetos dibujados.

Él, consciente de la compleja experiencia sensorial, la respetaba sin recurrir a innecesarias palabras, quedándose con cada mínimo roce de su brazo o respirando su sutil perfume. Cada vez que ponía su mirada en el perfil de Sarah, a contraluz de aquellas paredes de luz y color, pensaba: «¡Qué hermosa es!».

Estuvieron hora y media sin advertir la caída de la noche, hasta que abandonaron el antiguo edificio industrial. La suave temperatura de París invitaba a pasear. Y eso hicieron, sin prisa por buscar dónde ir o qué hacer.

Atravesaron el *boulevard* Richard-Lenoire y la Place des Vosges para terminar alcanzando el Sena. Pasearon por su ribera, al susurro de las oscuras aguas, donde el ruido de la ciudad se ahogaba con el pisar de los tacones de Sarah por el empedrado, cruzándose con otras parejas que de pronto buscaban sus labios o una caricia bajo un puente; gestos inapropiados en cualquier otra calle de la ciudad, pero no allí, en el Sena eterno. Recorrieron su margen derecha en dirección noroeste, entre barcazas habitadas y lienzos de improvisados artistas, tratando de capturar las esencias de un río y de una ciudad siempre viva.

Podían regresar a la calle y buscar alguna terraza donde disfrutar del discurrir de la ciudad, pero prefirieron no romper el encanto de aquel paseo relajado, entre charlas de todo y nada. Él la había cogido de la mano cuando bajaban la escalera hacia el Sena y se la quedó a partir de entonces. A ella no le importó.

—Qué raro ¿no?

Sarah se miró la punta de los zapatos y, de camino, sus manos estrechadas, que las alzó. Él entendió a qué se refería.

—Raro pero agradable, ¿no te parece? —contestó él, con su perfil recortado sobre las iluminadas torres de Notre Dame.

Sarah esperó unos segundos a que les superara otra pareja, que venía en dirección contraria, para compartir su pensamiento.

—Me buscaste para que robara para ti, solo faltan dos semanas para ello, y aquí estamos, cliente y ladrón, paseando por París de la mano. No termino de creer lo que me está pasando.

—Es el poder de la *Medusa* de Caravaggio; te lo dije. Hay objetos que pueden cambiar el destino de los acontecimientos. Y ese cuadro es uno de ellos. Nos está cambiando a los dos...

Sarah suspiró no demasiado convencida con el argumento, pero tampoco escéptica. Le pesaban los hechos. Solo se habían visto seis veces. Los dos superaban la treintena; él, casi rozando los cuarenta. A esa edad, nadie podía pensar que los amores se construían con tempestuosas fogosidades ni vacuos atolondramientos, más propios de la juventud. A sus años, el sentimiento se hacía presente de otra manera, tejiendo hilos que terminaban reuniendo corazón y cabeza. Y ella sentía a Jalid en esas costuras. A veces, en una sensación intensa, como la estaba sintiendo en ese momento o en el recuerdo de aquel único beso que se dieron. Otras veces, ganándose su razón. Pero también le recorrían sombras. Dudas sobre él. Era entonces cuando recordaba lo ocurrido con sus padres y se imaginaba en parecida situación. Otras dos religiones, otros dos mundos que en nada se parecían. ¿Podría vencer ella lo que su familia no consiguió?

—¿Qué crees que pasará después del Proyecto Uffizi?

Sarah detuvo el paso, se plantó frente a él y le miró a los ojos.

—Será momento de abordar otro proyecto todavía mejor.

—No hablarás de robos...

—Sin descartarlos, me refiero a otra cosa: a que entres en mi mundo, en mi casa, a estar conmigo. A la posibilidad de empezar a compartir todo nuestro tiempo.

Sarah se quedó callada, viajando en sus ojos, calibrando muy bien lo que iba a contestar. Recordó la primera vez que le habló de sus tres grandes objetivos; el primero lo tenía claro, se llamaba Florencia, pero los demás no.

¿Por qué no terminaba de ser transparente con ella por completo?, se preguntó una vez más. Jalid seguía guardándose para sí ciertos asuntos bajo un incomprensible celo, otros se los retrasaba, como si todavía no estuviese preparada para saberlos, antes que disfrutar compartiéndolos con ella. Quería interpretar su actitud como un juego de misterios, viéndolo en positivo, cuando no de desconfianzas por el lado contrario. En cualquier caso, la tenía desconcertada. Aunque sus dudas no terminaban ahí; temía que la apetecible relación que estaba creciendo entre ellos pudiera venirse abajo cuando se enfrentara a las profundas verdades del emirato; al boato de una corte lejana a sus costumbres, con otra cultura, a la ortodoxia islámica, en un lugar que nada tenía que ver con su mundo.

No necesitaba estar en ese palacio ni en el país para saber que allí no iba a poder encontrar un coqueto restaurante en Montmartre, ni un *atelier* donde poder vibrar con una nueva exposición. Tampoco se sentaría en un café para ver pasar a medio París, se perdería las nuevas tendencias culturales como las cosas de sus amigas y sus felices regresos a Fontevraud se dilatarían en el tiempo. Las posibles compensaciones a tanta pérdida estaban por ver, por descubrir. ¿Sería capaz Jalid de darle tanto... tanto? ¿Suficiente para dejar de añorar esos «tantos»?

Solo lo sabría arriesgándose a ir.

—Dejemos pasar dos o tres semanas tras el robo. Luego acudiré.

La sonrisa con la que cerró su afirmación fue de inmediato tapada por un sentido beso que Jalid no pudo resistirse a dar. Cuando Sarah abrió los ojos, sintió una gruesa lágrima resbalando por su mejilla. ¿Era eso el anticipo de un amor que lograría unir sus vidas para siempre? No lo sabía, pero solo se le ocurrió responder con otro beso mientras se abrazaba a él y sentía cómo se paraba el mundo, el río, la ciudad, la vida, todo.

Hubiera querido pasar el resto de la noche juntos, en su apartamento; lo deseaba. Pero sabía que Jalid no podía. Su avión le esperaba en el aeropuerto para regresar al emirato en un vuelo nocturno.

Se lo había adelantado nada más verse. A primera hora de la mañana, tenía convocada una reunión de vital importancia, cuyo motivo una vez más decidió no compartir con ella.

El objetivo que tenía aquella reunión era reunir a su veterinario Pawel y al doctor Mao para que discutieran primero y pusieran en marcha después, al unísono, el más increíble y fascinante proyecto: la resurrección de una yegua muerta ochocientos años antes cuyo nombre era Shujae.

CAPÍTULO 40

Galerías Uffizi. Florencia. 19 de junio de 2018

Hacía calor y a Sarah le sobraba el cárdigan de lino, aunque fuera ligero y holgado.

La también amplia camiseta de algodón, que vestía por debajo, hubiera sido suficiente para el tiempo que hacía, pero la lógica no tenía cabida en su mente porque necesitaba ocultar la copia de uno de los cuadros más famosos del mundo que le había llegado a su apartamento tres días antes, desde el emirato de Fuyarja, dentro de un aparatoso embalaje de madera, sellado y gestionado por una empresa especializada en paquetería de valor, que garantizaba la entrega en mano y una constante supervisión del envío por la misma persona.

Sarah había dormido en Florencia después de un largo viaje en coche desde París con escala nocturna en Ginebra, una vez había descartado el avión. El riesgo de que le revisaran el equipaje y hallaran la copia del conocido pintor era demasiado alto. Una vez en la capital de la Toscana, se alojó en el Golden Tower, un hotel a solo cinco minutos andando de las Galerías Uffizi, consciente de que no veía a Jalid hasta el día siguiente, el diecinueve. El día clave, el día previsto.

Miró el reloj que presidía la entrada de la famosa pinacoteca; las once y media. Tenía casi una hora para ambientarse.

Recorrió las salas del ala oeste, en el primer piso, sin ninguna prisa, preparándose para afrontar, podría ser, la experiencia más increíble y apasionante de toda su vida. Cierto era que iba a actuar fuera de la ley, pero el reto era extraordinario. Iba a robar arte en su máxima expresión; uno de los más exclusivos objetos producidos por el hombre en forma de pintura. La idea le aceleraba el corazón hasta poder oír sus propios latidos.

A su izquierda, los ventanales que daban al patio interior del palacio, o como lo llamaban los locales, el *piazzale degli Uffizi*, permitían una entrada tamizada de luz a través de sus finos estores. Sin detenerse en todos los pintores, de camino identificó la obra de Vasari. Poco más adelante, la del genial Rafael y, más allá, la de Tiziano y Veronese; este último en el corredor trasverso que comunicaba las dos alas. Solo alguno de aquellos lienzos merecía una hora de contemplación y disfrute. Pero, para Sarah, ese no era el día.

Llevaba el pelo recogido, el cárdigan cruzado y abrochado con un solo botón sobre el hombro izquierdo, pantalones de pata ancha, bolso pequeño, zapatillas cómodas de Ferragamo y un colgante con una pequeña paloma de plata. Se moría de calor. Sintió el roce de la tabla curvada bajo la camiseta.

A pocos metros de la sala noventa, deseó ver a Jalid. No fue así. La confianza en él era absoluta. Pero todavía le ponía un poco nerviosa no saber qué había previsto para despistar la atención del público y ofrecerle los ocho minutos necesarios para anular al vigilante, operar en la urna de cristal y hacerse con la *Medusa*. Le podía la curiosidad. Trabajar sin un control total la incomodaba, no lo podía evitar. Sabía que el emir iba a estar en el museo, en ningún momento con ella y que, al finalizar el robo, se encontrarían en el hotel, en la *suite* Tower Strozzi del Golden Tower que había reservado para él.

Como era martes la Galería no estaba tan atestada de gente como los fines de semana, lo que Sarah agradeció en beneficio de su trabajo.

A las 12:10 entraba en la sala noventa, la de Caravaggio. Se paró a observar el primero de los tres cuadros que acompañaban a la *Medusa*; un *Bacco*, inspirado en el rostro de Mario Minniti, posible amante del pintor. Constató el tono perlado que el autor dio a la piel del dios del vino, contra la oscuridad del fondo, técnica que había hecho propia el maestro milanés y que caracterizaba a su obra. En plena contemplación de la pintura, sin dejar de mirar el reloj, Sarah jugueteó con un mechón de pelo que robó de su recogido, a la vez que escrutaba la asistencia de público a la sala. Serían once personas.

En ese momento le pareció oír un inusual ruido en el exterior de la pinacoteca, como de camiones y grúas. No le dio importancia. Buscó su colgante y acarició cinco veces la paloma de plata, regalo de su abuelo Jacob cuando cumplió nueve años, seis más de los prometidos por su padre para recogerla de Fontevraud. Siempre lo llevaba puesto. Era el recuerdo de un abuelo que, aparte de guía, se convirtió en ejemplo de vida.

Vio entrar a dos militares con fusiles de asalto, boina verde y chaleco antibalas. La inquietó; no estaba previsto. A partir de los atentados en la sala Bataclan de París por parte del islamismo radical cuatro años atrás, así como de los tiroteos indiscriminados en varias terrazas del centro de la ciudad, el Gobierno italiano había reforzado la seguridad en organismos públicos y lugares de especial afluencia turística, con apoyo del ejército.

Por ese motivo, patrullaban la galería; ni Jalid ni Sarah habían contado con ello.

Miró el reloj: las 12:20. Imaginó a su amigo Charles en su ático de París, frente al ordenador y a punto de cortar la grabación de la única cámara de vídeo presente en la sala. Pero ¿y si no se iban los soldados antes de la hora prevista?

Los nervios de Sarah empezaron a pasarle factura. Sintió pequeños temblores en las piernas y unas primeras gotas de sudor resbalando por la nuca. Llevaba demasiado tiempo frente al *Bacco*. Optó por caminar. Salió de la sala y se dirigió a la contigua, a la noventa y uno, donde se exponían algunas obras de Manfredi, probable discípulo de Caravaggio. Estudió el cuadro titulado *La humillación de Cristo* para hacer tiempo. Los ruidos en el patio se hicieron más notorios. Le pareció incluso oír un helicóptero. Faltaban solo cinco minutos para la hora elegida y el escenario de su acción no se encontraba como a ella le hubiera gustado. Regresó a la sala Caravaggio y se colocó frente a la *Medusa*.

En el bolso llevaba lo necesario para cumplir con su cometido.

Uno de los soldados, alertado por el exagerado estruendo procedente del patio exterior, se dirigió a una ventana y separó un tanto el estor para mirar por la rendija. Algo vio que le llamó la atención. Hizo venir a su compañero. Tras echar un vistazo, sus rostros se relajaron y uno animó al otro a verlo desde los ventanales del corredor, sin cortinas, contiguos a donde estaban. Se trataba del brazo que daba la forma de «u» a la Galería. Desde allí, tendrían una mejor perspectiva del patio. Sarah desconocía qué podía haberles llamado tanto la atención, pero agradeció su ausencia. Faltaba un minuto. Metió la mano en el bolso, sacó un pequeño bote de colonia en espray y se acercó al vigilante sentado en su silla. El hombre se volvió a mirar por la ventana al oír el ensordecedor ruido de un helicóptero. La casi totalidad del público presente en la sala buscó la misma ventana, atraídos por lo que podía estar pasando al otro lado. El vigilante subió el estor y, ante ellos, para estupor de todos, incluida Sarah, identificaron a Tom Cruise colgado de una cuerda que pendía de un helicóptero detenido en el aire y a escasa altura. Los gritos de la gente al reconocer al actor terminaron de atraer a la única pareja que todavía no se había acercado a mirar. Alguien explicó que se estaba rodando una película.

—¡El *piazzale degli Uffizi* está lleno de cámaras, camiones y grúas de grabación!

El propio vigilante animó a la gente a ir al vecino corredor donde tendrían una mejor perspectiva. Todo el público abandonó la sala en el minuto treinta. El vigilante no, por culpa de una mujer que le frenó para preguntarle algo. Sin esperárselo, vio cómo le rociaba la cara con un espray; en realidad se trataba de un lanzaperfume. Los efectos del producto fueron instantáneos; el hombre se desplomó sobre su silla sin haber pasado tres segundos, dormido por completo. El contenido del falso bote de colonia era una mezcla de éter, cloroformo y cloruro de etilo: un recurso muy conocido a principios del siglo XX entre los servicios de espionaje, por la inmediata somnolencia y posterior percepción distorsionada que producía.

Tras comprobar la eficacia del producto, que un buen contacto de París le había facilitado, Sarah miró por la ventana y vio al famoso actor disparando hacia el suelo, donde había un coche volcado. Parapetados tras él, otros dos hombres respondían con sus armas, tratando de abatir al actor, que descendía con rapidez desde el helicóptero; todo ello rodeado de cámaras, operadores, pantallas de color o cromas, docenas de focos y un montón de gente, incluida una larga mesa de *catering*. Sonrió al saber quién había organizado todo aquello y entendió el secreto que su socio le había querido dar. Recordó las palabras de Jalid mientras cenaban en Le Marmiton de Lutèce, después del recital de poesía en la librería Shakespeare and Company: «Un ilusionista jamás cuenta sus trucos, ¿no es así?».

Sintió un respingo de emoción ante el increíble montaje: era el motivo de atracción más alucinante que había conocido y, desde luego, inédito en la historia del robo.

Miró el reloj. Había perdido un minuto.

Se aproximó a la estructura de cristal que protegía la *Medusa*. Sacó del bolso un paquete de Marlboro y de su interior cuatro pequeños cilindros plásticos con el diámetro de un cigarrillo y apenas un centímetro de alto. Con la ayuda de una pequeña cuña los incrustó en las cuatro esquinas de la urna.

Activó su funcionamiento con el reloj y, en diez segundos, las cuatro piezas levantaron en perfecta sincronía el cubo de cristal, ejerciendo el peso perdido contra la plataforma que lo soportaba para anular los sensores que esta tenía. Buscó por debajo del cárdigan la copia de la tabla. Metió una mano en busca de la original e hizo el cambio. La sala seguía vacía. Se guardó el cuadro bajo la camiseta de algodón y lo aseguró al vientre con dos largas cintas de tela con terminaciones de velcro. Le faltaba el aire cuando buscó en el teléfono el botón para desactivar los cuatro dispositivos. Se encogieron a la vez hasta recuperar el tamaño inicial, los extrajo con la ayuda de la misma cuña y se guardó todo en el paquete de cigarrillos.

La acción de la sustancia química con la que había fumigado al vigilante le ofrecía cuatro minutos más antes de su despertar. No recordaría nada. Pero prefirió estar presente cuando lo hiciera. Se quedó mirando por la ventana. Vio a Tom Cruise subido ahora al vehículo en llamas, disparando a otro coche que se le venía encima. A su lado, le pareció reconocer a la bellísima actriz Rebecca Ferguson. Se llevó la mano a la boca, casi más impresionada por lo que estaba viendo que por saber lo que escondía bajo la ropa, un cuadro único y una de sus pinturas preferidas. A las 12:38, la cámara de vídeo volvió a recoger la señal en directo de la sala y el vigilante abrió los ojos. Miró a su alrededor, un tanto desconcertado, pero al ver con qué interés miraba la mujer por la ventana, hizo lo propio y se asombró como uno más al ver lo que sucedía en el patio de las Galerías. El *piazzale degli Uffizi* se había convertido en un completo plató de rodaje. Los empleados estaban avisados, pero no de la espectacularidad que se iba a poder ver ni del vuelo de un helicóptero a tan escasa altura, que, en ese momento, recogía bajo un gancho al famoso actor agarrado a la pelirroja Ferguson.

—¡Increíble! —opinó Sarah—. ¡No he visto nada parecido en mi vida!

—Tiene razón, señora. —Se volvió hacia ella sin imaginar lo que había hecho escasos cinco minutos antes—. ¿Le puedo confesar una cosa? —Sarah, rogó que lo hiciera—. Hay quien llama a eso séptimo arte, pero donde esté un Caravaggio como ese... —señaló hacia la *Medusa*.

—Le entiendo muy bien, caballero, y envidio su suerte. Menudo privilegio poder contemplar a diario piezas tan maravillosas como esa también...

Dirigió su dedo hacia otra pintura del genio milanés, *El sacrificio de Isaac*, que podía ser la pieza más definitoria de su estilo. Seguían solos. El público se mantenía repartido en los ventanales de las diferentes salas del corredor, atraído por la presencia de tan reconocibles actores.

Sarah los vio, arremolinados, cuando pasó a su lado después de abandonar la sala noventa. Y se cruzó con muchos más en las sucesivas ventanas del ala oeste, hasta llegar a la escalera de salida, bajarla hasta la planta baja y abandonar el museo sin pasar por ningún control.

Una vez en la calle buscó la vecina Piazza della Signoria, dejando a su derecha el Palazzo Vecchio, y tomó dirección al Golden Tower Hotel, deseando encontrarse con Jalid. A mitad de camino, recuperó una cierta distensión costal, soltó todo el aire que retenía y dejó de sentir el efecto de la abundante adrenalina que acababa de quemar. A cambio, se le escaparon dos lágrimas de emoción, afectada por lo que acababa de pasar y vivir.

Acarició la paloma de su colgante, consciente de que, con ese último gesto, cerraba su particular liturgia, puesta en práctica desde el primer robo, y continuó caminando a buen paso cruzándose con unos y otros viandantes. ¿Quién iba a imaginar qué escondía aquella mujer de paso elegante y evidente estilo? Disfrutaban de una mañana luminosa y cálida, anticipo del inminente verano a estrenar.

Cuando llamó a la puerta de la *suite* Tower Strozzi y la abrió

Jalid, Sarah se abalanzó sobre él para besarlo con decidido ardor. Sin despegar sus labios ni dejar salir una sola palabra de ellos, siguieron unidos recorriendo la lujosa habitación hasta que Sarah se separó, desabrochó el botón de su cárdigan, se subió la camiseta, soltó los velcros de las cintas, despegó de su cuerpo el cuadro y lo sacó a la luz.

—¡Cumplido el encargo! Ahí lo tienes. —Apoyó la tabla sobre un sillón.

Presa de una incontenible alegría y luciendo una gran sonrisa, vio como Jalid se arrodillaba frente a la pintura. La manera en que contemplaba el cuadro, incapaz de contener sus lágrimas, temblando, terminaron de emocionar a Sarah.

—Eres la mejor... —le salió decir, con voz quebrada.

—¿Qué dices? ¿Cómo has podido organizar ese increíble rodaje? Lo tuyo ha sido... ha sido, una... —Se miraron. En ese momento, brotó en los dos un irrefrenable deseo que ninguno se propuso apagar—. Ha sido una barbaridad... —terminó de decir Sarah—. Pero, mejor lo hablamos más tarde...

Volvieron a besarse, hambrientos el uno del otro. Sin separar sus labios, ella se quitó el sujetador, lo lanzó lejos y empezó a desabrocharle a él la camisa, luego el cinturón. Le bajó los pantalones mientras Jalid hacía lo mismo con los suyos. Los zapatos volaron por la habitación. Sarah sintió la mano de Jalid sobre uno de sus pechos mientras terminaba de quitarle la ropa interior. Buscaron la cama, ya desnudos, y se recorrieron con tanta ansiedad como pasión pusieron en el destino de sus primeras y alborotadas caricias, llenas de prisa, sin dar tiempo a saborear cada rincón y cada punto de sus cuerpos, hasta entonces secreto.

Hicieron el amor por primera vez y ninguno supo si aquello respondió a la llamada del amor o a la necesidad de liberar la enorme tensión acumulada, tras el alucinante episodio vivido en las Galerías Uffizi. Un robo practicado a pleno día, con la pinacoteca llena de público, apoyado por una insólita e increíble ambientación que solo podía venir de una megaproducción de Hollywood. Y, todo, gracias a las expertas manos de una ladrona que se acababa de entregar por completo a un encantador y siempre sorprendente hombre.

Aunque aquella pudiese ser una elección complicada, hasta puede que errónea, solo el futuro lo diría, pensó Sarah, mientras miraba a Jalid abrazado a ella.

CAPÍTULO 41

Dar al-Kotob. Biblioteca Nacional y Archivos de Egipto.
El Cairo. Junio de 2018

El emir Jalid tomó asiento en una sala privada de la biblioteca más grande de Egipto con un viejo manuscrito sobre la mesa, dentro de un cuadernillo con tapas de cartón y el número 6023/M. El archivero le obligó a ponerse guantes y mascarilla para manipularlo. Antes de permitir su consulta, echó las cortinas de la única ventana que poseía la estancia para evitar que la luz solar pudiera deteriorar aquel documento de ochocientos veintisiete años de antigüedad. La pequeña lámpara de mesa que encendió después, frente a Jalid, tenía una bombilla especial de baja intensidad, menos de 100 lux, para no deteriorar las fibras de celulosa ni las tintas del escrito.

Tanta prevención era lógica para perseguir su correcta conservación, pero un martirio para quien solo pretendía leerlo y, como mucho, tomar alguna nota. El responsable de haber localizado el manuscrito —se trataba de una carta— tomó asiento al lado de Jalid. Khufu, cairota y especialista en biblioteconomía y documentación, llevaba tres años contratado por el emir con una única dedicación: localizar entre archivos, bibliotecas, tesis, tratados y libros, cualquier documento o referencia que citara o tuviera como protagonista al sultán Saladino. Khufu había sido el más prolífico de los cinco empleados que desempeñaban idéntica tarea, repartidos por medio mundo, en su caso con más de cincuenta hallazgos.

—Como os avancé, mi señor, se trata de una carta enviada al médico Maimónides remitida por el escriba de Saladino, Ibn Yakub, para ponerle al corriente de los asuntos de la Corte. Son siete páginas, aunque tres de ellas están demasiado deterioradas, se leen mal. Estoy viendo cómo solventarlo con el uso de técnicas de reconstrucción digitalizada. Cuando termine de transcribirlas, os pasaré el archivo. Me han permitido escanearlo y disponer de él los días que necesitemos, pero me han dejado claro que el manuscrito no está a la venta.

Destapó su portátil y lo encendió. Jalid sacó del cuadernillo las siete hojas, las dejó sobre el tapete de fieltro dispuesto sobre su mesa, pero, antes de ponerse a leer, decidió qué cifra iba a ofrecer al archivero por ellas. Para un vulgar empleado público egipcio, la cantidad que había pensado para él superaría cualquier reticencia ética, o eso esperaba.

Las primeras líneas de la epístola recogían los pensamientos del escriba. Envidiaba la paz de espíritu de Maimónides y no poder disfrutar de una vida en El Cairo como hacía él. Ibn Yakub llevaba diez años trabajando para Saladino. Se disculpaba, pocas líneas después, del largo silencio postal al no haber parado de viajar con el sultán. La carta la escribía desde el puerto de Acre, sitiada en ese momento por los francos. La noticia de que Saladino acudía a su defensa, según explicaba al sabio judío, había sido suficiente para conseguir que los atacantes abandonaran sus intenciones y se retiraran a sus campamentos. El escrito hacía referencia a otras batallas que se libraron en meses anteriores, pero, sobre todo, entraba en detalles íntimos del sultán que a Jalid le parecieron mucho más que atrayentes. Leyó un fragmento en voz alta:

—«Nunca descansa —hablaba el escriba—. No duerme más de dos o tres horas por la noche. Me gustaría que estuvierais aquí para que pudierais aconsejarle cómo preservar su salud. Mirándolo estos días, parece como la llama de una vela, todavía penetrante, que se consume poco a poco. Tiene más de cincuenta años y sin embargo dirige a sus soldados como si tuviera veinte, con la espada desenvainada y sin preocuparse por nada. Aunque también sé que está muy angustiado por la situación anímica de sus ejércitos».

Continuaba la misiva reflexionando sobre la necesidad de tener a alguien de confianza junto a él. Animaba en ese sentido a Maimónides para que lo comentara con el hijo mayor de Saladino, en quien había confiado la administración de uno de los territorios más grandes de Egipto, por si veía bien acudir a su compañía.

Tras unos párrafos casi ilegibles, Jalid repasó un fragmento que reflejaba la angustia del leal colaborador de Saladino al pensar que no estaba a la altura de las necesidades de su señor, para seguir después con la contestación del gran sultán. Al emir le interesó sobremanera esa parte, dada la alta admiración que le profesaba. En particular, le llamaron la atención las palabras exactas del propio sultán, transcritas en el documento. Decían:

—«No paso una noche, Ibn Yakub, sin que sienta que Alá me está llamando. Ya no voy a vivir mucho tiempo, escriba. He pasado cincuenta años en este mundo, lo cual es una bendición de Alá. Al hombre que llega a los cincuenta le pasa una cosa extraña. Deja de pensar en el futuro y rebusca mucho en el pasado. Sonríe por los buenos recuerdos y se avergüenza de las locuras cometidas, sobre todo de las que se siente culpable. Estas últimas semanas me he acordado mucho de mi padre, Ayyub. En el curso de su vida, ojalá se halle en el paraíso, nunca cayó de rodillas por complacer a un gobernante. Siempre mantuvo la cabeza alta. No le gustaba que alabaran sus virtudes y dicen que era sordo a los halagos y adulaciones. También, que siempre hallaba satisfacción complaciendo a los demás».

Jalid recordó al suyo, al que también había venerado, encontrando en aquellas reflexiones toda una lección de vida.

—No perdáis mucho tiempo con los cuatro párrafos siguientes... —Khufu se atrevió a cortar la lectura del emir—. Cuesta seguir el texto. Estoy trabajando en ello. Cuando quede legible os lo haré llegar.

Jalid avanzó hasta el punto de la carta que acababa de señalar su empleado. Leyó de corrido, para sí mismo. Dada su enjundia, volvió a hacerlo más despacio, esta vez en voz alta. Saladino hacía una dolorosa reflexión sobre el comportamiento de los suyos ante el fracaso.

—«Tras una derrota, caemos en lo más bajo, hasta el propio corazón del desconsuelo. Lo que no comprendemos es que no hay victoria sin derrota. Todo gran conquistador de la historia ha sufrido contratiempos. Somos incapaces de tener perseverancia...»

Aquellas palabras hicieron pensar a Jalid. Dos días antes, el doctor Mao le había trasladado un nuevo fracaso; esta vez con el último embrión creado a partir del ADN del caballo de Simón Bolívar. La noticia no solo cerraba la posibilidad de contar con el mítico caballo en sus cuadras, todavía le preocupaba más que la técnica de clonación no terminara de funcionar y que su gran proyecto: ver nacer a la yegua predilecta de Saladino, ochocientos años después de su muerte, estuviese en el aire. La simple incertidumbre le mataba. Había arriesgado muchas vidas para la exhumación de Shujae, ilusión a raudales, aparte de enormes recursos económicos invertidos, y a cambio solo obtenía fracasos.

Le empezó a doler la cabeza. Masajeó sus sienes para rebajar la molestia y se preguntó cómo habría abordado Saladino lo que le estaba pasando. La respuesta apareció dentro del párrafo que acababa de leer: «Somos incapaces de tener perseverancia». Su mirada se iluminó de golpe. Se trataba de un pensamiento sencillo, cierto, pero suficiente para hacerle recuperar la fe en su propósito y confiar en un buen resultado final.

Continuó leyendo donde lo había dejado.

—«... después de unos pocos reveses solamente, nuestra moral sufre, nuestro espíritu se debilita y nuestra disciplina desaparece. ¿Estaba escrito en las estrellas? ¿Nunca cambiaremos? ¿Nos ha condenado la crueldad del destino a una permanente inestabilidad? No sé cómo responderemos a Gabriel cuando el día del Juicio Final nos pregunte: oh, seguidores del gran profeta Mahoma, ¿por qué, cuando más os necesitabais, no os ayudasteis unos a otros frente al enemigo?»

Se retiró las gafas y se puso a pensar. Saladino se preguntaba por qué le había tocado vivir un destino tan inestable, con más momentos de sufrimiento que de gozo. Si había sido bendecido por Alá y su tarea era la Suya, ¿por qué sufría su espíritu tanto, ante el menor contratiempo? ¿Por qué dudaba?

A Jalid le atrapó la humanidad del personaje y se identificó todavía más con él. Imaginarlo angustiado, insatisfecho, débil, era verse a sí mismo atravesando idénticas emociones. Aquel, al que muchos habían llamado «Príncipe de los Creyentes», que había alimentado con nuevos y grandes ideales a su pueblo y consiguió arrastrar a otros muchos tras él, podía caer en el desconsuelo, añoraba un mayor compromiso en los demás y sobre todo se sentía solo. También él conocía el amargo sabor de la soledad. También él tenía que cumplir una tarea de Alá, experimentaba la derrota y sufría uno y otro fracaso, perdiendo la esperanza.

Khufu, que presenciaba el momento de abstracción del emir, sintió que sobraba. Con la excusa de ir al baño, le dejó a solas.

Jalid no leía; ponía orden a sus pensamientos. Sabía que su causa requería discreción, que su papel en ella iba a ser secundario y que sus secretos tenían que seguir dentro de su corazón. Pero le asaltaban las dudas, como a Saladino. Estaba solo.

Había reunido a los mejores a su lado y, aunque todavía le faltaba Sarah, seguía sintiéndose solo. En sus tareas de gobierno, muchas veces tenía que discernir entre el bienestar de su pueblo y la justicia. Y no era fácil tomar una decisión. Le pasaba lo mismo con los caminos personales que estaba recorriendo para alcanzar su destino, cuando le tocaba priorizar entre obedecer al designio recibido o ejercer su libertad individual.

Jalid regresó al texto y leyó en voz baja:

—«¿Por qué cuando más os necesitabais no os ayudasteis unos a otros frente al enemigo?».

Reflexionó. ¿Conseguiría alguna vez un compromiso total en los suyos? ¿Dependía de ellos, o de que Alá quisiera convencerlos?

Aquella carta, aquellos pensamientos de Saladino, estaban dando luz a sus tinieblas. Porque, ante tantas dudas que le atormentaban, de pronto vivió con estupor la grandeza del espíritu divino y supo que sería Él quien se encargase de todo. Él decidiría los tiempos. Él movería las piezas necesarias para alcanzar su propia meta. ¿Qué más podía pedir? Cerró los ojos y se le escaparon dos lágrimas de emoción, de puro agradecimiento, antes de invocar a su dios con sus noventa y nueve nombres.

CAPÍTULO 42

—

Laboratorio del doctor Mei Tian Lu. Junio de 2018

La sección del laboratorio dedicada a trabajar con ADN antiguo disponía de unas medidas de seguridad excepcionales: filtros de aire para partículas de alta eficiencia y presión positiva, instalación esterilizada, luz ultravioleta. Los operarios vestían trajes de bioseguridad de nivel cuatro con escudo de visión transparente, suministro exterior de aire y sistema de hidratación. Cualquier utensilio de trabajo se desinfectaba a conciencia antes de iniciar cada procedimiento.

El doctor Tian Lu colocó los tres restos de la yegua Shujae sobre tres bandejas esterilizadas y numeradas. A su lado estaba Pawel, al que no consideraba apto ni capacitado para poder implicarse en un procedimiento tan extremadamente delicado. No quiso a nadie más de su equipo. El emir Jalid había forzado la presencia del veterinario por encima del expreso deseo del chino de trabajar solo. El científico no lo aprobaba, así se lo transmitió tres veces seguidas. Era consciente de lo mucho que se jugaba. Con un material tan delicado y escaso, no se podía permitir el más mínimo error, ni en la preparación de la muestra ni en el aislamiento y posterior selección celular ni, sobre todo, en la extracción del ADN.

—Empezaremos por la vértebra.

La cogió con extrema delicadeza, como si se tratara de una

fragilísima pieza de porcelana de la dinastía Yun, una de las más antiguas. Trabajaba concentrado, como profesional que era, pero por dentro se sentía mal, muy mal. Estaba harto de los constantes retrasos en la expatriación de su familia. El emir solo le daba largas. No entendía por qué no podía ni hablar con ellos y, además, le molestaba la presencia de Pawel.

El veterinario esperaba recepcionar la vértebra, armado con un pequeño taladro de mano para perforarla y extraer cinco muestras. El doctor la dejó sobre una plancha de plástico frente a Pawel, quien la sujetó por una de sus apófisis, con cuidado de no ejercer demasiada presión. Apuntó la broca hueca, de cuatro milímetros de diámetro, sobre la superficie del hueso. Iba a apretar el gatillo de la taladradora, cuando de forma intempestiva el chino se hizo con ella y le ordenó separarse.

—Usted, solo mirar... Solo mirar...

Pawel contó hasta diez, su yugular inflamada, a punto de soltar un grueso taco ante el absurdo comportamiento del chino. Pero, en contra de toda lógica, decidió quedarse con el orgullo malherido y una paciencia por reconstruir. No quería perderse la oportunidad de presenciar una idea tan espectacular como insólita: recuperar un animal histórico a través de una clonación. Tanto le había gustado el planteamiento cuando Jalid se lo expuso, en la primera reunión conjunta con el científico chino tras su regreso de Países Bajos, que se había puesto a estudiar y a protocolizar después los pasos a seguir con la yegua receptora, después de establecer los tratamientos hormonales necesarios. Mientras, había leído los mejores trabajos científicos sobre la transferencia de ADN nuclear y los había repasado mil veces, sabiéndose del todo preparado ante el fascinante reto.

Vio a Tian Lu accionando el gatillo. Se adentraba en el hueso con una delicadeza propia de una bailarina de *ballet*, más que la de un científico. Tardó cinco minutos en recorrer un centímetro de hueso. Sacó la broca, vació su contenido en un tubo y a continuación introdujo un aspirador celular en el interior del hueso perforado. Extrajo otro medio gramo de material medular y lo reservó en el mismo tubo de ensayo. Lo enumeró. Y procedió de nuevo. Cuando terminó con las cinco porciones-objetivo, se permitió un momento de distensión y hasta bromeó con Pawel.

—Las muestras recuerdan al relleno de un rollito de primavera. ¿Le gusta la comida china?

Pawel decidió no responder, le parecía un comentario fuera de lugar y tampoco estaba para reírle las gracias cuando acababa de despreciar su ayuda tan solo unos minutos antes. Aunque al doctor Mei le hubiera dado igual. Ya estaba en otra cosa. Estiraba los dedos como si fuera a tocar el piano, pero en su caso acariciando las cinco muestras que esperaban a ser tratadas en un gradiente de tubos de ensayo. Las cogió y una a una las llevó hasta otra mesa del laboratorio donde las descalcificaría en EDTA, para incubarlas después en una solución con proteinasa K. Por último, terminaría el primer proceso de extracción del AFDN con una purificación en columna giratoria con sílice modificado, seguido de una centrifugación.

Después de cuarenta minutos de trabajo, Tian Lu, en un alarde de complacencia, pasó el primer tubo a Pawel para que fuera él quien añadiera el detergente aniónico con el que se lisarían las células. Después, tendrían que añadir un solvente con el que arrastrar todo el contenido celular dejando el núcleo aislado. Era allí donde tenían que buscar las cadenas helicoidales que formaban los cromosomas y recuperar el material genético lo más íntegro posible.

A Pawel le extrañó aquel repentino cambio de actitud, que se repitió con los cuatro restantes tubos, dejando en sus manos la responsabilidad del siguiente paso. Pero todavía le llamó más la atención su siguiente comportamiento; se empezó a mover de forma atolondrada por el laboratorio. Iba y venía;

resoplaba con anormal frecuencia, murmurando palabras en chino. Pawel lo miraba de reojo sin perder la atención en su procedimiento, hasta que a Tian Lu se le escapó una probeta de las manos estallando en el suelo.

—*Wǒ shòu gòu le!* —exclamó a voz en grito.

Pawel detuvo todo lo que hacía.

—¿Está bien? ¿Le pasa algo?

El hombre se puso a recoger los restos de vidrio sin contestar, ahora refunfuñando. Pawel había conocido a tipos raros en la universidad, casi siempre científicos, pero como aquel chino no recordaba ninguno. Al no dignarse ni a contestar, decidió pasar de él y seguir a lo suyo.

No pasaron cinco minutos cuando la puerta del laboratorio se abrió y entró el emir Jalid vistiendo un traje de bioseguridad completo. Buscó a Mei Tian Lu y preguntó cómo iba todo.

—Pronto todavía... —contestó con sequedad, mientras encendía el microscopio electrónico.

—Pero diga... ¿Qué primeras impresiones tiene? ¿Dispondremos de suficientes células? ¿En qué estado puede estar el material genético?

El doctor se volvió y le espetó:

—Pregunta mucho pero no responde nada...

Pawel miró al emir y luego a Tian Lu. Adivinó problemas sin entender la índole de los mimos. Él siguió a lo suyo.

—No le entiendo...

Jalid se acercó a la posición del científico y le pidió que no levantara tanto la voz. Miró a Pawel de soslayo. Imaginaba los motivos del chino y no le apetecía que los hiciera públicos.

—¡No le entiendo yo!

Tian Lu gritó todavía más. De pronto corrió, hacia donde trabajaba Pawel, cogió los cinco tubos de ensayo con los que estaba trabajando y amenazó a Jalid con hacerlos añicos.

—Tranquilícese, se lo ruego.

El emir movía las manos de arriba abajo, muy nervioso, sin saber cómo serenar a su científico. Además, y con la taquipnea que tenía, se le estaba empañando la ventana plástica de su escafandra, lo que apenas le permitía ver.

Pawel no salía de su asombro. Grave tenía que ser el asunto que se traían entre manos para ver al escrupuloso y perfeccionista Tian Lu a punto de tirar por los suelos todo el trabajo, arriesgando a que esas fueran las únicas muestras que contuviesen un ADN completo. No entendía nada.

—¿Me pide tranquilidad? —En un agitar de brazos, voló el contenido de dos tubos. Ya solo quedaban tres. A Jalid casi se le detuvo el corazón—. No contesta a mis preguntas en meses, y ¿me pide tranquilidad? O me jura ahora, aquí, que trae a mi familia, o me encargaré de que pierda toda esperanza de ver en vida a la yegua esa.

Pawel fue hacia Tian Lu con intención de salvar los tres tubos.

—Démelos a mí, antes de que se pierda todo, y siga discutiendo lo que sea...

El hombre le dio un inesperado empujón a Pawel, ocultando en la espalda los tubos.

—¡No se meta en esto! ¡Márchese! ¡Salga de aquí!

—Hágale caso, por favor —se sumó Jalid—. Siento que haya tenido que presenciar esta desagradable escena.

Pawel, desconcertado, salió del laboratorio, tiró el traje protector a un contenedor especial y se metió en la ducha, antes de acceder al vestuario donde tenía la ropa de calle.

En el interior del laboratorio, seguía la discusión. Jalid no podía estar más preocupado. El doctor Mei Tian Lu era demasiado importante para completar sus planes. No tenía ninguna intención de soliviantarlo más de lo que ya estaba, por lo que optó por aportarle información.

—Como ya sabe, después de su fuga, el Gobierno chino estableció un dispositivo de vigilancia especial a su familia en previsión de que intentara verla antes o después. Lo peor es que esa unidad policial se mantiene activa. Hemos probado diferentes fórmulas, pero ninguna ha sido efectiva y tememos que un nuevo fallo los ponga en alerta. Entiendo su justo deseo y también reconozco que se lo prometí.

—¡Cierto! Han pasado muchos meses de ello. Y qué quiere que le diga: ¡estoy mucho más que harto! —Tian Lu suspiró de forma pesada y tomó asiento en una banqueta alta, como si todo el cansancio del mundo le hubiera venido a visitar en ese momento—. Póngase en mi piel; doy pena... Me doy pena hasta de mí mismo, de mi actual vida...

—Comparado con la prisión, su actual situación no tiene nada que ver con...

A Jalid le estaba empezando a molestar su actitud; igual era momento de poner las cosas claras. El chino no le dejó terminar la frase.

—No digo que en la cárcel estuviera mejor, no soy tan desagradecido. Pero eso es pasado. Pongámonos en el presente. Si pretende que siga haciendo mi trabajo, tan único como inigualable, si quiere más efectividad de la que logró con anteriores equipos para idéntico fin, si necesita mi ciencia y saber para alcanzar sus sueños, le tocará antes conseguir los míos. Y eso se llama recuperar a mi familia.

Jalid no estaba en condiciones de discutir. Entendió la circunstancia, aceptó las reglas y le contestó:

—Me pongo a ello. Pero por favor, usted también. Haga el favor de seguir trabajando con esos tubos.

CAPÍTULO 43

Garganta de Olduvai. Tanzania. Junio de 2018

Marc, como antiguo doctorado por la Indian University, llevaba ya tres meses integrado en un equipo multidisciplinar de arqueólogos y paleontólogos junto al profesor Jackson Brumel, su director de tesis, en la nueva campaña de excavación «Garganta de Olduvai», cuna del *homo habilis*, en concreto, en el lecho II.

Los trabajos, codirigidos por el University College de Londres, la Universidad de Granada y el Centro Nacional de Investigación sobre la Evolución Humana, apenas habían comenzado y conseguían sacar a la luz dos huesos seccionados de elefante con señales de actividad lítica en ellos. Los habían datado en un millón y medio de años. A escasos diez centímetros del lugar del hallazgo, encontraron dos bifaces; dos piezas de sílex talladas por ambas caras, fabricadas y usadas por primera vez por un homínido en pleno valle del Rift, en el lugar considerado como la cuna de la humanidad.

Al hilo de aquellos primeros descubrimientos, los directores de la excavación vieron necesario contar con un buen tafónomo para poder interpretar las diferentes marcas registradas en los huesos y conocer qué o quienes las pudieron hacer: humanos, animales o causas naturales. Y como sabían que Marc había trabajado con la mejor; pidieron que contactara con ella para que fuera a ayudarles a Olduvai. La ventaja: tener trabajo desde el primer día con los restos recién hallados. Aparte de compartir experiencias con cuatro de los mejores arqueólogos mundiales.

Marc no tardó en llamar a Amina. Cuando lo hizo, la encontró tomando el sol con un minibikini en la piscina privada del emir Jalid bin Ayub, con una copa de champán en una mano y un libro en la otra. Dejó todo para coger el teléfono.

—¡Marc! ¿Qué tal estás? Hace un montón de tiempo que no...

—Amina... te... llam... desde... vai... —La voz se entrecortaba.

—Te oigo fatal... espera...

Ella se levantó en busca de mejor cobertura. En otras ocasiones, había encontrado señal cerca del pabellón privado del emir. Se dirigió hacia allí.

—¿Amina? ¿Sigues ahí?

—Claro. ¿Desde dónde llamas?

—Estoy en Olduvai, ya sabes, en Tanzania.

—¿Tanzania? Te hacía en Saqqara... —Amina hablaba bajo el despacho de Jalid. Como había levantado la voz, sin saberlo, atrajo su atención—. ¿Se puede saber qué haces allí? ¿No estarás en el Ngorongoro? ¿Me vas a dar envidia?

—Seguro que sí. Espera. Te mando una foto por wasap.

Amina esperó a que llegara el mensaje. Fue entonces cuando se dio cuenta de la presencia de Jalid en el balcón. Lo saludó blandiendo el móvil y siguió usándolo. Al abrir la foto de Marc, vio un hueso partido, de gran tamaño, con unas significativas muescas recorriendo una buena parte de su superficie. La definición de la foto no era tan buena como para poder identificar mucho más.

—¿Qué ves? —preguntó el arqueólogo francés.

—Los restos de un buen chuletón que te has apurado hasta el hueso —bromeó.

—Siempre serás la misma... —Se rio desde el otro lado del teléfono.

—No es verdad, si me vieras ahora dirías otra cosa. ¡Espera! que me vas a ver...

Activó la cámara del teléfono para seguir la conversación en modo videollamada. Le enseñó lo que llevaba puesto y dónde estaba.

Marc la vio en un primer plano con una enorme piscina de fondo, enmarcada entre palmeras, mínimo bikini naranja, la piel bien bronceada y una mirada más que reconocible: entre pícara y escrutadora.

—Estás espléndida; mejor incluso que la última vez que nos vimos en El Cairo. Ya sabes, cuando me dejaste tirado...

Mantuvo un silencio incómodo, a la espera de provocar alguna reacción en ella que no obtuvo.

—Pero, bueno, dejemos el pasado atrás. Dime qué te dice esa foto y después, ¿dónde estás?

Amina excusó un análisis más detallado al no verse bien la imagen. Compartió su ubicación y resumió dónde había estado trabajando los últimos meses a punto de tomar un descanso definitivo en Siria. Una vez más, su arrojo y valentía dejó impresionado a Marc.

—Como veo que no has cambiado y que la aventura te puede, solo te digo una cosa: haz la maleta y vente a Tanzania. Acabamos de encontrar ese hueso y alguno más en un lugar que sobra explicarte la importancia arqueológica que tiene. Parecen de elefante, pero la gente con la que trabajo sospecha que el descubrimiento no ha hecho más que empezar y quieren que intervengas como experta tafónoma. Vamos, que te necesitan. Y yo también...

Le dio los nombres del equipo de excavación al ser preguntado por ello. Fue en ese momento cuando Amina sintió un familiar hormigueo interior; el mismo que recorría su cuerpo cada vez que se había enfrentado a un apasionante reto profesional, aunque la presencia de Marc le producía dudas. Había quedado fatal con él en El Cairo, no había contestado a sus miles de llamadas cuando estuvo en Siria y se conocía muy bien a sí misma; era demasiado guapo para no acabar otra vez en sus brazos.

—Sabes muy bien cómo tentarme, pájaro. Mira que eres sinvergüenza... —Se dio la vuelta al ver a Jalid acercándose hasta donde estaba—. Me lo tengo que pensar...

Al mirar de reojo al emir, le vio sirviéndose una copa de champán.

Devolvió su atención al teléfono. Aunque se hiciese de rogar con Marc, su decisión estaba tomada. Había descansado lo suficiente, su cuenta corriente había sido engordada con una cifra que rozaba lo ordinario y sus artes de seducción no hacían mella en Jalid. Estaba mucho más que claro: su tiempo en el emirato había llegado a su fin.

—Entonces, ¿les digo que sí?

Marc, antes de oír la respuesta sabía qué decisión había tomado. Amina dudó si usar un «déjame veinticuatro horas», un «quizá», o un «sí», pero se decidió por la tercera opción.

—¡Sí!

A lo que el francés respondió: «África, Olduvai y yo te recibiremos con los brazos abiertos».

Cuando colgó, Jalid se imaginó algo. Sirvió champán en la copa de Amina y preguntó si tenían que brindar por algo.

—Han sido dos maravillosos meses en tu casa y no he podido sentirme mejor tratada, pero...

Jalid no la dejó terminar.

—Pero..., hechas de menos esas botas de trabajo que tanto me gustaron.

Amina recordó la primera cena en palacio, a la que asistió con ellas a falta de zapatos de tacón. Sonrió.

—Cierto, mis pies me las piden... —Chocaron las copas y probaron el champán—. Te voy a confesar algo... —Jalid se preparó a oír cualquier cosa—. Fíjate cómo soy de ilusa que por un momento pensé que existía un posible motivo para atarme a este lugar, pero como no te has dejado ni un poquito... —Adoptó una expresión interesante.

Jalid respondió sin dejar de mirarla, con esos ojos profundos y misteriosos que tenía; imposibles de esquivar para Amina.

—Te admiro como persona y como mujer, créeme. Posees valentía, una desbordante pasión en el trabajo, conocimientos, capacidades y desde luego humor. También un evidente atractivo, pero...

Amina le cortó.

—No hace falta que me lo digas. Sé que esperas a una mujer a la que le vas a dar todo... ¿Me equivoco?

—Así es. Pero no quiero que te vayas sin pedirte un último favor; algo muy especial para mí.

—¿De qué se trata?

—Todavía no puedo darte un plazo, pero necesitaré que me ayudes en un trabajo que podría ser el más importante de mi vida. Por supuesto, te compensaré como te mereces.

Después de su increíble generosidad, Amina no podía negarle nada. Pero se le ocurrió un adelanto en especie. Se acercó a él.

—Como preámbulo del acuerdo, déjame que me haga una idea de lo que es sentirse abrazada por un emir. —Jalid abrió los brazos y la atrapó entre ellos. Al cabo de dos minutos de encuentro, Amina quiso creer que la estaba apretando con deseo. Pero nada de eso ocurrió. Cuando se separaron, ella se lo agradeció a su manera—. Gracias por tu generosidad, por darme la maravillosa oportunidad de conocer un poco más tu mundo y ofrecerme la irrepetible búsqueda de Shujae, a pesar del penoso final que nos tocó vivir. Nada me haría más ilusión que recibir ese primer vídeo cuando nazca.

—¡Dalo por hecho! —Jalid recogió sus manos, consciente de que tardaría en volver a verla. Le gustaba su forma de ser y, como empezaba a conocerla, si no hacía la maleta esa misma tarde no esperaría mucho más—. Te echaré de menos...

—¿Sí? Entonces, déjame decirte una última cosa: si alguna vez quisieras algo más de mí, mándame unas botas...

CAPÍTULO 44

Maison Hermès. 17 Rue de Sèvres. París. Finales de junio de 2018

Sarah acababa su turno a las cinco y solo faltaban diez minutos. Había bajado a los vestuarios, estaba terminando de cambiarse y tenía preparada y a mano su maleta de fin de semana. Cuando le llegó el mensaje de wasap sonrió al saber que su cita acababa de aparcar a las puertas del edificio. Se despidió de sus compañeras a toda velocidad, apenas levantó una mano para decir adiós a su jefe y tomó a buen paso la puerta de salida. Deseaba atravesarla y pisar la calle para encontrarse con su querido amigo Charles Boisí, con quien iba a pasar el fin de semana en su casa de Fontevraud.

Nada más verla, Charles bajó de su Beetle Cabrio verde pistacho se abrazó a ella tras dos intensos besos, le cogió la maleta de las manos y, mientras Sarah tomaba asiento, él la colocaba a duras penas en el reducido maletero de su vehículo, por culpa del espacio reservado para recoger la capota. Entró en el coche y arrancó.

—El hombre del tiempo dice que hoy llueve toda la tarde, mañana todo el día, y medio domingo; solo saldrá el sol cuando nos volvamos —apuntó Charles, mientras miraba por el retrovisor y se metía en el tráfico de la Rue de Sèvres; a esas horas muy animada de vehículos.

—¡No me importa! Así tendremos más rato para hablar,

encenderemos la chimenea y descorcharemos una botella de buen vino, o las que caigan... —Le acarició la mano con la que manejaba la palanca de cambios—. No imaginas cuánto me apetece este plan.

—A mí, no sé qué decirte: me pone triste...

Hacía solo una semana, Sarah le había contado que se despedía de Hermès, cerraba el apartamento de París y se iba a vivir a Fuyarja, en principio sin billete de vuelta. Una noticia que le provocó sensaciones contrapuestas. Se alegraba por ella, la veía enamoradísima del tal Jalid, al que no conocía de momento, pero no terminaba de entender cómo iba a contrarrestar la enorme distancia cultural entre ambos mundos. Ese fin de semana sería para él la última oportunidad de hacerla reflexionar, de ahondar en los inconvenientes y complicaciones a los que se enfrentaría.

—También a mí me apena, pero puedes venir a verme cuantas veces te apetezca. Estoy segura de que le encantarás a Jalid.

Como el coche iba descapotado, Sarah usó el pañuelo de seda que hasta entonces había rodeado su cuello para cubrirse con él el pelo. La temperatura era agradable y, sin embargo, tampoco sobraba la americana. Se la cruzó y disfrutó de la visión del cielo de París.

Charles, por no echar leña al fuego, prefirió no responder, pero lo pensó: dudaba de que su condición homosexual fuera bien aceptada en un país de corte panislamista. Porque él había hecho sus deberes y se había informado sobre el emirato y su líder, hasta donde alcanzó el poco tiempo que había tenido. Aunque, de lo poco que vio, hubo algo que no le gustó. ¿En concreto qué? Que apenas se hablaba de él en ningún foro o medio de comunicación. Parecía vivir ajeno al mundo actual, aislado, sin apenas protagonizar una sola noticia. Y eso le daba mala espina. Tendrían tiempo de hablarlo, pensó.

Mientras Sarah le contaba las reacciones de sus amigas a su

marcha y hablaba y hablaba, él relajó por un momento sus dudas y disfrutó del viaje a Fontevraud. Por fin iba a conocer la famosa villa *Dalila* donde había vivido Sarah con su abuelo, referida mil veces en sus conversaciones; la casa que tanto había influido en el destino de su amiga como en su forma de ser. Tenía verdadera curiosidad.

—Cuando lleguemos a Fontevraud, pararemos para comprar algo de cena. Como sé que adoras los *escargots,* mañana te llevaré a comer los mejores que hayas probado en tu vida, en un restaurante de unos conocidos.

Charles respondió al plan con un «¡estupendo!» que trató de parecer convencido. Aunque no lo estaba. Por culpa de aquella mención a los *escargots* acababa de asaltarle su peor pesadilla; la que no le dejaba dormir desde hacía dos semanas. La pesadilla se llamaba Ivánovich; un desalmado miembro de la mafia rusa con quien se había encontrado en un restaurante del barrio latino llamado Les Escargots d'Auvergne.

Aún resonaban en su cabeza las horribles amenazas que salieron de boca de aquel frío sujeto si no les devolvía el dinero. Y no es que le faltara razón. ¿Cómo no se iba a quejar, si les había robado por internet dos millones y medio de euros, a través de una sofisticadísima secuencia programada, supuestamente indescifrable? Convencido de su invisibilidad, había actuado con brevísimos accesos a ciento veintiocho cuentas corrientes del principal líder de aquella oscura organización criminal, repartidas por todo el mundo. Pero fue detectado. Y lo peor es que todo ese dinero no había terminado en sus manos. Llevaba tres meses transfiriendo esas mismas cantidades, moderadas pero constantes, a la cuenta de otro mafioso, esta vez del clan marsellés, contratado por un rico empresario al que había estafado vendiéndole un supuesto Modigliani, por supuesto copiado por él.

Tragó saliva con solo pensarlo y se llamó estúpido, idiota y unas cuantas lindezas más. No era más que un estúpido ingenuo. La situación se le había ido de las manos y estaba en un punto de no retorno y sin saber cómo salir del embrollo. Pero lo peor es que todo lo había hecho por amor. Por amor a Renard, su actual pareja, un guapísimo e interesantísimo bretón, de cuerpo hercúleo y corazón de oro, pero con gustos tan refinados que le había obligado a buscar recursos económicos extra, por caminos heterodoxos, para tenerlo a gusto y no perderle. Por eso, uno de los objetivos de ese fin de semana era pedir a Sarah que le hiciera un contundente pago por el *hackeo* con el Caravaggio. Nunca le había pedido nada en anteriores robos, jamás, pero ahora necesitaba dinero, mucho, todo lo que pudiera conseguir.

—¿Cómo vas con Renard? —preguntó Sarah, sin imaginar en qué estaba pensando—. Aunque te lo dije en su momento, me reafirmo; me gustó mucho. Tiene pinta de ser un tío majísimo.

—Lo es, lo es... —Charles paró en un arcén para poner la capota al coche: iban a entrar a la autovía y a mucha velocidad no era agradable. Retomó la conducción y siguió con la misma conversación—. Estoy encantado, la verdad... Ahora, quiere que le lleve a las Seychelles a todo lujo; dos semanas, a un hotel que vale una fortuna. Ya veremos...

—Pues no dejes de ir. Aprovecha el momento.

También ella se había instalado en aquella filosofía después de haber sido la mujer más cerebral y calculadora del mundo. El tsunami Jalid tenía toda la culpa.

Después de cenar unos quesos, un poco de *foie* y un estupendo borgoña, Sarah quiso enseñarle las cuadras, la pequeña bodega y, por último, la buhardilla, donde conservaba una buena parte de su infancia y juventud dentro de seis cajas junto con sus libros, ropa y algunas muñecas.

Se sentaron sobre una manta, en el suelo. Sarah fue abriendo por orden cronológico cada caja, numeradas por años, y surgieron las primeras anécdotas en coincidencia con uno u otro objeto que salía a la luz desde el interior. Con dos copas de vino, un candelabro y un cierto olor a cerrado, no se movieron de allí hasta bien entrada la madrugada. Ninguno tenía prisa por acostarse.

Charles decidió ahorrarle la conversación sobre sus apremiantes necesidades económicas al verla tan feliz, mientras compartían unos y otros recuerdos. Disponía de dos días enteros para hacerlo y, a cambio, disfrutó. Se le olvidaron sus problemas. Fue descubriendo la infancia y adolescencia de una niña que pisó aquella casa con solo ocho años y vio cumplidos los dieciocho. Muchos de los objetos que aparecieron, después de haber descansado a escondidas muchos años, hablaban de Sarah. Entre envejecidas fotos, exámenes puntuados en el colegio y fotos de sus ídolos juveniles, lo que salía del interior de aquellos viejos contenedores de cartón resumía una vida y evocaba memorias comunes. Como la orla que apareció medio doblada, de su época universitaria, en la que Charles se buscó.

Les llegó el turno a los apuntes de alguna asignatura sufrida en común, en concreto la de Arte Antiguo y, por extensión, el recuerdo del rocambolesco robo en el Musée de Cluny, especializado en historia medieval. Lo que llevó a Charles a interesarse por el destino de la famosa tablilla.

—Traté de venderla a dos contactos una vez falló el que tú me facilitaste. Pero como a ninguno le interesó, decidí quedármela de recuerdo. Creía que te lo había contado...

La escondía en la cámara secreta que su abuelo había excavado en el subsuelo de la villa junto al resto de cuadros sin vender. En el fragor de una batalla de dudas, sintió la repentina tentación de revelarle el secreto. Mantenían la suficiente complicidad y confianza entre ellos para no albergar ninguna duda. Pero no lo hizo. Charles, lejos de acercarse a imaginar el alcance de lo que pasaba en ese momento por la cabeza de Sarah, insistió.

—Me encantaría verla. ¿Dónde la tienes? Supongo que no está a la vista...

Sarah se terminó la copa de vino, dándose un tiempo de gracia antes de responder.

—¡Está escondida, claro!

Lo dijo con cierta sequedad, evidenciando la escasa ilusión que le producía la conversación.

Su fría actitud molestó a Charles.

—¡Tomo nota! Después de haberlo dado todo por ti y sin haberte pedido nunca una sola contrapartida, ¿recibo a cambio esa inexplicable reserva?

Sarah acusó el golpe. Tenía toda la razón. Charles nunca había guardado secretos con ella y no se le podía pedir una mayor entrega y generosidad en cada uno de los encargos que le había hecho. Responderle con tantas prevenciones y miramientos era muy injusto. Cambió de opinión.

—Hoy es tarde, pero mañana te enseñaré algo que nadie más ha visto...

—Eso suena al secreto de los Ludwig —afirmó risueño, antes de chocar su copa de vino para brindar por ello.

Ella sonrió, selló con cinta adhesiva la última caja, se levantó del suelo, cogió el candelabro y contestó.

—A eso suena, pero una se va a dormir. Estoy agotada...

El sábado amaneció tan lluvioso y oscuro que no apetecía levantarse. Sarah se resistió hasta las diez y media. Nada más poner un pie en el suelo, dio un respingo de frío. Buscó en su armario una larga y vieja chaqueta de lana gorda y se fue a la cocina después de parar un momento en el baño para ver si su aspecto era medio admisible o requería un urgente apaño. Cepilló su alborotado pelo, se lavó la cara, y bajó a la planta baja soñando con un café bien caliente. Encendió la cafetera, metió en el tostador dos rebanadas de la *baguette* que había sobrado de la noche y, a falta de cruasanes, encontró en la nevera un bote de mermelada casera y un resto de mantequilla que no le olió mal para acompañar al pan. Cuando llevaba no menos de veinte vueltas dadas al contenido de la taza, a la vez que revisaba el móvil y mordisqueaba un trozo de tostada, apareció Charles con un pijama absurdo, plagado de papanoeles y pequeñas estrellas doradas, de un rojo tan subido que despertó una inmediata carcajada en ella.

—Lo sé... Llevo días sin hacer la colada y no encontré otro limpio.

Fue hacia Sarah y le abrió la chaqueta para mirar qué llevaba ella por debajo. Lo que vio excusó con creces su atuendo: dos ovejas saltando por encima de unos fardos de paja a la altura de sus pechos.

—¡Mira quién fue a hablar! ¿Dónde está mi café? No soy nadie antes de desayunar.

Mientras se servía, confesó lo mal que había dormido sin explicar por qué. Había tratado de olvidar al ruso, pero no pudo. Hasta las cinco de la madrugada no había conseguido conciliar el sueño. Sarah le recomendó para la siguiente noche unas pastillas de melatonina que se había traído y, a renglón seguido, preguntó si tenía alguna razón para ver robado su descanso. Charles dudó si se lo contaba o no. Probó primero el café, carraspeó dos veces, la miró, se miraron y terminó decidiéndose. Necesitaba sacarse de una vez el problema de dentro. Ella era su mejor amiga, estaba acogido en su casa y podía ser la última vez que se vieran en mucho tiempo. ¿De qué otra manera podía reaccionar cuando lo supiera, más que ofreciéndose en su ayuda?

—Querida, mi economía está atravesando un momento muy complicado. Te iba a pedir algo, pero...

Sarah le interrumpió.

—No te dejo hablar, lo sé. Pero es que estaba a punto de hacerte una propuesta en ese sentido, sin saber lo que me ibas a contar. Me explico. Como desconozco cuándo volveré a Francia, había pensado poner a la venta el retrato de Berthe

Morisot; el Manet, vamos, y contaba para ello contigo. Como la intervención de tu familia fue esencial, aún recuerdo a tu abuela en el suelo presa de un ataque de espasmos, y no he sabido agradecerlo como mereces, querría ofrecerte una buena comisión por su venta. O si te parece mejor, fijemos un porcentaje. No sé cuánto dinero necesitas, pero ¿tendrías suficiente con un veinte por ciento de lo que se consiga? El resto, el ochenta, lo haría llegar a la fundación de mi madre, como hago siempre.

No era suficiente para Charles. Por caro que fuera vendido, la comisión se quedaría corta para la enorme deuda que tenía. Pero le pareció tan bonito el gesto de su amiga que se le saltaron las lágrimas. Ni siquiera contestó. Se levantó y fue a darle un sentido abrazo, regándola de besos después y sin parar de llorar.

—A ver, querido. Tranquilízate... —Usó su propia servilleta para secarle las lágrimas—. Lo que yo haga es poco para lo que tú has terminado haciendo por mí. ¿Te apetece ver la tablilla ahora o esperamos a darnos una ducha y volver vestidos?

Charles preguntó si necesitaban abandonar la casa; no había más que mirar por la ventana para descartar un paseo en pijama.

—No, no tenemos que salir. Solo descender...

—Terminémonos el café y bajemos a... —respondió él, manteniendo el mismo aire de misterio que le había dado ella.

Sarah le dejó un albornoz que a ella le quedaba grande para contrarrestar el frío del sótano. Si con el pijama ya estaba ridículo, el conjunto era para enmarcarlo. Se rio con ganas. Charles bajó las escaleras que comunicaban la casa con la bodega subterránea. Al dar la luz, en pocos segundos, se iluminó el recinto interior gracias a una docena de tubos de neón. De un primer vistazo, no se veía nada que no fuera propio de una bodega: paredes recorridas por estanterías cargadas de centenares de botellas, dos prensas y, en el centro, una ancha mesa de madera con catorce sillas.

Sarah metió la mano entre dos de baldas, empujó una botella hacia dentro y accionó una palanca oculta. Arrastró la estantería hacia ella. Las bisagras rechinaron hasta que se abrió un espacio suficiente para permitir el paso de una persona. Lo usaron. A un solo palmo de la entrada apareció una vieja puerta de madera. Sarah hizo uso de un destornillador con el que ejerció palanca en uno de los ladrillos de la pared, lo extrajo y sacó de dentro una llave.

—Como te tocará venir a por el cuadro más adelante, fíjate de dónde he cogido la llave; bajo ese ladrillo... —Los señaló con un dedo—. ¿Has visto cómo he accionado el movimiento de la estantería? —Charles contestó que lo volviera a hacer; apenas le había dado oportunidad de fijarse—. Entre esa botella, un 1994 Coche Dury Volnay y esta de rosado, de Côtes de Provence, localizarás la palanca.

Sarah metió la llave en la cerradura y empujó la puerta. Al dar la luz, cebó otros tres neones que, tras varios parpadeos, iluminaron una sala de unos cinco metros por tres, con las paredes revestidas de madera y el suelo de mármol. Hacía frío. Charles agarró las solapas del albornoz y se las cruzó sobre el cuello mientras miraba con asombro el contenido de la cámara. Sarah acababa de accionar un segundo interruptor que encendió cinco apliques de pared. Bajo ellos había cuatro cuadros y la famosa tablilla. Charles reconoció el Manet entre los primeros.

—Este lugar lo construyó mi abuelo poco después de terminada la Segunda Guerra Mundial para esconder algunas piezas de arte. Está acorazada, perfectamente aislada de la humedad y protegida frente a la acción de roedores o insectos que pudieran estropear las pinturas. Te lo había ocultado hasta hoy, pero, si con lo que acabas de saber, andas preguntándote lo que me imagino, me va a tocar decirte que sí. También él era un ladrón. De mi abuelo Jacob aprendí todo lo que sé.

—El secreto de los Ludwig, ya veo... Sorprendente. Increíble. Alucinante.

La historia y el contenido de aquella sala tenían mucho más que asombrado a Charles. Se detuvo a mirar cada uno de los cuadros. El primero era un Matisse. Él no había intervenido ni sabía cómo se habría hecho Sarah con él. Pero es que, a su derecha, identificó un Vermeer antes del Manet que le encargaba vender.

—¿Tú sabes la fortuna que tienes aquí?

Por supuesto que lo sabía. Pero también la dificultad de ponerlos en venta. No eran las únicas joyas históricas que poseía; prefirió no mencionar la *Lanza de Longinos,* oculta en un pequeño compartimento bajo una de las losetas del suelo.

—Las demás pinturas que conocieron esta sala tardaron demasiado tiempo en venderse. Pero claro, comerciar en el mercado negro es lo que tiene; bien lo sabes tú... —Se plantó frente al Manet—. Si alguna vez hiciese cuentas del valor real de lo que he reunido aquí, me deprimiría. Porque solo he podido recuperar y mandar un veinte por ciento a la fundación. Ojalá puedas sacarle un mejor precio a este y que te sirva para resolver el mal momento que tienes.

—¿No te da pena deshacerte de él?

Charles intuyó lo que debía sentir. Sarah, en vez de contestar, le cogió de la mano para hacerle cómplice de una experiencia que su abuelo le había enseñado a disfrutar. Trataría de repetirla con él.

—Ahora, relájate. No pienses en nada. Solo escucha. Voy a tratar de iniciarte en los poderes del arte, a pesar de lo inabarcable que es. Todo empieza disfrutando de una contemplación quedada y emocionante para, a continuación, reflexionar sobre ti, al verte a menos de veinte centímetros de una de las más grandes creaciones artísticas hechas por el hombre. Asumido eso, se trata de meterte en cada una de ellas para terminar haciéndolas tuyas, todo el tiempo que quieras y con la intensidad que desees. Ya sé que no eres un lego, sabes de lo que hablo. Mi única pretensión es trasladarte lo que mi abuelo me aconsejó, con sus propias palabras: «Hija mía, si pruebas a mirarlas como te digo, notarás cómo se establece una insólita comunicación entre cada pintura y tu ser, convirtiendo ese momento en algo místico, créeme. La pintura es capaz de expresar cosas. Cáptalas. El pintor ha grabado el cuadro en su alma para ofrecértelo a ti a través de sus pinceladas. No dejes de vivirlas, cariño».

Charles, que la miraba de reojo, advirtió cómo sus ojos surcaban los trazos de aquella pintura y sus pupilas se dilataban o encogían con el cambio de los claroscuros del lienzo. Se concentró en el cuadro, hasta que, de repente, notó como sus respiraciones se sincronizaron, acelerándose al contemplar el perlado rostro de Berthe Morisot; también en el momento de tratar de acariciar los pétalos de las violetas con la punta de ambos dedos.

Los pulsos, enloquecidos, fueron el anticipo de la fuga de un puñado de lágrimas que escaparon sin freno desde sus ojos. Miró a su amiga y la abrazó. En silencio, agradecido por haberle dirigido a aquel otro mundo de sensibilidades, se le quebró el corazón cuando recordó lo que iba a hacer, algo que ella no merecía; la peor traición que podía cometer.

Pero no lo pudo evitar; se sentía débil y perseguido.

Volvió a recordar el peligroso y gélido rostro de Ivánovich y, en ese momento, supo que cuando volviera a Fontevraud no solo se iba a llevar el Manet para vender.

El problema era que necesitaba mucho dinero.

CAPÍTULO 45

Desierto del suroeste. Emirato de Fuyarja. Julio de 2018

Jalid montaba a su mejor caballo, Al-Aber, un árabe da capa castaña y fisonomía clásica: cara cóncava, cola elevada y en cascada, músculos alargados y finos, equilibrado de hombros, con un perfecto reparto de peso entre el tercio anterior y posterior, no más de un metro cuarenta y cinco a la cruz, aires de animal noble y un espíritu ganador que volvía loco a su dueño. Porque en los últimos tres años le había hecho subir al pódium del *Desert Raid 120 Fuyarja*, en una ocasión presidiéndolo. Se trataba de una durísima prueba de resistencia, de ciento veinte kilómetros sobre el desierto, que patrocinaba el emir Jalid bin Ayub.

Habían salido jinete y caballo todavía de noche, para aprovechar las horas más frescas.

Competía contra otros cien experimentados jinetes, la mayoría procedentes de los vecinos emiratos, pero también indios, saudíes y veinte occidentales, casi todos europeos y, entre ellos, tres mujeres.

Después de haber superado la primera media hora de carrera, volvió la cabeza hacia atrás y al ver cómo se le acercaba uno de sus adversarios más peligrosos, un saudí con el caballo más bonito del Raid, un árabe de capa negra y pelo tan brillante que al reflejo del sol casi cegaba, apretó las rodillas contra el costillar de su montura y le habló.

—¡Vuela como solo tú sabes!

Le acarició en la base de las orejas y el animal pareció entender la consigna, pues aún puso más potencia en la extensión de sus manos, alargando la distancia de su cabalgada. En menos de un minuto, perdió de vista a su perseguidor y se puso como meta el siguiente, que mediaba un cuarto de milla de ellos.

A su derecha, corría el todoterreno de apoyo, con su veterinario Pawel, el entrenador de Al-Aber y un fisioterapeuta con el equipo necesario para chequear en cualquier momento el estado de salud del animal.

Si la carrera llamaba la atención por la dureza del escenario, infinitas extensiones de arena y polvo, temperatura extrema y vistosidad de los caballos, la compañía de un centenar y pico de todoterrenos recién estrenados, todos blancos, regalo del emir a todos los participantes, reforzaba la suntuosidad del evento.

A una prudente distancia, el público animaba a unos y a otros.

Jalid se tapó boca y nariz con un extremo del turbante cuando se levantó el viento y con él una nube de arena rasa, pero no podía ser más feliz. Antes de acudir al Raid había tenido la madrugadora visita del doctor Mei Tian Lu, para trasladarle una excelente noticia: a las dos de la madrugada, había podido secuenciar un ADN en perfecto estado, a partir de los restos de piel de Shujae, y no solo de una célula, sino de tres. Preso de la euforia, había iniciado también una secuenciación comparativa con el genoma de un caballo actual y, por el momento, no había encontrado en el de la yegua de Saladino ningún fragmento deteriorado o faltas de bases. Por lo que, en pocos días, podían poner en marcha la segunda parte del proyecto: trabajar *in vitro* con un ovocito y sustituir su núcleo por el ADN completo de Shujae, lo que haría que el gameto, una vez activado, se comportase como una célula embrionaria. Pero, si esa noticia había generado ya enormes esperanzas en Jalid, a mitad del Raid estaba prevista la llegada de Sarah al emirato. Y nada le podía llenar más de gozo en ese día, aparte de terminar primero en la carrera. Y en eso estaba.

Le faltaba poco para terminar la primera vuelta de treinta kilómetros, momento en el que se producía una parada para que los caballos tomaran un descanso, poner en revista su ritmo cardiaco y estado general antes de permitirles seguir. Cada poco tiempo y en carrera se cruzaban con miembros de la organización, que, al paso de los jinetes, ofrecían botellas de agua fría para refrescar a los animales. Las cogían al vuelo y se las echaban sobre el cuello, cabeza y grupa, para rebajar la temperatura corporal y darles más brío.

Jalid divisó la pancarta que señalaba el primer descanso y miró el reloj; llevaba en carrera cuarenta y un minutos, cinco por debajo de anteriores ocasiones, cuando había logrado una velocidad cercana a los cuarenta kilómetros por hora.

Al-Aber, como magnífico atleta que era, se estaba entregando al límite. Le acarició el cuello y mantuvo su ritmo de cabalgada. El sudor del animal empapaba su túnica y podía sentir el esfuerzo puesto al percibir su forzado ritmo respiratorio. Era en esos momentos cuando más se enorgullecía del caballo de raza árabe; sin duda alguna, los mejores velocistas de fondo. Solo ellos estaban capacitados, genética e históricamente, para superar una prueba tan exigente como esas carreras. Acudían otras razas, criollos americanos o los increíbles Akhal-Teke propios de Turkmenistán; animales acostumbrados a correr en condiciones climáticas extremas, pero casi nunca ganaban. Costaba superar el poder de la sangre árabe; la creada por Alá para asombro del mundo, la base genética de casi todas las razas de caballos actuales.

Cuando superó la pancarta señalando la primera parada, le vino a la cabeza la gozosa noticia de Shujae y volvió a constatar que los grandes momentos de su vida le habían llegado siempre a lomos de un caballo.

Entró en el área de descanso. El entrenador de Al-Aber se hizo con el cabezal. Jalid descabalgó, ayudado por un mozo de cuadra. Le temblaban las piernas. Acudió a una jaima para beber una limonada fresca, cambiarse de ropa y refrescarse un poco.

En paralelo, Pawel había empezado a medir el pulso del animal mientras una cuadrilla de mozos le echaban cubos de agua por encima. Hasta que no bajaba de sesenta y cuatro pulsaciones, no podían solicitar su entrada en la segunda meta o Vet Gate, un tiempo que quedaba registrado dado que los caballos que recuperaban las pulsaciones antes conseguían mejor valoración en las tablas. Una vez superada la Vet Gate, el animal era chequeado de nuevo por un plantel de veterinarios que medían su ritmo cardiaco, revisaban córneas, mucosas, posibles heridas producidas por el bocado y en especial la capacidad pulmonar. Y si superaba todo eso, le sometían después a una inspección al trote, para evidenciar posibles cojeras o cualquier otra lesión eliminatoria.

A partir de ahí, comenzaba el verdadero descanso para aquellos atletas de cuatro patas. Recibidos por sus mozos de cuadra, masajearían su musculatura con cremas hidratantes y geles balsámicos naturales, probarían un poco de comida y verían sus cascos metidos en unas cubetas llenas de agua y hielo. Algunos *paddocks* disponían de sistemas de aire acondicionado portátil para facilitar la recuperación del caballo. Pasada media hora, desde su entrada en la primera meta, tocaba retomar la carrera.

Jalid esperaba ver a Sarah en su tercera parada.

A solo dos minutos de cumplirse el tiempo reglamentario, el emir montó a Al-Aber, se limpió las gafas a conciencia para protegerse del polvo y evitar el reflejo del sol en sus ojos, y pidió un nuevo esfuerzo a su montura para llegar los primeros al siguiente descanso. Hasta aquel momento eran terceros, solo superados por un danés que ensillaba un árabe tordo, de preciosa estampa y endiablada velocidad, y el heredero de un emirato vecino, vencedor de pasadas ediciones.

Jalid buscó la línea de salida. La abandonaron sus dos rivales con dos minutos de diferencia entre ellos. Cuando le dieron paso, tres minutos y treinta y dos segundos después, marcó rodillas y adelantó la cadera para que su caballo se arrancara en una nueva y portentosa cabalgada. Como así hizo.

Miró el reloj. Las nueve de la mañana. Leyó también la temperatura: cuarenta y tres grados. La previsión meteorológica para el Raid vaticinaba las máximas temperaturas entre la tercera y cuarta parada; cincuenta y dos grados. Jalid necesitaba mejorar su tiempo en el tramo que acaba de empezar y también en el siguiente, evitando el máximo esfuerzo en el último. Aunque como el resto de los jinetes pensaba lo mismo, lo más probable es que tuvieran que darlo todo en el final.

Notó a Al-Aber recuperado, con una cadencia de carrera perfecta. Cabalgaba a treinta y nueve kilómetros por hora. No podía pedir más. O sí, pero en otro sentido, pensó Jalid. Porque si el Raid lo tenía bien enfocado, la relación con Sarah todavía no. Y ese era su reto más apasionante. Tenía que conseguir su adaptación a palacio lo más pronto y suave posible. Para conseguirlo, había establecido un plan muy detallado. Se trataba de que el aterrizaje de una occidental a una cultura tan diferente como la árabe fuera lo menos traumático posible. Había hasta elegido los menús para que fueran a su gusto, demoró varios compromisos de trabajo para prepararle diez rutas diferentes por el país, en los diez enclaves más interesantes, y pretendía introducirla entre una pequeña representación de su gente, para que se enamorara de su sencillez y calidad humana.

Además, le había elegido un caballo de pura raza española, un cartujano, de fácil manejo y buena boca, para salir a pasear juntos por el desierto.

Para evitarle la más mínima incomodidad, hasta había ordenado moderar el volumen de las cinco llamadas a la oración diaria y redecoró con estilo europeo la mejor habitación de palacio. Además, le ofrecería la mejor dama de compañía, Yazeera, para atender cualquier deseo o necesidad que Sarah tuviera. Y aún le aguardaba una sorpresa más.

La segunda etapa del Raid la cerró en segunda posición, pero el primer corredor aumentó su diferencia de tiempo; cuatro minutos y seis segundos. Cuando descansaba en su jaima privada, preguntó al mayordomo por el vuelo de Sarah y supo que arrastraba un poco de retraso. No podría verla hasta el último tramo, calculó. La llamó por teléfono durante aquel descanso. Ella tardó en responder, pero la voz que escuchó se correspondía con la de una mujer feliz. Casi sin darle los buenos días, Jalid confesó lo que sentía.

—¡Qué ganas tengo de verte!

—Y yo... Se me está haciendo eterno el vuelo. He dormido un poco, eso sí. ¿Cómo va la carrera?

—Vamos segundos, aunque intentaré ganar tiempo en el siguiente tramo, a ver... —Sonó un aviso por los altavoces que ahogó las palabras de Jalid. Esperó a que terminara—. Superar al caballo que monta mi rival es difícil; no he visto cosa igual.

—No te imagino perdiendo... —apuntó ella con un punto de malicia.

—No pierdo; te gano a ti... Es el único Raid que de verdad me importa.

Sarah se sintió halagada y agradeció el cumplido mandándole dos besos.

—Te los daría en vivo, pero estoy un poco lejos. Luego, cuando nos veamos, será otra cosa...

Sarah volaba en el avión privado del emir llena de dudas. Desconocía qué tipo de vida le esperaba y cómo sería la convivencia con Jalid. Pero lo que sentía por aquel hombre nunca lo había experimentado antes.

Jalid se despidió; le avisaban para retomar la carrera.

Sarah colgó el teléfono, miró por la ventanilla y rechazó otra copa de champán que le ofrecía la azafata. Se hizo una coleta y suspiró al ver el paisaje; llevaba más de una hora sin ver otra cosa que desierto. Se le antojó como un posible símil de su nueva vida. Dejaba atrás su querido y gozado París, la entrañable villa familiar en el Loira, los recuerdos asociados a ambos lugares, su trabajo. Iba a perder la incomparable excitación que la removía por completo en cada robo, cambiando un pasado rico en experiencias por otro incógnito, incluso en las antípodas de sus creencias. Y estaría muy lejos de los baluartes a los que poder acudir en caso de crisis; de sus amigas, de Charles, de su librería, de sus poetas preferidos. El único faro que le ayudaba a mantener el rumbo era Jalid. ¿Se equivocaba? ¿Iba a valer la pena abandonarlo todo por él?

Sintió la boca seca con el sabor del miedo y llamó a la azafata.

—Perdón, sí querré otra copa de champán...

CAPÍTULO 46

—

Desierto del suroeste. Emirato de Fuyarja. Julio de 2018

Nadie se podía esperar lo que sucedió.

Un camello desbocado al paso de la carrera. El animal rompe la valla que cerca el recorrido del Raid y se cruza con Jalid a punto de alcanzar al primer corredor. El golpe es brutal; camello y Al-Aber por los suelos, enredados y con probables fracturas, y Jalid en vuelo libre hasta que amortigua el golpe contra la tierra, estirando ambos brazos, que se fisuran al instante, para terminar el recorrido frenando con la cara.

La mala coincidencia continúa. Sarah acaba de llegar en un todoterreno para presenciar los últimos treinta kilómetros. Lo ve todo. Se detienen seis vehículos de golpe, los que hacen seguimiento de la carrera. Desde uno de ellos, se da aviso a los servicios sanitarios. Sarah abandona su Patrol y corre preocupada hacia Jalid. Se cruza de camino con los ayudantes del emir, entre ellos Pawel. No se conocen. Nadie ha tenido en cuenta que la carrera continúa y algunos participantes alcanzan la peligrosa escena. Algunos la esquivan, como pueden. Otros se meten entre la gente que acude a asistir al emir y a los dos animales heridos. A Sarah le pasa un caballo a menos de diez centímetros de la cara y otro por la espalda. El último roce la deja paralizada. Pawel, al advertirlo, acude a ella para sacarla de la insegura posición. Desde uno de los coches de

333

asistencia, se pide por *walkie-talkie* a Control de Carrera que ondee bandera amarilla para poner en aviso al resto de *raiders*.

Cuando Sarah y Pawel llegan a donde está Jalid, su aspecto no puede ser peor. Tumbado boca arriba e incapaz de moverse, su cara es un espectáculo; cubierta por completo de sangre y arena. Los brazos adoptan una extraña posición y le duelen a rabiar. Pero, al ver a Sarah, esboza una sonrisa.

—Tenía previsto recibirte de otra manera... ¡Hola, Sarah!

—¡Y yo! Pero ahora toca que te miren...

Le hizo una caricia en la barbilla, en el momento que el hombre perdía el conocimiento. Sarah oyó la sirena de una ambulancia y en menos de un minuto los sanitarios la apartaron para estabilizar al herido, subirlo a una camilla y correr con ella hacia la UVI móvil para llevárselo al hospital. Sarah los siguió hasta llegar al vehículo medicalizado, con Pawel a su lado. Él se presentó.

—Usted debe de ser Sarah Ludwig... —Ella no contestó. Su única atención estaba puesta en aquella camilla, en su ocupante. Pawel siguió hablando—. Me llamo Pawel Zalewski y soy el veterinario jefe del emir Jalid bin Ayub. Si lo desea, la puedo llevar a palacio para aguardar allí hasta que regrese el emir, una vez terminen de curarle en el hospital.

—Señor Zalewski... ¿lo he pronunciado bien? Le agradezco su amabilidad, pero quiero ir con él.

Sarah trató de subir con la camilla, pero los responsables de la ambulancia no se lo permitieron. Cerraron las puertas, activaron la sirena y salieron de allí a toda velocidad. Sarah miró hacia los lados desconcertada. No hizo falta decir nada. Pawel señaló su vehículo y corrieron hacia él.

En el hospital no pudieron verlo, pero el director médico les hizo partícipe de las decisiones tomadas hasta entonces. En su paso por la unidad de resonancia magnética habían encontrado una pequeña esquirla ósea en una de las fisuras, que recomendaba un inmediato abordaje en quirófano. Sin ser un procedimiento complicado, pasarían horas antes de ser dado de alta, por lo que Pawel terminó convenciendo a Sarah de que lo mejor era esperarlo en palacio.

De camino, no hablaron apenas. Ella no ocultaba su preocupación. Se frotaba una y otra vez las manos, deshacía su coleta y al segundo la volvía a reunir, y, mientras, no paraba de mirar al móvil. Pawel la observaba, sin hacer una sola mención a los contactos que mantenía con su padre por expreso deseo del mismo, en favor de no revelar el seguimiento a su hija no fuera a llegar a oídos del emir. Le costaba mantener el secreto, pero había dado su palabra. De camino a palacio, le preguntó tres nimiedades para arrancar alguna conversación, pero al constatar la poca gana que tenía ella de contestarlas, no insistió. De vez en cuando, la miraba de reojo. Sin haber recibido una sola descripción por parte de su padre o Jalid, tampoco se había hecho una idea previa. A pesar de mostrarse preocupada y no encontrarse en su mejor momento anímico, le pareció una mujer con estilo, atractiva, templada e interesante.

Cuando llegaron al recinto palaciego les salió a recibir la secretaria personal de Jalid, Raissa, ofreciéndose a acompañar a Sarah hasta sus habitaciones. Después de atravesar un enorme recibidor y recorrer dos largos pasillos, alcanzaron el área privada de palacio. Tomaron un ascensor y aparecieron en un amplio vestíbulo presidido por unas grandes puertas doradas. Raissa las abrió empujándolas con ambas manos, invitándola a pasar a su dormitorio.

Sara se quedó maravillada. Incapaz de contabilizar el número de jarrones, la habitación había sido revestida con centenares de lirios, todos de color rosa. Mirara a donde mirara, la sorprendente presencia floral lo llenaba todo. Se emocionó de tal manera que le temblaron las piernas, impresionada ante tanta belleza. Raissa fue descorriendo cortinas, hasta un total de seis, y la luz invadió por completo el interior. Aquella imagen, junto al aroma que desprendían las flores, le hizo recordar los pasillos de rosas que Jalid había encargado montar a la entrada de Hermès. Pero su capacidad de asombro no terminó ahí. El color elegido para las cortinas, colcha y tapicería era el mismo de las flores, su preferido, el rosa palo, y solo lo había comentado una vez con él. A la izquierda de uno de los ventanales, vio dos cuadros mucho más que familiares: sus primeras pinturas robadas, que nunca supo quién las había comprado: un Gauguin y un Pissarro.

Aquel espectacular olor, la elegida gama de colores, el seductor efecto de la luz atravesando los estores de las ventanas, tamizando el aire en un ambiente de ensueño, la cuidada decoración al más estilo occidental y la exclusiva presencia de dos arrebatadoras pinturas del siglo xx; todo había sido pensado para su agrado. Y detrás de todo estaba Jalid.

Se le saltaron las lágrimas.

—Señora, todo lo que necesite no tiene más que pedirlo. ¿Quiere que le preparemos un baño? ¿Le apetece comer algo, beber un refresco, una taza de té, un masaje? ¿O prefiere dar un paseo por los jardines? ¿Quiere que le presente a su dama de compañía para que la ayude a cambiarse? Se llama Yazeera. Nos tiene a su entera disposición.

Terminó con una sonrisa que no podía contener más amabilidad.

Sarah miró a la joven, vestía con una túnica rosa palo y llevaba un hiyab del mismo color. Le agradeció su gentileza, pero prefirió disfrutar de un momento de intimidad. Necesitaba sentarse, hacerse a la idea del lugar donde estaba y ordenar sus pensamientos. Cuando se cerró la puerta y se vio sola, buscó la enorme cama y se tumbó boca arriba. Ladeó la cabeza para mirar al exterior y lo primero que vio fue un grupo de palmeras al lado de un búnker de golf y el desierto detrás; un apabullante escenario de arenas infinitas, bruñidas al sol. Y sintió agobio, miedo y, casi a la vez, un pesado cansancio que le cerró los ojos.

Cuando tres horas después se despertó, tardó un tiempo en situarse. Alguien había cerrado las cortinas, apenas entraba luz, estaba tapada con una colcha y sobre la mesita de noche había un vaso de agua. Supuso que todo era obra de su dama de compañía. Al apoyar un pie en el suelo, sintió frío. Buscó sus zapatos. Como todavía llevaba la ropa con la que había viajado, sintió la necesidad de cambiarse. Ahora sí le vendría bien un buen baño y algo de comer, decidió. Apretó el dispositivo que Raissa había dejado sobre el escritorio y no pasaron dos minutos sin que apareciera una joven.

—Mi nombre es Yazeera y estoy a su entera disposición. La he dejado dormir; parecía agotada.

Recogió la chaqueta que Sarah había dejado sobre un sofá y la colgó en un enorme armario donde estaba casi toda su ropa, ya colocada. Tras una respetuosa inclinación, la joven mostró una delicada sonrisa, bajo unos ojos negros profundos y hermosos. No tendría más de dieciocho años, calculó Sarah.

—El señor regresó a palacio hace poco menos de una hora y descansa ahora al otro lado de esa puerta —la señaló con un dedo—, en su dormitorio. Quiere que sepa que se encuentra bien dentro de lo que cabe, y se disculpa por no acompañarla a cenar.

Sarah decidió ir a verle. Tocó la puerta con los nudillos y, en cuanto escuchó la voz de Jalid, entró. No deparó demasiado en la abigarrada decoración de la estancia, nada que ver con la suya. Buscó su cama. Tenía los dos brazos en cabestrillo y la cara vendada, dejándole apenas una estrecha rendija por donde ver y tres agujeros más para respirar y comer. La imagen impresionaba.

—Te daría un beso, pero no sé dónde... —bromeó ella, sentándose en el borde de la cama.

—Empiezo a pensar que tener una cita contigo puede llegar a ser una actividad peligrosa... —ironizó él—. ¿Te acuerdas de Normandía y de la mortal hamburguesa?

Sarah se besó la punta de sus dedos y recorrió los inflamados labios de Jalid. Tras saber que la intervención había salido bien y que el pronóstico era bueno, no pudo evitar seguir bromeando.

—Te miro y no sé... Me recuerdas a Pamela Anderson por los labios, o al actor ese que ayudaba a un aristócrata francés, ese de la película *Intocable*.

Se soltó la coleta y sonrió.

—Casi te diría que me siento más identificado con el que protagonizó la película *La Momia*...

Se rio hasta notar dolor. Sarah, en cambio, no pudo parar. Tuvo que buscar un pañuelo de papel para secarse los ojos y sonarse la nariz.

—Bueno, ya estoy aquí... —se puso seria—. Por fin piso tu país y tu casa, por decir algo... —sonrió—. Me ha impresionado muchísimo todo lo que has organizado para agradarme y solo espero adaptarme pronto. No te oculto que, antes de tomar una decisión definitiva, necesito un poco de tiempo, no sé cuánto... Soy consciente de que he de acostumbrarme a ser la pareja de un emir, a vivir en un palacio, a conocer otras formas de pensar, a respirar otros ambientes. Lo que no parece en principio sencillo.

Jalid lo entendió y solo le pidió una cosa: sinceridad por encima de todo. Que no se quedara con nada.

—Si te guardas cosas, se harán demasiado grandes e inmanejables. ¿Te parece bien?

Al acompañar sus palabras con las manos, sintió un latigazo de dolor.

—Está bien, trataré de hacerte caso. Aunque me gustaría preguntarte algo que llevo tiempo queriendo saber. Durante nuestra primera cena en París, en el Épicure, no solo elogiaste mis habilidades, afirmaste que te podían ayudar a alcanzar tres importantes objetivos, quizá los más importantes de tu vida... Esas fueron tus palabras, casi exactas. El primero, el Caravaggio; lo conseguimos. Pero nunca me hablaste de los otros dos.

Jalid no tuvo que pensar mucho su contestación.

—El segundo se acaba de cumplir: estás aquí, conmigo. ¡Y no imaginas lo muy feliz que me hace!

Sarah le dio un beso en la frente levantando un extremo de la venda, agradecida.

Él, sin embargo, cambió el tono de voz, con intención de dar una mayor trascendencia a sus palabras.

—Para hablar del tercer objetivo, necesito un poco más de tiempo. Confía en mí, te lo contaré pronto.

—Te gustan los misterios, ya veo. En fin, no insistiré de momento.

Se levantó de la cama con intención de dejarle descansar.

—Solo te puedo adelantar que será lo más grande que nos pueda pasar en nuestras vidas —apuntó él.

—Suena bien... Sí, señor.

Con el eco de aquellas enigmáticas palabras, Sarah salió del dormitorio con ganas de darse un largo baño, ponerse otra ropa, dar una vuelta por palacio y cenar algo.

Cuatro horas después, tumbada sobre la cama, no se podía dormir. Le asaltaban tantas sensaciones que no tenía tiempo para desgranarlas, ni siquiera disfrutarlas. En menos de dieciocho horas, había descubierto un mundo tan diferente al suyo que ni se reconocía. En algún momento, hasta lo quería ver ajeno, como si no fuera con ella. En otro, las dudas le asaltaban; se revolvían sin parar, recreándose en sí mismas. Aunque era cierto que también convivía una buena sensación de fondo: la que le producía Jalid, que por lo que fuera terminaba relajando su corazón y neutralizando una buena parte de esas incertidumbres.

Miró el reloj. Era la una de la madrugada. Se veía en aquella enorme cama y pensaba en Jalid, magullado, herido, solo. Y sintió tanto amor y tanta pena por él que no lo dudó. Se levantó, fue hacia la puerta que comunicaba los dos dormitorios, la abrió sin hacer ruido, y buscó entre penumbras su cama. Estaba dormido. Su respiración era profunda, relajada. Se coló bajo las sábanas, buscó su cuerpo y se pegó a él, con cuidado de no despertarle. Y allí, acurrucada, dijo en voz muy baja:

—Buenas noches, mi amor...

CAPÍTULO 47

12, Rue des Barres. París

La Rue des Barres, si no era una de las calles más bonitas de París, conservaba un aire medieval que la convertía en una de las más curiosas. En el número 12, en una casa con más de novecientos años, entramado de madera en su fachada y solo cuatro plantas, en el ático vivía Charles Boisí.

La vivienda pertenecía a la familia desde hacía cuatro generaciones y él solo la disfrutaba de forma temporal, como habían hecho sus dos hermanas antes y haría el benjamín de la familia Boisí en cuanto iniciara su época universitaria. Charles siempre decía que su piso era desproporcionado; casi más alto que ancho. Porque su apartamento apenas ocupaba cincuenta metros cuadrados, pero los techos estaban a más de cuatro. No necesitaba más. Se sentía afortunado. Vivía a dos manzanas del Hôtel de Ville, le separaban doscientos metros de Notre Dame y ochenta de su bar preferido: Le Tromilou, donde desayunaba cada día un café con dos cruasanes, un zumo de manzana, leía en papel *Le Figaro* y, desde hacía poco, disfrutaba también de la compañía de su pareja, Renard.

El apartamento era diáfano; en un solo espacio estaba el dormitorio, la cocina, un pequeño taller de pintura, su mesa de despacho con los ordenadores, tres pantallas y un pequeño baño tras una cortina.

Después de desayunar, Renard se iba a trabajar; en realidad, a conducir una furgoneta en la que transportaba el material necesario para inspeccionar y validar grandes instalaciones eléctricas. Solo dos días a la semana, regresaba a dormir a casa. Los demás lo podía hacer en Toulouse, Burdeos, Nantes o en la ciudad en que le requirieran.

Aquella mañana, a Charles le tocó desayunar solo.

Leyó el periódico sin apenas detenerse en las noticias, con la cabeza puesta en otras cosas, sobre todo en su inquietante situación. Después de haber estado con Sarah en Fontevraud, la imagen del Manet y del vecino Vermeer le asaltaba todos los días. Las instrucciones de Sarah las tenía claras: de lo que se pagara por el Manet, restaría su veinte por ciento y el resto lo tenía que meter en una caja de seguridad de un banco árabe. Un abogado del emir Jalid bin Ayub recogería el dinero y lo blanquearía para ser transferido después a la fundación Ashti, de la difunta madre de Sarah. Hasta ahí, todo bien. Pero él no dejaba de hacer sus números. Si conseguía vender el retrato de Berthe Morisot por tres millones de euros, lo que quizá le llevase un tiempo, le quedarían seiscientos mil. El problema es que debía dos millones cuatrocientos ochenta y un mil euros. Necesitaba vender más cuadros. En los mercados de arte, los Vermeer estaban mucho mejor pagados, entre otros motivos por la escasez de obras del genial artista flamenco. Sabía que el último cuadro subastado había alcanzado los veinticuatro millones de euros.

Con el veinte por ciento de esa cantidad saldaría de sobra la peligrosa deuda que había contraído. Ganaría tranquilidad, pero a costa de abusar de la confianza de su amiga, lo que no formaba parte de su habitual canon de comportamiento. Se consolaba, o se autoengañaba, pensando que Sarah entendería sus motivos y que, a cambio, le conseguiría mucho más dinero para la ONG de su madre. Sin creerse sus propias excusas, terminó tomando la decisión en beneficio de recuperar algo de sueño ante tantas noches en vela.

Iría ese mismo día a por ellos.

Tenía las llaves de la villa, sabía cómo abrir la cámara secreta y esa mañana se había despertado con una llamada que aún le hacía temblar al recordarla. Era Ivánovich.

«¿No te enseñé la cartera de piel que llevaba el otro día, verdad? —Charles, muy intimidado, contestó que no la recordaba—. Pues siento no haberlo hecho porque te gustaría; es de una piel muy especial, única, diría que atípica... Costó menos curarla que quitársela a tiras a su propietario. —Guardó un tenebroso silencio—. Tienes dos semanas para pagar».

Tres horas después, aparcaba su Volkswagen Beetle a las puertas de la villa familiar en Fontevraud. Sacó del maletero una bolsa de deportes vacía y se dirigió a la entrada. Utilizó la llave. Nada más pisar el recibidor le alcanzó el olor de Sarah, el de su perfume preferido: *Le jardín de Monsieur Li*, de Hermès. Se sintió peor que una sabandija por lo que iba a hacer. Pensó en llamarla y contárselo todo en ese momento. Pero ante la posibilidad de que no le encajara vender el Vermeer, prefirió seguir adelante. No quería poner en crisis el plan y servir de forro para que el ruso estrenara cartera. Cuando todo hubiera acabado se lo contaría. Eso fue lo que decidió.

Bajó al sótano y se dirigió a la bodega. Buscó la botella que escondía el dispositivo que movía la estantería y lo accionó. Cuando quedó al descubierto la puerta de la cámara secreta, metió la llave que encontró bajo el ladrillo y entró dentro.

Esperó a que el neón terminara de parpadear y contempló los dos cuadros que se iba a llevar. Descorrió la cremallera de la bolsa para meterlos dentro, pero antes se permitió el lujo de contemplarlos una última vez, como poca gente podría hacer: a pocos centímetros, sin prisas, con ojo experto, el de quien ha conocido las dificultades para pintar piezas como esas. Recordó a Sarah enseñándole a vivirlos de otra manera. Pasó la yema de un dedo por los trazos de la pintura, por el perfil de la mejilla de la mujer que presidía el Vermeer, descifrando la gama de grises que había empleado el pintor en su ejecución. Disfrutó y a la vez suspiró. Miró instintivamente hacia atrás y a los lados, como si se sintiera observado y desaprobado a la vez.

En ese momento, escuchó un ruido en la planta alta y se quedó quieto; apagó la luz de la cámara. A oscuras, concentró su atención para discernir la causa del sonido. Volvió a oírlo. Le parecieron pisadas sobre el parqué del salón, por encima de donde se encontraba. Cerró la puerta y accionó el dispositivo interior para que la estantería se moviera y ocultara el acceso de la cámara. Agudizó los sentidos. Oyó pasos con toda claridad. Y no de una persona: por lo menos dos. Tardaron un rato en hacerse más cercanos, quizá después de haber explorado el piso superior de la casa; sospechó que serían los rusos.

Desde que se había subido al coche, en París, había puesto cuidado en no ser seguido, atento a cualquier vehículo que mantuviera distancias demasiado tiempo tras el suyo, sin haber visto nada que le alarmara. Pero lo cierto es que se enfrentaba a profesionales. Se le aceleró el corazón cuando los pasos hicieron crujir la escalera de madera que conducía al sótano. Y se quedó con la boca seca, por obra de los nervios, cuando sin haber pasado cinco minutos oyó un gran estruendo acompañado por el eco de un sinfín de vidrios rotos. Imaginó que habían derribado una estantería cargada de botellas, seguramente en busca de escondites. Nada podía hacer, salvo quedarse quieto y esperar. Se le ocurrió rezar como hacía de pequeño, pidiendo a Dios que no dieran con el acceso a la cámara donde estaba. Porque no solo se llevarían todos los cuadros y le tocaría explicárselo a Sarah; lo más probable es que decidirían eliminar cualquier testigo del hecho, o sea, a él. Le temblaron las piernas al imaginar esa posibilidad. Los oyó hablar en ruso. Discutían en voz alta, imaginó que por no avanzar en la dirección deseada. Volvió a sentir un temblor ante una nueva caída de estanterías y más botellas estallando contra el suelo, aunque le pareció que estaban en el extremo opuesto a la puerta que accedía a la cámara. A los diez minutos, se estableció el silencio.

Charles permaneció quieto, no supo cuánto tiempo, hasta que le empezaron a doler las piernas y sintió una oleada de pinchazos tras un agudo calambre en uno de sus muslos. Pasada media hora, sin haber vuelto a escuchar nada, se relajó y buscó asiento en una especie de repisa. Una hora después, se tumbó en el suelo. Y allí se quedó toda la noche.

Hasta que no oyó las diez campanadas de la vecina capilla Notre-Dame-de-Pitié, no quiso abrir la puerta para echar un vistazo. Cuando iba a accionar la palanca de apertura, lo pensó mejor y decidió esperar doce horas más. No se fiaba un pelo de los rusos. Capaces eran de estar esperándole en silencio todo ese tiempo dentro de la bodega.

Ocupó todas esas horas en pensar. Hizo balance de su vida, y por más que buscó razones para sentirse orgulloso de algo, sobre todo se arrepintió; se arrepintió de casi todo. De haber disimulado su condición sexual tantos y tantos años, de no ser más valiente. De haber vendido un Modigliani falso y de jugar con las engrosadas cuentas bancarias de un tipo sobre el que no se había informado antes, que resultó fatal. También lamentó la decisión de llevarse otro cuadro más, aparte del Manet, quebrando la confianza de su mejor amiga. Y de no frenar a Renard en sus carísimos deseos, de no tener más carácter. Vale que él era de condición sensible y un tanto voluble, pero, en esa ocasión, los acontecimientos se le habían ido de las manos.

Miró el móvil para saber qué hora era. La batería no dio más de sí después de más de treinta y dos horas sin ser recargada y la pantalla del teléfono se quedó negra. Tampoco hubiera podido hacer uso de él, dada la nula cobertura dentro de la cámara. Su reloj, aunque era de los clásicos, no tenía marcas fosforescentes y no le permitía saber la hora. Seguía a oscuras, rodeado de arte que no podía ver, amenazado por unos tipos que no tenían miramiento alguno y que, de pillarle in fraganti, no saldría vivo. Decidió que no tenía prisa y esperó más tiempo. Fue escuchando las campanadas del templo cercano, aunque no sonaban cada hora.

Podían ser las tres de la tarde cuando se decidió. Desarmó el dispositivo de cierre y la estantería que escondía la puerta se movió con ruido. Charles era consciente de estar en el peor momento. Si los rusos seguían allí, le pillaban seguro. Puso la oreja en la puerta por si escuchaba movimientos. No oyó ninguno. Recogió la bolsa con el Vermeer y el Manet y asomó la cabeza por la rendija de la puerta. En la bodega no había nadie. Salió con menos precauciones y comprobó que estaba solo. Suspiró aliviado.

Ascendió la escalera que comunicaba con la primera planta con extremo sigilo. Estaba preparado para bajar corriendo y esconderse de nuevo al menor atisbo de presencia intrusa en la casa. Pero no le llegó nada, ni el más mínimo ruido de origen humano. Con otra cara, más aliviado, recorrió la planta baja de la casa y siguió con el primer piso. Encontró armarios abiertos, cajones tirados por el suelo, ropa descolocada y libros esparcidos por todas partes. Habían inspeccionado la casa al completo. Dado el panorama y algo más tranquilo al saberse solo, se sintió obligado a recoger y ordenar aquel estropicio. Y a ello se puso. Miró desde una ventana el exterior de la casa y solo vio su coche. Los rusos tenían que estar cerca. No se creía que hubieran abandonado la misión, sabiendo que su vehículo seguía allí. Pensó con rapidez. No podía cometer ningún error o se vería en manos de unos desalmados. Pero ¿qué podía hacer? Después de pensarlo muy bien, decidió regresar a la cámara, esconderse en ella y salir de noche. La oscuridad le serviría para no ser detectado, aunque le tocaría abandonar su coche allí. Miró si tenía dinero en la cartera.

Serían las once y media cuando Charles abrió la puerta de

la cocina que daba a un parterre y corrió hacia un cobertizo para esconderse. Encontró una bicicleta dentro.

—¡Perfecto! —se felicitó.

Vio que las cámaras estaban a medio hinchar, pero le dio igual. Se subió a ella, pegó una patada a la puerta y salió a toda velocidad en busca de un camino de tierra que le llevaría al casco antiguo de Fontevraud. No había recorrido ni cien metros cuando recibió la luz de dos faros y el ruido de un motor. Le habían detectado.

La poca luz que aportaba el foco delantero de la bicicleta apenas le permitía ver cinco metros adelante. Miró hacia atrás y supo que si no cambiaba de ruta sería cazado en pocos minutos. Vio un bosque a su izquierda, bien cerrado y oscuro, y se metió en él. La bicicleta y su conductor iban recibiendo impactos de ramas que no conseguía esquivar, haciéndole perder el equilibrio en ocasiones. La espesura de la arboleda impedía la entrada del vehículo que lo perseguía; un alivio. Pero no sería definitivo. Estaba seguro de que los rusos andarían mirando el plano de la zona para entender por dónde podrían cortarle el paso. Consciente de las pocas posibilidades que tenía, decidió dar un cambio completo a su plan y volver a la villa. Puede que esa opción no se les pasase por la cabeza a sus perseguidores. Así que dio un drástico viraje y tomó dirección contraria.

En menos de diez minutos estaba en la casa, tiraba al suelo la bici y se subía a su coche. Lo arrancó, jadeando, a punto de sufrir un paro cardiaco y salió de la villa pisando a fondo el acelerador, disparando guijarros y arena con las ruedas. Nadie le seguía. Había conseguido despistarlos. Pero el problema lo volvería a tener si iba a su casa. Tenía algo más de tres horas para llegar a París y decidir su nuevo destino.

Fue al pasar por Janvry cuando eligió a la persona a la que le pediría el favor: su mejor amiga de la universidad. Tenía una preciosa casa de campo en Villebon-sur-Yvette, al suroeste de París. Tomó el desvío correspondiente y trató de recordar cómo llegar a su casa mientras la llamaba por teléfono.

—¿Amélie? Soy Charles Boisí...

—¡Hola Charles! Qué alegría saber de ti.

En época universitaria, habían sido uña y carne.

—Hace demasiado tiempo que no nos vemos, me culpo de ello. Pero no te llamo por eso; necesito que me hagas un favor.

—Claro, ¿en qué te puedo ayudar?

—¿Podría quedarme en tu casa tres o cuatro días? Es que...

—No necesito que me expliques nada. ¡Claro que puedes! Además, apetece recordar viejos tiempos. Me parece que vas conduciendo. ¿Estás cerca?

Charles confirmó que a diez minutos. Le pidió la dirección exacta y se despidieron para verse en breve. Actualizó el navegador.

Sabía que aquello era una solución parcial, pero también que su casa iba a estar vigilada y necesitaba tiempo para organizar la venta de los dos cuadros y transferir el dinero al mafioso; de esa manera no tendría que ver nunca más a Ivánovich y a sus secuaces. En cuanto estuviera instalado en casa de Amélie, llamaría a Renard para contarle dónde estaba y decirle que no volviera al apartamento de la Rue des Barres en unos días.

Tomó el cruce último que indicaba el navegador y a doscientos metros, a su derecha, vio la preciosa villa de estilo normando con entramado de madera y tejado de brezo, en la que había pasado innumerables fines de semana. Sabía que Amélie se había separado de su marido hacía tres años, pero no si ahora estaba con alguien. Lo averiguaría en pocos minutos. Aparcó el coche al lado de la casa, recogió la bolsa de deportes y tocó al timbre.

—¿Quién es?

La voz era de un hombre con acento ruso.

Charles se quedó paralizado, sin saber qué hacer. Tenía que tratarse de una casualidad, pero no empujó la puerta cuando esta se abrió. Tuvo que esperar a oír la voz de Amélie y que le explicara que era su nueva pareja para acceder a entrar.

Dudó si dejar la bolsa en el coche o llevarla encima. Quizá le tocase justificar por qué no llevaba ropa en ella y razonarlo con la suficiente convicción. Iba a pedir que le hospedaran unos días y no traía nada, ni maleta, ni ropa para cambiarse, nada. Les extrañaría.

Iba caminando por un sendero de losetas de pizarra en dirección a la puerta principal, cuando la vio abrirse y a su apreciada Amélie saliendo junto a un hombre que le sacaba dos cabezas y con un temible aspecto eslavo. Se le ocurrió una mentira para razonar su inesperada presencia: acababa de tener una violenta ruptura sentimental con su pareja Renard.

Adopto un gesto serio, hizo caer sus hombros como desalentado, y consiguió que se le escaparan un par de lágrimas.

Amélie corrió hacia él para abrazarlo. Al separarse, ella escrutó en su cara y preguntó:

—¿Qué ha pasado?

—Querida, estoy desolado... Necesito que me acojas.

CAPÍTULO 48

—

Yeguada Gestüt Schloss Amerang. Alpes bávaros. Alemania. Julio de 2018

A los pies de un fabuloso castillo levantado en el siglo xv, propiedad de la baronesa Giulia von Crailsheim, se hallaban las lujosas cuadras de una de las mejores criadoras alemanas de caballos, en su caso enamorada del pura raza español. Con cuatrocientas hectáreas de extensión, en una finca situada en pleno corazón de Baviera, la yeguada contaba con seis edificios agrupados en un cuadrilongo, construidos en madera y teja. La pista cubierta, de enormes proporciones, permitía disfrutar de una increíble vista sobre los Alpes gracias a una pared entera de cristal. Y las cuadras, diseñadas con un gusto y lujo fuera de lo normal, acogían dos centenares de boxes.

La pasión de la baronesa por la genética española le venía desde los once años, cuando montó por primera vez uno y se quedó cautivada con la belleza de sus formas y la sorprendente y equilibrada respuesta que ofrecía a la mano del jinete. Años después, sin haber cumplido los treinta, decidió comprar los primeros ejemplares en alguna de las ganaderías de mayor renombre en España y empezó a criar sus propios potros con la idea de producir animales de morfología perfecta y aptitudes óptimas para la doma clásica.

Apasionada de la música, en el patio porticado del castillo

350

propiedad de la familia, celebraba afamados conciertos que reunían a un experto público venido de Múnich, de la vecina Salzburgo y del resto de Europa. Música y caballos llenaban el corazón de Giulia, pero cuando algo fallaba, afloraban sus peores miedos.

Como clienta de Pawel, la llamada a las seis de la mañana de ese lunes no dejaba lugar a dudas; necesitaba a su veterinario con urgencia. El motivo: realizar una inspección ginecológica completa a la potra que apuntaba mejor genética de la cuadra antes de cubrirla por primera vez, lo que pretendía conseguir en ese mismo mes. Tenía dudas sobre su capacidad reproductora y no dormía por culpa de ello.

El martes Pawel cogió el primer vuelo a Múnich donde quedó con Isaac, tomando provecho del posterior viaje en coche hasta Amerang, localidad más cercana a la yeguada, para comentar lo último que había pasado en el emirato.

Isaac le estaba esperando a la salida del aeropuerto, dentro de su coche.

—¿Ha tenido ocasión de hablar con mi hija? ¿Cómo la ve? ¿Su relación con el emir es tan fuerte como para abandonarlo todo?

A Pawel no le había dado tiempo ni de abrocharse el cinturón. Dejaba claras sus prioridades en el encargo hecho.

—Apenas lleva dos semanas en el emirato y no crea que la veo demasiado... —Le contó el accidente a caballo del emir y su consiguiente convalecencia—. Aunque Sarah disfruta de sus propias dependencias en palacio, está al cuidado de Jalid; volcada en él. De ahí, lo poco que le puedo contar; solo que parece bastante enamorada. No es que sea un experto en esa materia, pero la expresión, sus miradas; todo me lleva a pensar como le acabo de decir.

El gesto del padre se fue encogiendo a medida que escuchaba lo que seguramente no quería oír.

—Entiendo... —Se rascó la barba, abrió una libreta y leyó

algo—. ¿Qué me puede contar de una mujer de origen egipcio de nombre Amina al Bàlud? Sabemos que ha residido unos meses en el emirato, antes en Siria, y que acaba de desplazarse a Tanzania. Su ficha está limpia, pero su presencia en Siria nos hace sospechar que esté actuando como enlace con algún grupo terrorista o quizá con el propio Gobierno sirio.

—¿Amina? —contestó extrañado—. No lo creo. Amina es una apasionada zooarqueóloga que ha estado trabajando en Siria por encargo de Jalid bin Ayub. ¿Para qué? Para localizar los huesos de un caballo que montó el famoso Saladino. Por eso estuvo allí y casi no lo cuenta. Parece que escapó por los pelos después de un ataque de la guerrilla en el lugar de la excavación, que significó la muerte del resto del equipo. La he podido conocer y, créame, es todo menos una extremista musulmana. Yo diría que se encuentra en el polo opuesto.

—¿Huesos de caballo? ¿Saladino? ¿Para qué quiere Jalid esos huesos?

Pawel le trasladó la enorme afición del emir por el mundo del caballo que se concretaba en dos actividades: reunir los restos de aquellos caballos que hicieron historia propia hasta ser más recordados que sus dueños, como los casos de Bucéfalo de Alejandro Magno, Incitatus de Calígula o Marengo de Napoleón. Y, por otro lado, disfrutar en sus cuadras de los mejores ejemplares de las razas equinas más codiciadas.

—Ya sabéis la pasión que provoca el caballo en el mundo árabe.

—Lo sé, pero no termino de entender para qué quiere esos huesos.

—También me lo pregunté yo al principio de mi llegada, hasta que he averiguado cuál es su verdadero objetivo... —Dejó en el aire la última palabra, para darle un tono más interesante a su argumento. Isaac le apremió a seguir—. ¿Recuerda a la oveja Dolly?

—Claro, fue la primera clonación exitosa, en Escocia, me suena. ¿No me diga que pretende algo así?

—Cierto, aunque su sueño es bastante más difícil que el conseguido con aquella oveja. Porque Jalid pretende hacer renacer a esos míticos caballos a través del ADN de sus células muertas, en algunos casos con más de veinte siglos de antigüedad, como, por ejemplo, Bucéfalo. Para alcanzar ese empeño, tiene contratado a un especialista en genética de origen chino, un tipo raro, créame, y a mí para dirigir y supervisar los pasos que competen a las yeguas receptoras dentro del protocolo de clonación. De hecho, en este momento, tenemos a una de ellas iniciando la gestación del caballo de Saladino que Amina encontró en Siria.

Miró a Isaac y notó su completo desconcierto. Pawel sugirió que investigaran al chino. Su aspecto, edad y nombre quedaron anotados en la libreta del miembro del Mosad.

—Clonación... curioso... —pronunció Isaac, como saboreando el fondo de aquellas palabras—. ¿Le ha llamado la atención alguna visita que haya tenido el emir en los últimos meses?

—No podría decirle. Trabajo lejos del palacio y no veo quién acude a sus recepciones; supongo que mucha gente, tratándose de la mayor autoridad del país... De todos modos, estoy intentando ganarme la confianza de una mujer que trabaja para el emir y que supervisa al personal más cercano a su hija. Ya le diré si consigo algo de ella.

—¿Nombre?

Ya tenía la libreta preparada para apuntar.

—Raissa. No sé el apellido. Treinta y dos o treinta y tres años, no muchos más.

En respuesta a la siguiente pregunta de Isaac, explicó que trabajaba como secretaria personal del emir en sustitución del anterior, un tal Mohamed ben Tarik.

—La confianza que tiene Jalid en ella no muestra grieta

alguna, a pesar de que no llevará más de siete meses trabajando para él. Le apasionan los caballos, suele frecuentar las cuadras, y no encontraré a nadie mejor en palacio que esté más cerca del emir.

Isaac aprobó la idea, agradeció su rapidez y le conminó a cuidar de su hija.

—Sé que no es el objetivo principal de su encargo, pero entiéndame...

—Se lo prometí y lo cumpliré. Trataré de acercarme lo más que pueda a Sarah para conseguir su amistad y ser su apoyo ante cualquier problema que tenga. Convertirme en su confidente. ¿Alguna sugerencia?

—Sí, instrúyase en arte, sobre todo en pintura. Es una ferviente admiradora de los impresionistas. Cualquier conversación que le ofrezca sobre ese tema hará que se abra de inmediato.

—Lo tendré en cuenta.

Estaban llegando a la yeguada de la baronesa. Tal y como habían planeado, Isaac se quedaría en el coche como si fuera su chófer hasta que Pawel terminara de revisar la potra que tanto preocupaba a la mujer. Aparcó frente al pabellón de servicios, el veterinario recogió del maletero su maletín clínico y se dirigió a la oficina.

Le salió a recibir la baronesa. Su rostro se ensombreció tras regalarle una fugaz sonrisa de cortesía.

—Gracias por venir tan pronto y desde tan lejos; es muy amable. —Le ofreció la mano que Pawel besó—. Vayamos a verla.

Se dio media vuelta y caminó a buen paso hacia el ala derecha de la instalación.

Al ir dos pasos por delante, Pawel pudo fijarse en ella. No perdía la elegancia ni vestida con ropa de trabajo. Llevaba botas de montar inmaculadamente limpias, pantalón bombacho crema, camisa blanca con mangas abombadas y chaleco de terciopelo verde botella. Dejaba un rastro de olores cruzados después de haber estado montando; una mezcla de caballo y perfume caro, pero destilaba elegancia y glamur de cualquier manera. Su melena rubia, llena de rizos y bucles, tenía que haber hecho perder el sentido a más de un hombre, decidió Pawel.

Siempre que entraba en sus cuadras se quedaba pasmado con el refinado diseño que tenían; parecía estar pisando los salones de un palacio real, y poco le faltaban a la vista de la comodidad de los boxes o el diseño de enrejados y techos. A mitad del pasillo, se detuvieron en un box.

—Esta potra es hija de Bandolera CLII y para mi gusto es la mejor que ha pisado estas cuadras ateniéndome a su morfología. Si la vieseis moverse en pista, os llamaría la atención qué elegancia demuestra. Tiene mucho hueso y una talla fuera de lo normal. Se llama Bandida y, como tal, me ha robado el corazón. Hace tres meses cumplió tres años, es mi sueño, mi preferida y mi mayor preocupación...

Se volvió con los ojos humedecidos. Pawel la miró sin todavía entrar y constató las espectaculares cualidades del animal; era una potra bellísima. De capa castaña y mirada viva, tenía una altura que superaba a la de muchas yeguas adultas. La potra acusó su presencia y se movió nerviosa. Pawel ordenó que la inmovilizaran en la medida de lo posible mientras se colocaba un mandilón y se hacía con el aparataje necesario para realizar una ecografía completa del aparato reproductor. Usaría su dispositivo portátil con gafas y sonda rectal. Preparó una jeringuilla con una baja dosis de sedante para relajar un poco al animal y favorecer la operación. Como le iba a llevar bastante rato, no menos de dos horas, antes de empezar la exploración mandó un wasap a Isaac para advertírselo, por si prefiriese dar una vuelta por la zona a esperarle en el coche.

—Estamos en julio, todavía buen momento para su cubrición. ¿Cuántos celos le han visto? —preguntó a la baronesa, quien observaba todo con los brazos apoyados en la puerta del box.

Hizo llamar al mozo de cuadras que trabajaba en exclusiva con los potros para preguntárselo. Tardó poco en saberlo.

—Me dicen que tres y en cada uno la hemos inseminado respetando el mejor momento del celo. Lleva uno de esos chips que controlan la temperatura y actividad, pero ha repetido las tres veces. De ahí mi preocupación. Antes de que me lo preguntéis, los celos han sido regulares, cada veintidós días, y no ha presentado limos feos o sanguinolentos. Nada hace pensar que tenga una infección en el endometrio.

—Se me ha adelantado, gracias. Procederé entonces a mirar cómo está por dentro.

Desinfectó la sonda rectal, se colocó un guante que ató al hombro y metió el brazo dirigiendo el dispositivo emisor hasta la región ovárica izquierda, donde empezó a observarlo todo a través de las gafas especiales. Descendió por el infundíbulo, ampolla tubárica e istmo del oviducto, para continuar por el cuerno uterino. En una primera exploración, no le pareció ver nada anormal. Tocaba el turno del ovario derecho y de las estructuras anejas. Introdujo la sonda tres o cuatro centímetros más adentro, al estar el ovario más desplazado cranealmente y le dedicó más tiempo que al izquierdo, deteniéndose en el infundíbulo. Lo observó milímetro a milímetro, recorriendo cada una de sus fimbrias por ser las estructuras más importantes en el proceso de captación del óvulo procedente del folículo maduro. Le pareció ver algo, pequeñísimo, quizá una fina tira entre sus paredes que no debería estar ahí. Era tan pequeña que no podía tener suficiente seguridad. Cambió al lado izquierdo y repitió la exploración en el otro infundíbulo. Le pareció ver algo parecido. Como con el ecógrafo no podía llegar a una conclusión definitiva, decidió pasar a la endoscopía para ver con mayor nitidez. Se lo explicó a la baronesa.

—Voy a necesitar anestesiarla primero para usar el endoscopio y confirmar mis sospechas. Usaré anestesia local y sedación, con el animal tumbado.

—¿Cómo podemos ayudar? —preguntó la baronesa—. Entiendo que necesitará gente para tumbarla.

Pawel le explicó que sería suficiente con un par de mozos para frenar su caída cuando empezara a sentir los efectos de la sedación. Pidió una máquina de afeitar para rasurar el lugar de intervención y desinfectante para lavar la región mientras él se cambiaba de ropa y preparaba todo el material.

Suerte que había traído el endoscopio consigo, pensó. Si la potra tenía una ligadura fibrosa anormal en el infundíbulo, como le había parecido ver, podía tener dificultades para recoger los óvulos al quedar plegadas sus paredes.

—Señora, la buena noticia es que si confirmo mi diagnóstico, con el mismo endoscopio puedo resolver el problema y dejar a Bandida preparada para ser madre.

El procedimiento fue un éxito. Pawel comprobó la presencia de dos ligaduras fibrosas que unían las paredes de ambos infundíbulos, las seccionó, y, en menos de media hora, despertó a la potra, que apenas se había enterado de lo ocurrido. La palmeó en el cuello, y el animal, fuera casualidad o no, volvió la cabeza y le mantuvo la mirada unos cuantos segundos antes de abandonar el box, como si agradeciera lo que acababa de hacer, permitiéndole disfrutar de una futura maternidad.

La baronesa, encantada, le invitó a tomar algo antes de que se fuera, mientras él esperaba al regreso de Isaac. Le extendió un cheque, cuya cantidad podía ser el sueldo de un año para mucha gente, agradeció su profesionalidad y disponibilidad y quedaron en hablar por teléfono en cuanto Bandida volviera a tener un celo y tuviese una gestación confirmada.

De vuelta al aeropuerto, Isaac preguntó cómo le había ido en su actuación clínica, interesándose por la causa que impedía a la potra concebir.

—Eso mismo le pasó a mi mujer antes de tener a Sarah.

Qué curioso... —viajó en sus recuerdos—. Le costaba quedarse embarazada y su ginecólogo determinó el mismo problema. La operaron y a los pocos meses Sarah empezó a crecer en su barriga.

—En ocasiones, es un problema hereditario. Puede que Sarah tenga la misma alteración. ¿Sabéis si se ha mirado?

Isaac lo desconocía. Pero podía no ser consciente al no haber intentado ser madre todavía. No dijo nada y se limitó a conducir.

A pocos kilómetros del aeropuerto, Isaac estableció la manera de comunicarse entre ellos a partir de entonces. Le pasó en papel un número de teléfono de Varsovia, que respondía a una falsa agencia de viajes, a la que tendría que encargar vuelos, hoteles y coches de alquiler para sus siguientes viajes de trabajo. A Isaac le bastaba con eso para citarse con él después, sin necesidad de usar los suyos, no fuera a tener la línea intervenida desde el emirato.

Se despidieron a las puertas de la terminal hasta la siguiente ocasión.

Ninguno de los dos advirtió que acababa de aparcar un coche tras ellos, que llevaba siguiéndoles todo el día, cuyo conductor, Jakin, había sido mandado por Jalid bin Ayub para que le informara sobre los pasos de su veterinario Pawel. Jalid no sospechaba de ninguno de sus colaboradores, al menos en principio, pero terminaba sometiendo a todos a un estrecho seguimiento que llamaba «sanitario». Solo, porque si encontraba algo anormal, tocaba extirparlos del equipo.

Jakin no salió del coche. En cuanto Isaac volvió a arrancar, él hizo lo mismo y le siguió.

CAPÍTULO 49

Ciudadela de Damasco. 1193

Ya en Jerusalén se encontraba mal. Las fiebres le debilitaban y, aun así, Saladino insistía en querer mantener un ayuno que solo contribuía a rebajar sus exiguas fuerzas. Su escriba no sabía cómo persuadirlo para que comiera más y no se abandonara, pero no lo conseguía. Solo pudo convencerle de emprender su regreso a Damasco donde estaban su madre, hermano e hijos. Saladino accedió y tras nueve extenuantes jornadas a caballo entró en la Ciudadela, donde había levantado su palacio y residían los suyos.

El primero que le vio llegar fue su hermano Al-Adil y lo encontró irreconocible. Desde la última vez que se habían visto, no habían pasado dos meses, habría perdido una tercera parte de peso, su rostro y piel habían tomado un color desvaído y su aspecto general era el de un hombre vencido y macilento. Pero todavía le llamaron más la atención los dedos de las manos, tan afilados que parecían finísimos juncos. Acababa de cumplir cincuenta y cinco años, pero podía parecer que sobre sus espaldas cargaba ochenta.

El mal le consumía. Él lo sabía, y a ninguno que lo vio llegar se le pudo escapar el escaso tiempo de vida que le quedaba. Pero la cercanía de los suyos, el cariño de su hija Rania, el caluroso recibimiento de la población de Damasco, que nunca se había conocido tan grande, todo obró en beneficio de su ánimo y se le vio mejorar durante los primeros días. Tanto fue así que, pasada una semana, empezó a salir con su caballo cada día, al alba, casi siempre junto a Rania. Aprovechó esos paseos para ir despidiéndose de los suyos, llamándolos uno a uno a cabalgar con él. Cuando iba solo, meditaba sobre lo que debía dejar hecho antes de su muerte, que veía cercana.

Cuando a los pocos días llegó su hijo desde El Cairo, le encomendó la dirección de su imperio. Sabía que el pueblo prefería a su hermano Al-Adil pero a este le pidió que renunciara y protegiera los intereses de Al-Afdal, su hijo mayor.

Había llenado su vida de logros y fracasos, pero entre los últimos, el que más le pesaba era no haber podido peregrinar a La Meca; frustración que horadaba lo más hondo de su corazón. Tanto le preocupaba, que dudaba si su Alá le restaría paraíso por no haber cumplido con los cinco grandes deberes de todo buen musulmán. La guerra contra los cruzados le había ocupado más de treinta años de vida y. aunque se sentía orgulloso de haber conseguido la santa empresa de recuperar Jerusalén, así como de haber reconquistado los llamados Reinados Francos de Oriente, no olvidaba que él, en realidad, siempre había preferido ser un hombre de religión, que no de armas. Aunque también dejaba otro legado, el familiar; diecisiete hijos y una sola hija. La sangre de su sangre; la mejor huella entre todas.

Un día que amaneció lluvioso y no le permitió cabalgar, decidió revisar su tesoro; un sinfín de objetos, joyas, dineros y bienes; fruto de regalos, canje de prisioneros y botines de guerra, y pidió que se vendiera todo para ser repartido entre los pobres de la ciudad. Tan solo se quedó con un dinar y treinta y seis dírhams.

La gente admiraba su generosidad y fervor. Rezaba no menos de cuatro horas al día, despachaba entre toses y ataques de fiebre los pocos asuntos de Estado que le pasaban a consulta y recibía en cada anochecer a su respetado escriba Ibn Yakub, para que escribiese las últimas cartas que deseaba mandar a los diferentes emires y jeques de todos sus reinos.

Una de ellas, iba destinada a Maimónides.

«Saladino va sintiendo cómo la fiebre le consume cada día y se enfrenta a la nula eficacia de los remedios que los médicos emplean en combatirla. Sabe que ha llegado la hora de su última batalla. Ya no hay francos frente a él que derrotar; ahora ha de vencerse a sí mismo. Aunque siente su cuerpo como una celda que le impide abandonar la vida, porque empieza a desear salir de ella para encontrarse por fin con Alá, para presentarse frente al Todo y maravillarse de su Faz. Siente la inquietud de los suyos, hijos, hermano, compañeros de guerra y consejeros de gobierno. Su madre se enfada cuando ve a estos últimos cuchicheando, previendo y apostando por el fatal desenlace, y se pasa horas y horas a su lado, cogiéndole de la mano y hablando de sus vidas. Saladino sigue atormentado por tanta sangre como ha derramado, pero ella, una vez más le exonera de ello: "Tú eres la espada de Alá; no has sido tú quien les ha dado muerte, han caído bajo la voluntad del Todopoderoso, como profesa el Libro". Él, angustiado por el futuro de la débil unidad de los creyentes, se preguntaba en voz alta: "Madre, ¿recordarán que yo los agrupé para formar un solo ejército contra los herejes y que solo juntos pudimos recuperar nuestras profanadas mezquitas? Se dividirán, lo sé... Lo harán en cuanto me muera. Pero otro vendrá para reunirlos de nuevo, para la paz o para la guerra final. Así es como Alá me lo hace ver...". "Pues así será, hijo. Otro vendrá para completar tu obra. No te culpes por ellos, tú has sido el más fiel instrumento de nuestro Dios."»

El penúltimo día de su vida salió a cabalgar con Rania hasta que les cayó tal tromba de agua que tuvieron que regresar a palacio empapados por completo. De camino, sintiendo cómo el frío y la humedad le atravesaban los huesos hasta alcanzar su médula, tembloroso, pidió a su hija que el día que lo enterraran, frente a su tumba, se quedara ella sola para recitar un poema de su filósofo y místico preferido, Al-Ghazali, que le hizo memorizar, a pesar de las reticencias que ella puso, incapaz de contener sus lágrimas. No era largo, pero lo significaba todo.

Ochocientos veintiséis años después, el emir Jalid bin Ayub, recostado en su cama, leía la crónica del fallecimiento del hombre más admirado y de mayor influencia en su vida. Con la respiración contenida se sumió una vez más en un viaje en el tiempo, como si fuera un personaje más entre los que presenciaron aquel amargo momento.

Saladino murió el 4 de marzo de 1193. Ese mismo día fue enterrado dentro de la Ciudadela de Damasco, al lado de la Mezquita de los Omeyas. El pueblo lo lloró durante días y el duelo fue global, en todos los reinos a medida que se fue conociendo su muerte. De él, los mismos que le criticaron, lo proclamaban como el gran bienhechor del pueblo, el unificador, generoso, justo y valiente. Y hasta el gran poeta Imad-Eddyn le dedicó una bella elegía que decía:

El cielo ha perdido su luz, el mundo su más bello ornamento, la religión su defensor, el imperio su apoyo.

Una vez concluido el entierro, Rania ordenó que la dejaran sola frente a la tumba de su padre. Y allí, en un día oscuro, frío, tragándose pena, dolor y lágrimas recordó su promesa, y en voz alta le regaló un último poema.

—«Soy un pájaro y este cuerpo era mi jaula. Pero he alzado el vuelo, dejándolo como un signo».

Jalid cerró el libro y se emocionó una vez más, como tantas otras veces le había pasado cuando revivía el fatal momento. En esta ocasión recuperó las palabras de la madre de Saladino para saborearlas en la soledad de su mente. Aquellas que decían:

«Pues así será, hijo. Otro vendrá para completar tu obra. No te culpes por ellos, tú has sido el más fiel instrumento de nuestro Dios».

CAPÍTULO 50

—

Palacio del emir Jalid bin Ayub. Emirato de Fuyarja. Julio de 2018

La luz de un nuevo día penetraba entre los dos cortinones que colgaban del ventanal del dormitorio del emir. Jalid recibió su efecto en los ojos, perdió el sueño y se dio la vuelta en la cama. Allí estaba Sarah. La miró embelesado. Seguía dormida. Observó su rostro, las marcas dejadas en la mejilla por algún pliegue de la almohada, los ojos cerrados, sus largas pestañas. Le retiró el pelo por detrás de la oreja y pasó la yema de un dedo por su sien, sin ánimo de despertarla. ¡Qué hermosa era!, pensó. Aún conservaba en su recuerdo, como también en su piel, los efectos del apasionado encuentro que habían mantenido la noche anterior. La cama estaba impregnada de olor a ella. Se movió muy despacio para estar más cerca y cuando lo consiguió besó su frente con toda delicadeza y después sus labios, que estaban entreabiertos. Sarah, agotada tras aquella larga noche de entregas, seguía dormida.

Jalid, ya sin vendajes, pero con ciertas dificultades para amarla, había luchado para darse por completo. Porque Sarah era la meta de todos sus sueños, el vértice visible de su encomienda; la futura depositaria de un tiempo de gloria. Tenía que cuidarla. Necesitaba que en su cabeza no hubiese ningún resquicio de dudas hacia él. Su felicidad era el máximo deber que tenía como hombre y como soldado de Alá. Y nada había más importante en su vida que eso. Ahora y en los próximos meses o años.

Aunque no todo eran buenas noticias. Porque pocos días antes había conocido por boca de Jakin el sospechoso encuentro entre su veterinario y un extraño, en Múnich, con quien viajó desde el aeropuerto hasta la yeguada que había reclamado sus servicios, repitiendo trayecto de vuelta al aeropuerto horas después. Jakin había seguido al extraño chófer para averiguar quién era, lo que no había conseguido. Pero pudo verle en los mostradores de una aerolínea israelí tomando un avión, a última hora del día, con destino a Tel Aviv. El hecho inquietó lo suficiente a Jalid para prometerse entender quién era aquel desconocido y qué les unía. Por supuesto, sin advertir nada a Pawel. Sus servicios de inteligencia andaban tras la pista de ese vuelo, tratando de hacerse con la lista de pasajeros. Pero se estaban enfrentando a un sofisticado sistema israelí de encriptación que no resultaba fácil sortear. La curiosidad asaltaba a Jalid, pero no podía avanzar hasta que su gente le diera más datos. Tan solo tenía una vaga descripción del individuo. Poca cosa.

De su veterinario, poco más podía hacer que inundar su residencia de micrófonos, pincharle el teléfono y mantener un estrecho seguimiento en cada viaje que hiciera fuera del emirato para atender a sus clientes. El asunto no le gustaba un pelo.

—Buenos días.... —Sarah se estiró con gusto, humedeció sus labios con la punta de la lengua y miró a Jalid. Le pasó un brazo por encima del pecho y besó su mejilla—. No me hiciste caso ayer cuando te recomendé que tuvieras cuidado con los brazos, pero ahora reconozco que no me importó... —Besó su boca y se apretó a él.

—¿Cómo te iba a dejar volver a tu dormitorio? Llevas tres semanas en casa y esta ha sido nuestra primera noche de verdad. No podía esperar más, aunque mis brazos no estuvieran en perfecto estado...

—Por culpa de tus brazos...Si no te fueras cayendo del caballo como excusa para no tener que acostarte conmigo... —Le besó con más ardor todavía. Cuando sus labios se separaron, le miró a los ojos, acarició su frente y prometió compartir la siguiente noche y todas a partir de ahora. Se incorporó con energía, saltó de la cama y buscó su ropa—. Querido, ya vale de tanto remolonear, es tardísimo. Me doy una ducha, desayunamos y después... —Lanzó un pequeño suspiro—. ¿Qué plan tienes pensado para hoy?

Jalid dejó atrás la cama, cubrió su desnudez con una túnica negra y se recogió la melena con una goma de pelo. Miró el reloj antes de compartir su idea.

—Tomaremos un helicóptero para llevarte a un paraje muy peculiar, tan verde como curioso, al sureste de la capital. Almorzaremos allí, entre frondosos árboles y un fresco y serpenteante reguero. Y por la tarde, de vuelta, conocerás el rincón más íntimo y secreto de este palacio.

—¿Voy a poder ver tu colección de cuadros?

—La verás, estoy seguro de que te cautivará. Además, entenderás por qué he necesitado saber que eres mía por completo, antes de mostrártela —determinó, sin extenderse más.

Sarah no quiso contrariarlo, pero aquel tipo de comentarios la echaban un poco atrás. Ella no era de nadie. Odiaba ese sentimiento de posesión, aunque prefirió no entrar a discutirlo. Se fue hacia su habitación, cerró la puerta y buscó el baño. Abrió la ducha, en realidad las tres duchas que de forma simultánea mojaban su cuerpo a tres alturas, y cuando el agua tomó la temperatura perfecta se metió en ella. La sintió corriendo por su piel, una piel que había sido recorrida pocas horas antes por los besos de Jalid, que había respondido a sus caricias y a su decidido amor, como si un resorte interior se hubiese activado sin posibilidad alguna de ser frenado. Sintió un respingo mientras lo pensaba, recordando cómo había sido amada por aquel hombre. Suspiró un tanto excitada. Buscó un poco de gel y se lo extendió por el cuerpo, piernas, cabeza. Cambió al champú y se lavó a fondo el pelo, preguntándose hasta dónde se veía transformada como persona en aquel ambiente. No estaba dispuesta a perder su identidad, se negaba a ello. Esa había sido la principal premisa para aceptar vivir en el emirato. Pero a la vez, cuando sentía que su corazón no podía estar más lleno de amor por él, no sabía hasta dónde podían llegar sus excepciones. ¿Amar era eso? ¿Aparcar lo propio para dar vida a lo del otro? No lo sabía. Nunca se había sentido tan llena como lo estaba ahora. Dejarse llevar... A esa conclusión llegaba una y otra vez, en contra de lo esperable en ella; se dejaría mecer por él, se dejaría querer, amar, sentir, vivir. Se cubrió con una gran toalla, atemperada en un calefactor de pared, y empezó a pensar cómo iba a vestirse para pasar el día en un oasis, cuando no había estado nunca en ninguno. La experiencia apetecía. Aunque todavía le interesaba más descubrir su pinacoteca privada.

Jalid aprovechó la espera para hacer tres llamadas. Dos significaban asuntos de gobierno, la tercera era a Pawel para preguntar por la yegua que gestaba a la nueva Shujae.

—Va todo bien. Desde que le transferimos el embrión, hace un mes y medio, monitorizo sus niveles de progesterona y son correctos. Ha iniciado el protocolo de gestación que establecemos con todas las yeguas preñadas. Recibe el mejor pasto y no demasiados carbohidratos en su dieta, ejercicio diario sin superar una hora, aislamiento de otros animales para evitar posibles contagios, extremo confort. No le falta de nada. Hoy mismo le haré una ecografía para observar la implantación y cómo evoluciona la placenta, y si todo sigue como ahora, puede que en menos de diez meses tengamos entre nosotros a esa cría histórica. Veréis así completado vuestro sueño.

Jalid agradeció su trabajo sin preguntar por su viaje a Múnich. Llevaba días pensando cómo actuar, cómo averiguar más cosas de él. Necesitaba saber qué clase de relación tenía con aquel tipo del que nada se sabía, solo su vuelo a Israel. ¿Sería judío? Y si lo era, ¿qué querría de Pawel? Había estado a punto de preguntárselo de forma abierta, pero se frenó. Esperaría unos días a que su gente terminara de identificar al individuo.

De momento, le seguían controlando sus comunicaciones y no habían detectado nada que llamase la atención, salvo de índole personal. Parecía que su novia no le estaba dando demasiadas alegrías en las últimas llamadas, y que la relación se debilitaba por momentos. Se le ocurrió un modo de tenerlo más controlado.

Si terminaba actuando así con su gente, con una absoluta intromisión en su vida privada, era para garantizarse su lealtad. No podía trabajar de otra manera. O estaban con él o contra él. Y no iba a admitir nada que pudiese comprometer la gestación de Shujae. Ahora bien, las dudas que Pawel le estaba generando, aunque todavía no tuviesen un trasfondo conocido, iban a dirigir sus futuras decisiones. En cuanto naciera aquella potrilla y hubiera superado el primer año, el más delicado, se desharía de Pawel.

En su entorno no podía permitirse las dudas y mucho menos la mentira.

El vuelo en helicóptero les llevó media hora. Sarah fue la mayor parte del tiempo callada, contemplando el paisaje desde el aire, sorprendida por su letal belleza. Mientras ella viajaba segura y con todas las comodidades, ahí abajo no había más que muerte. El contraste le hizo pensar. Miró a Jalid, que pilotaba el aparato. Se había puesto un turbante muy peculiar, como con cinco puntas, unas enhiestas y otras dobladas o a medio vencer, que recordaba al gorro de un arlequín. La diferencia de mentalidad entre ellos era enorme; los fundamentos de su vida también. Arena, dunas y muerte entonaban una misma música a escasos doscientos metros bajo el fuselaje.

Como las claves que caracterizaban a Jalid, entonadas en términos de fe, corrección y riqueza extrema. En aquel nuevo mundo al que pretendía pertenecer hasta hacerlo suyo, esos contrastes tan extremos construían la realidad y no negaba que pudiesen terminar siendo fascinantes. Pero costaba acomodarse a ellos y todavía se le hacía difícil vislumbrar cuándo dejarían de saberles ajenos. Por ejemplo, asumir la permanente presencia de Yazeera, hasta para ponerse la ropa interior. O no poner inconveniente a todo lo que su dama de compañía tuviera en obligación hacer por ella. No debía recoger la ropa usada, peinarse sola, maquillarse, pasear por los jardines sin su compañía, casi ni comer. Lo discutió con Jalid unos días atrás, no tanto por que le molestara la chica sino por su pérdida de autonomía. Pero solo obtuvo una respuesta:

—Déjate hacer, Sarah. Aquí tienes que conjugar esos dos verbos para fundirte con lo que somos; déjate querer, llevar, hacer, mimar... Eres mi pareja y eso conlleva que tu entorno más cercano esté siempre pendiente de ti. Todo lo que te pase de ahora en adelante estará orientado a aumentar tu felicidad. Deja que sea así...

—Pero ¿y mi yo? —había reclamado ella.

—Tu yo ya no es solo tuyo... Ahora es de los dos. En nuestra cultura, el mayor gozo que uno puede alcanzar se obtiene cuando se entrega en cuerpo y alma al otro. Entiendo que adaptarte a nuestros fundamentos te cueste, pero tendrás que ir soltando lastre y algún que otro prejuicio hasta conseguir liberarte de tus anteriores ataduras mentales, con tal de que no te frenen en tu nueva vida conmigo. Sarah, con amor rebajarás ese tú para mirar hacia mí...

Ella quería creer en sus palabras. Quería ser parte de lo que veía. Pero necesitaba tiempo para transitar entre esos dos mundos, a su ritmo, por lo que le pidió una sola cosa: quería trabajar. No había pasado mucho tiempo desde su llegada, pero estaba viendo que tanto el entorno como las expresiones culturales y sociales que iba conociendo la podían llagar a aplastar. Y antes de verse ahogada y con ganas de escapar, le pareció que el trabajo podía abrir sus ventanas mentales y llenar ciertos huecos en lo personal, calmando así un incipiente estado de ansiedad que había empezado a aflorar. A Jalid no le gustó la idea, pero cedió y se comprometió a buscarle algo. Ella apuntó algún comercio de lujo, como Hermès en París. Y así, a los dos días de haber mantenido aquella conversación, desde Louis Vuitton le ofrecieron trabajo en su tienda principal, en la capital del emirato.

El oasis mereció la pena. Un inaudito contraste entre dunas y arena: la más frondosa vegetación regada por un arroyo que se alimentaba desde el subsuelo, como un milagro. Se asentaron en una pradera verde, sintieron la compañía de un coro de gorriones del desierto y de una pareja de pájaros carpintero, disfrutaron de un pequeño almuerzo y, sobre todo, hablaron. Sin más compañía que una suave brisa, refrescada por los palmerales y la evaporación del arroyo, compartieron anécdotas sobre sus adolescencias hasta que los besos y las caricias enmudecieron la conversación para dar voz a los sentidos. Volvieron a amarse sobre la hierba con tanta pasión que perdieron la noción del tiempo. Sarah no recordaba haber sentido tanto placer ni ser más feliz con alguien que con Jalid. Apoyó la cabeza sobre su pecho desnudo y lo acarició, besando su piel con ardor.

—Prométeme que me traerás más veces aquí... —le pidió—. Nunca olvidaré cómo nos hemos amado en este lugar.

—Tienes mi promesa —contestó él, abrazado a su cintura, mientras sus pupilas se dilataban en el hermoso mundo de los ojos de Sarah—. Tú eres el paisaje más bonito que jamás veré...

Sarah se emocionó con aquellas palabras y las memorizó en su corazón para siempre. Tras un nuevo beso se acurrucó entre sus brazos, sin otra necesidad que vivir en él. Solo permitió que sus labios se abrieran para decir lo mucho que lo amaba.

A su llegada al palacio, tras cambiarse de ropa, quedaron en verse en el salón azul para terminar el día en el rincón más secreto de la casa, donde tenía sus mejores cuadros. Él volvió a aparecer con aquel curioso turbante rematado en cinco puntas y una kandora blanca, la clásica túnica emiratí. Sarah se había puesto un vestido rojo, ceñido a la cintura, con escote en caja y falda por encima de la rodilla. Jalid la encontró arrebatadora, pero todavía le gustó más verla con un pañuelo en la cabeza, también rojo. Sin ser un hiyab le ocultaba el pelo; todo un guiño hacia él.

La escondida sala estaba protegida por tres sistemas de seguridad, que solo reconocían a Jalid y a su hermana. Nadie más estaba autorizado a entrar, ni siquiera para limpiar. El contenido de aquel espacio habilitado entre el dormitorio y su despacho privado; antes de que lo visitara Sarah, nadie más lo había hecho.

La puerta estaba tan disimulada que no se distinguía del resto de la pared. Sus largueros se ocultaban bajo una moldura que encuadraba y ennoblecía la estancia, y las bisagras quedaban escondidas bajo una grandiosa pieza del pintor americano Edward Hopper. El cuadro no estaba clavado a la pared, se apoyaba en un bastidor que permitía desplazar el lienzo cuarenta y cinco grados desde la pared. Lo suficiente para dejar un cómodo paso. Jalid tecleó un largo código numérico en un dispositivo camuflado, puso su huella dactilar y terminó acercando el ojo a un lector de iris antes de que se oyera un chasquido y se abriera la puerta.

Entraron en una estancia de unos ciento cincuenta metros cuadrados, alfombrada por completo y con dos sofás en el centro, a espaldas el uno del otro. Sus paredes reunían una treintena de cuadros, algunos muy reconocibles. Sarah guardó un asombrado y respetuoso silencio ante la valiosa colección de arte propiedad de Jalid. No terminaba de entender los motivos de su secretismo, pero estaba segura de que se los desvelaría pronto. Se detuvo ante un Renoir, no de los más conocidos. Observó su peculiar juego de texturas, la sensualidad de sus personajes y esa luz tamizada que tanto caracterizaba al autor. Le siguió un Rafael. Sarah no se lo podía creer. Nunca había estado tan cerca de un cuadro pintado por el maestro Rafael, en concreto, un retrato de mujer. Una obra elegante, compleja y perfecta, con un realismo que creó escuela. Pero es que, en el centro de la misma pared, vio la *Medusa* de Caravaggio y, a su derecha, un Velázquez y dos Picassos. En menos de cinco metros estaba reunida una muestra de la pintura más grande de todos los tiempos. Decidió que o dejaba de contener la respiración o se ahogaría. Suspiró y se dio la vuelta. Jalid la miraba sin perderse un solo detalle, disfrutando de cada una de sus reacciones.

La siguiente pared contenía más cuadros, aunque no todos le sonaban. Pero fue en el siguiente espacio, en su centro, donde Sarah sintió una fuerte atracción por el retrato de un hombre de aspecto árabe que parecía salirse del marco. En la parte superior del lienzo leyó la palabra *Saladinus* con letras en color crema. Pero lo que le pareció más llamativo fue la forma del turbante, idéntico al que llevaba Jalid, con cinco puntas que ascendían retorcidas desde la cabeza y variaban sus trayectorias en un curioso juego de formas. Lo más asombroso es que hasta los rostros se parecían. Aunque el retratado tenía una barba más larga, los rasgos de su cara, el color meloso de los ojos, la mirada, tenían el mismo aire... Se acercó al lienzo y lo estudió más de cerca, para a continuación volverse y comparar facciones.

—Sois... Sois...casi...

—Muy parecidos, cierto, y no deja de ser un auténtico honor para mí. Aunque sea un retrato pintado en el siglo XVI por Cristofano dell'Altissimo y, por tanto, difiera de la imagen del sultán que cambió el rumbo de la historia. He de decir que, aunque es una copia, no hay cuadro más importante en esta sala para mí. Pero, entrando en el asunto, ¿qué sabes de Saladino?

Sarah recordó una película de Ridley Scott; *El reino de los cielos*. Como le pareció pobre reconocerlo, contestó a Jalid con una negativa:

—¡Casi nada!

Él le cogió de la mano y la llevó hasta una cuarta pared, vestida de libros antiguos, legajos y vitrinas. En una de ellas, por detrás del cristal, se exhibían cuatro escritos antiguos.

—Lo que ves son cartas de Saladino, sultán de Egipto, Siria, Palestina, Mesopotamia, Yemen y otros muchos territorios más. Fechadas a mediados del siglo XII, fueron dirigidas a su madre y, sobre todo, a Maimónides, su físico, amigo, sabio y poeta; uno de los hombres que mayor influencia tuvo en él hasta verle convertido en el mayor líder militar y civil de la historia del islam. Siéntate en el sofá y te cuento más.

Antes de tomar asiento, abrió otra vitrina y de su interior cogió una pequeña piedra irregular, oscura. Se la dio a Sarah.

—Lo que tienes en tus manos es una preciada reliquia, un fragmento de lo que los cristianos conocéis como el Santo Grial.

Sarah abrió los ojos de golpe, observó la pequeña piedra, apenas tenía tres centímetros y sintió una oleada de calor recorriendo su interior.

—¿Me lo dices en serio?

—Por completo. —Lució una extraña sonrisa que ella no terminó de reconocer; como si estuviera experimentando un gozo inefable—. Esta reliquia fue usada por el mismo Saladino. Un día te contaré la trascendencia que tuvo para él. Fue un hombre tan grande, Sarah... Su historia, sus victorias, el legado que nos dejó, la nobleza de su propio gobierno... Él ha sido y es la personalidad que ha influido más en mi vida. Tanto es así, que ese hombre, el que ves pintado en ese cuadro, lo es todo... todo para mí.

Sarah se removió en el sillón, un tanto nerviosa, sin llegar a alcanzar el trasfondo de sus palabras. Le estaba pareciendo una persona distinta a la que había conocido hasta entonces.

—Ayer me preguntabas por qué no te había enseñado todavía este lugar. Si lo recuerdas, te dije que necesitaba sentir primero tu amor antes de compartir lo más grande que he conocido en mi vida. Aquí no solo hay arte, aquí está reunida la historia de ese hombre, de Saladino, del gran Saladino... —Sarah le miraba sin salir de su asombro. Empezó a asustarse. No sabía si por culpa de lo extraño de su conversación o por el objeto de sus reflexiones.

Entre medias, Jalid abrió un armario y sacó de su interior varios libros muy antiguos, entre ellos un hermoso Corán.

—Fue suyo, con él rezó y meditó. Forma parte del conjunto de documentos y legajos históricos que he ido atesorando a lo largo de los años y que guardo en este lugar con el mayor de los celos... —Señaló las baldas, cajones y vitrinas que jalonaban el armario—. Todo el patrimonio que he sido capaz de reunir lo guardo aquí. ¿Por qué aquí? Porque decidí que la belleza de un ser único, como lo fue él, tenía que verse acompañada por alguna de las creaciones más grandes que ha dado la humanidad, reflejadas en esos cuadros. ¿Entiendes ahora por qué limito quién puede entrar y ver esto? En esta cámara he podido juntar los pocos vestigios materiales que existen de él. Aunque su mayor patrimonio quedó plasmado en los anales de la historia, cuando unificó el islam, cuando recuperó Jerusalén de manos de los cruzados. Ese fue el verdadero legado inmaterial que nos dejó y que sigue siendo ejemplo para mí.

—Trato de seguirte, pero me cuesta. No me esperaba la importancia que tiene ese personaje para ti... —apuntó Sarah.

—¿Importancia? No. Es esencial. Piensa que todo lo que has conocido de mí hasta ahora se fundamenta en la influencia que ha tenido Saladino en mi vida y no quiero que deje de tenerla. Te sorprenderá, pero así es. Piensa que lo he estudiado como nadie, que admiro su vida y la conozco casi mejor que la mía; siento sus logros como propios. Solo lamento no haber vivido en su tiempo, no haber rezado a su lado, no versar sus poemas preferidos o haber blandido una espada contra el enemigo, codo con codo.

Reflejaba tanta intensidad en sus palabras que las acompañaba con todo tipo de gestos y movimientos, plasmando un entusiasmo contagioso.

—Me apetece conocerle... Que me instruyas, que me des las pistas necesarias para entender por qué es tan grande para ti. ¿Lo tienes como a un héroe o le admiras como hombre?

Sarah miraba el cuadro del pintor florentino y se preguntaba por qué no tendría la pintura original. Se lo iba a preguntar cuando le interrumpió él, valorando su comentario desde otro enfoque.

—Te abriré su mundo mucho más que encantado. No sabes lo que significa para mí tu interés. —Besó sus manos—. Me apasionan todos los Saladinos, respondo a tu pregunta. Me interesa el líder carismático, el Saladino religioso, el soldado y héroe, el jinete, el unificador de reinos, el padre y hermano, el caballero, el caritativo, todos... Piensa que Saladino es para el islam lo que Alejandro Magno para vuestra cultura. Dos enormes hombres, únicos. Dos gigantescas figuras que transformaron su tiempo, que marcaron un antes y un después en la historia y terminaron creando un imperio; en el caso de Saladino se llamó el ayubí. Fue el kurdo más universal que ha existido. Kurdo como tu madre, como la mitad de tu sangre.

Sarah, que no podía dejar de evocar a su abuelo el día que le abrió la cámara secreta de Fontevraud, entendió que se encontraba en el sancta sanctorum de Jalid, centro de todo en él, y pasó del desconcierto inicial a un respeto por el personaje, unido a una mezcla de auténtica curiosidad. Si tan importante era Saladino para Jalid, quería conocer a fondo la vida y tras-fondo de aquel hombre.

—Mi amor, quiero que, desde hoy, Saladino forme parte de mi vida como lo ha hecho y lo hace de la tuya. Te quiero, y porque te quiero me dejo llevar, me dejo querer, me dejo ins-truir...

Al emir le brillaron los ojos de emoción. Aquella declara-ción no podía estar más cerca de sus sueños y deseos. Acogida en sus brazos la besó poniendo todo su amor en ello, viviendo con absoluta intensidad el momento. Y sin pronunciarlo en voz alta, agradeció a Alá haber puesto en su camino a Sarah, a otra kurda, a la elegida.

CAPÍTULO 51

Villebon-sur-Yvette. Francia. Agosto de 2018

Charles Boisí era consciente del abuso que estaba cometiendo con su amiga Amélie.

Desde el inesperado aterrizaje en su casa para una supuesta corta estancia, llevaba tres semanas, la pobre no se atrevía a preguntar por el final. Aunque tampoco lo tenía fácil él. Por aquello de mantener viva su falsa ruptura con Renard, se estaba empleando tan a fondo que llevaba más de veinte días sin mantener contacto con su pareja, al que, por otro lado, tenía destrozado.

La amiga no se podía portar mejor. Lo acompañaba en interminables charlas, sentados los dos en el porche y con una botella de vino siempre a mano, para ayudarle a escrutar sus sentimientos, entender los motivos de su crisis sentimental y abrirle caminos para reordenar su vida. Charles improvisaba y estiraba la falsa historia todo lo que podía. Eso sí, con los dos cuadros a resguardo, escondidos en los bajos del armario de su habitación, hasta que las gestiones que había puesto en marcha dieran fruto y pudiera deshacerse de las pinturas, cobrar lo que fuera y saldar de una vez su amenazante deuda.

En pleno mes de agosto y en medio de una insufrible ola de calor, no se podía estar en otro sitio salvo en el jardín o en la piscina de la casa. Al anfitrión, al eslavo que Charles no terminaba de aprobar para su Amélie, lo veía poco. Lo cual era de agradecer, porque el rechazo había sido mutuo desde el primer día, una vez se habían visto y catalogado.

—Pero dime una cosa, Charles, si no ves clara tu relación con Renard, ¿cómo es que le dejas seguir viviendo en tu casa y tú sigues aquí? Entiéndeme, no lo digo porque me molestes, lo sabes. Pero ¿no sería más lógico echarlo y recuperar tu vida y tu mundo?

Ella podía jurar que no la afectaba su presencia, pero a su pareja sí y no sabía cómo rebajar el enfado que esta le generaba.

—Tienes razón, toca mover ficha. Hoy mismo le llamo, quedo con él y arreglo nuestra situación de una vez por todas para dejaros tranquilos, que bastante habéis hecho por mí.

En realidad, sus planes eran otros. Había contactado con uno de sus mejores clientes: un afamado galerista de larguísima trayectoria familiar en la compraventa de arte, que mantenía el negocio bajo dos cauces, porque al legal, le sumaba otro, moviendo material de origen sospechoso. La abismal y sustanciosa diferencia de márgenes que ofrecía aquella segunda línea de actividad era el fundamental reclamo para haber sobrepasado todas las fronteras. Jean-Marie le había citado en el peligroso barrio de Saint-Denis, donde tenía su discreto almacén, para analizar la posible operación una vez viera el estado de los cuadros.

Nunca había entendido por qué había elegido aquel barrio para ubicar la vertiente oscura de su negocio, aunque se lo hubiese razonado más de una vez explicando que, entre delincuentes, se protegía más el delito al no haber traiciones, solo comisiones.

Tuviera o no razón, le hacía muy poca gracia pisar aquel lugar del extrarradio de París, peligroso y marginal, dominado por la delincuencia y el integrismo musulmán; un lugar que salía en las noticias casi a diario y no por su preciosa basílica gótica.

Después de almorzar con Renard en un polígono industrial, en el que estaba trabajando para un cliente, y comunicarle que cortaba con él de forma definitiva y con escasas explicaciones, le tocó escuchar la consecuente y razonable protesta de su pareja ante una ruptura inexplicable, en una relación que no había tenido hasta entonces un solo altibajo. Charles no podía ni quería revelar los verdaderos motivos de su decisión, y menos sobre su otra vida. No estaba siendo sincero y se avergonzaba por ello, pero lo hacía por amor. Era la única manera de proteger a Renard de aquel ruso y sus huestes, de alejarlo de un peligro que bastante le estaba ya acechando a él. Una vez más se aplicó de lleno, empleando un estilo que no coincidía con su manera de ser; con una frialdad que, por doble daño que produjese a su pareja, sería más eficaz que dejarle la puerta abierta.

Le vio irse llorando, y él hizo lo mismo nada más sentarse en su Volkswagen. Se agarró al volante y volcó la cabeza con tanta pena como dolor. Sus malas decisiones le habían llevado a romper con su gran amor y traicionar a su mejor amiga, Sarah.

Atendiendo a un comportamiento del todo neurótico, lo había repetido tres veces desde su salida de casa de Amélie, comprobó que la bolsa de deportes donde llevaba los dos lienzos enrollados seguía en el maletero del coche. Puso en el navegador la dirección de su galerista y arrancó.

Quince minutos después, atrapado en un fenomenal atasco dentro del Périphérique, recibió una llamada que no podía ser más incómoda.

—¿Qué hace mi querido cocinero hawaiano, cantante de fados, piloto de aeroplanos, *hacker* en horas tontas y por lo demás guapísimo amigo?

—Sarah, tú como siempre tan cariñosa. Pues no creas que llevo un gran día. De hecho, acabo de romper con Renard.

—Pero ¿qué me cuentas? ¿Y eso?

Charles mantuvo los mismos argumentos que construyó con Amélie para vestir un desencuentro imposible de rehacer. Quiso ser tan convincente que impidió que ella abordara un solo resquicio en su reconsideración.

—¡No, que no! Que lo tengo claro. Se ha terminado.

—Tienes que estar fatal. ¿Por qué no vienes a verme a Fuyarja unos días? Déjame que te consuele. Cambiarías de aires, descansarías y volverías siendo otro, te lo garantizo.

Charles no lo descartó, aunque le trasladó sus dudas.

—No creo que a Jalid le entusiasme demasiado la idea. Ya sabes lo mal que estamos vistos los gais por allí. Y, a todo esto, ¿qué tal tú? ¿Cómo te sienta el burka?

—No seas malo... —Sonó de fondo una especie de burbujeo que provocó la pregunta de Charles—. Ah, sí, es que te llamo desde el *spa* del palacio, una verdadera gozada, una más... Pero te respondo: he encontrado a un hombre increíble, Charles. No te puedes imaginar lo a gusto que estoy con él. Esta derribando uno a uno todos los miedos con los que vine. Me tiene fascinada, feliz, enamoradísima...

Charles lo celebró por ella, consciente de las muchas prevenciones con las que había ido, y quiso ponerle al corriente de sus gestiones.

—Ahora mismo voy con tu cuadro, para ya me entiendes... —Al teléfono no podía ser más explícito.

Sarah se puso en situación.

—Perfecto, espero que termine bien y te sirva para solucionar tus problemas económicos.

Charles vio llegada la oportunidad de hablarle del segundo cuadro: ¡qué mejor momento para confesarse!, concluyó.

—Por cierto, cuando estuve en tu villa, empujado por aquel asunto que no terminé de explicarte, mis complicadas finanzas ya sabes, decidí...

—Espera, que acaba de entrar Jalid... Un segundo.

Charles los oyó hablar. Pero, casi al instante, le pareció oír un beso o alguno más, también un ruido como de chapoteo y a Sarah diciendo: «Espera, que tengo al teléfono a... No... ¡Oye...! Pero ¿qué haces?», y unas incontroladas risas. Charles imaginó lo que sucedía y sin esperar más conversación, colgó. Estaba entrando en Saint-Denis.

Buscó el aparcamiento al que siempre iba, estacionó el coche y se echó la bolsa de deportes al hombro. De camino al local de Jean-Marie, se cruzó con un grupo de jóvenes que le miraron mal. No les dio juego, rechazó el contacto visual y siguió caminando. Dejó atrás un café, cuyas mesas estaban atestadas de hombres fumando cachimbas, una peluquería y un restaurante del que salía un fuerte olor a cúrcuma, a cilantro y a pollo. Se le cerró el estómago. Odiaba ese tipo de comida.

Cuando llegó al 73 de la Rue de la République apretó el único timbre de la puerta. Sonó como respuesta un chasquido en la cerradura y se abrió. Entró deprisa. Recorrió el oscuro y desvencijado pasillo que le separaba de la puerta del estudio-almacén del galerista. Nadie podía sospechar lo que había al otro lado de aquella puerta: un modernísimo espacio con una cámara de seguridad de veintiocho metros cuadrados, dotada de las más avanzadas medidas tecnológicas, indetectable desde el exterior gracias a su cubierta de titanio, y con un dispositivo de bloqueo infranqueable en caso de errar el código de apertura tres veces o ante cualquier acceso a la misma con procedimientos irregulares. Tocó dos veces con los nudillos y al instante apareció el risueño rostro de su particular corredor de arte.

—No te veo bien... —Le soltó el anfitrión, al descubrir unas ojeras impropias en el siempre impecable y elegantísimo Boisí—. ¿Ha pasado algo?

Chocaron sus manos.

—No vivo mi mejor momento, dejémoslo ahí... Vamos a lo que vamos...

Charles descorrió la cremallera, sacó los dos lienzos y los

apoyó sobre el tablero de dibujo que Jean Marie usaba para estudiar y tasar cada obra.

—¿Dos? Entendí que solo querías mover uno... —Los desplegó y sus pupilas se dilataron de inmediato—. Pero ¿qué me traes por aquí? Del Manet me hablaste. Pero ¿esto es un Vermeer? No había tenido nunca uno en mis manos. Se colocó una lupa ocular y recorrió la pintura en silencio, solo roto por algunas palabras como: «¡Espectacular! ¡Qué maravilla! ¡Es una preciosidad! ¡Qué maestría...!».

Charles se frotaba las manos en los pantalones, muy nervioso.

—Dime, ¿tendrás comprador para los dos? ¿Lo ves fácil, rápido? Necesito liquidez...

Jean-Marie dejó el monóculo sobre el tablero, se afiló las dos puntas del bigote, tomó asiento sobre una banqueta alta y suspiró como con pesadez.

—Tengo comprador... No creo que haya problema. ¿Pasamos a la parte «qué pides» o nos encaminamos en directo a «qué te puedo conseguir»?

Sonrió con displicencia, consciente de cuál iba a ser la respuesta.

—¡Va, di tú!

Charles no estaba para discusiones bizantinas.

—Dos millones por el Vermeer y medio por el Manet. ¿Cerramos?

Iba a decir que sí cuando la puerta del estudio saltó por los aires y entraron cuatro policías fusil de asalto en mano, gritando:

—¡Al suelo! ¡Tírense al suelo o disparamos!

Charles miró a Jean-Marie, Jean-Marie a Charles, y los dos a aquellos hombres que corrían a su encuentro, justo antes de tirarse al suelo y cortárseles la respiración.

Aquello no pintaba nada bien.

CAPÍTULO 52

Garganta de Olduvai. Tanzania. Agosto de 2018

Amina volvía a ser la misma, porque, sin haber pasado dos meses, empezaba a dudar si el proyecto en el que se había embarcado era bueno para ella. En su faceta corporal no se podía quejar. Había recuperado a Marc y el chico se esmeraba entre las sábanas como nunca. Pero si se adentraba en la parte profesional, lo tenía menos claro.

No podía negar que en aquella Garganta y con el espectacular equipo científico que le acompañaba, los hallazgos eran notables. Pero quizá ahí estaba el problema; resultaba todo demasiado fácil. Cavaban a diez centímetros del descubrimiento anterior y surgían nuevos huesos. Era como si acudieras a un nutrido supermercado a por manzanas y, sin apenas moverte, encontrabas diez variedades. Demasiado cómodo todo. Y, eso, a Amina la aburría.

Lo compensaba ejercitando deportes extremos. Siempre le había gustado correr, pero nunca lo había hecho sobre una bicicleta preparada. Uno de los arqueólogos daneses se había traído una. Al ver con qué extraordinaria energía la usaba todas las mañanas, por desfiladeros, senderos y vaguadas, quiso probar. El hombre no se pudo negar cuando Amina se la pidió; fue tan persuasiva que lo consiguió a la primera. Empezó a montar todas las tardes, antes del anochecer, a mover sus cuádriceps, a sudar la camiseta, a tener otra perspectiva de la zona, pero, sobre todo, a meditar qué estaba haciendo y qué debía hacer.

Solo en las dos últimas semanas habían aparecido dos vértebras cervicales de una especie de antílope y cuatro costillas de un rinoceronte o semejante en perfecto estado de conservación; quizá un eslabón intermedio entre los *triceratops* y los actuales rinos. Les dedicó tiempo. Los trabajó con profesionalidad para datar su antigüedad. Aplicó sus conocimientos de tafonomía para entender cómo el momento, el clima y la alimentación habían cambiado la morfología y estructura de las piezas óseas, en comparación con otras muestras anteriores y posteriores. Lo hacía con afán investigador, pero empezó a notarse tan vacía de pasión que decidió contactar con Jalid, movida por los peligrosos pero excitantes recuerdos vividos en Siria.

«¿No me cuentas nada de Shujae?», y añadió en su wasap un emoticono con el ojo tapado con una especie de monóculo.

Descansaba en su tienda de campaña, tumbada sobre la colchoneta, con un plátano a medio comer en la mano y sin pantalones, los había dejado secando fuera. Miró la pantalla a la espera de tener contestación de Jalid. Tardaba. Se entretuvo con un pódcast de divulgación científica cuya originalidad residía en el enfoque humorístico que daba a los temas, Radiolab, se llamaba. Lo seguía cuando necesitaba estimular su mente con las reflexiones de gente que jugaba en otra liga, la de los pensadores, la de quienes entendían que los humanos eran algo más que máquinas de consumo. La respuesta a su wasap llegó cuando se reía con la reflexión de una de las intervinientes, que proponía una semana de huelga mundial de móviles para analizar después la segura reducción en el consumo de ansiolíticos.

«Shujae sigue creciendo... De momento va todo bien».

El remitente era Jalid. Amina contestó con unos aplausos.

«No me quiero perder ese nacimiento por nada del mundo. Cuando reciba unas botas de tu parte, sabré que he de ir... ¿Lo harás?»

Él contestó «Ok», pero notó un bajo tono en los wasaps de Amina.

«¿Todo bien por Tanzania?»

«Bueno..., ahí vamos».

«Me parece que voy a tener que mandarte esas botas antes...»

«Pon un buen motivo, que allí me tienes».

«Lo tengo. —La necesitaba, era cierto, pero no antes de cuatro meses. Así se lo trasladó—. Tengo una nueva tarea para ti, que si tuviese que definirla se me ocurren dos palabras: compleja y espectacular».

«Pues voy dejando medio arreglado lo de aquí y me planto antes de cerrar el año en esa piscina tan maravillosa a la que apenas das uso».

Jalid le siguió el tono irónico con unos cuantos wasaps más, hasta que se emplazaron a hablar más adelante, para decidir fechas. Antes de terminar, Amina le hizo una última pregunta.

«¿Destino?», y añadió tres interrogaciones seguidas.

«Siria», contestó Jalid, imaginándose la reacción de Amina, que no tardó en llegar.

«Ah, claro... Siria... —siguió escribiendo. Jalid esperó a ver cómo reaccionaba—. Menos mal que has dado con una loca como yo, porque cualquier otra te hubiera mandado a hacer puñetas. ¿Se puede saber qué fijación tienes con Siria, querido?»

«Ya lo entenderás. Por el momento, quédate solo con esas dos palabras; compleja y espectacular. ¿A que empujan a la acción, casi por sí mismas?»

«Eres muy malo conmigo... Ciao».

Amina añadió el emoticono de unas botas y cerró la aplicación.

Jalid sonrió ante su última contestación, miró el reloj y

salió corriendo de su despacho para asistir a una gran sorpresa. Sarah se había ido a trabajar al centro de la ciudad, a Louis Vuitton y no regresaría hasta bien entrada la tarde. De camino, paró un momento en las cuadras para ver a la madre de Shujae. Lo hacía todos los días. Al llegar al box, vio a Pawel en animada conversación con Raissa; ella mostraba un agudo interés por lo que le estaba explicando.

—¿Todo bien?

Jalid acarició la testuz de la yegua y miró su vientre. Quiso ver un incipiente crecimiento en el abdomen, aunque no era real. Hasta los ocho meses las crías no se hacían notar en casi ninguna yegua y solo estaba en el segundo.

—Va todo perfecto, señor. En una semana le haré una ecografía para chequear la salud del feto. Ya le avisaré.

—¿Podrá saber si es macho o hembra? —preguntó Raissa.

—En las yeguas, se abre una ventana de detección entre el día sesenta y setenta y cinco; luego se complica mucho. Así que la semana que viene estaremos en el mejor momento.

—¿Podría presenciarlo?

La joven acompañó su pregunta con una bonita sonrisa.

Pawel no puso pega alguna. Pero Jalid le dirigió una mirada de reprobación tocando la esfera de su reloj. Ella captó el mensaje.

—Me voy a trabajar...

Se quedaron solos.

—¿Es posible que esté interesado en ella? —soltó de sopetón el emir.

Pawel se retiró el fonendoscopio, lo guardó en su maletín y revisó las córneas del animal mientras contestaba.

—Si lo que queréis saber es si nos une una relación sentimental, descuide; no hay nada. De cualquier modo, se trata de mi vida privada.

—Lo es y lo respeto, pero tened en cuenta que se trata de mi secretaria personal.

Como a Pawel le interesaba estrechar sus contactos con ella para acceder a más información de la que le permitía su actividad diaria, necesitaba medir bien sus respuestas para no despertar ninguna suspicacia en el emir.

—Le comprendo, pero no tema por ello; si se produjera algo que tuviese que conocer, se lo haría saber... —contestó Pawel.

—Lo agradeceré.

Dejó la frase en el aire y se dio media vuelta. Abandonó las cuadras y se dirigió hacia la entrada principal del palacio. Faltaban dos minutos para las once; la hora de llegada de sus nuevos invitados. Se sentó en el poyete final de la escalera. Uno de sus perros, un afgano, buscó su caricia hasta que Jalid vio aparecer el morro de una furgoneta negra enfilando la avenida de las palmeras, a cuatrocientos metros de donde estaba.

Aparcó a los pies de la escalera. Jalid se levantó y esperó a la llegada del intérprete. Cuando se descorrieron las puertas del vehículo, descendieron tres personas. Se saludaron con cortesía, él les dio la bienvenida tras interesarse por su viaje y mientras contestaban pidió que le siguieran. Dejaron a un lado el palacio y tomaron un camino que los llevó hasta una de las dependencias laterales del recinto. Entraron en la más grande, buscaron una salita de cortesía y allí se sentaron todos, salvo Jalid, que prometió volver en breve. Los nervios de los recién llegados saltaban a la vista. Un empleado les sirvió té y unos dulces.

Tan solo diez minutos después, se abrió la puerta de la pequeña estancia y por ella entró el doctor Mei Tian Lu con gesto contrariado, hasta que vio a los presentes. Corrió a su encuentro, se abrazó a ellos, emocionado, sin poder creérselo. Eran su mujer y sus dos hijos con aspecto de estar muy cansados, pero, a la vez, felices. Mei miró a Jalid y le agradeció la gestión, inclinándose frente a él de forma repetida, para volver hacia los suyos y asaltarlos a preguntas. Jalid hizo salir al traductor y terminó abandonando la habitación también para dejarlos solos. Tenían mucho que contarse. Solo él sabía la auténtica hazaña llevada a cabo por su gente junto a los colaboradores chinos que habían intervenido en la operación para conseguir sacar del país a los tres familiares del científico, superando la vigilancia a que estaban sometidos y con todo en su contra. Veintiocho días de huida en diferentes medios de transporte: desde a lomos de mulas en una parte del recorrido, a un camuflado transporte militar, cuatro motocicletas y una autocaravana, hasta que cruzaron la frontera por Myanmar, donde les esperaba una avioneta y, finalmente, uno de los aviones privados del emir.

Suspiró satisfecho. Ya no había nada que frenara al doctor Mao en sus investigaciones. Una vez cumplida la promesa hecha y con su familia a resguardo del Gobierno chino, podía trasladarle por fin lo que iba a necesitar de él a partir de ese momento; la segunda razón por la que le había traído al emirato. Confiaba que no pusiera pegas.

Miró el reloj. A las 12:00 le visitaba su médico. Eran las 12:10. Aceleró el paso para no retrasarse más. Odiaba la impuntualidad. Cuando llegó a su despacho, el hombre le esperaba en la antesala. Lo invitó a pasar, compartieron cuatro comentarios de cortesía, y el doctor abordó el objetivo de su cita.

—Los análisis han salido perfectos, tiene muy buena salud. Podemos realizar la operación cuando le venga mejor. Es una intervención breve y no tiene riesgo alguno. Como le adelanté, no nos llevará más de una hora. Eso sí, recomiendo realizarla en mi clínica por motivos sanitarios.

—Hagámosla ya; mejor mañana que pasado.

—Como queráis... ¿Le parece bien a las ocho y media, mañana?

A Jalid no le encajó. A esa hora, Sarah estaría terminando de arreglarse para acudir al trabajo y tendría que explicárselo.

No le había contado nada. En realidad, no quería que lo supiera.

—Mejor a las diez. Y le ruego que sea discreto. Nadie debe saberlo, salvo su ayudante.

—Por supuesto, tiene mi palabra.

—Perfecto; mañana nos vemos entonces.

CAPÍTULO 53

—

Prefectura de Policía. 1 Rue de Lutèce. París. Agosto de 2018

Charles Boisí llevaba cuarenta y ocho horas detenido; diez de ellas sometido a un agotador interrogatorio, y solo una, a solas, con el abogado preparando su defensa, que no es que la tuviese nada fácil. Había sido pillado in fraganti junto a Jean-Marie, su galerista y principal comprador, con dos conocidas pinturas que la policía hizo llegar de inmediato a manos de un experto para que dilucidara si eran piezas originales o falsificaciones. Porque, en teoría, ninguno de aquellos dos cuadros había sido robado.

El mismo prefecto había tomado las riendas del caso dada la trascendencia y envergadura del hipotético robo, unido a las prolongadas sospechas que ya tenían sobre el galerista, bajo vigilancia desde hacía algo más de un año. Para evitar el muy probable circo mediático que podía surgir de confirmarse los importantísimos robos, acaso no fueran los únicos, el máximo responsable policial reunió al equipo que había ejecutado la detención. Sin ahondar en demasiadas explicaciones, hizo que firmaran un documento nominativo que les obligaba a mantener un completo silencio bajo pena de expulsión inmediata del cuerpo en caso de ser incumplido, sin indemnización, y con la amenaza de un proceso judicial posterior.

Como ni a Charles ni a Jean-Marie les interesaba reconocer nada, la efectividad de las entrevistas estaba siendo nula. Por separado, los dos habían justificado la cita en el taller de Saint-Denis para una simple evaluación de los cuadros, que defendían como buenas copias, para ser vendidos como tales. Aunque en realidad, ambos sabían que aquello tenía poco recorrido. En cuanto los peritos determinaran la autenticidad de los lienzos, tendrían preparada una segunda explicación. Pero, hasta entonces, se mantenían en sus primeras declaraciones.

Charles no quiso avisar de lo ocurrido a Sarah a través de su abogado, aunque lo pensó. Ninguno se fiaba de la policía, por si hubieran mandado pinchar el teléfono o el correo electrónico del jurista, pudiendo comprometer con ello a su amiga. Era cierto que la policía cometía un delito sin la autorización de un juez, pero al abogado le parecía posible tratándose de un caso en el que se veía comprometido el prestigio de dos de las más grandes pinacotecas del mundo; Orsay, en el caso del Manet y el Rijksmuseum de Ámsterdam para el Vermeer. Pero es que las repercusiones no terminaban ahí; de ser verificado el robo del Manet, el hecho atentaba contra la obligada preservación del patrimonio nacional francés por parte del Estado. Por todas esas razones, Charles decidió ser lo más discreto posible en sus comunicaciones. De hecho, cada vez que mantenían abogado y cliente una entrevista en la celda, aparte de hacerla en voz baja y al oído, no dejaban nada por escrito.

Charles se pasaba las horas pensando, ideando coartadas, decidiendo cómo justificar la posesión de aquellos dos cuadros. Y, aunque las dudas le reconcomían, había algo que tenía muy claro: jamás mencionaría la villa de Fontevraud ni comprometería a Sarah.

Para evitarlo, necesitaba despistar la atención de la policía aportando pistas falsas que los mantuviera entretenidos. Lo primero que se le ocurrió fue elegir un papel de intermediación y comisionista para él, cuando se supiese que las pinturas eran las originales. Su abogado le había dicho que esa figura conllevaba una pena de cárcel menor, al no haber intervenido en el robo. Pero no le evitaba explicar quién le había pasado las piezas y a quién se las pretendía vender, si Jean-Marie solo había intervenido como experto tasador, puesto que ese era el papel que le quería adjudicar. Para complicarles más las investigaciones, decidió que el comprador final iba a ser Ivánovich. De liarla, lo haría a lo grande. Como las mafias rusas estaban siendo foco de atención de la policía desde hacía años, no extrañaría esa involucración. La compra de unas valiosas obras de arte para ser revendidas en el mercado negro o transferidas a alguno de sus grandes oligarcas, tan aficionados a coleccionar lujo, podía parecer verosímil.

Pensaba en esa y otras tácticas y en casi todas veía lagunas y contradicciones. Aunque la que iba tomando ventaja, apremiado por la frecuencia y persistencia de los interrogatorios, era la que involucraba al ruso. Sabía que se jugaba el cuello, pero a decir verdad ya lo tenía comprometido de antes. Y como no iba a poder saldar su deuda con ellos, ya tenía una sentencia de muerte en su haber. Por eso, y a falta de que se le ocurriera una solución mejor, se decidió por ella. Para explicar quién había puesto en sus manos los cuadros para la venta, maquinó una intrincada operación de mensajes anónimos recibidos, lugares señalados donde tenía que encontrar una pista que después le llevaba a otra, en diferentes destinos de París, hasta terminar en una taquilla de la estación de trenes de Saint-Lazare, donde le esperaban los lienzos. No sería muy sólida ni creíble su explicación, pero no encontró otra mejor. Eso sí, para coordinar su confesión con la de Jean-Marie, convenció a su abogado para que lo hablara con el letrado del galerista. Dos días después, supo que su plan había sido aceptado.

El problema era que las investigaciones de la policía iban ganando terreno por caminos que Charles desconocía. El prefecto había mandado revisar las cámaras de seguridad de bancos, comercios y calles de Saint-Denis, para hacer un rastreo inverso de los dos detenidos; desde el taller donde habían sido pillados hacia atrás. Gracias a ello, acababan de localizar el Beetle de Charles en un aparcamiento y la matrícula del Uber que había reservado ese día Jean-Marie. Los inspectores encargados del caso, con intención de reconstruir las horas y días anteriores de los detenidos, dedicaron a un equipo de veinte personas para conseguir trazar los recorridos de los sospechosos, hasta donde alcanzaran. No les quedaba otra. Quizá así, obtuviesen las suficientes pistas para poder incriminarlos sin necesidad de obtener su confesión. También se había solicitado al juez los permisos necesarios para realizar una peritación de los dos cuadros en cuestión, fueran o no los originales. El Vermeer, a través de la policía holandesa, para que sus laboratorios criminalísticos hicieran un minucioso análisis en busca de cualquier resto humano que ofreciera alguna prueba. En el caso del Manet, lo harían los servicios centrales de la prefectura.

Tres días después de la entrada de Charles en prisión provisional, la policía llamó a la puerta de una casa de campo en el pueblo de Villebon-sur-Yvette, en el departamento francés de Essonne. Les abrió una mujer.

—Buenos días, señora. ¿Podríamos hacerle unas preguntas? ¿Nos permite pasar?

A Amélie le tembló la voz mientras les abría la puerta. Pensó en su marido. ¿Le habría pasado algo? ¿Un accidente? Lo preguntó.

—No, tranquila. No se preocupe. Nada tiene que ver con él. Nuestra presencia se debe a otro motivo. Sabemos que estuvo en su casa, hará tres días, un hombre llamado Charles Boisí. ¿Nos lo puede corroborar?

Eso sí que no se lo esperaba. Ella musitó un sí bastante desconcertada.

—¿Le ha pasado algo a Charles? Por Dios, díganmelo... Se trata de un buen amigo.

—En este momento, no podemos darle más información; solo que está detenido en París. Acudimos a usted para que nos explique por qué ha estado en su casa y qué les une.

Amélie se quedó muda. Sin saber qué sucedía, el enfoque de los policías le sonó raro, hasta mal. Creyó que lo mejor era llamar a su abogado antes de contestar nada. Eso les dijo.

—Como usted prefiera, señora. Tan solo queríamos un poco de información a cambio de no citarla en la comisaría. Pero si nos mete abogados de por medio, damos por cerrado el trámite y nos volvemos a ver en nuestras dependencias. Lo que usted prefiera.

Ella lo meditó y prefirió contarles lo que sabía.

Mencionó la ruptura de Charles con Renard, su actual pareja, como causa de la intempestiva aparición en su casa y de pedir ser acogido unos días en ella. Cuando quisieron saber desde cuándo se conocían, se extendió algo más, adentrándose en la época universitaria, aunque poco más explicó. No le parecía leal destripar las interioridades de su amigo. Por más que los agentes intentaban obtener detalles sobre la vida, trabajos y actividades de Charles, Amélie lo evitaba, insistiendo en su fascinante carácter y polifacética condición. A cambio de lo que les contaba, intentó una y otra vez averiguar por qué le habían detenido, pero fue inútil.

Casi a la misma hora, una pareja de policías localizaba a Renard en la cafetería situada en los bajos de su casa, recién llegado de trabajar en Rennes. Le preguntaron por Charles Boisí. Afectado por aquella presencia policial y todavía bajo los efectos de la inexplicable ruptura que tuvo con él, se sumaba ahora su inconcebible detención. Poco les pudo contar. Solo que, cinco días antes, había abandonado el piso de la Rue des Barres propiedad de la familia Boisí, una vez finalizada su relación sentimental. Y que, tras ello, no había vuelto a recibir una sola llamada de su parte.

Tuvo que estrujar la memoria a fondo para relatar los movimientos de Charles en los últimos tres meses, solo aquellos de los que pudo acordarse. Dejó pendiente una siguiente entrevista para refrescar recuerdos anteriores, cuando estuviera más tranquilo. Prometió intentarlo, pero les advirtió que llevaban juntos poco tiempo, por lo que su información sería más limitada de lo que igual esperaban.

Después de insistir mucho, le explicaron que Charles había sido detenido por la comisión de un posible delito de fraude. Averiguó dónde lo tenían encerrado y se prometió ir a verle.

Por el lado de Jean-Marie, en los seguimientos hechos a través de las diferentes cámaras de vídeo repartidas por la ciudad de París, consiguieron descubrir una reunión entre el galerista y un conocido marchante belga de turbia trayectoria, tan solo dos semanas antes. Los habían visto entrar por separado en el hotel de Crillon, en la Place de la Concorde de París, para salir juntos después, despidiéndose con un estrechamiento de manos. La policía había pedido una orden judicial para que el hotel facilitara las grabaciones internas.

El mismo día en que el perito dictaminó la autenticidad de los dos cuadros, uno de los inspectores había estado en el hotel. Le llevaron a la sala de seguridad donde pudo visionar y revisar varias veces el recorrido de los sospechosos, antes y después de la reunión de más de dos horas, con el intercambio final de una bolsa que Jean-Marie terminó llevándose. Los investigadores, dada la implicación del conocido delincuente belga, y a solo dos días de su detención en Sant-Denis, imaginaron que le estaba haciendo llegar los cuadros. Lo que les hizo pensar que Boisí, como él mismo defendía, podía haber ejercido el papel de vendedor de las piezas traídas a París por el marchante, yéndolas a buscar al taller del galerista aquel día.

La policía decidió que aquella era la línea de investigación más sólida. Aunque siguieron buscando pistas por otros frentes. Por ejemplo, a través de un paciente visionado de las cámaras de seguridad del museo de Orsay y de la sala donde se exponía el Vermeer, en busca de una fecha, procedimiento y posible autoría en el cambiazo de los cuadros. Eran conscientes de que, tanto a ellos como a la policía holandesa, la tarea podría llevarles semanas enteras de trabajo. No sabían desde qué fecha tenían que mirar y podían haber pasado meses desde los hechos.

Al mismo tiempo, se mantenía la búsqueda de movimientos en los dos detenidos, a pesar de las dificultades que se encontraban al correr tanto tiempo atrás, con espacios en blanco que impedían dar continuidad a sus pesquisas. Se centraron en Jean-Marie, tras su paso por el lujoso hotel, para determinar el destino de aquella bolsa.

Los interrogatorios con los dos apresados tomaron un derrotero diferente. Con la aparición del marchante, se abrió una línea de investigación enfocada en el belga. Un equipo de policías se desplazó a Bruselas para recoger información de parte de sus colegas.

En París, mientras, el prefecto se involucró en los interrogatorios.

—Señor Boisí, hace unos días nos confesó su papel como intermediador, comisionista dijo, y ahora sabemos que no eran copias, si no originales y muy valiosos. ¿A quién se los iba a vender? Empecemos por ahí. Porque sigue asegurándonos que era ese su único cometido, ¿no es así?

El inspector le miraba a los ojos con actitud inquisidora, dando a entender que sabía mucho más de lo que parecía. Charles, con idea de involucrar al ruso, estaba seguro de que ya habrían investigado sus movimientos y detectado alguna de sus citas con Ivánovich. Por lo que se la jugó y decidió confesar, siempre que le arreglaran un trato de favor. El inspector quiso consultarlo con el preceptor. A ambos, después de valorar pros y contras, como todavía no tenían ninguna prueba sólida que llevase la investigación a otros derroteros, acepta-ron su propuesta. Les faltaban por unir muchas piezas del puzle, pero al menos una la podían fijar. Eso sí, faltaba lo gor-do: saber quién había cometido el robo y cómo. En eso esta-ban también.

Así fue como Charles habló de los rusos, del interés de la mafia por los cuadros y describió a Ivánovich facilitando hora y lugar del último de sus encuentros, convencido de que conse-guirían ver las grabaciones hechas en los alrededores de la cita. Era un órdago con trampa. Pero o jugaba esas cartas o solo le quedaba el silencio y verse sentado en el banquillo de los acu-sados, en su propio juicio, con grandes posibilidades de per-derlo y terminar en la cárcel un buen puñado de años.

Pero le sirvió de poco.

En efecto, la policía encontró las imágenes de su encuen-tro con Ivánovich y detuvieron al eslavo, aunque la situación para Charles no mejoró nada, todo lo contrario; empeoró mu-chísimo. Porque después de analizar el Manet colgado en el museo de Orsay, apareció una huella suya en la tela. Y eso lo complicaba todo.

Sin embargo, la policía decidió no contárselo todavía. Pre-firieron seguirle el juego hasta terminar de visionar las cáma-ras de seguridad de la pinacoteca parisina. Necesitaban buscar en ellas a Charles Boisí y averiguar cuándo y cómo había inter-cambiado los cuadros.

La clave del misterioso robo estaba ahí.

CAPÍTULO 54

Emirates Falconer's Club. Al Mamoura. Abu Dabi. Septiembre de 2018

No todos los días se toma un vuelo breve, de treinta minutos, en compañía de unos pasajeros tan inusuales como tres halcones y sus correspondientes entrenadores, además de Jalid, para acudir a una carrera que todos los años se celebraba en Abu Dabi, organizada por el Emirates Falconer's Club.

Sarah no salía de su asombro al ver cómo los pájaros viajaban apoyados sobre las butacas del avión, las cabezas protegidas con unas preciosas caperuzas de cuero blanco, con la enseña del emirato bordada en ellas, rematadas con un penacho de plumitas y con un *gentleman* pendiente de cada pájaro. Jalid le había explicado que el término *gentleman*, acepción británica que se asociaba a la virtud de la caballerosidad, era como los árabes llamaban a los hombres encargados del entrenamiento de un tipo de halcón conocido como *gentle*, o peregrino en otros países.

Aburrida por el árido paisaje que veía desde su ventanilla, Sara se agarró del brazo de Jalid apretándose contra él.

—¿Habrá más mujeres en esa carrera?

Le preocupaba verse sola entre tanto hombre y además no iba cómoda con su ropa. Aunque se había dejado aconsejar por Yazeera y Raissa, para vestir de acuerdo con aquel tipo de evento, no terminaba de gustarle la larga túnica verde que llevaba, pañuelo a juego, por más que el conjunto le favorecía, no lo negaba, aunque no lo suficiente. Él vestía una kandora, la típica kufiya con los clásicos dibujos geométricos rojos sobre fondo blanco y un iqal negro sujetando la pieza a la cabeza.

—Sin duda que habrá, querida. La cetrería forma parte de nuestra cultura y las mujeres la viven por igual. Lo que vas a ver hoy te va a parecer fascinante, estoy seguro.

A Sarah se le agolpaban las preguntas. Todavía no había conocido las instalaciones que Jalid tenía cerca del palacio, al parecer fastuosas, donde guardaba a sus halcones en un total de cuarenta parejas. Pero conocía la importancia que le daba a esos pájaros. ¿A qué se debía? ¿Qué sentimientos despertaba en un hombre de ascendencia árabe presenciar el vuelo de un halcón o verlo cazar? ¿Su admirado Saladino amaba tanto a los halcones?

Jalid aunó en una sola contestación sus dudas, cuando escuchó las tres de seguido.

—Saladino adoraba cazar con ellos. Imagínatelo a lomos de su amada Shujae, con un halcón sobre el brazo, cabalgando sobre un seco paraje de arena, bruñido por el sol, a la búsqueda de una abubilla. Yo lo he hecho mil veces... —Cerró los ojos, visualizando al viejo sultán en escena. Cuando los volvió a abrir, su mirada había cambiado. A Sarah le pareció que estaba acogiendo un pensamiento importante antes de volver a hablar—. Para nosotros, esa imagen, mil veces repetida entre los nuestros, es pura magia y nos entronca con lo que fuimos en el pasado. Ten en cuenta, Sarah que, hasta hace poco tiempo, éramos un pueblo de pastores que vivía en el desierto, y que solo gracias a los halcones podíamos comer algo de carne.

Siguió explicándole que la relación con esos pájaros en su cultura era milenaria y además simbiótica. Como pastores nómadas, que es lo que fueron durante siglos, los rebaños levantaban a su paso piezas de caza que los halcones silvestres atacaban, evitando tener que ir en su busca al facilitarles la captura. De esa manera, los pájaros se fueron acercando al hombre y cuando optaron por criarlos y entrenarlos, consiguieron que cazaran para ellos. Había que entender que esa era la única posibilidad de comer proteína animal fresca, en uno de los lugares más inhóspitos del planeta, terminó justificando Jalid.

Sarah se volvió al oír un coro de agudos chillidos. Uno de los pájaros batía las alas, parecía nervioso. Su *gentleman* le acarició el pecho hablándole en voz baja hasta que lo tranquilizó.

—No sabía que te gustaba la caza. ¿Lo haces con halcones?

—No cazo. No lo hago. La caza, sin necesidad de comer, es un pecado. El Corán dice: «Si alguien mata a un gorrión o algo mayor sin causa injustificada, Alá le pedirá cuentas en el Día del Juicio». Pero sí salgo con ellos a caballo.

A Sarah le seguía sorprendiendo el continuo uso de referencias coránicas por parte de Jalid, que asociaba a casi cualquier evento de su vida. Aunque lo respetaba. A pesar de sentir la religión de una forma muy diferente, desde luego menos influenciada que él, le hacía pensar. Notaba cómo estaban cambiando muchas cosas en ella y no se cerraba a reflexionar sobre ese u otros asuntos. Quizá nunca había puesto el debido interés en ellos, pensaba. Asumía que los códigos morales de cada religión eran los rieles propuestos a los fieles por donde hacer rodar sus vidas. Cierto era que no todos se sentían cómodos sobre ellos. En su caso, como podía sucederle a otra mucha gente, había elegido pisar caminos que no siempre discurrían rectos y no le gustaba sentirse dirigida. Sin embargo, le atraía entender por qué personas como Jalid, con un profundo bagaje cultural y humano, decidían poner su destino y voluntad en manos de una fe. Era una de las incógnitas que más le atraían de él.

La llegada al Emirates Falconer's Club no pudo ser más increíble. El recinto disponía de pista de aterrizaje privada para aviones pequeños y cuando el de Jalid apagó los motores, lo hizo al lado de ocho jets más y de tres grandes helicópteros. Les esperaban dos limusinas y un cortejo de todoterrenos para el transporte de las aves.

El evento anual arrancaba con una subasta de halcones, algunos traídos desde España, Inglaterra y Noruega, un *lunch* y, por la tarde, la carrera. Los pájaros eran recogidos en una nave acondicionada y a baja temperatura, se les pesaba, comían un poco, y rebajaban la luz para relajarlos hasta que llegara la hora de intervenir.

Jalid presentó a Sarah a la máxima autoridad del Consejo Nacional Federal de los Emiratos Árabes, al emir de Abu Dabi, y a continuación al secretario del Consejo: el emir de Dubái. Habló con sus mujeres, no supo si eran las únicas, y pudo ver a otras más combinando discreción en el vestir con unos relojes, bolsos y joyas de las mejores marcas del mundo.

Recorrieron los más variados estands donde se vendía desde marroquinería especializada, como guantes cetreros, caperuzas, portapicadas y cordajes, hasta una agencia de viajes que organizaba cacerías en Kazajistán, Marruecos y Uzbekistán. Incluso se pararon en uno donde se vendían pollitos de incubadora congelados para alimentar a los halcones, libres de patógenos y con total garantía sanitaria. Otros mostraban los más variados señuelos.

Para la subasta, tomaron asiento en unas cómodas butacas de piel blanca, a tono con las túnicas que vestían los caballeros, repartidas por un enorme salón en cuyo frontal, y sobre una pantalla gigante de televisión, aparecía el nombre y las fotos de cada sujeto a subasta. Lo subía su propietario, después de ser presentado por el introductor del acto y tras una rápida filmación en vídeo, que un cámara hacía a escasos centímetros del halcón para que el público pudiera apreciar su plumaje, ancho de pecho, color y profundidad de ojos, peso y algunas otras características más, se iniciaba la subasta.

Sarah se quedó impresionada con la primera puja. El precio pagado por un gerifalte casi blanco, hembra, fue de ochenta mil dólares. Le siguieron algunos más de valor parecido, pagándose hasta ciento veinte mil por un peregrino español. Jalid se hizo con una hembra, también gerifalte, por setenta mil dólares. Sarah le miraba de reojo y creyó ver a un niño, emocionado y nervioso, sin parar de moverse en la silla y con un dedo a punto de apretar el mando que le identificaba en las pujas.

—¿Me ha parecido oír que se llama Sarah?

Ella se giró para ver quien le hablaba, a la izquierda de su asiento. Vio a un hombre de mediana edad, nariz acarnerada, labios prominentes y gruesos, de piel tostada y ojos negros como el azabache.

—Así es. ¿Con quién tengo el gusto de hablar?

—¿Sois judía?

Sin responder a la pregunta, ni se volvió a mirarla. A Sarah le incomodó su actitud, pero contestó.

—Israelí; nací en Tel Aviv. ¿Algún problema?

Jalid seguía a lo suyo, con los ojos puestos en el siguiente pájaro que se subastaba.

—De sobra es conocida la opinión que los pueblos árabes tenemos del vuestro. Tuvisteis a un gran halcón: a Ariel Sharón. ¿Sabéis que el halcón es el pájaro más veloz del mundo y que una de sus principales virtudes es la rapidísima capacidad de cambiar de trayectoria cuando la pieza a la que trata de dar caza lo hace antes?

Sarah no contestó. No entendía el objeto de sus palabras y mucho menos el porqué de la referencia al famoso político judío, pero sospechaba que en breve se lo iba a contar.

—¿Lo conocisteis? —tanteó ella, todavía en alerta.

La altanería del personaje, el tono de sus palabras y el trasfondo de estas le hacía intuir un desagradable final.

—No, pero después de haberse comportado como un asesino, capaz de arrasar una población palestina entera como lo hizo en Sabra y Chatila, a pesar de rectificar después y ordenar la retirada unilateral de Gaza como de los territorios de la franja, le seguimos teniendo como a un vil criminal, un cazador sin piedad. Por eso se ganó el sobrenombre de «halcón de Israel».

—Caballero, le ruego que me deje en paz. ¡Buenos días! —contestó ella con deliberada frialdad, dándole la espalda.

—¡Que la disfrute! Otros nunca podrán tener esa paz por culpa de los suyos...

—¡Basta! —le recriminó Jalid. Se había levantado de su sillón al darse cuenta de lo que estaba pasando—. Si no abandona la sala de inmediato, le sacaré yo mismo a la fuerza.

—¿Se puede saber por qué? ¿No tendría que ser ella la que nos dejara?

El tipo se envalentonó, sin mostrar intención alguna de rectificar.

Jalid le agarró del cuello y tiró de él hasta levantarlo del asiento.

—Está ofendiendo a mi acompañante y atenta contra la proverbial hospitalidad de nuestro pueblo. No merece seguir aquí ni un solo minuto más.

La subasta se detuvo ante la extraña escena que se estaba produciendo. Acudieron dos escoltas del emir de Dubái y se llevaron al tipo fuera de la sala. Los presentes, sin entender lo que había pasado, miraron a Jalid y a Sarah. Ella no podía sentirse más incómoda.

—Sácame de aquí, te lo ruego —le pidió al oído.

Jalid lo hizo. Tras ellos salió el emir de los Emiratos Árabes, con ganas de saber lo que había pasado. Una vez fue informado pidió disculpas a Sarah, rogó que acudiera a su jaima para atender el *lunch* y le invitó a ver con él las carreras de los halcones.

Si el almuerzo fue todo un derroche de manjares, la carrera de aquellas idolatradas aves le pareció un espectáculo digno de ver. A una distancia de cuatrocientos metros a partir del punto en el que cada halcón arrancaba a volar, se colocaba un hombre agitando un señuelo. Al pájaro se le exigía un vuelo a ras de suelo, que pocos conseguían recorrer en menos de dieciséis segundos. Pero no terminaba ahí la prueba. Desde un segundo emplazamiento, los halcones volaban tras otro señuelo, colgado esta vez de una avioneta, teniendo que hacer un recorrido de un kilómetro de ida y otro de vuelta en el menor tiempo posible. Las únicas rapaces que lo completaron, con un tiempo inferior a cincuenta y nueve segundos, tuvieron premio; uno de ellos, hembra, era de Jalid. Salió a recoger el reconocimiento de la mano de Sarah, orgulloso de ella y de su pájaro campeón.

El regreso en avión al emirato, tuvo una sorpresa posterior, cuando, sin abandonar el aeródromo, se dirigieron a una de las naves para buscar un helicóptero. Sarah, sin saber el destino que había previsto Jalid, disfrutó de un interesante vuelo por encima de la costa, con unas maravillosas vistas sobre un oscuro mar que, al acercarse a tierra, viraba en un brillante azul turquesa, en contraste con la dorada arena.

—¿Adónde vamos?

—Necesito estar contigo a solas, un rato. Y no se me ocurre mejor lugar que nuestro oasis... —contestó por los auriculares, haciendo girar la aeronave tierra adentro.

Sarah se volvió a él sintiéndose todavía más enamorada. No le pesaba el tiempo desde que vivían juntos. Lo más interesante que deseaba hacer era estar a su lado, metida entre sus brazos, siendo amada o infinitamente acariciada por él. Paseaban a caballo todos los días. Ella en su precioso cartujano, sintiendo en el rostro el aliento del desierto, como un renovador soplo de aire que le ofrecía una variada paleta de sensaciones. Con solo recordar el imborrable encuentro en aquel solitario vergel al que volvían, acusó un encendido calor interior. Deseaba recibirlo otra vez, entre los murmullos del arroyo y el batir de las palmeras, suspiró al pensarlo.

Cuando llegaron a destino sus anhelos se vieron bien recompensados, aunque Jalid todavía tenía una sorpresa mayor. Después de permanecer acostados sobre un suave lecho de hierba a la vera de las aguas, conversando, sintiendo la piel del otro y absorbiendo su amor beso a beso, se vistieron para regresar todavía de día. Pero antes de embarcar, Jalid sacó de un bolsillo un estuche de terciopelo, clavó la rodilla en el suelo, lo abrió y mirándola a los ojos le pidió si quería casarse con él.

Sarah lloró, encogida por su propio pálpito y le dijo que sí. Se abrazó a él, llena de felicidad.

—¡Sí, sí, sí! ¡Me quiero casar contigo, Jalid bin Ayub! Te amo...

—Yo también te amo, Sarah Ludwig Rut, sueño con unir nuestros destinos para siempre y formar una familia. Porque, amor mío, lo más maravilloso que podría pasarme ahora, es tener un hijo contigo.

A su regreso a palacio, Sarah, antes de entrar en el dormitorio de Jalid, mientras elegía camisón para una noche que adivinaba especial, se acordó de Charles. Decidió llamar para saber cómo estaba y contarle en primicia la buena nueva. Pero al igual que los últimos días, el teléfono seguía apagado. Preocupada, buscó el número de dos amigas comunes. La primera no le supo decir nada. Pero la segunda, Amélie, sí.

—Sarah, solo te puedo decir que ha sido detenido...

CAPÍTULO 55

Yad Vashem. Centro Mundial de Conmemoración del Holocausto.
Jerusalén. Septiembre de 2018

El acto de homenaje que el Yad Vashem ofrecía a la figura de Jacob Ludwig en representación de todo el pueblo de Israel, estaba a punto de empezar. Sarah se encontraba al lado de su padre Isaac, en la llamada Sala de los Nombres, una moderna edificación circular con un enorme cono de hormigón en su centro, abierto por los dos extremos y tapizado con miles de fotos y nombres en representación de los seis millones de judíos que sufrieron persecución y muerte durante la ocupación nazi.

Junto a ellos estaba el presidente del consejo del Yad Vashem, su secretario, quien daría fe del acto, y un rabino. No eran más que cinco personas bajo la simbólica cúpula que recogía miles de nombres en representación de los cuatro millones ochocientas mil víctimas cuyos testimonios, fotografías e historias formaban parte de un gigantesco registro auspiciado por el Yad Vashem. Su deseo: restaurar la dignidad de las víctimas del infierno nazi, a las que se les había tratado de desproveer de nombre convirtiéndolas en números, en un deliberado intento de deshumanización.

A Sarah le temblaban las manos antes de leer el escrito que recogía quién había sido Jacob Ludwig, su abuelo, durante la ocupación nazi, en un breve relato de su particular resistencia contra ellos, tanto en Alemania como en Francia. Sin mencionar la sustracción de la *Lanza de Longinos,* algo que padre e hija decidieron no sacar de momento a la luz, las dos cuartillas recogían los principales acontecimientos que protagonizó en vida; tanto en defensa del honor judío como de las cuantiosas donaciones hechas a distintas instituciones y fundaciones, en ayuda de miles de huérfanos. Motivos más que suficientes para que la máxima autoridad del centro quisiera estar presente.

Miró a su padre antes de empezar, tragó saliva y comenzó a leer.

—Mi abuelo se llamaba Jacob Ludwig y fue un buen judío. Nació en...

Durante diez minutos, bajo un sobrecogedor silencio, Sarah fue relatando las claves de la vida de un hombre que se hubiera sentido muy orgulloso de formar parte de aquel lugar, de aquel santuario de nombres y testimonios permanentes de los que fueron, sufrieron y murieron por la única razón de haber nacido judíos.

Cuando terminó la lectura, entregó el escrito al secretario del centro, que lo dobló y metió dentro de una caja de metacrilato junto con la kipá que Jacob llevó hasta el día de su muerte, varios documentos, fotografías y una vieja Torá. La cerró, usó un sello de plomo para precintarla y esperó a que el rabino dirigiera unas palabras. Lo hizo, recordando una reflexión del profesor Ben-Zion Dinur, pronunciada tres años después de que la Asamblea de Israel promulgara la Ley Yad Vashem, en coincidencia con el comienzo del registro de nombres.

—«Si deseamos vivir y legar la vida a nuestra descendencia, si creemos que debemos allanar el camino hacia el futuro, en primer lugar, no debemos olvidar». —Prolongó un deliberado silencio para favorecer la reflexión de los presentes—. Por eso, la memoria de Jacob Ludwig quedará celosamente guardada entre estas paredes y será recordada de generación en generación para no olvidar las consecuencias de la maldad humana en extremo. Ustedes, como familiares más próximos, han de sentir orgullo por pertenecer al pueblo prometido, al ancestral linaje hebreo que ha dado tantos hijos notables como lo fue su abuelo y padre. Como dice el salmo 33: «Bienaventurada la nación cuyo Dios es el Señor: el pueblo que Él escogió como herencia para Sí. Desde el cielo mira el Señor; contempla toda la humanidad. Desde Su morada observa a todos los habitantes de la tierra. Es Él quien forma los corazones de todos ellos, quien comprende todas sus obras».

Finalizadas las palabras del rabino, intervino el presidente del Yad Vashem.

—Desde hace años, recibimos a muchos niños que celebran en este lugar su *Bar/Bat Mitzvá* o paso a la madurez religiosa como hijo/hija del mandamiento. A cada uno se le hace llegar la historia de una víctima. Puede ser la de otro niño de su misma edad y nombre, a veces un adulto, para que establezcan con ella un estrecho vínculo emocional y hagan vivo su recuerdo. Cuando toque el turno de su abuelo Jacob Ludwig serán avisados.

Terminaron el acto con el *Vehi Sheamda,* un antiquísimo himno y a la vez eco de todas las persecuciones sufridas por el pueblo judío a lo largo de la historia.

Apenas una hora después, Isaac se despedía de Sarah en el aeropuerto Ben Gurión. Ella tomaba un avión a Florencia, él volvía a Tel Aviv. La acompañó hasta los controles de seguridad.

—Me siento orgullosa de lo que hemos hecho por el abuelo, padre —reflexionó Sarah, arrastrando su maleta—. Ha sido como cerrar el gran libro de su vida.

—Así es. Y lo bueno es que ese libro va a estar custodiado en la mejor biblioteca posible, entre millones de libros que fueron escritos con otras sangres, sacrificios y honor. —Miró de reojo a su hija. Necesitaba hacerle una pregunta incómoda antes de que se fuera. Sin tiempo de pensarla ni poner cuidado en las formas, se lanzó—. Hablando de otra cosa, entiendo que lo de tu estancia en ese emirato es algo temporal...

Sarah se detuvo sin entender nada. Aunque no tardó más de tres segundos en sentir cómo se le subía la sangre a la cabeza, indignada.

—Yo no te había contado nada, ni del emirato ni de las razones que me han llevado a él. ¿Me has estado siguiendo? ¿Tú no te habías jubilado del Mosad y abandonado el espionaje? No lo entiendo. ¡Soy tu hija! —empezó a elevar la voz, cada vez más enfadada.

—Y yo tu padre. Un padre al que esa hija no le cuenta nada: por ejemplo, que desde hace unos meses mantiene una relación con un musulmán, por muy emir que sea; un tipo cuya trayectoria personal no es del todo transparente, todo sea dicho de paso.

—¡Esto es el colmo!

Con las mejillas encendidas y los puños apretados, tanto que se le estaban clavando las uñas en las palmas, se dio media vuelta con intención de pasar el arco de seguridad y perderse tras él.

Isaac la siguió a la misma velocidad.

—Dime que no vas a hacer una tontería.

Sarah se volvió, atragantada de rabia.

—Me caso con él. ¡Fíjate qué tontería! Así que ve pensando de otra manera si quieres estar presente en la ceremonia.

Isaac acusó la noticia. Le acababa de confirmar lo que jamás hubiera querido oír. Se quedó sin habla, retrasado y quieto, como si no le respondiesen las piernas, mirándola irse.

—Es un error... —pudo decir antes de verla levantarse.

Sarah se volvió, le dedicó una mirada de reprobación y ni siquiera se despidió. Se sentía defraudada y triste. Nunca había llegado a tener una relación fluida con su padre, en muchos casos, ninguna, pero lo que acababa de descubrir la distanciaba todavía más. Si actuaba con esa desconfianza, ocultando que la vigilaba, investigando a Jalid sin ni siquiera conocerle, ¿qué podía esperar que hiciera ella? Solo se le ocurría una cosa; olvidarlo y centrarse en su nuevo proyecto de vida.

Le hubiera encantado acudir al homenaje del abuelo junto a su prometido, pero por motivos obvios entendieron que no era ni prudente ni viable; la presencia de un emir musulmán en el acto no hubiera sido entendida por los organizadores. Sarah lo asumió y tomó provecho de ello. Porque el viaje le abría la oportunidad de pasar por Florencia sin que Jalid lo supiera. Su pretensión: hacerse con el cuadro original de Saladino, el firmado por Cristofano dell'Altissimo, y convertirlo en un inesperado regalo de boda para su futuro marido. La coartada se basaba en lo que ya le había explicado: después de asistir al homenaje de su abuelo, volaría a París para averiguar en qué situación estaba Charles, algo que haría después de valorar si el robo del retrato de Saladino era o no viable.

Ese cuadro, el preferido de Jalid, colgaba junto a un millar más —casi un centenar del mismo pintor—, en el llamado Corredor Vasariano, un largo pasillo obra del arquitecto Vasari, que unía el Palacio Pitti, alojamiento de la familia Médici, con el Palacio Vecchio, sede de gobierno, atravesando la Galería Uffizi y el Ponte Vecchio. Un corredor mandado construir por Cosme I de Médici para poder circular por los edificios más importantes de la ciudad, sin ser visto por el populacho, o para asistir a misa con toda la familia gracias a un acceso directo con la iglesia de Santa Felicita.

La idea de Sarah era pasar como mucho dos noches en Florencia. Si veía posibilidades de robar la pintura, lo haría. Las dimensiones de la tabla, cincuenta y nueve por cuarenta y cinco centímetros excedían al tamaño que podía escamotear bajo la ropa, pero en este caso no tenía elección. Recordó un truco de su abuelo que podría serle útil. La huida de Florencia la tenía bien organizada; disponía del avión privado de Jalid. Como aeronave propiedad de un jefe de estado, su equipaje no sería registrado. Pero si veía muy complicado el robo, lo dejaría para más adelante y volaría a París para buscar a Charles.

Cuando entró en el Golden Tower Hotel, en el centro de Florencia, recordó el apasionado primer encuentro con Jalid en una de sus *suites* tras el robo del Caravaggio. Un robo que, si lo comparaba con los demás, había sido el más atrevido y fascinante de todos.

Apenas cenó; la mataban los nervios. Habló con Jalid, pero no estuvo al teléfono mucho tiempo para que no adivinara dónde estaba o terminara sonsacándole lo que no quería compartir todavía con él. Así que dedicó una buena parte de la medianoche a buscar por internet detalles del Corredor Vasariano. Entendió por qué Jalid no le había pedido robar la pintura de Saladino en vez de la de Caravaggio; el Corredor había estado cerrado bajo reformas desde el año 2016 y apenas había vuelto a abrir hacía solo un mes. Localizó entre cientos de imágenes una aérea, con todos sus tramos. Se la estudió al milímetro. Constató que desde la capilla de Leonor de Toledo, en el Palazzo Vecchio, al Palazzo Pitti, había más de doce codos con diez tramos rectos en un recorrido total de un kilómetro. Buscó vídeos, fotografías del interior. Cualquier dato o imagen le podía servir para reconstruir en su cabeza el escenario de una posible intervención. Después de un infatigable rastreo, localizó unos planos bastante actuales, elaborados por una empresa de restauración especializada en edificios históricos, donde se distinguían perfectamente los accesos de servicio, puertas, ventanas. No podía pedir más. Lo escudriñó a fondo, estudiando qué puntos del recorrido quedaban peor vigilados. Identificó cuatro rincones ciegos y dos puntos de conexión con edificios colindantes. Después de un análisis comparativo, se decidió por uno de ellos: el balcón que abría el corredor al atrio de la iglesia de Santa Felicita; un templo situado entre el Ponte Vecchio y el Palazzo Pitti. Fue en ese momento cuando su cabeza empezó a funcionar al máximo de revoluciones. Todavía no sabía dónde estaba la pintura de Saladino dentro del kilómetro de galería, pero el grueso de su estrategia la tenía decidida. Solo le quedaba constatar algunos detalles sobre el terreno, chequear los sistemas de seguridad, hacer una pequeña compra de lo necesario para crear la situación favorable al robo y, si lo veía viable, actuar.

Pensó en Charles; le incomodaba planificar un nuevo proyecto sin él. ¿Por qué lo habrían detenido? Suponía que seguía preso al no haber recibido una sola llamada de él. Estaba muy preocupada. Lo que no sabía es que, a unos mil ciento cincuenta kilómetros al noroeste de ella, en París, un equipo de la policía acababa de visionar un vídeo, de los facilitados por el museo de Orsay, que recogía un suceso bastante extraño protagonizado por un enjambre de abejas, en la misma sala donde estaba colgado el Manet, requisado después en Saint-Denis. El prefecto de la policía parisina fue avisado y acudió a la revisión digitalizada para verlo. La anómala escena ocupaba escasos cuatro minutos de grabación. La cámara se movía hacia un grupo de ancianos asustados, alrededor de una mujer tumbada en el suelo atacada por las abejas, junto con una responsable de seguridad del museo. La mayor parte de los visitantes escapaban de la sala, salvo cuatro que se quedaron a ayudar, hasta que aparecieron los servicios sanitarios para atenderla. La cámara regresaba minutos después a recuperar el ángulo normal de grabación, donde el cuadro de Manet, el retrato *Berthe Morisot con un ramo de violetas,* seguía colgado en el mismo lugar sin aparente cambio. El prefecto mandó volver a visionarlo desde el comienzo y pidió un seguimiento e identificación facial de todos los presentes para investigarlos. Cuando pidió retroceder media hora antes de la aparición de los insectos, identificaron más público en el recorrido de la sala. Ordenó que ampliaran cada rostro al máximo por si les pudiera ofrecer alguna pista más. En realidad, esperaba ver a Charles Boisí entre ellos. Pero eso no sucedió.

Contaron un total de treinta y seis personas de todas las edades y condiciones, entre ellas una mujer con hiyab y túnica negra que permanecía dentro de la sala, también durante la caída de la anciana, para abandonarla después tras los pasos de otra mujer elegantemente vestida que aparecía de repente. Repasaron la filmación una y otra vez, incapaces de identificar dónde había estado la sofisticada mujer antes de verla salir a las 12:36 casi 12:37. En ese momento, el responsable de la investigación, a instancias del prefecto, solicitó a los servicios de seguridad del museo las grabaciones de las salas contiguas para estudiar el rostro de las dos mujeres. Sarah era una de ellas. La otra, la hermana de Jalid. Ninguna podía imaginar lo cerca que estaba la policía de ponerles nombre, como a las treinta y cuatro personas restantes que habían quedado marcadas en la filmación.

Sarah, agotada por el largo, emocionante e intenso día, apagó la luz de la mesilla, se hizo un ovillo bajo las sábanas y cerró los ojos. Al día siguiente, el Corredor Vasariano acogería a una aparente turista, que podía terminar poniendo en práctica las enseñanzas de un abuelo cuya historia había quedado recogida ese mismo día y para siempre en la Sala de Nombres del Centro Mundial de Conmemoración del Holocausto en Jerusalén.

Incluso con los ecos de la discusión con su padre, le pudo el cansancio y esa noche durmió en paz.

CAPÍTULO 56

Corredor Vasariano. Florencia. Italia. Septiembre de 2018

Sarah miró el reloj nada más pisar el corredor desde su acceso por la Galería Uffizi. Eran las diez y media. Había desayunado con hambre en el hotel y tras darse un buen paseo por el centro de la ciudad, llegó a las antiguas oficinas de la magistratura, convertidas ahora en una de las mejores pinacotecas del mundo, tan solo unos minutos después de su apertura.

Compró la entrada, decidida a confirmar la ubicación del cuadro de Saladino antes de establecer cuándo o cómo llevaría a cabo su robo. En caso de hacerlo, como sería con público presente, tendría que poner en juego la técnica de ilusionismo más apropiada al entorno en el que iba a operar; sin haberlo visto, se decantaba por crear un estado de extrema confusión a su alrededor. Su abuelo no solo le había enseñado la mecánica del truco en el que pensaba, también el efecto psicológico perseguido. Lo había empleado en otras dos ocasiones y en ambas había comprobado que la mayoría de las personas, al enfrentarse a un suceso extraño e inesperado, se obnubilaba y perdía la atención sobre lo que hasta entonces estaba mirando. Los magos se aprovechaban de esa circunstancia, por lo que esa sería su estrategia.

Antes de llegar a la pinacoteca, paró en una ferretería para comprar el material necesario; le costó solo quince euros.

Al corredor, convertido en extensión del museo, se accedía bajando una escalera. La tomó. Tras recorrer unos primeros metros, no demasiados, el pasillo doblaba a la izquierda para cambiar a la derecha poco después. A partir de entonces, el recorrido se transformaba en una larga galería con quince ventanas abiertas al río Arno en su pared izquierda. Con poco menos de tres metros de ancho, los laterales estaban atestados de cuadros a dos alturas; paisajes en todos los casos. Necesitaba avanzar más, entendió. El que buscaba tenía que estar en otra sección, en la dedicada al retrato de personalidades italianas y mundiales. Antes de terminar la sección, se fijó en el sistema usado para colgar las pinturas; todas pendían de unos cables perpendiculares a otro más grueso que recorría el techo. Esperó a estar sola para tocar uno, lo movió y, al momento, decidió que su idea podía funcionar.

Continuó caminando. Hasta el momento, no había visto una sola cámara de seguridad. En el final del pasillo, había un ventanuco por el que se asomó. Daba a la calle que cruzaba el Ponte Vecchio, a su izquierda. Tomó la misma dirección, tres metros por encima de los viandantes, y aparecieron más pinturas, algunas de aceptable factura. Se paró frente a un bodegón que llamó su atención, no solo por disimular; se consideraba una decidida amante de la escuela florentina y el cuadro era un ejemplo bastante decente de ella. Siguió avanzando, consciente de estar haciéndolo sobre las joyerías que abrían sus puertas en el mismo puente, parándose cada poco frente a una u otra pintura. Tan solo unos pasos después, alcanzó un claro estrechamiento alrededor de la Torre de Mannelli, donde apenas conseguía avanzar, dado el exagerado número de turistas dedicados a inmortalizar con sus teléfonos el río, a sus acompañantes, o a sacar una buena panorámica de la ciudad. Se detuvo unos segundos para observarlos con curiosidad, atraída por sus conversaciones, incapaz de adivinar qué vidas esconderían o qué bagajes cargarían a sus espaldas, mientras exploraba sus circunspectas miradas.

Aquella breve parada le sirvió para reflexionar sobre sí misma y hacer balance de los últimos meses. Su vida había cambiado por completo en poco tiempo; trabajo, relaciones, casa, ciudad; lo suficiente para desestabilizar a cualquiera. Sin embargo, no podía ocultar lo bien que le estaba sentando todo. Y todavía más al verse allí, en medio del corredor. ¿Por qué sentía tanta excitación en esos momentos, recorriendo su cuerpo de arriba a abajo?, se preguntó. ¿Se debía al hecho del robo, a enfrentarse a un nuevo peligro, al miedo de ser descubierta? ¿O el hecho de vivir un riesgo tan extremo como el que pretendía afrontar superaba cualquier precaución lógica? ¿No sería que entre las entretelas de su actual ser volvía a aparecer aquella Sarah adolescente, apasionada y hasta un punto inconsciente?

La respuesta la tenía clara: no. Ya no era la de antes.

En los últimos meses, se había dejado jirones de sí misma poniendo a prueba su conquistada independencia, pero no le importaba tanto como había imaginado, y solo porque lo estaba haciendo por amor. Sin embargo, ahora, a punto de acometer un hecho que ninguna de las demás personas presentes haría jamás, no podía disimular el placer que le producía la idea. Amaba el riesgo, calculado, pero riesgo. No podía enmascararlo; esa era la hemoglobina de su ser. La hacía sentirse única. Orgullosa de sí misma, de sus habilidades, de su coraje. ¿Podría vivir a partir de ahora sin ese soplo de emoción, capaz de despertar hasta el último de sus instintos?

Mientras lo pensaba, viendo pasar más y más gente a su alrededor, deparó en su anillo de compromiso y se preguntó por qué le generaba tanta recompensa hacer algo a espaldas de Jalid. ¿Siempre había sido así o se sentía mejor que otras veces? Y como se contestó que mejor, le asaltó otra pregunta: ¿No tendría entonces que cuidarse más de él, de su influencia?

Le amaba, cierto, pero en ese amor afloraba también un inquietante miedo. Miedo a verse atrapada en su red, puede que maravillosa, pero invalidante si no era capaz de ponerle límites o seguía dejándose llevar. «Déjate llevar, Sarah», parecía estar oyéndole.

Empezó a caminar, a paso lento, mecida por esos pensamientos.

El corredor continuaba en paralelo con la Via Guicciardini hasta alcanzar un acceso enrejado que comunicaba con el interior de la iglesia de Santa Felicita, a la izquierda del pasillo. Pensó que aquel punto le ofrecía una posible oportunidad. Estudió la cerradura; era fácil de abrir. Al otro lado de ella, se abría un balcón, anclado a la pared interior del templo, desde donde se podían seguir las celebraciones litúrgicas. La barandilla del balcón superaba ambas paredes, adivinándose un espacio a cada lado no visible desde el corredor. Se quedó con ello.

Un poco más adelante, cerca ya del final del pasillo y antes de alcanzar los jardines Boboli del Palazzo Pitti, encontró el retrato de Saladino firmado por Cristofano dell'Altissimo. Se paró dos cuadros más adelante, para regresar al que le interesaba, sin demostrar especial interés por él. Sin embargo, allí estaba, a menos de cien metros del acceso enrejado en el que se había detenido. Le faltaba saber a qué distancia se encontraba ahora del final del corredor y qué medidas de seguridad contaba este.

El corazón le latía desbocado. Suspiró tres veces seguidas en un vano intento por rebajar su ritmo, antes de seguir caminando por el pasillo. Dos minutos después alcanzaba el final. Vigilando la puerta que daba a los jardines, vio a un único responsable de seguridad, nada más. Concluyó que lo más fácil era escapar por esa puerta, idea bastante menos aparatosa que la otra opción; descolgarse por el balcón de la iglesia con el cuadro. Sin embargo, optó por no tomar decisiones todavía.

Según evolucionase la situación tras la confusión que pretendía provocar, elegiría uno u otro camino. Si veía a los vigilantes acudiendo desde la puerta que daba a los jardines, tomaría la dirección opuesta, hacia la iglesia. De lo contrario, saldría por el acceso al palacio Pitti.

Cuando abandonó la pinacoteca y pisó tierra se relajó por completo. Volvió su mirada atrás. Al percatarse del escaso interés que ponía el vigilante de la puerta por los turistas que abandonaban el Corredor, absorto en el pequeño libro que tenía entre manos, Sarah lo vio claro. Robaría la pintura esa misma tarde, antes de las seis y media, de la hora de cierre. Consciente de que se saltaría una de sus reglas: la de actuar siempre a las 12:30 de la mañana, lo prefirió a tener que pasar una noche más en Florencia y retrasar su viaje a París. Con la mirada puesta en la punta de sus zapatillas blancas, se cruzó el bolso por encima de la cazadora de piel y recuperó la calle con intención de localizar una cafetería; necesitaba aliviar la sequedad de su boca.

En París, esa misma mañana, desde la Prefectura General, se mandaba una orden internacional de busca y captura para Sara Ludwig Rut, como sospechosa del robo del retrato *Berthe Morisot con un ramo de violetas*, obra del pintor Manet. Los investigadores del caso habían pasado la noche en blanco, en un interminable visionado de los vídeos facilitados por el museo de Orsay, recogiendo las grabaciones hechas en las salas contiguas a la treinta y uno, como los obtenidos a la entrada y salida de la pinacoteca. Gracias a ello, habían terminado identificando a la elegante mujer que, de forma sospechosa, desaparecía durante algo más de tres minutos de pantalla, cuando la cámara había girado más de cuarenta y cinco grados en busca del desmayo de la anciana. Tras ello, un programa de reconocimiento facial determinó su identidad, y tras una rápida búsqueda por los archivos policiales, bases de datos del Estado, los de Hacienda e Inmigración —descubrieron que era israelí—, consiguieron reunir suficiente información sobre ella. Pero nada más saber que había estudiado en la Sorbona, en coincidencia con el detenido Charles Boisí, entendieron que habían dado con la persona.

Las anteriores sospechas sobre la forma de ejecución del cambiazo se vieron ratificadas con la identificación de los ancianos afectados por el extraño ataque de insectos, ante la curiosa coincidencia de ser los abuelos del acusado. Aquello fue el preámbulo de una investigación más profunda, en la que fueron creciendo las sospechas sobre la participación del señor Boisí como copista del cuadro, soportada por su demostrada habilidad y anteriores trabajos en el Museo del Louvre, unido a su huella en la tela. Y la de Sarah Ludwig Rut, como ejecutora del cambiazo, aunque desconocían cómo lo habría podido hacer.

Una llamada, a primera hora de la mañana, a la amiga de Charles Boisí, Amélie, ratificó la amistad entre sus dos amigos. Aquello desencadenó una primera visita al domicilio de Sarah en París, sin haber dado las 10:00, de la que no se obtuvo nada interesante salvo una carta de correo procedente de Fontevraud, remitida por un administrador de fincas. El portero, bajo presión, confesó no conocer el actual paradero de la inquilina del ático. Solo que se había ido de viaje haría un par de meses, si no más.

Con todo lo averiguado, fuera suficiente o no, optaron por poner la búsqueda en manos de la Interpol antes de las 10:15.

Ajena al revuelo que se estaba montando en torno a ella, Sara escogía para comer un solo plato, sentada en la terraza de un restaurante en plena Piazza della Signoria, cuando desde el Palazzo, el cuartel general de los carabineros italianos en Roma, un agente chequeaba el nombre de todos los clientes alojados en los hoteles de Italia durante la última semana, en su acceso a una enorme base de datos. En el momento en que Sarah probaba la deliciosa tarta de chocolate recomendada por el camarero, al policía romano le aparecía una alerta en Florencia, en un hotel; el Golden Tower. Ella pidió un café y la cuenta. Estaba decidida a entrar de nuevo en el Corredor Vasariano para hacerse con el cuadro, aunque solo eran las 15:00. ¿Para qué esperar más?, se decidió. Una vez lo tuviera en su poder, llamaría al piloto del *jet* privado de Jalid, que la esperaba en el aeropuerto, con idea de volar a París esa misma tarde. Si conseguía descubrir el motivo de la detención de Charles y veía cómo ayudarlo, podía volver satisfecha al emirato volando de noche.

Pasó la tarjeta de crédito por la terminal portátil, dejó una buena propina en metálico y se levantó para dirigirse a las vecinas Galerías Uffizi. Empezó a llover; estaba previsto, lo había sabido la noche anterior en una web. Se sacó una enorme capa impermeable negra del bolso y se la puso. Cuando llevaba recorrida media plaza, la información sobre su paradero llegaba a la prefectura de París. Casi a la vez, la gendarmería italiana ordenaba establecer un discreto dispositivo policial dentro del hotel, para detenerla en cuanto entrara, una vez confirmaron que, en ese momento, no se encontraba en su habitación. Aunque no eran los únicos que escuchaban esas comunicaciones.

Sarah compró una nueva entrada y recorrió los primeros tramos del corredor sin detenerse. Había más público que por la mañana, lo que le convenía para su plan. Acarició su colgante de plata y centró sus pensamientos en uno: en cómo provocar la necesaria confusión de los visitantes. Nada más alcanzar el acceso enrejado, apoyó la espalda en él, a la altura de la cerradura. Haciendo ver que estaba concentrada en el cuadro que colgaba frente a ella, empezó a manipular la cerradura con la ayuda de una lima de uñas y sus pinzas de depilar. Lo había practicado mil veces con Charles y no le costó resolver el mecanismo. Oyó el chasquido de apertura. Dejó el enrejado entornado al mínimo y recuperó el centro del pasillo para seguir caminando.

Cuando llegó a la altura del retrato de Saladino contó diez cuadros más, por delante de este, se dirigió hacia el último y sacó de su bolso un rollo de sedal para pescar. En uno de los extremos, había atado una pieza de plomo en forma de T, y en el otro un asa, como la usada para volar cometas.

Miró a su alrededor y no vio a ningún responsable del museo.

La gente no le preocupaba. Iban a lo suyo, que no era otra cosa que mirar sin prestar excesiva atención a ningún cuadro. Contó hasta tres, sacó del bolso un frasco de crema de manos de buen tamaño y lo tiró con todas sus ganas contra una de las ventanas. El ruido que provocó la rotura del cristal y la consiguiente caída de los fragmentos a la calle atrajo la atención de todos los que se encontraban cerca. Momento que Sarah aprovechó para lanzar la T de plomo con idea de fijarla al cable que sujetaba el primer cuadro. Quedó enganchada a la primera. Fue pasando el carrete por debajo de los cables que soportaban las seis siguientes pinturas, a toda velocidad, y esperó. Ocultó el asa tras superar el sexto con su propio cuerpo y, cuando constató que nadie la estaba mirando, pasó el carrete por los cuatro siguientes, hasta llegar al de Saladino. Acarició su colgante, jugueteó con uno de sus mechones de pelo y dedicó el truco a su abuelo. Tiró con toda su fuerza del cable, consiguiendo descolgar los diez cuadros a la vez, que cayeron al suelo de forma estruendosa, ante la sorpresa de los presentes. Acababa de provocar un segundo estado de confusión. Ahora, tocaba actuar con la mayor celeridad posible. Recogió el suyo, lo escondió bajo su capa de agua y miró en ambas direcciones a la espera de la llegada de algún miembro de seguridad. En solo treinta segundos identificó a dos, que acudían desde su derecha. Se dirigió hacia la izquierda en busca del portón enrejado de la iglesia. Cuando lo alcanzó, no habían pasado ni veinte segundos, se apoyó en él, empujó con su cuerpo y se escondió por detrás de las jambas del balcón abierto al templo.

A menos de cien metros de ella se acumulaban los curiosos alrededor del montón de cuadros tirados. Nadie la había visto entrar por el acceso enrejado, pero no le sobraba tiempo. Pronto advertirían que faltaba uno. Sacó el cuadro de debajo de la capa. Buscó en el bolso las pinzas de depilar y fue separando el lienzo del bastidor de madera. La iglesia estaba vacía, fuera del horario de culto. En solo medio minuto, había terminado y la pintura quedaba oculta bajo su ropa. Salió a la cancela, se asomó, dejó pasar a un grupo de japoneses, miró a ambos lados y, al no ver a nadie más, aprovechó para salir e integrarse con ellos. Atravesó con dificultad el grupo congregado, alrededor del estropicio, y continuó su huida a buen paso hacia la salida. Había dejado la reja abierta de acceso a la iglesia. Pensó que, si alguien lo advertía, avisaría a los agentes de seguridad y perseguirían esa pista, verían los restos del marco estampados sobre el suelo del templo y eso le regalaría unos minutos de oro.

No tardó en llegar a la salida del jardín Boboli. La rapidez de movimientos era su baza, porque allí nadie la paró como tampoco se encontró con el temido cierre de puertas, una vez había saltado la alarma. Algo que sucedió apenas treinta segundos después, cuando ya pisaba los jardines.

Y así, en un alto estado de excitación y con más de ciento cuarenta pulsaciones por minuto, pero con una sonrisa de incontenible gozo, Sarah tomó dirección centro, hacia su hotel. Vio pasar los dos primeros coches de policía sonando sus sirenas cuando entraba en el puente Vecchio. Se colocó mejor la pintura, metiendo un borde por debajo del sujetador. Continuó andando hacia la plaza de la República, a la izquierda de la del Palazzo Vecchio. Seguía lloviendo. Aceleró el paso. Superó tres manzanas más. Le faltaban escasos doscientos metros para llegar al Golden Tower Hotel. Soñaba con estar en su habitación, dar por terminado el incómodo transporte, hacer las maletas, tomar un taxi al aeropuerto y abandonar la ciudad antes de que se reforzaran las medidas de control.

Tomó la Via degli Anselmi, la última antes de la calle donde estaba el hotel y, de repente, alguien la cogió del brazo y tiró de ella para meterla en un portal. Sarah se resistió y trató de escapar. Pegó una fuerte patada en la espinilla del tipo, pero este no se amilanó.

—Me manda su padre, Isaac Ludwig. Ha saltado su nombre en Interpol y tienen una orden de detención internacional. No hay tiempo para más explicaciones. Tanto dentro del hotel como en sus inmediaciones, se ha montado un dispositivo para arrestarla.

Sarah abrió los ojos de par en par, en un intento de digerir todo aquello, sin terminar de creer lo que estaba oyendo.

—¿Mi padre? ¿Una orden contra mí? —Sintió la presencia de la pintura bajo su ropa y se imaginó los problemas que tendría en caso de ser detenida. Miró al hombre. No tuvo dudas sobre su buena intención. Los riesgos que corría eran enormes—. ¿Qué queréis que haga?

—Tengo un coche a menos de una manzana de aquí. Os llevaré al aeropuerto donde tomaremos un vuelo especial a Israel. Me acaban de confirmar que el avión de recogida está a punto de aterrizar. Su padre, una vez lleguemos, le encontrará alojo y protección.

Sarah no se negó.

—¡Cuando queráis!

Abandonaron el portal a buen paso, de la mano, como si fueran pareja. Superaron la primera manzana y giraron a la izquierda hasta llegar a la altura de un Volvo negro que les abrió la puerta. Entraron. Al volante había un segundo hombre que, al instante, metió primera y sacó el coche de la plaza sin acelerar demasiado, para no llamar la atención. Tres calles después, se enfrentaron al habitual tráfico de la ciudad.

Sarah, sin haber pasado cinco minutos, sobresaltada por los acontecimientos, tuvo que relajar su ritmo respiratorio para no entrar en estado de hiperventilación. Se sintió absurda. Iba en un coche con dos desconocidos, ocultando una pintura que acababa de robar, amenazada con una orden de busca y captura, con su padre protegiéndola, pero sin ninguna intención de ir a Israel. Tomó una rápida decisión.

—¡Quiero hablar con él ahora mismo!

El agente no objetó nada y marcó en su móvil el número. Se lo pasó cuando sonó el primer tono.

—¿Padre?

—Sarah, si me llamas desde ese teléfono es que estás bien. Me quedo más tranquilo, porque no sé en qué te habrás metido para tener movilizada a la policía de medio mundo. Ya me lo contarás. Me has hecho pensar en el abuelo...

—No creo que estar bien sea la mejor definición de mi estado en este preciso momento y no sé cómo has dado conmigo, pero ahora toca tomar decisiones rápidas. Y la mía es que en el aeropuerto me espera un *jet* del emirato al que me voy a subir.

Isaac protestó, pero no tardó en preguntar si volaba con protección diplomática.

—Sí. Nadie me pedirá documentación. Quiero ir con Jalid, allí no llega la policía ni las leyes occidentales. Estaré a salvo. Ya hablaremos...

—No tenemos tiempo para largas disquisiciones: reconozco que Fuyarja te puede ofrecer más inmunidad que Israel, pero también puede convertirse en una jaula sin salida para ti. ¿Has pensado en ello?

—Lo tengo claro, padre.

—De acuerdo entonces, ya hablaremos. Me tienes que explicar muchas cosas, entre ellas lo del Manet del museo de Orsay.

Sarah entendió de golpe la actuación policial y temió que Charles tuviera algo que ver. No lo imaginaba declarando en su contra, él no era así. Pero algo habrían descubierto que la implicaba.

—Te lo contaré... ¡Ah! Gracias por tu providencial intervención.

—Aunque no lo creas, siempre he estado pendiente de ti. Te quiero.

Sarah pensó lo mismo, pero no se lo dijo antes de colgar.

Entraban en la autopista en dirección al aeropuerto cuando pensó en la advertencia hecha por su padre. En parte tenía razón. Por culpa de lo que acababa de acontecer, su libertad de movimientos se veía anulada. De ahora en adelante, solo la red de Jalid bin Ayub la protegería; ya no podría escapar de ella.

Sintió un nudo en la garganta.

CAPÍTULO 57

Cuadras de Jalid bin Ayub. Emirato de Fuyarja. Septiembre de 2018

Raissa trataba de pasarse por las caballerizas dos o tres veces a la semana, a la hora que sabía que iba a estar Pawel revisando los animales bajo tratamiento o los potrillos recién nacidos. Le movían dos razones para posponer otras tareas: la principal, procurar su compañía como se había comprometido con Jalid. La segunda le competía más a ella; su sentida devoción por el mundo animal y en concreto por los caballos; adorarlos se quedaba corto.

Y en ello estaba aquella mañana, viendo trabajar a Pawel, interesada en cada una de sus actuaciones. Mezclaba preguntas técnicas con personales. Se interesaba por una imagen en el ecógrafo para ahondar después en el Pawel universitario, en el adolescente, o en el de mucho antes con intención de ir desvelando sus claves como persona. Él respondía sin prodigarse demasiado. Le ofrecía pequeños retazos al no gustarle estar a dos cosas mientras trabajaba.

Para ganarse su atención, Raissa desenterraba una selección de sus mejores recuerdos del pasado, demasiadas veces detenidos por culpa de las continuas interrupciones que surgían en coincidencia con las actuaciones clínicas. Estaba claro que el lugar y el momento no ofrecía las mejores condiciones para centrar una conversación, aunque uno y otro lo intentase.

Desde la primera de aquellas deliberadas visitas, puso especial cuidado en ofrecer una imagen de mujer comedida y templada, a la que solo le movía la curiosidad y el saber. Como siempre se le había dado bien la comunicación no verbal, evitaba que percibiera en sus gestos o en su forma de estar un excesivo interés por él, solo que le gustaba su compañía.

A primera hora de la mañana, Pawel había recibido un aviso urgente desde Italia. Se trataba de un cliente y miembro de la alta nobleza italiana, cuya familia poseía una de las yeguadas más reconocidas del país desde hacía seis generaciones. Paolo di Sucre y Cremona no solo era tres veces duque; tenía las mejores manos para la doma clásica y un tercer ojo para seleccionar los animales con mejores aptitudes para ello.

La llamada la hizo en persona, rogando a Pawel que acudiera con extrema urgencia a su finca, a treinta y cinco kilómetros al este de Roma, para obtener su opinión sobre una de sus mejores hembras; una negra toscana con sangre de seis orígenes distintos y preñada de ocho meses. Algo iba mal.

Pensó en Raissa. ¿Qué mejor oportunidad que esa, para estrechar el trato, poder hablar sin prisas y no a la carrera como hacían cada día?

—¿Conoces Roma?

Ella abrió de par en par los ojos.

—No, ¿qué propones?

—Si consigues el permiso de tu jefe y te apetece asistir a un curioso caso clínico, visto lo mucho que te gustan, en menos de cuatro horas podemos coger un avión. ¿Cómo lo ves?

—¡Me encantaría! —contestó ella sin dudarlo.

—Como voy a necesitar un ayudante, dile que he pensado en ti. A ver si lo consigues...

Volvió a concentrarse en la potra que estaba atendiendo. Cargó una jeringuilla con antibiótico y se lo pinchó para frenar posibles complicaciones a su fuerte catarro. Miró a Raissa de refilón. Sabía que estaba poniendo a prueba su capacidad de persuasión con Jalid sin apenas darle tiempo, pero también el posible interés hacia él como mujer.

Después de haber estudiado cómo acercarse al emir y a Sarah, tras concluir que el mejor camino se llamaba Raissa, necesitaba sacarla de su entorno, ofrecerle escenarios más favorables para que se terminara de abrir a él. Y como le pareció que un viaje podía brindar esa oportunidad, Roma era perfecta. No había otra ciudad mejor para pasear entre sus maravillosas ruinas y monumentos, rebajar distancias y relajar relaciones. Roma ofrecía el entorno ideal para desgranar vidas e historias pasadas sin la presión del trabajo, con tiempo; sentados por ejemplo en una terraza frente a la fuente de los cuatro ríos de Bernini, cenando en la Piazza Navona. Eso es lo que harían.

El vuelo les llevó seis horas, en un avión de la compañía Emirates. Durante ese tiempo pudieron hablar, dormir, volver a hablar, almorzar, leer y hasta soñar. Ella lo hizo con el alma puesta en el hombre de su vida, Jalid. De quien se había enamorado desde el primer día que la aceptó en el puesto, a sus treinta y dos años. Un amor que ya nació maduro; de esos que buscan refugio en un recodo del corazón esperando su momento. De esos que siempre duelen.

Su foto dormía todas las noches bajo la almohada, porque amaba a Jalid sin matices, desde lo más profundo de su ser; incluso por encima de no ser correspondida nunca. Estaba casi segura de que él no había advertido sus sentimientos, pero desde que había aparecido Sarah y le había tocado compaginar el trabajo normal con una cierta atención hacia ella, aunque no se quejaba, le dolía. En su día a día, no cabía una sola duda: prefería un minuto con el emir a mil con aquella mujer.

Nada más aterrizar y recoger el coche de alquiler, se dirigieron a la finca de Paolo di Sucre y Cremona. En el maletero iba el instrumental necesario para realizar una cesárea preventiva con la que evitar un indeseado parto. Porque lo que les esperaba era un feto de dos cabezas, inviable, que podía comprometer el canal del parto y la futura capacidad reproductiva de una valiosísima hembra.

Cerca de Tívoli, a media hora de Roma y bajo las faldas de una ondulada sierra, se encontraba la yeguada del aristócrata. La idea de Pawel era regresar a Roma en cuanto terminase la operación, dormir allí y, al día siguiente, supervisar el postoperatorio del animal, pasadas veinticuatro horas de la intervención.

Paolo los recibió con su habitual y espectacular estampa: pantalones de montar color crema, botas negras, chaleco de seda color mostaza con flores bordadas en tonos azules, camisa blanca y pañuelo al cuello a juego con el chaleco. Su melena, canosa, recogida en una coleta. Ojos azules y barba de dos días, ni uno más. Sus ademanes hablaban por sí solos. Besó la mano de Raissa, le ofreció descanso en su casa si lo deseaba, como también botas y ropa de trabajo para proteger la que traía cuando ella optó por acompañarlos a las cuadras.

—Agradezco sus atenciones, caballero. Pero me apasionan tanto los caballos que no podría perderme los suyos después de los numerosos elogios que me han llegado sobre usted... —Dirigió su mirada a Pawel.

—¡Excelente decisión, joven!

Le ofreció su brazo para acompañarla hasta los vestuarios. Luego, se volvió a Pawel y le lanzó un gesto de reconocimiento sin pretender saber qué relación tenían.

Pawel se dirigió a la cuadra donde estaba la paciente. Comenzó a explorar la posición del feto en el vientre de la yegua para decidir su mejor abordaje, que terminó de confirmar con el uso del ecógrafo. Entre cuatro mozos la tumbaron sobre unas sábanas limpias. Pawel dirigió la sedación y explicó dónde quería que fuera rasurada y desinfectada. Comprobó el

buen funcionamiento del equipo de anestesia, el de reanimación, así como del monitor multiparamétrico y del instrumental que iba a necesitar; todo ello pedido por el propietario al
veterinario que le atendía los problemas menores. Pawel com-
pletó la revisión chequeando el bisturí ultrasónico y el aspirador quirúrgico. Después de dar su aprobación se ausentó del
box, que por tamaño y aislamiento se usaba como quirófano
provisional, para cambiarse de ropa y lavarse.

Cuando comenzó la intervención tenía a su lado a Raissa, a
escasa distancia del anfitrión que presenciaría la cirugía desde
la puerta, con mascarilla y ropa esterilizada.

Pawel necesitó poco más de cuarenta minutos para abrir,
extraer el feto y sacrificarlo para su posterior estudio teratoló-
gico. Dejó suturados los diferentes planos abdominales después de haber retirado placenta y membranas fetales. Raissa
supo estar a la altura, ayudándolo en todo lo que le pidió: acercar un foco de luz, poner el instrumental que necesitaba en
cada momento en sus manos, retirarle el sudor de la frente,
usar un aspirador de sangre cuando él se lo pedía, preparar la
sutura.

Le impresionó ver al potrillo con sus dos cabezas, hasta el
punto de sentir un repentino mareo. Paolo lo advirtió a tiempo antes de que perdiera pie y se la llevó afuera, para que le
diera el aire. Ella se lo agradeció, pero, una vez sentada en un
banco, con mejor color y casi repuesta, se sintió una estúpida;
pidió disculpas por su poca resistencia y quiso regresar al provisional quirófano.

—Jovencita, he visto pocas mujeres con tanta valentía; no
se minusvalore. La mayoría se hubiera desmayado en el primer corte del bisturí. —Antes de regresar al box, le propuso—: Una vez termine la intervención me gustaría poder disfrutar de su presencia; he mandado que preparen un pequeño
tentempié en casa.

Raissa le respondió con una cortés sonrisa. Sonrisa que

mantuvo una hora después frente al supuesto ligero *lunch*, que más parecía un festín. Colmada de atenciones, si por ella fuese, se hubiera quedado mucho más tiempo en la casa, fascinada con la personalidad del tal Paolo. Pero Pawel tenía otros planes y se disculpó.

—Mañana pasaré a ver cómo ha respondido a la medicación. Lo esperable es encontrarla perfecta. Pero si no fuera así, retrasaría mi regreso al emirato. Hasta que no esté bien, no me iré.

Tuvieron tiempo de caminar por el Foro y visitar el Coliseo antes de que el cielo romano se tiñera de ocres, naranjas y malvas, a punto ya de anochecer. La monumentalidad y belleza de las ruinas romanas junto con aquel cautivador espectáculo natural entusiasmaron a Raissa. Sin embargo, al empezar a callejear en dirección a la Piazza Navona, mientras recorrían una callecita repleta de restaurantes, con sus terrazas llenas de gente a punto de cenar, iluminadas con centenares de pequeñas bombillas y toldos de colores, Pawel notó un gesto raro en ella; parecía incómoda.

—¿Estás bien?

—Sí, sí... No te preocupes.

Raissa prefirió callar el rechazo que le producía el estilo de vida occidental, con aquellas mujeres mostrándose sin recato alguno, entre risas y excesos de todo tipo, almibaradas en lujos y pobres de alma; nada que ver con los patrones de vida que ella amaba. Su compromiso con la fe y con las costumbres islámicas la empujaban a entender la relación con un hombre como una decidida y satisfactoria sumisión; ojalá se la reclamase algún día su emir. Lo que estaba viendo allí le parecía fatuo, falso y vacío.

La programada cena en la terraza del restaurante Camillo se vio truncada con un inquietante wasap que Pawel recibió de Isaac, recién acababan de escoger los platos. El asunto era grave. Pawel lo leyó dos veces, El contenido era lo más parecido a un telegrama:

«Mi hija en busca y captura internacional. Ha aterrizado esta mañana en Fuyarja. Ruego estés pendiente de ella. Como te hago en Roma, me informó nuestra particular agencia de viajes, y sé que no podemos vernos, de momento no te puedo contar nada más».

A Raissa no se le escapó el gesto de preocupación de Pawel mientras lo leía. Se interesó por sus motivos.

—Nada, nada... Se trata de una tontería —relativizó.

—Por la cara que has puesto, no lo parece. ¿Te han dado una mala noticia?

Raissa extendió una mano alcanzando la suya en un gesto deliberado que descolocó a Pawel, noqueado todavía por el mensaje. Entendió que más tarde o más temprano terminaría enterándose de ello, por lo que optó por contárselo sin pensar demasiado en las consecuencias.

—Acabo de saber que la prometida de Jalid ha aterrizado esta mañana en el emirato con una orden de detención internacional contra ella.

Se lo soltó sin prolegómenos; de sopetón y sin matizar la noticia. La primera reacción de Raissa fue de pasmo, la segunda de perplejidad, la tercera de irritación. Pawel entró a interesarse por la última, no se la esperaba.

—Parece como si la noticia te hubiera caído mal. ¿A qué se debe?

—Mal no, peor. Y no lo oculto porque... A ver... —A Raissa le estaba pasando lo mismo que a Pawel; era incapaz de frenar su pronto olvidando guardar la debida prudencia—. Es que no termino de entender a esa mujer. Lo confieso, no la entiendo y cada vez menos. Pero tampoco al emir; ¿tú crees que sabe de verdad con quién se va a juntar?

—Sarah perseguida por la justicia... —apuntaló él, asombrado—. ¿No te parece de locos?

Raissa no contestó y prefirió regresar a los inicios de la conversación.

—Antes de responder lo que pienso, hazme un favor: ¿se puede saber quién te lo ha contado?

Su mirada directa y curiosa exigía una justa explicación. Pawel jugó con la copa de vino, agitándolo, dándose tiempo antes de contestar lo que no le apetecía. Probó a ocultar la verdad.

—Quédate con que ha sido alguien que la conoce bien.

Ella torció el gesto.

—Me pides que sea transparente contigo, que te explique por qué la noticia me ha afectado y cuando te toca a ti te escurres... ¿Te parece coherente?

Bebió un poco de agua, se secó los labios con la servilleta y esperó. Pawel asumió su incongruencia y entendió que le tocaba ceder. Dudó si una parte o todo; terminó por lo segundo.

—Su padre. El mensaje me lo ha mandado su padre... —Esperó a que el camarero terminara de poner un cestito con *grissini* junto a un par de almendras de mantequilla—. Ya está. Ahora te toca a ti. Explícame por qué te ha soliviantado tanto el feo asunto de Sarah.

El pensamiento de Raissa volaba a diferente altura. Era consciente de que la información descubierta iba a interesar mucho a Jalid y le encantaba ser su portadora. Pero, sobre todo, vio que había llegado el momento de abrirse a Pawel y estrechar sus relaciones. Necesitaba entender esa relación padre-hija y hurgar en los motivos de su alejamiento. A punto de dar el primer paso en ese sentido, creyó importante explicarse primero.

—Es una mujer que me desconcierta, lo reconozco; me pasa desde el primer día que pisó palacio, lejos de imaginar que era una delincuente. Puestos a ser sinceros, ahora la veo como un auténtico fraude de persona... —Su expresión reflejaba el mismo tono que imprimía a sus palabras, amargo—. No entiendo qué ha visto mi emir en ella, la verdad. He de reconocer que muchos días ha llegado a exasperarme, pero con lo que acabo de saber...

La confianza que empezaba a establecer Raissa en sus opiniones, gustó tanto a Pawel que trató de ahondar en ella.

—¿Crees que no está a la altura del emir?

Ella pinchó el primer ravioli relleno de pecorino y calabaza. Estaba desganada; hablar de aquella mujer le quitaba el apetito. Suspiró. Solo ella sabía cuánto sufrimiento le tocaba vivir a diario cada vez que los pillaba besándose o con solo ver su cama revuelta, cuando entraba en las dependencias privadas del emir. Asistía a sus cómplices miradas y la envidia le corroía hasta partirle en dos el corazón. Dejó el tenedor en el plato y se sinceró.

—¿Acaso tienen algo en común? —devolvió su pregunta con una reflexión.

—Sus estilos de vida son diametralmente diferentes y no existen coincidencias ideológicas, culturales o religiosas que los unan... —reconoció Pawel—. Son como el agua y el aceite.

—Veo que lo tienes tan claro como yo. Aunque den otra imagen, no parece viable su relación... Así es como lo veo.

Su ejercicio de sinceridad exigía una compensación por parte de Pawel. ¿Empezaría a contarle ya todo lo que sabía? Antes de asistir a su respuesta, terminó de confesarse ante él.

—Espero que valores el riesgo que asumo. Si Jalid se enterase de lo que pienso sobre él y su prometida estoy despedida al instante. Así que, por favor, asume algún riesgo también y comparte la información que tienes. ¿No formamos un equipo? Pues en un equipo se habla de todo. ¿Empiezo a preguntarte?

Pawel se terminó el vino, le gustó lo del equipo y accedió a responder.

—Dime por qué conoces a su padre. Y ya puestos, ¿por qué tiene tu número de teléfono? ¿Se puede saber qué más os une? ¿Cómo le ha llegado la orden de detención, acaso es policía?

Aquellas preguntas, directas y contundentes, consiguieron

cambiar el sentido de sus reflexiones anteriores. Decidió afrontarlas, sin reservarse nada. Y lo decidió en contra del silencio que Isaac le había pedido, pensando que quizá fuese positivo para Sarah que Jalid conociera su relación con ese hombre. Porque la presencia del Mosad, representada en Isaac, gestaría en Jalid una desconfianza contra los Ludwig que podría contagiar la relación con su prometida, quizá desestabilizándola, lo que sería del agrado de Isaac. ¿No era eso lo que en realidad quería?

Estaba tardando mucho en contestar y la espera empezaba a pesar demasiado en su compañera de mesa, que no le dejaba de mirar.

Raissa conoció al fin cómo había contactado Isaac con él, pero también el nulo contacto que mantenían padre e hija, cuando no una pésima relación; de ahí que lo involucrara para estar informado. Pawel siguió desvelando algunos detalles más, pero al verla tan entregada y expectante, creyendo que tenía ya ganada su confianza, decidió que Raissa sería a partir de entonces sus ojos y oídos delante de Jalid, para poder trasladar a Isaac la información que le pedía.

Para dar contestación a la última duda, sobre si el padre de Sarah era policía, le trasladó el dato definitivo: la vinculación de Isaac con los servicios secretos israelíes. Justificó así cómo había sabido y actuado en beneficio de su hija en Florencia.

Cuando Pawel terminó de hablar, ella agradeció su confianza dándole un inesperado y sentido beso en la mejilla. Un gesto que dejó al veterinario convencido de haber hecho lo correcto.

Raissa acababa de asumir que tendría que intimar mucho más con él si quería obtener nuevas confidencias en el futuro. No le preocuparon las molestias que supondría para ella; tenía una meta superior que justificaba cualquier incomodidad y esfuerzo.

Por eso, cuando se despidieron a las puertas de la habitación de Raissa, en el hotel, antes de desearse buenas noches, ella se volvió y le besó en los labios; un beso que sonó a anticipo de otros.

Nada más cerrar la puerta, tiró el bolso al suelo, apretó los puños y alzó los brazos celebrando su victoria. Había cumplido la misión encomendada por Jalid para ese viaje; le iba a ofrecer una información que sin duda le sería muy útil, pero seguramente también conseguiría entorpecer y desequilibrar la relación con su prometida, lo que le llenaba mucho más.

Le había dado un beso a Pawel, pero había merecido la pena.

No sería el último...

CAPÍTULO 58

Museo privado de palacio. Emirato de Fuyarja. Septiembre de 2018

Se dice que los cuadros cobran vida cuando alguien se detiene a mirarlos. A los libros les pasa lo mismo cuando alguien se mete en ellos.

A unos y a otros, no les vale recibir una corta atención, no; necesitan sentir a sus espectadores hasta en la última fibra con que están hechos. A cambio, se encargan de despertar emociones para ir transportándonos hasta el borde de un precipicio, un precipicio de gozo. Y si nos dejamos, nos terminan empujando hacia él; lo hacen, sí, para que sintamos que algo grande acaba de pasar, en ese infinito momento; algo que merece muchísimo la pena, algo que no deberíamos obviar. Todo el que pone oídos a lo que nos dicen, a los mensajes pintados con brocha, pincel, acuarela o palabras, no será capaz de olvidarlos. ¿Puede haber sensaciones tan hermosas como esa? No. No las hay.

Tal vez por eso, a Jalid le temblaban las manos. Apenas podía levantar el cuadro que Sarah le acababa de regalar, traído de Florencia, robado y huido tras jugarse media vida de prisión, solo para que él lo colgara en el lugar que antes lucía su copia.

Sarah le miraba. Casi no podía tragar saliva, expectante; viviendo el momento con él, dejándose entera con cada nuevo gesto de Jalid que terminaba haciendo suyo. ¡Dios, cuánto le amaba!

Buscó su espalda. La rodeó con sus brazos después de que hubiera colgado el retrato de Saladino.

¡Qué gran respeto tuvo su autor!, pensó Jalid. Y qué deber el suyo, por llevar a término lo que tenía que hacer.

Acariciaba las manos de Sarah, que se cernían sobre él en un rapto de silencio, en una envoltura de complicidad, llena de todo, de ella, de puro amor. Él sintió sus besos, en el cuello, sobre su nuca. Hasta que se volvió para recibir sus labios. En un beso, dos, en mil...

Allí, en la soledad de una estancia vedada a todos, la más secreta de palacio, querida por él como ninguna otra, la inesperada sorpresa de Sarah se convirtió en preciosa ofrenda, impresa para siempre en su memoria.

—Qué pequeña se queda la palabra «gracias», mi amor...

—No imaginas qué poco la necesito... —confesó ella—. Me basta con ver cómo brillan tus ojos en este momento, me basta con respirar la felicidad que desprende hasta el último poro de tu piel.

Sarah se dejó caer sobre uno de los sofás. Le fallaban las piernas, presa de un mareo cuya causa no era otra que vivir con infinita entrega aquel momento. Él tomó asiento a su lado. Callado, incapaz de sentir más felicidad. Recogió sus manos, serenó su ánimo y, en un lance de miradas que se buscaban como si ya no pudieran vivir el uno sin el otro, lo pronunció:

—Casémonos lo antes posible...

—Cuando tú digas, mi cielo. Me tendrás para siempre; ahora no podré salir del país sin que me persigan mis delitos. Porque a la de Orsay, se unirán las demás pinturas que guardaba en Fontevraud. Será cuestión de horas o días que hilen la propiedad a mi nombre e investiguen. Hay una posibilidad entre cien de que no den con la cámara secreta. Si lo hacen, mi nombre correrá por todos los periódicos del mundo y me buscarán hasta en los confines de la tierra.

Jalid la abrazó con ánimo protector y le aseguró que en su emirato nada conseguirían. Calculó fechas en su cabeza. En cinco meses, nacería Shujae y, para entonces, quería tener a Amina trabajando en la capital de Siria, en Damasco. Para conseguirlo, necesitaba hablar con el presidente Al-Ásad sin demorarse mucho y dejar fijadas las fechas de cada intervención. Le llamaría en cuanto regresara a su despacho, decidió.

Miró a Sarah. Era pronto para trasladarle el papel que había previsto para ella dentro del proyecto. Antes, tenían que ir cumpliéndose otros plazos, y el primero de todos era la boda.

—Tienes tres meses para decidir vestido, menús, invitados; como cualquier otro detalle que quieras que se tenga en cuenta para ese día. Dejo en tus manos la organización del acto. Solo te pido que lo adaptes, todo cuanto sea posible, a nuestro tipo de ceremonia. Pídele consejo a Raissa. Creo que llegará mañana.

Le explicó por qué no estaba en palacio.

—¿Hay algo entre ellos?

—No lo descarto, aunque no lo sé. Si se lo preguntas a ella, seguro que terminarás sabiendo más que yo.

Se incorporó del sofá disculpándose por tener que resolver algunos asuntos que no admitían demora. Abandonaron al mismo tiempo la estancia y se despidieron con un beso.

Sarah decidió tomar un relajante baño. Necesitaba pensar. Desde hacía varias semanas, acudía a las cuadras para tener un rato de conversación con Pawel antes de darse su paseo matinal a caballo. Aquel hombre le caía bien y era el único occidental con el que podía hablar; primero con prudencia y después de superar los lógicos formalismos con total libertad. Era un buen tipo y aquellas charlas, sin ocuparles más de diez o quince minutos, la alimentaban. Al haber crecido la confianza entre ellos, le extrañaba no haber sabido nada de aquella posible relación con Raissa.

Activó la salida de burbujas por las ocho bocas y suspiró. Desde su llegada al emirato había temido su aislamiento personal y cultural. Pero el miedo a una completa limitación de movimientos por culpa de su comprometida situación policial lo empeoraba todo ahora. Solo tenía a Jalid para compensarlo y lo conseguía; como con casi todas las demás preocupaciones que la asaltaban. Le ofrecía seguridad en mayúsculas, en un momento de fragilísima exposición en su vida, y no solo un poco. Pero, sobre todo, la llenaba de amor.

Aunque también tenía a Pawel, desde otro ángulo de relación, pero ahí estaba. La sola idea de disfrutar de su amistad la reconfortaba.

Una vez dentro de la monumental bañera, al remover el agua y observar el entorno, sus piernas, la espuma, regresaron los miedos, más crecidos que antes. De repente, se sintió tan cerca de caer en un precipicio emocional, que decidió buscar su habitual asiento anímico. Pero no tuvo demasiado éxito. No era el día. Decidió que no valía la pena insistir en ello o terminaría peor. Como no era la primera vez que le pasaba aquello, terminó hundiéndose en el agua en un intento de diluir la infranqueable muralla de incertidumbres que se acababa de levantar ella misma.

Apareció Yazeera. Pidió que le lavara el pelo.

Sarah la miró. Siempre tan amable y qué poco sabía de su vida; solo que era hija de un primo lejano de Jalid. Adoraba su permanente disposición de servicio, siempre eficaz y discreta, y ese aire especial que flotaba en ella, entre inocente y tierno. Al usar la palabra «discreta», se le encogió el estómago. ¿Cómo iba a explicar a Jalid cómo había sabido que existía una orden internacional de detención contra ella? Tenía que pensarlo bien, porque no tardaría en quererlo saber.

Se le ocurrió una idea: la maduraría antes.

—Háblame de tu familia...

Extrañada por su interés, Yazeera respondió con tres palabras.

—Les debo todo...

Sarah pidió que se lo explicara. Y Yazeera lo hizo, levantándose la túnica por encima de las caderas para mostrarle una cicatriz que corría por un lateral de su espalda, a la altura lumbar.

—Mi padre me dio uno de sus riñones para que yo pudiera vivir. Sin él, no estaría aquí. Con eso, creo que respondo a su pregunta. Los quiero con locura, sobre todo a él. Cuando el emir me reclamó para que viniera a trabajar en palacio, a mi padre no le hizo ninguna gracia; no se llevan nada bien. Pero mi madre le convenció; entrar en la corte del emir le parecía una buena oportunidad. Ninguno me lo consultó. No era necesario. Mi opinión era intrascendente, lo tengo asumido. Pero no me quejo, ni lo piense: el trabajo me gusta, mucho, y sobre todo servirla a usted, señora.

Sarah evitó opinar, aunque volviese a constatar el injusto trato hacia la mujer en aquellas sociedades. Sintió una especial simpatía por ella al saber algo más de su vida, le agradeció sus palabras y pidió que le pasara la toalla para salir del baño.

Jalid, por su parte, tras haber leído el informe final de una comisión vinculada a la gestión petrolífera, firmar una veintena de documentos y dejarse para más adelante la redacción de un decreto de Gobierno que pretendía poner en marcha antes de terminar el mes, descolgó el teléfono para hablar con el presidente de la República Árabe Siria. La conversación no pudo ser más oportuna y productiva.

La oferta de Jalid: montar una exposición en Damasco que tuviera como protagonista a la figura del sultán Saladino. Sería la primera en la historia. Él se comprometería a nutrirla con el material y documentos que había podido reunir a lo largo de su vida: libros, pinturas, objetos de la época, armas, mapas de los territorios...

Subdividida en cuatro períodos y con paneles explicativos interactivos, el proyecto recogería su infancia, conquista de Egipto, unificación del Imperio y lucha contra los francos. Se incluirían también varios dioramas con escenas de la vida diaria, algunas maquetas en gran formato de las más famosas batallas ganadas a los cruzados y una representación a escala real de su gloriosa entrada en Jerusalén, de colosales proporciones.

La idea entusiasmó a Al-Ásad y no solo por la originalidad del planteamiento. El país llevaba demasiados años en guerra y el pueblo necesitaba motivos de unidad y orgullo. Pensó que la imagen del gran héroe medieval podía levantar la moral de una población extenuada y desanimada. La buena relación que mantenían los dos aliados favorecía una absoluta transparencia en el trato.

—¿Qué quieres a cambio? ¿Una nueva autorización para excavar en su castillo?

Mientras hablaba, Al-Ásad observaba los restos deshilachados de una bandera de su país, enmarcada y colgada en la pared, frente a su mesa de despacho. La tenía como recuerdo de la guerra llamada del Yom Kipur contra Israel, rescatada por su padre en los Altos del Golán. Al igual que la de Egipto, Irak y Palestina, lucía en ella el águila de Saladino; símbolo del nacionalismo árabe.

—Bueno, ya que te ofreces, me gustaría arrancar una nueva excavación, pero esta vez en la Ciudadela de Damasco, en la que fuera su residencia durante la guerra contra los cruzados. Es coherente, ¿no te parece? La idea de hacer coincidir la magna exposición sobre su persona con una ambiciosa exploración arqueológica en busca de cualquier resto de su tiempo, entiendo que agradará a los tuyos. Si te encaja la idea, me encargaría de darle publicidad internacional para blanquear tu imagen y, en general, la del Gobierno del país. ¿Cómo lo ves?

—Eres muy hábil, amigo... ¿Cómo me voy a negar a lo que acabas de ofrecer? Lo haría si con mis actuales y nefastas circunstancias tuviera que pagarlo yo, pero saliendo de tu dinero... —Había tomado notas en un papel, esquematizando la idea—. Veo tres fases; montaje de la exposición, excavación y plan de comunicación. ¿Coincide este orden con tus planes?

—La excavación se adelantaría a las otras dos. Requiere un mayor trabajo de planificación, llevar maquinaria pesada, equipos humanos. La exposición la empezaríamos a montar desde aquí, desde el emirato, salvo las escenificaciones, que se tendrían que hacer por motivos obvios allí. El resto, lo transportaríamos una vez acabado. La convocatoria a los medios de comunicación sería lo último, próxima ya la inauguración.

Al-Ásad se comprometió a buscar el mejor emplazamiento, establecer un nuevo anillo de seguridad en torno a Damasco para no verse afectados por la guerra y acelerar los permisos de excavación y la acogida del personal especializado, junto con su manutención.

—Me queda una pregunta, Jalid. ¿Por qué lo haces?

El emir no tardó en pensar su contestación.

—Estamos faltos de un gran líder, hermano... Y lo tuvimos; al gran Saladino. Recuperémoslo del recuerdo, de los libros de historia; hagamos de la leyenda una realidad viva. Ese es mi propósito.

El estado de ánimo de Jalid no podía ser mejor tras la llamada. El inesperado regalo de Sarah, el beneplácito dado a la nueva y prometedora excavación en Damasco por parte de la máxima autoridad siria, junto al entusiasmo mostrado nada más conocer los motivos de la gran exposición; todo iba encajando en su trascendente programa, tantas veces pensado, tantas soñado. Levantó el teléfono para preguntar a su asistente en qué vuelo regresaban Pawel y Raissa desde Roma. Chequeó su agenda y reservó una hora por la tarde del día siguiente para hablar con ella. Lo deseaba.

Las casi veintiséis horas que le separaron de aquella cita se le hicieron eternas, ansioso por recibir noticias de Raissa. Se alegró cuando pasado ese tiempo oyó su voz al otro lado de la puerta del despacho, anunciando quién era. Al entrar, su rostro lo decía todo; radiaba satisfacción. Antes de empezar a hablar, la joven se sirvió una taza de un humeante té negro y con ella tomó asiento en uno de los sofás. Probó un sorbo, se secó los labios y al notarlo ansioso, para no demorar más el tema, le adelantó que el viaje había sido muy provechoso.

Jalid la había estado observando desde su entrada en el despacho. Al no llevar hiyab, lucía una ondulada y brillante melena negra, todavía húmeda tras haberse dado una rápida ducha, recién acabada de llegar. Le sorprendió su atractivo. Casi nunca se había parado a mirarla como mujer.

—¿Qué ha pasado para que definas tu viaje como provechoso?

Entró en asunto. No disponía de mucho tiempo.

—He sabido que Pawel mantiene contactos con el padre de su prometida...

A Jalid se le atragantó la infusión. Pidió que se explicara.

—Cuando empezábamos a cenar, recibió un mensaje advirtiéndole que había una orden de busca y captura lanzada por la Interpol contra la señora Sarah. Al parecer, su suegro pudo ponerla en aviso a tiempo, en Florencia.

Jalid empezó a ver cómo las piezas del incomprensible puzle se iban colocando. Sarah no le había explicado cómo supo que estaba siendo perseguida por la policía. Con el júbilo de ver en sus manos el cuadro de Saladino, sobrepasado por el detalle, ni se lo preguntó. Pero ahora entendía los motivos del deliberado olvido, lo que le gustaba bastante poco. Felicitó a su secretaria no una, tres veces seguidas, agradeciéndole su eficacia e implicación. Entró en los motivos.

—Sabía que Pawel se veía con alguien, pero no imaginaba con quién; de ahí el encargo que te hice antes de viajar a Roma. Pero dime una cosa, ¿cómo has conseguido que te lo contara?

—Ahora se lo explico, pero antes falta que sepa lo mejor: el padre de Sarah trabaja para el Mosad.

Jalid reaccionó completamente enfurecido. Hizo estallar la taza de té contra el suelo y soltó una maldición. El descubrimiento le afectaba, pero sobre todo despertaba más sospechas sobre Sarah al no haberle contado ese detalle. Le dolía más eso que el peligro que conllevaba el hecho en sí.

—Lo que me cuentas complica mucho las cosas...

Raissa disimuló su gozo como pudo. Había previsto serias consecuencias en la relación entre Jalid y Sarah, dado el preocupante trasfondo de la información que acababa de pasarle; la reacción de su emir le estaba dando la razón. El viaje había merecido la pena, incluso besarse con Pawel, decidió. ¿Cómo terminaría aquello? Estaba por ver. Pero, que algo iba a cambiar, lo tenía claro.

Ahora tocaba explicar cómo había logrado la información.

—Cuando Pawel me invitó a Roma, pensé que solo buscaba intimar conmigo, ya me entiende, que le interesaba como mujer, vamos. Le he de reconocer que accedí a ir en parte para despejar mis propias dudas, porque cuesta interpretarle. Pawel es un hombre poco predecible en lo emocional y en ese sentido me tenía confundida. Durante el viaje, apenas se esforzó en seducirme, no lo entendía. Por eso, cuando descubrí con quién se veía, siguiendo su encargo y, sobre todo, lo de su adscripción al Mosad, comprendí qué es lo que quería de mí; acceder a usted, a su información. ¿Qué puede querer el Mosad si no? —Jalid, aparte de sentirse sorprendido por lo que escuchaba, a medida que su secretaria avanzaba en el razonamiento, se iba sumando a sus conclusiones. Se lo confesó, pero la dejó seguir—. Al entenderlo, hice una cosa; me empecé a insinuar, a mostrarme más dispuesta, a jugar... —Se le encendieron las mejillas, avergonzada—. Necesito aclararle que me desagrada hacer lo que le cuento como no imagina, pero lo vi necesario si quería construir un fuerte vínculo con él. Llegué a la conclusión de que solo así podría borrar suspicacias y ganar la suficiente confianza para que me contase más cosas, haciéndole creer que me tendría como cómplice para trasladarle las averiguaciones que pudiera hacer sobre usted o sobre Sarah.

Jalid la felicitó por el inteligente enfoque, elogió su sagacidad y valoró el esfuerzo personal y disposición, fuera o no de su gusto.

—¿Cree que ella lo sabe? ¿Qué Pawel le pudo contar algo?

—Sin poder asegurárselo, no lo creo. Cuesta entender por qué ese hombre ha optado por utilizar a su veterinario en vez de dirigirse a ella, a su hija. Quizá no tengan una buena relación, lo desconozco.

—No la tienen, cierto. Eso sí lo sé. Por eso usa a Pawel, necesita un intermediario.

Jalid acababa de tomar una decisión: ocultar aquel descubrimiento a Sarah. Por más que se sintiese defraudado por sus silencios y mentiras, desde luego por no haber confiado en él, aunque le doliera, nada iba a enturbiar el resultado de sus sueños; nada cambiaría sus planes.

Extendió la mano para estrechar la de su secretaria.

—Excelente trabajo, Raissa. Estoy muy agradecido y sobre todo orgulloso de ti.

—Cualquier otra cosa que pueda hacer por usted...

—La hay; mantente cerca de Pawel y ayúdame a descubrir qué interés tiene el Mosad en mí.

—Lo haré encantada —respondió, desplegando una bonita sonrisa.

—Te lo agradezco. Eso sí, nunca pediré que sobrepases los límites del decoro, ni en ese cometido como en ningún otro que te pueda solicitar. —Raissa respondió a aquellas palabras con una agradecida mirada. Iba a expresárselo de viva voz, pero Jalid no había terminado de hablar—. Hoy me siento en deuda contigo, así que dime de qué manera puedo compensar tus buenos servicios. Pídeme lo que quieras.

Aquella última oferta rebotó en el corazón de Raissa regándolo de felicidad. Se mordió la lengua para no confesar lo que más deseaba en el mundo, porque se encontraba a escasos veinte centímetros de ella.

—Os lo diré... Un día os lo diré...

CAPÍTULO 59

Fontevraud. Región del Loira. Francia. Octubre de 2018

Con una orden judicial bajo el brazo no hay puerta que se resista.

La principal de *Villa Dalila*, en Fontevraud, aguantó hasta tres veces la fuerza del contundente ariete policial, hasta que, en una cuarta, la cerradura saltó por los aires y el dintel quedó hecho astillas. Media docena de agentes entraron en la casa y se repartieron por las diferentes estancias con intención de inspeccionarlas a fondo. Los acompañaba el prefecto de París y dos inspectores encargados del caso. La localización exacta de aquella segunda residencia, propiedad de la sospechosa Sarah Ludwig, la había facilitado un administrador de fincas local, al que habían llegado gracias al remite de una carta encontrada en el domicilio parisino de la mujer.

Pasadas cuatro horas no habían encontrado nada que interesara al caso y no les quedaba ningún rincón por revisar. Sin embargo, el prefecto no se dejó contagiar por la decepción de su equipo y ordenó empezar de nuevo. Le influía el informe que había llegado a sus manos, apenas doce horas antes, procedente de la oficina científica de la gendarmería. Firmado por una de sus mejores psicólogas forenses, tras haber estudiado el *modus operandi* de la encausada y después de varias entrevistas a sus amigas y al responsable de la lujosa tienda Hermès, donde se supo que había trabajado hasta hacía poco tiempo, concluía que el robo del Manet no había sido seguramente su única acción. El perfeccionismo del trabajo en Orsay, la estudiadísima planificación que conllevaba, junto a la perfecta coartada laboral y vital, hizo sospechar de otros robos. Por eso, entendieron que la villa no podía ser mejor lugar para esconder algún otro fruto de sus delitos.

Que al final encontraran una puerta oculta en la bodega se debió, primero, al hecho de encontrar tres estanterías derribadas y el suelo lleno de cristales. Pero la culpa definitiva la tuvo el sol. Porque cuando volvieron a inspeccionarla, después de la primera y fallida batida, fue la propia luz la que a través del único ventanuco que iluminaba la estancia, evidenció una minúscula marca en curva sobre el suelo, dejada por el borde de la estantería en su desplazamiento para despejar el acceso a la cámara secreta. No encontraron la llave de entrada. Probaron a abrirla con ganzúas, taladrando el bombín, empujándola entre tres; no lo lograron. Harto de tanta espera y con una desmedida ansiedad por ver qué se escondía detrás, el prefecto ordenó volarla.

No necesitaron más de diez gramos de explosivo en cada bisagra para reventar el eje y ver caer la puerta, arrastrando con ella a más de un centenar de botellas. Se formó un aromático charco por el que pisaron los tres primeros hombres, linternas en mano, para entrar en el interior de la cámara.

La sonrisa surgió en el rostro del prefecto al descubrir la presencia de un Matisse, una vieja tablilla anónima y un Edward Hopper, colgados los tres en una de las paredes de la estancia. Quedaba ratificada la teoría de la forense: Sarah Ludwig era una ladrona profesional cuyos insólitos métodos de robo estaban por descubrir. Tras las pertinentes llamadas averiguaron que ninguna de las obras encontradas se creía robada. Inspeccionaron a fondo la habitación sin encontrar nada más. Ninguno advirtió que bajo una de las losetas de mármol que revestían el suelo, existía una pequeña cavidad donde se escondía la pieza más antigua de todas: la *Lanza de Longinos*.

La prensa sacó todo a la luz dos días después y la noticia encabezó la mayoría de los rotativos y telediarios mundiales. Se multiplicaron los artículos en las principales cabeceras de los grandes periódicos, atraídos por la imagen de la sofisticada mujer, de refinada facha y excelente formación, capaz de sustraer cuatro obras de arte en diferentes museos y residencias privadas a la vista del público y sin haber dejado una sola señal de su operativa. Se inventaron su perfil psicológico y las especulaciones que unos y otros empezaron a hacer de ella, como de sus motivos, rozaron lo surrealista. Las principales tertulias radiofónicas matinales, al igual que un sinfín de programas de televisión, emitieron sesudos debates sobre el asunto. Unos abordaban la personalidad de la autora, otros los escenarios donde había actuado. Surgían especialistas sopesando la calidad de las copias. La prensa digital, multitud de blogs y las redes sociales se inundaron con la morbosa noticia.

Con la poca información disponible que unos y otros tenían, se barajaron todo tipo de teorías. La sed por localizar personas y cómplices alcanzó muy pronto a Charles Boisí, a quien no pudieron entrevistar por estar en prisión y a la espera de juicio, aunque lo intentaron. A cambio, se vieron acosadas las tres amigas de Sarah, sus maridos, algunas compañeras de universidad y todos los empleados de la Maison Hermès. Bajo tan esmerado y decidido empeño, no tardaron en averiguar el nombre de su insólito pretendiente, lo que enriqueció la historia de Sarah hasta convertirla en un auténtico folletín. Se publicaron fotos del emir de Fuyarja. Su persona protagonizó multitud de debates en las televisiones, sobre todo los de tendencia rosa, y se recuperó la imagen de los sorprendentes pasillos florales que el excéntrico emiratí había encargado para atraerse la atención de una dependienta, Sarah Ludwig; por entonces una desconocida. Fue a partir de ese descubrimiento, cuando un sinfín de reporteros, y todo *freelance* que se preciara, intentaran sin éxito solicitar visado para viajar al emirato de Fuyarja, con la sospecha de encontrarla allí, bajo la protección del emir Jalid bin Ayub.

La sala del Tribunal de Casación, máximo órgano judicial francés, redactó una orden de extradición contra Sarah Ludwig Rut que hizo llegar a las más altas autoridades del emirato. El despegue de un avión privado del emir, a escasas dos horas del último robo conocido en Florencia, había alimentado las sospechas. Pero la contestación desde el emirato fue tan rápida como contundente: desconocían el paradero de aquella mujer.

En cuanto Sarah supo todo lo que se estaba hablando alrededor de su persona, sintió pánico. Jalid insistía en su inviolabilidad mientras permaneciese en el emirato, pero a Sarah aquello no le bastaba. La constante presión informativa le provocó un estado de ansiedad tan exagerado que se pasaba casi todo el día encerrada en sus aposentos. Apenas salía para darse un breve paseo a caballo, cuando coincidía con Pawel con quien mantenía una breve y reconfortante charla. De vuelta a palacio encendía el ordenador de forma compulsiva, en una insistente búsqueda que la ocupaba casi todo el día, rastreando cualquier noticia que hiciese referencia a su caso. Hasta el punto de terminar muchos días con un insufrible dolor de cabeza y los ojos enrojecidos y cansados. Los vídeos en los que aparecía dentro de Orsay se hicieron virales.

Jalid argumentaba que se olvidarían pronto de ella, pero pasaban las semanas y la presión no aflojaba. Por encima del insufrible revuelo mediático, Jalid había decidido no mencionar lo que había descubierto Raissa en Roma, y tampoco le preguntó cómo le había llegado el chivatazo que había facilitado su huida de Florencia. Prefirió no hacerlo para no forzarla a mentir. De hecho y superado el *shock* inicial, Jalid había empezado a restarle importancia a los hechos. Tampoco era tan raro que Isaac Ludwig hubiese tratado de proteger a su hija moviendo cualquier hilo a su alcance, sabiendo que las relaciones paternofiliales no pasaban por su mejor momento. Su pertenencia al Mosad le molestaba un poco más, pero tampoco le inquietaba en exceso, ni veía que pudiese comprometer las acciones de gobierno o sus planes personales.

A Pawel lo tenía controlado por completo; su exhaustivo programa de seguimiento funcionaba y sabían hasta a qué hora empezaba a roncar. Poco daño podía hacer. Aunque optó por no olvidar su infidelidad. Se lo haría pagar llegado el momento.

En cuanto a Sarah, excluida de la trama creada entre Pawel y su padre, como nada tenía que ver con ello, la relación con Jalid no se vio afectada y los planes de matrimonio siguieron a su ritmo. Algo que le costó entender a Raissa. Como también la creciente y fluida relación que mantenía Sarah con el veterinario, no fuera a alimentar el flujo de información que ansiaba recibir el judío Isaac.

Tenía que ponerle remedio. Ideó cómo.

A Sarah le preocupaban las repercusiones de su escandalosa imagen sobre Jalid. Se preguntaba cómo iban a celebrar la boda en solo dos meses siendo ella una prófuga de la justicia y el enlace público.

Como no podía esconderse para siempre en palacio, harta de su propia reclusión, un día pidió a Yazeera que le comprara ropa de corte árabe y unos cuantos hiyabs. Cuando los recibió, eligió uno en tonos naranja y con él se presentó a Jalid, quien no solo celebró el cambio de estampa; la animó a llevarlo a partir de ese momento para recuperar su libertad de movimientos y salir de palacio. Gracias a la protección del pañuelo, que apenas permitía asomar los ojos, y unas lentillas coloreadas que oscurecían su mirada, empezó a relajar sus prevenciones y miedos, y la vida volvió a parecerse a la que había conocido antes de su conflictivo regreso de Florencia.

En Tel Aviv, al tratarse de una ciudadana israelí, desde el Ministerio de Interior se pidió información al Mosad. En menos de cuarenta y ocho horas, Isaac Ludwig se presentó para dar cuenta de la situación. Explicó la filiación de la perseguida y sin justificar los robos, defendió una doble respuesta del Gobierno. La oficial tenía que ser firme y comprometida, de cara a las cancillerías internacionales. La otra, más operativa, haciendo cómplice al Mosad de los objetivos tácticos de Isaac; hasta el punto de proponerla como futura colaboradora dentro del sospechoso emirato de Fuyarja, afín al Gobierno sirio y con posibles vínculos con Irán; ambos enemigos acérrimos de Israel. Algo que estaba lejos de convertirse en realidad, pero que iba a servir a Isaac para poder mantener su seguimiento.

Jalid, bajo una intensa presión internacional, evadió cualquier responsabilidad en el asunto, negó la presencia de aquella mujer en su territorio y le tocó esquivar la petición de unos cuantos países hermanos, presionados por intereses occidentales, para que colaborara con la justicia francesa. Su convencimiento y motivos para mantener la protección de Sarah superaban cualquier intención externa de actuar contra ella. Antes, se dejaba matar. Aunque si las cosas seguían como estaban y no terminaba el acoso exterior, se le ocurrió una fórmula de arreglo.

Se la trasladó a Sarah. Le planteó una pequeña cirugía que cambiara su fisonomía sin excederse demasiado, eso sí, junto a una nueva identidad. Poseer nuevo nombre y nacionalidad, a cambio de conseguir un poco de libertad.

Y a ella no le pareció mal.

CAPÍTULO 60
—

Maguncia. 20 de enero de 1194

La reina Leonor de Aquitania, a sus ochenta y dos años, llevaba más de catorce meses luchando por la liberación de su hijo, el rey Ricardo I, a quien todos llamaban Ricardo Corazón de León, retenido contra su voluntad por el emperador del Sacro Imperio Romano Germánico Enrique VI tras su regreso de Tierra Santa.

Pasado un largo año de secuestro, la anciana reina había solicitado audiencia al emperador en Colonia, donde le había tocado pasar la Navidad, para hacerle entrega de las dos terceras partes del rescate; cien mil marcos de plata. Tras conocer que Ricardo sería liberado el diecisiete de enero, se había desplazado a Maguncia, donde estaba apresado su hijo, al que había empezado a ver a diario desde hacía una semana.

Pero lo que menos esperaban sucedió.

El rey francés Felipe Augusto, declarado enemigo de Ricardo, junto a su hermano Juan, aliado ahora del primero, nada más conocer el pago del rescate decidieron pujar para mantener el cautiverio de Ricardo barajando diferentes opciones económicas que terminaron agradando al emperador Enrique VI. Lo que retrasaba su liberación para indignación de madre e hijo.

Leonor lo había probado todo. Meses antes había viajado

a Roma para entrevistarse con el papa Celestino III con idea de pedir la excomunión del emperador. Apresar a un cruzado de regreso a su país era un hecho castigado por la Iglesia desde la primera convocatoria cruzada. La solicitud de excomunión la extendió también al monarca francés, al haber violado la palabra dada en Acre y en presencia de Ricardo, cuando juraron no atacar territorios del otro hasta que no regresaran los dos de las cruzadas. Aunque en Leonor convivían más razones para tener a Felipe Augusto como a su peor enemigo. El francés acababa de invadir Normandía, dominio de la monarquía inglesa, como lo eran también Aquitania y el condado de Anjou.

Antes de dirigirse a la máxima autoridad de la Iglesia católica, había recorrido Inglaterra primero y el conjunto de sus dominios en suelo franco después, pidiendo un enorme esfuerzo económico a sus nobles, clérigos y al mismo pueblo. Su pretensión: reunir la desorbitante cifra requerida por el emperador; el doble de las rentas anuales del reino inglés.

Y lo consiguió, con más retraso del deseado, logrando juntar un cuarto de las rentas anuales de sus nobles, otro cuarto de los ingresos eclesiásticos y un diezmo del pueblo, hasta sumar cien mil marcos que había llevado en persona a Enrique VI a Colonia, cumpliendo con algún compromiso adicional que el alemán le había sacado.

La implicación de Leonor se extendió hacia otros importantes cometidos durante ese tiempo; por ejemplo, frustrar un intento de conspiración de su propio hijo y hermano de Ricardo, Juan, cuando pretendía asaltar e invadir la costa inglesa con la ayuda de tropas francesas y danesas.

—Madre, nunca podré agradecer los sacrificios que os ha conllevado buscar mi liberación. Soy consciente de que algunos trámites han sido muy humillantes para una reina como lo seguís siendo a mis ojos, cuando a vuestra edad deberíais estar descansando en la abadía de Fontevraud que tanto os gusta...

Mi gratitud ante los mil favores que habéis hecho hacia mi persona, en el transcurso de mi vida, ya no puede crecer más. A partir de mi liberación, os procuraré la paz que merecéis.

—Solo he hecho lo debido. Aunque lo peor que me ha tocado ver en estos incómodos tiempos es la traición de un miembro de nuestra sangre; la de vuestro hermano menor Juan.

Ricardo le cogió las manos y decidió hacerla partícipe de sus más hondas reflexiones después de trece meses de reclusión, sin otra ocupación diaria que pensar.

—En marzo del pasado año murió Saladino, mi gran adversario en Tierra Santa. Un mito que hará de mí otro mito, estoy más que seguro. —Se mesó la barba pelirroja y la miró a los ojos—. Madre, mi regreso a Europa me ha hecho ver que los peores enemigos no estaban tan lejos de nosotros, ni lo son por su condición hereje. Los tenemos en casa. El rey Felipe Augusto de Francia me juró en persona no atacar mis territorios y lo hizo. Y mi hermano, engañado por el francés y bajo una desmedida y compartida ambición, sigue urdiendo uno y otro plan para mantenerme encerrado y en manos del emperador, con intención de arrebatarme mi reino y nuestros dominios. Pero ¿qué decir del duque Leopoldo de Austria quien tras mi fortuita captura me vendió al emperador Enrique? O del propio emperador, quien después de tacharme de «enemigo y alborotador de su imperio», en una conferencia en Espira y delante de sus príncipes, argumentó una sarta de mentiras para justificar mi encierro, quizá molesto por no haber dado protagonismo a sus caballeros teutones en Tierra Santa, o fuera por otros oscuros motivos.

Leonor pidió que ahondara en aquellas acusaciones.

Ricardo empezó por la más grave: haber encargado la muerte de Conrado de Montferrato cuando los verdaderos causantes habían sido detenidos: una pareja de *hashshashin*, miembros de la secta liderada por el llamado Viejo de la Montaña.

—¿Por qué se lo atribuían a él, cuando doce días antes del crimen había reunido a su plana mayor para poner el reino de Jerusalén en manos de Conrado? —argumentaba a su madre—. También me atribuyeron un supuesto envenenamiento del duque de Borgoña. Y lo peor; no haber reconquistado Jerusalén bajo la acusación de haber firmado un oscuro tratado con Saladino. ¡Cuán lejos de la verdad...! Rebatí una a una cada acusación con todas las pruebas, argumentos y elocuencia que pude hasta convencerlos. Pero ni con ello Enrique cejó en sus pretensiones económicas, como bien sabéis. Al final, la única verdad es que han sido mis supuestos hermanos cruzados los que me han tendido trampas, pretenden robar las posesiones de nuestro reino, me apresan y piden un insoportable rescate para recobrar la libertad. ¿Quién se comporta entonces peor, el sultán de todos los musulmanes, el tan odiado Saladino, o los míos?

—¿Cómo era Saladino? —se interesó ella.

—¿Saladino? —Se frotó el mentón, tratando de sintetizar las impresiones que se había ido haciendo del gran líder musulmán—. Si tuviera que resumirlo en pocas palabras, os diría, madre, que era un soñador como vos o como yo. Decidí abrazar la cruzada para devolver Jerusalén, las Sagradas Reliquias y los Lugares Santos a nuestra fe. Luché por convertirme en aquel guerrero que me enseñasteis a ser desde bien pequeño. Me esforcé en dirigir con justa y sabia mano a nuestros hermanos cristianos, sin preocuparme de qué reino venía cada uno, para derrotar juntos al enemigo. Soñé con vencer a Saladino, pusimos ingenio y sangre en ello, derrotas y dolor hasta lograrlo; primero en batalla frontal, pero también restándole de su control los grandes puertos de la costa.

—¿Lo conociste en persona? ¿Por qué dices que también él era un soñador?

Ricardo respondió que nunca se habían visto. Para sentar las bases de treguas y acuerdos había acudido su hermano Al-Adil, con quien llegó a congeniar hasta poder sacarle detalles personales del gran líder.

—Su gran sueño en buena parte lo consiguió. Él quiso encabezar la unificación del islam para recuperar Jerusalén a los creyentes del Profeta. Quiso ser el brazo ejecutor de Alá y ejerció como tal en batallas que nos ganó, como la de los Cuernos de Hattin, o haciendo suya Jerusalén después. Fue un soñador, madre, un defensor de lo que creyó suyo, como ha sido vuestro caso cuando os tocó luchar por hacer respetar el ducado de Aquitania allá donde hiciera falta, o al defender mi ascenso al reinado de Inglaterra en contra de la voluntad del rey Enrique II, mi padre y vuestro esposo.

Leonor preguntó qué justificaba entonces la imagen de aquel hombre en Occidente; la de un demonio, un monstruo, el peor enemigo de la cristiandad, un ser abominable, sanguinario, cruel; alguien sin el más mínimo atisbo de piedad.

—La necesidad de tener un enemigo común que facilite nuestra movilización... Y si el enemigo es abominable, mejor. Saladino cumplía con ese perfil. Sin habernos encontrado nunca en persona, sé tanto de él como él de mí. Porque nos conocimos en la táctica, en la diplomacia y negociación, en el campo de batalla y en el engaño que cada uno puso en marcha para confundir al otro, para hacerlo errar. —A Leonor le enorgullecían las reflexiones de su hijo, las de un verdadero rey, las de un líder. Ricardo seguía entresacando recuerdos e impresiones de su larga estancia en Tierra Santa; dieciséis largos y complicados meses—. Lo he de reconocer, madre. Saladino fue un genial general, sagaz y dificilísimo adversario. Un buen estadista. El mejor recolectando deseos, aspiraciones y sentimientos de su pueblo. Pero también fue caballeroso con muchos de los nuestros. Lo hizo conmigo, cuando me regaló un caballo al ser informado de la pérdida del mío, o cuando alivió mis fiebres con hielo que mandó traer de Jerusalén.

Volvió a recordar las circunstancias de su regreso a Europa, cuando en vez de caballerosidad encontró revanchas, odio y secuestro. Las revivió con su madre.

Inició el relato de los hechos describiendo una imponente tormenta que desvió la trayectoria del barco que lo transportaba a Inglaterra desde Palestina, para evitar un probable naufragio, surcando el Adriático hasta terminar atracando en Aquilea, una población entre Venecia y Trieste. Una vez en tierra decidieron ir a la aliada Baviera con idea de atravesar después el Sacro Imperio hasta el mar del Norte, donde volverían a embarcar hasta alcanzar la costa inglesa.

—Para pasar desapercibido, me disfracé de templario al igual que mis cuatro allegados más cercanos. Pero a la altura de Viena me reconocieron y fui apresado por el duque Leopoldo de Austria, enemigo acérrimo desde aquel altercado que mantuvimos en Acre. Me encerró en el castillo de Dürnstein y negoció con Enrique VI mi cautiverio. Fui con él a Ratisbona en enero del año pasado, apenas un mes después de mi arresto y, en el primer encuentro con el emperador, este se negó a las peticiones que el duque le hizo. Pero en febrero lo consiguió, dividiéndose a la mitad el rescate que consiguiera Enrique. Momento en el que pasé a manos del emperador. A partir de ahí, conocéis el resto.

—¡Desde luego! Sufrimos su correo, pidiéndonos ciento cincuenta mil marcos de plata para dejarte libre y que pudieras volver a Inglaterra. A partir de entonces, ya te imaginas, hemos levantado hasta las piedras para reunir el dinero. Una vez conseguido, solo queda hablar con el emperador Enrique y obligarle a cumplir el acuerdo que sellamos en Colonia. No faltarán muchos días para que recuperes tu libertad.

Entró un sirviente para proponerles comer, a lo que accedieron gustosos. Ricardo ofreció su brazo y ella se apoyó en él para bajar juntos al comedor, de aquel palacio convertido en prisión temporal.

Leonor, aparte de reina y gobernadora, también era madre y como tal le martirizaba algo que ansiaba saber. No esperó otra oportunidad para resolver sus dudas.

—Cuando te dejen ir, ¿vas a buscar a tu esposa Berenguela?

La pregunta tenía enjundia. Si se había casado con la hija del rey de Navarra durante su viaje a Tierra Santa, allá por mayo del año 1191 en Chipre, había sido por expreso deseo de su madre. Una boda orquestada por Leonor para contrarrestar su anterior matrimonio con la hermana del rey de Francia, Adela, a la que había repudiado por haberse convertido en concubina de su propio padre, Enrique II. Pero también para atajar las peligrosas incursiones de su hijo en terrenos sexuales vedados, lo que le llevó a pedir perdón, desnudo y postrado delante de una representación del clero aquitano antes de emprender la cruzada.

—No sé mucho de ella... —contestó Ricardo, sin muchas ganas.

—Porque no quieres. Pero te cuento yo: viajó junto a tu hermana Juana desde la costa palestina a Roma en otra embarcación, poco tiempo después de que lo hicieras tú. Se quedaron unos días en Roma, luego en Pisa y Génova, antes de entrar en territorio de la Corona de Aragón. Allí fue recibida con todos los honores y acompañada hasta las tierras del conde de Tolosa, quien las llevó sanas y salvas a Aquitania, a Poitiers. Donde sigue esperándote...

Ricardo reconoció el mérito de su esposa. Después de la boda ella le había acompañado a Acre y luego a Jaffa, compartiendo andanzas y peligros por aquellos y otros lugares. Valoró también su determinación y lealtad, pero sin ofrecer a su madre lo que en realidad deseaba oír; el reencuentro matrimonial después de más de un año sin verse.

—Pero, hijo mío, ¿por qué no vas en su busca, cumples

como marido y me ofrecéis descendencia? Se supone que un rey debe hacer eso, aparte de gobernar a sus súbditos y cuidar de sus tierras. Si vieras lo que se ha implicado en conseguir dinero para tu rescate... Es un auténtico ángel.

Ricardo pinchó el muslo del pato asado de su plato, incómodo por la insistencia de su madre. Refunfuñó, evitó su mirada, y tras el silencio que Leonor dejó en el aire a la espera de recibir una confirmación de sus deseos, solo le prometió un mejor trato a su mujer.

—Eso sí, no olvidemos que la descendencia es cosa de Dios, ya sabéis madre... —apuntó él con una sonrisa maliciosa.

—Cierto, pero algo tendrás que poner también tú... A todo esto, ¿sabes si tuvo hijos Saladino?

CAPÍTULO 61

Salón Imperial de Palacio. Emirato de Fuyarja. Diciembre de 2018

Dos meses después del revuelo mediático dirigido a quien la prensa empezó a llamar «la ladrona del siglo», Sarah agradeció el calor ofrecido por la rama femenina de la familia de Jalid; su hermana Zulema, recién llegada de Francia, primas, tías, abuela, y amigas de unas y otras, hasta contabilizar doscientas dos asistencias al banquete.

A falta de sus propias allegadas, no podía invitar a sus amigas, serían las únicas acompañantes con las que celebraría la llamada Noche de la Henna, segundo evento ceremonial de la típica boda emiratí, después de haber formalizado el contrato matrimonial dos días antes, en una mezquita y en presencia de un imán.

Yazeera ejercía en todo momento de perfecta asesora. Todo lo que Sarah había necesitado hacer antes y durante la ceremonia había sido explicado, medido y planificado al milímetro por ella. Desde hacía siete días había disfrutado de siete baños nocturnos en el haman, con sus posteriores masajes con esencias de azafrán y otros aceites aromáticos, en un ejercicio de purificación exterior e interior que la prepararían en cuerpo y alma para la preciosa reunión con su amado. Sarah había vivido el proceso con decidida intensidad, queriendo borrar de su ser cualquier atisbo de inquietud, resentimiento humano, recuerdo o pensamiento que oscureciera su decisión.

El trabajo interior que realizó en soledad le sirvió para recapacitar sobre lo que era y había sido hasta ese momento, pero también sobre lo que quería ser a partir de entonces. Experimentó un gratificante renacimiento interior que le permitió integrar la figura de su amado dentro de su propia esencia vital, para terminar dándose cuenta de que no podía amarlo más.

Cuando Sarah se miró en el espejo del dormitorio, antes de acudir al Salón Imperial, no se reconocía pero se gustaba. Llevaba las manos pintadas con henna de color blanco para ahuyentar a los espíritus malignos, dibujando motivos florales, triángulos y arabescos; así se lo había explicado Yazeera. Vestía la tradicional túnica, una abaya; en esta ocasión con increíbles adornos en oro sobre fondo blanco. La llevaba bien ceñida a la cintura, con escote generoso en la espalda. Le quedaba perfecta. Antes de vestirse, había necesitado más de dos horas de maquillaje y peinado, ahora supervisadas por Raissa, quien disimulaba una falsa alegría que no era tal, destrozada por no ser la destinataria de aquella ceremonia. Aprobó las seis pequeñas trenzas hechas por Yazeera, unificadas en un sofisticado recogido que estaba soportado por una diadema de oro y piedras preciosas; uno de los muchos regalos de la familia del novio. Y como adorno, media docena de pulseras y unas finas cadenas de oro que le caían desde la sien hasta el comienzo del cuello.

Se analizaba una y otra vez; de frente, de perfil, en ángulo; la espalda en otro espejo enfrentado, y le parecía estar asistiendo a la película de las mil y una noches, pero protagonizada por ella. ¿Vivía un sueño o aquello era real?, pensaba una y otra vez. Si Jalid era su futuro, tenía claro que el destino la había buscado y no al revés. Pero no resultaba fácil digerir tal cúmulo de acontecimientos sola. Siempre había tenido a alguien cerca, a una amiga cuando no a varias, con quien compartir sensaciones, dudas, consejos o problemas. En ese senti-do, Fuyarja le significaba soledad. Porque ni Yazeera ni Raissa eran sus amigas. Con ellas no podía intimar. Y en el caso de Raissa, por encima de su aparente amabilidad parecía disimu-lar ciertas reservas que le costaba interpretar.

Le empezó a doler la cabeza.

Frente a la imagen que le devolvía el espejo, al verse tan diferente y exótica, le asaltaban dudas sobre las consecuencias de sus propios actos y decisiones. Su vida actual se parecía tan poco a la que había conocido en el pasado... ¿Dónde quedaba Fontevraud? ¿Dónde los tiempos de convivencia con su abue-lo? ¿Qué quedaba de aquella joven vitalista, independiente, repleta de sueños e ideales? ¿Había renunciado a sus princi-pios? Sin albergar duda alguna sobre lo que quería ser, recha-zaba de lleno la relación de sumisión que se esperaba de ella y no quería mimetizarse con los roles de la mujer oriental. Pero el espejo le estaba devolviendo una transformación exterior, aparte de la interior que había experimentado en los últimos meses, haciéndole dudar a qué mujer respondía ahora. Pero ¿a quién podía culpar de todo, si no a ella?

Desde que había conocido a Jalid en la Maison Hermès, su vida era una colección de ejercicios extremos. En su día a día convivían episodios de gozo con preocupantes dilemas; un amor enorme y puro, con complejas coyunturas a las que en-frentarse; la felicidad con la inquietud de un futuro descontro-lado. Era en ese vaivén de emociones como se mecían sus pen-samientos a pocas horas de dar el paso más definitivo de su vida. ¿Sabía bien lo que hacía? Para hallar una contestación definitiva a esa pregunta, decidió que solo podía buscarla en el corazón. Cuando lo hizo, sus incertidumbres se dispersaron como la bruma de la mañana lo hace a la salida del sol. Y su conclusión fue una: quería casarse. Desde ese momento empe-zó a no cuestionarse si merecía la pena seguir invirtiendo mu-cho más tiempo en los porqués; ahora tocaba celebrar, disfrutar, explorar, entender. Bajo ese espíritu y para no perderse nada, no dejó de preguntar a Yazeera el significado de cada detalle, de cada rito, símbolo o paso, dentro de las distintas celebraciones nupciales.

Se puso la mejor ropa interior para la noche. La pasión que despertaba Jalid en ella no tenía parangón alguno y aunque dormía en su cama desde su llegada al emirato, quería sorprenderle. Llevaban siete días sin compartirse en respeto a la tradición, por lo que deseaba con más necesidad su amor, sus caricias. Ansiaba quedarse embarazada pronto para darle un hijo, dos, o los que llegaran. Sería el modo de completarse como mujer y cobraría sentido todo. Ya soñaba con ello.

Tras la cena, bailes y celebraciones varias sin ninguna presencia masculina, no sería hasta la media noche cuando Sarah vería a su amado Jalid, quien según el protocolo accedería al Salón Imperial en compañía de dos hombres. Antes de celebrarse la recepción, los varones tenían que avisar de su llegada para que las mujeres tuvieran tiempo de cubrir sus cabezas con pañuelos o hiyabs. Ellos acudían al encuentro después de haber celebrado el desposorio en otra dependencia de palacio, cierto era que con menos encanto y adorno que ellas, después de una copiosa cena, animada con música y charlas.

La entrada de los varones se celebraba con una procesión de velas, cánticos y aplausos. La futura esposa recibía al pretendiente sentada en una especie de trono, al lado de otro sofá reservado para él. Era el momento de los regalos; deslumbrantes joyas, preciosos vestidos firmados por los mejores modistos mundiales, bolsos de marca y zapatos. Después, los novios hablaban entre ellos, unos minutos, sin ninguna demostración de afecto físico para volverse a separar después. El pretendiente se despedía y abandonaba la sala junto a sus acompañantes, regresando dos horas después para consumar el matrimonio en sus dependencias privadas.

Así estaba previsto. Así se lo habían explicado.

Pero la sorprendente entrada de su padre Isaac, por detrás de Jalid, rompió todos los protocolos. La invitación del emir, junto con un visado exprés, como regalo sorpresa para su futura esposa, no era la única razón que había movido a Jalid. Deseaba conocer al hombre que le intentaba espiar, entender qué había detrás de ello, tantear su determinación, profundizar en el personaje, calibrar al posible enemigo, descubrir sus debilidades y ejercer una presión calculada sobre su persona.

Al verlo, Sarah se llevó las manos a la boca para no gritar, sus ojos se llenaron de lágrimas, olvidó dónde estaba y corrió a abrazarlo. Se esfumaron de golpe todos sus rencores. No podía hacerle más feliz su presencia. Cruzaron sus miradas, después de haberse recogido en sus brazos, y confesó lo que había pensado después de su última discusión.

—Te negué la presencia en mi boda... Aquello me destrozó.

—Él lo ha resuelto todo... —Miró a Jalid. Pero al volverse hacia ella, frunció el ceño desconcertado. Le sujetó el mentón y volvió su cara de un lado a otro—. No sé si es por el maquillaje, pero te encuentro diferente, no sé... —Sarah llevaba los ojos contorneados en negro y un colorete oscuro. Pero a Isaac le pareció que tenía la nariz más afilada, los pómulos muy marcados y un mayor grosor de labios. Aquellos rasgos no eran los que recordaba de su hija—. ¿Qué te has hecho? —terminó preguntando.

—Me operé pocos días después de escapar de Florencia; fue una decisión durísima, muy difícil, pero entendimos que si quería mantener una cierta libertad de movimiento no me quedaba otro remedio que cambiar mis rasgos. Estuve en las mejores manos, pero aun así no termino de gustarme. Cada vez que me miro al espejo, encuentro a otra persona, me arrepiento y termino escapando de mi propia imagen... —Isaac le dio dos besos, como si con aquel gesto aprobara la decisión tomada—. Entiendo que he asumido grandes riesgos en mi vida, y ese tipo de decisiones acarrean consecuencias... —concluyó Sarah antes de abrazarse de nuevo a él con intención de dejar atrás el tema—. Me encanta tenerte aquí, padre. Pero la boda ha de seguir...

Miró a Jalid agradecida por el detalle, con ganas de fundirse en un abrazo. Como la ceremonia lo impedía, a cambio le lanzó una mirada llena de amor antes de dirigirse al trono, a la espera de que lo hiciera él.

En los siguientes quince minutos, bebieron *sharbat* e intercambiaron los anillos, moviéndolos de la mano derecha a la izquierda. Tras ello, compartieron sensaciones. Ella acaparó la mayor parte de la conversación, cautivando una vez más a Jalid, que la miraba embelesado. Para una mujer con una educación occidental como la suya, verla disfrutando de cada pormenor de las ceremonias, la hacía más grande a sus ojos.

«Recibo esos símbolos como preciosas muestras de tu cultura, son un insospechado y maravilloso regalo», le llegó a decir. Pero también, la inmensa alegría de poder tener allí a su padre. «Ha compensado la falta de mis amigas». Amigas, a las que no había querido llamar para no ser detectada por la policía francesa, en caso de que siguieran pinchados sus teléfonos. Como tampoco a su amigo Charles, al que imaginaba en prisión y del que no había podido saber nada.

Unión, alegría, esposo, festejo, música, paz...

Cuando vio a Jalid y a su padre abandonar el salón, pensó que en menos de dos horas terminaría de conjugar esas seis palabras para convertirlas en algo real y a la vez mágico.

Empezaba su nueva vida, la que deseaba vivir y con quien deseaba vivirla.

Jalid era ya su marido.

CAPÍTULO 62

Jardines del palacio de Jalid bin Ayub. Emirato de Fuyarja.
Diciembre de 2018

Isaac Ludwig solo iba a estar treinta y seis horas en el emirato según lo acordado con el emir. Con tan poco tiempo y tras los festejos de la noche anterior, quería aprovechar el día para hablar con su yerno a solas y después con su hija, antes de tomar el vuelo de vuelta. Como lo esperable era que los recién casados se levantasen tarde, había quedado con su yerno en verse a mediodía, comerían los tres después, para dedicar la sobremesa a Sarah, en una deseada charla a solas.

Después de desayunar, se dio un paseo por los jardines. Le impresionó su intenso verdor estando en un entorno tan desértico. Entre rosaledas, tulipanes, amarilis y otras muchas flores que embellecían los parterres, observó un enorme *paddock* a su derecha con una veintena de caballos trabajando. Se acercó hasta la valla. Apoyado en ella, miró qué hacían. No era experto en equitación ni sabía demasiado de razas, pero tenían pinta de ser unos ejemplares soberbios.

—No nos presentaron ayer... —Isaac se volvió para ver quién le hablaba. Descubrió a una risueña joven con un indudable aire árabe—. Soy Zulema bin Ayub, hermana de Jalid y desde ayer cuñada de su hija, a quien, por cierto, admiro mucho.

468

Isaac le devolvió la atención con el tradicional saludo árabe.

—Encantado, señorita Zulema, o ¿debo decir señora?

—Uy... no, quite, quite... De momento, me mantengo soltera.

Casi hombro con hombro, apoyados en la barandilla, se fijaron en lo que ocurría en la pista de entrenamiento. Isaac, para romper el incómodo silencio, tomó la palabra.

—Para los que no frecuentamos palacios ni tenemos costumbre de asistir a bodas de corte emiratí, he de reconocer la gran impresión causada. No he conocido una ceremonia tan colorida y vistosa en mi vida; aunque si tuviera que ponerle un pero, apenas pude ver a mi hija...

Zulema captó el motivo de su queja y quiso establecer puentes con él.

—Tampoco yo entiendo que se sigan manteniendo algunas tradiciones... En fin. Porque celebrar por separado el día más importante para una pareja lo encuentro anacrónico, aunque tengo entendido que algunos movimientos ultraortodoxos judíos practican ceremonias parecidas... —Mientras hablaba, no perdía detalle de lo que sucedía en el *paddock*. Issac confirmó sus palabras antes de que Zulema retomara la palabra—. Mire a ese caballo, ese castaño. Es hijo del mejor semental árabe del mundo; no existe otro que tenga su clase. Observe sus aires mientras trota, como responde a la cuerda y con qué estilo se mueve. Es increíble... —Se protegió del sol con unas gafas que tenían pinta de ser carísimas y devolvió su atención a Isaac—. No piense que pretendo eludir la conversación anterior... Pero, dígame antes: ¿le gustan los caballos?

—Apenas he montado un par de veces; con eso le digo todo. Aunque he de reconocer que dentro del reino animal es la especie más elegante y atractiva. —Decidió esquivar aquella conversación ante la oportunidad de conversar con alguien tan próximo al emir—. Perdone que sea tan directo, pero querría conocer su opinión: ¿ve integrada a mi hija? Entiéndame, como padre me preocupan los efectos del cambio que ha dado a su vida.

—Encuentro muy lógica su preocupación, pero quédese tranquilo. Sarah se ha ido haciendo poco a poco a la vida del emirato y no he conocido mujer más feliz ni más enamorada. Cuando está con mi hermano su rostro resplandece, parece otra persona. Pregúnteselo a ella, no creo que le ofrezca una impresión demasiado diferente a la mía.

Pasó un caballo a escasos dos metros de donde estaban con una cesión a la pierna rápida y elegante, el cuello incurvado al lado contrario de su marcha lateral, cruzando las manos y levantando a su paso la arena del suelo. El ejercicio distrajo por un momento la atención de Zulema, pero no la de Isaac, que se propuso profundizar en la conversación anterior.

—Lo haré, se lo preguntaré a mi hija. Aunque llevamos tanto tiempo distanciados que quizá no consiga respuestas a la primera. En cualquier caso, me ha parecido reconocer en vuestras palabras un espíritu crítico a ciertas tradiciones que se suelen...

Zulema no le dejó acabar.

—¿Espíritu crítico? ¡Por completo! Pero claro, no sabe nada de mí. Vayamos hacia las cuadras y le cuento.

Para ponerle en situación, desveló dónde y con quién vivía. El capítulo actual de su vida se titulaba «libertad», después del anterior que podía denominarse «huida». Había huido de que tomaran decisiones por ella. Pero no ahondó en reproches, mantuvo una elegancia en sus argumentos que llamó la atención de Isaac. Tenía una mentalidad diferente a la de su hermano en cuanto a la observación de las costumbres, al haber vivido fuera del emirato bastantes años, en un entorno occidental.

Al oírla hablar con tanta franqueza, Isaac decidió ser más directo, abandonó sus anteriores prevenciones y le pidió ayuda.

—Mire, espero que no le parezca mal. Póngase en mi lugar; soy judío y mi hija se acaba de casar con un hombre al que apenas conozco. Un hombre que, aparte de profesar una fe muy diferente a la mía, la ha atraído a un mundo que no tiene nada que ver con el que ella ha conocido. Y eso me preocupa. Igual debería callármelo, pero sois una mujer moderna, como más de nuestro tiempo, y creo que me estáis comprendiendo.

—Descuide, claro que le entiendo. De todos modos, percibo que le falta un empujón más para pedirme algo que no sabe cómo afrontar. ¿En qué y cómo le puedo ayudar?

Isaac agradeció su empatía.

—Me gustaría disponer de su número de teléfono para poder preguntarle de vez en cuando por mi hija. ¿Sería posible?

Zulema se lo dio al momento. Oyeron pasos por detrás y les llegó la voz de Jalid.

—Veo que ya os habéis presentado...

Mientras besaba a su hermana en la mejilla le dijo algo al oído. Isaac no lo pudo escuchar, pero sin haber pasado medio minuto Zulema se despidió y despareció.

Jalid le propuso un paseo informal para hablar, lejos del encuentro previsto a mediodía en su despacho. A Isaac le pareció mejor. No habían dado dos pasos, cuando el emir justificó la dirección que llevaban.

—Me gustaría mostrarle un rincón poco frecuentado por mis invitados; un lugar al que acudo para reflexionar cuando necesito estar solo o en compañía de gente que de verdad me importa. —Isaac se vio sorprendido por aquella atención, pero prefirió no interrumpir. Jalid siguió explicándose—. Lo llamo el bosque de los sueños, porque bajo sus copas han visto la luz muchos de mis deseos, alguno clave en el devenir de mi vida. Le gustará...

De camino abordaron asuntos más bien livianos. Jalid se interesó por las impresiones que estaba sacando del país, sobre la ceremonia matrimonial y, en especial, por cómo había encontrado a su hija. Como respuesta, Isaac elogió lo poco que había podido ver, impresionado en todos los sentidos, sin ocultar su frustración por no haber podido estar más tiempo con ella, durante o antes de la recepción. Confirmó que estaba jubilado y sus anteriores trabajos en el Ministerio de Agricultura, en política y en el gabinete de Exteriores de Israel, en consonancia a lo que le había contado Sarah.

Jalid, al hilo de sus pasadas responsabilidades, aprovechó para pedirle un favor.

—Soy consciente de los grandes avances que ha conseguido su pueblo en materia agronómica en zonas tan desérticas como las nuestras. En ese sentido, me pregunto si alguna vez podría contar con usted para que nos ofrezca una parte de ese conocimiento en beneficio de mi país.

Isaac no lo descartó por cortesía, pero poco podía aportar cuando su puesto en Agricultura había ocupado una ínfima parte de su vida laboral. Salió del aprieto prometiendo que lo consideraría.

Llegaron al extremo sur del perímetro palaciego donde se extendía un espacio boscoso de unos trescientos metros de ancho. Dentro, destacaban varios árboles de enorme talla, cada uno de una especie distinta. A Isaac le chocó su frondosidad. A modo de puerta, la entrada estaba jalonada por dos enormes palmeras.

—Como le decía, cuando necesito pensar a solas acudo a este lugar. Siempre he creído que los bosques son lugares muy propicios para la contemplación —se explicó el emir—. Los veo como una gran platea a la que acudo a interpretar los papeles intangibles de mi vida: mis sueños. Con la ayuda del silencio, este lugar me ofrece la paz necesaria para pensar y también para obrar. Me alimenta, comparte su savia conmigo, me hace crecer...

Isaac le miró de reojo. Había conocido a través de su mujer el enfoque poético que el mundo árabe acostumbraba a dar a ciertos acontecimientos de la vida diaria, pero aquel hombre lo hacía extensivo a toda su vida. Empezó a entender por qué su hija se había sentido cautivada por él. Si Sarah siempre había destilado sensibilidad, Jalid parecía otro igual.

Su anfitrión seguía explicándose.

—Cuando hice plantar estos árboles, algunos muy alejados de su entorno natural, quise ver una guía espiritual en ellos; un motivo para trascender. Me explico. Si lo piensa, un árbol no es sino una extensión viva de lo terrenal; su tronco busca ganar altura en busca del cielo para recibir de él la iluminación. Podemos verlos como un camino, una pauta para dirigirnos hacia lo verdaderamente importante, a lo trascendente. ¿Se considera un buen creyente?

Isaac no estaba para devaneos mentales teñidos de complicadas trascendencias; había venido a conocer al hombre, a asentar sus sospechas y a constatar la verdadera situación de su hija. Y tampoco le sobraba tiempo para divagar. Necesitaba entrar en el tema que de verdad le importaba y ser franco con él. La oportunidad de repetir aquella conversación era tan exigua que no estaba dispuesto a desperdiciarla.

—Permíteme que te tutee, somos familia... Respondo a tu pregunta; soy creyente y además convencido, pero nada extremista.

Jalid se detuvo frente al círculo central del bosque, presidido por sus ejemplares preferidos, bordeados por un pasillo de tierra anaranjada de contenido arcilloso.

—Yo, extremadamente creyente; no concibo posiciones intermedias. Por mi parte, puestas ya las cartas sobre el tapete, empecemos a tutearnos, sí.

Isaac prefirió sortear el farragoso tema e ir a lo concreto.

—Quiero darte las gracias por invitarme a la boda; siendo judío y dadas las tensas relaciones que mantienen nuestros países, no habrá sido una decisión cómoda para ti. Como padre me has hecho un gran regalo. Ahora bien, debes saber que no me gusta la decisión que ha tomado mi hija casándose contigo. No la termino de ver. Hay demasiadas diferencias culturales. Sé que me toca respetarla, pero creo que se equivoca.

Jalid, a la vista del mordaz comentario de su suegro, se mantuvo en silencio unos segundos y centró su atención sobre uno de los árboles que formaban parte de su almendra preferida, frente a ellos.

—Observa esa acacia; la hice traer de Kenia. Quizá sea el árbol con el que más me identifico entre todos los que he podido reunir. —Se volvió hacia él—. Al trasladar tus dudas sobre mi persona, me obligas a reaccionar. Vale, lo haré. Pero sirviéndome del comportamiento de esa acacia; ya verás por qué... Pero, espera, ¿su madera no es considerada sagrada por el pueblo judío?

—Así es. Con ella se fabricó el Tabernáculo. Pero no sé qué tiene que ver con lo que te estaba contando.

—La tiene y en dos sentidos. Fíjate en las afiladas espinas que brotan de sus ramas, alrededor de las hojas. Cuando una jirafa trata de comérselas, ha de tener extremo cuidado para no pincharse con ellas. El árbol ha desarrollado un sistema de protección frente a sus agresores externos. Y no deberías verme así, pues no lo soy... —Se volvió para mirarle a los ojos—. No sé si me explico... —Mantuvo un breve silencio, suficiente para dar peso a su reflexión, sin dejarle contestar—. Aunque la acacia cuenta con una segunda estrategia para protegerse. Poca gente sabe que cuando esos árboles están próximos unos a otros, son capaces de reaccionar contra sus depredadores de forma asombrosa.

Sentado en un banco, frente a la centenaria sombra de aquel árbol, mirándolo arrobado, explicó que cuando sufren el hambriento ataque de una manada de elefantes u otros herbívoros, expulsan por las hojas un principio químico volátil que, gracias al viento, alcanza a otras acacias vecinas, reaccionando estas con la producción de una sustancia tóxica a través de sus hojas, oscureciéndolas, y haciéndolas indigestas para aquellos comensales, pudiendo matar a más de uno si las consumen en excesiva cantidad.

Isaac captó la metáfora a la primera; se trataba de un elegante toque de atención hacia él. No se amilanó.

—Sin embargo, las jirafas saben defenderse. Su larguísima lengua, recubierta de unas duras papilas resiste bien a las espinas. Pero, además, su color casi morado se debe a la presencia de abundante melanina, sustancia que la protege del sol, dado que necesita usarla hasta doce horas diarias, fuera de la boca, moviéndola entre las hojas para conseguir salvar sus espinas. Hace poco estuve en Tanzania y me lo explicaron.

Jalid sonrió ante la soltura de su oponente. Si uno era acacia, el otro era jirafa. Si uno protegía lo suyo defendiéndose, el otro sabía sortearlo. Aprobaron su respectiva talla intelectual.

—Nos acabamos de entender... —concluyó Jalid—; por tanto, sobra entrar en el detalle. ¿No te parece?

Isaac localizó un enorme pino piñonero, uno de los árboles que daba sombra al jardín de su casa, y se le ocurrió otro símil con el que quería dejar clara su postura.

—Hace años, en uno de los kibutz próximos al valle de Ela, trabajamos con unas avispas que ponen sus huevos en las agujas de los pinos silvestres. Cuando las larvas nacidas empiezan a comérselas, el árbol reacciona y desprende una sustancia que consigue atraer a otra variedad de avispa que parasita los huevos de la anterior, defendiendo al pino de sus primeras atacantes. —Dio unos segundos de silencio como tregua, antes de trasladar el símil a conclusiones—. Si en algún momento me entero de que mi árbol está siendo dañado, acudiré de inmediato para impedirlo.

A Jalid no le afectó la declaración, pero descendió a lo práctico.

—Entiendo tu postura; si estuviera en tu piel quizá pensase lo mismo. Ahora bien, no temas por Sarah, la amo y la protegeré. Dame un voto de confianza. No necesitas poner el foco en mí, no pierdas el tiempo en ello. Te doy mi palabra.

Isaac seguía sin fiarse de él, pero le ofreció la mano para estrechar un acuerdo entre caballeros con el que preservar la felicidad de una mujer a la que ambos amaban.

—Me quedo con tu palabra.

—La segunda avispa no necesitará actuar... —apuntó Jalid.

—Nunca lo hará si la planta no es agredida —contestó Isaac.

A esas alturas, Isaac no necesitaba descubrir lo que era evidente: Jalid estaba al tanto de sus intentos de espionaje. Desconocía cómo habría llegado a saberlo y temía no haber comprometido a Pawel más de la cuenta, pero le tocaba cambiar de estrategia. Por suerte, había venido preparado para ello.

—Deja entonces que la planta se sienta libre, sin acosos... —insistió Jalid.

Se disparaban ofertas de tregua impregnadas en sutiles amenazas.

—¿A qué hora salía tu avión?

Jalid tampoco confiaba en aquel hombre, pero acababa de llegar a la conclusión de que se habían dicho todo lo que por el momento se podían decir.

Tras la comida, a la que también acudieron Zulema y Pawel, con quien simuló no haberse visto nunca, Isaac acompañó a Sarah hasta sus dependencias privadas para hablar un rato a solas, antes de salir al aeropuerto.

—¿Cómo te ha ido con mi marido? —Tomó asiento en un sofá y dejó espacio para que lo hiciera él, a su lado—. Habéis estado bastante rato...

Isaac evitó ser demasiado cáustico y respondió con un «Dejémoslo en un amable intento de ir conociéndonos».

—Bueno..., no suena mal...

Sarah se relajó y preguntó si quería tomar un té. Tocó un timbre para que se lo sirvieran.

Isaac agarró un almohadón, lo estrujó y tomó la palabra.

—Como dispongo de poco tiempo, no querría irme sin haber hablado de algunos asuntos que considero importantes para los dos. —Sarah se temió una nueva recriminación, pero esperó callada a que hablara—. Estar aquí, contigo, me genera una tormenta de sensaciones. La primera, nostalgia. Nostalgia de lo que hemos vivido juntos y de lo que no. En mi caso, esa nostalgia se llama también arrepentimiento. Te veo aquí, tan distinta de esa hija a la que apenas vi crecer, pero también de la mujer ambiciosa en la que te convertiste, fuerte y sensible también. Me resulta rarísimo asistir a tu nueva realidad en este lejano escenario. No sé si me acostumbraré algún día.

—Lo harás, estoy segura. Dime una cosa, padre, ¿esa nostalgia no incluye a alguien más?

—Claro. A los grandes ausentes; a tu madre, a tu abuelo. Aunque me pregunto: ¿hubieran disfrutado de verte casada con ese hombre?

—No lo sabremos nunca, da igual... —le cortó, en un intento de evitar que la conversación tomara otros derroteros que terminarían en una nueva discusión.

Isaac encajó el regate y se enfocó en su segunda sensación.

—También siento una gran incertidumbre por ti. Me dirás que es cosa de familia, que sigues una tradición que ya estrenó tu abuelo, inspirado por nobles fines que has tratado de continuar; me defenderás que él fue quien te introdujo en el arte de la magia y del robo, que yo llamo delito. Sabes muy bien que nunca lo aprobé, aunque en todo momento haya intentado protegerte. Pero la situación ha cambiado y es muy inquietante; estás siendo buscada por la policía, tu libertad de movimientos es nula y aunque Jalid te proteja, me pregunto qué sabe él de todo ello.

—Lo sabe. Eso no te debe preocupar. Es un gran coleccionista de arte y como es bien sabido, quien opera en ese mundo no siempre lo hace de forma transparente. Pensar lo contrario es engañarse. Desde que empecé a tener trato con galeristas, no recuerdo a más de tres medio limpios. Y por si todavía te quedara alguna duda, Jalid fue mi principal cómplice en el robo del Caravaggio.

—¿Cómo? ¿De qué Caravaggio hablas?

Los ojos de Isaac se abrieron de par en par. En la lista de cuadros robados que le atribuía la Interpol no figuraba ninguno de aquel pintor.

Sarah le contó a qué pintura se refería y justificó el deseo de Jalid por hacerse con ella, dada su simbología. Isaac no comentó nada, aunque su inquietud se agudizó todavía más. Su hija acababa de confesar que no solo robaba para atender fines loables, también lo había hecho para satisfacer el deseo de un hombre con más miles de millones de dólares que años. Isaac vio llegado el momento de abrir el regalo que le había traído. Sacó un estuche de su americana y lo dejó frente a ella, sobre la mesa.

—¿Recuerdas el reloj del abuelo Jacob?

Por supuesto que lo recordaba. Se trataba de un modesto modelo, un Titan, en el que le había enseñado a leer el tiempo. Ese reloj era mucho más que un regalo; era la esencia de su abuelo, una parte de él, herencia de una generación anterior que le había acompañado hasta el último día de su vida. Se emocionó con el detalle y más todavía al verlo puesto en su muñeca. Dio un sentido abrazo a su padre.

—¡Nunca me lo quitaré! Me encanta...

Ese era el principal objetivo de Isaac, que lo llevara siempre puesto. Porque en su interior, un equipo de técnicos en microelectrónica del Mosad había conseguido instalar un GPS y un diminuto pero potente micro; dispositivos alimentados con una batería autónoma al reloj, capaz de conectarse por *bluetooth* al teléfono móvil, a través de una aplicación imposible de detectar y capaz de transmitir en tiempo real las conversaciones que tuviera.

—Hija, has de saber que en Israel siempre tendrás tu casa. Si un día necesitas dejar atrás todo esto, ahora me dirás que nunca, siempre serás bien recibida y tratada. Me he encargado de que así sea, a pesar de la presión policial que te persigue. Conseguiría tu inmunidad.

Sarah preguntó a cambio de qué y lo que escuchó no le gustó nada. ¿Su libertad a cambio de una delación, de espiar a su marido? Prefirió callar a terminar como en otras ocasiones, discutiendo con su padre.

Horas después, sentado ya en el avión, Isaac reflexionaba sobre lo que había hecho.

Le había costado tomar la decisión de traicionar la confianza de su hija y se sentía mal por ello. Desde ese momento y durante veinticuatro horas al día, alguien iba a estar escuchando todo lo que hablase Sarah, aunque lo hiciese para preservar su seguridad y para tener controlado a su marido. Jugaba con fuego, lo sabía. Si ella lo averiguaba, la relación con su hija, de por sí frágil, sufriría las peores consecuencias posibles. Pero el empujón definitivo se lo había dado Jalid, al tanto de sus intenciones, y dada la posibilidad de que Pawel estuviese siendo espiado por los agentes del emir. De hecho, el Mosad había detectado a un emiratí viajando a los mismos destinos y en las mismas fechas que Pawel había empleado para atender a sus clientes en Europa. Aunque no tuviesen pruebas de ello, había obligado a cortar toda comunicación con él, incluida la falsa agencia de viajes, aunque no se lo iba a decir hasta que volviera a abandonar el emirato y pudiera contactar de forma discreta con él.

Una vez descartada la vía Pawel, la boda le había ofrecido una nueva posibilidad para vigilar al entorno y actividades del emir de Fuyarja; aquel reloj.

Miró por la ventanilla y recordó la tercera sensación que había sentido al ver a su hija, sensación que había decidido no compartir.

Tragó saliva y sintió una rara presión en los lagrimales. Recogió una tímida lágrima que pretendía escapar de ellos y reconoció en su garganta los efectos de una angustia que empezaba a ser demasiado familiar desde que le habían diagnosticado aquella fatal enfermedad. Viéndola tan feliz, a pesar de no aprobar ni con quién se había casado ni cómo pretendía enfocar su futuro, no quiso estropearle el momento. Por eso no le habló del tumor que se había hecho dueño de una buena parte de su estómago y que amenazaba con extenderse por otros órganos, según las palabras del oncólogo, para no darle más de un año de vida. Solo un año.

Volvió a tragar saliva y se escondió tras la ventanilla para que nadie pudiera ver cómo lloraba al pensar que quizá no volvería a ver a su niña..., a su Sarah.

CAPÍTULO 63

—

Antigua Ciudadela. Damasco. Enero de 2019

Su melena rizada color caoba llamaba la atención allá por donde pisaba, en una ciudad que casi había olvidado la presencia de extranjeros desde que había estallado la guerra civil ocho años atrás. Amina lo sabía; era consciente del efecto provocador que generaba y le encantaba. Hubiera sido más prudente ocultar su pelo bajo un pañuelo, no ya un hiyab, pero ella no gastaba de sensateces a punto de cumplir treinta y cuatro años, con dos matrimonios fallidos a sus espaldas, media vida danto tumbos y sin la menor intención de poner orden en ella.

El reto al que se enfrentaba: la búsqueda de un cofre propiedad de Saladino, citado en la correspondencia entre su escriba y el médico Maimónides, nunca encontrado.

El objeto del trabajo escapaba de su especialidad, pero la experiencia tanzana había entrado en la esfera de lo aburrido, las pasiones con Marc sufrían los últimos estertores y a falta de mejores alicientes, la oferta del emir de Fuyarja, siempre generosísima, la había empujado a probar.

Cuando Amina vio por primera vez el plano de la Ciudadela que le hizo llegar Jalid antes de abandonar África, entendió que se enfrentaba a uno de los retos más difíciles de su vida. Su hipotético objetivo se encontraba en el subsuelo de una fortificación con trece torres perimetrales, bajo una explanada lo más parecida a un rectángulo abombado por su cara noroeste. La complejidad radicaba en no tener una sola pista que orientara el punto de arranque de la excavación, y que las galerías donde podía seguir escondido el citado cofre se suponían secretas. La clave estaba ahí, en las incógnitas galerías. Hasta el momento nadie había dado con ellas, incluso después de que la histórica fortaleza hubiera recibido dos proyectos de recuperación y restauración a lo largo del siglo pasado.

De las soberbias dependencias palaciegas, en su ángulo noreste solo quedaba en pie una sala de columnas, rematada con una cúpula, y las posibles dependencias privadas en el suroeste. Amina había recibido de Jalid otros seis trabajos de investigación aparte del plano; tres de ellos describían las claves de edificación, dos abordaban los principales detalles arquitectónicos y el último profundizaba en la historia de la Ciudadela; desde sus orígenes, allá por el siglo XI, al tiempo que fue ocupada por Saladino en el XII y, tras la muerte del sultán, su posterior ampliación, obra de su hermano.

Los tres primeros días de su estancia, lejos de significar una suave toma de contacto, se convirtieron en una excitante plataforma de prometedoras experiencias. Primero, por el alojamiento que le ofrecieron: un antiguo palacete convertido en hotel *boutique*, Dar Al Mamlouka, donde la tradicional hospitalidad siria y el lujo más refinado se reunían para un completo disfrute por parte del cliente. Después, al ser recibida en la fortaleza por Abdul al Samed, ministro de Cultura, Patrimonio e Historia del Gobierno sirio; el hombre que por derecho propio ascendió a la primera posición dentro de su particular *ranking* de hombres guapos, aparte de ofrecerse a seguir de cerca los trabajos de excavación, como buen amante de la arqueología que dijo ser. Y para rematar, aquel permanente olor a jazmín que inundaba el centro histórico, calles y rincones, hasta penetrar en su propia habitación llamada *Saladin*, detalle nada casual. Tres días alumbrando sus tres mayores pasiones; un complejo reto arqueológico, un increíble y difícil hombre que conquistar y la mejor de las fragancias a su alrededor.

No podía haber empezado mejor su aparición por tierras sirias. O sí, porque para completar la oferta de potenciales sensaciones, durante el primer desayuno coincidió con un interesantísimo hombre de negocios libanés, propietario de una fábrica de zumos naturales, Oriental Fruits, nada menos que alojado en la habitación contigua a la suya. Eso lo supo al regresar a su cámara y verlo entrar en la nominada como *Ishtar*, la diosa babilónica del amor. Guiño o no del destino, algo le decía que se iban a conocer en profundidad, sobre todo tras averiguar que el hombre iba a permanecer en Damasco más de mes y medio, dispuesto a montar una estructura de distribuidores locales a lo largo de todo el país. Ahmed, que así se llamaba, no era un adonis y hasta le sobraba algo de peso, pero lo suplía con una desbordante simpatía y un arte de seducción que funcionó muy bien con ella. De hecho, la cuarta noche Amina la pasó en su dormitorio y, desde entonces, día sí día no, cruzaban un rápido resumen de sus jornadas antes de recorrer sus cuerpos y poner a prueba su resistencia física, en larguísimas sesiones de amor.

Como consecuencia de ello, Amina llegaba a la obra con sueño, se calzaba las botas nuevas que Jalid le había hecho llegar a Olduvai junto con los billetes de avión para Siria, y en pocos segundos recobraba las fuerzas necesarias para afrontar jornadas de trabajo de más de doce horas. Protegida por un par de policías, hacía el trayecto del hotel a la excavación andando, mezclándose con la gente de una ciudad todavía viva a pesar de sus heridas de guerra.

La Ciudadela, por orden directa del ministro de Interior, había sido sellada con dos anillos de protección armada, incluyendo una pequeña tanqueta en la puerta oeste, por la que entraban los cincuenta operarios asignados a levantar media planta del edificio bajo las directrices de Amina. Allí era la única mujer y extranjera, lo que significó no pocas dificultades.

—¡Qué poco me has contado sobre tu esposa! —Bajo un castigador sol, Amina hablaba con Jalid subida en una de las tres retroexcavadoras—. Tanto secreto y silencio me empujan a pensar que todavía mantengo alguna opción... ¿Te acuerdas un poco de mí?

—No cambiarás nunca... —Se rio Jalid al otro lado del teléfono—. Os caeríais bien, estoy seguro. Sarah respira libertad por los cuatro costados y no acepta directriz alguna que atente a su lógica. ¿Te suena? Os entenderíais. Aparte de eso, es una mujer con una fascinante personalidad.

—¡Como la mía entonces! ¿A que estás de acuerdo? —Lanzó una mirada de absoluta reprobación a dos obreros al verlos fumándose un cigarro sin ninguna prisa, frente a ella; llevaban más de quince minutos sin trabajar—. No me contestes, déjalo... Te cuento.

A partir de ese momento. le explicó por qué habían empezado a excavar en la zona más próxima al lienzo de la muralla, que había servido de apoyo a una parte del palacio. De existir una cámara donde proteger objetos valiosos o documentos importantes, le parecía el lugar idóneo. Tenía un difícil acceso para cualquiera que intentara llegar a ellas, suponiendo que las dependencias personales del sultán estuviesen allí, aparte de tener que superar los seis metros de altura del muro de piedra.

—¿Te están tratando bien? ¿Todo en orden? Si tienes cualquier queja, ya sabes que tengo línea directa con el presidente. Hará lo que le pida...

—No tengo queja. Hasta el mismísimo ministro de Cultura y Patrimonio pasa todos los días a primera hora, me pregunta, supervisa todo y se va. Sé que desaprueba mi condición femenina, como le pasa a la mayoría por aquí; tampoco nada diferente a lo que he venido sufriendo en mi propio país. No necesito nada, gracias. O sí; ¿crees que un ministro sirio aceptaría la invitación a cenar de una egipcia, o debería esperar a que lo hiciera él? Es un tipo tan interesante...

Jalid respondió a la pregunta con una carcajada.

—Sin conocerle, me temo que será mejor que lo haga él... Eso sí, si algún día se produce esa cena, ponte un buen vestido de noche y las botas que te regalé...

La recordó en su primer encuentro en palacio.

—¡Hecho! —Tapó el teléfono con la mano y le gritó a uno que bajara la insoportable música *maqam* que resonaba por todo el recinto desde un destartalado transistor—. ¿Cómo llevamos la gestación de Shujae? Te recuerdo la promesa; cuando nazca quiero verla, por lo menos en vídeo.

—Va todo perfecto: la madre no ha tenido ningún contratiempo por el momento y en menos de tres meses habrá nacido. Me encantaría llevarla conmigo a Damasco para hacer su presentación oficial durante la exposición sobre Saladino. Imagínate qué momento más propicio para dar la espectacular noticia...

Amina estaba al corriente de los planes de Jalid, entre ellos su propia presencia en la ciudad. A ella le correspondía encontrar un objeto histórico, propiedad del gran sultán kurdo, para enriquecer el evento.

—Tengo que colgar... Estoy viendo a un par de energúmenos maniobrando una pala cargadora tan cerca de la muralla que en un descuido me la tumban. Pero ¿qué hacéis, animales? —les gritó, dejando medio sordo a Jalid antes de colgar.

Acabada la conversación, el emir revisó un memorándum urgente, firmó dos documentos de gobierno y abandonó su despacho para dar su paseo diario a caballo junto a Sarah. A media mañana tenía convocada a la Junta de Seguridad Nacional y le iba a ocupar casi todo el día, hasta bien entrada la noche.

La conversación con Amina le había ayudado a olvidar por un rato el angustioso momento que estaba viviendo, consecuencia de un conato de rebelión armada en el país. Un grupo de insurgentes, a las órdenes de uno de sus primos, quien desde hacía tres años reclamaba el poder para los suyos, habían tomado a las armas dos poblaciones del sur y amenazaban con continuar hacia el norte para asaltar la capital y el palacio. El gobierno de los Emiratos Árabes Unidos no podía intervenir al tratarse de un problema interno, así que Jalid había decidido mandar a dos compañías de combatientes de élite para neutralizar a la guerrilla y atajar el conflicto antes de que terminara en una peligrosa contienda civil. Pero no estaba siendo fácil. Los atacantes, tras su inicial éxito, estaban creciendo en número bajo la promesa de generosos botines si conseguían tomar la capital y el poder.

Bajo esa presión, sintió que necesitaba relajarse antes de abordar aquella crítica reunión.

En las caballerizas, Pawel y Sarah mantenían una animada conversación. Comentaban sus preferencias entre los mejores pintores impresionistas. Sarah era más de Renoir y Gauguin; Pawel, de Van Gogh y Toulouse-Lautrec.

—Donde esté el *Baile en el Moulin de la Galette*, que se quite, yo que sé, *La lavandera* de Lautrec; siendo una obra genial, lo reconozco —apuntó ella, mientras un mozo de cuadras le acercaba las riendas de su caballo cartujano, de nombre Sanlúcar. Salió al pasillo.

—¿Conoce *Lacayo de caballerías con dos caballos*, del mismo autor, de Lautrec? —preguntó Pawel.

No era tan experto en pintura como Sarah, pero se sentía fascinado por aquel cuadro en concreto. Ella sonrió su elección y contestó.

Jalid, que se había quedado observando la escena desde la

puerta, sin entrar en la conversación, buscó el móvil y mandó un wasap a Raissa: «Acude a cuadras; Pawel y Sarah».

—No, la verdad. Pero prometo localizarlo en internet para trasladarle mi opinión... —Sarah buscó los labios de su marido con un beso—. ¿Nos vamos? —Montó su caballo y esperó a que él hiciera lo mismo. Antes de tirar de riendas y ponerlo al paso, se volvió hacia Pawel—. Como siempre, un placer hablar con usted. Ya seguiremos otro día...

Raissa apareció ocho minutos después. No había hecho falta especificar nada; el wasap de Jalid significaba lo que significaba: tenía que averiguar qué hablaba Pawel con Sarah. No era la primera vez que se lo pedía a través de un mensaje usando las mismas palabras.

¿Tendría que seguir con ese teatro mucho más tiempo?, se preguntaba Raissa, a punto de llegar. Pawel no había vuelto a viajar fuera del emirato después de lo de Roma, y estaba sometido a un estricto seguimiento por parte de los servicios de inteligencia. Hasta donde ella sabía, no había dado prueba alguna de estar poniendo en práctica los deseos de Isaac Ludwig, ni se le había conocido intento de espionaje alguno. Por lo que solo deseaba que Jalid la eximiera de aquel martirio.

Pawel se alegró al verla aparecer y continuó su ronda de reconocimiento. Tocaba ver a la yegua portadora del clon de Shujae, quería sacarle sangre para monitorizar la evolución de su gestación. Raissa se colgó de su brazo y cuando no vio a nadie cerca le dio un beso en la mejilla.

—Te invito a cenar a casa esta noche —propuso él.

—Solo si vuelves a hacerme raviolis rellenos de salmón. La otra vez te salieron buenísimos.

—Siempre que te quedes a dormir después.

—No me tientes; ya sabes que una musulmana no debe...

—Lo sé. Me lo has dicho más veces; solo si estáis casadas.

Raissa sonrió por aquello de seguirle el juego. Por dentro

tenía claro que nunca se entregaría a Pawel; ella se reservaba para su único amor, a quien le sería siempre fiel. Aunque fuera el mismo Jalid quien le estuviera pidiendo que se acercara más al veterinario.

—Parece que estás construyendo una gran complicidad con la señora...

—Bueno, al ser los dos extranjeros, tenemos puntos en común.

—Puntos en común... Ya... Y tú ¿cómo la ves? ¿Echa de menos su vida anterior? ¿Se siente integrada? ¿De qué habláis, aparte de pintura?

Pawel supuso, como en anteriores ocasiones, que tanto interrogatorio solo podía deberse a los celos. Le pasó la mano por la cintura y mientras caminaban hacia la cuadra donde estaba la yegua gestante le dio un beso en los labios, para empezarle a contar después lo poco que habían hablado. Raissa escuchó con absoluta atención.

Jalid y Sarah habían abandonado los recintos palaciegos seguidos a distancia por cuatro agentes de seguridad a caballo, para adentrarse en el cauce de un arroyo seco, rodeado de matorral bajo, que terminaba en una primera duna poco pronunciada por la que ascendieron marcando los costillares de ambos caballos. Una vez arriba, se levantó un molesto viento que arrastraba algo de arena. Sarah se tapó la cara con un velo y al mirar a Jalid le preocupó su gesto serio.

—¿Malas noticias desde el sur?

Jalid se protegió la cara con su kufiya antes de contestar.

—Ayer conseguimos recuperar una de las dos ciudades tomadas, pero han caído en sus manos otras tres. Los combates se están recrudeciendo; solo la pasada noche han caído diez de los nuestros... ¡Ese miserable! —Cerró el puño y lo blandió al aire pensando en su primo, hijo de la única hermana que había tenido su padre, con el que jamás se había entendido—. ¡Haré que pague su traición!

Sarah asumió la gravedad del momento y no quiso abundar en el asunto para que lo olvidara por un rato. Llevaba tres días sin apenas verle. Jalid se pasaba casi todo el tiempo reunido con su Gobierno o con los altos cargos del ejército y cuando llegaba la noche estaba agotado y solo quería dormir. Sarah no sabía qué hacer; deseaba su amor, pero se frenaba para dejarle descansar.

También le preocupaba Yazeera, hija del primo sublevado. Desde que había tenido noticias de la rebelión, la joven empezó a ser otra. Apenas conseguía disimular la profunda angustia con que vivía, ansiosa de novedades y sobre todo triste. Su admirado y querido padre se estaba enfrentando a Jalid. Quien le había regalado la vida, podía perderla ahora de manos del hombre que le daba trabajo. No podía hacer nada, salvo pedir ayuda a Alá para que aquello terminara de la mejor manera posible.

Sarah conocía su tormento al habérselo confesado un día que a Yazeera le dio por llorar sin parar y acabó abriéndole el corazón. Para Sarah, la íntima implicación en el conflicto de su dama de compañía significaba todo un dilema. Tenía claro en qué bando estaba ella y lo seguiría estando, pero le preocupaban los efectos de la victoria de su esposo sobre el ánimo de Yazeera, por la que empezaba a sentir un especial afecto, por lo que tampoco deseaba la derrota de su familia.

Descendieron por la cara norte de una nueva duna y el caballo de Sarah se retrasó al de Jalid. Mirándolos de lejos se le ocurrió una idea que podía ayudar a resolver sus problemas. A más de uno le podía parecer una locura, pero no lo era. De hecho, se habían conseguido efectos parecidos en otras ocasiones. ¿Por qué no en esta?, sonrió, mientras pensaba que no se lo iba a contar aún. Pondría en marcha la idea, en cuanto terminara el paseo, y una vez se viera cerca del éxito se la revelaría.

Recuperó la posición de Jalid. Desde hacía unos días estaba leyendo un libro de poesía de Gioconda Belli, otra de sus autoras preferidas. Recordó uno de los poemas, uno que, al leerlo, no pudo parecerle más oportuno. Dentro del decidido intento por apoyar desde todos los frentes a su marido, quiso compartir la reflexión que le había provocado su lectura. Pidió a Jalid que detuviera el caballo, le cogió de la mano y en medio de la nada, al calor de un sol que empezaba a tomar fuerza y una brisa que embriagaba los sentidos, carraspeó, elevó su espalda sobre la montura y se dispuso a abrir su alma con el efecto de unos versos que no eran suyos.

—Hace unos días leí un poema que hablaba del amor que se desgasta cuando dejamos que el tiempo se imponga a las caricias y a los besos. Pienso que para amar de verdad hay que llevar el miedo arañándote la garganta, porque es tan frágil, porque no deja de ser un regalo de la vida que se ha de alimentar, a veces con la palabra, otras con los silencios, o dejando que el sol penetre entre los cuerpos que se unen para gritar a los cuatro vientos que se es uno... —Se quedó callada, mirándole a los ojos.

—¡Preciosa reflexión, mi amor! —se pronunció Jalid.

—Amarte entre incertidumbres, entre sombras y claridades... —añadió ella sin perder su mirada—. ¡Te amo! Te amo de cualquier manera. Cuando no entiendo lo que surge a mi alrededor, en tu mundo, cuando te vas de mí, cuando regresas... Al soñarte y al respirar. En todo momento.

Jalid arrimó su caballo al de Sarah y la besó con tanto ardor como convicción de haber encontrado a la mejor mujer del mundo. Se lo dijo nada más separarse de ella.

—Cuando tengamos hijos —apuntó él—, quiero que la primera niña se llame Sarah y la segunda Dalila, como tu madre. Y si nace un niño...

Ella le cortó.

—Jalid, le llamaremos Jalid.

Él agradeció el gesto, pero no era lo que más deseaba.

—Prefiero llamarle Saladino. Ya sabes, en honor a...

—Así será entonces, mi amor... Será nuestro Saladino.

Le acarició la barba con mimo, guardando silencio, sin querer mostrar su preocupación, aunque lo estaba. Llevaba un mes casada, pero seis haciendo el amor con él y no terminaba de quedarse embarazada. Ninguno le había dado importancia todavía al hecho. Para ella, lo tenía.

—La pena es que se está retrasando más de lo que me gustaría...

Sarah desvió la mirada para esconder su expresión.

Jalid propuso acudir a un especialista en reproducción. Consciente de lo delicado del asunto, lo dijo restándole importancia.

—Me parece bien. Lo dejo en tus manos...

Cuando Sarah se quedó sola en su habitación, buscó el teléfono de su cuñada Zulema y llamó. Saltó el contestador. Al tercer pitido, Sarah le dejó un mensaje.

—Hola, Zulema. Llámame en cuanto puedas. Como vives relativamente cerca de Fontevraud, querría pedirte un favor. Necesito un objeto que olvidé traer. Cuando puedas llámame y te lo explico en detalle. Es urgente. Ya sabes, si yo pudiera ir no te lo pediría...

CAPÍTULO 64

Fontevraud. Enero de 2019

Zulema terminó yendo sola. No quería comprometer a Jean-Paul ni alterar sus planes de viaje a Estocolmo, donde le esperaba una demorada e importante reunión de negocios. Habían pasado solo tres días desde la llamada de Sarah, con la que pudo hablar horas después y terminar de entender lo que quería.

El objeto que tenía que recoger y entregar después a un responsable diplomático del emirato en Francia, en su casa de Niza, le extrañó bastante; una vieja lanza. No solo era chocante el pedido, más aún su emplazamiento: una pequeña oquedad bajo suelo, en una cámara secreta a la que según su cuñada accedería desde la bodega de la villa. Tanto secretismo le parecía hasta excitante, pero no llevaba bien quedarse a medias. Porque cuando preguntó de qué se trataba o a qué se debía la urgencia, recibió de Sarah pocas explicaciones. Solo supo que era un viejo recuerdo de su abuelo que quería tener con ella. Terminó entendiendo por qué Sarah le pedía ir en coche en vez de avión, cuando le separaban más de mil kilómetros de su casa, al manifestar su temor por los escáneres del aeropuerto, no fuera detectada la lanza y provocara demasiado interés en la policía.

«Es una pieza histórica, muy valiosa, propiedad de la familia desde hace bastantes años, sobre la que nunca hemos querido dar publicidad», justificó.

Aquello sumaba un plus de intriga al asunto, aunque también de inquietud, no fuera a verse salpicada en alguno de sus últimos líos con la justicia.

—¿No será robada? Dime que no...

Zulema exigió absoluta sinceridad.

—Bueno, robada, robada... A ver...

—Es robada... No me fastidies. No cuentes conmigo. ¿Y si la casa está vigilada por la policía? No me extrañaría.

—Zulema, lo dudo. Han pasado meses desde aquel intento de detención. Pero haré una cosa para comprobarlo. Llamaré a la gestoría de Fontevraud para que se den una vuelta antes de que te den las llaves. Nos han llevado los papeles toda la vida y tengo la suficiente confianza para pedírselo. Sabremos si hay vía libre o no. La próxima vez que nos veamos te contaré por qué mi familia tiene esa reliquia. No me fío de los teléfonos... Entiéndeme... Todo lo que te puedo decir ahora es que la necesito. ¿Me harás ese favor?

Zulema protestó, dudó y tardó un rato en contestar, pero terminó accediendo. Compartió su idea. Haría noche de camino para llegar a la villa a media mañana, cuatro días después de que se lo pidiera Sarah, siempre que fuera seguro su acceso.

Sarah llamó al administrador de fincas, a quien había dejado llaves y varios encargos, como recoger el correo, contratar un servicio de limpieza o pasarse de vez en cuando para echar un vistazo. Le pidió que acudiera aquella misma tarde y en persona para determinar si estaba siendo vigilada. No necesitó explicar sus motivos; la discreción era la seña de identidad de aquella gestoría. Su dueño no preguntó motivos ni tampoco mencionó su sorpresa al haberla visto protagonizar abundantes portadas en los más variados medios de comunicación y no para bien. Sarah se lo agradeció sin necesidad de expresarlo. Antes del anochecer, el amable gestor la llamó. No había encontrado nada destacable, la casa estaba limpia y todo en orden. Eso significaba que Zulema podía presentarse en la villa sin ningún riesgo.

Para la recogida de la lanza, una vez la tuviera Zulema en Niza, como no quería que Jalid supiese nada, Sarah aprovechó un viaje de su marido al peor escenario de la rebelión para citarse con el responsable de Exteriores del emirato, a quien pidió una discreta colaboración y un avión bajo misión diplomática. Justificó su petición, extensible al embajador en París, por el carácter sorpresa que el objeto terminaría teniendo para el emir, en poder de la jequesa Zulema.

Zulema llegó a las seis de la tarde a Montluçon, una pequeña población a trescientos cuatro kilómetros de Fontevraud, después de haber conducido siete horas. Agotada, con dolor de cabeza y todavía sobrepasada por la extrañeza del encargo, tardó en dormirse. De haberla asumido como una aventura sorpresa, en un principio, de camino le asaltó un golpe de ansiedad y ahora padecía un ataque de inquietud. Aunque tampoco contribuyó a mejorar su estado anímico la incómoda cama en aquel hotel de carretera, como tampoco la cena que hizo en la habitación; una especie de pastel de carne, frío, acompañado con un *smoothie* de apio, piña y cereza, comprado todo en un área de servicio, cuyos efectos intestinales afloraron a eso de la una y media de la madrugada en forma de cólico, junto a tres visitas más al baño que anularon cualquier posibilidad de descanso posterior.

Se levantó pronto y no quiso desayunar. Afrontó con otro ánimo, o sea mucho peor, las poco más de tres horas que la separaban de Fontevraud. Nada más arrancar ya estaba arrepentida de haber aceptado el encargo. Y a medida que fue cubriendo kilómetros, su malestar aumentó con la coincidencia de unas inesperadas tiritonas y unos molestos pinchazos que decidieron instalarse en su bajo vientre.

Llegó a la gestoría de Fontevraud a las once. Le puso un wasap de voz a su cuñada para que le recordara el nombre del administrador al no terminar de encontrarlo en anteriores mensajes. Cuando le llegó, salió del coche y entró muy decidida en la oficina.

Media hora después, metía la llave en la puerta de *Villa Dalila*, dispuesta a no invertir demasiado tiempo dentro. La casa estaba helada y el exterior con cinco centímetros de nieve. Se tocó la frente. No estaba segura, pero le pareció que tenía algo de fiebre. Se le cerró el estómago al pensar lo que le faltaba para volver a casa. Tenía que buscar una farmacia en cuanto terminara; necesitaba doparse para aguantar el viaje de nueve horas que pretendía hacer de un tirón, concluyó.

Echó un primer vistazo. La vivienda era bonita pero vieja. La decoración se había quedado trasnochada y olía a cerrado. Siguió las indicaciones de Sarah. Encontró la puerta que conducía al sótano en medio de un pasillo que unía el salón con la cocina. Encendió la luz. Varios neones iluminaron de golpe una estancia bastante grande, repleta de botellas descansando en paredes y algunas rotas en el suelo. Olía mal.

No hizo falta recorrer el perímetro de la bodega para localizar una puerta que pudo estar camuflada tras una estantería, antes de que alguien decidiera derribarla. Al pisar cerca de ella, crujieron unos cuantos vidrios rotos. Empujó el dintel para abrir por completo el acceso a la cámara. Entró a oscuras y tanteó la pared a ambos lados hasta localizar un interruptor. No había un solo cuadro en las paredes de la cámara; lo esperable después de haber sido visitada por la policía. Ella buscaba otra cosa. Recordó las instrucciones de Sarah: desde la puerta de entrada, siete pasos de frente y cinco a la derecha. Se detuvo sobre una loseta de mármol que, a la luz del móvil, presentaba una pequeña muesca en una de sus esquinas. Subió a la cocina para buscar en un armario un asa de doble ventosa, siguiendo las explicaciones dadas por Sarah. Bajó

495

con ella, la fijó en el punto indicado y tiró con todas sus ganas. Al quinto intento consiguió elevar un poco el mármol, pero no fue hasta el octavo cuando pudo desplazarlo por completo.

La cavidad podía medir unos sesenta por treinta centímetros y veinte de fondo. Sentada en cuclillas, extrajo del interior una caja de aluminio, hizo saltar los cierres y miró en su interior. Contenía una vieja bolsa de terciopelo rojo. Desanudó el cordón y metió la mano. Sacó la punta de una lanza de hierro, oscura y oxidada, con la hoja mellada. La observó con curiosidad, sin imaginar la importancia histórica que tenía el objeto, y no solo para Sarah. Al tocarla sintió como un mareo. Probó dos veces más y la percepción se repitió. Decidió devolverla a su envoltorio, colocó la loseta en su sitio, y cuando se empezaba a incorporar recibió un fuerte golpe en la cabeza que le provocó una inmediata pérdida de conocimiento.

Se derrumbó sobre el suelo.

En ese mismo momento, Sarah acababa de tumbarse en una camilla para que el ginecólogo y urólogo de Jalid terminara la inspección de sus órganos genitales después de haberle practicado una endoscopía que requirió anestesia local y la compañía de Raissa según marcaban las normas, dada la condición masculina del doctor y en respeto de su intimidad.

El doble especialista realizó un frotis vaginal con idea de descartar cualquier infección bacteriana tras haber mantenido una larga charla, durante la cual Sarah describió sus antecedentes ginecológicos con el mayor detalle posible, mientras se reponía de la intervención anterior. Los de su madre, por los que también preguntó el facultativo, los desconocía.

A Jalid le había tocado pasar por el mismo doctor una semana antes para practicarle una ecografía del tracto genitourinario, junto a un análisis y valoración de su semen. En realidad, una formalidad sin ninguna trascendencia, porque el facultativo conocía a la perfección el estado de Jalid.

Sarah vio que tenía varias llamadas de Zulema cuando

abandonó la clínica. Marcó su número. Imaginó que la encontraría ya en carretera, de vuelta a Niza.

Fue descolgar y sentir la imperiosa necesidad de disculparse con su cuñada.

—Verás, querida... —empezó Sarah—, no he podido estar todo lo pendiente de ti que hubiera deseado. No te haces idea de lo que he sufrido por ello... —No quiso explicar más—. Imagino que te fue bien. Cuéntame...

—¡No me fue bien! —proclamó con contundencia.

—¿Zulema? ¿Qué ha pasado? No entiendo nada...

El siguiente minuto se llenó de silencios. Solo se oía el respirar de la hermana de Jalid, un respirar profundo, tenso, raro, hasta que decidió retomar la palabra.

—Estoy en el hospital de Fontevraud con una brecha en la cabeza y sin tu lanza... —terminó contestando.

Aquellas dieciséis palabras empezaron a dar vueltas en la cabeza de Sarah sin encontrar un asiento lógico.

—Pero... ¿qué dices? ¿Estás bien? ¿Qué ha pasado?

Le asaltaban media docena de preguntas más, pero optó por dejarla hablar.

—No sé quién fue, no pude ver ni escuchar nada; fue todo demasiado rápido... —Dos suspiros, un silencio—. Me robaron la lanza nada más encontrarla. No sabes cómo lo siento...

Sarah se llevó las manos a la cabeza, mitad incrédula, mitad desconcertada.

Pensó a toda velocidad. ¿Quién podía haberlo hecho? ¿Su administrador? Confiaba en él al cien por cien; no podía ser. Apenas había hablado del asunto con nadie. Solo con Zulema, aparte del responsable de Exteriores al que tampoco le había dado ningún detalle por lo que no podía conocer la naturaleza del objeto a recoger en Niza para su posterior traslado al emirato. Se le ocurrió una sola posibilidad; que los servicios de inteligencia de Fuyarja hubieran escuchado sus conversaciones. Pero tampoco aquella hipótesis tenía sentido. Si Jalid hubiese estado detrás de ello, ¿cómo no lo habría frenado antes, estando involucradas su mujer y su hermana? No habría actuado en contra de ellas. No ganaba nada. Por lo que la posibilidad de atribuir a Jalid la posesión de la lanza era absurda.

¿Quién quedaba? ¿Quién podía estar interesado en recuperar aquella reliquia? Mientras le daba una y otra vuelta, de repente le vino una idea a la cabeza y surgió de sus labios la palabra «padre». Su padre.

¿Habría sido capaz de organizar el seguimiento de Zulema hasta Fontevraud para hacerse con la lanza que había robado su padre a la cúpula nazi? De ser cierto, ¿cómo se había enterado? Si ella había hablado una sola vez con Zulema pidiéndoselo, aparte de dos wasaps previos.

Le dio no dos, mil vueltas y no encontró otra explicación. Tenía que haber sido su padre, con el apoyo del Mosad, quienes se habrían puesto en marcha tras conocer el plan ideado para recuperar la lanza. Pero ¿cómo?

Sarah se rascó el mentón, devolvió un rizo suelto a su recogido y trató de encontrar otras opciones. No las había. Miró su reloj; el reloj del abuelo. Y de repente brotó en ella una dolorosa sospecha.

Cuando Jalid regresó de la zona de conflicto, preocupado, angustiado, serio, después de abrazarse a él, besarlo y susurrar lo mucho que le quería, Sarah pidió que los servicios de inteligencia inspeccionaran el reloj que le había regalado su padre.

—¿Sospechas de él?

Sarah vio llegado el momento de hablar de la *Lanza de Longinos.* Le explicó los poderes atribuidos a la Santa Reliquia desde que atravesó el costillar de Jesucristo, y el encargo hecho a Zulema para darle una sorpresa a él.

—Con ella en tus manos lograrías la victoria frente a tus enemigos. Desde tiempos remotos, quien ha poseído la verdadera *Lanza de Longinos* ha visto una y otra vez cómo quienes pretendían arrebatar a otros sus tronos, dominios y territorios terminaban vencidos. Eso es lo que quise para ti, en tu beneficio, ahora.

—Nunca me hablaste de ella...

La abrazó, entregado al loable objetivo de su mujer.

—Cierto, pero tienes que entenderlo. Para los Ludwig, ese trozo de hierro simboliza la gran gesta de mi abuelo y él no quiso que volviera a ver la luz; quizá para evitar que otro loco como Hitler quisiera sacar provecho de su poder. Por eso, y en obediencia a sus deseos, la he mantenido oculta. Pero en estos días, viendo lo que te está haciendo sufrir esa guerra fratricida, ¿cómo no iba a tratar de ayudarte?

Las dudas de Sarah se despejaron por completo cuando los responsables del laboratorio y especialistas en electrónica encontraron dentro del reloj un sofisticado dispositivo de comunicación con su móvil, que garantizaba la audición de cualquier conversación que ella tuviera, actuando el teléfono como un permanente micrófono.

Sarah se sintió destrozada. Sin el menor respeto a su intimidad, todas sus conversaciones habían sido escuchadas por unos desconocidos, incluidas las mantenidas durante sus momentos más íntimos, o qué decir con su médico, Yazeera, Raissa o con el resto de sus allegados, y nada menos que desde hacía dos meses.

Le llamó.

La breve conversación se resolvió en una ruptura completa. Isaac no negó su intervención en el asunto ni la manipulación del reloj, pero los argumentos que empleó en su defensa en ningún caso sirvieron a Sarah.

Si su madre había muerto años atrás, desde ese momento su padre también.

CAPÍTULO 65

—

Caballerizas de Jalid bin Ayub. Emirato de Fuyarja. Abril de 2019

Sarah seguía sin quedarse embarazada por más que lo deseaba y pusiese todos los medios a su alcance. Meses atrás, el ginecólogo le había localizado unas ligaduras fibrosas en un cuerno uterino que, sin ser incompatibles con una gestación, podían complicarla. A pesar de ello, decidió no intervenir y esperar unos meses. Si no llegaba la tan deseada gestación, las eliminaría.

Recién comenzada la primavera, se produjo una noticia que cambió el ánimo de todos: el día 3 de abril veía la luz una potrilla a la que llamaron Shujae, nacida sin problemas de alumbramiento ni complicaciones en el postparto de la madre.

Jalid lo supo a cuatrocientos kilómetros de palacio, al sur, mientras firmaba la rendición de su primo, rubricada y sellada en un documento que significaba el final de las hostilidades y una generosa indulgencia por parte del emir, condonándole la pena máxima asociada al delito de traición a cambio de su exilio en las islas Chatham, al este de Nueva Zelanda, a unos nueve mil trescientos kilómetros del emirato.

Cuando el emir llegó a palacio, antes incluso de ver a su mujer, acudió presuroso a las caballerizas donde le esperaba Pawel. Buscó el último box del pabellón norte, usado como *nursery*, de mayor tamaño y con vigilancia las veinticuatro horas del día. Alcanzó su puerta a trompicones, nervioso, atacado de ganas. Nada más asomarse a su interior la vio, a la pequeña hembra de apenas veinticuatro horas de vida. De capa baya, mancha blanca en su testuz, cola en arco, en cascada, y cascos brillantes, negros como el azabache, no podía ser más bonita. No terminaba de creerse lo que estaba viendo. Se encontraba a menos de un metro del caballo de Saladino, de su yegua predilecta, ella; en ese momento, mamando de su madre portadora.

—Lo conseguimos... —proclamó Pawel a su lado, observando la escena con absoluta entrega.

Shujae se volvió a mirar. Agitó la cola contenta, levantó las orejas y se acercó hasta ellos esbozando un caminar tímido y frágil. Jalid se agachó, le mostró las manos y el animal las olfateó con curiosidad. Luego acercó su nariz al hocico del animal y la potrilla memorizó su aliento. Se observaron. La mirada de la Shujae brilló con el reflejo del potente foco que daba luz a la cuadra, dotando al momento de una magia especial. Jalid la acarició y sintió un inmediato arrebato de emoción. Se le escaparon dos lágrimas. Aquel largo sueño, tan perseguido como sufrido, para muchos una idea imposible, se había hecho realidad. Sobrepasado de gozo, se sintió en íntima comunión con Saladino, compartiendo el mismo animal que un día el gran sultán montó y disfrutó. A menos de dos metros tenía al testigo vivo de sus sueños, de sus triunfos y penas, de sus oraciones y risas.

Había conseguido recrear a Shujae; se había podido hacer.

—Parece sana... —Se dirigió a un Pawel expectante, callado, testigo del torbellino de emociones que experimentaba el emir—. ¿O ve algo raro en ella? ¿Acaso se comporta de otra manera a como lo hace el resto? ¿Ha chequeado sus constantes sanguíneas, hormonales, su salud hepática, la renal?

—No se quede preocupado. Shujae es una potra sana, normal; no encuentro nada en ella que me lleve a pensar de otra manera. Mama bien de su madre, toma lo correcto y es espabilada; de hecho muestra curiosidad por todo. Lo único que encuentro poco común, nada malo desde luego, es el poco miedo que demuestra hacia los humanos. Hace solo un rato ha estado Raissa y no se puede imaginar qué pronto y de qué manera han conectado. Se estableció entre ellas una comunicación preciosa, parecida a la que acabáis de vivir. —Ahorró mencionarle el apasionado beso que se habían dado, en otro box, vacío—. He presenciado centenares de nacimientos a lo largo de mi vida profesional y me atrevo a decir que todo apunta a que Shujae terminará convirtiéndose en una preciosa yegua.

—¿Qué dijo Sarah al verla por primera vez?

—Se quedó muy impresionada. De hecho, apenas se ha separado de ella.

—Junto con usted, claro... —Se dio media vuelta con intención de abandonar la *nursery*—. Cualquier novedad o problema que surja, he de ser informado de inmediato.

Una vez había nacido Shujae, Pawel sobraba, pensó.

Abandonó las cuadras a buen paso para dirigirse al laboratorio de Mei Tian Lu. No le encontró dentro. Desde que tenía a su familia y les habían facilitado casa fuera del recinto palaciego, la disponibilidad y voluntad de trabajo del científico se había visto reducida de forma notable, lo que no gustaba nada a Jalid.

—¡Háganle venir de inmediato! —ordenó a su segundo, sentándose a esperar en su despacho, dentro del laboratorio.

Aprovechó la espera para revisar mensajes en su móvil, fijar un día en la agenda para entrevistarse con dos directivos de relevancia mundial en el mundo de la banca y saber cómo iba el proyecto de excavación en Damasco.

Marcó el número de Amina.

—¿Alguna novedad desde que hablamos la semana pasada?

—Podría ser... —El tono de voz de la zooarqueóloga se endulzó sin hacer el menor esfuerzo; le pasaba siempre que hablaba con Jalid—. Puede que hayamos dado con algo, no sé...

—¿Y si fueras más precisa?

—Lo intentaré... —Jugó con uno de sus rizos envolviéndolo entre los dedos—. Verás. Tras haber levantado tres cuartas partes de la superficie del recinto sin hallar nada, tiré de intuición y me puse a pensar dónde escondería yo algo que hiciera imposible su localización. Y me vino una idea: en la sala de columnas, en el salón del trono. En el lugar con mayor tránsito de la Ciudadela; allí donde todos los días se celebraban recepciones, consejos de gobierno, actos protocolarios. El lugar más inapropiado para esconder cosas, o el menos lógico.

—Me gusta... Está bien pensado —proclamó Jalid, que empezaba a sentir un agudo pinchazo de curiosidad, unido a su admiración por la valía de aquella mujer—. ¿Y...?

—Bueno, la idea estaba ahí, sin tener en cuenta las dificultades técnicas que suponía levantar un suelo de piedra de más de cuatrocientos metros cuadrados para buscar por debajo y sin la autorización del ministro Abdul al Samed. Ya os hablé de él...

Al reconocer el nombre, Jalid se preguntó si la deseada cena entre ellos se había producido. No hizo falta. Amina resolvió sus dudas.

—No termina de pedirme una cita. Se está resistiendo más de la cuenta el tipo ese, la verdad. Hace que me sienta mayor o inútil; no sé qué es peor. A ver si en esta semana da un primer paso...

—¿Cómo va a reaccionar cuando descubra que estás levantando esa sala sin permiso?

—Mal, seguro que mal. Es un tipo muy escrupuloso en su cometido. Viene todos los días a supervisar la obra y vigila que los trabajos se hagan con el máximo cuidado posible; algo exigible tratándose de uno de los patrimonios históricos más importantes del país. Me pregunta, se interesa por todo y empiezo a creer que se ha fijado un poco en mí, aunque todavía no lo que yo querría. Voy probando tácticas diferentes... Pero, bueno, como todo esto no aporta nada a tu llamada, quiero que entiendas por qué pienso que puedo estar detrás de una buena pista.

Amina continuó explicando que después de haber recorrido y estudiado cientos de salas hipóstilas en los templos del Antiguo Egipto, aquellas que separaban los recintos exteriores del lugar que acogía el santuario, había recordado que solían disponer de una pequeña cámara donde se guardaban los libros y objetos necesarios para las grandes celebraciones.

—Eso me llevó a estudiar de nuevo los planos que me mandaste junto a otro actual que me facilitó Abdul, y creo haber identificado la posible localización de una pequeña oquedad; el sitio perfecto para esconder algo.

Jalid preguntó si había utilizado ya los *doppler*.

—A ese punto quería yo llegar... Lo hice esta mañana y sí, hemos encontrado un espacio de metro y medio de ancho por casi dos de fondo que podría ser el lugar que buscamos.

—Me haces recordar el momento en el que encontraste los huesos de Shujae... Por cierto, te acabo de mandar un vídeo que te va a gustar.

—¿Ya ha nacido? —Activó el manos libres para entrar en wasap y ver si le había llegado. La aplicación lo estaba cargando—. También yo he sentido una especie de *flashback*. Solo espero que no termine como la otra vez. Ya me entiendes...

Con solo decirlo sintió un respingo. Le asaltaron las imágenes de sus compañeros ametrallados, la de Alexéi, y la de su colega Kirvi cayendo al vacío.

Jalid vio entrar en el despacho al investigador chino. Su gesto delataba el estado de ánimo con el que venía: irritación. Sin colgar el teléfono le indicó que se sentara frente a él y regresó a la conversación con Amina.

—Es preciosa...

Lo repitió tres veces, mientras miraba la grabación de vídeo.

—Te debe su vida, Amina... Formas parte de su historia, de una gran historia. Eres parte de ella. He decidido llevarla a la exposición de Saladino. La podrás ver en vivo.

—¿Hay fecha cerrada? Me encantaría...

—Será a finales de mayo, en poco menos de un mes. Hay más de un centenar de personas trabajando en ello: maquetas, dioramas, logística... Espero que te parezca... —no terminó la frase—, bueno, estoy seguro de que te gustará. —Mei Tian Lu empezó a agitar una pierna con tanto vigor que a Jalid le empezó a atacar los nervios—. Te dejo ahora. Tengo una reunión. Hablamos mañana; ansío conocer el contenido de esa oquedad.

Amina se despidió y centró su atención en el hombre que acababa de aparecer en las obras; el ministro Abdul al Samed. Acudía con una mujer enganchada a su brazo, seguramente su mujer. Se le atragantó la imagen. «¡Será posible que todavía no me lo conseguido ganar!», pensó, mientras le regalaba una de sus mejores sonrisas.

Mei Tian, Mao para Jalid, negó haber rebajado su implicación en el proyecto por culpa de su familia o por ocio; había menos trabajo, esa era la realidad. Jalid, sin aceptar sus explicaciones pasó a hablar de Shujae. Coincidieron en el enorme éxito conseguido. No era la única clonación con éxito a partir de restos arqueológicos, había alguna experiencia más con mamuts en Siberia, pero, sin duda, era una noticia de enorme impacto científico. Mao deseaba comunicárselo a todo el mundo, pero era consciente de su compleja situación. Podía publicar los resultados en cualquier revista científica, se lo aceptarían todas, pero se exponía a ser buscado y reclamado por el gobierno chino en cuanto apareciera a la luz. La oportunidad de mostrar al mundo su valía, en especial a sus colegas chinos, le resultaba demasiado tentadora. Por eso le había dado mil vueltas al asunto. Al final, tras meditarlo con su familia y con Jalid, habían llegado a la misma conclusión: lo mejor era no publicar nada por el momento, hasta ver cómo evolucionaba Shujae, no fuera a presentar problemas de salud que enturbiasen el resultado del experimento. Darse un tiempo, en definitiva.

—Cuando vea que es publicable, le sugiero firmarlo con el nombre de Mei Tian Lu. Así es como se os conoce por aquí y será el modo de no despertar sospechas en el gigante asiático. —Jalid no veía otra solución—. Al fin y al cabo, si lo que deseáis es obtener el reconocimiento científico que os fue robado en vuestro país, qué más da un nombre u otro...

—Tenéis razón, *sayyid*, aunque me cuesta renunciar a mi identidad.

Jalid vio llegado el momento de exponerle su siguiente proyecto, todavía más ambicioso y delicado. Shujae nunca había sido el objeto final de sus planes, solo el comienzo, y sabía que no había nadie más adecuado que Mao para ejecutar lo que de verdad le interesaba. Entró en el asunto sin tapujos ni agotadores prolegómenos. Se lo trasladó de golpe, invirtiendo en ello pocas palabras.

Esperó su reacción.

Mao tardó unos segundos en contestar. En su silencio, el científico entendió todo por primera vez y supo por qué le había buscado a él y solo a él.

Sonrió.

—¿Eso es un sí? —le inquirió Jalid frotándose las manos, muy nervioso.

—Requerirá una coordinación perfecta, pero descuide; lo tendré todo preparado.

CAPÍTULO 66

Palacio de Jalid bin Ayub. Emirato de Fuyarja. Abril de 2019

A solo dos semanas de viajar a Damasco para inaugurar la exposición sobre el histórico sultán Saladino, Jalid, recostado sobre el vientre de Sarah, le recordó la conversación inconclusa que habían tenido en el restaurante Épicure, en su primera cena en París. Durante el transcurso de la velada y tras haber hecho un encendido elogio de sus prodigiosas habilidades como maga, ladrona y mujer, pidió su implicación y ayuda para alcanzar los tres objetivos más importantes de su vida. Sarah no necesitó que le recordara los dos primeros. La *Medusa* de Caravaggio colgaba de una pared en su cámara secreta, a escasos metros de donde se encontraban. El segundo, reposaba desnuda en la cama, a su lado; era ella. Pero el tercero siempre había quedado en suspenso, a la espera del momento adecuado.

Le picaba la curiosidad. Ya lo hizo durante aquella primera cena y le volvió a pasar cuando surgió de nuevo el asunto, a finales del primer año de conocerse. Sin embargo, nunca lo había querido forzar. Conocía a Jalid y llegado el momento se lo revelaría.

Recuperó una buena parte de su melena, hasta entonces aprisionada entre la almohada y la cara de Jalid, y al tirar de ella los labios de su marido chocaron con los suyos. Sarah olvidó de qué hablaban perdiéndose entre sus brazos: ella ebria de amor; él, de deseo.

Media hora después, una ligera brisa empujó las cortinas y permitió la entrada de un fulgurante rayo de luz que primero buscó refugió entre sus cuerpos, ahora separados, incomodó de golpe sus miradas y los empujó a regresar a la realidad.

—Mi amor... —Jalid se perdió en los ojos de Sarah—. Has cumplido mis sueños y te has dado por entera a mí; no puede haber un hombre más feliz en el mundo.

—¿Por qué no ha de seguir siendo así para siempre? —Se arrebujó bien pegada a él—. Ya han pasado dos años desde que te conocí en la Maison Hermès. ¿Cómo iba a imaginar entonces que existiera alguien capaz de completar mi vida como lo haces tú? —Suspiró para retomar lo que deseaba decir; no había terminado de abrir su corazón—. Me he dejado llevar por ti como tantas veces me has pedido, en ocasiones dudando si no perdía lo que me identificaba más como persona, mi autonomía. Confieso que en estos últimos meses me he preguntado infinidad de veces qué hacía yo aquí, cuando la música que sonaba a mi alrededor desentonaba con la que me hizo ser lo que soy, desde un mundo muy diferente al tuyo. Pero ahora sé que todo ha sido para bien. Nada me estorba. Nada hay que me aleje de ti. No tengo más deseos que hacerte feliz... —Estiró el cuello, acercó la boca a la de su marido y se dejó besar después de decirle—: ¡Nunca me pesa el tiempo que estoy a tu lado! Solo me queda conocer tu tercer gran sueño. A eso te referías antes, ¿no?

Jalid se incorporó, dobló la almohada y apoyó la espalda en ella. Esperó que Sarah hiciera lo mismo. Pero ella se sentó en ángulo con él, cruzando las piernas a la espera de conocer el deseado secreto.

—Bien, lo que te quiero pedir responde al sueño más trascendente de mi vida. Ahora entenderás por qué... —Sarah temió que sacara el asunto sobre la prole familiar. Pero le extrañó; pocos días antes, habían acordado probar la inseminación artificial para sus próximas ovulaciones. Le vio buscando en su móvil, abrir la galería de imágenes y sobrevolar unas cuantas pantallas de fotos hasta detenerse en una. Le pasó el teléfono. Sarah miró sin saber qué era—. En el costado norte de la mezquita de los Omeya, en Damasco, sobre los cimientos de una antigua madrasa, se encuentra el mausoleo y tumba del gran Saladino. La foto, como puedes ver, contiene dos tumbas: la encargada por su hijo, de madera, para acoger los restos que habían sido inhumados años antes en la Ciudadela. Y otra de mármol blanco, regalada por el Káiser alemán Guillermo II, en la que nunca estuvo.

—Son hermosas las dos. ¿La que está recubierta por esa especie de sudario verde es la que custodia los restos de Saladino?

—Cierto. Es la que me interesa...

Dejó la última palabra en el aire, en un deliberado silencio.

—¿Te interesa para?

Ella le devolvió el teléfono y se tapó con la sábana: sentía frío.

—Quiero que la robes...

Los ojos de Sarah se abrieron de par en par.

—¿He oído bien? ¿Me estás diciendo que robe la tumba de Saladino?

Dejó de entrarle aire en los pulmones bajo un agudo ataque de incredulidad, impresionada por la surrealista propuesta de Jalid. Nunca imaginó que la admiración de su marido por el histórico sultán pudiera llegar tan lejos.

—La tumba no... Mi mayor deseo..., ese tercer sueño al que hice referencia a poco de conocernos es hacerme con una reliquia de Saladino; un resto de él, uno de sus huesos por ejemplo.

—Pero cariño... ¿Sabes lo que dices? ¿Cómo voy a...? ¿Te

has vuelto loco? —Sarah se revolvió nerviosa. No solo estaba sorprendida, lo que le pedía era un reto imposible—. Sabes que me persigue la policía de medio mundo, Damasco está en guerra y, si no estoy equivocada, la Gran Mezquita es uno de los tres templos más visitados y venerados por el islam, después de La Meca y Medina. Dispondrá de unos eficientísimos servicios de vigilancia que protegerán su seguridad. ¿Cómo podría levantar una lápida o lo que sea que tape ese sarcófago, para buscar dentro un hueso? ¿A la vista de todos? ¡Qué locura!

Jalid sonrió. La cabeza de Sarah había empezado a funcionar y eso solo podía significar una cosa; que lo haría y lo haría bien. Tenía que dejarla pensar, elucubrar, que estudiara a conciencia el reto hasta hacerlo posible.

—Estoy seguro de que resolverás casi todos los problemas. Y si digo casi, es porque me he adelantado con alguno de ellos...

—¿Cómo? ¿Por eso mandaste a Amina? ¿Propusiste a Al-Ásad la exposición para hacerla coincidir con lo que me pides? —Su cerebro había empezado a maquinar a toda velocidad—. ¿De qué manera? ¿Cuándo? ¿Cuánto tiempo llevas pensando en ello?

Jalid sonrió ante el aluvión de preguntas. Le parecieron pocas para las que irían surgiendo a medida que se adentrara en la planificación del robo.

—Confío en ti: solo tú lo puedes hacer... Lo demás, desde cuándo o qué he pensado para justificar tu actuación, quienes te ayudarán, o de qué manera lo conseguirás...; todo eso ya lo pensaremos más despacio, con serenidad: lo hablaremos a su debido momento. Ahora solo necesito una cosa de ti...

Se calló, a la espera de que hablara ella.

Sarah captó su intención, se mordió el labio, suspiró tres veces seguidas y trató de relajarse antes de afrontar lo que iba a decir. Le miró a los ojos, se detuvo unos segundos en ellos, bailando de uno a otro, en busca de sus adentros, intentando interpretar qué le faltaba por descubrir de él. Y tras ese proceso de reflexión acelerado y un fugaz sondeo en los recovecos del alma amada de su marido, sin dejar espacio al sentido común no se lo pensó mucho más. Lo decidió y se lo dijo en silencio, con los ojos.

Y eso fue suficiente para Jalid.

—Estaba seguro de que no te negarías...

La cogió de las manos.

—Estás demasiado seguro de todo... —Se escurrió de ellas—. Pues no te confíes tanto si no quieres llevarte alguna sorpresa un buen día. Crees saber qué me empuja a hacerlo, porque mi corazón y mi cerebro siempre se han movido en respuesta a un reto. Esa ha sido siempre mi principal gasolina. Pero ahora nada es como antes y el único motor que puede empujarme a unir esa reliquia al resto de recuerdos que tienes de Saladino, eres tú... Solo tú.

Jalid se emocionó al verse tan cerca de poder cerrar el círculo de sus sueños. Ya no veía nada imposible. Su larga búsqueda y colección de correspondencia, documentos y libros sobre Saladino, la recreación de Shujae, la inminente exposición, el posible hallazgo del último legado entre las piedras de la Ciudadela que lo vio morir, la recuperación de una parte de su cuerpo; todo contribuía a que por fin su plan tomara cuerpo.

Incapaz de contener tanto gozo, empezó a llorar sin contención. Ella le envolvió en sus brazos, besó sus húmedas mejillas, compartió su silencio y sintió su alma tan unida a él como nunca lo hubiera imaginado.

La magia del momento se vio quebrada con la inesperada aparición de Raissa con gesto urgente y mirada rota. La joven los encontró desnudos, sobre la cama, y a punto estuvo de parársele el corazón. Le costó hablar. La mirada que Jalid le dirigió no podía reunir más reprobación. ¿Cómo se atrevía a entrar en sus dependencias sin permiso? Se lo iba a recriminar cuando ella se adelantó a hablar.

—Discúlpenme... Se trata del señor Pawel. Acaba de sufrir un fatal accidente.

CAPÍTULO 67

Ciudadela de Damasco. Siria. Abril de 2019

Cuando Amina llamó a Jalid, lo que menos pudo imaginar es que lo iba a encontrar a los pies de un avión despidiendo el cuerpo de su veterinario Pawel Zalewski para repatriarlo a Polonia, tras un inexplicable fallo cardiaco, la mañana anterior, cuando asistía a un caballo que presentaba un dolorosísimo cólico.

—Pero ¿cómo ha podido pasar?

Amina había coincidido pocas veces con aquel hombre en el emirato, pero entendía el importante papel que había tenido en la gestación y nacimiento de Shujae. Imaginó la contrariedad de Jalid.

—No sabemos si padecía alguna lesión cardiaca. A todos nos ha extrañado, dada su juventud y buen estado físico. Una verdadera pena, la verdad. Ha sido una lamentable fatalidad y una triste e inesperada pérdida.

Pena, lamentable fatalidad, inesperada pérdida... Aquellos adjetivos, hilvanados unos con otros en boca de Jalid, reflejaban su bajo estado de ánimo, que Amina decidió compensar con el anuncio de una gran noticia.

—No hace ni diez minutos hemos dado con la cámara oculta de Saladino. ¡Lo conseguimos!

—¿Qué dices? ¡Eso es estupendo! Y dime, ¿qué contiene?

Dio la espalda al avión y se encaminó hacia el hangar para oír mejor.

Sarah, muy afectada, prefirió quedarse a pie de pista para terminar de despedir al último occidental en palacio con el que había llegado a intimar, por encima de sus charlas de arte y de caballos. Una prometedora amistad ahora truncada.

Jalid escuchó los detalles del hallazgo. Se trataba de un único objeto: un pequeño cofre de marfil con calas, palmeras y flores de loto talladas en su superficie, cuyo contenido consistía en un dinar y treinta y seis dírhams; una modestísima cantidad de dinero para la época.

Aquel detalle confirmó lo que los cronistas habían dejado escrito a la muerte del sultán: su única fortuna había sido esa, un puñado de monedas de escaso valor, cuando podía haber atesorado tanto oro, dinero y joyas que hubiesen faltado cofres para llenarlos.

—Siento la poca importancia de lo encontrado —concluyó Amina—. Seguro que el verdadero tesoro sigue escondido cerca; no dejaré de buscarlo.

Jalid, impresionado, rectificó su equivocada impresión.

—Apruebo que sigas explorando, pero por lo que a mí respecta ya has encontrado el gran tesoro de Saladino.

—No lo dirás en serio; vale más el cofre que su contenido.

—Lo sé. Pero ten en cuenta que como buen creyente que fue quiso compartir los botines de guerra para que los disfrutara el pueblo. Nunca le movió el dinero. La verdadera riqueza del personaje fue su generosidad. Esa es la grandeza de Saladino... —De repente le asaltó un temor—. ¿Has informado del descubrimiento al ministro?

—Descuida, no lo he hecho. Imaginaba que antes querrías decidir su destino.

—Bien hecho, Amina. De momento no lo comentes con nadie y mantenlo a resguardo hasta que nos veamos; estaré allí en menos de diez días.

—Desde hace una semana, la ciudad está llena de carteles anunciando la exposición. ¿Quieres que haga algo más por ti?

—Te lo iba a decir. Sí. Necesitaré que ayudes a Sarah. Cuando nos veamos allí te cuento cómo.

Amina no había coincidido nunca con la esposa del emir y sentía verdadera curiosidad por aquella mujer, sobre todo después de hacerse pública su peculiar manera de coleccionar arte.

Jalid regresó a la comitiva. Sarah buscó su brazo y apoyó la cabeza en el hombro de su marido con el corazón triste y una mirada llorosa.

—Le echaré de menos... —confesó en voz baja.

—Todos lo haremos... —se sumó, mientras miraba a su derecha, hacia una Raissa que, sin sentirse de verdad afectada, presentaba ojos y mejillas muy humedecidos. Nadie había entendido porqué Jalid había acelerado los trámites de repatriación, sin ni siquiera dejar que le hicieran la reglamentaria autopsia. Ella tampoco, pero sería la última en preguntar. Aquella muerte la liberaba.

Jalid le pasó el brazo por el hombro, en un gesto de consuelo. Al sentirlo, a Raissa se le atragantaron las lágrimas. Trató de controlar la respiración para disimular el estado de agitación que le estaba asaltando, desde luego no atribuible a la pérdida de Pawel. Era la primera vez que sentía la mano de Jalid sobre ella. No quería que el momento terminara nunca. Se apretó más a él sin guardar las formas, y al no ser rechazada se juntó todavía más. Le miró de reojo. Le gustaba todo de él; su perfil, el color tostado de la piel, aquella mirada ámbar, los gruesos labios; deseó probarlos. Y de pronto él la miró de reojo, no supo si con dulzura o curiosidad, pero sostuvieron el contacto visual unos cuantos segundos. No fueron muchos y sin embargo a Raissa le parecieron toda una vida. Al final se separó de ella, dejó caer el brazo y Raissa se la jugó. Dirigió su mano en busca de la del emir, la rozó y la separó de golpe.

Pero lo increíble sucedió después, cuando él hizo lo mismo. En ese momento Raissa se quedó sin aire. Sonrió y se fue.

Hora y media después, Jalid se encontraba en su despacho con el director de la TEF, Televisión Emiratí de Fuyarja. Aunque ya habían comentado y decidido días antes la escaleta y los mensajes clave del documental de tres capítulos que iba a ser emitido en coincidencia con la *Exposición Salah ad-Din* en Damasco, preguntó si estaba terminado y visible el anuncio de la serie para empezar a verse en horario de máxima audiencia en todas las televisiones de los países afines, una semana antes de la fecha señalada para la inauguración. El directivo confirmó su finalización y prometió mandárselo al día siguiente.

—Le devuelvo también las seis cartas originales que me dejó. Han sido tratadas con absoluto mimo durante la filmación, al igual que la delicada *kalawta* amarilla con la que cubría el sultán su cabeza antes de entrar en batalla. —Abrió un maletín de cuero y fue sacando uno a uno los objetos mencionados, guardados en envases plásticos sellados al vacío—. En cuanto a la estructura del documental, lo hemos dividido en tres capítulos para diferenciar su época mística durante la juventud, el paso a la madurez en El Cairo y comienzo de la unificación islámica, para terminar con las glorias guerreras contra el Occidente cruzado y la recuperación de Jerusalén.

Jalid aprobó el planteamiento mientras sacaba de un cajón del escritorio una daga curva, a todas luces muy antigua.

—Esta *khanjar* la llevó durante muchos años. Había pensado dejársela, pero como en la exposición se podrá ver el armamento que usaban la caballería y la infantería de Saladino, será mejor incluirla con las demás armas, y que la saque en el reportaje que filmarán durante los días de exposición. He podido reunir de aquella época varias mazas, vestimentas, lanzas de más de dos metros y medio, espadas curvas *kilij* y escudos *tur*, así como petos laminados de cuero resistentes a los dardos enemigos y yelmos de cuero endurecido.

También le contó que en la exposición se podría ver un diorama de más de doscientos metros de ancho por treinta de profundidad con la recreación de la batalla de los cuernos de Hattin, la más rotunda victoria de Saladino contra el bando cruzado.

—Tengo a más de un centenar de mujeres cosiendo vestimentas como las usadas por entonces.

El director de la cadena pidió ver de cerca la daga. No llevaba pedrería como otras que había conocido, era de modesta factura, pero tenía el encanto de haber estado en manos del mayor héroe islámico de todos los tiempos. Le costó tragar, impresionado. Jalid se percató de ello y le agradó su reacción.

—Quiero que haga una entrevista a la zooarqueóloga egipcia Amina al Balùd, responsable de los dos últimos hallazgos relacionados con el sultán que verán la luz en Damasco. No quiero adelantarle nada porque pretendemos que sea una sorpresa. El lugar elegido será el mausoleo de Saladino, en el exterior de la Gran Mezquita. Organícelo para el día siguiente de la inauguración, el 5 de mayo. Tendrá que pedir permisos para cerrar el mausoleo al público y meter las cámaras para grabar. Solicítelos al Ministerio de Cultura y Patrimonio del gobierno sirio. Si le pusieran algún problema, dígamelo.

En ese mismo momento, en el extremo oeste de palacio, Sarah estaba leyendo en su habitación acomodada en su sofá preferido, cuando entró Raissa sin llamar a la puerta. Se sentó frente a ella, la miró con desdén y esquivó su pregunta. No quería hablar de Pawel, tan solo charlar un rato. Yazeera se había ausentado unos días para estar con los suyos, afectados por el duro arreglo impuesto por Jalid tras la rebelión armada. A Sarah le pareció que venía con la sana intención de compensar su ausencia.

—¿De qué quieres charlar entonces?

Sarah trató de captar su estado anímico en la mirada. Le extrañó no encontrar dolor en ella.

—De usted, señora. Le interesan mis sentimientos ante la pérdida de Pawel, pero ¿qué hay de los suyos? Su ausencia también tendría que pesarle; se les veía tan... tan unidos... últimamente. Ese era el rumor que corría en palacio.

El comentario enfadó a Sarah.

—No estarás dando a entender... —Frunció el ceño.

—No se trata de dar a entender nada, se trata de ser sincera con su marido... —Sarah reaccionó con un inmediato gesto de asombro que no pudo traducirlo en palabras al no dejarla intervenir—, pero claro, usted no tiene por qué saber que el señor me ha estado preguntando cosas sobre usted, entre ellas si su acercamiento con Pawel superaba lo razonable, vamos que... —Sarah fue a protestar, pero Raissa tampoco la dejó; todavía no había terminado—. A pesar de conocer bastante bien a su marido, no termino de entender tan reiterado interés, salvo que se deba a una seria y reiterada desconfianza hacia usted. Y como la aprecio mucho, ¿querría explicarme si sus dudas tenían base?

Sarah no aguantó más; no solo porque la crudeza del envite era injustificable, sino también descortés. Nunca le había dado pie para adentrarse en asuntos personales y menos tan farragosos como aquel. Y lo había hecho con una inadmisible actitud. Se instaló una expresión furiosa en su rostro antes de contestar. Si nunca le había gustado aquella mujer, en aquel momento menos.

—Aparte de no tener que darte ninguna explicación, te encuentro impertinente y altiva.

Raissa encajó aquellas palabras sin que la afectaran. Mantenía la barbilla en alto, espalda recta y piernas cruzadas. Agitaba un pie de forma nerviosa y la mirada era corva, medio agresiva. Sarah decidió que estaba todo hablado. Miró el reloj y pidió que la dejara sola.

Si nunca había llegado a confiar en ella, después de saber que lo hablaba todo con Jalid todavía menos. Por más que fuese su mano derecha, había sobrepasado todos los límites; se lo haría saber a su marido. Aunque el daño estaba hecho. Que Jalid anduviese preguntando a terceras personas por su relación con Pawel, la ofendía y preocupaba. Se prometió averiguar por qué.

Raissa, dispuesta a abandonar la estancia, se inclinó ante ella y se dio la vuelta con un aire altivo. Cuando cerró la puerta de la alcoba sonrió. Lo que acababa de provocar estaba dentro de su estrategia. Si todo salía como lo tenía previsto, el matrimonio iba a mantener una conversación difícil esa misma noche. Y no sería la última; ya se encargaría ella de alimentar más desencuentros. Pondría todo su interés en ello. Se sentía autorizada; con aquella clandestina caricia en el aeropuerto Jalid le había dado vía libre. ¿Qué razones le movían? Era una incógnita. Pero le importaba poco; solo deseaba echar a esa mujer de la vida de su emir para hacer a Jalid suyo, solo suyo.

CAPÍTULO 68

—

Palacio de Jalid bin Ayub. Abril de 2019

Sarah no usó camisón esa noche; lo cambió por un pijama viejo de lo menos sexy. Jalid respetó su decisión y no hizo ademán de querer buscarla entre las sábanas, pero como pasaban los minutos y ninguno se dormía, terminó encendiendo la luz y preguntando qué pasaba. Sarah fue directa. Le contó la incómoda e irritante conversación con Raissa.

Jalid entendió al instante las intenciones de su secretaria personal. Tras aquellas furtivas caricias en el aeropuerto le enviaba un nuevo mensaje a través de su mujer: quería más de él. Y ¿por qué negarlo?, tampoco le desagradaba la idea, pero no era el momento. No podía permitirse una crisis de confianza en Sarah a punto de viajar a Damasco. Para evitarla, iba a tener que desempolvar sus capacidades de persuasión. La primera, empezar suave.

—Entiendo que te sientas dolida, en tu situación también lo estaría yo si no conociese los verdaderos motivos de mi prevención hacia Pawel.

—¿Celos? ¿Son esos los motivos que me falta por conocer? —contestó Sarah sin darse la vuelta en la cama.

—Motivos de seguridad. No olvides dónde estás y con quién te has casado. La información es clave para un gobernante y no solo la que procede del exterior; es mucho más importante la que produce palacio. Entiéndelo; no me puedo arriesgar a tener enemigos en casa.

Sarah protestó ante una afirmación que ponía en duda la honorabilidad del veterinario. Aparte de falsa, la acusación de Jalid le parecía cruel, apenas habría sido enterrado en su tierra natal. No le ocultó su rabia. Estaba insultando a un buen hombre.

—A veces, la verdad viaja oculta bajo mentiras muy bien labradas... Déjame que me explique.

—Te escucho.

Seguía dándole la espalda.

—No hace muchos meses, Pawel acordó con tu padre espiar mis movimientos, pero también los tuyos. Sucedió durante uno de sus viajes a Alemania para atender a un cliente. Por motivos de seguridad mandé seguirle y se produjeron las primeras sospechas, que poco después se hicieron más sólidas cuando descubrimos con quién contactaba. Pero decidí no actuar, les dejé hacer. Eso sí, a partir de ese momento establecí un seguimiento exhaustivo a la vez que discreto. A veces es mejor soltar cuerda al enemigo para facilitarle sus movimientos. Lo siento cariño, sé que no es agradable lo que te cuento, pero ¿quién puede entender mejor a tu padre sino tú, después de haber tenido que sufrir sus dolorosas e injustificables decisiones a lo largo de la infancia, sin mencionar el feo asunto del reloj? ¿Qué tiene de nuevo ahora?: que en esta ocasión ha utilizado a quien has tenido como buen amigo. Y en ese sentido culpo a los dos; ambos son responsables... —Sarah se volvió, estaba pálida—. Lo siento, sé que esto duele... Yo solo he tratado de protegerte, de evitar que te alcanzara esa basura...

Ella sintió que la cabeza le daba mil vueltas, afectada por un repentino mareo. No le salía decir nada, asaltada por una espesa nube de oscuros pensamientos. La vida le había ofrecido tan pocos asideros en los que apoyarse, que constatar una nueva traición en su padre la arrastraba a una profunda decepción. ¿No había sido suficiente haber vivido abandonada y sin padres? ¿Por qué tenía que sufrir tantos engaños? Cuando había empezado a cerrar espacio a más mentiras en su vida, Pawel y, sobre todo, su padre, habían decidido encabezar una nueva lista de desengaños.

Jalid la miraba, preocupado por su silencio, por el rictus de angustia que desfiguraba su rostro, los músculos atenazados en brazos y piernas, huida la expresión.

—Sarah, cariño... —Atrajo su mirada—. Me tienes a mí, siempre. Yo nunca te fallaré.

Ella, de regreso de sus oscuros laberintos interiores se adentró en los ojos de Jalid y buscó refugio en ellos antes de pedirle algo que también le quemaba.

—Deberías reprender a Raissa; no me ha gustado nada la actitud descortés y agresiva, añadiría, que ha mantenido hoy conmigo.

—Lo haré. ¿Qué más quieres que haga?

—Que de verdad nunca me falles... No lo soportaría.

En Damasco, al día siguiente, Amina intervino de forma directa para que se autorizara la grabación de su propia entrevista en el interior del mausoleo donde se veneraban los restos de Saladino, después de que la TEF, Televisión Emiratí de Fuyarja, recibiera por parte del Ministerio de Cultura y Patrimonio una negativa y se lo pidiera Jalid.

La charla que tuvo con el ministro, su deseado Abdul al Samed, fue determinante. Ella le citó a comer, hablaron de la excavación, de lo que todavía faltaba por hacer, sin mencionar los actuales trabajos en la sala de columnas, aunque ella se dio cuenta de que estaba al tanto. Sortear el incómodo asunto sin ninguna mención por parte de Abdul rebajó sin duda la distancia entre ellos. Surgió el asunto de la entrevista; los inconvenientes vistos por él, los beneficios para la imagen del país por parte de ella. No se mostró demasiado dispuesto a aceptarla. Amina decidió probar otra táctica.

De forma deliberada, al empezar el primer plato pasaron de lo laboral a lo privado. A ella le tocó resumir cómo había llegado a ser lo que era en una sociedad tradicional como la egipcia. Él la escuchó, poniendo el cien por cien de sus sentidos en los detalles de cada explicación. Hasta que llegó su turno. Apareció entonces un transparente Abdul, hasta ahora opaco. Se destapó el frustrado arqueólogo que tuvo que cambiar su sueño por una nómina que pagara los gastos de una familia construida demasiado pronto y no por voluntad propia. Y entre plato y plato, Amina, sin apenas participar, conoció un currículo personal cuyos grandes hitos no habían coincidido nunca con sus deseos, sino al revés; siempre procurando agradar a los demás, a su entorno, a los suyos. Como respuesta a tal despliegue de confianza, ella se abrió como pocas veces había hecho con otros hombres. En los cafés, la cercanía entre ellos rozaba la de dos amigos que se conocen de siempre. Amina miró el reloj. Habían pasado dos horas y media. Los últimos noventa minutos desentrañando sus respectivos pasados, compartiendo anhelos y frustraciones, como también gozos y penas. Y superadas ya todas las barreras, Amina sintió la necesidad de activar sus probadas artes de seducción, hasta advertir casi a la vez que ninguna obraba efecto.

Con pocos fracasos en su haber como mujer, Abdul acababa de romper una trayectoria infalible hasta entonces. Le miró y lo admiró, mientras se terminaba un segundo té. Se sentía absurda y desenfocada, consciente de haber agotado todas sus posibilidades, más aún viéndole consultar el reloj por tercera vez en menos de cinco minutos. Retomó el asunto de la entrevista en el mausoleo de Saladino y sin esperárselo se encontró con otra actitud: la aceptaba. Pero las condiciones fueron claras: dos funcionarios del ministerio estarían en todo momento presentes, solo una hora de duración para no afectar demasiado al tráfico de visitantes y la grabación entera de los preparativos, no solo de la entrevista. Supervisaría el conjunto antes de permitir su emisión.

Jalid, apenas conoció las exigencias del ministro, se las trasladó al director de la cadena de televisión y después a Sarah, durante su matinal paseo a caballo por los alrededores del palacio.

—Hoy nos traerán tus nuevos documentos de identidad para usarlos cuando volemos pasado mañana a Siria. Dada la amistad que mantengo con el presidente, quizá no hubiera hecho falta, pero prefiero que tu nombre no aparezca en ninguna base de datos accesible para alguna que otra agencia de inteligencia occidental, no digo ya la israelí.

—Me parece bien. Una vez más me dejo hacer; ya sabes... —Recuperada la confianza en él, tras la aclaratoria charla de madrugada, no puso pega alguna. Llevaba todo el día pensando en el robo de la tumba de Saladino—. Por más vueltas que le doy, no termino de encontrar la manera de acceder al interior de esa tumba sabiendo que estarán las cámaras de televisión grabando y la supervisión posterior del ministro. Pero se me ha ocurrido una cosa, no sé...

—Estoy seguro de que lo conseguirás.

El caballo de Sarah se acercó al de Jalid antes de emprender el descenso por una empinada y enorme duna.

—Solo dos días y estaremos en Damasco. ¿Sabes que ya me estaba apeteciendo un poco de acción? —confesó ella, antes de marcar con las botas el costillar de su caballo cartujano.

CAPÍTULO 69

Damascus International Fairground. Siria. Mayo de 2019

A menos de seis kilómetros del aeropuerto internacional de Damasco y a otros seis del centro de la capital de Siria, se levantaba el espectacular recinto ferial donde se estaban terminando de rematar los últimos detalles de la esperadísima *Exposición Salah ad-Din* promovida por Jalid bin Ayub en coordinación con el presidente sirio Bashar al-Ásad.

La inauguración oficial iba a tener lugar dos días después de la llegada del emir junto a una gruesa representación de su séquito, en total treinta y dos personas. Entre ellas estaba Sarah, con una identidad falsa. Tan solo seis horas después aterrizaría un vuelo comercial con el equipo de la televisión emiratí junto a otros cinco medios de comunicación de índole local, para informar sobre los eventos paralelos a la magna exposición.

El presidente sirio recibió a su colega en el aeropuerto y tras los saludos protocolarios entre las dos delegaciones, bajo sugerencia de Jalid, aceptó hacer una primera parada en el recinto ferial para chequear el nivel de acabado de la exposición, antes de dirigirse a Damasco. Le acompañarían el responsable de cultura del emirato y la relaciones públicas de la cadena de televisión, Fátima Guzelia. La señora Guziela, en realidad Sarah, justificaría su presencia en todos los eventos gracias a esa falsa identidad. Así lo había ideado el propio emir.

Los dos mandatarios se presentaron de forma inesperada en el palacio de exposiciones y comenzaron su recorrido por el pabellón central. Constataron la espectacularidad de las dos enormes maquetas montadas en el atrio; la antigua Ciudadela de Damasco y su homónima en El Cairo. Tras dar su aprobado, recorrieron varias salas llenas de expositores, paneles y urnas, sin detenerse a mirar, dirigiéndose hacia el ala sur donde asistieron al último ensayo de la representación teatral *Entre mares y guerras*, que recogía el desembarco de una gran flota llegada de Egipto en ayuda de Saladino, con su hijo mayor a la cabeza, en un escenario de más de trescientos metros de ancho, de los que un tercio había sido inundado de agua sobre el que flotaban dos grandes embarcaciones. De ellas vieron descender a más de cincuenta caballos junto a la soldadesca, en coincidencia con uno de los momentos más asombrosos de la representación. El techo del gigantesco escenario simulaba un cielo gris, cargado de nubes, que dio paso a una intensa lluvia entre fulgurantes rayos y sonoros truenos.

Abandonaron aquel pabellón a través de una enorme puerta de madera labrada, para dirigirse al siguiente, sin tiempo de ver las otras tres naves, dedicadas todas a la exaltación del heroico sultán.

La impresión que obtuvo Jalid del conjunto fue inmejorable.

Los trabajos más complicados que se exhibían, como eran los enormes dioramas representando la batalla de los Cuernos de Hattin y la entrada en Jerusalén, estaban terminados y el resultado era espectacular. Faltaba ultimar algún detalle menor en el siguiente, el que mostraba la vida cotidiana de la época. No se detuvieron demasiado en el último; uno que recreaba la clásica carga de caballería árabe con más de cien monturas, al asistir a los últimos preparativos de iluminación y limpieza. En ello estaba un verdadero tropel de operarios.

—Para terminar de casar agendas —comentó Al-Ásad a Jalid, antes de llegar a sus respectivos vehículos oficiales—, mándame a tu chambelán para que se reúna con el mío, compartan horarios de cada evento y estudien el protocolo de seguridad que hemos establecido para disfrutar de cada acontecimiento sin desagradables sorpresas.

Le ofreció la mano como despedida.

Jalid decidió mandar a Raissa, su secretaria y chambelán. Decidió servirse de ella para que les adelantara las dos importantes noticias que haría públicas antes de la inauguración. La citó en su *suite* una hora después de haber sido alojado en el emblemático hotel Beit Al-Wali, el más exclusivo establecimiento dentro de la oferta hotelera que ofrecía la ciudad. Sus veintinueve habitaciones iban a reunir a todo su séquito. De ellas, destacaban por tamaño y lujo sus tres *suites*. La presidencial la ocupó Jalid. Las otras dos, los únicos miembros de su Gobierno que le acompañaban; el responsable de Cultura y el de Economía. A Sarah le correspondió una de las cámaras de mayor tamaño, a tres puertas de su marido y contigua a la de Raissa. La presencia de Yazeera había sido descartada, recién había llegado de despedir a su padre horas antes de emprender el forzoso exilio, para que nadie pusiera en duda la falsa posición de Sarah dentro del séquito.

Los planes de Jalid eran precisos. Ninguno de los dos daría prueba alguna de su relación matrimonial durante la estancia en Damasco por su propia seguridad. Tanto los servicios de inteligencia sirios como los del emirato temían la presencia de grupos rebeldes, deseosos de asestar al Gobierno un duro golpe de imagen en forma de atentado terrorista o de sonado secuestro. En ese sentido, la esposa de un emir podía ser un perfecto objetivo atrayéndose con ello una inmediata atención mundial, con un añadido: la consiguiente pérdida de peso informativo por parte de la *Exposición Salah ad-Din*. Asumida la fiabilidad de aquellos análisis y el riesgo personal y de prestigio que podían significar, Jalid tomó la decisión de ocultar el estatus personal de Sarah el tiempo que estuvieran allí. Además, como también sospechaban de la posible llegada de unidades de inteligencia de otros países, durante las semanas que duraba la exposición, al ser Siria un país enemigo de Israel, no podían arriesgarse a que Sarah fuera identificada.

De hecho, el Mosad había conseguido infiltrar una célula en la ciudad para obtener información de primera mano sobre la muy publicitada exposición, sabiendo que acudiría su principal promotor y patrocinador, el emir Jalid bin Ayub. Isaac no esperaba la presencia de su hija en la comitiva dada su delicada situación policial, pero las órdenes dadas a su gente eran claras: si acudía, su protección era objetivo prioritario y por encima de cualquier otro señalamiento. La muerte de Pawel y la nula comunicación con Zulema, a pesar de persistentes intentos, le habían generado una honda preocupación al haber perdido cualquier hilo de comunicación con el entorno de su hija.

Para Raissa, la reunión en la *suite* de Jalid significó un antes y un después. Primero por el nivel de confianza que adoptó con ella, asistiendo a una espontánea confesión de los principales objetivos de su presencia en Siria, aparte de los propios de la exposición. Supo así que iba a ayudar al país multiplicando por cinco el suministro de petróleo a precio rebajado, que además pretendía establecer un ambicioso programa de transferencia académica entre sus universidades junto con un sistema de becas para los mejores estudiantes sirios de ingeniería y ciencias, en ayuda de sus doctorados, y que quería sentar las bases de un generoso programa de apoyo financiero a la reconstrucción del país, heridos sus edificios y patrimonio por culpa de la guerra. Y segundo, porque abandonó el trato formal con ella.

—Aparte de casar agendas, quiero que traslades al chambelán del presidente dos importantes noticias. La primera, que acabamos de encontrar un objeto que perteneció a Saladino en las excavaciones de la Ciudadela: un pequeño cofre de marfil con el contenido más hermoso que pueda definir las virtudes del gran sultán; un dinar y treinta y seis dírhams. La única riqueza que acumuló a su muerte... —El tono y la cadencia con la que pronunció aquellas palabras derrochaban orgullo. Pero a Raissa le faltaban las medidas para comprender la dimensión de aquel detalle. Jalid se percató de ello—. Es lógico que no conozcas el relato de su escriba cuando exponía las decisiones que tomó antes de morir... —Raissa se lo confirmó con la cabeza—. Sin ahondar en muchos detalles, Saladino fue un hombre tan generoso con su pueblo que donó toda su riqueza antes de prever su muerte, como ya había hecho tras sus victoriosas campañas compartiendo cada botín.

—¿Prefiere que el descubrimiento lo dé el presidente al-Ásad o que lo haga la prensa? Si les traslado la noticia, el asunto correrá al momento por todos los medios.

—Lo prefiero, sí. Como también la segunda; mucho más sorprendente todavía. Una sorpresa que aterrizará mañana desde el emirato... —Dejó de mirar a Raissa para fijar su atención en el frondoso jardín trasero al hotel, frente al balcón de la *suite*. Suspiró e hinchó sus pulmones antes de volver a hablar. De espaldas a su colaboradora y con una deliberada solemnidad proclamó—: Anunciaré el renacimiento de la yegua predilecta de Saladino; una noticia que recorrerá la tierra de norte a sur, un hecho sorprendente para muchos, increíble para el resto y un enorme sueño para mí. Raissa, presentaré al mundo a Shujae...

A ella le encantó el tono de misterio empleado.

—Si me permite mi humilde opinión, está a punto de cerrar un círculo de insospechadas consecuencias. A la ambiciosa exposición sobre Saladino sumará el descubrimiento de su cofre personal, y por si no fuera poco lo anterior, mostrará a todos la copia viva de un caballo histórico, una leyenda en sí... Tres hechos que van a dar que hablar y mucho.

A Jalid no solo le agradó su parecer, le sirvió para realizar una encendida defensa de su idolatrado héroe. «Lo han de ver como reclamo de un pasado glorioso que nunca debimos dejarnos perder», manifestó cargado de convicción. «No podemos permitir que Occidente siga sembrando la mente de nuestros jóvenes con sus penosos ídolos, ya sean musicales, cinematográficos o *influencers*».

—De ahí el objeto de esta exposición, Raissa; quiero plasmar la historia del mayor líder musulmán de todos los tiempos, para con ella cautivar a nuestro pueblo, conseguir que ame sus gestas, su personalidad; que lo conviertan en un nuevo ídolo global y sientan orgullo de nuestra cultura a través de él. Persigo honrar el poder e influencia que hemos tenido en la historia de la humanidad. Quiero que todo el orbe musulmán sienta esperanza en los nuevos tiempos, en un prometedor futuro. Porque el mundo tiene que volver a conocer el poder y la influencia del islam, y Saladino tiene que ser la figura clave que encabece esa nueva época...

A medida que iba hablando, su expresión parecía desprender luz.

Raissa, consciente de la trascendencia de los momentos que estaban por venir, quiso compartir su propia ilusión.

—*Sayyid*, gracias a su determinación el mundo volverá a hablar de Saladino en beneficio de los fieles al islam. Preveo un tiempo glorioso, increíble, esperanzador...

Se le escaparon dos lágrimas que Jalid recogió con sus propios dedos, observando a su secretaria de un modo que no habituaba hacer.

—Es todo lo que pretendo; preparar un nuevo tiempo, presentar a un renovado líder... Ese es, ha sido y seguirá siendo mi principal misión.

Pasada la medianoche, tras haber cenado por separado, Jalid y Sarah coincidieron en el pasillo que conducía a sus habitaciones. Se despidieron casi en susurros, deseándose un buen descanso. Sarah, tras comprobar que no les veía nadie, salvo los miembros de seguridad, le plantó un fugaz beso en los labios.

—Te esperan días muy grandes, cariño. Me siento muy orgullosa de ti.

—Mañana será de los más importantes.

—Acudiré al mausoleo a primera hora, después de desayunar. —No lo habían hablado.

—Perfecto, porque coincidirás con Amina y con el equipo de televisión. No tengas prisa en estudiar *in situ* cómo llevar a cabo nuestro plan. Todo lo que necesites, pídeselo a Raissa. Yo iré mientras a recoger a Shujae al aeropuerto. Me aseguraré de su buen estado y de la bondad de las instalaciones que la acogerán. Luego comeré con el presidente para hacerle partícipe de los planes de apoyo a su maltratada economía y volveré después a repasar mi discurso de inauguración para la noche. Tenemos que descansar. Que duermas bien, mi amor. Hasta mañana.

Le devolvió el anterior beso probando sus labios.

Sarah cerró la puerta y Jalid se dirigió hacia su *suite*. Un miembro de la escolta le abrió la puerta. Entró en el dormitorio, se quitó la kandora y la tiró al suelo. Buscó su camisón para dormir, pero alguien llamó con insistencia a la puerta antes de ponérselo. Imaginó que sería Sarah. Preguntó quién era. Respondió Raissa.

—Disculpe las horas, *sayyid*. Después de mi reunión con el chambelán, necesito pasarle la agenda, protocolo y planes para mañana.

Jalid se miró a medio vestir y decidió retrasarlo a mañana.

—Comentémoslo durante el desayuno.

—Le ruego que lo hagamos ahora; no me llevará más de diez minutos. Si insisto es porque tiene un compromiso cerrado para el desayuno.

Jalid dudó si cubrirse primero o abrir la puerta. Decidió lo segundo. Raissa se sorprendió al verlo en ropa interior, aunque tampoco ella iba demasiado discreta. De hecho, llevaba una bata abierta sobre un camisón con alguna transparencia.

Raissa resumió en dos minutos la conversación tenida, trasladándole la excelente impresión que le habían causado las dos noticias. Tras ello, abrió su cuaderno para enumerar los compromisos y eventos a los que se tendría que enfrentar a la mañana siguiente. Jalid le ofreció asiento en un sofá y él lo hizo en otro, frente a ella. Mientras la escuchaba, su mirada se perdía en las sugerentes curvas que se adivinaban bajo el camisón. Una idea empezó a ocupar su pensamiento que le abstrajo por completo. Apenas oía lo que Raissa decía, atraído por su figura. Incapaz de desviar la atención a otro lugar que no fueran sus estilizadas piernas, aunque apenas asomaban algo bajo el final del tejido. Al advertirlo, Raissa jugó fuerte. Las separó, dejándolas ligeramente abiertas y Jalid no pudo más. Se levantó, fue hacia ella, le aplastó los pechos y besó sus labios con apasionado ardor. Ella se dejó hacer, encantada.

Aquella noche fue la primera que pasaron juntos sabiendo que no sería la última. Si ella veía el encuentro como un sueño cumplido, hacerla su amante entraba dentro de un plan que Jalid había ideado desde hacía no demasiado tiempo.

Porque también necesitaba a Raissa.

CAPÍTULO 70

—

Mausoleo de Saladino. Gran Mezquita. Damasco. Mayo de 2019

Cuando el vehículo que llevaba a Sarah se detuvo en la entrada del mausoleo de Saladino, a espaldas de la Gran Mezquita, la esperaba Amina, nerviosa, con ganas de conocer por fin a esa mujer.

Deseaba identificar las razones que habían movido el corazón de Jalid. Pero aún le atraía más explorar su lado heterodoxo y disidente, cuando sabía que por sus manos habían pasado algunas de las pinturas más sonadas de la historia sin el permiso de sus propietarios. Nunca había juzgado a la ligera a nadie, esa era una de sus máximas, no le gustaba que lo hicieran con ella. Pero lo de aquella mujer era algo excepcional y deseaba constatarlo. Su idea era llevarla a visitar la excavación después para hablar un rato a solas.

Las dos vestían ropa occidental. Amina, pantalones cortos color crema, camisa vaquera y sus sempiternas botas de explorador. Sarah con camisa blanca y falda tableada. Se estudiaron sin disimulo después de darse dos besos.

—No exageró Jalid cuando me habló de tu belleza, aparte de otras muchas virtudes... —se arrancó Amina, recogiendo su alborotada melena caoba con una goma de pelo.

Sarah se fijó en ella. Visto su físico, cómo se movía y la profundidad de su misteriosa mirada, era comprensible la capacidad de atracción que generaba en el colectivo masculino.

—También te hizo justicia a ti. Encantada de conocerte, Amina.

Atravesaron un pequeño patio que conducía a la única puerta de acceso al mausoleo. Apoyado en ella, vieron al jefe de producción, hablando con el director de fotografía de la cadena y su primer operador. Comentaban las necesidades de iluminación, sonido y acústica, después de haber reconocido el lugar de grabación, conscientes del escaso margen de tiempo que ofrecía el Ministerio de Cultura y Patrimonio para realizar la entrevista y tomar los necesarios recursos. Les saludaron. Sabían que aquella mujer no era la relaciones públicas de la cadena, pero antes de salir del emirato se lo habían dejado muy claro y ninguno iba a preguntar qué planes tenía estando entre ellos. Solo tenían que preocuparse de su trabajo.

El jefe de producción les señaló la ubicación decidida para la entrevista, teniendo de fondo las dos tumbas. Habían probado en la vertical de la cúpula central, más cerca de ellas, pero la aparición de un desagradable retorno de voz hizo que descartaran la idea.

Sarah se separó del grupo para reconocer los sepulcros. De camino escudriñó los cuatro ángulos del techo en busca de cámaras de grabación; formaba parte de su liturgia cada vez que entraba en un museo o sala de arte. No vio ninguna. Fiel a los consejos de su abuelo, si no se tenían en cuenta todos los riesgos, robar era un viaje directo al fracaso.

El recinto congregaba bastante público a esa hora. Al llegar a la tumba objetivo se detuvo y dibujó una línea imaginaria que unía su posición con la del cámara, para averiguar si existían puntos ciegos donde poder ocultarse. No existían, pero se le ocurrió un sistema para conseguirlo. En ese momento la sobrepasó un grupo de adolescentes con su profesor, ruidosos y pesados; apenas podía ver por encima de ellos.

Cuando lo hizo, vio que Amina estaba entretenida hablando con los responsables de la cadena, por lo que se ocupó de lo suyo, de lo más complicado. ¿Cómo iba a poder levantar la cubierta de aquel sarcófago sin ser vista por los responsables del ministerio, por los operarios de la cadena televisiva y por la cámara que estaría grabando la entrevista? La solución era imposible, o casi.

Rodeó la sepultura de mármol, regalada por el emperador alemán, sin dejar de pensar. Permitió el paso de otro grupo de visitantes, esta vez de ancianos, y siguió su recorrido recordando a aquellos otros que la ayudaron con el Manet en el museo de Orsay, a la abuela de Charles entre ellos. Se acordó de su amigo y sintió una mezcla de rabia y angustia. Seguía sin saber nada de él. Lo único, que estaba en prisión. Se sintió fatal. Por su culpa estaba encerrado y hasta ahora no había podido hacer nada por él; ni siquiera decirle lo mucho que le quería o lamentar su horrible destino. Aunque nunca había puesto en duda su lealtad y le faltaba saber cómo habían averiguado las autoridades francesas su implicación en el robo del Manet, cabía la posibilidad de que Charles hubiese dicho algo. En algún momento de sus interrogatorios quizá había levantado su pista sin querer. Hubiese ocurrido así o no, necesitaba cerrar el asunto en su cabeza para eliminar el más mínimo atisbo de duda sobre alguien a quien tenía como a su mejor amigo.

El pisotón de un anciano la devolvió a la realidad, pero sus ciento y pico kilos hicieron que se doblara de dolor. Hasta dejó de sentir la punta de los dedos. Se agachó para masajearlos y al mirar la tumba frente por frente, a esa altura, se le ocurrió una solución.

Sí, podía funcionar.

Regresó a la posición de Amina. Un técnico de iluminación proponía instalar tres pantallas reflectoras para evitar el excesivo reflejo que producía el mármol blanco de la tumba. Sarah pensó en pantallas negras para ese fin, porque le podían ofrecer tres puntos ciegos para moverse por detrás sin llamar la atención. Lo iba a decir, pero no hizo falta; el director de fotografía apuntó esa posibilidad después de medir con un fotómetro la exposición de luz; paso previo a decidir qué apertura, velocidad de obturación y escala de sensibilidad fotográfica iba a necesitar para ajustar la cámara de grabación.

Amina se dirigió a Sarah, apartándola del grupo.

—Ya ha quedado decidida mi ubicación, la del cámara y la del resto del equipo de grabación. Tienen también calculadas las medidas auxiliares necesarias para conseguir la mejor calidad de imagen posible, contando con las circunstancias de este recinto. ¿Qué nos queda? —preguntó Amina.

Antes de contestar, Sarah se agarró de su brazo en un gesto de confianza.

—Que pasen pronto las cuarenta y ocho horas que nos separan de la grabación. Te haremos llegar las últimas instrucciones antes. Algunas están por decidir todavía.

Cuando salieron del mausoleo para dirigirse a pie a la cercana Ciudadela, se fijaron en un vehículo aparcado frente a la entrada, en un lugar de estacionamiento prohibido. Ya estaba allí cuando llegaron. Ocupado por una pareja joven, al advertir sus ocupantes que estaban siendo observados, empezaron a discutir de forma ostensible, con las ventanillas bajadas. Ni Sarah ni Amina supieron qué hacer: interesarse por lo que les pasaba, ayudar, llamar a la policía a tenor del exagerado griterío entre ellos, o seguir su camino. Optaron por lo último sin dejar de mirar a sus ocupantes. Hasta que de repente vieron cómo cambiaban los gritos por besos, con tan encendida pasión que el viraje de comportamiento despertó un comentario en Amina.

—Amor y odio; a veces viajan tan juntos que cuesta diferenciarlos. ¿No te parece? ¿Conoces la teoría de los contrarios de Heráclito? —No dejó que respondiera—. ¡Qué tontería! ¿Cómo no la vas a conocer? Tienes que ser toda una experta:

¿quién ha llegado a combinar mejor que tú judaísmo e islam, Occidente y Oriente, arte y robo?

—Veo que no te andas por las ramas...

—No suelo hacerlo; nunca me ha gustado perder el tiempo. No lo hago en el trabajo ni en el transcurso de una conversación, tampoco en mis conquistas masculinas, por qué no decirlo.

—Si no recuerdo mal, el mismo sabio al que has hecho referencia proponía que la lucha entre contrarios es el principio universal que gobierna nuestro ser. Conozco la teoría porque la he hecho mía desde bien pequeña. —Sarah asumió como primera regla de juego, en el trato con Amina, la franqueza. ¿Acaso no había sido su vida un gran ejemplo de contrarios? Amor y abandono, delito y arte, magia y robos, anhelar el compromiso masculino y huirlo casi a la vez—. ¿No fue también Hegel quien formuló el principio de que la realidad es esencialmente contradictoria?

—Cierto, veo que no vas mal de conocimientos filosóficos. ¿Qué otro saber desconozco de ti?

—Me encantaría ser capaz de escribir poesía hasta el punto de atrapar el alma del lector y dejarlo sin aliento, pero no lo he logrado. Me apasiona descifrar los secretos escondidos en algunos cuadros y esculturas, también en ciertas sonatas. Ya sabes, entender qué querían contarnos sus autores. Y entre medias busco momentos de silencio siempre que puedo; de ese silencio interior que te permite crecer como persona, en una soledad que es decidida, no forzada.

Amina la miraba de reojo. Coincidían en algunos gustos. Le empezaba a gustar aquella mujer. A Sarah le estaba pasando lo mismo. Pero ninguna sabía que, a escasos ciento cincuenta metros, habían dejado atrás a dos agentes del Mosad, hombre y mujer, quienes acababan de notificar su posición a través de un teléfono conectado vía satélite con comunicación encriptada. Ante la inesperada proximidad de Amina y Sarah, a las que vieron acercarse demasiado, solo se les ocurrió representar una escena de tensión entre enamorados que pudiera explicar por qué estaban allí, aparcados, a pocos metros de la entrada del mausoleo de Saladino, al no haber encontrado otro punto alternativo que permitiera su seguimiento.

En la sede central del Mosad se recibió la noticia con una mezcla de inquietud y esperanza. Isaac fue informado al instante y sin pensárselo dos veces organizó una sesión de análisis del consejo de seguridad. La situación no podía ser más extraña. Los agentes no habían tenido dudas; una de las dos mujeres vistas era Sarah. Las fotos hechas por su padre durante la boda fueron claves.

Qué hubiera accedido a Siria con otra identidad entraba dentro de lo razonable, dada la búsqueda internacional que pesaba sobre ella. Acababan de *hackear* a la policía siria el registro de entradas en el país, de los últimos diez días y su nombre no estaba. Pero lo que Isaac no terminaba de entender era su papel como relaciones públicas de una televisión, encargada de retransmitir la inauguración de la *Exposición Salah ad-Din*, y de la entrevista dos días después con la zooarqueóloga Amina al Balùd, en el mausoleo del histórico sultán. Después de haber conseguido aquella información por diferentes vías y una vez puesta encima de la mesa de la urgente reunión, la junta operativa la debatió, confrontaron hipótesis y llegaron a una sola conclusión: Sarah, bajo aquella falsa identidad ocultaba otras intenciones que por desconocidas gustaron poquísimo.

Con tantas incógnitas cruzadas la situación exigía una acción inmediata, aunque no sin un pormenorizado análisis previo. Tenían que estudiar muy bien cuándo y dónde podían hacerse con el paquete, como se denominaba de manera informal a la captura y extracción de un objetivo, aparte de preparar un dispositivo de escape seguro. Porque esa era la voluntad de Isaac y del Mosad.

Ajenas a ello, Amina y Sarah caminaban por el centro histórico de la ciudad sin parar de estudiarse.

—Si ves que me meto donde no me llaman me lo dices; lo respetaré.

—Puedes preguntar... —respondió Sarah, interesada en continuar la conversación.

—¿Cómo combinas el judaísmo, si acaso lo vives, con las cinco oraciones diarias de tu marido y su asistencia semanal a la mezquita? ¿Cómo te sobrepones, si lo haces, al imperio del varón en la sociedad en la que has empezado a vivir?

Sarah preguntó si no era ella también musulmana.

—Solo de nacimiento... Vivo la religión a mi manera.

Sarah respondió con una reflexión.

—Si estoy aquí, si he podido superar en buena parte los mil escollos emocionales a los que todos nos enfrentamos a lo largo de nuestras vidas, en mi caso ni peores ni mejores, ha sido gracias a lo que me enseñó mi abuelo Jacob; a desarrollar una buena empatía. Trato de ser empática.

—No es mala contestación. Siendo empática...

Estaban llegando a la puerta norte de la Ciudadela. Protegida por dos soldados armados con fusil ametrallador y expresión hostil, la reconocieron, pero no a Sarah.

—Viene conmigo —aclaró, antes de ver subir la barrera y entrar en la explanada interior a través de una de las torres del perímetro amurallado.

Sarah entendió que acababa de pisar el mundo de Amina. La miró de reojo. Le había cambiado la expresión; lucía mucho más relajada.

—¿Y tú como combinas vivir al margen de las reglas, en una sociedad que no termina de aceptar que una mujer se atreva a pensar por sí misma?

Amina se quedó parada, a dos metros de la entrada al Salón del Trono donde había encontrado el pequeño cofre de marfil. La pregunta merecía una respuesta proporcionada. Suspiró antes de hablar.

—En tu pregunta das por hecho que ejerzo de rebelde en un mundo que espera otro comportamiento de mí y no te falta razón. Acabas de definirme. Soy inconformista, cierto, pero también poco reflexiva; de ahí mis dos fracasos matrimoniales. Inconformista porque nunca he seguido los dictámenes de un libro sagrado y mucho menos los que ofrecen esos políticos que se creen portadores de la verdad, detestan al adversario y se ven como directores de los destinos de la humanidad. Irreflexiva, o mejor dicho atropellada, porque suelo hacer más caso a mi intuición que a la razón, sin darme tiempo a meditar pros y contras. He crecido como persona eligiendo mis propios medios. Quizá me haya convertido en un ser demasiado autónomo... No sé.

Sarah se reconoció en parte.

—Mi realidad antes de Jalid se movía entre el rechazo a vivir una vida monótona, de ahí mi estimulante modo de coleccionar arte —guiñó un ojo—, y la desconfianza hacia todo el que pretendía intimar conmigo. Desconfianza, independencia y vivir con riesgos; esos eran los términos que mejor me definían. En eso nos hemos parecido. Sin embargo, desde que vivo con Jalid, he pasado a cederle una buena parte de mí, de mi autonomía como mujer, y créeme que lo hago encantada, movida por un inesperado y agradable estupor. Y lo mejor es que me veo creciendo como persona y no sola, crezco a la vez que él...

Sarah se sintió de repente rara. Quizá estaba hablando con excesiva confianza tratándose de alguien a la que apenas conocía. Amina, tras procesar lo que acababa de oír, sin gustarle del todo, sintetizó su opinión en una afirmación que también podía ser tenida como pregunta.

—Si me dices que tu presencia en Damasco tiene que ver con tu faceta como coleccionista heterodoxa de arte, seguro que me entiendes, lo apruebo y no preguntaré el qué, me encanta. Pero si lo haces por obediencia, o como acabas de decir tú misma por cederle todo a él, me decepcionarías.

—Quédate con una mezcla de las dos. Confieso necesitar de vez en cuando acción y Jalid estimula ese lado aventurero mío, como me parece que ha hecho contigo mandándote a aquí.

—Ese es su fuerte... —reconoció Amina—. Es capaz de identificar y despertar nuestras adormecidas necesidades. Conmigo lo hizo dos veces y a las dos respondí.

Cambió el destino de la conversación para explicarle dónde estaban, adentrándose en los detalles arquitectónicos del edificio hasta que se aproximaron al hueco abierto en uno de los muros donde habían encontrado el pequeño cofre de Saladino. Le explicó el contenido que tanto gustó a Jalid. Tras ello, recorrieron el resto del recinto hablando de asuntos menores, sin tomar los mismos vuelos de su conversación anterior.

Antes de despedirse en la salida de la fortaleza, donde un coche esperaba a Sarah, Amina no quiso dejarle ir sin preguntar una última cosa.

—Tu objetivo está en el mausoleo, ¿verdad?

—Sí, y necesitaré tu ayuda. Ya te diremos cómo... —respondió mientras se metía en el coche, antes de cerrar la puerta y pedir al conductor que la llevara a su hotel.

La junta de seguridad del Mosad, con el plano de Damasco sobre la mesa, acababa de marcar los tres puntos posibles de actuación: el hotel donde se alojaba Sarah, el recinto de la Damascus International Fairground, y el mausoleo de Saladino, al que con seguridad acudiría de nuevo como responsable de relaciones públicas de la cadena televisiva, a la entrevista programada.

Después de una rápida discusión, quedó descartada la feria por celebrar la inauguración esa misma tarde; demasiado pronto para preparar la logística necesaria. La deliberación se prolongó durante dos horas más, sopesando cuál de las otras opciones sería más viable, dentro de la enorme dificultad de la operación. Al final, de forma unánime, se tomó una decisión.

CAPÍTULO 71

—

Hotel Beit Al-Wali. Mayo de 2019

Los prolegómenos y faustos que acompañaron a la inauguración de la *Exposición Salah ad-Din* dejó pasmada a la población que había acudido en masa, satisfecha con su máxima autoridad, el presidente Al-Ásad. Le pudieron ver respondiendo, significativamente crecido, a más de un centenar de medios de comunicación reunidos frente a las puertas de la exposición. Junto con Jalid bin Ayub, como promotor y mecenas de la iniciativa, antes de cortar la cinta que daría acceso libre a los espacios feriales, centraron sus mensajes en el objetivo principal de la muestra: recuperar y ensalzar la figura de Saladino, indudable héroe, crisol de todo el islam y conquistador de Jerusalén, pero también soldado y caballero, respetado por el orbe cristiano a pesar de sus largos enfrentamientos durante la que se terminó llamando Tercera Cruzada.

A preguntas de uno de los periodistas, Jalid justificó los motivos de haberla subdividido en cuatro grandes secciones: Infancia, Sultanato de Egipto, Unificación del islam y Lucha contra los francos, con la recuperación de al-Kadisiya, la Jerusalén cristiana.

—La estructura de la exposición recoge los principales períodos vitales del gran sultán, como espejo de sus facetas como persona: místico a lo largo de su infancia y juventud, comprometido con los objetivos de su familia en la toma de Egipto, saberse elegido como unificador de la fe en obediencia a Alá, y espada guerrera para extirpar la herejía de Palestina y de su capital, al-Kadisiya —lo resumió todavía más—. Cuatro pabellones para recoger cada una de sus grandes claves personales: místico, comprometido, elegido y guerrero. Los grandes pilares que hicieron de él un héroe universal —respondió, consciente de la necesaria precisión que debía dar a sus palabras, para que el mensaje fuera trasladado al mundo sin deformaciones y con la necesaria claridad.

El presidente Al-Ásad trasladó su propia visión pronunciando un discurso contundente, empleando un deliberado silencio al enumerar cada una de las tres grandes virtudes del que fuera sultán de Egipto, Siria, Mesopotamia, Yemen y alguna que otra tierra vecina más.

—Ejemplo... Guía... Orgullo... —que cerró con una proclama—: ¡Vivamos como un solo pueblo el regreso de Salah ad-Din! —desencadenando un estruendoso coro de aplausos y gritos entre el público, levantados ahora de sus sillas, exclamando a voz en grito el nombre del venerado líder con una incontenible y emocionante convicción.

—¡Salah ad-Din! ¡Salah ad-Din! ¡Salah ad-Din!

Después del recorrido protocolario por los cuatro pabellones, ante el espectacular resultado de las representaciones a tamaño real, entre ellas la que mostraba una de las puertas de Jerusalén en plena entrada de la soldadesca musulmana, y otra reviviendo la batalla de los Cuernos de Hattin cerca del lago Tiberíades, con la presencia de un centenar de cabalgaduras en plena refriega armada, los dos dignatarios dieron por terminada su presencia y se recogieron en sus respectivos alojamientos.

Ya en la *suite* del hotel, medio tumbado sobre un confortable sofá, Jalid estiró las piernas y llamó por teléfono a Sarah para verla un momento. Sin haber pasado ni dos minutos, uno de los guardaespaldas le abrió la puerta. Entró decidida, buscó el mueble bar y se sirvió una copa de *whisky*. Tomó asiento en el sofá, pegada a él, y saboreó el primer trago.

—Ha sido espectacular, mi amor... —Ella le besó en la mejilla—. De haber vivido Saladino estaría orgulloso de tu intervención esta noche, y qué no decir de la exposición. Me ha parecido un acto increíble en su conjunto. Y mañana viene Shujae, ¿no?

Jalid le robó la copa y probó un sorbo. Confirmó su pregunta, pero cambió de tema preguntando si ya tenía decidido cómo iba a actuar en el mausoleo y qué necesitaría. Sarah retrasó la respuesta disfrutando de la indisimulada ansiedad de su marido. Y él, ante tan insoportable silencio y ansioso de noticias, retomó la palabra.

—A ti no tengo que explicarte que la inversión hecha en la organización de la exposición o el importante apoyo económico que disfrutará el país han sido la excusa para poder acceder a la tumba de Saladino; mi verdadero objetivo.

No estaba descubriendo nada que no supiera Sarah.

—Lo puedo conseguir...

La mirada de Jalid expresó una honda felicidad.

—Pero necesitaré esto...

Le pasó un papel donde había listado, una a una, todas sus peticiones. Jalid lo leyó.

—No veo problema alguno con la sierra, ni con el horario que propones. Me parece muy inteligente hacer coincidir la entrevista con la llamada a la oración de las 13:02, la Dhuhr, y también la idea de los disfraces. Me cuesta un poco más ver el papel de Raissa, pero no lo discutiré y cuenta con ello. Tendrá que acudir con un *niqab* para ocultar su identidad. Y bueno, lo tuyo, será para verte... —Esbozó una sonrisa—. ¿Quieres que esté?

—No, prefiero que todo el protagonismo se lo llevé Amina, tal y como tú mismo lo previste. Si estás tú, las cámaras cambiarían sus encuadres a posiciones que no me ayudarían. Necesito dos pantallas espejo colocadas en la posición exacta que te he dejado marcada en el papel para trabajar sin ser vista durante ocho minutos; es todo el tiempo que necesito.

Jalid la abrazó y ella se dejó hacer, encantada. Deseaba quedarse a dormir, pero él no pensaba igual.

—Mañana nos volvemos a ver en el desayuno y en cuanto te vayas pondré en marcha lo que me has pedido. —Al ver su contrariado gesto la abrazó con todo su cariño—. Cuando volvamos a casa, compensaré lo que ahora estoy evitando. Te lo prometo. Es mejor que regreses a tu habitación. Siempre puede haber alguien siguiendo nuestros movimientos, bastante riesgo es que estemos en este momento juntos, y no quiero que te identifiquen, ponerte en peligro y fastidiarlo todo.

Sarah protestó y le besó en los labios con ánimo provocador, pero Jalid la frenó levantándose de golpe, animándola a hacer lo mismo.

—Este rechazo me lo pienso cobrar con intereses... —protestó Sarah robándole un último beso antes de abandonar la *suite* y desearle buenas noches.

Sin haber pasado cinco minutos, Jalid puso un wasap a Raissa para que acudiera a su habitación.

Cuando ella entró, sin decir ni buenas noches, se tiró encima de él sobre el sillón y se quitó la túnica quedándose desnuda.

—Espera, espera... —la frenó Jalid—. Antes tienes que saber cómo has de actuar pasado mañana durante la entrevista de Amina, en el mausoleo de Saladino; vas a tener un importante papel.

Raissa estaba pensando en otra cosa. Metió las dos manos por debajo del pijama y pidió que se lo resumiera rápido, ansiosa de tener otro tipo de conversación.

Jalid, entre suspiros e incipientes jadeos, le contó lo que esperaba de ella.

—¿Me tengo que hacer pasar por tu mujer? —Se recogió la melena para ofrecerle ahora el cuello, hambriento de sus besos—. No sé si sabré...

—Para no saber, lo haces bastante bien... —respondió Jalid, a punto de hacerla suya esa misma noche.

CAPÍTULO 72

Mausoleo de Saladino. Damasco. Mayo de 2019

Amina acudió al mausoleo con un periódico bajo el brazo. En primera página, aparecía la foto de una preciosa potrilla con un titular a cuatro columnas: *La vuelta a la vida de la yegua de Salah ad-Din, Shujae, asombra al mundo entero.* Ella, como responsable del hallazgo de su tumba, en el castillo de Sahyun, al norte de Siria, imaginaba el asalto de preguntas que le harían durante la entrevista, programada de 12:45 a 13:15, siguiendo las precisas indicaciones horarias de Jalid.

Iba con tiempo; eran las 12:00.

Necesitaba que los operarios de la televisión colocaran el equipo de filmación en los puntos exactos que le había hecho llegar Sarah la tarde anterior, dibujados en un plano; en particular, las pantallas reflectoras negras. Una de ellas con efecto espejo. También quedaba especificada la posición exacta de las dos únicas videocámaras; una para recoger las respuestas de Amina y la otra enfocando al entrevistador.

La doble de Sarah había llegado a la vez que Amina para hacerse cargo de los responsables del ministerio, como relaciones públicas de la cadena que se suponía que era, a quienes esperaban a las 12:15 y, sobre todo, a su máxima autoridad, Abdul al Samed. Aunque Amina estaba avisada, miró en sus ojos apenas visibles bajo el *niqab* y tan solo descubrió una mirada nerviosa, casi histérica. Cuando pasados unos minutos se quedaron las dos mujeres solas, prometió ayudarla en todo lo que necesitara. Raissa se lo agradeció, pero ni con esas consiguió rebajar su nerviosismo.

Evitaba hablar con los operarios de televisión, no fueran a darse cuenta del engaño. Pero sobre todo no perdía de vista a uno, técnico de sonido, con una larga barba falsa, tradicional kufiya palestina sobre la cabeza, ancha túnica y lienzo ceñido a conciencia bajo ella, con el que Sarah trataba de disimular sus pechos.

Bajo la excusa de detectar ecos indeseables o cualquier otro sonido ambiente que empobreciera la calidad de la grabación, como supuesto especialista de sonido, Sarah se iba a situar durante la entrevista entre la tumba de Saladino y la pared, a ras de suelo. Por suerte, los trabajos que le competían estaban ya hechos; otro había colocado antes el micrófono para el entrevistado, orientado la jirafa, evaluado la acústica del mausoleo, monitorizado la calidad de la grabación y manejado la mesa de mezclas portátil.

Cuando el ministro Abdul llegó, protegido por dos agentes que se quedaron fuera y otros dos funcionarios que entraron con él, saludó a Amina, ofreciéndole una cómplice mirada de amistad que solo pudo ver ella. Se presentó a continuación al director de fotografía, luego al jefe de producción y también al entrevistador. Tras un fugaz recorrido del mausoleo, indicó a sus hombres dónde debían colocarse. La intervención del primer operador de cámara evitó que uno de ellos siguiera la entrevista desde el fondo, al ocupar el plano de la entrevistada, sugiriéndole otro punto cualquiera del recinto. Sarah suspiró aliviada. Para que a nadie extrañara su posición decidió abandonarla durante unos minutos simulando una concienzuda toma de medidas con su sonómetro.

A las 12:35 habían terminado de maquillar a Amina y se sentaba en un taburete alto. El jefe de producción rogó silencio, se colocó los cascos y tomó asiento a la derecha del cámara. En cinco minutos daría comienzo la entrevista. Amina, al ver a Abdul de pie, mirando en todas direcciones, pidió que le acercaran otra silla para tenerlo controlado, frente a ella. Lo que él agradeció.

El entrevistador repasó las primeras preguntas en sus apuntes, suspiró tres veces seguidas para rebajar sus nervios, miró a Amina, y vio cómo la relaciones públicas de la cadena, la supuesta Sarah, cerraba la puerta de acceso al mausoleo para evitar la entrada de público.

—Un minuto y grabamos...

El jefe de producción ordenó de nuevo silencio sin perder de vista su cronómetro.

Sarah regresó a su rincón, por detrás de la tumba de Saladino, comprobó que la pantalla espejo la ocultaba del objetivo de la cámara, abrió el estuche de aluminio que contenía el material de trabajo, colocó el instrumental que iba a necesitar sobre el cableado y los filtros de sonido, dejando todo a mano para ganar tiempo. Jugó con uno de sus rizos durante unos segundos, hasta que lo ocultó bajo la kufiya, y buscó su paloma de plata. La acarició.

Ante el delicadísimo reto que tenía por delante se le cerró la garganta dificultando su respiración. Por encima del miedo, del riesgo que corría y de la complejidad de la tarea, adoraba la tensión que en ese momento atenazaba cada uno de sus músculos. Volvió a saborear el gusto metálico que las sucesivas oleadas de pánico dejaban en su boca, le tembló un párpado y luego las manos antes de escuchar la primera pregunta.

Había llegado el gran momento.

El jefe de producción levantó una mano y empezó a rebajar segundos cerrando consecutivamente los dedos.

—Cuatro, tres, dos, uno... ¡grabando!

—Nos encontramos en uno de los lugares más visitados de la ciudad de Damasco —arrancó el entrevistador con una voz grave pero cálida—, donde está enterrado el mayor héroe que ha conocido el islam a lo largo de su historia: Salah ad-Din. Desde hace dos días, bajo la iniciativa conjunta del excelentísimo presidente Al-Ásad y de nuestro emir Jalid bin Ayub, han quedado abiertas las puertas de la exposición más ambiciosa jamás realizada sobre la figura, trascendencia y circunstancias del admirado sultán...

Mientras el periodista enmarcaba la entrevista, Abdul no dejaba de mirar a Amina. Sentía su atractivo. Tan solo la veía de perfil y mal, pero lo que emanaba aquella mujer conseguía cortarle la respiración. Tragó saliva y movió ligeramente la silla para mejorar su ángulo de visión.

—Hoy tenemos con nosotros a la prestigiosa y mundialmente conocida zooarqueóloga Amina al Bàlud, de nacionalidad egipcia —seguía hablando el presentador—, asombrosa protagonista de dos recientes descubrimientos relacionados con Salah ad-Din, que la han ocupado algo más de año y medio. —La cámara hizo un primer plano de Amina—. Con la tumba de Saladino de fondo, como homenaje al creyente, guerrero y héroe, quien fue llamado «La espada de Alá», ¿podría contarnos qué ha tenido que ver con el asombroso renacimiento del caballo preferido de Salah ad-Din?

La cámara enfocó el rostro de Amina, en un primer plano que casi llenaba la pantalla. Ella carraspeó, clavó su mirada azabache en el entrevistador y empezó a contar cómo y bajo qué encargo había llegado en diciembre del año 2017 al que fuera Castillo de Saladino, entre Latakia y Alepo,

—Aquel trabajo todavía sigue provocando en mí una mezcla amarga de sentimientos debido a la fatalidad que sobrevino al descubrimiento, que ha permitido tener ahora entre nosotros a Shujae, la misma yegua que hace más de ochocientos años montó Saladino mientras entraba en Jerusalén. —Recordó la explanada de la fortaleza sembrada de cadáveres, tragó saliva y borró aquella imagen de su cabeza para no mostrarse demasiado afectada—. En el exterior de aquel magno castillo quedó enterrada, con honores de guerra, una hembra que fue compañera, amiga y cómplice de las mil circunstancias que acompañaron al gran Saladino y que...

Raissa, bajo la protección del *niqab*, atendía a la entrevista sin dejar de mirar a los responsables del ministerio. Su misión era evitar que se acercaran a la posición de Sarah. Miró su reloj. Sabía que a las 13:02 iba a pasar algo y solo quedaban cinco minutos. Vio a uno de ellos moviéndose por detrás del personal de televisión. Se estaba acercando a ella. No entendía por qué. Se puso en alerta.

—Disculpe, vengo a recordarle que, en cuanto acabe la grabación, tienen que darnos la tarjeta de memoria de la cámara para que visionemos las tomas previas y la entrevista, antes de permitir que se haga pública. Ya que es usted la relaciones públicas de la cadena, la hago responsable de esa entrega.

—Así se hará, como se convino de antemano —respondió Raissa con una impostada autoridad.

Solo cuando le vio regresar a su previa posición suspiró aliviada. Se preguntó qué estaría haciendo Sarah en ese momento.

Escondida detrás de la tumba, acababa de sacar del maletín una pequeña sierra muy especial, la más silenciosa y potente del mercado, capaz de atravesar un perfil de madera de hasta diez centímetros de grosor; suficiente para el ancho de la tumba de Saladino. Escuchaba las preguntas y respuestas de Amina, pero tenía puesta su atención en el preciso punto donde iba a empezar a taladrar. En menos de diez minutos, los que emplearía el muecín para llamar a la oración desde los altavoces de la vecina mezquita, tendría que abrir un cuadrado en el féretro de treinta por treinta centímetros, suficiente para meter un brazo, buscar algún hueso y sacarlo.

Cerró los ojos y pensó en su abuelo. Recordó sus palabras:

«Querida Sarah, piensa que la magia es el arte de hacer posible lo imposible», asumiéndolas como él mismo le enseñó, con absoluta humildad, sin creerse por encima de los demás. Aunque estuviese a punto de emprender un asombroso trabajo, imposible para cualquier otra persona, ella no se veía especial. «Tienes que abandonar cualquier atisbo de vanidad cada vez que te enfrentes a un gran truco». Y eso es lo que se propuso hacer antes de actuar, concentrada por completo y sin pensar dónde estaba. Siempre le había funcionado. Solo así podía anular sus propios nervios, en un momento en el que no se podía permitir un solo error.

Tragó saliva, emocionada, al imaginar a su abuelo viéndola desde el cielo. Consciente también de la felicidad que iba a procurar a Jalid cuando se hiciera con la deseada reliquia de Saladino.

—Pasemos a hablar de sus recientes trabajos en la vecina Ciudadela, fortificación que sirvió de alojamiento a Salah ad-Din cuando fue nombrado sultán de Damasco. Tenemos entendido que ha podido hallar un objeto hasta hoy desconocido. ¿Puede darnos algún detalle sobre el mismo?

La cámara de Amina empezó a recoger la respuesta cuando se oyó por los altavoces de la Gran Mezquita el arranque del primer ciclo de la oración, consecutiva al mediodía, la Dhuhr.

El agudo canto del muecín provocó que Amina levantara la voz y que Sarah actuara contra la madera de la tumba accionando la sierra. Agradeció el tenue sonido que emitía el instrumento mientras cortaba con eficacia y rapidez. El polvo era recogido por una membrana de goma en forma de copa, por detrás de la cuchilla. La sierra producía ruido, pero no lo suficiente para llamar la atención de ninguno de los presentes, a diez metros de donde se encontraba Sarah.

Con el gatillo de la máquina apretado a fondo, realizó un giro de noventa grados y empezó a ascender hasta serrar unos treinta centímetros más. Miró el reloj. Llevaba dos minutos. Calculó otros cuatro para completar el corte, quedándole dos para recoger la reliquia y cerrar el agujero. La Dhuhr solía durar poco menos de diez, según fuera de rápido el muecín. En el segundo ángulo, cuando empezaba a avanzar a su izquierda y en paralelo al suelo, otros treinta centímetros, de repente se dejaron de oír las encadenadas oraciones de alabanza a Alá. Sarah soltó el gatillo y se quedó muy quieta, sin saber qué había pasado. Oyó al entrevistador cursar otra pregunta sin el ruido de fondo anterior. ¿Qué podía hacer? Si seguía, corría el riesgo de ser oída y que se le echaran encima los responsables del ministerio y ser pillada delante de las cámaras. El escándalo sería fabuloso. Pero tampoco podía dejarlo así.

Esperó un minuto más, calculando el escaso margen que tenía si volvía a oírse la oración, demasiado justo, pero no vio mejor opción. Escuchó a Amina responder. Hablaba del contenido del cofre de marfil que había encontrado dentro del Salón del Trono para extenderse a continuación en su simbología. No regresaba el canto del muecín. Cuando vio que faltaban tres segundos para cumplirse el minuto que se había dado de margen, activó la sierra. Por suerte apenas se pudo escuchar su zumbido al volverse a oír la oración cantada, ensalzando las virtudes del gran Alá. Suspiró aliviada. Aceleró el corte para no ir tan justa de tiempo, antes de que el muecín terminase, y consiguió completar el cuadrado. Metió dos destornilladores por los laterales y tiró hacia ella. Un grueso taco de madera cayó a sus pies. Armada de valor, a pesar del asco que le producía meter la mano para toquetear los restos de un esqueleto, lo hizo. Pero no encontró nada. El corazón empezó a latirle demasiado rápido y se quedó sin apenas respiración. ¿Y ahora qué podía hacer? No entendía nada. ¿Estaría el sarcófago vacío? ¿Estarían los restos en el otro, en el de mármol regalado por el Káiser? No era posible, no podía tener tan mala suerte. Se arrimó todo lo que pudo al sarcófago pegando su cara contra él, con idea de introducir el brazo todo lo más que diera de largo. Y tocó algo. Podía tratarse de un hueso. Tiró de él y descubrió con alivio que era un metatarsiano, lo que determinaba la colocación del cuerpo de Saladino. Si arrastraba los tarsos hacia ella con extremo cuidado, quizá pudiese hacerse con el peroné o la tibia, pensó. Lo intentó una vez, dos. En el tercero se quedó con un astrágalo en la mano. Empezó a sudar. Con el roce de su cara contra la tumba no notó que la falsa barba se había ido desplazando. Un último intento y sintió que lo conseguía. Rozó con las yemas de los dedos un hueso mayor. Lo aprisionó entre ellas con fuerza y lo arrastró hasta verlo aparecer. Era el peroné. No le daba tiempo a coger ninguno más. Guardó los ya sacados en el maletín, protegidos por una tela de lino. Aplicó sobre el borde serrado una cola de contacto de efecto instantáneo y volvió a colocar el bloque en su sitio. Pasó un paño para eliminar restos de polvo y pegamento. Sacó del maletín una barra de resina del mismo color que la madera y repasó el corte con ella, ocultándolo a primera vista. Una vez había acabado se sentó, levantó el sonómetro al aire para aparentar que seguía desarrollando su teórica función y en ese momento el muecín terminó la llamada con la última oración: *Assalam alaikum wa rahmatullah*, la paz y misericordia de Alá esté con vosotros.

La entrevista duró cinco minutos más hasta que se oyó la voz del jefe de producción mandando detener la grabación. Todos los presentes respondieron con un largo aplauso, momento que aprovechó Sarah para abandonar su emplazamiento y unirse al resto. Amina, nada más verla venir, le advirtió con un rápido gesto la mala colocación de su barba. Sarah se dio la vuelta y la ajustó. Con el maletín bien agarrado esperó a que terminaran de desmontar el equipo de grabación, vio como Amina se despedía del ministro y a Raissa pasándole la tarjeta de memoria al funcionario que se lo había pedido.

Abandonaron el mausoleo a la hora convenida, dos minutos antes de las 13:45, tras una hora cerrado al público. Amina empezó a caminar en dirección a la Ciudadela. Sarah se unió al equipo de televisión, ayudando a trasladar el material a la furgoneta alquilada y Raissa esperó la llegada de su taxi a pie de calle, para regresar al hotel. Pero no fue el taxi quien paró donde estaba; lo hizo una Mercedes Vito negra de la que salieron dos individuos. Se abalanzaron sobre ella, le taparon la boca y la llevaron en volandas hasta la furgoneta que abandonó el lugar haciendo chirriar las ruedas. La escena fue vista por todos los presentes, ninguno pudo hacer nada dada la sorpresa y la prisa con que se obró.

Sarah no tenía su teléfono a mano para avisar a la policía, impresionada por lo sucedido, sin entender qué significaba lo que acababa de pasar, aunque con ciertas sospechas. Ninguno se quedó con la numeración completa de la matrícula, solo con una parte. La primera llamada llegó a la comisaría central de Damasco, que de inmediato trasladó aviso a dos unidades que patrullaban el centro histórico de la ciudad, con las características de la furgoneta.

La Mercedes, a seis manzanas ya del mausoleo, fue abandonada para cambiar por otro vehículo. Un minuto después, un Toyota Land Cruiser azul con matrícula siria atravesaba las estrechas calles del casco histórico con una Raissa dormida bajo los efectos del sevoflurano que le habían aplicado en boca y nariz. Abandonaron la ciudad en dirección suroeste, hacia los Altos del Golán, a poco más de cien kilómetros; el lugar elegido para que un helicóptero recogiera y transportara el paquete hasta Tel Aviv.

La policía localizó la furgoneta negra sin saber si habían cambiado de vehículo o estaban escondidos en algún edificio cercano. Establecieron un cerco de ocho manzanas y empezaron a visitar casa por casa. También se establecieron controles de carretera, pero no a tiempo de detectar a la unidad del Mosad que escapaba con Raissa, imaginando que tenían a Sarah Ludwig.

Cuando la verdadera Sarah llegó al hotel, sin barba ni kufiya, maletín en mano, se dirigió a la *suite* donde aguardaba Jalid. Entró sin llamar; le abrieron las puertas los dos agentes de seguridad. Él trató de adivinar el resultado del robo en la expresión de su cara.

—¿Lo conseguiste?

Se levantó de la mesa de escritorio donde estaba trabajando para buscarla, en un abrazo que resumía la mitad de su vida.

Sarah abrió el maletín, retiró el envoltorio de tela y mostró los tres huesos, orgullosa del logro. Jalid sintió un respingo que recorrió su columna vertebral de arriba abajo, pero otro al saber que Raissa había sido secuestrada.

—¿Tu padre?

—Es de suponer...

—Los disfraces...Te confundieron con ella, claro...

Sarah no tenía ninguna duda, pero todas sobre el destino de Raissa. Pensó en voz alta.

—Cuando sean conscientes de su error no sé cómo reaccionarán. Les cuesta asumir sus equivocaciones; los conozco.

Jalid lamentó la noticia. Pero, por grave que fuera, no conseguía ahogar el inmenso gozo que sentía al tener en su poder aquellos huesos.

—Si en pocas horas no sabemos nada de ella es que han pasado a Israel. Activaré a mi responsable de Exteriores para que nos la devuelvan pronto. Se ha de ver cuál es la respuesta del gobierno israelí a un primer acercamiento, discreto y sin poner todo el peso diplomático todavía... —concluyó, más comprometido a ojos de Sarah que por convencimiento propio. Su verdadero interés estaba dentro de aquel maletín.

Podían volver al emirato ya; lo importante estaba hecho, pensó en su interior.

Después de haber superado la frontera siria campo a través, dentro ya de la zona controlada por Naciones Unidas y solo a diez kilómetros de la divisoria con Israel, una agente del Mosad le quitaba el *niqab* a Raissa durante una videollamada y a petición de Isaac Ludwig.

—¡No es ella! —exclamó incrédulo—. ¿Alguien me puede explicar cómo habéis podido equivocaros de persona y quién es esa mujer?

La voz de Isaac no podía sonar más furiosa.

—Señor, al ir con *niqab* no pudimos reconocerla del todo, pero créanos; actuaba como si fuera su hija. Lo sentimos...

—Lo sentimos no me vale. La habéis cagado y ese error tendrá serias consecuencias... —La agente del Mosad tragó saliva. Era el primer caso fallido en cinco años de ejercicio. Isaac siguió hablando—. Nos hemos puesto en evidencia, ¿me podéis decir para qué?

No quería imaginar lo que estarían hablando Sarah y Jalid. La escasa proximidad afectiva de su hija se iba a quedar en nada.

Raissa no entendía el hebreo, pero se sentía poco amenazada al estar segura de no ser el objetivo de aquel secuestro. Lo vio como una nueva oportunidad para estrechar los deseados lazos con Jalid, cuando regresara como una heroína. Porque esperaba su rápida liberación. La joven sentada a su lado preguntó quién era.

—Mi nombre es Raissa y soy la secretaria personal del emir Jalid bin Ayub. Como no me suelten de inmediato van a provocar un conflicto diplomático entre nuestros dos países de incalculables consecuencias. Si es usted Isaac Ludwig, padre de Sarah, creo haber reconocido su voz, piense bien lo que está haciendo.

Isaac la escuchó y no lo dudo un segundo más.

—Parad el coche en la primera población que veáis y dejadla libre. —Habló en árabe para que Raissa le entendiera—. Le pido disculpas. Esto no debería haber pasado.

—No se las acepto y sé que su hija tampoco lo hará. Adiós.

CAPÍTULO 73

Emirato de Fuyarja. Mayo de 2019

Jalid destapó la urna que acogería los huesos de Saladino dentro de la cámara secreta. De oro macizo, ofrecía una escasa visión de su interior a través de una pequeña ventana en forma de águila, como la presente en la bandera portada por los ejércitos ayubíes en la conquista de Palestina a los cruzados. Forrada en su interior de terciopelo verde, colocó con mimo el peroné, un metatarsiano y el astrágalo. Miró a Sarah. Eran las nueve de la mañana. Ella recogía cada movimiento de Jalid consciente del momento de intensa emoción que vivía. Le vio abrir el único objeto que no había llevado a la exposición de Damasco, el Corán de Saladino. Pasó varias páginas hasta que se detuvo en una. Empezó a leer.

—«Él es Quien envía los vientos como anuncio previo a Su misericordia, y cuando forman una nube pesada, la conducimos a una tierra muerta y de ella hacemos caer agua para que broten toda clase de frutos. Del mismo modo haremos salir a los muertos. Tal vez podáis recapacitar...»

Cerró el libro, los ojos, se inclinó, y empezó a recitar el primer *salat* del día, arrodillándose después sobre la alfombra, para postrarse cabeza en suelo recitando las preceptivas oraciones. Repitió tres veces el mismo proceder, dirigió después la cabeza a ambos lados y se incorporó.

Sarah lo observaba sin moverse. Sonaron en su interior los ecos del final del versículo anterior: «... hacemos caer agua para que broten toda clase de frutos. Del mismo modo haremos salir a los muertos...»

¿Qué significarían aquellas palabras para su marido?, se preguntó. Admiraba su celo religioso, aunque no entendiese qué dimensión tenía para él dada la lejanía de sus creencias. Llevaba un tiempo pensando si todavía estaría a tiempo de recuperar ese mundo interior prendido entre dos infancias. Pero la primera pregunta que le venía a la cabeza era complicada de resolver. ¿Cuál de los dos mundos? ¿El judío de su padre, el musulmán de su madre o ninguno de los dos?

Jalid guardó el viejo Corán en un estuche de cuero repujado, fue hacia ella, buscó sus labios y después su cuerpo con una necesidad de amarla diferente a como lo habían hecho hasta entonces. Era en aquel preciso momento, en el lugar donde había reunido los frutos de sus trascendentes sueños donde tenía que terminar de cerrarlos. Ajenos al paso del tiempo, vivieron su amor como nunca, en un universo de miradas cruzadas y pieles fundidas, en un baile sin otra música que el deseo. Sarah sintió su fogosidad como si se tratara de una llama sin quemar. Tembló. Cuando sus cuerpos se separaron, ella se quedó quieta, con la respiración contenida y el corazón latiendo a toda velocidad, deseando como nunca que aquel amor recibido, tan especial y cómplice, terminase por fin en una y deseadísima nueva vida.

No le volvió a ver en todo el día en aquel primer día de vuelta.

Como primera autoridad del país, Jalid tuvo que atender los asuntos de Estado más urgentes, se citó con sus colaboradores, supervisó el regreso de Shujae a media tarde, nombró veterinario jefe de sus cuadras al que había sido segundo con Pawel, un emiratí hijo de un buen amigo, habló con Amina para pedirle que terminara su exploración en la Ciudadela y se pasó por el laboratorio para hablar con Mao antes del anochecer.

Raissa había llegado al emirato en otro avión, horas después que ellos, en apariencia poco afectada por el extraño suceso. Después de comentar lo sucedido y de explicar quién había estado detrás del secuestro, Jalid le disculpó de sus tareas dándole el día libre.

Sarah salió a pasear a caballo antes de que hiciese más calor, seguida por uno de sus guardaespaldas. A su vuelta, se dedicó a leer y a pensar. Tenía una sensación extraña. Se veía como perdida en medio de un *impasse* raro. Después de haber vivido con absoluta excitación aquel último robo y de haber hecho realidad uno de los mayores deseos de su marido, quizá el máximo, le sonaba todo a pasado, por cerca que estuviera en el tiempo.

Era el futuro lo que la preocupaba ahora; saber qué le depararía la vida. Desvinculada casi por completo de su pasado, tras el fallecimiento de Pawel y la definitiva ruptura con su padre, era consciente de que le tocaba enfilar sus próximos años más sola que antes y sin un objetivo vital claro.

Volvería a trabajar, lo necesitaba, su cabeza se lo pedía. Jalid le había prometido empezar a viajar; recorrerían Arabia, Egipto, quizá algún otro país de África. También le atraía la idea de pintar; conocía sus fundamentos, había estudiado a fondo todas las escuelas, estilos y técnicas. ¿Sería capaz de expresar ese arte que tanto amaba? Consciente de que todavía no podía responderse, le tentaba descubrirlo.

En realidad, todo eran incógnitas: trabajo, viajes, pintar... Diferentes planes que la ocuparían, pero insuficientes para completar las expectativas de su vida. Porque había una idea por encima de las demás que se estaba adueñando de su cabeza y de su corazón, capaz de dar sentido a todo, de alegrar sus días, su vida y su alma, y esa era la maternidad.

Buscó en la agenda del móvil. La siguiente semana tenía

cita con el ginecólogo para iniciar el protocolo de inseminación. Había estado leyendo artículos en internet y en los foros se decía de todo. Algunos comentarios no eran muy positivos. Otros hablaban de una carrera de obstáculos; cambios de técnicas o efectos colaterales provocados por la excesiva medicación. Quizá por eso dejó de buscarlos para no ponerse más nerviosa. Confiaba en aquel médico.

Abrió su último libro de poesía por la señal, pero antes de sumergirse en aquel añorado mundo literario cargado de bellos giros en el lenguaje y profunda sensibilidad en los contenidos, dio por cerrado cualquier otro incierto pensamiento. Lo consiguió después de pensar que, si todo iba bien, en menos de un mes podría responder qué significaba ser madre. ¡Se moría de ganas de que llegara el momento!

Cuando Jalid entró en la habitación aquella noche, encontró a Sarah dormida. Se acostó a su lado sin hacer ruido. Arrastró el embozo de la sábana para tapar sus hombros y le dio un silencioso besó en la frente. Después se dio media vuelta, cansado pero feliz. Sus planes con Sarah se iban cumpliendo uno a uno y el mayor de sus deseos estaba cada día más cerca.

En otro dormitorio de palacio, Raissa apretaba los puños furiosa; apenas una hora antes había pedido a Jalid que se dejara ver por su habitación antes de ir a dormir, pero como respuesta solo recibió un frío y escueto:

—Hoy no.

¿Por qué hoy no?, se preguntaba, dando vueltas y más vueltas al asunto, metida en la cama. Habían disfrutado tanto en aquel hotel de Damasco, una y otra noche, estableciéndose una conexión tan perfecta entre ellos que el compromiso de repetir encuentros parecía mucho más que razonable. ¿Era con ese miserable «hoy no» como pensaba responder a la palabra dada? Parecía haberse olvidado de todo. Ofuscado su pensamiento, cambiaba una y otra vez de posición dentro de la cama con el corazón encogido, sin fuerza para latir como siempre. La decepción era monumental. No quería imaginar qué estaría haciendo Jalid en ese momento para no ponerse a gritar de pura envidia y rabia. Deseaba tanto a ese hombre, tanto, que solo lo quería para ella, al completo. Odiaba a Sarah.

Miró su móvil, estaba cargándose en la mesilla. Vio que faltaban cinco minutos para las dos de la madrugada. Ya que no podía dormir decidió pensar. Necesitaba separarlos, buscar la manera de romper aquel matrimonio. Se le tenía que ocurrir algo que desencadenara una profunda crisis entre ellos para después tener vía libre y ocupar el puesto de Sarah. Pero ¿el qué? No le acudía a la mente nada sólido, viable, contundente.

Tal era su grado de desesperación que se vio arrastrada a los más oscuros pensamientos, entre ellos encargar la muerte de aquella pérfida mujer; extranjera y de gustos raros, usurpadora y hereje. Sin embargo, no tardó en rechazar el pensamiento, sintiéndose detestable hasta por haberlo tenido en cuenta. En su siguiente reflexión descartó necesitar la violencia; existían otros medios más sibilinos, cabían otras alternativas sin llegar a tal extremo. Por ejemplo, conseguir un deterioro anímico tan profundo en ella que afectara fatalmente a la relación con Jalid.

Antes de que el teléfono rozara las tres había barajado pros y contras de dos posibilidades distintas. A las cuatro se había decidido por una. Le pareció que podía funcionar, aunque tocaba esperar acontecimientos. La red era buena y estaba bien pensada, solo quedaba extenderla llegado el momento. Sarah terminaría cayendo en la trampa. Era cuestión de tiempo. Sonrió al llegar a aquella conclusión.

Se relajó, estiró las piernas, fantaseó que Jalid estaba con ella, abrazó la almohada como si fuera él y sintió un inmediato e intenso calor interior. Viajó en pensamiento a la *suite* donde había sido amada por él, se relamió al imaginárselo y terminó cerrando los ojos satisfecha por los últimos acontecimientos de su vida, pero también por los prometedores resultados de su vigilia.

A media mañana del siguiente día, Charles Boisí escuchó la acusación de la fiscalía contra él, en el inicio de la causa por su posible participación en la falsificación del retrato de Berthe Morisot del pintor Manet y el intento de venta del original; atribuyéndole una probable implicación en el robo de la referida pieza en el museo de Orsay.

Su abogado centró la defensa en la nulidad de las pruebas, que incriminaban a su defendido, por varios fallos en su custodia. Según explicó al jurado en su primera exposición, el retrato había sido indebidamente registrado en el almacén policial, cuarenta y seis horas después de haber pasado por el laboratorio donde se había identificado la huella en la tela, sin un rastro intermedio documentado y sin la firma del responsable de criminalística. Con aquella imprecisa trazabilidad y el cúmulo de negligencias, fuera o no la huella de su defendido, la prueba quedaba invalidada.

En cuanto a la venta al marchante con taller en Saint-Denis, argumentó que su defendido había pensado siempre que se trataba de una copia.

El juicio empezó con el testimonio de la responsable del taller de copistas y restauración del Museo del Louvre, jefa de Charles durante cinco años, citada por la fiscalía. La mujer reconoció las habilidades del señor Boisí en aquel tipo de trabajos. Mostró algún ejemplo de los encargos que había hecho a través de un monitor, y no dudó en afirmar que era el segundo mejor copista que había conocido desde que dirigía aquel departamento.

Antes de su comparecencia, habían colocado las dos versiones del cuadro sobre dos caballetes a la vista del jurado, respetando las medidas de seguridad marcadas por la dirección del Orsay.

—Señora Marsey, ¿podría examinar las dos pinturas y decirnos si encuentra alguna diferencia entre ellas desde su probada experiencia? ¿Reconoce con facilidad la copia? —le solicitó el abogado defensor.

La mujer se aproximó para verlas de cerca. Con las manos entrelazadas en la espalda miró con detenimiento una y otra, observando la profundidad, dirección y técnica aplicada en las pinceladas de cada cuadro. Comparó la tonalidad y el color de los vestidos, las manos de la mujer y las flores. Trató de reconocer la pasta de óleo utilizada, empleó unos segundos más ahora a cierta distancia de las pinturas y regresó a su asiento.

—¿Ha llegado a alguna conclusión tras su estudio?

—Sí. Que se trata de una copia de insólita calidad. De hecho, me cuesta decidirme por la original... Creo que es esa, la de la derecha. —La señaló con un dedo.

El responsable del museo esperó el beneplácito del juez para desvelar el resultado. Abrió un pequeño sobre adherido a la parte trasera del cuadro señalado por la mujer. Extrajo un papel, que mostró primero al juez y luego al jurado. Era el falsificado.

—Como ven, se trata de un trabajo de tal calidad que llega a confundir hasta a una prestigiosa especialista en la materia...

La mujer frunció el ceño, sintiéndose un tanto humillada.

El abogado le preguntó si los copistas necesitaban especializarse, según fuera una u otra técnica pictórica, o cualquiera podía afrontar un trabajo como el que estaba a la vista. A lo que contestó que no, que era infrecuente encontrar a alguien con tan alta capacitación, capaz de trabajar con cualquier obra. De hecho, su taller destacaba entre los mejores del mundo por su especialidad en escuela barroca francesa e italiana.

—¿Quiere eso decir que no ve al señor Boisí capaz de realizar una copia tan notable como la aquí expuesta, una obra impresionista, con una técnica muy poco parecida a la pintura barroca con la que trabajó en su taller?

—No me atrevería a ser tan categórica, pero conociendo bien a mi exempleado no me parece que tuviese la experiencia necesaria.

El fiscal protestó por el sesgo de la pregunta, no fuera a llevar a conclusiones precipitadas al jurado, lo que fue aceptado por el juez, quien obligó a reformular la cuestión.

—Lo haré, señoría. —Dirigió su mirada al jurado—. Quedémonos, entonces, con el parecer de la responsable del mejor taller de copistas de Francia, quizá de Europa, cuando dice no haber visto nunca a Charles Boisí abordar un trabajo como ese, ni tener los conocimientos necesarios para copiar a pintores impresionistas.

Afirmación protestada de nuevo por el fiscal, desestimada por el juez y ratificada por la mujer antes de que el abogado concluyera la imposibilidad de probar que la pintura expuesta a la izquierda, la copia, hubiese sido pintada por su defendido.

Quedaba por explicar cómo había llegado a sus manos la pintura original que había intentado vender al marchante Jean-Marie, en Saint-Denis. Pero eso, tendría que justificarse en la siguiente vista, tres días después.

CAPÍTULO 74

Sala de espera de la clínica ginecológica doctor Al-Mahmed. Junio de 2019

Sarah estaba nerviosa y no solo por las altas expectativas que tenía con aquella cita. A primera hora de la mañana había recibido una inesperada llamada: la de su amigo Charles Boisí, desde hacía pocas horas en libertad condicional bajo fianza. Tras unos segundos de intraducibles balbuceos, presa del desconcierto y con un Charles tan emocionado que hasta se le escaparon un par de hipidos, él consiguió resumir en qué momento estaba su proceso judicial después de hacer un rápido recorrido de los sucesos acontecidos desde su último encuentro en Fontevraud. Escuchándole, ella vio esfumarse toda duda sobre su lealtad, casi como el soplo de una cerilla.

Por su parte, Sarah compartió sus últimas vicisitudes vividas en tono romántico, cuando le habló de la boda y su relación con Jalid, y más serio al explicar las consecuencias de la orden internacional de busca y captura.

Superada aquella fugaz actualización de vidas, pesares y alegrías, nada mereció más atención que el insólito favor que Charles le hizo de sopetón. Un favor que arrastraría serias consecuencias. A Sarah le pareció una verdadera locura. Pero ¿cómo se iba a negar, cuando la responsable de haberle puesto frente a un juez y de sufrir prisión, vale que ahora provisional, había sido ella?

—En cinco minutos la atenderá el doctor.

Una sonriente enfermera asomó la cabeza por la puerta de la consulta. Raissa, que había insistido en acompañarla hasta ponerse pesada, volvió a justificar su presencia.

—En nuestra sociedad no está bien visto que la mujer acuda sola a un médico, no digamos a un ginecólogo. Si la incomodo, lo siento. Me lo ha pedido su marido.

A Sarah no le había hecho ninguna gracia tenerla allí, pero no había podido evitarlo. Desde que le había atribuido una supuesta relación con Pawel y descubierto su verdadero talante, altivo y cruel, había reducido al mínimo sus relaciones con ella. Regresó en pensamiento a la conversación con Charles. Él daba por segura una sentencia inculpatoria:

«Mi abogado dice que no bajaré de doce años de cárcel... ¡Doce! ¿Te lo puedes creer?».

Fue oír aquello y revolvérsele las entrañas a Sarah presa de un acerado sentimiento de culpa. Pero fue la siguiente pregunta la que lo desencadenó todo:

«¿Cómo podría ayudarte?».

Tanto lo que le pidió Charles como el cuándo, mejor en un día que en dos, mareó a Sarah. Primero, por las implicaciones que tendría el hecho de ser descubierto. Segundo, ante la abultada lista de personas que tenía que involucrar para no deberles el favor después. Y tercero, al no saber si contaría con el beneplácito de quien estaba por encima de toda esa gente: su marido.

Antes de llegar a la clínica había resuelto el tercer punto, facilitando las demás gestiones que pudo cerrar en menos de una hora. Con solo dos llamadas despertó una inmediata cascada de comunicaciones; las necesarias para que en solo ochenta y ocho minutos le fuese notificado el programa. La hora de ejecución: las 10:45 del día siguiente, las 7:45 en París.

Llamó a Charles para contárselo y escuchó no menos de diez emocionadas «gracias», y no fueron más al tener que entrar en el coche que le llevaría a la clínica, en el que ya estaba Raissa.

—Vista la débil carga espermática de su marido... —el ginecólogo se retiró las gafas de cerca después de haber revisado el informe—, me decanto por la fecundación *in vitro*.

—¿Puede explicarme en qué consiste ese procedimiento? Sarah quiso despejar todas las dudas.

El facultativo resumió las cuatro fases de la técnica; estimulación de la ovulación, extracción del óvulo, fecundación en laboratorio e implantación del óvulo fecundado en el útero.

—Necesitaré intervenirla dos veces, pero el procedimiento es poco invasivo y bastante rápido. Trabajaré con laparoscopio a través de una pequeña incisión en su vientre. No sentirá nada, ni el más mínimo dolor. La sedaré en ambos casos.

Sarah preguntó qué tenía que hacer ella.

—Tendrá que tomar una medicación durante diez días para estimular el crecimiento de varios folículos con idea de disponer de más de un óvulo. Cuando se cumpla el día diez le haré una ecografía y si la maduración de los folículos ha sido buena le provocaré la ovulación con otra hormona que yo mismo le pincharé. No se va a ver demasiado alterada su vida, no se preocupe.

Raissa no estaba escuchando las explicaciones. Llevaba un retraso de cuatro días en su ciclo y los estaba viviendo con una enorme ilusión. ¿Se habría quedado embarazada de Jalid? La idea de adelantarse a Sarah le producía una irrefrenable excitación, aunque todavía tenía que esperar un poco para tener más seguridad. Eso sí, de confirmarse la gestación iría corriendo a contárselo a su amado emir. ¿Podría cambiar ese hecho el signo de los tiempos? ¿Se convertiría ella en la preferida, al llevar en su vientre sangre real, a todo un Bin Ayub?

—Después de todas las intervenciones que me ha contado, ¿cuándo podría saber si estoy embarazada? —quiso saber Sarah.

El médico tomó papel y dibujó un esquema colocando las diferentes actuaciones y los días por debajo, hasta escribir la última: diagnóstico de gestación.

—Si todo va bien, en unos treinta y siete o treinta y ocho días a contar desde hoy.

La sonrisa de Sarah contrastó con el gesto torcido de Raissa. Tenía que ser ella la primera.

Sarah apenas durmió aquella noche, no por pensar en todo lo bueno que le esperaba si tenía éxito la inseminación, sino por el plan organizado en ayuda de Charles. Había puesto el despertador a las 7:45 con idea de estar arreglada y presente en la sala central de mandos junto a su marido, para seguir al minuto la evolución de la operación llamada Boisí. Se dio la vuelta, buscó el cuerpo de Jalid y se abrazó a él. Estaba dormido, pero quiso agradecerle el generoso acto hacia su amigo.

—Ya falta menos para hacerte padre, mi amor...

A las 10:15 del día siguiente, alrededor de una enorme mesa ovalada habían tomado asiento seis personas, entre ellas Jalid y Sarah. Una de las paredes estaba cubierta de monitores de televisión; cinco de ellos con emisiones en directo de las más importantes cadenas internacionales de televisión; otras tres con las del emirato. Pero había dos grandes monitores reservados para retransmitir en directo la evolución de la operación Boisí; preparada en tiempo récord. Uno de ellos empezó a recoger la señal del equipo de rescate enviado en el avión oficial del emir, recién aterrizado en el aeropuerto Charles de Gaulle y de camino a la terminal reservada para jefes de Estado y autoridades.

—Aquí equipo Falcon, a seis minutos de destino. ¡Cambio!

El jefe del operativo salió en pantalla a través de la cámara que llevaba adosada al casco, antes de ponérselo.

—Saludos y buenos días, equipo Falcon; les habla el general Hamed desde Fuyarja. ¿Embajador Al-Sudif?

Un segundo monitor recogió la imagen del interior de un coche, donde iba el embajador del emirato en Francia transmitiendo desde su móvil.

—Embajador Al-Sudif a tres minutos de llegar al punto de encuentro: café Le Tromilou, a dos manzanas del Hôtel de Ville. Les paso a mi agente.

La imagen bailó hasta recoger el rostro de un tipo curtido.

—Agente Jafar, a su disposición.

—Agente, ha de ejecutar el encargo sin despertar sospechas. Su misión es la más delicada de todas. Actúe con la máxima naturalidad.

—¡Así será, mi general!

Se oyó una tercera voz, la del conductor avisando que empezaban a cruzar el Pont d'Arcole sobre el Sena, a cuatrocientos metros del punto de destino.

Sarah miraba los monitores y escuchaba las conversaciones atacada de los nervios; le temblaban las piernas. Jalid lo advirtió. Se acercó a ella para susurrar que todo saldría bien. Le dió un beso en la mejilla. Ella sonrió agradecida, los puños apretados y la mirada clavada en el monitor que recogía lo que estaba sucediendo en el coche del embajador.

—A cien metros del café... —señaló el agente Jafar, preparándose para abandonar el Mercedes-Maybach Clase S, una vez quedara aparcado frente al establecimiento.

—¡Vía libre y suerte!

El general cerró la comunicación.

—Avión parado y a la espera de recibir la hora de despegue desde control aéreo. Cargando combustible.

—Les llegará la autorización de vuelo diplomático desde Exteriores Francia. Será cuestión de pocos minutos; nuestra gente lo está moviendo desde aquí... —El general miró a su derecha; un teniente hablaba en francés por teléfono—. ¡Cambio!

A partir de ese momento dejaron de ver qué sucedía en París, en el café al que Charles acudía a diario para desayunar. El agente entró en su interior. A pesar de ser bastante temprano, el local estaba lleno. Buscó entre el público hasta que dio con el objetivo. Se reconocieron. Charles se levantó para ir al baño consciente de la continua presencia de su agente de la condicional, sentado a la barra. Le hizo una señal y desapareció por el pasillo hacia los servicios. Le siguió Jafar, con la típica *béret* parisina bien calada. Entraron casi a la vez. Charles se puso otra *béret* y se miraron al espejo. Tenían la misma altura, complexión, color de pantalones, chaleco y chaqueta, y un cierto parecido de cara que sin duda tendrían que disimular para despistar al hombre de la barra que seguía a Charles a todas horas, desde que había conseguido la libertad condicional.

Salió primero Charles ocultándose bajo la boina, con la mirada puesta en el lado opuesto a la barra. Jafar permaneció más rato dentro del servicio. Pasados cinco minutos saldría para tomar asiento en la mesa usada hasta entonces por el francés. Cuando eso sucedió, el funcionario de justicia lo vio pasar sin fijarse demasiado, entretenido con su segundo cruasán.

El Mercedes abandonó el lugar a la velocidad que le permitía el creciente tráfico de París. El embajador hizo una llamada.

—¡El paquete ha sido recogido! Nos dirigimos al aeropuerto.

Desde la sala de mandos de Fuyarja rompieron a aplaudir; Sarah con lágrimas en los ojos al ver a Charles en el monitor. Quiso dirigirse a él, pero no se lo permitieron. El general dio paso a la segunda fase del plan, aunque pudieron comprobar que estaban en ello dentro del Mercedes. Eran las 7:18 hora de París. Charles se estaba cambiando de ropa, poniéndose una túnica azul marino y una kufiya para la cabeza. El embajador le facilitó su nueva documentación.

—No pronuncie una sola palabra cuando pasemos por el

control policial del aeropuerto. Será un miembro más de la embajada y al tratarse de un vuelo diplomático espero que no pongan demasiadas pegas, pero cuantas menos sospechas despertemos mejor.

A las 7:52, a la altura de la salida de Villapinte, en la autopista A3 y a solo cinco kilómetros del aeropuerto Charles de Gaulle, el agente de la condicional decidió acercarse a la mesa donde estaba su hombre vigilado, extrañado por el tiempo que llevaba sin levantarse de la mesa. La bordeó, bajó el periódico que hasta entonces ocultaba a Boisí y descubrió a otro tipo. Se quedó parado, sin saber qué significaba aquello. Corrió hacia los servicios y a los dos minutos los abandonó teléfono en mano, llamando a su superior. Se les acababa de escapar Charles Boisí.

Desde Fuyarja vieron a los tres miembros del comando especial armado en el interior del avión, preparándose para recibir la llegada del embajador y su acompañante. El jefe del operativo se colocó el casco, comprobó que la pistola estaba cargada y se apostó en la entrada del jet junto a otro de sus hombres. El tercero observaba todo a través de unos prismáticos desde una ventanilla del avión.

—Cinco minutos para acceder a la terminal de autoridades... —comunicó el embajador.

—¡Suerte! —les deseó el general.

Sarah cruzó los dedos, consciente del delicadísimo momento al que se iban a enfrentar.

El Mercedes-Maybach negro, con las ventanas tintadas, abandonó la carretera de acceso al aeropuerto para tomar otra de uso restringido que terminaba en un recinto vallado, con un único acceso protegido por una barrera policial. Al otro lado, estaban las pistas y el avión del emirato, junto a otros dos *jets* más, uno de bandera rusa y otro turco.

Las llamadas desde el juzgado número dos de París saltaron al Ministerio del Interior; de allí a la Prefectura, y del despacho del comisario a la central de alarmas, poniendo en aviso a todos los gendarmes en patrulla. En menos de cinco minutos los terminales de facturación de los tres aeropuertos, como de las siete estaciones de tren y todas las de autobuses de París habían quedado actualizadas con el nombre de Charles Boisí como posible pasajero, para que de presentarse en alguno de aquellos medios de transporte alertaran a las autoridades.

El coche del embajador se detuvo ante el alto dado por uno de los tres agentes armados, en medio de la carretera. El conductor bajó la ventanilla y les pasó el móvil del embajador con la autorización de vuelo desde Exteriores Francia y la relación de pasajeros. El policía leyó el documento y se dirigió a la garita para comprobar la información. Un segundo policía le pidió los pasaportes. Recogió el de Charles, junto a la credencial diplomática del embajador y se fue con ellos.

—No se preocupe, es un simple trámite. —El embajador trató de tranquilizar a un nervioso Charles—. El pasaporte pertenece a un funcionario de la embajada y lo tienen registrado en su base de datos. Todo irá bien.

Charles sintió su cartera dentro del bolsillo del pantalón y no supo qué hacer al contener su verdadera identidad. Le temblaban las manos. Cuando se decidió, la sacó a toda velocidad y la escondió bajo el asiento delantero, no fueran a registrarles. Al verlo, el embajador preguntó qué hacía, le amonestó al saberlo, la recogió él mismo y se la guardó en la americana apenas cinco segundo antes que regresara el policía con sus pasaportes. Se los dio al conductor y le pidió que bajara las ventanillas traseras para contar el número de ocupantes. Dentro de la garita, en el ordenador, saltaba una alarma desde el departamento de justicia con una lista de diez nombres en fuga; entre ellos estaba el de Charles. El agente leyó uno a uno, constató que ninguno coincidía con los que estaban en el coche, salió a buen paso de la garita, devolvió el iPhone al chófer y mandó que abrieran la barrera.

Una vez atravesada, solo faltaba embarcar y salir cuanto antes de París y de Francia.

Charles miró a través del cristal trasero del Mercedes. Al ver la barrera bajada se sintió igual que si hubiera acabado de correr una maratón y atravesara la meta rompiendo con su pecho la cinta. Suspiró aliviadísimo y agradeció al embajador los riesgos que habían asumido por su culpa.

—Dele todas las gracias a su amiga... De no ser por ella, nada de esto hubiese pasado —respondió el embajador, antes de que el Mercedes se detuviera al pie de la escalerilla del avión oficial del emirato de Fuyarja.

Una vez despegaran, le esperaban ocho horas de vuelo. Tras ellas, Charles viviría la emoción de un reencuentro tan especial como de trascendentes consecuencias. Porque Sarah Ludwig Rut le acababa de regalar una segunda oportunidad en la vida.

CAPÍTULO 75

—

Aeropuerto internacional Jalid bin Ayub. Junio de 2019

Cuando Sarah le vio bajar por las escalerillas del avión abandonó la compañía de su marido y corrió a abrazarlo. Charles se fundió con ella sin poder contener las lágrimas. La miró y vio cambios en sus facciones, pero optó por no preguntar y volver a abrazar a su amiga, confidente y salvadora. Se les acercó Jalid.

—Bienvenido a Fuyarja.

Le ofreció la mano, pero Charles la cambió por un abrazo que provocó la reacción en un guardaespaldas del emir, a punto de derribar al recién llegado. Sarah le explicó.

—Las muestras públicas de afecto a un emir no están bien vistas...

—Vaya... —se le encendieron las mejillas—; disculpadme, señoría...

Tanto Jalid como Sarah rieron el incorrecto tratamiento usado mientras se dirigían a los coches.

—No sabes lo bien que me sienta tenerte aquí. —Agarrada de su brazo lo acariciaba al hablar—. Te he echado tanto de menos y estaba tan preocupada por ti... No quiero imaginar qué experiencias te habrá tocado vivir en la cárcel.

Se subió a uno de los dos vehículos antes que él. En el otro iría Jalid, atendiendo al protocolo de seguridad.

—Ninguna buena, la verdad. La prisión es lo más parecido al infierno. Ya me conoces, apartado de mis habituales aficiones, lo más cerca que he tenido un ordenador ha sido el de la biblioteca de la prisión, ya no sé el tiempo que hace que no pruebo cocina hawaiana y ni siquiera he podido entonar un solo fado. Pero ya tendremos tiempo de hablar de mí. Cuéntame tú... —Al fijarse en su caftán negro, la tradicional túnica femenina, se le frunció la frente—. ¿Tan integrada estás que se te ha olvidado el bien vestir?

Sarah reconoció la poca afición por aquella ropa, lo hacía para contentar a su marido.

—Déjame ver... —Tomó su cara entre las manos y buscó el clásico hematoma o callo en la frente, llamada marca del rezo, producida por el roce contra la alfombra en el buen musulmán que respeta sus oraciones diarias. No la encontró—. Uf, por un momento pensé que todavía estabas peor... Bien, bien... —sonrió—. Antes de preguntar las mil cosas que necesito saber de ti, ¿eres feliz con él?

Sarah reconoció el habitual estilo de su amigo: directo y sin circunloquios. Se dibujaron un par de arruguitas en sus mejillas antes de contestar.

—Lo soy y mucho.

—Bien, eso es lo más importante. Y ahora, cuéntame cómo discurre un día de tu vida en un escenario que tiene pinta de parecerse al de *Las mil y una noches*.

Sarah le habló de su trabajo en Louis Vuitton a media jornada, de los paseos al anochecer a caballo, de sus ratos de lectura, de los almuerzos privados con Jalid, de sus escapadas a los emiratos vecinos, de los *raids* ecuestres y las pruebas de velocidad con los halcones. En el corto trayecto hasta llegar a palacio, rememoró también algunos momentos de su fastuosa boda, con una mirada llena de brillos, hasta que se le torció el gesto cuando Charles se interesó por su padre.

—De eso, mejor no te contesto para no amargarme.

—¿Tan mal estáis?

—Peor... No quiero saber nada de él.

Charles, que la conocía muy bien, entendió que no era asunto para ser tratado a la ligera. Tocaría abordarlo con tranquilidad, en otro momento, en beneficio de ella.

—¿Y tú, con Renard?

—Agua pasada y diría que por suerte...

Contó cuándo y cómo habían cortado la relación, ahondando en el poco apoyo que le demostró tras su detención, al hilo de las declaraciones hechas a la policía.

—Estoy disponible. Aunque me temo que por aquí no voy a triunfar...

—Lo más probable, querido. Vas a tener que olvidar por un tiempo tus tendencias afectivas, te parezca injusto, horrible o anacrónico. Opines lo que opines, estaré de acuerdo, por supuesto, pero aquí las cosas funcionan de otra manera. ¿Mi mejor consejo?: cultiva la castidad y la moderación, y no te pongas en evidencia salvo en un ámbito privado... —resolvió Sarah, en el momento que enfilaban la avenida de las palmeras que terminaba en la escalinata de entrada al palacio.

Charles se puso serio y dejó de hablar; le reconcomía la rabia. Después de haber tenido que superar mil momentos de humillación en su vida, los consejos de su amiga le acababan de destrozar. Pero no había otra, tocaba asumirlo; era evidente que lo hacía por su bien. Miró por la ventanilla asombrado con el despliegue de lujo a su alrededor. Bajaron del vehículo.

—Todo lo que vas a ver te llamará la atención, a mí me sigue pasando. Aparte del edificio principal —miró hacia él—, a ambos lados se eleva una docena más que acogen oficinas, viviendas para los empleados de primer nivel, un área para visitantes, las caballerías, un museo, laboratorios, jardines, un gimnasio, piscinas, helipuerto... En fin, ya verás lo enorme que es todo esto.

—¿Dónde viviré?

Empezaban a encarar la escalinata hacia la puerta de entrada al palacio.

—Te han buscado un buen piso en la capital para que empieces una nueva vida. Tardarán un par de días en ponerlo a punto.

—¿Podré verte o me tocará pedir audiencia?

La agarró por la cintura de forma cariñosa, como había hecho mil veces, pero retiró el brazo de golpe no fueran a interpretar mal su actitud. Tenía que moderar sus maneras, acababa de pedírselo ella.

—No seas malo. Podremos vernos cuantas veces queramos. Después del duro martirio que has vivido, ahora toca disfrutar un poco. Esto es Oriente y a pesar de los serios inconvenientes que tiene su cultura, lejos de nuestras costumbres, estoy segura de que sabrás sacar partido al *savoir-faire* que ofrece este exótico mundo, entre arenas, leyendas y misterios.

—Lo pienso vivir con todas mis ganas, va a ser fascinante... —concluyó Charles—. No puedo estar más agradecido por lo que habéis hecho por mí.

Estaban atravesando el enorme recibidor que daba entrada al palacio y Sarah vio venir a Raissa con un gesto de tristeza, poco común en ella.

—Usted debe de ser el famoso Charles Boisí. Mi nombre es Raissa. Soy la secretaria personal del emir Jalid bin Ayub.

Le ofreció la mano. Charles la recogió entre las suyas y se inclinó haciendo amago de besarla.

A Sarah le sorprendió el perfecto acento francés que había empleado.

—No sabía que hablabas tan bien mi segunda lengua.

—Hay muchas cosas que desconoce de mí... —contestó Raissa en un tono de voz agrio, aunque sin sonar maleducada. Se ofreció a Charles para enseñarle la parte pública del palacio. Lucía una túnica naranja especialmente elegante y un velo largo sobre la cabeza, enroscado al cuello.

—Ya veo... —determinó Sarah. Algo raro le pasaba.

Les siguió. Raissa empezó a explicar cada estancia, ya fueran los diferentes salones de audiencias y gobierno, los tres comedores, la entrada al haman, algunos de los despachos donde trabajaba el personal de administración. A la vez que escuchaba, Charles no dejaba de observar a una y a otra, captando la tensión que existía entre ellas. Cuando se quedase a solas con su amiga, sondearía los motivos.

Apareció Jalid. Pidió una pausa para hablar un momento a solas con el invitado.

—Me han contado que, entre otras muchas habilidades, es usted un eficacísimo *hacker*. —Charles se quitó importancia y Jalid no lo quiso discutir; faltaba todo por hablar—. En el último año, hemos sufrido varios ataques a nuestros sistemas informáticos, alguno de ellos de carácter severo afectando a estructuras clave de nuestro país, casi siempre de origen judío. Necesito a alguien con demostrada solvencia para mejorar nuestros servicios de protección telemática, contrarrestar cualquier intento de entrada a nuestros servidores y blindar las comunicaciones que genera el emirato, como también las que nos llegan. Y usted la tiene.

—Sería una justa manera de agradecerle mi rescate... —apuntó Charles.

—Eso me parece también a mí.

Charles preguntó algunos detalles sobre el tipo, origen, duración y efecto de los ataques. Jalid utilizó de ejemplo el más grave, ofreciéndole los datos que le iba pidiendo. Sin necesidad de obtener mucha más información, el francés entendió la dimensión del problema y se dio por satisfecho. Estrecharon las manos para cerrar el acuerdo, quedando citado a la mañana siguiente en el despacho de Jalid.

—En un par de días podrá disponer de su nuevo alojamiento, así como de un despacho en el Ministerio de Defensa, en la sección de Servicios Especiales. Tanto y tan bien me habló Sarah de usted, que cuenta con mi plena confianza.

—Trataré de justificarla.

En el transcurso de aquella conversación, Sarah había preguntado a Raissa si le pasaba algo. El serio semblante de la secretaria de Jalid tenía un deprimente motivo que se llamaba nueva menstruación, para nada deseada. Lo había sabido a primera hora de la mañana y le había costado una larga llantina, aparte de un enorme esfuerzo de recomposición para poder acudir al trabajo y ver a Jalid.

—Agradezco su preocupación, señora. Si hoy me nota rara no es por nada importante, solo trabajo. Tengo que dedicar lo que resta de mañana a ordenar y clasificar el sinfín de documentos que genera la acción de gobierno de vuestro marido. Y créame, la tarea es de lo más aburrida; quizá por eso me muestre poco entusiasmada. No quiero intranquilizarla y menos en este momento. Disfrute de su amigo y olvídese de mí.

Cuando Sarah la vio irse estaba segura de que le había mentido. No le cuadraba tanta cortesía después de los últimos encuentros tenidos. Algo más le pasaba. Dejó de pensarlo ante la propuesta que le hizo Charles:

—¿Dónde podemos hablar sin que nadie nos interrumpa? Vamos a necesitar un buen rato para ponernos al día.

—Mandaré que nos preparen dos caballos. Ya verás qué impresión produce cabalgar por el desierto.

CAPÍTULO 76

Clínica del doctor Al-Mahmed. Julio de 2019

Habían pasado treinta y seis días desde que Sarah había empezado el tratamiento hormonal, con dos intervenciones realizadas; la primera para recoger sus óvulos y la segunda para reimplantar uno de ellos, fecundado en laboratorio. Pasadas tres semanas, ahora tocaba ver si había nidificado el embrión o, en otras palabras, si estaba gestante. Recién iniciado julio, el calor se hacía insoportable y solo se podía estar en lugares con aire acondicionado. Sentada en la sala de espera, Sarah se comía las uñas, ansiosa por recibir la deseada noticia.

La acompañaba una Raissa bastante poco comunicativa, como si estuviera cubriendo el trámite. Desde la llegada de Charles, algo le pasaba. Estaba rara. Y es que, tras saber que no estaba embarazada, la joven no terminaba de entender el significado de una carta, encontrada entre la correspondencia sin ordenar de Jalid, que la había dejado noqueada. Se trataba de un análisis fechado en mayo de ese mismo año, apenas hacía solo dos meses, firmado por el doctor Al-Mahmed, el mismo que atendía a Sarah. El escrito daba fe de una ausencia total de espermatozoides como consecuencia de la vasectomía realizada en agosto del año anterior. Lo tuvo que releer varias veces sin poder creérselo. ¿Cómo que una vasectomía?, se preguntó. ¿No había manifestado mil veces su deseo de descendencia? Si tanto anhelaba dejar embarazada a su mujer, ¿qué sentido tenía aquella decisión? Estuvo leyendo en internet y lo que encontró no ofrecía ninguna duda; después de una vasectomía la esterilidad del varón alcanzaba el 99 por ciento. Por lo que ni ella se iba a quedar embarazada de su emir ni Sarah tampoco. Solo cabía una posibilidad: que lo estuviera intentando con semen congelado, extraído antes de la intervención; de ahí la necesidad de abordar una fecundación *in vitro*. Tenía sentido. Esa era la única explicación que justificaba que Sarah estuviese allí, a su lado, a la espera de saber si se había quedado embarazada.

Aquel informe lo había cambiado todo para Raissa. Si no podía ofrecer descendencia a Jalid, las posibilidades de convertirse en primera dama eran nulas. Y todavía menos si tenía un hijo con Sarah. Seguiría siendo un segundo plato para Jalid; alguien con quien acostarse cuando le apeteciera. De hecho, habían mantenido varios encuentros íntimos en las últimas semanas, pero en ninguno se había dado como antes. Algo que a Jalid no se le escapó, aunque no supo a qué se debía.

Raissa se retorcía las manos a la espera de entrar con Sarah en la consulta. Solo deseaba oír que no estaba embarazada. Su única esperanza era el fracaso de su oponente; que lo intentara una y otra vez y no lo lograra. Quizá así pudiese ser la siguiente destinataria de una fecundación *in vitro*. «¿Por qué se habría esterilizado?», se seguía preguntando. No tenía sentido alguno. Se propuso averiguarlo con toda la discreción posible.

Sarah miró su teléfono al recibir un aviso de wasap. Contestó a Amina, quien desde Damasco preguntaba qué se sabía. Tecleó a toda velocidad para explicar dónde estaba y recibió como respuesta dos corazones.

—Señora Bin Ayub, puede pasar...

La enfermera abrió la puerta. Sarah y Raissa se levantaron decididas a entrar hasta que apareció Jalid con el rostro encendido y la respiración agitada.

—¡Pasaré yo! —Miró a su secretaria—. No me quiero perder el gran momento. He dejado todo para estar contigo, mi amor...

Sarah agarró su brazo, encantada.

Diez minutos después, Raissa no necesitó preguntar. Las sonrisas que lucían daban fe de la noticia recibida. Esbozó una sonrisa de puro compromiso cuando Sarah se lo confirmó.

—¡Estoy embarazada! —le plantó dos besos—. ¿Te lo puedes creer?

—¡Enhorabuena! Es una excelente noticia. —Miró a Jalid destrozada.

Como él lo advirtió, mientras recibía un beso de su parte aprovechó la proximidad para susurrarle unas palabras:

—Tendrás tu oportunidad...

La afirmación desconcertó a la joven, incapaz de interpretar su significado. ¿Oportunidad con él o con otro? Al mirarle a los ojos, algo vio que sin contestar a su duda le devolvió la esperanza.

Salieron los tres de la clínica, Jalid tomó su coche oficial para acudir a una reunión de seguridad en la capital y Raissa y Sarah regresaron a palacio en otro, sin parar de hablar. Una, disimulando su frustración. La otra, incapaz de mostrar más alegría. Llamó a Charles para contárselo y quedaron en verse para celebrarlo a última hora de la tarde.

Cuando Charles Boisí colgó el teléfono tenía al ministro de Defensa frente a él junto al máximo responsable del departamento de ciberseguridad.

—Me acaba de confirmar el emir que llegará en diez minutos —se dirigió al especialista—. Empezará usted, aportando las consecuencias de los últimos ataques a nuestras redes, ya sabe: cantidad, intensidad, origen. Yo presentaré el nuevo plan de defensa digital, en rasgos generales. Y usted, señor ministro, los números y la inversión necesaria.

El aludido hizo saltar los cierres de su maletín y sacó un

dossier timbrado como *confidencial* donde estaba recogida la inversión económica para la compra de material y las necesidades de personal. La cantidad era notable, pero según palabras del propio Jalid: «Hasta ahora hemos sido solo víctimas, pasemos a ser actores en este nuevo teatro de operaciones; en lo digital no influye el tamaño del país ni los recursos materiales que posees, como sí sucedió en otras actividades estratégicas. Actuemos entonces a nivel mundial; empecemos a ser de los grandes».

Bajo esa filosofía, Charles proponía contratar a una docena de *hackers*, escogidos entre los mejores del mundo, con un paquete de beneficios económicos, inmobiliarios y sociales que no podrían rechazar.

Jalid quería reunir talento y le sobraba petróleo con el que pagarlo. Aunque había pensado en otra persona para dirigir el ambicioso proyecto, la aparición de Charles le hizo cambiar de opinión. No sería el mejor, lo más seguro, pero su capacidad de convicción era notable. Lo supo al empezar a tratarle. Poseía unas buenas dotes de liderazgo, ganas y una importante deuda que saldar; suficientes razones para matarse en el proyecto y atraer al mejor equipo humano, casi todos de origen occidental salvo dos chinos y un vietnamita, según le contó. Jalid sabía que solo él conseguiría driblar los inconvenientes que con seguridad le pondrían, entre ellos trasladarse a vivir a un país extraño y con una cultura tan diferente. Era francés, listo y empático; tendría mucho más éxito que si lo intentaran los suyos o incluso él mismo.

Cuando entró en el despacho de Boisí, iba pensando en ello. Tras la confirmación del embarazo de Sarah, cubierto uno de sus más trascendentes objetivos vitales, faltaba fijar las directrices de esa nueva unidad de ciberinteligencia que había llamado *Comando Rania*, en homenaje a la hija predilecta de Saladino y a su preclara inteligencia, para que su plan definitivo viera la luz y diera comienzo el gran cambio.

Sarah empezó a percibir algo extraño en él durante el siguiente almuerzo. No reconoció el tono de voz con tintes autoritarios que empleó para amenazarla con una interminable lista de cosas que no iba a poder hacer desde ese momento hasta el día del parto, bajo excusa de proteger su embarazo.

—Olvídate del trabajo en Louis Vuitton, de los paseos a caballo, de viajar, de aceptar visitas. Nada puede poner en peligro a la criatura que ha empezado a crecer en tu vientre.

Sarah frunció el ceño y se le torció el ánimo.

—Entiendo lo del caballo, no demasiado lo de dejar de trabajar y nada que no pueda recibir visitas. Imagino que Charles está exento de esa limitación.

—Incluye a Charles. Tu médico me recomendó que practicaras mucho reposo, la menor actividad social posible y reducir al mínimo los contactos humanos para prevenir indeseables contagios. No me interpretes mal, pero a tu edad pueden surgir complicaciones, más raras que si tuvieras menos de treinta... —Sarah encajó fatal el último comentario, que se sumaba al incomprensible tono autoritario empleado en los anteriores. Sin embargo, Jalid no le dio oportunidad para quejarse—. Sé que te pido un duro y largo sacrificio, lo sé. Pero lo más importante es la salud del bebé. Y para que todo vaya como debe ser, cada semana vendrá el doctor Al-Mahmed para hacer cuantas pruebas analíticas, revisiones y ecografías necesite. Y si has de cambiar de dieta y de rutinas diarias, lo harás en beneficio de nuestro hijo.

—O hija... Aún no lo sabemos.

—O hija, vale.

—Esta tarde espero la visita de Charles —lo dijo sin darle importancia.

Él tiró la servilleta al suelo, iracundo.

—¿Qué parte no has entendido? —La severidad de la pregunta provocó un incómodo silencio en Sarah. Él, sin ocultar su estado de irritación, continuó hablando—. No busques ningún subterfugio; no hay excepción alguna a lo que te acabo de decir. Solo espero obediencia por tu parte...

Se expresó con tanta contundencia que hasta vibraron las copas. Sarah no reconocía a su marido.

—Ya veremos... —Ella revindicó su libertad.

—¡No veremos nada! —concluyó, antes de abandonar el comedor sin ni siquiera despedirse.

Horas después Sarah se lo contaba a Charles, primero por wasaps y después al teléfono.

—Parece otra persona... ¿Cómo te puede decir esas cosas? Por mucho que le emocione y afecte saberse padre, antes estás tú... —Charles alargó su silencio—. No sé, pensemos que ha sido un pronto, puntual, y que mañana volverá a ser el de antes. Porque yo no pienso renunciar a verte; no entiendo mi vida aquí sin ti.

—Ni yo... Ni yo —confesó ella, queriendo creer que la actitud de su marido volvería a la normalidad.

Pero eso no sucedió. Ni al día siguiente ni en las sucesivas semanas, como tampoco en los cuatro meses posteriores; incluso empeoró. Porque a las primeras restricciones Jalid vino a sumar dos limitaciones más: abandonar el dormitorio marital y evitar cualquier contacto sexual, no fuera a perjudicar al bebé, que en la última ecografía se determinó que era niño. Además, añadió una larga lista de cuidados higiénicos y de desinfección que afectaba a todo objeto y persona que pudiera entrar en contacto con ella, convirtiendo sus aposentos en lo más parecido a un quirófano y sus visitas a la nada.

Pasaban los días y apenas se veían, salvo para comer y no más de media hora de sobremesa. Cierto fue que desaparecieron los comportamientos ariscos y su actitud cambió hacia ella, volvió a aparecer el Jalid solícito y amable. Le encantaba poner las manos en la barriga de Sarah tratando de percibir el más mínimo movimiento del bebé. Eso sí, antes se las desinfectaba y no abusaba del contacto más de cinco minutos. Raro era el día que no confesaba el enorme gozo que sentía por dentro a la espera de verle nacer; hasta se le humedecían los ojos con solo pensarlo. Pero a Sarah le faltaban los besos y la ternura que la había llevado hasta allí.

En una de aquellas fugaces conversaciones, Jalid comunicó a su mujer los planes de educación que había previsto para su hijo con intención de convertirlo en un gran hombre, en un perfecto creyente y en el mejor líder. A Sarah se le hacían lejanos esos planes, prefería vivir al día tratando de recuperar al marido, después de haber sufrido sus amargos e injustificables comportamientos.

El día que Jalid identificó bajo la piel un pie del feto y notó que le huía, se emocionó de tal manera que casi se ahogó en sus propias lágrimas. Sin embargo, con ella no era el mismo de antes. Sarah echaba de menos todo; sus besos, sentirse importante, ser objeto de sus miradas, de aquellas que la iluminaron hasta abandonarlo todo, pero también de las cargadas de deseo que tantas veces habían servido de prólogo para celebrar su amor. Ya no le procuraba las atenciones del pasado y ni siquiera se interesaba por saber cómo estaba viviendo la experiencia. En Jalid crecía la importancia del bebé y se rebajaba la suya. Y aquello la hería. Lo hablaba con Charles, por teléfono, aunque este intentaba restarle importancia imaginando que todo cambiaría después de que naciera el niño. Pero a Sarah aquello no la reconfortaba. Le faltaban muchas cosas en su actual vida, también la cercanía de su amigo, hasta sus abrazos.

Raissa era la única persona de palacio que podía entrar y salir de sus aposentos sin límite alguno. Yazeera también lo hacía, pero para tareas muy concretas y menos de una hora al día. Hubieran sido sus dos perfectas confidentes con las que compartir todo lo que pasaba en su interior, pero cada día confiaba menos en la primera y la relación con su dama de compañía no sobrepasaba lo laboral. Además, notaba en Raissa el poquísimo interés que generaba su embarazo. No preguntaba. Cuando en alguna ocasión le había hecho partícipe de las curiosas sensaciones que tenía, la encontraba distraída. En las ecografías ni miraba el monitor y tal era su actitud que parecía molestarle todo. Sumado a lo anterior, empezó a mostrar unos aires de grandeza impropios de su posición y hablaba a todas horas de Jalid. Jalid por arriba, Jalid por abajo; que si trabajaba cada vez más a gusto con él, que si no había un emir más justo y ecuánime, que nada se le escapaba de su acción de gobierno, que no había conocido a nadie con su inteligencia... Tantos elogios y tan presente estaba el emir en su conversación, que hasta dudó si no estaría persiguiendo algo más de él. La veía capaz de todo, también de intentar seducirlo. Pero confiaba en Jalid.

Durante el quinto mes, en una Navidad que nadie celebró en el emirato, la barriga de Sarah se hizo muy evidente; la ilusión de tener a su primer hijo empezó a transformarse en ansiedad y su soledad se convirtió en un martirio.

Pero en Raissa sucedió lo contrario. Tras una charla de índole personal con Jalid, en su cama, se atrevió a preguntar por aquella gran duda que no la abandonaba. Y él vio llegado el momento de desvelársela, poniendo, eso sí, dos grandes condiciones que le hizo jurar sobre un Corán. La primera no iba a significar un gran esfuerzo; le guardaría el secreto. La segunda suponía tanto para ella, que accedió emocionada antes de hacerle el amor.

CAPÍTULO 77

Palacio de Jalid bin Ayub. Emirato de Fuyarja. Enero de 2020

El sobre no tenía remitente. Alguien lo introdujo por debajo de la puerta de su habitación cuando estaba en la ducha. Sarah no supo cuánto tiempo había podido estar ahí, porque después del baño había tardado un rato en secarse el pelo, hacerse una limpieza de cutis, dar un poco de color a sus mejillas y finalmente vestirse. Cuando dio con él faltaban pocos minutos para las diez. Lo estudió con curiosidad antes de abrirlo. No figuraba ni destinatario ni remitente. Rasgó la lengüeta encolada y sacó de su interior un solo papel, doblado en tres. Lo desplegó y empezó a leer. Le extrañó el membrete con el nombre y dirección de su ginecólogo. Pero cuando llegó a esa palabra, a la menos esperada, le empezaron a temblar las manos. Incapaz de soportar su propio peso, se sentó y volvió a retomar su lectura, desde el principio. Le costó enfocar, todo le daba vueltas. Parpadeó varias veces hasta que sus ojos volvieron a detenerse en el tercer párrafo, en la segunda línea y en la sexta palabra. Sí, allí ponía «vasectomía». Miró la fecha. Tomó aire. No sabía cuánto tiempo llevaba sin respirar. De la lectura del primer párrafo se infería que se trataba de un informe solicitado por su marido. Firmado en mayo, hacía referencia a una intervención realizada en agosto del año anterior. Empezó a marearse, a notar cómo las letras y las palabras del escrito parecían salirse del papel para formar una especie de torbellino en ascenso vertical que terminaba explotando en todas direcciones antes de alcanzar el techo.

Tuvo que inspirar y expirar varias veces, dejar caer al suelo el escrito cuando le fallaron los dedos y volver a recogerlo. Releyó el texto donde se afirmaba que su marido tenía un recuento de espermatozoides cero. Y eso, ¿cómo se podía entender? Sabía perfectamente lo que era una vasectomía, pero buscó en Google para asegurarse de no estar equivocada. Y claro, no; las seis webs consecutivas que consultó resolvían el tema de forma unívoca: el hombre que era sometido a ese tipo de intervención se volvía estéril a los dos o tres meses. No podía llegar a ninguna otra conclusión. Su marido no había podido fecundarla en junio si se había operado en agosto del año anterior. Soltó una larga bocanada de aire. Sintiendo la boca seca tragó saliva e inspiró en profundidad hasta llenar sus pulmones de nuevo oxígeno, mientras intentaba encontrar alguna explicación al descubrimiento. Pero ¿qué otra perspectiva podía haber?, se preguntó. ¿Por qué no le había contado nada? Y, por otro lado, ¿quién estaba informándola de ello?

Buscó una botella de agua y llenó un vaso sin cuidado, derramando la mitad. Se tumbó en un sofá, aferrada a aquel escrito como quien se enfrenta a una sentencia judicial intentando interpretar, entender y descifrar hasta el último detalle; afectada por las consecuencias que lo sabido iba a tener en su vida. Le atacó un rayo de luz a la cara. Se movió para evitarlo.

¿Qué significaba aquello? Tenía que tranquilizarse para poder pensar despacio. ¿Cuáles eran los hechos? Debía empezar por ahí, decidió, antes de abordar los dolorosos porqués. Aunque, por mucho juicio que pusiera en ello, lo leído no admitía demasiadas derivadas. El documento, descartada su parte introductoria y las dos siguientes medio accesorias, exponía una evidencia: su marido se había hecho una vasectomía hacía un año y medio y al mismo tiempo no había dejado de expresar sus ansias por tener un hijo juntos, eso sí, poniendo antes los medios quirúrgicos para evitarlo. ¿Quién lo podía entender? ¿Por qué se lo había ocultado? De haberlo hablado, quizá hubiese alguna explicación por poco razonable que fuera. Pero como no lo había hecho, solo quedaba pensar en premeditación. Y eso, no ofrecía ninguna justificación lógica. Y, sin lógica, ¿qué le quedaba?

Volvió a buscar en el móvil alguna web donde se explicase qué otras indicaciones existían para justificar una vasectomía. ¿Habría tomado esa decisión por causa médica? Descubrió pocas patologías que la justificaran. Aunque había una bacteria, el *Mycobacterium tuberculosis*, que si infectaba el tracto genitourinario del varón podía formar granulomas que terminaban obstruyendo la luz. En ese caso, recomendaban la disección de los conductos con la consecuente esterilización del paciente. El hombre no perdía la libido ni su capacidad sexual, pero no podía fecundar. Buscó y buscó en decenas de páginas y apenas encontró alguna patología más. De haber estado enfermo, algo le tendría que haber dicho. Era una opción, pero no le parecía la más probable.

Le vinieron a la cabeza alguno de los momentos más emocionantes vividos con él. Como cuando le hizo el amor en aquel paradisiaco vergel en medio del desierto, antes de pedirle matrimonio. Recordaba sus palabras una vez ella le dio su sí; las había memorizado: «Yo también te amo, Sarah Ludwig Rut, sueño con unir nuestros destinos para siempre y formar una familia. Porque, amor mío, lo más maravilloso que podría pasarme ahora, es tener un hijo contigo». Pero no solo había memorizado aquella declaración de amor, también cuándo lo hizo: un mes después de su vasectomía, el mismo día de la carrera de halcones, en septiembre de 2018. ¿Cómo le pudo decir que tener un hijo suyo sería lo más maravilloso que le podía pasar, un mes después de haber sido vasectomizado?

Raissa llamó a la puerta. Sarah guardó el informe en el bolsillo de su chaqueta y le dio permiso.

—Señora, le recuerdo que a las 11:00 viene el doctor Al-Mahmed y a las 12:30 tiene comida con su esposo; un poco antes del horario normal por motivo de trabajo. ¿Quiere que le suban el desayuno a la habitación o prefiere bajar?

Desde que Jalid había organizado su reclusión, Raissa dedicaba una parte de su tiempo en atenderla, aparte de su trabajo normal. Sarah prefirió estar sola y decidió que se lo subieran. La joven, dispuesta a abandonar la habitación, le ofreció una respetuosa inclinación, pero Sarah pidió que no lo hiciera todavía. Necesitaba ver en su rostro el efecto de la incómoda pregunta que le quería hacer.

—Esta mañana, alguien ha metido por debajo de mi puerta un sobre con un documento. ¿Ha sido usted?

Raissa lo negó, adoptando un gesto de extrañeza.

—Si quisiera darle un sobre, lo haría en mano, señora. Me sorprende el hecho, cuando son contadas las personas que pueden acercarse a sus dependencias.

—Por eso lo pregunto a una de las pocas autorizadas... —insistió—. ¿Por qué me lo oculta?

—Señora, me ofende que dude de mí. Si me lo permite, trataré de averiguar quién lo ha podido hacer y le ofreceré un nombre lo más pronto posible. —A Sarah le pareció que tanto la tensión de su rostro como la rigidez en su postura significaban algo. No le estaba contando toda la verdad—. Si supiera lo que contiene el sobre enfocaría mejor mis averiguaciones.

—No. Prefiero no revelarlo. Váyase, por favor, y manténgame informada.

El silencio en el que quedó el dormitorio obró sobre su pensamiento despertando nuevas preguntas, pero también dudas sobre cómo resolverlas. Una de ellas la protagonizaba su ginecólogo. Estaba claro que le había mentido cuando argumentó una baja calidad espermática en Jalid para justificar la fecundación *in vitro*. No es que fuera baja, es que era nula y él lo sabía. ¿A qué intereses respondía? Necesitaba averiguarlo, pero no estaba segura de si debía o no preguntárselo. No tenía suficiente confianza con el. Aunque lo iba a ver en un rato, ¿no sería mejor hablarlo primero con Jalid? Barajó las dos opciones y optó por la de su marido. Abordaría el asunto durante la comida.

Llamó a la puerta Yazeera, su dama de compañía, solicitando permiso para recoger la habitación y hacer la cama. Sarah lo aprobó. Cuando la vio entrar se fijó en ella. Apenas habían compartido intimidades, en el año y medio que llevaba viviendo en Fuyarja, fuera de las tareas que competían a su trabajo, el problema renal que había resuelto su padre y el levantamiento contra Jalid. Poco más sabía de ella en lo personal. La chica era un ejemplo de discreción y laboriosidad, hasta se la podía tachar de poco habladora. Sin embargo, había que reconocer que se había comportado en todo momento muy cariñosa con ella.

Repitió la pregunta que hizo a Raissa.

—No sé nada de ese sobre, se lo aseguro... —respondió asustada, ante el tono serio con que lo había dicho.

A Sarah se le ocurrió algo que lamentó no haber hecho antes con Raissa. Fue hacia una mesita baja y cogió un Corán. Se lo acercó a Yazeera y le pidió que repitiera su contestación, jurándola sobre el Libro. Sabía que para los creyentes jurar en falso sobre el libro sagrado era un grave pecado.

A la chica le temblaba la mano, pero la puso sobre la tapa y juró. Sarah tuvo claro que no era la responsable del anónimo.

—Gracias y perdóname por haberte puesto en tal compromiso. Necesitaba tener claras algunas cosas.

Yazeera le restó importancia y se ofreció para cualquier cosa que necesitara. Sarah, confiada en sus intenciones, le pidió algo que de antemano no era cómodo. La joven no puso más objeción que la dificultad que veía en cumplir el encargo.

Pero prometió intentarlo. Sarah buscó un sobre más grande y metió el recibido dentro. Pidió que lo hiciera llegar a un domicilio de la capital; al apartamento de su amigo Charles Boisí junto a una breve nota explicando lo que necesitaba. La metió en el sobre y lo cerró.

—No informes a nadie de ello. ¿Cuento con tu ayuda y silencio?

—Por supuesto, señora. Mi único objetivo es servirla.

—Pues muévete rápido y procura entregarlo en persona hoy mismo.

Se asomó a la terraza que daba a los jardines privados de palacio y, a diferencia de tantos otros días, se sintió ajena a todo lo que desde allí se veía. Aquel informe acababa de quebrar su presente y ennegrecía su futuro. Aferrada a la barandilla, le parecía estar al borde de un acantilado golpeada por amarguísimas sensaciones que hacían zozobrar su corazón y todo su ser. Notó a su hijo moviéndose por dentro y por primera vez no lo disfrutó. ¿Por qué le estaba pasando eso? Acarició su vientre y detestó la orfandad de aquella criatura. Si no era Jalid su padre, ¿quién lo era? ¿Quién había decidido por ella? ¿Qué razones podían mover al médico y a su marido para engañarla de aquella manera? Y en el otro extremo del dilema, ¿quién estaba interesado en que ella lo supiera? Se llevó las manos a la cabeza, incapaz de imaginar el desastre que se le avecinaba.

Tenía que ser capaz de obrar con juicio, no podía perder los nervios ni actuar de forma improvisada. Alguien le había revelado que se estaba jugando sucio con ella, pero su razón le pedía prudencia. No mostrar sus cartas de momento. Necesitaba más información y ser muy cauta con quienes se la habían escondido hasta el momento, el ginecólogo y su marido. Como ninguno de ellos pudo trasladarle el sobre, las sospechas recaían en Raissa. Aunque también podía ser alguien con acceso a palacio que buscase perjudicar al emir a través de su matrimonio. Raissa parecía tener motivos más reconocibles, quizá celos o una desmedida ambición, para separarla de Jalid. Más de una vez había pensado en la posibilidad de que estuviera manteniendo relaciones con su marido, y de ahí que su embarazo le molestase desde el primer día. Fuera o no así, se sentía traicionada por todos y rodeada de mentiras. Si hubiese estado Pawel, podría pedirle consejo y ayuda. Pero no tenía a nadie. Estaba sola ante la situación más compleja a la que había tenido que enfrentarse en su vida. ¿Qué podía hacer?

Yazeera tocó con los nudillos antes de abrir la puerta y anunciar la llegada del doctor Al-Mahmed. Sarah se dirigió a una pequeña estancia contigua al dormitorio, habilitada para las revisiones. Contenía una camilla, un ecógrafo, biombo para cambiarse, material sanitario y un potente foco.

—Buenos días, doctor.

Se metió tras el biombo para ponerse un pijama de quirófano de dos piezas.

Yazeera la ayudó a desvestirse. Sarah aprovechó el momento para preguntarle en voz baja cuándo pensaba llevar el sobre a su amigo Charles Boisí.

—En cuanto acabe la consulta trataré de escaparme un rato.

Sarah se metió la camisa por la cabeza mientras respondía.

—Perfecto, perfecto... —sonrió.

Cuando salió del biombo, el médico estaba encendiendo el ecógrafo.

—¿Alguna novedad esta semana? ¿Desaparecieron esas jaquecas que tenía?

Novedad, preguntaba... Si ella le contase...

—Tomé lo recetado y me ha ido bien. Por lo demás, no he notado nada raro.

Se tumbó sobre la camilla. El médico le levantó la camisa para dejar el vientre a la vista. Embadurnó con gel el lector y empezó a moverlo por la barriga. Sarah giró la cabeza para ver el monitor.

Como otras veces, el doctor Al-Mahmed empezó a explicar lo que aparecía: la cabeza, las manos, activó el altavoz para escuchar el latido fetal, midió su fémur y algún otro hueso más y concluyó que todo iba bien.

—Doctor, tengo una pregunta que hacerle. ¿Para la fecundación *in vitro*, necesitó más de una muestra de semen de mi marido o le bastó con una? ¿Guarda alguna más, congelada, como reserva para el futuro?

Notó el malestar que le generó la pregunta. El hombre carraspeó y al tardar en contestar más de lo razonable, como si calculase bien lo qué iba a decir, Sarah volvió a hablar.

—A la vista del tiempo que le está llevando responder, no sé si le he incomodado demasiado...

—No, señora. No lo piense; tan solo estaba concentrado en el monitor. —Se estiró la bata, dejó sobre la mesa las gafas de cerca que llevaba y adoptó un gesto neutro—. De su marido, como máxima autoridad del Estado, tenemos varias muestras congeladas en el banco de semen por si hicieran falta en el futuro.

—Ya... ¿Conmigo usó congelado o fresco? Tengo leído que el semen congelado pierde eficacia y como me quedé embarazada a la primera, entiendo que fue fresco. ¿Estoy en lo cierto?

A la pregunta, contestó que congelado.

—Si hace memoria, señora, cuando empezó el tratamiento hormonal le justifiqué la necesidad de realizar una fecundación *in vitro*, ya que los últimos análisis de su marido mostraban una baja motilidad y calidad, así que tuve que usar congelado. No me pareció importante comentarlo en su momento.

Sarah no hizo más preguntas. Desconfiaba de aquel tipo, había titubeado, y sus explicaciones no parecían sinceras. Había contestado sin mirar a los ojos, como esquivándola. ¿Por qué no le contaba la verdad? ¿Tenía que decidir él lo que era importante o no? ¿O lo hizo para ocultar algo? Le vino una idea a la cabeza. Si había usado semen congelado, tenía que haber quedado registrada su salida del banco. Lo investigaría. Si su ginecólogo decía la verdad, todo regresaría a la normalidad. En el fondo, lo deseaba. En caso contrario, faltaba saber quién era el verdadero padre y por qué nadie le había explicado nada.

Despidió al ginecólogo y animó a Yazeera a llevar a cabo su encargo.

Buscó en el vestidor una prenda cómoda para comer con Jalid, entre la poca ropa que le permitían sus cerca de siete meses de embarazo. ¿Sería capaz de pedirle explicaciones para resolver la crucial duda que tanto le reconcomía? ¿Por qué no lo iba a hacer?, se preguntaba, harta de tanta manipulación. Porque así se sentía: manipulada por todo su entorno y, aún peor, por él, por su gran amor, a quien se había entregado en cuerpo y alma y por quien lo había abandonado todo, todo... ¿Era justo lo que le estaba sucediendo? A dos meses de tener a su primer hijo, la mayoría de las mujeres invertían tiempo y emociones en organizarlo todo, en preparar el nido, comprar ropa, decorar la habitación que acogería al bebe. Todo aquello se había convertido ahora en nada. No era justo lo que le estaba pasando, no. La cruda verdad, la única verdad la conocía su marido; el emir Jalid bin Ayub. ¿Sería capaz de sacársela?

CAPÍTULO 78

Comedor de palacio. Emirato de Fuyarja. Enero de 2020

Jalid acudía avisado. El doctor Al-Ahmed le había mandado un solo wasap al término de la revisión de Sarah: «Sospecha algo». Esas dos palabras y una conversación posterior por teléfono ayudaron a saber cómo debía actuar.

Sarah llegó con un poco de retraso, cómoda de ropa; vestía pantalones elásticos y una camiseta de algodón bastante amplia, deportivas, y el pelo recogido en una coleta. No se había maquillado y tampoco llevaba pendientes ni pulseras. Le besó en la frente antes de sentarse.

—¿Qué tal la revisión?

—Sigue todo bien. Hoy ha medido el fémur y parece que su desarrollo es el normal.

—Perfecto. Ya queda menos para tenerlo con nosotros. ¡Qué ganas, mi amor! ¡Cada día te encuentro más guapa! El embarazo te embellece, aunque no mucho más de lo que ya eres. ¡Qué feliz me haces, mi vida!

Ante tal suma de piropos y mimos tendría que haberse sentido satisfecha, pero Sarah llevaba clavado en el alma el contenido de aquella carta anónima. Por eso, a pesar de haber decidido ser prudente y abordar el asunto con cabeza, le pudieron las entrañas y optó por entrar de golpe.

—Por cierto, he pensado un nombre para él. No me terminan de convencer los que barajamos hace unas semanas.

—¿Y es...?

Jalid pinchó un dátil relleno de paté de cangrejo y se lo metió en la boca.

—Me gusta Daysam. He leído que ese nombre hace referencia a la noche oscura, al frío; ya sabes, por la parte congelada que puso su padre para concebirlo...

Lanzó el dardo mirándole a los ojos, sin pestañear. Jalid se limpió los labios con la servilleta y, a pesar del envite, sonrió.

—Me encanta tu sutileza... El tema exige una explicación y la tendrás. Pero antes me gustaría saber una cosa: ¿te ha dolido más enterarte por una tercera persona o dudar de una posible falta de confianza de mi parte? —Sarah se decantó por lo segundo. Una ocultación de ese calibre provocaba una preocupante desconfianza en cualquiera. Así lo expresó—. Agradezco tu sinceridad cuando debes pensar que yo no la practico contigo. ¿Por qué no te lo conté? —Bebió un poco de agua. Sarah no había empezado a probar la comida, ansiosa por entender los motivos, consciente de que había mucho en juego, incluso su relación—: Por no perder mi orgullo como hombre, verás... —Aunque Sarah se vio sorprendida por el inesperado enfoque necesitaba mucho más que eso. Entendió que él no había terminado—. Pensé que, si seguía sin dejarte embarazada y no daba al emirato un heredero, peligraba mi propia posición y futuro. Las cosas por aquí son así; o alimentas la línea sucesoria o viene alguien a sucederte. Y como tenía reservas congeladas tomé la decisión con el visto bueno del doctor Al-Ahmed. Entendí que con una fecundación *in vitro* tendríamos más posibilidades de éxito.

Sarah encontró una cierta coherencia en la explicación a pesar de que faltaban cosas muy importantes por justificar. ¿Por qué se había hecho una vasectomía? ¿Qué razones tenía para no hablarlo con ella? La desconfianza empezaba a pesar demasiado.

—¿Eso es todo? ¿Con la explicación que me acabas de dar queda todo aclarado? ¿Podrías ponerte por un momento en mi lugar y pensar cómo me siento? ¿Te quedarías satisfecho con esas justificaciones?

Pidió que le trajeran vino. Jalid lo prohibió a tenor de su avanzado estado de embarazo. Cuando explicó los motivos de aquella decisión, Sarah se sintió humillada; no era una irresponsable.

—Es todo lo que necesitas saber. No te compliques; serías mucho más feliz si me hicieras caso cuando te recomiendo que te dejes hacer y llevar... —contestó sin mirarla.

—Déjate llevar, déjate hacer... Tu sempiterna recomendación desde que llegué a aquí; algo que no me ha convencido nunca. ¡Estoy harta de que decidas por mí! Me insultas cada vez que lo haces, ¿no te das cuenta?

—Te protejo...

—No es verdad, ¡me anulas! —Jalid pidió que rebajara el tono de voz, pero Sarah no estaba en eso. Siguió recriminándole más cosas—: Si no me tienes en cuenta, me siento despreciada. Si crees que no entenderé, me consideras una lerda. Si no puedo actuar con libertad, me encadenas de por vida. Si me mientes...

Jalid sintió superada su paciencia después de aquella sucesión de comentarios. Achicó la mirada, apretó los puños y explotó con un golpe en la mesa que hizo saltar los cubiertos y las copas.

—¡Tú dame ese niño y deja de pensar bobadas!

Se levantó de la mesa con la intención de irse. Pero Sarah no había terminado.

—Ese niño es mi hijo. Ya veremos qué hago con él.

Jalid fue hacia ella con un gesto amenazante.

—¿No me vendrás a decir que te crees con derecho alguno

sobre él? Si es lo que piensas, estás muy equivocada. Como hijo y heredero de un emir, ese niño se debe al emirato, no a su madre. Vete haciéndote a la idea...

Se dio media vuelta y salió del comedor dando un portazo.

Sarah apretó los puños ahogando un grito de rabia.

Acababa de descubrir en Jalid a otra persona, a un desconocido, a un tipo frío y sin compasión. Nada tenía que ver con quien se había enamorado de forma desproporcionada e ilógica. Aunque llevaba semanas recibiendo escasísimas pruebas de ser la única destinataria de su amor, el corazón de Sarah surcaba por un mar de dudas existenciales, emocionales y vitales. Rebobinó en su cabeza lo que había pasado desde la apertura del misterioso sobre y sólo consiguió sentirse más confusa. Jalid llevaba días mostrándose cariñoso y dulce con ella, como siempre había hecho. ¿A qué se debía entonces su cambio?, se preguntó. ¿Sería ella la culpable de haber roto sus nervios, o responsable de su inesperada agresividad? ¿Se trataba de un pasajero episodio de enajenación?

Sintió una patada en el vientre y al poco dos más. Estaba claro que su estado de agitación repercutía en el bebé.

—Pobrecito mío... ¿En qué mundo vas a nacer? —Se acarició la barriga—. Prometo estar contigo siempre y sobre todo evitar que sufras. Te protegeré de todo, mi niño, y ojalá nunca tenga que hacerlo de él.

CAPÍTULO 79

Oficina de seguridad cibernética. Emirato de Fuyarja. Enero de 2020

Charles leyó el resultado del informe, soltó dos tacos y maldijo la situación. Necesitaba ver a Sarah en privado. Desconfiaba de su móvil no fuera a estar pinchado, y vedada como estaba su presencia en palacio desde hacía dos meses, bajo el peregrino argumento de proteger el embarazo y la salud del feto, se preguntó cómo podía hacer llegar el mensaje a su amiga. Encontró la solución en Yazeera. Si Sarah había confiado en ella para llevarle el informe médico, junto a una nota manuscrita en la que le pedía identificar cualquier huella dactilar presente, es que podía contar con la chica para establecer una vía de comunicación segura. Llamó a Yazeera, le había dejado su número.

Seis horas después, la joven emiratí tocaba a la puerta del dormitorio de Sarah.

—¡Pasa!

Cerró el libro de poesías que tenía en sus manos incapaz de concentrarse. Le podían las amenazas y mentiras de Jalid, afectada por el turbulento momento que estaba viviendo.

—Señora, le traigo un correo del señor Boisí.

Sarah cogió al vuelo el sobre que le ofrecía. Lo rasgó con ansiedad.

—¿Sabe esto alguien más?

—Nadie, señora. Imagino que es lo que desea.

—Así es... Gracias.

Empezó a leer el escrito y ante la aparición de un nombre, no del todo inesperado, se llevó las manos a la boca.

—Será asquerosa...

Yazeera, incómoda, preguntó si se podía ir.

—Todavía no, tengo que pedirte otro favor si cabe más importante que el anterior.

Se lo explicó.

—Lo haré encantada. Pasaré su encargo al señor Boisí y esperaré su contestación. Y no se preocupe, seré una tumba. No lo comentaré con nadie. Mañana por la mañana iré a su oficina.

Aquella noche tampoco acudió a su cama Jalid, lo habitual desde hacía meses. Sarah había llamado a Raissa antes de acostarse, después de saber que el misterioso sobre contenía sus huellas. Necesitaba más de una explicación. La joven excusó no acudir en ese momento, pero sin dar motivo alguno; solo dijo que lo haría a primera hora de la mañana. No explicó que prefería estar bajo las sábanas con Jalid. Porque mientras hablaba por teléfono con ella, mantenía un indebido abrazo con su marido.

A la mañana siguiente Raissa entró en el dormitorio de Sarah y la encontró vestida. Estaba desayunando, frente al ancho ventanal con vistas al bosque preferido de su marido.

—¿Quiere acompañarme? —Sarah se estaba sirviendo agua caliente en su taza—. ¿Un té?

—Sí, gracias.

Le extrañó tanta amabilidad. Raissa previó una conversación difícil.

No se iba a equivocar.

—¡Enhorabuena! Su objetivo se ha cumplido: anteayer discutí con mi marido. Ahora, solo me falta saber por qué lo hace. O más que saber, confirmarlo...

Soltó aquello con una naturalidad que descolocó a Raissa.

—¿Perdón? No la entiendo.

Sarah se mantuvo directa y sin adornos.

—El sobre... Y no niegue haber sido usted. ¡Lo sé!

Raissa se puso muy nerviosa. Tenía la taza de té en un mano y tuvo que dejarla sobre el plato para no derramar su contenido con tanto temblequeo como tenía. Podía negarlo, pero vista la decidida actitud de su contrincante, sería cuestión de tiempo.

—No le merece...

—Pero ¿quién se cree para decirme eso? —Dejó el cruasán a medio comer en el plato—. No se esfuerce, contestaré yo misma. Lo quiere para sí...

—Señora, puede que no lo quiera ver, pero en realidad trato de protegerla de él. Piense que le ha ocultado su vasectomía, mentido sobre la necesidad de una fecundación *in vitro* y además lleva un tiempo enagañándola conmigo. —Esquivó la mirada de Sarah, su gesto airado—. Siento serle tan franca, le pareceré cruel y una harpía, pero tendría que estarme hasta agradecida... —concluyó sin temblarle la voz y con una expresión altiva.

Sarah respondió con firmeza.

—Si por mí fuera estaba ahora mismo despedida y fuera de palacio. Se lo exigiré a él...

Raissa sonrió de forma maléfica. Sabía de antemano que Jalid se negaría; tenían un acuerdo demasiado importante para no cumplirlo.

—Inténtelo...

Sarah, ofendida, al ver que Raissa daba por terminada la conversación y se estaba levantando para irse le tiró el té por la túnica. Lo que no esperó es que la joven hiciera lo mismo.

¿Cómo era posible que, en menos de cuarenta y ocho horas, su vida hubiera dado un giro tan increíble?, se preguntó, rabiosa, humillada y dolida. ¿En qué se había convertido su marido? De ser el más encantador del mundo, de haberla colmado en amor y atenciones, a engañarla con su empleada y amenazarle también con quitarle a su hijo. Empezó a temblar sin control, incapaz de dirigir sus pensamientos y emociones, atenazada ante la preocupación de verse allí, sola, encerrada y sin protección alguna.

Aquella noche le costó dormir. Mucho. Lo consiguió tras un Orfidal y media madrugada consumida entre angustias, rencores y sinsentidos. Se vio tentada de ir al dormitorio de Jalid. Pero no lo hizo. Temía enfrentarse a una escena de infidelidad que se podía estar dando, para la que no estaba preparada ni podría aguantar. Prefirió no afrontarlo. ¿Cómo iba a dormirse cuando tenía tantas cosas que pensar y decidir? La posibilidad de dar continuidad a su matrimonio, hacer crecer la familia y ser feliz en aquel lugar se empezó a convertir en un empeño imposible. ¿Qué iba a ser de ella? ¿A dónde iba a ir con una orden de arresto internacional? Añoró la protección de su padre. Lamentó haberlo sacado de su vida y aunque pensó que una sola llamada podría arreglar muchas cosas, el riesgo de poner en aviso a medio emirato era enorme. Allí no era libre, nunca lo había sido. Era probable que estuviesen controlando sus movimientos y comunicaciones. Su única esperanza se llamaba Charles y quizá Yazeera. Esperaría hasta el día siguiente para comprobar si la chica había sido fiel a su promesa.

Yazeera tardó en hacer acto de presencia más de lo que Sarah hubiera deseado. Lo hizo a las dos de la tarde, pero el mensaje que le trasladó terminó de cerrar cualquier duda sobre su lealtad, aunque a Sarah le tocase entender lo que Charles había descubierto. Según le contó la chica, su amigo había *hackeado* el ordenador del ginecólogo Al-Mahmed atendiendo a su petición, para investigar las entradas y salidas en el banco de semen. Y lo que se encontró fue que no había sido registrado ningún movimiento en la fecha que le interesaba a Sarah. Aquello significaba una nueva mentira de todos los involucrados en su fecundación *in vitro*. No se había hecho con semen congelado de Jalid, en contra de lo que el médico y su marido defendían. Pero todavía resultaba más inquietante la falta de movimientos dentro del banco de semen de cualquier otro donante. Llegada a aquella insólita encrucijada, la pregunta mareaba. ¿De quién estaba embarazada entonces?

Agradeció a Yazeera su fiel servicio y se quedó a solas. La única comunicación de su marido en toda la mañana había sido un amenzante wasap: «Deja en paz a Raissa». Lo que no contribuyó a rebajar su inquietud. En su cabeza comenzaron a bullir un tropel de pensamientos.

Recuperó mil conversaciones con Jalid. Trató de encontrar un sentido a lo que estaba pasando. ¿Por qué la querían engañar todos? ¿Se podía despachar un asunto tan serio como la vasectomía sin dar una sola explicación, como hizo su marido durante la última comida en común?

Rodeada de mentiras y confusiones no era fácil saber cómo actuar cuando estaba en juego la vida de su hijo y su propio futuro. Su estado de confusión llegó a tal extremo que empezó a preguntarse si la relación con Jalid se había construido sobre una permanente mentira, desde el principio. Y de ser así, ¿por qué? ¿Para qué había luchado tanto por ella, si ahora parecía no quererla? Trató de diferenciar hechos de suposiciones, verdades de sospechas. Y así, bajo esas reglas, poco a poco fue haciendo un recorrido por todo lo sucedido desde la aparición de Jalid en la Maison Hermès hasta el último y desastroso almuerzo.

No bajó a comer. Pidió que le subieran un sándwich, se sentó en su escritorio, cogió papel y bolígrafo y fue apuntando fechas, recuerdos y cualquier dato que pudiera ayudarla a descifrar la situación actual.

La primera palabra que subrayó fue Épicure, el restaurante al que acudió forzada por aquella sorprendente e insólita presión floral. Bajo el nombre del establecimiento escribió

«Seguimiento», porque fue allí cuando descubrió que había sido seguida desde hacía años, por Zulema sobre todo. La prueba se la ofreció Jalid en forma de vídeos. El primero, haciéndose con el Manet en el Orsay. Dibujó una flecha a la derecha de «Seguimiento», bajo una columna con el epígrafe: «¿Por qué?». Anotó «Propuesta de un reto», reto que Jalid no terminó de concretar por entonces. Abrió una tercera columna encabezada por otra interrogación, «¿Qué creo yo?», para apuntar sus propias conclusiones. Y en ella escribió: «Coacción». Porque, por entonces, eso fue lo que pensó.

Repasó las tres palabras; seguimiento, propuesta de un reto y coacción, y sintió una pavorosa sensación de descontrol, como si se viese a ella misma abriendo una esclusa por la que no sabía qué fuerzas se iban a precipitar.

Continuó dibujando su particular esquema.

Bajo la primera columna, inició otra fila que tituló «Florencia». A renglón seguido, anotó lo más determinante de aquel viaje: «*Medusa* de Caravaggio». Porque fue ese el encargo que le hizo después de visitar juntos las Galerías Uffizi.

En la columna «¿Por qué?» anotó «Poder», el motivo que argumentó Jalid para ansiar su posesión; el supuesto poder que ofrecía aquella cabeza cortada a quien fuera su propietario, atendiendo a la mitología griega. Como a Sarah nunca le pareció un motivo suficiente, escribió: «Corta justificación» en la columna «¿Qué creo yo?», porque la asunción de tan elevado riesgo, también para él, no había terminado de convencerla. Cerró los ojos y se vio frente a la pintura de Caravaggio, él a su lado.

Fue allí cuando empezó a sentir interés por su forma de ser, fuera de su innata cortesía, contagiándola con sus sueños. En aquellas horas, su corazón empezó a latir con una intensidad preocupante, según sus habituales prevenciones hacia los hombres. Pero todo quedó ahí.

Por debajo de «Florencia», anotó «Normandía». Porque

fue allí donde experimentó un cambio esencial hacia él. Le empezó a gustar y mucho. En la columna «¿Por qué?» puso «Amor», y en la «¿Qué creo yo?»: «Una locura», porque lo era. Dar recorrido a una relación con un emir, para una kurda, israelí de nacimiento y medio francesa de adopción, era como saltar desde un avión por primera vez y sin haber comprobado si funciona el paracaídas.

Siguió anotando eventos, lugares y razones, que pudieron ser clave en su relación.

Abrió uno más, titulado: «Sus tres grandes objetivos», que Jalid citó durante la primera cena juntos, sin desvelarlos entonces. Hasta que un tiempo después, ella supo en qué consistían: hacerse con la pintura de Caravaggio fue el primero, y el segundo poseerla y casarse con ella. El tercer objetivo tardó en aparecer y tenía nombre propio, Saladino; la posesión de una reliquia de aquel héroe medieval en forma de huesos.

Le dedicó una fila entera. Subrayó «Saladino» y se desplazó a la columna «¿Por qué?» para apuntar los motivos de Jalid. Y surgieron muchos: admiración, obsesión, recolección de objetos históricos, referencias continuas al personaje, encargo a Amina para buscar los huesos de su yegua predilecta, nacimiento de Shujae, la exposición monográfica en Damasco, auténtica reverencia por el héroe histórico, emoción cada vez que hablaba de él... Le salieron quince apuntes en esa columna. Cada uno recogía algún hecho o conversación en la que Jalid había puesto al legendario sultán como protagonista. Se asombró de la cantidad de anotaciones hechas en ese sentido.

Cuando le tocó el turno a la columna personal: «¿Qué creo yo?», tras pensárselo bien recordó cómo y cuándo había intervenido ella. Anotó: «Excesiva admiración por el personaje, rozando la obsesión». Bajo ese apunte, otro: «Despierta mi curiosidad». Al que le siguió: «Conseguir el retrato original firmado por Cristofano dell'Altissimo» y un último: «Robo de los huesos de Saladino, en su mausoleo de Damasco».

Aquellas circunstancias de índole personal, con sus consecuencias y reflexiones, coincidieron con su nueva vida en el emirato. Fue el momento de máxima tensión emocional, con declaraciones de amor, boda, adaptación cultural, viajes y, por encima de todo la absoluta entrega que le ofreció a Jalid rebajando el peso de su pasada forma de ser. Ahora, visto desde el presente, su conciencia estaba sufriendo tal decepción, fruto del enorme engaño al que había sido sometida, que no podía existir peor humillación para una persona. Y lo peor es que eso no le estaba pasando a alguien desconocido; era ella la que sufría el descomunal peso de un drama que, si no hacía nada, la terminaría aplastando.

Necesitaba seguir, a pesar del oscuro recorrido de sus pensamientos.

«Fuyarja» encabezó la siguiente columna. Fue allí cuando Jalid desplegó por completo su mundo interior, sus mayores secretos, guardados en aquella cámara en el que estaba presente en cada rincón el nombre de Saladino. Recordó la impresión que le produjo ver su falso retrato, con aquel gorro terminado en cinco puntas que también llevaba Jalid aquel día. Fue allí cuando entendió la trascendencia del personaje en su marido. La mejor prueba de su celo estaba guardada en aquellas cuatro paredes en forma de escritos, cartas, su viejo Corán, una daga, la pequeña muesca del Grial. Durante los siguientes meses, así se lo había pedido, fue instruida en el Saladino asceta, guerrero, unificador, también en el humano. Crecía en amor a su marido y a la vez en conocimiento de la figura histórica, como si se tratara de una iniciación programada.

Volvió hacia atrás, en su esquema. Por una razón u otra Saladino siempre estaba presente.

Empezó una nueva columna con la ciudad de «Damasco». Allí sucedieron cosas importantes, quizá no las había meditado lo suficiente ni proyectado sus posibles consecuencias. Anotó «Exposición» y bajo la columna «¿Por qué?», empezó a transcribir los objetivos del evento para Jalid: «Reclamo de un pasado glorioso», «Cautivar al pueblo con su figura», «Que el mundo vuelva a conocer el poder y la influencia del islam» y, en definitiva, tener a Saladino como «Puerta y figura clave para encabezar una nueva época». Así se lo había oído decir pocas semanas antes.

Al rememorar el discurso de inauguración, resonó en su cabeza la última frase con la que cerró su intervención: «Vivamos el regreso de Saladino». Lo entrecomilló al escribirlo en su esquema y lo leyó una vez, dos, hasta cinco, empezando a pensar algo hasta ese momento inimaginable: ¿y si su marido no estaba manifestando solo un deseo, sino que se trataba de un anuncio? ¿Era importante el lugar elegido para que el mundo lo supiera? Damasco había dado hogar y tumba al histórico sultán y Jalid quería una reliquia suya. ¿Este último apunte era un avance más en la ya larga lista de pasos esquematizados en papel o era el gran paso, el que le daba sentido a todo? Notó un agudo dolor en las sienes tratando de resolver la pregunta, como si su cuerpo le diera un aviso antes de adentrarse en un posible escenario siniestro.

Repasó sus apuntes desde otra perspectiva y de repente entendió que todos los acontecimientos del pasado, los escenarios, los sucesos y sus protagonistas, todo, todo terminaba en la tumba de Saladino.

Recordó la exultante alegría que reflejó el rostro de su marido mientras colocaba el peroné y los demás huesos en un lujoso cofre dentro de la cámara secreta. Parecía haber alcanzado la meta de sus sueños. Aquella mirada no podía contener más felicidad ni desprender más luz.

¿Qué significaban, de verdad, esas reliquias para su marido, cuando por conseguirlas había invertido importantes recursos económicos y humanos, buscado complicidades políticas, previsto excéntricos encargos e incluso saldado unos cuantos muertos en aquella excavación siria? ¿Tanto por unos simples huesos? ¿Su colección dejaba colmadas todas las aspiraciones de Jalid? ¿Perseguía algo más?

Se levantó de la silla y buscó el ventanal. Suspiró. Se divisaba un precioso cielo azul apoyado en un perfil de dunas. Pero antes los jardines, los diferentes edificios palaciegos, las cuadras y unos cuantos empleados de allí para acá. Allí estaba su vida, entre dudas y certezas; estas últimas en triste regresión. Y en ese preciso momento su niño se hizo notar empujando la barriga con un pie. Sarah se levantó la camiseta y vio cómo se movía, recorriendo en diagonal su vientre. Fue entonces cuando decidió que le faltaba un epígrafe más, una nueva fila.

La tituló «Embarazo». En la columna donde había ido reflejando los objetivos de Jalid, anotó los lógicos: «Tener descendencia, un heredero, un hijo»; mil veces había compartido con ella los deseos de ser padre. Pero cuando le llegó el turno a lo que ella creía, después de los últimos descubrimientos sobre la incógnita paternidad de su embarazo, le vino a la cabeza una idea imposible. No...

Sintió un repentino sudor frío.

Cerró los ojos y la imagen que surgió en su mente fue la de Shujae, la yegua que había nacido por clonación a partir del ADN de sus propios huesos. La palabra clonación empezó a expandirse por su cabeza; primero en un despertar raro, pero luego fue creciendo hasta ocupar su cerebro por completo. Clonación, huesos, genética... Huesos de Saladino. Vasectomía de su marido. Ningún registro en el movimiento del banco de semen. Ella, embarazada tras pasar una intervención con sedación total, sin poder saber qué le habían hecho. Saladino, otra vez... Ella, kurda, como la madre del histórico sultán. Tanta protección en su embarazo, obligada por su marido. Aquel deliberado aislamiento... Y de repente se ahogó al pensarlo. No podía respirar.

Alzó la cabeza para facilitar la entrada de aire a sus pulmones. No podía ser... Se negó a admitirlo una y otra vez, mil veces. Pero la idea empezó a cobrar sentido; todo cuadraba.

Le temblaron los labios antes de pronunciar su terrible duda en voz alta:

—¿Estoy gestando a Saladino?

CAPÍTULO 80

—

Caballerizas del palacio de Jalid bin Ayub. Enero de 2020

Seis días. Seis larguísimos días sufriendo como no recordaba haber vivido antes por culpa de una conclusión monstruosa, impensable; la única posible después de una suma de mentiras acumuladas en torno a su fecundación.

Lo más parecido al estado anímico en el que Sarah se estaba viendo arrastrada se llamaba galerna. En su caso no serían enormes olas y huracanados vientos, pero sufría los destrozos producidos por el falso amor de Jalid junto a la humillante realidad de haber sido objeto de una intrincada manipulación de dimensiones colosales.

Pero eso no era lo peor. Seguía temblando ante la increíble posibilidad de tener una copia del sultán Saladino dentro de ella, a pesar de llevar muerto más de ochocientos años. Desde que esa idea se había instalado en su pensamiento, no dejó de mirar en internet cuáles eran los pasos para conseguir que, a partir de una muestra de ADN de un ser fallecido, se pudiera recrear otro. Y lo que encontró le generó más agobio. Porque si era eso lo que le habían hecho, su óvulo solo habría servido como receptor de un nuevo genoma, el de Saladino, descartando el componente genético suyo. O sea, ella solo habría actuado como gestante portadora, sin sumar un solo gen al feto.

En una página, dentro de las mil webs que visitó de forma neurótica durante aquellos seis días, apareció una noticia que despertó una nueva y terrible sospecha en ella. Se refería a la detención y encarcelamiento, pocos años atrás, de un científico chino que se había saltado todos los límites éticos en su investigación, al haber manipulado el ADN de dos embriones humanos para hacerlos resistentes al sida, a través de un sofisticado programa de edición genética. Las dos niñas nacieron, no se sabía nada de ellas, pero el hombre había sido denunciado y apresado. Como no se diferenciaba mucho de lo que le habían hecho a ella, hiló la noticia con la presencia del científico chino contratado por Jalid. No se lo había presentado. Tan solo sabía que hacía una vida muy discreta junto a su familia, a la que Jalid había traído desde China. Al no tener contacto, tampoco sabía en qué estaba trabajando después de la clonación de Shujae. ¿Sería el mismo hombre? Podían ser absurdas elucubraciones suyas, afectada como estaba por constantes ataques de ansiedad que apenas la abandonaban desde el fatal descubrimiento. Fueran o no reales sus conjeturas, su vida se había quebrado en dos. Sin abandonar la hipótesis china, le costaba entender hasta dónde alcanzaba la alteración que obraba en la mente de su marido. ¿Cómo se le había podido ocurrir tamaña monstruosidad?

Aunque esa y otras muchas preguntas la asaltaban sin descanso, descartó hablar con Jalid al deducir lo que valía para su marido: nada. La había buscado, elegido y engañado para convertirla en mera transportadora de su sueño, de un sueño imposible: recrear al más grande e influyente héroe musulmán de todos los tiempos. La había convertido en la sombra de sus sueños. ¿Lo hizo por ser kurda? ¿O porque reunía las capacidades necesarias para cubrir sus otros dos grandes objetivos, reunir un poder mitológico a través del cuadro de Caravaggio, y hacerse con los huesos de su idolatrado Saladino, a partir de los cuales pretendía darle vida de nuevo? ¿O serían ambos motivos?

Decidió no resolver ninguna de las incógnitas para no tener que hablar con él, salvo lo mínimo: desearse las buenas noches y poco más. El miedo se hizo presente. ¿Hasta dónde estaría dispuesto a ir contra ella después de todo lo que había hecho? Afectada por aquel tormentoso mar de dudas, en esos seis días evitó su compañía, comer juntos, verle, escuchar su voz, saber de él... No quería que notara en ella nada raro y la mejor manera era seguir al pie de la letra sus propias recomendaciones para preservar su embarazo, manteniendo un completo enclaustramiento. Sin duda le convino hacerlo.

Aquella mañana había salido de sus dependencias envuelta en un *niqab*, que apenas dejaba una rendija por donde ver, y vestida con una túnica de corte modesto que le dejó Yazeera para que nadie la reconociera. Había superado antes la rutinaria visita de Raissa, disimulando su inquietud y excitación ante los hechos a los que se iba a enfrentar en pocas horas. Apenas hablaron, solo repasaron horarios; comida con Jalid y cita con la modista a media tarde para actualizar medidas a tenor de su creciente barriga.

Yazeera había actuado una vez más de mensajera con Charles. La última comunicación establecida por él, la definitiva, contenía los datos necesarios para su rescate en pleno desierto. Charles lo había organizado en coordinación con el padre de Sarah, en respuesta a la petición de su hija. Ninguno sabía qué motivos tan urgentes y graves la movían, pero convinieron en hacerlo con la máxima celeridad, incluyendo a Charles en la delicada recogida. La operativa iba a ser tan compleja que, por razones de seguridad, Isaac no había querido ofrecerles todos los detalles; solo el punto de contacto, al que llegarían en un todoterreno alquilado la tarde anterior a nombre de Charles.

Sarah entró en las cuadras y buscó a Sanlúcar, su caballo cartujano. En un bolsillo llevaba el móvil de su dama de compañía. Consciente de que iba a encarar una de las fases más delicadas del plan, contaba con la ayuda de Yazeera. La joven era consciente de los riesgos que asumía como de las serias consecuencias de apoyar a su señora, lo hacía pensando en su padre. Era la manera de vengar su forzado exilio. Sarah encontró al caballo ensillado y sin ningún mozo de cuadra cerca al haber sido convocados a esa misma hora a una falsa reunión en el despacho del veterinario, que no se iba a producir. Yazeera lo había organizado así, para despistarlos el mayor tiempo posible.

Tiró del cabezal de Sanlúcar y lo sacó de su box. Para montarlo, no sin ciertas dificultades dado su avanzado estado de gestación, tuvo que buscar una banqueta para alcanzar el estribo izquierdo. Con la túnica arremangada hasta la cintura lo logró, pero acusó el esfuerzo. Tuvo que esperar unos segundos sobre el caballo, quieta, hasta recuperar la respiración. Sentía cada latido del corazón en sus sienes como si se tratara de un eco sordo. Por suerte el caballo no relinchó y se mostró en todo momento dócil y relajado. Dejó atrás las cuadras para alcanzar el perímetro sur del recinto palaciego, donde estaba la salida más discreta del mismo. Inspiró y espiró varias veces, en un intento de frenar el exagerado ataque de temblores que le estaba asaltando apenas había dado el caballo sus primeros pasos. Si alguien hubiese visto su cara en aquel momento, descubriría la expresión más viva del pánico. Consciente de su delicada situación, eligió la hora de la comida para no ser vista y cruzarse con el mínimo número de empleados posible. Trotó hacia el bosque de los sueños. Sabía que, por su parte trasera y bordéndolo primero, existía una puerta que permitía una salida al exterior, usada para recoger la basura vegetal y meter abono. Como la tarde anterior Yazeera la había inspeccionado, al ver que estaba cerrada con un simple candado y no demasiado grande, dejó unas tenazas escondidas en la silla de montar de Sarah.

No había llegado Sarah a la puerta cuando Jalid entraba en el dormitorio de su mujer para hablar con ella. No era una visita rutinaria; quería entender qué motivaba su anormal ausencia durante los últimos seis días; ni coincidían a comer. Aparte, le apetecía estar un rato con su hijo, sentirlo crecer, a solo dos meses de su nacimiento. Pero en la habitación no había nadie. Llamó a Raissa para preguntar. Tampoco ella sabía nada. Jalid entró en pánico. Buscó a Yazeera, pero tampoco respondió a sus llamadas. Alertó a los servicios de seguridad para que buscaran a su mujer por el palacio y aledaños. La mayoría estaba comiendo.

Sarah había alcanzado la puerta exterior sin haberse cruzado con más de tres personas: dos mujeres encargadas de la limpieza, que ni la miraron, y un funcionario que sí lo hizo amagando un saludo entre cordial y estupefacto al ver a una mujer a caballo con aquella barriga. Sin reconocerla se ofreció en su ayuda, a lo que Sarah contestó con una negativa sin detenerse a hablar. Cuando llegó a la puerta por la que confiaba escapar, sacó las tenazas de un bolsillo de la montura y sin bajarse del caballo trató de reventar el candado. En un primer intento no lo consiguió. O no tenía las suficientes fuerzas o era más duro de lo esperable. Probó tres veces más sin conseguir más que una pequeña muesca. La postura que necesitaba poner para atacar el candado era de lo más incómoda, toda retorcida. Le empezó a doler el vientre y el bebé se quejó respondiendo con tres patadas. Sarah suspiró agobiadísima. Consciente del poco tiempo que tenía, antes de que advirtieran la falta de su caballo o el funcionario con que se había cruzado compartiera con alguien su encuentro, se aplicó con todas sus ganas para reventar el candado. Empezó a ver que los filos de las tenazas habían mordido el acero. Cerró los ojos, volvió a apretar y saltó el candado por los aires, aunque se pellizcó la mano con la herramienta y empezó a sangrar. Le daba igual. Miró el teléfono de Yazeera. Tenía diez minutos para encontrarse con Charles y las coordenadas estaban marcadas en el GPS del móvil. Activó la búsqueda y el dispositivo empezó a hablar. Demasiado alto. Bajó el volumen y miró a derecha e izquierda, también hacia atrás. Vio salir a un numeroso grupo de hombres a la carrera desde uno de los edificios, el usado como comedor. ¿Sería por su culpa? Decidió no averiguarlo.

Nada más atravesar el límite vallado clavó los estribos en el costillar de Sanlúcar y el animal respondió con una brusca cabalgada. Sarah miró Google Maps en el móvil y comprobó que se estaba desviando a la izquierda. Tiró de riendas y centró la cabeza del caballo con una línea imaginaria que le llevaría al punto de encuentro. Sonaron las alarmas dentro del recinto palaciego. Estimó entre cinco a diez minutos de ventaja. Si empezaban a buscarla, los vehículos saldrían por la puerta principal, al otro extremo de la usada, lo que le ofrecía una cierta ventaja al tener que rodear todo el recinto en caso de que adivinaran su dirección.

—¡Vamos, Sanlúcar, saca a relucir esa sangre sureña que tienes y corre todo lo que puedas!

Se inclinó sobre el animal a pesar de su barriga y le palmeó en el cuello.

Jalid se subió a uno de los diez Nissan Patrol que abandonaron el palacio repartiéndose en todas direcciones. Sabían que Sarah había cogido su caballo, por lo que no sería difícil darle caza.

Sanlúcar, como buen ejemplo de una estirpe de animales que hicieron ganar batallas a grandes reyes y protagonizaron la conquista de América, sacó fuerzas de su noble corazón y tomó la máxima velocidad, superando una y otra duna, a punto de parecer que las sobrevolaba.

Jalid, con unos prismáticos, creyó ver una pequeña nube de polvo en movimiento en dirección sur, a ocho o nueve millas de dónde estaba. Pidió a su conductor que acelerara. Preocupadísimo y con todos los músculos en tensión, temía perderla y que su gran sueño se desvaneciera, después de tantos años de haberlo estado orquestando. A menos de ocho semanas de que Saladino volviera a nacer, en su ansiado proyecto de criarlo hasta una edad adulta, simulando las circunstancias de su vida de la mejor manera posible, no podía permitirse aquel fracaso.

Sarah estaba a dos minutos del punto de encuentro con Charles. Miró a sus espaldas y vio un vehículo blanco siguiéndola. Le pareció que iba rápido pero todavía tendría que enfrentarse y superar las enormes dunas que le separaban de ella. Esa era su ventaja.

Cuando vio un todoterreno parado bajo un palmeral y a Charles en la puerta, marcó talones en el costillar de Sanlúcar y azotó su grupa con el extremo de las riendas. El caballo respondió en pleno descenso de una duna a demasiada velocidad. A solo tres metros de alcanzar terreno llano se le doblaron las manos y se derrumbó lanzando a Sarah por los aires hasta aterrizar con una postura no demasiado buena, con la cara y barriga por delante. Charles corrió a ayudarla.

—¿Estás bien? ¿Puedes correr?

La levantó del suelo. Con una mano herida, tenía una ceja rota por la que sangraba de forma aparatosa.

—Sí, tranquilo... ¡Vámonos! ¡Me siguen!

Miró instintivamente hacia atrás, pero no vio nada.

Mientras corría hacia el vehículo sintió un agudo dolor en el abdomen, más patadas del niño, afectado por los bruscos movimientos de su madre, la caída, los nervios y la carrera. Se sujetó a duras penas la barriga, pero no se quejó. Entraron en el cuatro por cuatro y Charles apretó a fondo el acelerador haciendo un trompo en su salida.

—¿Adónde hemos de ir? ¿Qué va a pasar?

Sarah, histérica, no hablaba; gritaba.

—Solo sé unas coordenadas. No me han dado más información por seguridad. Así que no te puedo decir otra cosa. Solo que tenemos que correr.

Enfiló una pista de tierra en dirección sureste, según marcaba la brújula del coche, hacia no sabían dónde.

—Estoy aterrorizada... —confesó Sarah.

Sudaba tanto que se quitó el *niqab* y rasgó de arriba abajo la túnica para quedarse solo con los pantalones cortos que llevaba por debajo y una camiseta de algodón. Tiró la ropa al asiento trasero. Aunque no paraban de dar botes por culpa de los numerosos baches, bajó el espejo de cortesía y se miró la herida de la ceja. Le temblaban las manos mientras trataba de limpiarla usando un trozo de tela.

—Estamos a siete minutos y medio del lugar indicado por tu padre...

Charles miró por el retrovisor y no dijo nada para no asustarla más, pero empezó a ver a un segundo vehículo a menos de tres kilómetros.

Bajó una marcha y aceleró a fondo. El coche se quejó, hizo un feo, pero consiguió enderezarlo y clavó su atención en el pedregoso camino que tenía por delante. Adivinó un tramo con curvas a menos de doscientos metros. Rodeados de zarzas, retamas y arbustos, Charles intentó tranquilizarla, al notar cómo le temblaba todo el cuerpo.

—Lo conseguiremos, ya verás... Por cierto, no te había contado que aparte de volar planeadores, cantar asombrosos fados, cocinar comida hawaiana y pintar como los dioses, en una época corrí *rallies* con gran éxito...

Aquello provocó la risa de Sarah.

—Siempre serás el mismo. Gracias por no haber cambiado.

Le acarició la mano con la que manejaba la palanca de cambios.

Miró a su espalda y vio al todoterreno que los perseguía. Advirtió que no era el único; a la izquierda venía otro, descendiendo en diagonal por una peligrosa duna.

—Ya son dos coches por detrás. Nos van a dar alcance, ¡qué horror...!

Sonó el teléfono de Yazeera. Lo tenía en el bolsillo de la túnica, en el asiento trasero. Miró a Charles, se quitó el cinturón de seguridad y se dio media vuelta para coger el móvil. Lo consiguió. Llamaba un número raro, desconocido. Dudó si no sería Jalid o alguno de sus agentes. Se lo enseñó a Charles. Volvió a sentir un agudo dolor en el bajo vientre, como si le acabaran de clavar una gruesa aguja de lana. Cerró los ojos, hinchó las mejillas de aire y lo expulsó poco a poco. El teléfono seguía sonando.

—¿Respondo?

—Podría ser tu padre. Le pasé ese número cuando supe que lo tendrías hoy. ¡Contesta!

—¿Sí? ¿Dígame?

Sarah había puesto el altavoz para que Charles lo escuchara.

—Hola, hija. Os estamos siguiendo por satélite. En menos de cuatro minutos os vais a encontrar con el operativo de rescate. No perdáis un solo segundo. Es crucial que todo se haga a la mayor velocidad posible porque sabemos que os han detectado y van a por vosotros. Tened mucho cuidado y nos vemos en Tel Aviv. Te quiero, hija...

—Y yo padre. Necesito que me abraces.

—¡Te hartarás! Cambio y corto. Un beso.

Charles tragó saliva, apretó las manos sobre el volante y, por primera vez desde no recordaba cuándo, rezó para que sus perseguidores no recortaran distancias, porque los tenían cada vez más cerca.

CAPÍTULO 81

Latitud 24.997942 | Longitud: 56.300656. Enero de 2020

Fue girar en la última curva que bordeaba una colina y ver al helicóptero posado en medio de la nada, con las aspas girando y cuatro soldados a su alrededor, armados con fusiles ametralladores, chalecos antibalas y poca sonrisa en sus caras.

—¡Están ahí! —gritó Sarah antes de volverse a mirar hacia atrás y ver cómo la luna trasera saltaba por los aires y una bala se incrustaba en el salpicadero.

—¡Agáchate!

Charles empezó a zigzaguear el coche para esquivar los siguientes disparos.

En uno de los vehículos, Jalid, fuera de sí, gritaba a sus hombres que apuntaran a las ruedas. No podía permitir que Sarah terminara fatalmente herida. Bueno, no tanto ella como el pequeño Saladino.

Desde el helicóptero, los soldados repelieron el ataque hiriendo de muerte al conductor de uno de los Patrol. El vehículo perdió el control y empezó a dar vueltas de campana.

El otro, en el que iba Jalid, consiguió acertar en las ruedas traseras, reventándolas, a solo quince metros de alcanzar la aeronave. Mientras una pareja de soldados corría a rescatar a Sarah, sin dejar de disparar, un cabo israelí caía herido a los pies del aparato. Los militares abrieron las puertas del todoterreno, cubrieron con sus cuerpos la salida de Sarah y Charles y descargaron sus fusiles contra el vehículo atacante, a punto de que se les echara encima. Sarah corrió, protegida por su amigo y alcanzó el helicóptero. La subieron tirando de ella. Charles se aferró al brazo que le ofreció un soldado y accedió a la cabina. Les indicaron donde refugiarse para evitar la exposición al fuego enemigo. El helicóptero empezó a vibrar al poner al máximo de potencia su rotor. Jalid, armado con un fusil, dirigió una ráfaga de disparos al estabilizador para evitar su despegue.

—¡El pájaro se va! —gritaron a los soldados todavía parapetados tras el todoterreno que había conducido Charles—. ¡Os cubrimos!

Descorrieron la puerta y vaciaron los cargadores de dos fusiles Tar-21 al unísono para facilitar la vuelta de sus hombres, quienes aprovecharon el fuego de cobertura para correr con todas sus ganas y saltar al interior del CH-53 Yasur, el mejor modelo del ejército israelí. El último que lo hizo entró gritando:

—¡Vámonos ya!

Jalid, junto con tres de sus hombres, apuntaron al aparato acertando numerosas veces mientras el pájaro de hierro levantaba el vuelo. El piloto consiguió virarlo cuarenta y cinco grados para escapar de las balas, pero no pudo evitar que algunas atravesaran la cabina y alcanzaran a dos de sus ocupantes; uno era el soldado ya herido, la segunda Sarah que notó un agudo quemazón en un muslo y se desmayó.

El comandante contactó por radio con el jefe del operativo.

—Recogidos los paquetes, nos dirigimos a la costa para la siguiente entrega. Dos heridos, cambio.

Desde tierra, Jalid hablaba por teléfono con el jefe de Estado Mayor. Pidió apoyo aéreo, una inmediata intervención que evitara la huida del helicóptero de bandera israelí.

—¿Tiempo previsto? —preguntó el emir.

—Despegarían en cinco minutos... —contestó la máxima autoridad militar de Fuyarja.

Jalid ordenó que lo hicieran y dio una patada al Patrol. Gritó furioso, temiendo que no llegaran a tiempo. Entró en el vehículo ordenando al conductor que le llevara a palacio a toda velocidad. Quería seguir la operación desde su sala de mandos.

Al compartir defensa, los Emiratos Árabes Unidos tenían repartidas las diferentes unidades de su ejército. Como la fuerza aérea estaba en Dubái, por rápidos que fueran, los dos cazas tardarían diez minutos en interceptar a los huidos. Tenían el tiempo justo, pero no era imposible.

Dentro del helicóptero, entre Charles y el comandante al cargo de la operación, buscaban el modo de cortar la fuerte hemorragia en la pierna de Sarah. El militar abrió una bolsa de primeros auxilios, cogió un aplicador con chitosán y lo introdujo en el agujero de la bala para frenar la sangría. Siguió con un vendaje compresivo y le pinchó una pluma de morfina. En menos de un minuto, Sarah notó cómo le bajaba el dolor y empezó a llorar. Charles la abrazó.

—Tranquila, lo peor ha pasado. Estás a salvo.

—No le ha importado matarme... —Le seguía viendo con aquel fusil de asalto, disparándoles. A Jalid, a quién había entregado su corazón, su gran amor, por quien lo había dejado todo—. ¿Qué va a pasar ahora, Charles?

—¡En dos minutos descendemos! —gritó el piloto. El comandante se dirigió a Sarah—. Vamos a aterrizar en una playa para tomar una lancha rápida. Nos llevará hasta una corbeta de la marina israelí. Tiene que olvidarse de su herida y moverse con la máxima rapidez. Sé que le pido mucho, pero ha de ser así. Cualquier retraso corre en nuestra contra, señora. No se preocupe que la ayudaremos.

—Dos aviones enemigos a cuatro minutos... —informó el copiloto.

—Activado el sistema antirradar, las bengalas antimisiles y el generador de interferencias —apuntó el piloto—. Van a tener que saltar, no nos va a dar tiempo a otra cosa. Vamos muy justos de tiempo para que no nos tengan a tiro. ¡Trataré de bajar lo máximo posible!

Al volverse y ver la voluminosa tripa de la mujer, sintió pena por ella.

Sarah, asustada, herida por dentro y por fuera, prometió a Charles estar a la altura del momento.

—Siempre lo has estado... Un último esfuerzo y después a relajarse.

El helicóptero viró de forma brusca rebajando a la vez altura. Desde las ventanillas se divisaba una larga playa.

—¡Medio minuto! —avisó el copiloto.

El comandante descorrió la puerta y ayudó a Sarah a acercarse al borde.

—Cuando me vea en tierra, tírese; la recogeré en mis brazos. Confíe en nosotros. Todo irá bien.

—Diez segundos y contando.

El helicóptero detuvo su descenso a poco más de dos metros de la arena. Saltó el comandante y no tardó cinco segundos en hacerlo Sarah. Charles se tiró después. Oyeron el atronador sonido de los motores a reacción de los dos cazas que los sobrepasaron para empezar a girar en el mar y regresar con mejor posición de tiro.

Jalid entró en la sala de mandos. Sus generales estaban hablando con los pilotos. Veían en un monitor lo que transmitía uno de ellos en directo. Se identificaba la línea de la costa y un helicóptero ascendiendo a cuarenta y cinco grados de ellos.

—Creemos que han dejado la carga en la playa. Nos ha parecido ver una lancha rápida en la orilla —apuntó uno de los altos mandos.

—¿Podemos revisar las imágenes para comprobarlo? —preguntó Jalid.

Dieron la orden. Uno de los monitores recogió el rebobinado de la grabación.

—Solicitamos autorización de tiro —intervino uno de los pilotos.

Todos los de la mesa miraron a Jalid.

—Déjenme saber antes donde están los huidos.

Se activó el vídeo y lo detuvieron en el momento en que se veía a una mujer sujeta entre dos hombres corriendo hacia una lancha.

—¡Están autorizados, pero solo al helicóptero!

Uno de los pilotos activó el sistema *stealth* que confundía los radares enemigos para evitar ser fijado y que dirigieran misiles contra ellos, y cambió de dirección en busca del helicóptero. El otro pasó por encima de la lancha que había empezado a navegar a toda velocidad.

La corbeta de bandera israelí, fondeada en aguas internacionales, a menos de una milla náutica del límite con las del emirato, detectó la salida de un primer misil desde uno de los cazas. No daba tiempo a contraatacar, aunque tampoco tenían permiso para hacerlo. Las órdenes eran claras; conseguir el rescate sin desencadenar un conflicto armado entre los dos países.

El primer misil fue evitado por las bengalas disparadas por el helicóptero, que cambiaba en todo momento de dirección para evitar ser fijado en el blanco.

—Corbeta enemiga a doce millas y media de la costa. Se encuentra en aguas internacionales. —Al responsable y primer mando emiratí le acababan de pasar una nota que leyó en alto para informar a Jalid. Se adelantó a lo que iba a preguntarle—. La lancha navega a cuarenta nudos por hora. En dieciocho minutos, ahora dieciséis, llegará a la corbeta. Tenemos quince minutos de margen para actuar contra ella. Esperamos sus órdenes.

Dentro de la lancha torpedera Sarah empezó a encontrarse fatal. Las náuseas hicieron acto de presencia y el bebé no paraba de moverse. La inmediatez y gravedad de los acontecimientos que se iban sucediendo provocaban un creciente temor en Sarah, preocupada por las consecuencias que podrían acarrear en el niño su herida, los golpes, las carreras, o el pánico que atenazaba cada uno de sus músculos. Se oyó una potente explosión. El jefe del comando abandonó el camarote de la lancha para saber qué había pasado. Le informaron que la aviación enemiga había derribado el helicóptero. Y que ahora se dirigían hacia ellos.

Desde la sala de control de la corbeta calcularon los riesgos de ser atacada la lancha. Como los cazas volaban tan cerca del límite de soberanía, su propia velocidad los obligaba a virar cada poco, para no traspasarlo, lo que dificultaba la fijación de tiro, pero no lo hacía imposible. El radar de la corbeta determinó un nuevo alejamiento de los aviones, tierra adentro. Imaginaron que lo hacían para enfilar después la lancha, desde una mayor distancia, y disparar con más comodidad.

El capitán, al mando de la corbeta, mandó activar tanto los sistemas defensivos como los de ataque del buque.

Jalid pidió que le pusieran en contacto con el embajador israelí de inmediato. A los diez segundos, descolgaba el teléfono.

—Imagino que estará al tanto de lo que está sucediendo en estos momentos. Uno de sus helicópteros ha violado nuestra soberanía y ahora lo hace una torpedera en la que llevan secuestrada a mi mujer. Se dirige a una corbeta de su marina. Ese es el resumen rápido de la situación. O mandan una contraorden y da media vuelta la lancha, dejando a mi mujer en tierra, o mando hundir la torpedera y la corbeta. Llame a su ministro. Tienen dos minutos para contestar.

Colgó el teléfono. Le actualizaron la situación.

—Están a siete, no, a seis minutos de abandonar nuestro límite de soberanía marítima.

Los cazas, a la espera de recibir la orden de tiro, sobrevolaban una y otra vez la embarcación. El radar de la corbeta mantenía fijadas sus trayectorias.

Todos los presentes en la torpedera, salvo Sarah y Charles, eran conscientes del momento de máximo peligro que estaban viviendo. Si no les habían atacado ya, alguien estaba demorando la decisión. No sabían por qué. El jefe del comando, encargado de la extracción de Sarah, se quedó en la cabina de mando para seguir al segundo los acontecimientos.

—Si la hacemos navegar por encima de su máxima velocidad, los cuarenta nudos, podríamos arañar unos segundos a nuestra anterior previsión de llegada —señaló el capitán de la lancha al comandante.

—¿Podemos defendernos en caso de ataque?

—No, este tipo de barco no dispone de defensas antiaéreas.

Jalid mandó llamar al embajador, habían pasado los dos minutos. Tardó en contestar.

—No estamos viendo que la lancha regrese...

—Denos dos minutos más. Tenemos que informar al primer ministro.

Estaba claro que la estrategia por el lado israelí era la de ganar tiempo. A Jalid no se le escapó. Tapó con la mano el auricular y preguntó a cuánto estaba la torpedera. Le indicaron que a cuatro minutos. Regresó a la conversación con el embajador.

—Solo tienen uno y les toca llamar a ustedes.

Colgó y pidió que los cazas se preparasen para disparar.

La tensión en la sala de mandos se podía masticar. Jalid no

terminaba de creerse lo que estaba pasando. Había puesto todo su cuidado en aislar a Sarah para proteger su embarazo y ahora estaba a punto de irse todo al traste. Perdería al feto, al nuevo Saladino, pero no iba a temblarle el pulso. Haría saltar por los aires la lancha y a Sarah en ella. Imaginó la mano de Isaac Ludwig en la operación, y recordó la conversación mantenida mientras recorrían el bosque de los sueños. Le vinieron a la cabeza los símiles que se habían lanzado el uno al otro a modo de advertencia; con las acacias y sus sistemas de defensa. O el de aquellas avispas que parasitaban los huevos de otras para proteger el árbol. «La segunda avispa no necesitará actuar...», le advirtió entonces Jalid. A lo que Isaac contestó: «Nunca lo hará si la planta no es agredida». Ahora, el agredido era él.

Todos los presentes en la sala de mando miraban el contador de tiempo digital colocado en la pantalla. Quedaban solo treinta segundos. A los diez sonó el teléfono. El embajador pidió un minuto más, pero Jalid ni le contestó.

—¡Autorizo el disparo!

La orden llegó a los dos pilotos. El que iba por delante fijó el objetivo en su pantalla y cuando el sistema lo centró, disparó un misil.

Desde la corbeta, al detectar la acción, dispararon un antimisil y dos más para derribar a los cazas.

En el torpedero respiraron al ver cómo era neutralizado el misil que iba a por ellos y siguieron la trayectoria de otros dos en busca de los aviones. Un caza pudo sortear el suyo, pero el otro estalló en el aire. La única aeronave operativa recibió una nueva orden de disparo y, cuando recuperó posición de tiro, lanzó dos misiles a la vez contra la torpedera. En la sala de mando de la corbeta activaron dos antimisiles y uno más dirigido al caza, este último capaz de cambiar de rumbo en cuanto detectara la radiación infrarroja del avión. Uno de los antimisiles contactó con el lanzado por el avión y lo explotó antes de hacer contacto. El otro, por solo unos centímetros, siguió su trayectoria. El misil perseguidor dio un giro de ciento ochenta grados y cambió la dirección en busca del misil enemigo. El torpedero activó la alarma de peligro inminente y se prepararon para el impacto. Pero a menos de veinte metros de ser alcanzados, lo hizo el antimisil explotando los dos en mil pedazos, muchos de los cuales afectaron a la cubierta y casco de la patrullera. Segundos después el caza era derribado y caía al agua en llamas.

Desde los dos barcos se celebró el resultado con un coro de aplausos.

La torpedera atravesó el límite marítimo para surcar aguas internacionales y, cinco minutos después, amarraba su eslora a la corbeta.

Cuando Sarah subió a bordo le esperaba una camilla. Charles la acompañó hasta el hospital del barco sujetándole la mano. A mitad de camino, perdió el conocimiento.

CAPÍTULO 82

Corbeta INS Hanit 503. Enero de 2020

El cirujano mandó salir a Charles del quirófano. La herida en la pierna no justificaba intervenir, pero la repentina perdida de latido fetal en el momento que valoraban cómo proceder con el agujero de bala, sí. Sarah necesitaba una cesárea inmediata para poder reanimar al bebé fuera del útero. No daba tiempo a una anestesia epidural.

—Señora, vamos a anestesiarla por completo. Necesitamos sacar al feto para practicarle una inmediata resucitación extrauterina. Si llegamos a tiempo, con siete meses de vida el bebé es viable. ¿Nos autoriza?

Tumbada sobre la mesa de operaciones y bajo la potente luz de los focos, se vio obligada a cerrar los ojos. La atenazaban los nervios y el miedo. De su decisión dependía la viabilidad del feto, pero la pesadilla podía terminar ahí si se negaba. Afectada por la complejidad del dilema moral, tardaba en decidirse. El cirujano volvió a hacer la pregunta, insistiendo en la importancia de acometer con urgencia la intervención.

—Puede perder a su hijo si no se decide pronto...

A Sarah se le escapó una lágrima antes de contestar.

—¡Háganlo!

Mientras le inyectaban Propofol a través de la vía, un enfermero le colocó la mascarilla con la mezcla de oxígeno y anestésico y pidió que contara hasta diez. Otro le introducía una sonda uretral. Se durmió antes de decir cinco. La intubaron para conectarla con el respirador y el cirujano esperó treinta segundos para iniciar la primera incisión de unos doce centímetros a la altura del abdomen. Cuando el médico seccionó la sexta capa de tejidos apareció el feto. Lo extrajo, cortó el cordón umbilical y lo pasaron a una mesa con foco de calor para practicarle una reanimación cardiopulmonar ante la sospecha de una asfixia prenatal o una parada de corazón. Al carecer de latido, iniciaron un masaje cardiaco con ventilación pulmonar. A los treinta segundos, pararon para ver si se había recuperado el latido. No lo lograron. Repitieron la operación cinco veces seguidas. Y, cuando estaban a punto de darlo por perdido, el corazón empezó a latir, de forma débil, con una frecuencia baja. El cirujano ordenó pincharle una dosis de adrenalina en la vena umbilical a la que habían colocado una vía. Si hubieran tenido un tubo endotraqueal adaptado a neonatos lo hubieran usado en ese momento, pero estaban en un barco de guerra, preparado para la atención médica de adultos, no de recién nacidos.

El cirujano se separó y habló con su auxiliar.

—Avisa al capitán para que solicite un helicóptero medicalizado para llevar a la madre y al bebé a Israel. Aquí no podemos hacer mucho más con nuestros medios y el niño lo necesita.

Supervisó las maniobras para estabilizar al bebé, que mantenía un ritmo cardiaco aceptable y retiraron intubación y anestesia a la madre. Salió a hablar con Charles.

Tres horas después despegaba de la corbeta un helicóptero de la Cruz Roja para llevar a Sarah, al niño y a Charles al aeropuerto más próximo de un país amigo a Israel; el de Rajkot, en la India. Desde allí volarían a Tel Aviv. Los más de dos mil kilómetros que separaban la corbeta de la capital de Israel hacían imposible un vuelo directo. Un helicóptero no podía acometer esa distancia sin realizar un par de escalas, y como los países que debían atravesar mantenían abiertas hostilidades con Israel, decidieron dar un rodeo e ir a la India. Les ocuparía el doble de tiempo, pero era la única solución segura.

Sarah iba medio dormida y el niño también, dentro de una incubadora y con una enfermera a su cargo.

Charles, algo más aliviado, no conseguía esquivar del todo sus temores. Miraba a su amiga, al niño, y se preguntaba qué les depararía el futuro a todos, también a él.

CAPÍTULO 83

—

Centro Médico Sheba Tel-HaShomer. Tel Aviv. Enero de 2020

Cuando Sarah abrió los ojos apenas acababa de amanecer. Tras haber padecido algo más de tres horas de helicóptero y otras cinco entre aviones, trasbordos, esperas y un último traslado desde el aeropuerto Ben Gurión al mejor hospital de Israel, había conseguido dormir nueve horas seguidas.

Miró a un lado y al otro de la cama buscando al bebé. No estaba allí. Aparte de un gotero y una vía sintió algo molesto en la nariz, imaginó que se trataba de la típica gafa nasal de oxígeno. Identificó un oxímetro en un dedo. En su recorrido por la habitación se cruzó con la mirada de Charles, al fondo de la estancia, sentado en un sofá, hasta entonces ojeando una revista.

—¿Qué plan tienes esta mañana, *ma chérie*? —Le dedicó una de sus arrebatadoras sonrisas.

—¿Plan, dices? —Respondió con una media sonrisa al tirarle los puntos de sutura de la cesárea—. Quizá me pase el día entero en la cama, estoy perezosa, ya ves...

—¿Y el niño? —Se tocó los pechos y no sintió humedad—. ¿Le he dado de mamar?

Charles contestó que no.

—Tuviste una fuerte hemorragia durante el último vuelo y no te bajó la leche. Dicen que es normal; por el estrés que has pasado en las últimas veinticuatro horas, aparte de no haber tenido un parto convencional.

—¿Lo podré ver? ¿Dónde lo tienen? ¿Qué dicen los doctores?

Para resolver su lógica inquietud, Charles le trasladó el último dictamen médico.

El bebé había quedado aislado en una unidad especial de neonatología para ser sometido a un completo estudio, porque su salud no era buena. Tenía comprometida la funcionalidad pulmonar y le fallaban los riñones. En el mejor de los casos no contemplaban su posible alta antes de seis semanas, siempre que no surgieran complicaciones.

La inquietud que generó aquella información en Sarah desencadenó una pregunta lógica aunque no obtuvo una contestación clara; nadie se atrevía a adivinar las consecuencias físicas o psíquicas para el niño.

Llamaron a la puerta. Charles fue a abrir.

Al entrar, Sarah apenas le reconoció. Era su padre, pero con treinta kilos menos, completamente calvo y con un rostro demacrado y gris.

—Sarah, cariño... —corrió para abrazarla. Ella notó la escasa fuerza de sus brazos.

—¡Padre! ¿Qué te pasa? ¿Estás enfermo?

Isaac tomó asiento sobre la cama de su hija, recogió una de sus manos y prefirió escurrir la pregunta.

—Los médicos dicen que tu hijo ha de pasar bastante tiempo en neonatos; está muy débil. Creen que la morfina que te pincharon en la pierna, junto a las fuertes impresiones que te ha tocado vivir en las últimas horas le han podido afectar. ¡Ah!, por cierto, nadie sabe qué nombre tiene...

Sarah no lo dudó; lejos de llamarlo como su marido quería, Saladino, respondió con el nombre que ella misma había propuesto durante la comida en la que terminó de descubrir al autentico Jalid.

—Daysam, se llamará Daysam.

Ansiosa por contar la verdad del niño, primero quiso agradecerle la perseverancia e implicación en su ayuda. No llegaba a imaginar cómo había conseguido el beneplácito del Gobierno israelí en una misión a todas luces arriesgadísima. Le había salvado la vida, el futuro, todo. Pero, sobre todo, necesitaba pedirle perdón.

—No lo quise ver... Me lo dijiste mil veces. Te amargué la boda. Rechacé tus opiniones una y otra vez. No entendí que lo hacías por amor a mí, para protegerme de ese monstruo...

Isaac no quiso abundar en ello y se limitó a sonreír, a besarla, a pensar en el ahora, en ofrecerle un cariño vedado durante demasiado tiempo. Pero Sarah tenía que contarle algo.

—Ese no es mi hijo...

Isaac abrió los ojos de par en par y pidió que le explicara eso. Ella lo contó todo, con pelos y señales, hasta llegar al día en que, gracias a Charles, pudieron contactar con él.

—¡Joder! —exclamó sin frenarse—. Entonces, ¿el niño ese no lleva nada tuyo y sospechas que su verdadera identidad coincide con la del que fuera, siglos atrás, sultán de Siria, Alepo, Egipto y casi todo Oriente Medio? ¿Crees que se trata del mismísimo Saladino, pero renacido? ¿El mayor héroe de todo el orbe musulmán?

—Me temo que así es, padre.

—Joder, joder... —Se llevó las manos a la cabeza, una cabeza de piel arrugada y seca—. Me lo tienes que explicar bien, pero voy a tener que comunicárselo a mis superiores.

Sarah no pudo aguantar más y quiso saber qué enfermedad tenía, antes de continuar la conversación.

—Ya... —contestó de primeras Isaac—. Claro, no sabes nada. A ver... Es que no pude contártelo cuando nos vimos en tu boda.

—¿Qué es lo que no me pudiste contar?

Sarah se incorporó en la cama.

—Que tengo un cáncer complicado...

La hija exigió más detalles y su padre se los dio. Todos. Sin dejarse ninguno en el tintero.

—Va a cumplirse un año desde que te lo diagnosticaron, vale. Y ¿entonces? —preguntó ella.

—Pues eso, que poco más. Es cuestión de días o, como mucho, de semanas...

Sarah explotó a llorar. Charles, que seguía la conversación desde una respetuosa distancia, terminó levantándose y se acercó a la cama. Buscó a Isaac. No se habían conocido antes, pero se abrazó a él. Isaac se lo agradeció. Miró a Sarah y recordó algo que, estaba seguro, le iba a gustar.

—¿Sabes, hija? Ayer llevé conmigo nuestra *Lanza de Longinos* a la sala de operaciones del Alto Estado Mayor, escondida en una mochila, para que ejerciera su poder a favor nuestro. Y ya ves, lo hizo...

Sarah le miró durante unos segundos sin hablar. Meses atrás, le hubiera soltado cualquier barbaridad sabiendo cómo había resuelto el rescate de la lanza encargado a Zulema. Pero todo había cambiado y ahora no tenía que reprochar nada. Le salió un sincero gracias.

Entró una enfermera para cambiar el gotero. Guardaron silencio hasta verse de nuevo a solas.

—¿Puedo ver al niño? —preguntó ella.

—Me temo que no —contestó tajante Isaac—. Lo mantienen aislado y en vigilancia intensiva. Los médicos están luchando a contrarreloj para conseguir su mejoría, pero su vida pende de un hilo y, por el momento, no se están obteniendo resultados demasiado esperanzadores. Aunque entiendo que lo quieras ver, deberías pensar cómo vas a afrontar tu relación con él, hija.

—¿A qué te refieres?

Sarah se removió en la cama. Isaac, consciente de la seriedad del asunto, retrasó unos segundos su respuesta recibiendo una inquietante mirada por parte de su hija.

—Antes de contestar a tu pregunta necesito que abras la mente y no te dejes llevar por el corazón. Soy consciente del sacrificio que te voy a pedir; no va a ser fácil... —Sarah observaba como el rostro de su padre se estaba tiñendo de gravedad. Antes de prometerle nada esperó a que terminara su razonamiento—. Después de lo que me has revelado, hija, deberías entender que ese bebé no tiene nada de ti; es el producto de la loca ensoñación de un pirado. Entiendo que al haberlo gestado te sientas unida a él, pero en todo caso ha sido algo antinatural y forzado. Has sido engañada, no hay otra manera de verlo. Y dado que genéticamente no compartís nada, mi posición es que no deberías vincular tu futuro a él. Piénsalo bien, hija. No cargues con ese lastre de por vida.

Sarah sintió una enorme presión en el pecho. La reflexión no le era ajena, la había hecho ella también, pero le podían otros motivos.

—No será mío, pero ha vivido gracias a mí. Lo he sentido en mi vientre durante muchos meses y solo una mujer sabe qué significa eso. Implica mucho. ¿Me estás diciendo que renuncie para siempre a él?

—Sin ninguna duda. Deberías darlo en adopción. Piensa lo que puede suponer que el mundo árabe llegue a saber que ese niño es la reencarnación viva de su histórico líder Saladino. Tiemblo con solo imaginar los peligros que te atraería... Querrían adueñarse de él, criarlo, construir un mito. No solo estamos hablando del niño que ha vivido en tu vientre, para ellos sería visto como el advenimiento de una nueva revolución islámica, liderada por él. Una imprevisible locura, Sarah. —Recogió sus manos entre las suyas—. Es duro de asumir, lo sé. Pero tus sentimientos no pueden confundirte. Sarah, el niño no es tuyo, no lleva tus genes; tampoco eres su verdadera madre. Reflexiona, cariño...

Sus miradas se fundieron. Él, consciente del difícil trance. Ella, rota de pena y dudas.

—Tu propuesta significa una separación total, el olvido, no solo una adopción... Ya... —Suspiró dos veces seguidas antes de adoptar una expresión firme—. No soy capaz... No puedo. Si tomo esa decisión terminaría sintiéndome fatal... La idea de desprenderme de él, de abandonarlo sin más, me parece horrible. Aunque entienda tus objeciones...

Estrujó la sábana con las manos y cerró los ojos abrumada.

—O lo haces ahora o después no podrás. No queda otra solución, hija; no debes quedarte con él.

—No debo quedarme con él... —repitió, antes de guardar un largo silencio que Isaac interpretó como una cierta concesión a su anterior postura.

Vio llegado el momento de ofrecer una posible salida. Se explicó. Pondría la verdadera identidad del bebé en conocimiento del Mosad para que le buscaran un matrimonio de acogida temporal, en algún kibutz controlado por el Estado, hasta decidir quién serían los padres adoptivos finales. Ni los primeros ni los segundos conocerían el verdadero origen del niño, solo el jefe de los servicios secretos israelíes y el primer ministro. Su verdadera identidad sería un secreto de Estado que pasaría de responsable a responsable, aunque ella tendría información periódica del niño, eso sí, evitando cualquier relación directa con él.

—Entiendo la dureza de lo que te pido, hija, pero tienes que pensar que ha sido un ente extraño que ha vivido gracias a ti y que, por suerte, ha dejado de hacerlo. Sin él, podrás volver a ser tú misma y aspirar a tener una vida normal, ojalá que llena de felicidad. Con él, nunca te abandonará el engaño, los peligros, la mentira, y desde luego la imagen y la presencia indirecta de tu marido. Ese niño es el fruto de un maquiavélico y amoral engaño. Cada vez que mirases al bebé, al joven después, aparecería él.

Charles intervino al notar a su amiga rota. Al margen de la monstruosidad que se había cometido con ella, Sarah había creado vínculos maternales imposibles de borrar de un día para otro. Se le ocurrió un modo que igual le podría servir.

—*Ma chérie*, date un tiempo antes de tomar cualquier decisión. El niño todavía tiene que superar sus problemas de salud y, de momento, no puedes intervenir en ningún sentido. Lo has tenido en tu barriga durante siete meses, es lógico que te asalten las dudas.

—No solo las dudas, tengo tantos sentimientos encontrados que no soy capaz de pensar...

—Por eso mismo, aparca la decisión y céntrate en otro objetivo: ahora toca cuidar a un padre.

Sarah miró a Isaac y al constatar su extrema debilidad decidió que su amigo tenía razón. Su padre encarnaba todo lo que deseaba hacer durante las siguientes semanas: recuperar y ver compensados los muchos años de ausencias. Se daría por entera a él, compartiendo horas, días y semanas, sin más objetivo que hablar, descubrirse, sanarse el uno al otro y cerrar asuntos pendientes. Solo así podrían regalarse mimos no vividos, superar mutuos traumas, el suyo demasiado reciente, o compartir las pequeñas e intrascendentes cosas del día: comer, leer, callar, arroparse en sus siestas, llorar, dejar fluir el amor transpapelado entre un padre y una hija, o darse abrazos que durasen horas.

Los recuerdos fueron surgiendo. Los más intensos, casi todos protagonizados por el abuelo Jacob, llevaron también el nombre de Dalila. Una madre que terminó perdiéndose tanto, por darlo todo. En aquellos días, entre Isaac y Sarah se labraron áridas tierras, sembradas de viejos desencuentros, fertilizadas ahora con inagotables miradas que compensaron años y años de relación baldía.

Isaac empeoraba, y en ocasiones se hundía en largos períodos de sueño y silencio, con la muerte arrebatándole el poco tiempo que la vida le había prestado para llenarse de hija.

El niño, el ajeno, fruto de tan bárbara idea, también estuvo presente en aquellos días de agonía. Sarah no dejó de pensar en la decisión que debía tomar. Poner una distancia definitiva con él, como sugería su padre, no terminaba de convencerle. La idea le arañaba el alma, desangraba su corazón y martirizaba su conciencia.

Pasaron tres semanas y media sin apenas advertirlo, en la antigua casa familiar de Tel Aviv, hasta que una mañana Isaac no despertó. Ocurrió tan solo dieciséis horas después de que tampoco lo hiciera su hijo, informada de ello por el jefe de la unidad de neonatología del hospital. El calendario acababa de dar por terminado el mes de febrero.

En menos de un día Sarah había perdido a un hijo y a un padre.

Los lloró. Lloró movida por una profunda pena y con la pegajosa frustración de no haber podido acunar en sus brazos a ese niño una sola vez, o siquiera haberlo llegado a oler y a sentir. Ni sus pieles se conocieron. Y lloró por el exiguo tiempo que le había ofrecido el destino para vivir a un padre; primero por haberla sustituido por un entregado servicio a Israel y ahora por culpa de un cáncer.

Tres semanas y media demasiado fugaces, dolorosas e insuficientes.

Si cabía un solo consuelo en ella fue no tener que dar un paso con el niño; su muerte había evitado una difícil decisión que nunca quiso tomar.

Una semana antes de vivir aquellas fatales horas, el futuro de Sarah fue uno de los asuntos que más obsesionaron a Isaac, consciente de la orden internacional de búsqueda y captura que seguía activa contra su hija. Barajaron varias salidas a su vida; la mayoría rechazadas por ella. Pero surgió una que convenció a Sarah, una hasta entonces inimaginable: llamar a las puertas del Mosad, ofrecerse a la agencia de espionaje israelí como en su día hizo su padre y construirse una identidad nueva. Necesitaba compensar ciertos errores de su vida de los que no se sentía nada orgullosa, entre ellos el matrimonio con Jalid, y colaborar con la agencia le ofrecía la posibilidad de cobrarse una venganza.

Fue en uno de aquellos días, durante la visita del máximo responsable de los servicios secretos a Isaac, cuando se planteó la posibilidad de integrar a Sarah en un operativo especial que por entonces operaba por encima de las prácticas normales de la agencia, en misiones denominadas atípicas y bajo exclusiva órden de la máxima autoridad judía. El director del Mosad, convencido de sus habilidades y sobre todo animado por Isaac, pensó incluso en un primer proyecto.

—Disponemos de una lista de cuadros robados por los nazis, antes y durante la Segunda Guerra Mundial, a una treintena de familias judías europeas. Algunos estaban firmados por pintores conocidísimos; de ellos tenemos localizados una docena. Pero no terminamos de convencer a los propietarios actuales para que los devuelvan a sus legítimos dueños. Como no respondieron a argumentos económicos ni morales, terminamos apostado por la vía judicial. Pero ese camino no ha podido ser más frustrante; solo empezar el juicio significa años, demasiado dinero y no tener el éxito asegurado. Y encima, en un par de casos ganados, nos tocó enfrentarnos a un recurso posterior a la sentencia que terminó siendo negativo a nuestros intereses. Con todo ello, el riesgo de que sus dueños mueran sin recuperarlos es enorme. —Descansó de hablar, tomó aire, miró a Sarah y continuó—. ¿Por qué no probar las habilidades de los Ludwig? ¡Pongamos la magia al servicio de esa recuperación!

A Sarah le sedujo la idea, encajaba con su pasado familiar y se veía capaz de hacerlo, pero no sin su amigo Charles en beneficio de sus habilidades como copista, *hacker* y otras muchas cualidades más. Quedando aceptados los objetivos y aquella condición, celebraron la idea.

Jalid, a todo ello, no terminaba de creerse la muerte de su hijo, por quien no había parado de luchar exigiendo al gobierno israelí su devolución en vida. La cancillería de Exteriores, tras haber recibido reiteradas reclamaciones, le negaba ahora la deportación del cadáver. Una decisión incomprensible para el emir, quien, obsesionado por descubrir la verdad, decidió establecer un dispositivo especial de espionaje para comprobar la información israelí.

Pasados casi dos meses de la indeseada fuga de Sarah y con el doloroso poso de la pérdida del nuevo Saladino, Jalid no abandonaba un estado de permanente desesperación, frustración e ira. Lo pagaba con todos. El único momento del día en que conseguía aliviar su persistente amargura se llamaba Shujae. La visitaba al atardecer, en las cuadras, sin fallar un solo día. Verla crecer y empezar a domarla bajo el sueño de terminar siendo montada por su original propietario, compensaba otros muchos pesares.

Se reunía cada semana con el jefe de los servicios secretos para recibir sus puntuales informes. Solo le había encomendado un cometido: encontrar a ese niño, costase lo que costase, y devolverlo de inmediato al emirato porque no lo creía muerto. Quería recuperarlo de manos de los herejes para dirigir después su crianza y educación hasta convertirlo en el máximo vértice del islam. Solo así cobraría sentido su vida. Solo así cumpliría la promesa hecha a Alá, a pesar de haberle fallado la elegida, Sarah, a la que tanto le había costado convencer.

Raissa, convertida ahora en la única mujer de su vida, dominaba su cama desde entonces, aunque no todos los entresijos de su corazón, por más que le pesaba. Por eso, cuando le vio llegar aquella noche, derrotado, ojeroso y triste, le recibió con una desbordante sonrisa.

Al advertirlo, Jalid preguntó a qué se debía.

—Mi amor, he acudido esta tarde a la consulta del doctor Al-Ahmed y me ha confirmado una increíble noticia: estoy embarazada.

FIN

COMENTARIOS DEL AUTOR
—

LA GENÉTICA Y SU FASCINANTE FUTURO

La lectura de esta novela puede haber despertado en ti algunas dudas de índole científico que intentaré resolver. Me refiero, sobre todo, a la posibilidad de «devolver a la vida» a seres desaparecidos hace miles de años, gracias a los avances de la ingeniería genética.

Antes de entrar en el asunto, he de confesar mis enormes dificultades cuando he tratado de ocultar el asunto «clonación humana» en entrevistas para publicitar la novela. Como bien has visto, es el gran secreto que esconde la trama y que solo se descubre muy al final. Desde ahora, ruego seas discreto para quien te pregunte por ella, dando por hecho que la querrás recomendar; bueno, eso desearía yo...

Pero volviendo a la cuestión y antes de empezar, necesito presentaros a mis fuentes de información científica con quienes pude hablar en profundidad para entender cuáles eran los procedimientos técnicos necesarios para conseguir, por ejemplo, implantar en el útero de una hembra portadora una célula embrionaria cuyo núcleo contiene un ADN extraído de otra célula antigua, sin haberse producido una fecundación tradicional. Me refiero a Óscar Cortés Gardyn, especialista en nutrigenómica animal, y a Bruno González Zorn, de la facultad de Veterinaria de la Universidad Complutense de Madrid. Los dos me abrieron las puertas de una fascinante realidad técnica, no es una quimera, que puede devolver a la vida especies extinguidas a través de la utilización del ADN de una célula muerta, gracias a la secuenciación de su genoma y a la edición genética. Como también los métodos de reprogramación de células diferenciadas para devolverlas a un estadio anterior, pluripotente.

Desde la época de la oveja Dolly, la clonación ha evolucionado muchísimo. Hoy no es necesario partir de una célula viva para emprender una clonación como entonces. Ahora es suficiente con disponer de un ADN completo o incluso deteriorado, aunque, en ese caso, tocará reparar los fragmentos que le faltan, obteniéndolos del genoma de un individuo semejante. Los programas de edición genética permiten ese «corta y pega», complejísimo, eso sí; hablamos de sustituir millones de secuencias, pudiendo llegar a reconstruir la información genética total que el tiempo y las condiciones de intemperie pudieran haber deteriorado. En los últimos años, se han desarrollado programas para recuperar a los legendarios mamuts, muflones y uros. Algunos han dado ya sus primeros frutos.

Como dato para tener en cuenta, el genoma humano es un libro enorme que contiene 3.200 millones de bases, imaginemos letras, y entre 22.000 a 25.000 genes.

El gran impulso que ha dado a la genética la secuenciación, letra a letra, del genoma humano, ha permitido poder estudiar, corregir y modificar el código genético de un individuo o animal, gracias a una inesperada herramienta de edición llamada CRISPR, que permite realizar cambios en el genoma de una especie, para, por ejemplo, producir órganos de otra. La tecnología CRISPR actúa sobre los genes como si fuera una tijera que corta la sección deseada, la repara, o permite añadir una secuencia de una especie en otra, para obtener, por ejemplo, riñones o hígados humanos que han sido desarrollados en cerdos, abriendo la posibilidad de aumentar la cantidad de trasplantes al no depender de la generosidad de los donantes. La llegada de la tecnología CRISPR está permitiendo, además, corregir mutaciones genéticas, eliminar secuencias de ADN asociadas a ciertas patologías, insertar genes capaces de curar enfermedades o desactivar otros asociados a la aparición de patologías futuras en las personas. Aunque parezca ciencia-ficción, ya no lo es tanto.

Queda por definir los límites éticos de este tipo de investigaciones. Hasta ahora, tratándose de animales, las implicaciones morales no son determinantes. Existen laboratorios genéticos de capital privado que ya ofrecen esa posibilidad. ¿Desea clonar un caballo de alto valor emotivo o comercial o un perro tan querido por sus dueños que quieren volver a tenerlo en casa? Todo ello es posible.

Sin embargo, hay miedo a que se esté trabajando con células humanas en algún laboratorio sin prejuicios. El personaje de Mao Zhao Yang está inspirado en un científico chino, el doctor He Jiankui, acusado y encarcelado en su país por haber manipulado el ADN de dos embriones humanos que después implantó en una joven portadora, quien terminó dando a luz a dos niñas en el año 2018 con resistencia al sida, obra de la manipulación genética.

He de agradecer una vez más a mi querido amigo y doctor Jesús Hurtado, anestesiólogo del Hospital Clínico de Madrid, por sus acertados consejos técnicos que me fueron muy útiles para documentar alguna escena específica de la novela, en sintonía con los recibidos por la anestesióloga Lourdes Durán; cómplices ambos de la gestación y crecimiento de esta historia.

SALADINO: EL BRAZO GUERRERO DE ALÁ

El espíritu de las cruzadas, que impregnó más de doscientos años de historia, aparte de reunir a los principales reinos cristianos de Occidente a excepción de España, enfocada en la expulsión del invasor musulmán, constituyó una de las primeras empresas unificadoras europeas reunidas bajo un sueño común, el de recuperar Tierra Santa; sueño que terminó protagonizando un reducido grupo de héroes cuyo recuerdo ha perdurado en el tiempo gracias a la literatura, la historia y a un sinfín de leyendas. A lo largo de las ocho cruzadas convocadas por los papas, Godofredo de Bouillón, primer rey de Jerusalén, Balián de Ibelín, inmortalizado por Ridley Scott en su película *El reino de los cielos*, y Ricardo Corazón de León fueron quizá los más notables entre los líderes cruzados.

De las ocho cruzadas (hay quien habla de una novena que otros incluyen dentro de la octava), solo tres fueron ganadas por los cristianos, cuatro por la facción musulmana y una quedó en tablas. Siendo así, ¿por qué sabemos tan poco del otro bando? ¿Qué cabecillas consiguieron reunir bajo la fe islámica a centenares de miles de creyentes, elevaron la contienda a Yihad o Guerra Santa, y fundieron territorios hasta entonces impermeables? Jerusalén había dejado de ser gobernada por los turcos selyúcidas y ahora lo hacían los fatimíes egipcios, contra quienes lucharon los primeros cruzados. Sin embargo, no serían los únicos. Apenas un siglo después de la conquista cristiana, surge otra dinastía de poder, la ayubí, cuyo líder era el sultán de Egipto y Siria, un hombre que consiguió reunir por primera vez territorios que discurrían entre Mesopotamia y Libia, cuyo nombre ha dado lugar a un verdadero mito, tan respetado en el bando musulmán como en el cristiano, y me refiero a Saladino.

En *La sombra de los sueños* he intentado darlo a conocer desde todas sus facetas, siendo el kurdo más notable que ha tenido nunca ese denostado pueblo. Sin desmerecer el liderazgo guerrero que demostró y que lo llevó a recuperar Jerusalén, en otros capítulos me propuse sacar a la luz su profundo ascetismo, la inquebrantable lealtad a sus principios, los llamativos dotes de caballerosidad que demostró siempre, también con sus enemigos, y el destacadísimo amor que profesaba por los equinos, hasta límites insospechados. Fue un atento padre de familia, culto, enérgico y duro cuando tocaba serlo, pero también bondadoso y desprendido. Aunque lo explico en su último capítulo, rozando el final de sus días, donó a los pobres toda su riqueza quedándose con apenas lo justo para mantener a los suyos cuando pudo ser uno de los hombres más ricos del momento.

Saladino fue el peor enemigo de Occidente por entonces, pero también se hizo merecedor de un profundo respeto por parte de los reyes cristianos que conocieron sus habilidades y méritos.

Mi propuesta a lo largo de esta novela ha sido conocerlo en sus decisiones, en sus dudas y aciertos, en sus quehaceres diarios, descritos por sus amigos, enemigos y colaboradores. Que nadie vea intención alguna por mi parte de blanquear al personaje, pero sí de procurarle el respeto histórico que en mi opinión merece. No fueron épocas para enorgullecerse de unos ni de otros. Las matanzas se justificaban en nombre de Dios y los peores crímenes, o las más vergonzosas barbaridades, acontecían bajo la sombra de la Cruz o del Corán. Yo, como otros muchos amantes del pasado, pienso que sigue pendiente la petición de perdón desde el bando islámico, cuando por parte cristiana se hizo de forma solemne durante el jubileo del año 2000, a través de un papa; san Juan Pablo II, en un gesto simbólico una vez fueron otros papas los que convocaban y promovían los enfrentamientos de religión.

Espero haberos mostrado de la forma más leal posible la imagen e historia de este gran personaje. Para tener una mejor perspectiva de él, me propuse leer diferentes trabajos desde las dos visiones históricas. Una novela como *La sombra de los sueños* no pretende ser un ensayo profundo sobre el personaje de Saladino, pero sí cuidar la verdad del mismo. Respeto el trabajo del historiador profesional y reconozco servirme de él cuando, en medio de cada creación literaria, pretendo trasladar al lector perfiles históricos lo más ajustados posible a la realidad. En ese sentido, he de reconocer el asombroso trabajo del autor James Reston, Jr. sobre el sultán Saladino, que plasmó en su libro *Guerreros de Dios*. En sus páginas, nos presenta a los dos principales contendientes de la Tercera Cruzada, Saladino y Ricardo Corazón de León, apoyando su excelente trabajo en una bibliografía de cuarenta y dos textos de la época y ochenta y cinco obras secundarias leídas. Pero también he tenido muy en cuenta la reconstrucción novelada de su vida, que disfruté devorando *El libro de Saladino* de Tariq Alí, y entresaqué importantes detalles leyendo *Saladino. El unificador del islam*, de la experta en el mundo árabe Geneviève Chauvel. Así mismo, busqué y estudié cada una de las referencias sobre el líder musulmán que aparecen en el trabajo *Ricardo Corazón de León* de Jean Flori, y en el ambicioso ensayo que Thomas Asbridge llevó a cabo sobre aquella época, que el autor tituló de forma tan genérica como *Las cruzadas*; una verdadera joya para quienes deseen asomarse a aquel hecho histórico.

AGRADECIMIENTOS

—

Me cuesta abordar este apartado del libro sin sentir un profundo y doloroso ahogo interior. Porque esta novela, en forma de manuscrito, estuvo en manos de mi queridísima agente Antonia Kerrigan poco antes de fallecer en mayo del pasado 2023. Puede que fuera la última lectura que hiciera, según me trasladaron sus más próximos allegados, lo que provoca en mí una sensación de gratitud, responsabilidad y congoja.

Le doy gracias de forma pública por todo lo que hizo por mí, por su cariño y cercanía, por su comprensión, y por el ánimo que me regaló en los orígenes de esta novela que ahora veo cerrar con estas últimas líneas.

Solo quiero trasladar mis mejores deseos de continuidad «a sus chicas», en especial a Claudia Calva y a Hilde Gersen.

Sois conscientes de ser herederas de un gran legado. Os necesitamos.